国家社科基金
后期资助项目
GUOJIA SHEKE JIJIN HOUQI ZIZHU XIANGMU

U0679920

外国文学译介与现代文体发生

Foreign Literature Translation and Modern Style Occurrence

盛翠菊　著

WUHAN UNIVERSITY PRESS
武汉大学出版社

图书在版编目(CIP)数据

外国文学译介与现代文体发生/盛翠菊著.—武汉:武汉大学出版社,2022.10

国家社科基金后期资助项目

ISBN 978-7-307-23214-3

Ⅰ.外… Ⅱ.盛… Ⅲ.①外国文学—文学翻译—研究 ②中国文学—现代文学史—文体论—文学史研究 Ⅳ.①I046 ②I209.6

中国版本图书馆 CIP 数据核字(2022)第 168175 号

责任编辑:罗晓华　　　责任校对:李孟潇　　　版式设计:韩闻锦

出版发行:**武汉大学出版社**　　(430072　武昌　珞珈山)

　　(电子邮箱:cbs22@ whu.edu.cn　网址:www.wdp.com.cn)

印刷:湖北恒泰印务有限公司

开本:720×1000　1/16　　印张:27　　字数:482 千字　　插页:1

版次:2022 年 10 月第 1 版　　2022 年 10 月第 1 次印刷

ISBN 978-7-307-23214-3　　定价:78.00 元

国家社科基金后期资助项目
出版说明

后期资助项目是国家社科基金设立的一类重要项目，旨在鼓励广大社科研究者潜心治学，支持基础研究多出优秀成果。它是经过严格评审，从接近完成的科研成果中遴选立项的。为扩大后期资助项目的影响，更好地推动学术发展，促进成果转化，全国哲学社会科学工作办公室按照"统一设计、统一标识、统一版式、形成系列"的总体要求，组织出版国家社科基金后期资助项目成果。

全国哲学社会科学工作办公室

序

　　盛翠菊教授的新著《外国文学译介与现代文体发生》即将付梓，贻书央我作序，这使我犹豫而忐忑。翠菊的硕士生导师徐荣街教授，是我读本科时的老师和班主任；翠菊的博士生导师徐德明教授，是我读博士时的同窗兼好友。另外，我在2007年到2014年曾在徐州工程学院工作，与翠菊算是同事，我主持编撰《中国非物质文化遗产年鉴》时，翠菊也是课题组的核心成员。有了这样几层关系，她请我作序可以说是顺理成章的事情。而我之所以忐忑，是因为我的专业领域是古典诗词，而她研究的是现代文学，虽然同属于中国文学，毕竟有古今之别，我没有资格就她的大著乱加外行的按语。这么多年来，每每见到一些学林中人，一离开自己的专业领域就说错话，别人咥笑而不自知。另外，我还记得张岱《夜航船序》中那个士子妄言、老僧伸脚的教训，所以遇到我不熟悉的行当，我还是能保持克制不发言的。

　　然而我还是答应下来了。原因或在于我与现代文学曾经有过的一段缘分。

　　我是1977年恢复高考后考入徐州师范学院中文系的。因为历史的原因，我们和1978级是同一年入学（1978年），同一年毕业（1982年），本来是两届学生，实际前后只相差半年，所以我们不宜称届，一直叫1977级。我于1982年1月毕业留校，因为上学时在报刊上发表过一些诗文习作，中文系领导就把我分配到写作教研室。我用了大概一年时间把学校图书馆的有关书籍看完，第二年暑假到北京图书馆把有关写作学或文章学的著作凡能找到的都看了一遍，对民国以来的相关学者，如夏丏尊、叶圣陶、胡怀琛、孙俍工、刘薰宇、陈望道、高语罕、蒋祖怡，一直到周振甫、张寿康等当代学者的著作，通读一遍，作了十几万字的读书笔记。我不能说这个学科学术含量不高，只能说我与此种学问没能形成共鸣。再加上看到沈从文、李广田等这些三四十年代在高校里教过写作的人，几乎一致认为写作不是教出来的，上完写作课之后，原来写作好的仍旧好，原来写得差的仍旧差。我备课时就不想按照教材那样讲主题、题材等,我忍受不了那些空活套活,结果弄得为了填满课堂不得不另找话说。所以我很快就把个人研究兴趣转向现代散文了。现代散文作家的专论,原拟用五年左右的时间,写 20 家,编成一本《现代散文论集》,实际进展要慢一些。一篇关于周作人散文的文章,收入人民文学出版社和香港三联书店联合出版的《中国现代作家选集·周作人》,那是张梁老师编纂的,书后附录三篇,一是舒芜《周作人散文的审美世界》,二是张梁师《周作人年谱》,还有就是我写初稿、经张梁师斧正的《周作人散文艺术脞谈》,这篇论文写于1984 年,出版问世则是十年之后了。关于梁遇春、李广田的两篇论文,发表在本校学报上。另外还有沈从文、孙犁二家,准备就绪而笔削未成,我于 1985 年考入华东师范大学主办的"古典文学助教进修班",并且从此转向古代文学了。

2014 年从管理岗位退下来时,我花了几天时间,先把办公室清理移交,然后贾其余勇,把家中书房书柜里的卡片、笔记以及那些发黄的旧文稿也初步清理一下。一转眼三十多年过去,连做学问的方式都大不相同了。那一捆一捆的卡片固然是全无用处了,就连《写作学札记》《散文美学论稿》以及《公安三袁年谱》等稚拙的书稿或半成品,也只能是作为个人问学历程的物证,没有什么其他价值了。那天我对着这些发黄的文稿呆了半天,好像想到很多,又好像大脑一片空白。玉溪生诗云:"此情可待成追忆,只是当时已惘然。"那天的呆坐,也只是惘然而已。但清理到最后,也只是把那些各种花色的获奖证书弃之如敝屣,这些文稿还是收起来以供他日追忆了。

我不能总是顾左右而言他,那就太辜负翠菊教授的好意了。翠菊教授的这部著作是国家社科基金课题的终期成果,在结项评审过程中,三位专家均给予很高的评价。兹摘引如下:

　　(该成果)"在时间性的'中与西'线路中,宏观梳理、辨析诗歌译介、戏剧译介、小说译介、英国随笔与中国现代文体发生的历史流脉;将实证研究与文本细读相结合,对现代作家的文学创作、文学翻译、文学批评文本加以举证分析,依据相对时间分期特别是'五四时期'的阶段性演化,在多元实践中透视、呈现中国现代文体的参差形态与精神流变。研究成果既有横向的空间比较,又追溯"传统与现代"的历史源流;既关注社会思潮的潜流,又跟踪留学、新式教育、报纸杂志等结缘翻译文学的变化,由此形成较为完整的外国文学译介与现代文体发生的叙事框架和细节。这样的研究，打破了中国现代文学相对平面化的研究传统，从比较文学视阈考察外国文学、文化思想对中国现代文体发生的影响，拓殖了文学、学术的文化史疆域。……该成果以史料为方法，在现代作家与外国文学结缘的原始资料基础上，探讨外国文学对现代文体、现代作家的再塑，突破了中国现代文学研究的'中国范式'，为中国现代文学研究开辟了新视角新特质。"

"作者从译介学角度和发生学角度切入研究，在丰富的史料中，重点关注那些在创作与翻译方面并重的作家，关注其翻译作品、外国文学相关评论、书评、序跋和译介文章如何内化为创作，进而探究外国文学译介对各种文体的型塑。通过史料爬梳，作者展现了晚清以来外国文学的具体译介，尤其是新文学倡导者对小说、诗歌、戏剧、现代散文的翻译，以及对其文体特点、功能，题材来源、布局谋篇，美学特点等的具体介绍和讨论，这些原始材料有助于我们回到历史现场重新感受、关注现代文体的发生和构建，作者对重要作家及译者的抓取也较为准确，具有典型性。"

"文学翻译活动和翻译文学，是本课题在研究中特别关注的。由于现代作家留过学和从事过文学翻译的占很大比重，所以这个群体就成为课题重点考察对象，进而更为深入地讨论现代文体的生成机制。作者有意改变研究界重视翻译文学作品，轻视翻译过程对现代文体影响的研究范式，强调文体发生机制的复杂性，对当下学界研究理路来说是一种补充和深化。"

这些来自同道专家的鉴定意见，对盛翠菊教授的这部著作给予这么高的评价，让我也感到特别欣慰。我自知非此道中人，不敢妄下雌黄，故摘引借重专家意见并表示附议。

就个人感觉来说，我觉得这部著作与其他现代文学研究著作有一个很大的不同，它不是关于某一作家、作品或是题材流派之研究，也不只是考察西方文学观念、思潮的传播或移植；它是在现代文学的"根"上做文章，是透过现代各种新文体的发生来考察中国现代文学的发生。这样的视角在过去各种版本的现代文学史以及研究论著中应该有所涉及，但像她这样对文学迻译与新文体的发生作如此系统的清理考察，似乎还是第一次。当然，从诗歌、散文、小说、戏剧四大文体系统来说，中国古代都有而且源远流长；但中国现代的各种新文体，显然不是中国固有文体的嬗变，而是在 20 世纪之初这个古今中外的文化交汇点上，在西学东渐的大背景下，受外国尤其是欧美文学文体影响的产物。而在这一过程中，外国文学翻译无疑具有桥梁与纽带的作用。这一点在新体诗及话剧等体裁的创作方面表现得尤为明显。盛翠菊教授敏锐地捕捉到这一创新点，就前人有所涉及而语焉未详的话题作专题研究，由过去的旁逸斜出转为正面的攻坚克难，虽然就某种文体或局部细节而言，仍有心向往之而未至之处，但从总体来看，对于现代文学研究领域仍具有重大的开拓与创新意义。

因为工作及学缘关系，我多年来一直关注徐州工程学院尤其是人文学科的发展，能够明显感觉到作为办学主体的教师在与学校同步提升发展。一批中青年教师从原来的本色教学型成长为教学、科研双优型。在这些转型成功的教师中，盛翠菊教授是表现比较突出的。尤其是她师从徐德明教授攻读博士学位以来，在学术上更给人升堂入室之感。（她连续两次申请国家社科基金课题而获得成功，尤其令我刮目相看。）衷心希望翠菊教授进一步坚定学术自信，在问学之途上不断取得新的更大的成绩。

张仲谋

2022 年 8 月 10 日

前　言

外国文学译介对现代文体发生的触媒作用在学界已成共识，本书立足"文体发生"，把外国文学译介对现代文学的影响研究落在"文体"上，打破文体之间的藩篱，把外国文学译介对现代文学四种文体发生的影响研究作为一个整体进行系统探讨和综合考量，更为宏观地呈现现代文体发生中外国文学影响的整体风貌。本书从文献钩沉入手，将实证研究与文本细读、定性分析与定量分析相结合，借鉴历史学、比较文学和译介学研究方法展开文体发生研究，使原有的某些点到即止的结论得到具体、系统的展开和深化，使现代文体的发生与成立得到更确当合理的解释。

本书在体例上除了绪论和结语外，共有五章，在行文中聚焦"五四"文学发生期，将研究细化为诗歌、戏剧、小说、散文四种文体，并设专章从整体上探讨译文序跋和文论译介对四种文体发生的影响。在具体研究过程中，根据外国文学译介影响程度和现代文体发生的特点，行文中将四种文体再细化到更具体层面的文体类型展开探究，诗歌文体发生中选取了"自由诗体""散文诗体""小诗体"和"十四行诗"，戏剧文体发生中选取了"'五四'问题剧""'五四'浪漫主义戏剧""'五四''新浪漫主义'戏剧""幽默喜剧"，小说文体发生中选取了"短篇小说""浪漫抒情小说""童话"和"通俗小说"，散文文体发生中选取了"小品散文""报告文学""传记文学"，将"外国文学译介与现代文体发生"这个一般性学术命题的研究推向深入和细化，使尘封已久的原始资料得以更为充分地发挥其应有的价值和作用，使故有的传统研究模式得以开拓。

目　　录

绪论　关于"外国文学译介与现代文体发生"的几个问题

　　较之中国古代文学，中国现代文学是开放的，呈现出"西学东渐"的特点，在对中国传统文学继承的基础上更多受到外国文学译介的影响，其中"披着中国外衣"的文学翻译在文体发生过程中起到了"媒介"作用。杨义认为"20世纪中国文学的开放性和现代性，以翻译为其重要标志，又以翻译为其由外而内的启发性动力"①。在《翻译文学之于汉语新文学建构的意义》一文中，王光东认为"翻译文学为汉语新文学的建构提供了非常重要的参照系"，"'五四'新文学就是在翻译文学的直接参与下开始的"。朱寿桐同样认为"如果从文学史的发展意义来看，翻译文学往往是新文学诞生的前提"。② 因此，我们说，中国现代文学既孕育于中国传统文学这一母体，又是世界文学催生的产物，与世界文学有着复杂的融合关系，向外国文学寻求借鉴成为"五四"作家们的共识。对此，鲁迅称"新文学是在外国文学潮流的推动下发生的"③，"小说家的入侵文坛"，"一方面是社会的要求，一方面则是受了西洋文学的影响"。④ 卞之琳也说"中国新文学有自己产生的主观条件，当然也有外来的因素。外来的影响是催化剂。不从西方'拿来'，不从西方'借鉴'，就不会有'五四'以来的新文学的面貌"⑤。可见，新文学的先驱们也认为现代文体的发生离不开"外国文学"翻译这一外在的"催化剂"。

---

①　杨义. 文学翻译与百年中国精神谱系[A]. 连燕堂. 二十世纪中国翻译文学史·近代卷[M]. 天津：百花文艺出版社，2009：2.
②　朱寿桐. 汉语新文学通论[M]. 北京：生活·读书·新知三联书店，2018：517.
③　鲁迅大辞典编纂组. 鲁迅佚文集[M]. 成都：四川人民出版社，1979：373.
④　鲁迅. 且介亭杂文[M]. 沈阳：万卷出版公司，2014：8.
⑤　卞之琳. 新诗与西方诗[A]. 卞之琳. 人与诗：忆旧说新[M]. 北京：生活·读书·新知三联书店，1984：186.

第一节　概念规范与学术要求

"外国文学译介与中国现代文体发生"这一课题需要解释的是题目中包含的"外国文学译介"和"现代文体发生"这两个关键词。外国文学是通过翻译活动这一媒介对中国现代文学发生影响的，因此，本课题的"外国文学译介"既包括外国文学的翻译实践，也包括翻译文学。中国现代作家接受外国文学影响的途径有阅读外文原著、阅读翻译文学和接受外国文学教育几个途径，但很多作家不懂外文，因此阅读翻译文学是主要途径。从这个意义层面而言，谈论外国文学的影响离不开文学译介活动，正是通过译介活动和翻译文学这一媒介，外国文学对中国现代文体的发生产生影响。此处的"现代"概念在中国现代文学中的时间起点争议较大，考虑到中国现代文学与外国文学结缘的现状以及翻译文学的兴起状况，本书在研究中适当把时间上移到 20 世纪初，以中国现代作家自觉翻译、学习、借鉴外国文学开始探究，"五四"时期因此成为了本课题关注的重点，这是现代各种文体发生的关键时期，与外国文学译介的关系也最为密切。虽然这一时期某些作家的某类文体创作不及后来作家成熟，但就文体发生而言意义更为重大，也因此成为本课题聚焦的重点。当然，"文体发生"是一个渐进的、开放的、不断自我完善的过程，在具体作家作品的研究中也会根据文体发生的时间适当后延，如在散文相关文体如小品散文、报告文学和现代传记文学的发生探讨中把时间推至 20 世纪 30 年代，更多的是基于文体发生自身的现状出发，以期能更深入地探究外国文学译介与现代文体发生之间的关系。此处的"外国文学"指的是中国之外的所有异域文学，包括欧美文学、日本文学以及其他相关国家的异域文学，其中关注的重点是"披着中国外衣的外国文学"，也就是通常的翻译文学。中国现代文学史上许多作家既是作家，也是翻译家，可谓"身兼二任"，他们的文学翻译和创作一样，是相辅相成的，共同构成了他们文学生涯的两极，不可分割，他们的创作目的往往和外国文学译介取向相同、相互促进。胡适、郭沫若、郁达夫、鲁迅、郑振铎、周作人、叶圣陶、刘半农、朱自清、丁西林、王文显、田汉、陶晶孙、宋春舫、赵景深、洪深、陈西滢、周瘦鹃、包天笑、程小青等作家都是如此。这些作家的文学翻译与文体创作表现出同一性和互文性，某一时期的文学思潮和运动必然影响他们翻译文本选择的价值取向，反之亦然，这也是本课题尤其关注翻译文学对中国现代各种文体形塑的原因。

本课题中还涉及一个"现代文体"的概念，本书采用童庆炳的界定，"文体是指一定的话语秩序所形成的文本体式，它折射出作家、批评家独特的精神结构、体验方式、思维方式和其他社会历史、文化精神……从表层看，文体是作品的语言秩序、语言体式，从里层看，文体负载着社会的文化精神和作家、批评家的个体的人格内涵"①。童庆炳此处的"文体"概念包含了文体体式、文体观念、文体内容等层面的特征。本课题在具体研究时选择现代文学的四种主要文体——诗歌、戏剧、小说、散文展开研究，其中又根据受到外国文学影响的程度细化为具体的文体样式。在诗歌文体发生的探讨中，选取"自由诗体""散文诗体""小诗体""十四行诗"四种新诗文体。在现代戏剧文体的发生中，选取"'五四'问题剧""'五四'浪漫主义戏剧""'五四''新浪漫主义'戏剧""幽默喜剧"四种戏剧文体形式。在现代小说文体发生的研究中，选取"短篇小说""浪漫抒情小说""童话"和"通俗小说"四种文体形式。在现代散文文体的发生中，选取"小品散文""报告文学"和"传记文学"三种文体形式。在每一个具体文体的研究中重点关注文体形式的建构，当然文体观念的研究也是题中应有之意，因为文学内容与形式的变革是统一的。正如周作人所说"新的思想必须用新的文体以传达出来"②，因为"旧的皮囊盛不下新的东西"，这是周作人在《新文学的源流》一文中提出的观点，他认为正是因为"西洋思想的输入"，才导致人们思想观念的变迁，最终导致新文体的出现。从周作人的这段论述中我们不难发现，文学内容的变化与文学形式变革是一体的，正是因为作品内容的变化才导致形式的变革。因此本课题的文体发生研究既包括形式层面的研究，也包含内容层面的探讨。

近代以来，在"西学东渐"之风中，东西文化的交流在不断加强，翻译文学随之大量出现。胡风在《略谈我与外国文学》中说，1921年去武昌上学时就接受了"新文艺"的影响，先后接触的翻译文学有俄国诗人爱罗先珂的童话（鲁迅译）、厨川白村的文艺论著《苦闷的象征》（鲁迅译）、托尔斯泰的《复活》（耿济之译）、高尔基的作品（瞿秋白译）等，他甚至说"从'五四'以来，大有成就以致稍有成就的作家，无一不是受到了外国文

---

① 童庆炳. 文体与文体的创造[M]. 昆明：云南人民出版社，1994：1.
② 止庵. 周作人讲演集[M]. 石家庄：河北人民出版社，2004：164.

学的影响"①。胡风此处所说的"外国文学"指的更多是"翻译文学"。以胡适、郭沫若、鲁迅、郁达夫、田汉、洪深等为代表的第一代新文学作家大多留学国外,在"欧风美雨"的浸润中开始创作,他们都或多或少地、直接或间接地接受了外国文学的影响。中国现代文学的诗歌、戏剧、小说、散文等主要文体,是在新文化运动兴起和外国文学传入的大背景下形成的,从文体的发生与建构来看,外国文学的翻译、批评与传播起着重要的启示导引作用。可以说,外国文学译介是现代文体发生的外在动因,而现代作家、翻译家既是沟通中外文学的重要媒介,又是现代文体的探索者与实践者。这其中包括直接结缘外国文学的海归留学生,也有通过新式教育、期刊、文学活动接触外国文学的作家,他们与外国文学的渊源关系带有典型性和普遍性,在翻译与创作方面均有建树,推动了现代文体的发生。本课题在具体文体发生的探究过程中,首先以文体为中心对相关译介活动(翻译文本、序跋、文论翻译等)进行系统的资料爬梳,力求能更直观、系统地把握这一文体发生的外国文学触媒作用,然后选择其中较为典型的代表作家的翻译和文学创作为中心展开文体发生探讨,对他们的外国文学译介与新文体的探索实践作综合考察,以外国文学译介为切入点来关照现代文体的发生,努力把过去学界关于现代文体发生中外国文学影响的一般提法转化为专题研究,使新文体的发生与成立得到更确当、更合理的解释。

第二节   研 究 现 状

本课题因研究对象的特殊性而涉及比较文学、译介学、翻译学和中国现代文学等领域的相关研究,比较文学研究是一种影响研究,译介学是比较文学的一个分支,在比较文学与文化视野下,更为关注文学翻译活动和翻译文学。译介学"把翻译看作文学研究的一个对象。它把任何一个翻译行为的结果(也即译作)都作为一个既成事实加以接受(不在乎这个结果翻译质量的高低优劣),然后在此基础上展开它对文学交流、影响、接受、传播等问题的考察和分析"②。因此,本课题更多地借鉴译介学的相关方

---

① 中国比较文学编辑委员会. 中国比较文学 第 1 期[M]. 杭州:浙江文艺出版社,1985:183.

② 谢天振. 译介学[M]. 上海:上海外语教育出版社,1999:11.

法，把现代作家的翻译文学看成"既成事实"进行研究，更多地论述译文对现代文体发生的影响，在研究时更多地以现代作家的作品为出发点去探究外国文学是通过何种方式促进了现代文体的发生，这些翻译作品的影响又是如何内化在他们的文体创作之中。因此，在研究中，现代作家的翻译文学、译文序跋和文论译介（包含直接的文论翻译和外国文学评论）等就成为本课题考察的重点，因为其更能厘清外国文学译介与现代文体发生之间的关系。本研究通过查阅、分析、整理中国现代文学时期外国文学翻译研究方面的文献，把时间更多聚焦于现代文体的发生期——"五四"时期，沿着"中国现代文学时期的外国文学译介"和"中国现代文学文体发生"两条线索对相关文献进行梳理。前者目的在于首先系统勾勒中国现代文学时期外国文学翻译方面的研究现状和动态，并为本研究提供理论借鉴及方法论意义的启示。而后者旨在全面把握中国现代文体发生方面的国内外研究现状，在文献梳理的基础上，进一步明晰本课题的研究意义与研究重点。

学术界关于"中国现代文学时期的外国文学译介"方面的研究集中在比较文学和翻译学两个领域。在比较文学研究领域，研究者较为关注的是现代文学与外国文学的关系研究，成书较早的是曾小逸主编的《走向世界文学——中国现代作家与外国文学》（湖南文艺出版社 1986 年版），这是 20 世纪 80 年代后期较早开始关注中国现代作家受到的外来影响的研究。本书是 20 世纪 80 年代现代文学研究专家的集体研究成果汇编，以个案研究的形式展开，可谓"大家"云集，研究者和研究对象都是"大家"，按文体共分三辑，小说涉及作家最多，散文和戏剧分别涉及三位作家，选取的作家有鲁迅、许地山、茅盾、郁达夫、曹禺等共 30 位，这部著作也同时集聚了众多研究大家，如王富仁、陈平原、叶子铭、许子东、杨义、凌宇、吴福辉、赵园、蓝棣之等，这部著作在探索中国现代作家与外国文学渊源关系方面具有开拓作用。近年来学术界相关的研究成果基本上是时间性的线性变迁研究模式，注重史的研究，田本相的《中国现代比较戏剧史》（文化艺术出版社 1993 年版）较早从中外戏剧关系史角度对现代戏剧史进行研究，其他相关的著作有唐世贵的《中国现代文学关系史》（花城出版社 1998 年版）、杨义的《中国比较文学批评史纲》（福建教育出版社 2002 年版）、徐志啸的《中国比较文学简史》（湖北教育出版社 1996 年版）、范伯群的《1898—1949 中外文学比较史》（上、下卷）（江苏教育出版社 2009 年版）、曹顺庆的《比较文学史》（四川人民出版社 2010 年版）等，这些研究成果都力求在史的架构上把中国现代文学作为一个研究的整体，以时间为线来系统探讨其外来影响。孟长勇的《从东方到西方——20世纪中国文学与世界文学》（复旦大学出版社2007年版）与上述研究稍有不同，该书在中外文学的形式之异与精神联系上，评价两者的相互交流与影响、互动的途径及融通的结果。郑春的《留学背景与中国现代文学》（山东教育出版社2002年版）将"留学背景"作为一种文化现象，探讨其对中国现代文学建立、发展、繁荣的影响。此外，在区域文学与外国文学的研究中，黎跃进的《湖南20世纪文学对外国文学的接受与超越》（湖南文艺出版社2006年版）打通现当代文学，采用群体综合研究与个案研究相结合的方式，对20世纪湖南作家与外国文学的渊源关系进行了较为详尽的论述，在块状区域文学与外国文学关系研究方面走在了前列。在个案研究方面，学界的研究多集中在某些作家、某一侧面与外国文学的关系方面，如季进的《钱锺书与现代西学》（复旦大学出版社2010年版）、许丽清的《钱锺书与英国文学》（复旦大学博士论文，2010年）等。在翻译文学研究领域，对于中国现代时期外国文学翻译方面的研究多以翻译文学史为视角，这些著述不同程度地对外国文学在中国的翻译情况作了梳理与研究，相关的翻译文学专著有陈玉刚的《中国翻译文学史稿》（中国对外翻译出版公司1989年版）、谢天振和查明建的《中国现代翻译文学史》（1898—1949）（上海外语教育出版社2004年版）、孟昭毅和李载道主编的《中国翻译文学史》第一编（1897—1920）、第二编（1921—1950）（北京大学出版社2005年版）、查明建和谢天振的《中国20世纪外国文学翻译史》（上下册，湖北教育出版社2007年版）、杨义主编的《二十世纪中国翻译文学史》（百花文艺出版社2009年版，共6卷，涉及现代时期的有4卷，分别为近代卷、"五四"时期卷、三四十年代·俄苏卷、三四十年代·英法美卷）等。这些从翻译文学史的视角对外国文学翻译的考察大多为总体性的现象描述，重在考察现代翻译文学的概貌，相对缺乏对翻译文本的细读，也未能专注于具象的影响层面研究。相关的研究还出现在译介学研究领域，译介学是从比较文学中的媒介学角度出发，从比较文化的角度对翻译和翻译文学展开研究，其中谢天振的《译介学》（上海外语教育出版社1999年版）是这一研究领域的最初理论集大成之作。在具体研究层面，熊辉的研究较具代表性，他的《抗战大后方翻译文学史论》《抗战大后方社团翻译文学研究》借鉴译介学的理论，更多关注译文对中国抗战的现实意义及对中国抗战文学的影响。此外，熊辉的《两支笔的恋语——中国现代诗人的译与作》（西南师范大学出版社 2011 年版)专注于作家的诗歌翻译和创作文本之间的影响关系探讨，旨在从现代诗人创作的角度去理解他们的诗歌翻译，从诗歌翻译的角度去理解他们的创作，在影响研究方面具有代表性。

在"中国现代文学文体发生"方面，熊辉的《外国诗歌的翻译与中国现代新诗文体的建构》①(中央编译出版社 2013 年版)从文体建构的角度探讨了外国诗歌的影响，是当下此类研究中有代表性的研究成果，本书从新诗这一文体入手，将译诗的影响研究作为重点内容，着重探讨外国诗歌译介对现代新诗文体形态的重构，研究侧重于新诗文体形式的建构，翻译诗歌对新诗语言、句法、形式的影响研究是本书研究的主要内容。岳凯华的《外籍汉译与中国现代文学的发生》(湖南师范大学出版社 2016 年版)选取若干具有代表性的汉译外籍为研究文本，探讨它们对中国现代文学观念、思潮及体式的影响，其中涉及了汉译外籍对散文诗文体的影响，案例具体、分析细致，且有深度和独特性。从研究现状看，学术界对于外国文学译介与现代文体发生的研究方面还有很大的拓展空间，除了熊辉在翻译与诗歌文体发生方面的开拓研究之外，在翻译与小说、戏剧和散文文体的发生方面较少有专著对此专门进行系统的研究。现代作家通过翻译与外国文学建立联系，在自我建构中融合外国文学并进而对中国现代文学各种文体进行深入思考的历程，对于现代文学的文体发生而言带有典型性，值得研究。本课题拟在这方面做点工作，以外国文学译介为切入点，探讨外国文学译介对中国现代文体的发生与重构作用。

第三节　选题缘由及意义

为何要选择"外国文学译介与现代文体发生"这一课题，这一课题有何研究意义？谈及这个问题，首先要关注的是研究对象和研究内容是否可行的问题。系统梳理发现，中国现代文学史上大量的作家因留学、新式教育、报刊的编辑等结缘翻译文学，其中留学国外是最直接的途径，在研究之初，我们首先对现代作家群体的留学情况、翻译文学情况进行了系统的爬梳，以期窥见现代文学作家与外国文学结缘的一个概貌，亦为本课题的

① 熊辉. 外国诗歌的翻译与中国现代新诗的文体建构[M]. 北京：中央编译出版社，2013：1.

研究提供支撑。作家遴选主要以徐荣街、徐瑞岳主编的《中国现代文学辞典》(中国矿业大学出版社 1988 年版)收录的中国现代作家词条为线索，另参照其他相关数据库(如"读秀")的文献进行补充，在具体遴选时选择两类作家，其一是有留学经历的作家(其中有些作家如卞之琳、戈宝权、瞿秋白等不是以留学身份出国，但有翻译作品，也一并统计在内)，其二是虽无留学经历但有翻译作品的作家。统计时除了关注作家留学的时间、学校、国家等信息外，同时关注作家的创作文体和翻译文体，顺序按作家姓氏笔画排列，具体统计见下表。

现代作家留学及翻译情况统计表

序号	作家	籍贯	留学时间	留学学校	留学国家	创作文体	译作文体
1	丁西林	江苏宜兴	1914—1920	伯明翰大学	英国	戏剧	戏剧
2	于赓虞	河南西平	1935—1937	伦敦大学	英国	诗歌	诗歌
3	万湜思	浙江桐庐	无	无	无	散文、小说、诗歌	诗歌、文论
4	马仲殊	江苏灌云	无	无	无	小说、戏剧	小说、文论
5	马彦祥	浙江鄞县	无	无	无	戏剧	小说
6	卞之琳	江苏海门	1947—1949	牛津大学①	英国	诗歌、散文	诗歌、戏剧、文论
7	方令孺	安徽桐城	1923—1929	华盛顿州立大学、威斯康星大学	美国	散文、诗歌	小说
8	方光焘	浙江衢县	1918—1924 1929—1931	东京高等师范学校、里昂大学	日本、法国	小说、散文	小说、戏剧、文论
9	方敬	四川万县	无	无	无	诗歌、散文	小说

---

① 1947 年卞之琳应英国文化委员会邀请去牛津大学做旅居研究员,1949 年回国。

续表

序号	作家	籍贯	留学时间	留学学校	留学国家	创作文体	译作文体
10	方玮德	安徽桐城	无	无	无	诗歌、散文	诗歌
11	方然	安徽怀宁	无	无	无	诗歌、散文	诗歌、戏剧、文论
12	天蓝	江西南昌	无	无	无	诗歌	文论
13	丰子恺	浙江桐乡	1921—1922	东京川端洋画学校	日本	散文	小说
14	王文显	江苏昆山	1911—1915 1926—1928	伦敦大学、哈佛大学	英国、美国	戏剧	戏剧
15	王实味	河北潢川	无	无	无	散文	文论
16	王礼锡	江西安福	无	无	无	诗歌、散文	诗歌
17	王独清	陕西西安	1920—1925	不详	法国	诗歌、戏剧、散文	诗歌
18	王任叔	浙江奉化	无	无	无	小说、散文、戏剧	小说
19	王西彦	浙江义乌	无	无	无	小说、散文	小说、散文
20	王统照	山东诸城	无	无	无	小说、诗歌、散文	小说、诗歌
21	王莹	安徽芜湖	1942—1955	贝满学院、耶鲁大学、邓肯舞蹈学校	美国	戏剧、小说	无
22	戈宝权	江苏东台	1935—1938	无①	苏联	散文	小说、诗歌戏剧

---

①　1935 年戈宝权被派往莫斯科，作为天津《大公报》驻苏记者，1938 年回国。

续表

序号	作家	籍贯	留学时间	留学学校	留学国家	创作文体	译作文体
23	韦丛芜	安徽霍邱	无	无	无	诗歌	小说
24	韦素园	安徽霍邱	1920—1922	莫斯科东方共产主义劳动大学	苏联	散文、诗歌	小说
25	邓均吾	四川古蔺	无	无	无	诗歌	诗歌、散文
26	巴金	四川巴县	1927—1928	无①	法国	小说	小说、散文
27	以群	安徽歙县	1929—1931	东京政法大学	日本	小说、戏剧、散文	小说、文论
28	冯乃超	广东南海	1919—1924	日本第八高等学校、东京帝国大学	日本	诗歌、小说	小说、文论
29	冯至	河北涿县	1930—1935	海德堡大学、柏林大学	德国	诗歌	小说、诗歌、散文、文论
30	冯沅君	河南唐河	1932—1935	巴黎大学	法国	小说	诗歌、文论
31	冯宪章	广东兴宁	1928—1929	无②	日本	诗歌、小说、散文	散文、文论
32	冯雪峰	浙江义乌	无	无	无	诗歌、散文	文论、小说
33	汝龙	江苏苏州	无	无	无	小说、散文	小说、文论

---

① 因家里破产，巴金未能进入巴黎大学，只能自修法文并从事创作。
② 冯宪章在日本并未进入正式的学校。

续表

序号	作家	籍贯	留学时间	留学学校	留学国家	创作文体	译作文体
34	艾青	浙江金华	1929—1932	无①	法国	诗歌、文论	诗歌
35	石灵	江苏滨海	无	无	无	小说、诗歌、戏剧、散文	小说、戏剧、诗歌
36	田汉	湖南长沙	1916—1922	东京高等师范学校	日本	戏剧、诗歌	戏剧、文论
37	田琳	黑龙江汤原	1937—1942	奈良女子高等师范学校	日本	小说、诗歌、散文	小说、诗歌
38	叶圣陶	江苏苏州	无	无	无	小说、散文、诗歌、戏剧	诗歌、小说
39	叶灵凤	江苏南京	无	无	无	小说、散文	小说、散文
40	叶君健	湖北红安	无	无	无	小说、散文	小说、戏剧、诗歌
41	白薇	湖南资兴	1893—1926	东京女子高等师范学校	日本	戏剧、小说、诗歌	诗歌
42	白朗	辽宁沈阳	无	无	无	小说、散文	散文

---

① 艾青在法国巴黎主要学习绘画艺术,没有去具体的学校。

续表

序号	作家	籍贯	留学时间	留学学校	留学国家	创作文体	译作文体
43	包天笑	江苏吴县	无	无	无	小说	小说
44	刘大白	浙江绍兴	无	无	无	诗歌、散文	诗歌
45	刘大杰	湖南岳阳	无	无	无	小说、戏剧	小说、散文
46	刘半农	江苏江阴	1920—1925	伦敦大学、巴黎大学	英国、法国	小说、诗歌、散文	小说、诗歌
47	刘芝明	辽宁盖县	1926—1929	早稻田大学	日本	戏剧	无
48	刘呐鸥	台湾台南	1919—1925	东京青山学院、东京庆应大学	日本	小说	小说、文论
49	刘延陵	安徽旌德	无	无	无	诗歌	小说
50	刘思慕	广东新会	1926—1927	莫斯科中山大学	苏联	散文、诗歌	小说、文论
51	刘盛亚	重庆	1935—1938	法兰克福大学	德国	小说	诗歌、散文
52	关露	河北延庆	无	无	无	诗歌、小说、散文	诗歌、小说
53	庄瑞源	福建晋江	无	无	无	小说、散文	小说
54	冰心	福建长乐	1923—1926	威尔斯利女子大学	美国	小说、诗歌、散文	诗歌、小说
55	许地山	广东揭阳	1922—1924	哥伦比亚大学、牛津大学	美国、英国	小说、散文	诗歌、散文、小说

续表

序号	作家	籍贯	留学时间	留学学校	留学国家	创作文体	译作文体
56	许寿棠	浙江绍兴	1902—1909	东京弘文学院	日本	散文	无
57	许幸之	江苏扬州	1924—1927	东京美术学校	日本	诗歌、散文、戏剧	戏剧
58	成仿吾	湖北新化	1917—1921	东京帝国大学	日本	小说、戏剧、诗歌、散文	诗歌
59	老舍	北京	1924—1930	伦敦大学	英国	小说、戏剧、散文、诗歌	诗歌、戏剧、文论
60	伍光建	广东新会	1886—1892	伦敦格林威治皇家海军学院	英国	无	小说、戏剧
61	任均	广东梅县	1928—1932	早稻田大学	日本	诗歌、小说	小说、散文、文论
62	朱光潜	安徽桐城	1925—1933	爱丁堡大学、伦敦大学、巴黎大学、斯塔斯堡大学	英国、法国	文论	文论
63	朱自清	江苏东海	1931—1932	伦敦大学	英国	散文、诗歌	诗歌
64	朱彤	江苏南京	1947—1948	威斯康星大学	美国	戏剧	无
65	朱湘	安徽太湖	无	无	无	诗歌	诗歌、小说
66	朱雯	上海松江	无	无	无	小说、散文	小说

续表

序号	作家	籍贯	留学时间	留学学校	留学国家	创作文体	译作文体
67	朱镜我	浙江鄞县	1924—1927	东京帝国大学	日本	无	文论
68	朱东润	江苏泰兴	1913—1916	伦敦西南学院	英国	传记	小说
69	辛迪	天津	1936—1939	爱丁堡大学	英国	诗歌	无
70	孙大雨	浙江诸暨	1926—1930	达德穆学院、耶鲁大学	美国	诗歌	戏剧、诗歌
71	孙俍工	湖南隆回	1924—1928	东京上智大学	日本	小说、散文、诗歌、戏剧	文论
72	孙佃	上海	不详	日本大学、早稻田大学	日本	诗歌、散文、小说	诗歌
73	孙席珍	浙江绍兴	无	无	无	小说	散文、诗歌
74	孙福熙	浙江绍兴	1930—1931	巴黎大学	法国	散文、小说	无
75	孙毓棠	江苏无锡	1935—1937	东京帝国大学	日本	诗歌	无
76	孙瑜	重庆	1923—1926	威斯康星大学	美国	电影剧本	无
77	辛末艾	浙江鄞县	无	无	无	小说、散文	诗歌、小说、文论
78	沉樱	山东维县	无	无	无	小说	小说
79	沈尹默	浙江吴兴	1905—1921	日本东京帝国大学	日本	诗歌	无
80	沈起予	四川巴县	1920—1927	日本京都帝国大学	日本	小说、散文	小说、文论

续表

序号	作家	籍贯	留学时间	留学学校	留学国家	创作文体	译作文体
81	汪敬熙	江苏吴县	1920—1924	约翰·霍普金斯大学	美国	诗歌、小说	无
82	汪馥泉	浙江杭州	1919—1922	不详	日本	散文、诗歌	小说、诗歌、散文、文论
83	丽尼	湖北孝感	无	无	无	散文	小说、戏剧
84	严独鹤	浙江桐乡	无	无	无	小说、戏剧	小说
85	苏雪林	安徽太平	1921—1925	里昂海外中法学院	法国	小说、散文、戏剧	小说
86	苏曼殊	广东中山	1898—1903	横滨大同学校、早稻田大学、振武学校	日本	小说、诗歌	诗歌
87	杜宣	江西庐山	1933—1937	日本大学	日本	戏剧、散文、诗歌	文论
88	杨刚	江西萍乡	1944—1948	莱德克列夫女子学院	美国	诗歌、小说、散文	无
89	杨晦	辽宁辽阳	无	无	无	戏剧	散文、戏剧、诗歌
90	杨绛	江苏无锡	1935—1938	牛津大学、巴黎大学	英国、法国	戏剧、小说、散文	戏剧、小说、文论

续表

序号	作家	籍贯	留学时间	留学学校	留学国家	创作文体	译作文体
91	杨振声	山东蓬莱	1919—1924	哥伦比亚大学、哈佛大学	美国	散文、小说、文论	无
92	杨骚	福建漳州	1918—1925	不详	日本	诗歌、散文	小说
93	李又然	浙江慈溪	1928—1934	巴黎大学	法国	散文	散文、诗歌、戏剧
94	李尔重	河北丰润	1936—1937	仙台帝国大学	日本	散文、小说、戏剧	无
95	李伟森	湖北武昌	1924—1925	东方大学	苏联	诗歌、小说	散文、戏剧、文论
96	李金发	广东梅县	1919—1924	国立巴黎美术学院	法国	诗歌	诗歌、散文、小说
97	李定夷	江苏常州	无	无	无	小说	小说
98	李伯钊	重庆	1926—1931	莫斯科中山大学	苏联	戏剧	无
99	李叔同	浙江平湖	1905—1911	东京上野美术学校	日本	戏剧、诗歌	无
100	李劼人	四川成都	无	无	无	小说	小说
101	李青崖	湖南湘阴	1907—1912	列日大学理工学院	比利时	小说	小说
102	李岳南	河北藁城	无	无	无	诗歌、戏剧	诗歌
103	李初梨	四川江津	1925—1927	东京帝国大学	日本	文论	童话

续表

序号	作家	籍贯	留学时间	留学学校	留学国家	创作文体	译作文体
104	李健吾	山西运城	1931—1933	巴黎大学	法国	小说、戏剧、散文	小说、戏剧、散文、诗歌、文论
105	李唯建	四川成都	无	无	无	诗歌、散文	诗歌、散文
106	李霁野	安徽霍邱	无	无	无	小说、散文、诗歌	小说、散文
107	陆侃如	江苏海门	1932—1935	巴黎大学	法国	文论	文论
108	陆蠡	浙江天台	无	无	无	散文	小说
109	吴伯箫	山东莱芜	无	无	无	散文	文论、诗歌
110	吴越	江苏泗阳	1935—1936	不详	日本	诗歌、小说	无
111	吴岩	江苏吴县	无	无	无	小说、散文	小说、诗歌
112	吴虞	四川新繁	1905—1907	东京法政大学	日本	诗歌、散文	无
113	陈大悲	浙江杭州	1918—1919	不详	日本	戏剧、小说、散文	小说、戏剧、文论、散文
114	陈北鸥	福建闽侯	1933—1936	东京帝国大学	日本	戏剧、小说、诗歌	戏剧

续表

序号	作家	籍贯	留学时间	留学学校	留学国家	创作文体	译作文体
115	陈西滢	江苏无锡	1912—1922	爱丁堡大学、伦敦大学	英国	散文	小说
116	陈伯吹	江苏宝山	无	无	无	小说、散文、诗歌	童话、诗歌
117	陈学昭	浙江海宁	1927—1935	克莱蒙大学	法国	散文、小说、诗歌	小说、戏剧、文论
118	陈炜谟	四川泸县	无	无	无	小说、诗歌	小说、散文
119	陈铨	四川富顺	不详	不详	美国、德国	小说	戏剧、文论、诗歌
120	陈敬容	四川乐山	无	无	无	诗歌、散文	小说、诗歌、散文
121	陈瘦竹	江苏无锡	无	无	无	小说	戏剧、小说、文论
122	陈涓	浙江宁波	无	无	无	散文	戏剧
123	陈衡哲	江苏武进	1914—1920	沙瓦女子大学、芝加哥大学	美国	小说、散文	诗歌
124	陈梦家	浙江上虞	无	无	无	诗歌	诗歌
125	陈翔鹤	四川重庆	无	无	无	小说、戏剧	小说
126	何家槐	浙江义乌	无	无	无	小说、散文	文论

续表

序号	作家	籍贯	留学时间	留学学校	留学国家	创作文体	译作文体
127	何其芳	四川万县	无	无	无	散文、诗歌、戏剧	诗歌
128	邵洵美	浙江余姚	1924—1927	剑桥大学	英国	诗歌、散文	诗歌
129	邵荃麟	浙江慈溪	无	无	无	诗歌、小说	小说、诗歌
130	邹荻帆	湖北天门	无	无	无	诗歌	小说
131	余上沅	湖北沙市	1923—1925	卡内基大学、哥伦比亚大学	美国	戏剧、文论	戏剧、文论
132	张秀中	河北定兴	无	无	无	诗歌	小说、诗歌
133	张闻天	上海南汇	1921—1923	加利福尼亚大学	美国	小说、戏剧	小说、散文、戏剧、文论
134	张资平	广东梅县	1919—1922	东京帝国大学	日本	小说	小说、文论
135	张骏祥	江苏镇江	1936—1939	耶鲁大学	美国	戏剧	戏剧
136	张铁弦	吉林吉林	无	无	无	无	诗歌、小说、戏剧
137	张爱玲	河北丰润	无	无	无	散文、小说	散文、小说
138	纳·赛音朝克图	内蒙古察哈尔盟正蓝旗	1937—1942	东京东洋大学	日本	诗歌、散文、小说	无

续表

序号	作家	籍贯	留学时间	留学学校	留学国家	创作文体	译作文体
139	宗白华	江苏常熟	1920—1925	法兰克福大学、柏林大学	法国、德国	诗歌	文论
140	郑伯奇	陕西西安	1917—1926	京都帝国大学	日本	小说、戏剧、文论	小说
141	郑振铎	福建长乐	无	无	无	小说、诗歌、散文	诗歌、小说、戏剧
142	郑敏	福建闽侯	1943—1956	伊利诺州立大学	美国	诗歌	诗歌
143	郁达夫	浙江富阳	1913—1922	东京第一高等学校、东京帝国大学	日本	小说、散文	小说、文论
144	茅盾	浙江桐乡	无	无	无	小说、散文	小说、文论、戏剧
145	范泉	上海金山	无	无	无	小说、散文	散文、童话
146	林如稷	四川资中	1923—1930	里昂大学、巴黎大学	法国	小说、散文、诗歌	小说
147	林纾	福建闽县	无	无	无	小说、散文、诗歌	小说
148	林林	福建诏安	1934—1936	早稻田大学	日本	诗歌、散文	诗歌、文论
149	林庚	福建闽侯	无	无	无	诗歌	小说
150	林语堂	福建龙溪	1919—1923	哈佛大学、莱比锡大学	美国、德国	散文	诗歌

续表

序号	作家	籍贯	留学时间	留学学校	留学国家	创作文体	译作文体
151	林焕平	广东台山	1933—1937	东京铁道专科学校	日本	诗歌、文论	小说、文论、散文
152	林淡秋	浙江宁海	无	无	无	小说、散文	小说
153	林榕	河北蓟县	无	无	无	散文、小说、文论	小说
154	林徽因	福建闽侯	1924—1928	宾夕法尼亚大学	美国	散文、诗歌、小说、戏剧	小说、戏剧
155	欧阳凡海	浙江遂安	1933—1935	东京明治大学	日本	小说、散文、戏剧	戏剧、文论
156	欧阳予倩	湖南浏阳	1903—1911	东京成城中学、明治大学、早稻田大学	日本	戏剧、小说	戏剧、文论
157	易君佐	湖南汉寿	不详	早稻田大学	日本	诗歌、散文、戏剧、小说	无
158	罗念生	四川威远	1929—1934	俄亥俄大学、哥伦比亚大学、康奈尔大学	美国	诗歌、散文	戏剧、诗歌、散文、小说、文论

续表

序号	作家	籍贯	留学时间	留学学校	留学国家	创作文体	译作文体
159	罗洛	四川成都	无	无	无	诗歌、散文	诗歌
160	罗洪	江苏松江	无	无	无	散文、小说	小说
161	罗淑	四川成都	1929—1933	里昂大学	法国	小说	小说
162	罗家伦	浙江绍兴	1920—1926	普林斯顿大学、哥伦比亚大学	美国	小说	戏剧
163	周太玄	四川成都	1919—1930	巴黎大学	法国	诗歌	诗歌、文论
164	周作人	浙江绍兴	1906—1911	日本法政大学	日本	散文、诗歌	小说、戏剧、诗歌
165	周扬	湖南益阳	1928—1930	不详	日本	散文	小说、文论
166	周瘦鹃	江苏苏州	无	无	无	小说、戏剧	小说
167	金人	河北南宫	无	无	无	小说、诗歌	小说
168	金近	浙江上虞	无	无	无	小说、散文、诗歌	散文、文论
169	金克木	安徽寿县	无	无	无	诗歌、散文	小说、诗歌、戏剧、散文

续表

序号	作家	籍贯	留学时间	留学学校	留学国家	创作文体	译作文体
170	金满成	四川峨嵋	1919—1921	日耳曼公学	法国	散文、小说	小说
171	闻一多	湖北浠水	1922—1925	芝加哥美术学院、珂泉珂罗拉多大学	美国	诗歌、文论	诗歌
172	施蛰存	浙江杭州	无	无	无	小说、散文、诗歌	小说、诗歌、散文
173	洪灵菲	广东潮州	无	无	无	小说、诗歌、散文、文论	小说
174	洪深	江苏常州	1916—1922	俄亥俄州立大学、哈佛大学戏剧训练班	美国	戏剧、文论	戏剧、文论
175	恽铁樵	江苏武进	无	无	无	小说、戏剧	小说
176	胡山源	江苏江阴	无	无	无	小说、戏剧、散文、诗歌	小说
177	胡风	湖北蕲春	1929—1933	庆应大学	日本	诗歌、散文	文论
178	胡明树	广西桂平	1934—1937	东京法政大学	日本	诗歌、小说	诗歌
179	胡秋原	湖北黄陂	1929—1931	早稻田大学	日本	散文	无
180	胡适	安徽绩溪	1910—1917	哥伦比亚大学	美国	诗歌、散文、戏剧	诗歌

序号	作家	籍贯	留学时间	留学学校	留学国家	创作文体	译作文体
181	胡汉亮	广西汕头	无	无	无	散文	小说、散文、文论
182	胡愈之	浙江上虞	无	无	无	散文	小说、散文
183	赵罗蕤	浙江杭县	1944—1948	芝加哥大学	美国	诗歌、散文	诗歌
184	赵家璧	上海松江	无	无	无	散文	散文、小说
185	赵景深	四川宜宾	无	无	无	小说、散文、诗歌、文论	小说
186	赵瑞蕻	浙江温州	无	无	无	诗歌	诗歌、小说
187	姚克	浙江余杭	无	无	无	戏剧、散文、文论	戏剧
188	姚奔	吉林扶余	无	无	无	诗歌	诗歌
189	贺玉波	湖南澧县	无	无	无	小说	小说
190	饶孟侃	江西南昌	1924—1926	芝加哥大学	美国	小说、诗歌	小说、诗歌
191	高士其	福建福州	1925—1930	威斯康星大学、芝加哥大学	美国	诗歌	无
192	高植	安徽合肥	无	无	无	小说、散文	小说、文论

序号	作家	籍贯	留学时间	留学学校	留学国家	创作文体	译作文体
193	郭沫若	四川乐山	1914—1923	九州帝国大学	日本	诗歌、小说、戏剧	小说、诗歌、戏剧
194	郭绍虞	江苏苏州	无	无	无	诗歌	戏剧、文论
195	唐弢	浙江镇海	无	无	无	散文	散文
196	唐鸣时	浙江嘉善	无	无	无	诗歌	戏剧、诗歌
197	唐湜	浙江温州	无	无	无	诗歌	诗歌、小说
198	凌叔华	广东番禺	无	无	无	小说、散文、戏剧	小说
199	聂绀弩	湖北京山	1925—1927	莫斯科中山大学	苏联	小说、散文、诗歌、戏剧	文论
200	秦似	广西博白	无	无	无	诗歌、散文	小说、散文、文论
201	秦瘦鸥	上海嘉定	无	无	无	小说	小说
202	夏丏尊	浙江上虞	无	无	无	散文、小说	小说
203	夏衍	浙江杭州	无	无	无	戏剧、散文、文论	小说、散文、文论

续表

序号	作家	籍贯	留学时间	留学学校	留学国家	创作文体	译作文体
204	袁水拍	江苏吴县	无	无	无	诗歌、散文、小说	诗歌、小说、散文、文论
205	袁昌英	湖南醴陵	1916—1921	爱丁堡大学	英国	戏剧、散文、小说	戏剧
206	顾一樵	江苏无锡	1923—1928	麻省理工学院	美国	小说、戏剧、诗歌	小说
207	顾仲彝	浙江余姚	无	无	无	戏剧、文论	戏剧、小说
208	贾植芳	四川襄汾	1936—1937	日本东京大学	日本	散文、小说、诗歌、戏剧	文论、散文
209	耿济之	上海	无	无	无	小说、文论	小说、戏剧、散文
210	陶晶孙	江苏无锡	1919—1927	九州帝国大学	日本	小说、戏剧、散文	小说、戏剧
211	陶雄	江苏镇江	无	无	无	小说、戏剧	散文、小说
212	徐訏	浙江慈溪	1936—1937	巴黎大学	法国	小说、散文、诗歌、戏剧	无

续表

序号	作家	籍贯	留学时间	留学学校	留学国家	创作文体	译作文体
213	徐迟	浙江吴兴	无	无	无	散文、诗歌	小说、传记
214	徐志摩	浙江海宁	1918—1922	哥伦比亚大学、剑桥大学	美国、英国	诗歌、散文、戏剧	小说、诗歌、散文
215	徐蔚南	江苏吴县	不详	庆应大学	日本	小说、散文	小说
216	徐霞村	湖北阳祁	无	无	无	小说、散文、文论、诗歌	小说、戏剧、文论
217	徐懋庸	浙江上虞	无	无	无	散文	散文、文论
218	徐祖正	江苏昆山	1913—1922	东京高等师范学校、京都大学	日本	小说、散文	小说、诗歌
219	徐卓呆	江苏吴县	1902—1905	日本体育会体操学校	日本	小说、戏剧	戏剧、小说
220	徐仲年	江苏锡山	1921—1930	里昂大学	法国	小说、散文、诗歌、文论	小说、诗歌
221	钱钟书	江苏无锡	1935—1938	牛津大学艾克赛特学院、巴黎大学	英国、法国	小说、散文、文论	文论
222	钱玄同	浙江吴兴	1906—1910	早稻田大学	日本	散文	无
223	倪贻德	浙江杭县	1927—1928	川端绘画学校	日本	小说、散文	戏剧

续表

序号	作家	籍贯	留学时间	留学学校	留学国家	创作文体	译作文体
224	康白情	四川安岳	1920—1924	加利福尼亚大学伯克利分校	美国	诗歌	无
225	梁宗岱	广东新会	1924—1931	日内瓦大学、巴黎大学、海德堡大学等	瑞士、法国、德国等	诗歌、散文、戏剧	诗歌、散文、文论
226	梁实秋	浙江杭州	1923—1926	克罗拉多大学	美国	散文、文论	戏剧、散文、诗歌
227	盛成	江苏仪征	1919—1926	法国蒙彼利埃大学、意大利帕多瓦大学	法国、意大利	散文	小说、诗歌
228	曹禺	湖北潜江	无	无	无	戏剧	戏剧
229	曹葆华	四川乐山	无	无	无	诗歌	诗歌、文论
230	曹靖华	河南卢氏	1921—1933	莫斯科大学	苏联	诗歌、散文、戏剧	戏剧、小说
231	萧三	湖南湘乡	1922—1923	莫斯科劳动者大学	苏联	诗歌、散文、文论	戏剧、散文、文论
232	萧乾	北京	1942—1944	剑桥大学	英国	小说、散文、文论	小说、散文、戏剧
233	黄源	浙江海盐	1928—1929	不详	日本	散文	小说
234	黄裳	山东益都	无	无	无	散文、戏剧	小说
235	绿原	湖北黄陂	无	无	无	诗歌、小说、散文	诗歌、散文、文论

续表

序号	作家	籍贯	留学时间	留学学校	留学国家	创作文体	译作文体
236	谢冰莹	湖南新化	1931—1936①	不详	日本	散文、小说	无
237	谢六逸	贵州贵阳	1919—1922	早稻田大学	日本	散文、文论	散文、文论、小说
238	曾今可	江西泰和	1919—1924	早稻田大学	日本	诗歌、小说、散文	诗歌、小说
239	曾卓	湖北武汉	无	无	无	诗歌、散文、戏剧、小说	诗歌
240	曾虚白	江苏常熟	无	无	无	小说、文论	小说
241	葛一虹	上海嘉定	无	无	无	戏剧	戏剧、文论
242	董秋芳	浙江绍兴	无	无	无	散文	小说、戏剧、散文、文论
243	蒋天佐	江苏靖江	无	无	无	诗歌、散文、文论	小说
244	蒋百里	浙江宁海	1901—1906	日本士官学校	日本	诗歌	无

————————

①　谢冰莹1931年和1935年两次前往日本留学,中间有一段时间在国内。

序号	作家	籍贯	留学时间	留学学校	留学国家	创作文体	译作文体
245	蒋光慈	安徽六安	1921—1924	莫斯科东方大学	苏联	诗歌、小说	小说
246	彭康	江西萍乡	1920—1927	京都帝国大学	日本	散文、文论	文论
247	彭慧	安徽安庆	1927—1930	苏联中山大学	苏联	小说、散文	小说、散文
248	焦菊隐	天津	1934—1938	巴黎大学	法国	文论	戏剧、小说、诗歌、文论
249	程小青	上海	无	无	无	小说	小说
250	傅东华	上海崇明	无	无	无	散文、文论	小说、戏剧、文论
251	傅斯年	山东聊城	1919—1926	伦敦大学、柏林大学	英国、德国	散文	无
252	傅雷	上海南汇	1927—1931	巴黎大学	法国	散文、文论	小说、诗歌、散文、文论
253	鲁迅	浙江绍兴	1902—1908	仙台医学院	日本	小说、散文、诗歌、文论	小说、诗歌、散文、文论、戏剧
254	鲁彦	浙江镇海	无	无	无	小说、散文	小说、诗歌

续表

序号	作家	籍贯	留学时间	留学学校	留学国家	创作文体	译作文体
255	楚图南	云南文山	无	无	无	散文、小说	诗歌
256	楼适夷	浙江余姚	1929—1931	不详	日本	散文、小说、戏剧	小说、诗歌
257	雷石榆	广东台山	1933—1935	中央大学	日本	诗歌、小说、戏剧、文论	诗歌
258	雷溅波	云南思芳	1935—1937	东京大学	日本	诗歌	无
259	蓝曼	河北武强	无	无	无	诗歌	诗歌、散文
260	蔡仪	湖南攸县	1929—1937	东京高等师范学校、九州帝国大学	日本	文论	无
261	缪崇群	江苏六合	不详	不详	日本	散文	散文
262	熊佛西	江西丰城	1923—1926	哥伦比亚大学	美国	戏剧、小说、文论	无
263	颜一烟	北京	1934—1937	早稻田大学	日本	戏剧、小说	文论、小说
264	黎烈文	湖南湘潭	1927—1932	巴黎大学	法国	小说、散文	小说
265	穆木天	吉林伊春	1918—1926	京都第三高等师范学校、东京帝国大学	日本	诗歌、散文、文论	小说

续表

序号	作家	籍贯	留学时间	留学学校	留学国家	创作文体	译作文体
266	穆旦	浙江宁海	1949—1953	芝加哥大学	美国	诗歌	诗歌、小说、文论
267	戴望舒	浙江杭县	1932—1935	巴黎大学、里昂中法大学	法国	诗歌、散文、文论	诗歌
268	魏荒弩	河北无极	无	无	无	诗歌	诗歌
269	魏猛克	湖南长沙	1935—1937	东京明治大学	日本	散文	文论
270	瞿世英	江苏常州	1924—1926	哈佛大学	美国	文论	戏剧、文论
271	瞿秋白①	江苏常州	1920—1922	无	苏联	小说	小说

从表中统计信息可以发现，中国现代作家有 157 位有留学经历，数量非常可观，其中以留学日本、英国、法国、美国和苏联的作家为主。有留学经历的这些作家大多通过阅读原文结缘外国文学，其中有 241 位作家有翻译作品的经历。"留学"无疑是这些作家与外国文学结缘的最好方式，此外，这些作家中还有 114 位虽无留学经历，但也凭借现代教育而精通外语，从事文学翻译，这两部分作家共同组成了现代作家中的翻译家群体，他们之中大部分人有"两支笔"，一支"翻译"，一支"创作"，在翻译的同时进行创作。翻译文学促进了中国现代文学各种文体的发生，这是不争的事实，但关键问题在于我们应该如何考察这种文体发生的机制，翻译文学对作家创作实践的影响因创作主体的不同而呈现多元化、复杂化的特点，有的作家通过直接阅读外国文学作品并从事翻译，在翻译的同时进行创作，有的作家是通过阅读他人的翻译文学进而影响创作，当然这也不排除前述有翻译实践的作家也有可能接触其他人的翻译文学，因此，要想厘清外国文学译介与现代文体发生的关系，不仅仅要考察翻译过来的翻译文学

———————

① 1920 年瞿秋白以北京《晨报》记者身份赴苏俄，1921 年担任莫斯科东方大学中国班教员，1923 年 1 月回国。

作品对现代文体发生的影响，作家在翻译过程中的翻译实践同样是本课题考察的题中应有之义。

选择此课题，可以使尘封已久的原始资料得以更为充分地发挥其应有的价值和作用，使故有的传统研究模式得以开拓和更新。以外国文学译介与现代文体发生作为切入点，展现在世界广阔的文学、文化、思想大背景下，中国现代文学对外国文学的借鉴，以比较文学视域来研究外国文学对中国现代文体发生的影响，这对于当下的中国现代文学学科的深层次研究而言，无论是从历史层面，还是从现实层面，都具有重要的现实意义和价值。其一，现代文学深受西方文学和文化的全方位影响，从西方输入的思想文化以及现代文体资源，构成了现代文学的外来滋养，"中与西""传统与现代"是研究现代文学必须面对的问题，中国现代文学的很多问题都必须从中西关系中才能得到深刻的阐释。其二，本课题在研究过程中对现代作家与外国文学结缘的诸如翻译文本、序跋、书话、评论等相关历史文本进行详细统计和系统整合，以期为现代文学提供新的解读视角和研究视野，在史料整理与研究方面均具有一定的拓荒意味。通过对现代文体发生学上的影响研究，得出一些不同于以往的、新的结论，使某些原来朦胧含混的东西能获得更加清晰的解读，使某些原有的、点到即止的结论得以系统深入地展开。其三，从译介学、发生学视角研究现代文体发生，具有重要的学术价值。本课题在对中国现代作家外国文学译介活动和译本进行全面系统的梳理与考察的基础上，由诗歌、戏剧、小说、散文四种文体入手，从发生学的角度探究外国文学译介给现代文体所带来的变化，初步建构外国文学译介与现代文体发生研究的框架结构与理论体系，拓展和深化了中国现代文体研究，具有较为重要的学术价值。其四，从多维视角研究现代文体发生，具有现实意义。从译介学、发生学等多维视角全面总结现代文体对外国文学的继承与发扬，探究其成就与不足，有利于反思现代文体发展中存在的问题，对当下文体发展具有一定的现实指导意义，亦可为当下文学译介中的文体输入与输出问题提供借鉴，这也是本课题的研究价值所在。

第四节　研究方法及内容

根据目前"外国文学译介与现代文体发生"研究的实际情况，本课题借鉴文献学的相关研究方法对现代作家与外国文学的相关资料进行系统的梳理，运用历史学方法对现有资料进行相关考证，通过比较文学、译介学的相关研究方法进行深入探讨。其一，从文献整理、钩沉着手，对现代作家相关译本、期刊文献中刊载的译文序跋、文论译介（包括直接翻译的文论和外国文学批评等）进行系统梳理，在系统辑录的基础上展开研究。其二，将实证研究与文本细读相结合，基于本课题翻译文学与中国现代文学文体关系的比较研究，需对现代作家接受外国作家作品和文学思潮影响的历史文本进行系统梳理，找出他们借鉴的原始资料进行求证，把研究结论建立在事实的基础上，最终才能确保研究结论的科学性和严谨性。"文本细读"是指对现代作家的文学创作、文学翻译、文学批评文本包括作家序跋、书信进行细读，从中探究作家对外国文学的融会贯通，探究其对现代诗歌、戏剧、小说、散文四种文体的建构作用。其三，将比较文学研究与译介学研究方法相结合。"比较文学研究"是一种较为开放的、外向型的研究，其更多着眼于跨文化的比较，是一种影响研究，本课题在研究时将现代文学各种文体特征的研究置于世界文学的广阔背景下，以现代作家的翻译文学和创作为研究个案，更多基于现代作家的作品去探究这些作家所受的外国文学影响，这些影响又是如何内化在他们的作品中的，其中透露出怎样的外国文学影响的质素。由于现代作家在文学创作和文学翻译中多是各体兼备，有些作家如胡适、郭沫若等在小说、诗歌、戏剧等文体上均有所成，因此在探讨中会出现作家同时交叉出现在不同文体研究中的现象，如在自由诗体的发生、现代短篇小说的发生、现代传记文学的发生、"五四"问题剧的发生中都涉及胡适，在自由诗体的发生和"五四"浪漫主义戏剧的发生中同时涉及郭沫若，这是课题研究本身的需要，亦由研究对象的特性所决定。研究中更多关注那些在创作与翻译方面并重的作家，关注这些作家的翻译作品、外国文学的相关评论、书评、序跋和译介文章如何内化于这些作家的创作，进而探究外国文学译介对现代各种文体的形塑。"译介学"把现代作家的"文学翻译"看作研究对象，对它的文学交流、影响、接受、传播等问题进行考察和分析。在翻译文本的研究中借鉴美国翻译批评家韦努蒂的"异化翻译"理论的相关方法，来探讨现代作家翻译时的"异化"给现代文体所带来的"话语之异"和"文体之异"。①

　　本课题的总体研究思路是，在对现代作家与外国文学结缘的原始资料进行系统梳理的基础上，从诗歌、戏剧、小说、散文四种文体入手，尝试

---

①　张景华. 翻译伦理：韦努蒂翻译思想研究［M］. 上海：上海交通大学出版社，2009：124.

将现代四种文体放置到它们发生的历史文化语境中，用四章分别探讨外国文学对现代各种文体的形塑，探讨它们是如何借助外国文学对现代文体进行建构的，分门别类根据文体的不同深入研究外国文学与中国现代文体发生的关系。文体虽然是对文本共性的概括，但离不开作家个体风格的融入，因此在每一种文体的探讨中力求能将宏观层面的理论溯源、译介分析和作家的个案研究结合起来，选取有代表性的作家个案，对其作品与外国文学的关系进行相关研究，探究作家个体因与外国文学结缘而对诗歌、戏剧、小说、散文理论的思考，在此基础上也从宏观层面探讨各种文体发生的整体风貌，以期更全面地揭示外国文学译介对现代文体发生的影响。在上述分文体进行研究之外，还有一个需要关注的内容是译文序跋、文论译介对于现代文体建构的作用，这是第五章要探讨的内容。现代作家在翻译之时，多会为自己的译文(本)撰写序跋，有些作家会在作品翻译之余，译介一些文论，此外，现代作家在翻译与创作之余，也会对外国文学作品进行评介，这些外国文学批评本身就带有作家的文体批评思想，这些序跋和文论译介涉及各种文体，从体量、文体分布和其中蕴涵的文体知识而言，这些译文序跋和文论译介对于现代文体建构方面的努力同样不可忽略，值得探讨。

第一章　诗歌译介与新诗文体发生：
"中文写的外国诗"

对于"新诗"源自外国这一说法，新文学的大家们可谓众口一词。朱自清认为"新诗"的"最大的影响是外国的影响"，他称"诗的分段分行"是"模仿外国"，"外国文学的翻译"是"明证"，"胡氏自己说《关不住了》一首是他的新诗成立的纪元，而这首诗却是译的，正是一个重要的例子"（《〈中国新文学大系·诗集〉导言》）①，并认为"译诗才能多给我们创造出新的意境来"（《译诗》）②。卞之琳也认为"用说话调子""写起来分行"的"新诗"是从西方"引进"的③。梁实秋甚至直接说"新诗，实际上就是中文写的外国诗"④，"诗并无新旧之分，只有中外可辨。我们所谓新诗就是外国式的诗"。他认为"十四行体""俳句体""颂赞体""巢塞体""斯宾塞体""三行连锁体"等新产生的诗体，大多数采用的"自由诗体"，"写法则分段分行，有一行一读，亦有两行一读"，"这是在新诗的体裁方面很明显的露出外国的影响"（《新诗的格调及其他》）⑤。

中国现代新诗文体得以挣脱古典诗歌的束缚，从语体、形式以及内容层面建构全新的诗体得益于外国诗歌这一催化剂。正是外国诗歌译介催生了新诗这一文体的发生，促进了新诗语体的创新，改变了新诗的语言表达，丰富了新诗的词汇，并为新诗带来了新的艺术手法，并最终诱发自由诗体、散文诗体、小诗体、十四行诗体等迥异于传统诗歌的新诗体的诞生。因此卞之琳才说"新诗受西方诗的影响，主要是间接的，就是通过翻

---

① 中国作家协会诗刊社. 中国新诗百年志 理论卷 上[M]. 北京：中国工人出版社，2017：135.

② 张烨. 朱自清散文全集 上集[M]. 北京：中国致公出版社，2001：404.

③ 卞之琳. 人与诗：忆旧说新[M]. 北京：生活·读书·新知三联书店，1984：186.

④ 梁实秋. 新诗的格调及其他[A]. 杨匡汉，刘福春. 中国现代诗论（上编）[M]. 广州：花城出版社，1985：141.

⑤ 梁由之. 梦想与路径：1911—2011 百年文萃 1[M]. 北京：商务印书馆，2012：167-168.

译"(《新诗和西方诗》)①，更有论者称"五四文学革命得以成功始自诗歌体裁的革命，而这场革命就是通过翻译这个犀利的武器引进了更为强大的外力而终成正果"②。现代作家在诗歌创作和译介方面成就较为突出，既有胡适的自由体诗歌的翻译、提倡和创作，郭沫若深受外国浪漫主义诗风影响的自由体诗创作，刘半农对屠格涅夫散文诗的译介和创作尝试，也有周作人的日本俳句、短歌，郑振铎的泰戈尔诗歌译介，宗白华的"流云"和冰心的"春水体"小诗创作，更有胡适、闻一多、孙大雨等的十四行诗体的借鉴与创作。现代作家的诗歌创作和翻译形成了良好的同一性和互文性，共同促进了现代新诗文体发生。从新诗诗体形式而言，新诗增加了一些中国传统诗歌没有的新诗体，如自由诗体、小诗体、散文诗体和现代格律诗中的十四行诗体等，本章在研究中选取最受外国诗歌翻译影响的这几类诗体展开研究，通过这些诗体发生过程中诗人对外国诗歌理论的借鉴、诗歌的翻译以及创作，来探究这些新诗文体发生的机制。

第一节　现代自由诗体的发生

现代新诗的发生肇始于"五四"时期，自由诗体是"五四"时期的主导诗体。新诗发生伊始，"白话诗"的反对者梅光迪认为"白话诗者"是"纯拾自由诗 Vers libre 及美国近年来形象主义 Imagism 之余唾"③，梅光迪在此处的立场虽然是批驳"白话诗"，把"自由诗"和"形象主义"看成"堕落派之两支"，但无意之中也揭示了早期"白话诗"的两个特点，其一是"白话诗"是自由诗，其二是"白话诗"源自外国。对于早期白话诗的自由倾向，朱自清在《新文学大系诗集·导言》中把第一个十年(1917—1927)的新诗"强立名目"，分为"自由诗派""格律诗派"和"象征诗派"，④ 这其中所"强立"出来的"自由诗派"主要指向的就是"五四"新诗发生初期的自由诗体，"自由诗派"在新诗发生伊始也被称为"白话诗"。

从新诗的发生来看，白话形式的外国诗歌翻译是"五四"时期白话新

---

①　卞之琳. 人与诗：忆旧说新[M]. 北京：生活·读书·新知三联书店，1984：192.

②　汤富华. 论翻译之颠覆力与重塑力：重思中国新诗的发生[J]. 中国翻译，2009，30(3)：23.

③　赵家璧. 中国新文学大系　第2集[M]. 上海：上海良友图书公司，1935：129.

④　蔡元培，等.《中国新文学大系》导言集[M]. 贵阳：贵州教育出版社，2014：208.

诗创作的先导。朱自清在《真诗》一文中直接指出"新文学运动实在是受外国的影响"，认为胡适的新诗"也是借镜于外国诗，一翻《尝试集》就看得出"。在朱自清看来，"照诗的发展的旧路，新诗该出于歌谣"，沿着歌谣的路径继续发展，"但我们的新诗早就超过这种雏形了"，没有照歌谣的"旧路"发展，而是直接超过了歌谣这种"雏形"，"这就因为我们接受了外国的影响"，"这是欧化，但不如说是现代化"。① 因此，王光东认为"'五四'新文学就是在翻译文学的直接参与下开始的"。他指出，中国现代意义的诗歌自郭沫若的《女神》真正建立，"很明显受歌德、拜伦、泰戈尔的诗歌文体、表达方式影响非常大"，"从这个意义上来看，外国的翻译文本直接进入了新文学的建设过程中"。② 对于外国翻译诗歌对新诗的影响，诗人卞之琳也说："译诗，比诸外国诗原文，对一国的诗创作影响更大，中外皆然。"在卞之琳看来，"五四"初期流行的"自由诗"的"往往拖沓、松散""不应归咎于借鉴了外国诗"，是因为翻译过来的"译诗""往往拖沓、松散"导致，而并不是外国诗歌原作如此，因此，卞之琳认为就"译诗"的作用这一点而言，"我们众多的外国诗译者"有"功"也有"过"。③ 这也说明了"白话诗"是翻译过来的外国译诗的模仿，是"译诗"的"往往拖沓、松散"帮助新诗"自由"，实现了对中国传统格律诗藩篱的突破，在借鉴和模仿的基础上完成了诗体的大解放。

胡适是早期白话诗的理论倡导者，也是较早"尝试"用白话翻译外国诗歌并同时用白话创作诗歌的诗人，他的白话诗被称为"胡适之体"，是"五四"早期自由诗体的"尝试"。胡适之后，郭沫若的自由诗创作受泰戈尔、惠特曼、歌德等外国浪漫主义诗歌影响，实现了新诗形式的"绝端自由"，《女神》也因此成为真正意义上的第一本新诗集。以胡适为代表的早期白话诗和以郭沫若为代表的自由诗构成了现代自由诗体发生的两条路径，他们均在借鉴外国翻译诗歌的基础上实现了诗歌形式上的自由。因此，我们可以说，没有外国诗歌的白话翻译和外国诗歌理论资源的译介，就没有现代自由诗体的发生。

一、"胡适之体"的新诗"尝试"

胡适是白话诗的理论提倡者、创作者和外国诗歌翻译者，他早期诗歌

---

① 朱自清. 新诗杂话[M]. 北京：生活·读书·新知三联书店，1984：87.
② 朱寿桐. 汉语新文学通论[M]. 北京：生活·读书·新知三联书店，2018：517.
③ 卞之琳. 卞之琳文集 中卷[M]. 合肥：安徽教育出版社，2002：506.

的代表作是 1920 年 3 月出版的白话新诗集《尝试集》，这是现代文学史上第一部白话新诗，是胡适最早的新诗"尝试"。胡适（1891—1962），字适之，安徽绩溪人，现代著名作家，"五四"新文化运动的领袖，在诗歌、戏剧、散文、小说等领域都有所建树。胡适与外国文学的结缘是因为留学，他于 1910 年留学美国，是庚子赔款的官费生，最初进入美国康乃尔大学的农学院，后转入文学院研读哲学和文学，获文学硕士学位。1915年，胡适进入哥伦比亚大学研究院研究哲学，师从著名学者杜威。1917年，胡适在《新青年》上发表了《文学改良刍议》一文，提倡白话文，反对文言文，举起了文学革命的大旗。

陈子展称胡适的白话新诗为"胡适之体"，认为"胡适之体可以说是新诗的一条新路"①。胡适自己也撰文《谈谈"胡适之体"的诗》②，可见胡适本人也认同这一说法，文中胡适指出自己的"胡适之体"新诗的第一个特点是"明白清楚"。梁实秋在《我也谈谈"胡适之体"的诗》一文中也认为胡适所说的这一特点尤其重要，应该是白话诗共有的特点。在梁实秋看来，"'白话'的'白'，其一意义即是'明白'之'白'。所以'白话诗'亦可释为'明白清楚的诗'"③。胡适白话诗的"明白清楚"这一特点的形成离不开他的诗歌翻译，可以说，正是因为用白话翻译外国诗歌，才产生了其早期白话诗的"明白清楚"，也正是因为这种"明白清楚"，带来了"诗的内容不够"。废名在分析《尝试集》中的《一笑》《应该》等诗作时指出，胡适的诗歌虽然诗体是解放了，但"诗的内容不够"，"我们的新诗应该就是自由诗，只要有诗的内容，然后诗该怎样做就怎样做，不怕旁人说我们不是诗了"。④

胡适的译诗开始于 1908 年翻译的英国诗人阿尔弗雷德的《六百男儿行》，结束于 1928 年《译峨默诗两首》，一共 25 首。这些译诗有的单独发表，有的掺杂于其他创作之中，其中《老洛伯》和《关不住了！》被收入其新诗集《尝试集》，呈现出创作与翻译的杂糅。为研究的方便，现把胡适的译诗梳理如下。

---

① 胡适. 倡导与尝试[M]. 哈尔滨：北方文艺出版社，2018：354.
② 胡明. 胡适诗存[M]. 北京：人民文学出版社，1993：418.
③ 梁实秋. 梁实秋散文集 第 4 卷[M]. 长春：时代文艺出版社，2015：99.
④ 废名. 谈新诗[M]. 北京：商务印书馆，2018：21.

表 1-1　胡适译诗统计表①

序号	译作	发表时间、刊物或出版社	原著作者
1	《六百男儿行》	1908 年 10 月 15 日《竞业白话报》第三十期	[英]阿尔弗雷德
2	《军人梦》	1908 年 10 月 25 日《竞业白话报》第三十一期	[英]托马斯·堪白尔
3	《缝衣歌》	1908 年 10 月 25 日《竞业白话报》第三十一期	[英]托马斯·霍德
4	《惊涛篇》	1908 年 11 月 14 日《竞业白话报》第三十三期	[英]托马斯·堪白尔
5	《晨风篇》	1909 年 1 月 12 日《竞业白话报》第三十九期	[英]亨利·朗费罗
6	《译诗一首》	1913 年 1 月《留美学生年报》第二年本	[德]海涅
7	《乐观主义》	译于 1914 年 1 月 29 日，《藏晖室札记》卷三，1939 年亚东图书馆	[英]卜朗吟
8	《哀希腊歌》	译于 1914 年 2 月 3 日，《尝试集》，1920 年 3 月初版	[英]拜伦
9	《大梵天》	译于 1914 年 8 月 7 日，《藏晖室札记》卷六，1939 年亚东图书馆	[美]爱美生
10	《康可歌》	译于 1914 年 9 月 7 日，《藏晖室札记》卷六，1939 年亚东图书馆	[美]爱美生
11	《墓门行》	1915 年 6 月《留美学生季报》夏季第 2 号	[美]阿瑟·凯切姆

---

① 统计时参照廖七一著的《胡适诗歌翻译研究》(清华大学出版社 2006 年版)、胡明编的《胡适诗存》(人民文学出版社 1993 年版)、陈金淦编的《胡适研究资料》(北京十月文艺出版社 1989 年版)等编辑而成。

续表

序号	译作	发表时间、刊物或出版社	原著作者
12	《老洛伯》	1918 年 4 月 15 日《新青年》第 4 卷第 4 号	[苏格兰]安尼·林赛
13	《关不住了!》	1919 年 3 月 15 日《新青年》第 6 卷第 3 号	[美]萨拉·蒂斯代尔
14	《希望》	1919 年 4 月 15 日《新青年》第 6 卷第 4 号	[波斯]奥玛·卡鲁姆
15	《奏乐的小孩》	1919 年 11 月 1 日《新青年》第 6 卷第 6 号	[美]奥斯汀·多布森
16	《译亨利·米超诗》	译于 1924 年 10 月 30 日，未刊，后收入 1964 年 12 月台湾商务印书馆的《胡适之先生诗歌手迹》	[美]亨利·米超
17	《译诗一篇》（又题《别离》）	1924 年 11 月 24 日《语丝》周刊第 2 期	[英]托马斯·哈代
18	《米桑》	1924 年 12 月 31 日《晨报六周年纪念增刊》	[法]大仲马
19	《清晨的分别》	1926 年 1 月《现代评论》第 1 年纪念增刊(总题《译诗三首》)	[英]罗保特·勃朗吟
20	《你总有爱我的一天》	译于 1925 年 5 月，未刊，后发表于 1964 年 2 月 1 日台北《传记文学》第 4 卷第 2 期	[英]罗保特·勃朗吟
21	《薛莱的小诗》	1926 年 1 月《现代评论》第 1 年纪念增刊(总题《译诗三首》)	[英]薛莱
22	《月光里》	1926 年 1 月《现代评论》第 1 年纪念增刊(总题《译诗三首》)	[英]托马斯·哈代
23	《竖琴手》	1926 年 3 月 29 日《晨报副镌》	[德]歌德
24	《译峨默诗两首》	1928 年 9 月 10 日《新月》第 1 卷第 7 号	[波斯]峨默·伽亚谟

　　胡适的译诗呈现出对诗歌文体的多维尝试，从最初的文言古体、骚体到白话诗体均有涉及。他 1908 年最初的译诗《六百男儿行》①采用的是五言古体，我们来看第一段的八句话：

半里复半里，半里向前驰。

驰驱入死地，六百好男儿。

男儿前进耳，会须夺炮归。

驰驱入死地，六百好男儿。

　　这首译诗明显带有中国古体诗的韵味和特点。胡适随后的《军人梦》《缝衣歌》《惊涛篇》《晨风篇》依然采用古体诗进行翻译。1914 年，胡适用"骚体"翻译了英国诗人卜朗吟的《乐观主义》一诗，译诗如下：

乐观主义

吾生唯知猛进兮，

未尝却顾而狐疑。

见沉霾之蔽日兮，

信云开终有时。

知行善或不见报兮，

末闻恶而可为。

虽三北其何伤兮，

待一战之雪耻。

吾寐以复醒兮，

亦再蹶以再起。

　　在本诗的后记中胡适称这个"译稿""可谓为我辟一译界新殖民地也"，认为"以骚体译说理之诗，殊不费气力而辞旨都畅达"。②胡适之后的译诗《哀希腊歌》《墓门行》都尝试使用"骚体"进行翻译，其中《康可歌》依然采用古体诗翻译，《大梵天》采用文言散文进行翻译。自 1918 年的译诗《老洛伯》《关不住了!》开始，胡适才开始尝试使用白话自由体进行翻译，这也影响到了胡适同期的白话诗创作。对于翻译，胡适称"都侧重自由的意

---

①　胡明. 胡适诗存 [M]. 北京：人民文学出版社，1993：380.

②　胡明. 胡适诗存 [M]. 北京：人民文学出版社，1993：389.

译，务必要'典雅''而不妨变动原文的意义与文字'"①。由胡适的这一翻译主张我们发现，他的"译诗"带有创作的成分，这也难怪之后出版的《尝试集》变成了一部著译合集。

胡适不仅翻译诗歌，在白话文运动和新诗理论提倡方面也颇有建树。1917 年 1 月，胡适在《新青年》上发表了《文学改良刍议》一文，提倡白话文运动，提出"八事"的主张，此时的胡适正在美国哥伦比亚大学读研究生，他的白话文运动主张受到了美国意象派的影响。关于这一点，我们在胡适 1916 年 12 月 25 日的《留学日记》中可以寻得踪迹，他在这一日的"日记"下粘贴了从《纽约时报》剪下的美国意象派诗人罗威尔的《宣言》六条原理的引文书评，并加注批语称"此派所主张，与我所主张多相似之处"②。胡适 1910 年赴美留学，1917 年回国，这一时间段正好是美国"意象派"诗歌盛行的时期，诗人艾兹拉·庞德和罗威尔是这一诗派的代表诗人。因此，梁实秋在《现代中国文学之浪漫的趋势》一文中认为胡适等人倡导的白话文是受了美国罗威尔女士等倡导的"影像主义"（意象主义）的影响，他在文中指出"近年倡导白话文的几个人差不多全是在外国留学的几个学生"，他说：

> 我想，这一派十年前在美国声势最盛的时候，我们中国留美的学生一定不免要受其影响。试细按影像主义者的宣言，列有六条戒条，主要的如不用典、不用陈腐的套语，几乎条条都与我们中国倡导白话文的主旨吻合。所以我想，白话文运动是由外国影响而起。③

我们从胡适与梅光迪的辩论中也可以发现美国"新潮流"对胡适白话文运动主张的影响。在《梅光迪致胡适函》中，梅光迪认为胡适"诚豪健哉"，称他把西洋诗界新思潮引入国内的做法是"革尽古今中外诗人之命者"，认为"盖今之西洋诗界，若足下之张革命旗者亦数见不鲜。最著者有所谓 Futurism（未来主义）、Imagism（意象主义）、Free Verse（自由诗）及各种 Decadent Movement in Literature and in Arts……大约皆足下'俗话诗'之流亚……"。④

胡适是"五四"新文学运动的领袖，他积极倡导文体形式的革新。在

---

① 胡适. 胡适自述：我的歧路[M]. 沈阳：万卷出版公司，2014：58.
② 胡适. 胡适留学日记 第 4 册[M]. 上海：商务印书馆，1948：1071-1073.
③ 梁实秋. 浪漫的与古典的（第 2 版）[M]. 上海：新月书店，1928：6.
④ 蔡德贵. 巴哈伊文献集成 第 1 卷[M]. 济南：山东大学出版社，2016：6.

《谈新诗——八年来的一件大事》一文中，胡适认为"欧洲三百年前各国国语的文学""十八、十九世纪法国嚣俄、英国华次活（Wordsworth）等提倡的文学改革"以及"近几十年来西洋诗界的革命"等古今中外的文学革命运动，大概都是从"文的形式"下手，首先进行语言、文字、文体的解放，因此，他认为中国的文学革命也要进行语言文字和文体的解放，宣称"新文学的语言是白话的，新文学的文体是自由的，是不拘格律的"。胡适认为形式和内容密切相关，只有打破形式上的束缚，才能真正使精神自由发展。正是基于这一认识，他才把"五四"新诗运动称为"诗体的大解放"，因为只有实现"诗体的大解放"，"丰富的材料，精密的观察，高深的理想，复杂的感情，方才能跑到诗里去"。① 胡适的"诗体的大解放"的新诗主张也体现在《〈尝试集〉序》一文中。他在此文中提出，如果要做用"白话的字、白话的文法和白话的自然音节"的真正的白话诗，就"非做长短不一的白话诗不可"。胡适此处所说的"长短不一"就是说要从"诗体"上首先打破"一切束缚自由的枷锁镣铐"，实现"诗行"的完全自由，这是第一步。其次是采用"说话"的方式，"有什么话，说什么话；话怎么说，就怎么说"，只有这样才能有"真正白话诗"。② 对于如何打破形式上的束缚和镣铐，胡适指出可以"取例"西洋，西洋的文学方法"实在完备得多，高明得多"③。

胡适是现代新诗的最初尝试者，《尝试集》是现代文学史上第一个白话诗的个人诗集，1920年3月由亚东图书馆出版，集中除收录胡适的白话诗创作之外，还收录了胡适的译诗、文言旧体诗，是比较典型的"著""译"合集。"五四"时期的作家大多边译边创作，像胡适这样假外国诗歌翻译催生诗歌创作的作家不在少数。《尝试集》中的《关不住了！》（"Over the Roofs"）就是一首译诗，是胡适在最初尝试了白话写作之后，偶然用白话翻译出来的现代美国女诗人萨拉·蒂斯代尔（Sara Teasdale）的一首很平常的抒情小诗。对于这首诗，胡适自己评价很高，认为是"我的'新诗'成立的纪元"④。《关不住了！》译诗全文如下：

① 中国作家协会诗刊社. 中国新诗百年志 理论卷 上[M]. 北京：中国工人出版社，2017：2.
② 陈金淦. 胡适研究资料[M]. 北京：北京十月文艺出版社，1989：402.
③ 胡适. 倡导与尝试[M]. 哈尔滨：北方文艺出版社，2018：39.
④ 胡适. 胡适文存 第1集[M]. 北京：首都经济贸易大学出版社，2013：131.

关不住了！（译诗）①

我说"我把心收起，
像人家把门关了，
叫爱情生生地饿死，
也许不再和我为难了"。

但是五月的湿风，
时时从屋顶上吹来；
还有那街心的琴调
一阵阵的飞来。

一屋里都是太阳光，
这时候爱情有点醉了，
他说，"我是关不住的，
我要把你的心打碎了！"

对于胡适因翻译诗歌的成功而促成的新诗体尝试，卞之琳在《翻译对于现代诗的功过》一文中指出，胡适早就声称要进行"诗体的大解放"，要"打破整齐句法"，强调白话诗要写得"自然"，试验过各种旧诗体，都未能建立"新诗"的格局，没想到一首普通的英语格调的译诗《关不住了！》，加之"同道合力'尝试'的初步'成功'，白话新诗的门路打开了"。从卞之琳这段对胡适新诗创作的发生描述可以发现，"译诗"在其中起到的作用真可谓"踏破铁鞋无觅处"，胡适对各种旧体诗的尝试均未能实现"旧瓶装新酒"，最终用白话翻译的"译诗"实现了"新瓶装新酒"。自此，用现代白话可以"严肃写诗"，新诗可以"用说话方式来念或朗诵"，才得到认可，卞之琳称"这在中国诗史上确是一次革命性的变易"②，换句话说，胡适借一首"译诗"打开了白话新诗的门路。

关于胡适译诗与其创作的关系，我们也可以把他同期的译诗和创作做一个比较，来探寻其中的影响因素。《译亨利·米超诗》是胡适1924年10月30日的译诗，译文如下：

---

① 胡适. 尝试集[M]. 长沙：岳麓书社，2015：38.
② 卞之琳. 卞之琳文集 中[M]. 合肥：安徽教育出版社，2002：535.

快要圆的新月挂在天空，
皎洁的和十年前的一样。
好客易盼得你这时来，
却仍让我独自个儿赏！①

其中使用了"月亮"这一意象来表达"我"的孤独，同期的新诗创作《秘魔崖月夜》如下：

依旧是月圆时，
依旧是空山，静夜；
我独自月下归来，
这凄凉如何能解！

翠微山上的一阵松涛
惊破了空山的寂静。
山风吹乱了窗纸上的松痕，
吹不散我心头的人影。②

诗歌借月亮表达的情感同样是孤独，这种借月亮来表达孤独情感的用法在诗歌《多谢》《也是微云》《暂时的安慰》《八月四夜》中都是极为相似的，胡适译诗与创作之间的互动关系由此略见一斑。难怪胡先骕在《论〈尝试集〉》中称胡适的诗歌"但感声调格律之拘束，复撷拾一般欧美所谓新诗人之唾余"，认为"胡君所顾影自许者，不过枯燥无味之教训主义如《人力车夫》《你莫忘记》《示威》所表现者，肤浅之象征主义如《一颗遭劫的星》《老鸦》《乐观》《上山》《周岁》所表现者，纤巧之浪漫主义如《一笑》《应该》《一念》所表现者，肉体之印象主义如《蔚蓝的天上》所表现者，无谓之理论如《我的儿子》所表现者"③。这虽然是一段批评之词，但其中可以窥见胡适诗歌创作受外国诗歌的影响之大。

二、《女神》：自由体诗的集大成之作

如果说"胡适之体"的自由诗创作仅仅是白话诗自由体的"尝试"，那

---

① 胡适. 倡导与尝试[M]. 哈尔滨：北方文艺出版社，2018：400-401.
② 胡适. 倡导与尝试[M]. 哈尔滨：北方文艺出版社，2018：320-321.
③ 胡先骕. 胡先骕诗文集 上[M]. 合肥：黄山书社，2013：298.

么郭沫若"五四"时期的自由诗创作才真正把自由体新诗推向了成熟，他是自由体诗歌的集大成者。郭沫若（1892—1978），四川乐山人，原名郭开贞，现代著名诗人、戏剧家、历史学家。郭沫若与外国文学的结缘与胡适一样，也是留学。1913年，郭沫若在长兄支持下赴日本留学，先后就读于东京第一高等学校预科、冈山第六高等学校和九州帝国大学，1923年毕业回国。郭沫若因留学日本结缘外国文学，尤其是接触了泰戈尔、歌德、惠特曼等的诗歌之后，郭沫若诗情爆发，现代文学史上第一部真正意义的新诗集《女神》由此诞生。周扬的《郭沫若和他的〈女神〉》一文对郭沫若和《女神》给予了高度评价，认为郭沫若在"中国新文学史上是第一个可以称得起伟大的诗人"，他从思想、内容、形式三个层面肯定了《女神》的"卓然独步"，认为《女神》从思想性上而言"比谁都出色的表现了'五四'战斗精神"，从内容层面而言"表现自我，张扬个性，完成所谓人的自觉"，从形式层面而言"摆脱旧诗格律的镣铐而趋向自由诗"。①

　　1919年，郭沫若在《时事新报·学灯》上发表了《抱和儿浴博多湾中》《鹭鸶》两首新诗，由此进入了诗歌创作的爆发期。1921年8月，《女神》由上海泰东书局出版。《女神》是一部诗剧合集，包括三辑，除第一辑为诗剧外，其他均为诗歌，尤其是第二辑中的《凤凰涅槃》《天狗》《立在地球边上放号》等体现了狂飙突进的"五四"精神，实现了郭沫若新诗形式方面"绝端的自由、绝端的自主"（《论诗三札》）②的主张。对于这部新诗集，同期的新文学作家可谓赞誉有加，郑伯奇在《女神》出版的第二天就撰写《批评郭沫若的处女诗集〈女神〉》一文，称《女神》"打破诗形的拘束"，"诗愈流动了"。③ 郁达夫在《〈女神〉之生日》中认为《女神》的价值在于"完全脱离旧诗的羁绊自《女神》始"④。闻一多在《〈女神〉之时代精神》中称"郭沫若君的诗才配称新"，《女神》是"时代底产儿"，是"时代底一个肖子"。⑤ 从中我们发现，郑伯奇和郁达夫更为关注的是《女神》在诗歌形式上的革命，而闻一多更关注《女神》所体现的"五四"时代精神，认为《女神》中的诗歌"喊出人人心中最神圣的一种热情"⑥。

　　郭沫若《女神》集中的自由体诗创作深受外国诗歌的影响，是在泰戈

① 萧三，等. 高尔基的二三事（第2版）[M]. 桂林：文学连丛社，1946：48.
② 许霆. 中国现代诗歌理论经典[M]. 苏州：苏州大学出版社，2008：130.
③ 王训昭，等. 郭沫若研究资料（中）[M]. 北京：知识产权出版社，2010：636.
④ 郁达夫. 郁达夫文论集 下[M]. 长春：吉林出版集团股份有限公司，2017：589.
⑤ 闻一多. 闻一多作品集[M]. 北京：现代出版社，2018：256.
⑥ 闻一多. 闻一多作品集[M]. 北京：现代出版社，2018：261.

尔、惠特曼、歌德等外国浪漫主义诗风的影响下发生的。在《我的作诗的经过》①一文中，郭沫若称民国四年（1915 年）的上半年从同住的本科生那儿看到了几页油印的泰戈尔英文诗，"便和太戈尔的诗结了不解缘"，当时正值日本的"泰戈尔热"，郭沫若开始阅读泰戈尔的《新月集》《园丁集》《吉檀伽利》《爱人的赠品》等诗歌作品，"偶尔也和比利时的梅特灵克的作品接近"，阅读了梅特灵克的《青鸟》和《唐太几之死》等作品，郭沫若认为梅特灵克的"格调和太戈尔相近"，但他更喜欢泰戈尔的"明朗性"。在《序我的诗》②中，郭沫若也坦言在日本东京留学时期就开始"同外国的诗接近"，称首先接近了"印度诗人泰戈尔的英文诗"，"在他的诗里面陶醉过两三年"。日本医学是德国传统，郭沫若因学习德文"又接近了海涅的初期的诗"，"接近了雪莱"，"再其后是惠特曼"。他尤其喜欢惠特曼的诗歌，称"惠特曼使我在诗的感兴上发过一次狂"，"我在那时差不多是狂了"。郭沫若接触惠特曼的《草叶集》时，恰逢五四运动爆发，"个人的郁积，民族的郁积，在这时找出了喷火口，也找出了喷火的方式"——《女神》就成了"喷火口"和"喷火的方式"。正是因为有了外国诗歌的激发，才有了郭沫若自由体新诗创作的高潮，才有了真正意义的新诗集——《女神》的诞生，郭沫若认为"只有在最高潮时候的生命才是最够味的"，他甚至说"自从《女神》以后，我已经不再是'诗人'了"。1920 年，郭沫若开始翻译歌德的《浮士德》，这让他重新戴上了诗歌的"枷锁"，他声称"假如说是惠特曼解放了我，那便是歌德又把我软禁了起来"。

郭沫若曾在《创造十年》里谈到自己诗歌所受的外来影响，他说"翻译了《浮士德》对我却还留下了一个很不好的影响。我的短短的作诗的经过本有三四段的变化。第一段是太戈尔式。第一段时期在'五四'以前。作的诗是崇尚清淡、简短。所留下的成绩极少。第二段是惠特曼式。这一段时期正在'五四'的高潮中。作的诗是崇尚豪放、粗暴。要算是我最可纪念的一段时期。第三段便是歌德式了。不知怎的把第二期的情热失掉了。而成为韵文的游戏者"③。由此可见，郭沫若的诗歌经历了"泰戈尔式""惠特曼式""歌德式"三种影响，三种风格在《女神》的三辑诗歌中均有体现。我们来具体考察一下《女神》中的篇目与泰戈尔、惠特曼、歌德等外国诗人诗歌的渊源关系。《女神》一共三辑，初版于 1921 年 8 月，包括 60

---

① 彭放. 郭沫若谈创作［M］. 哈尔滨：黑龙江人民出版社，1982：32-42.

② 彭放. 郭沫若谈创作［M］. 哈尔滨：黑龙江人民出版社，1982：52-57.

③ 郭沫若. 沫若文集 第 7 卷［M］. 北京：人民文学出版社，1958：67-68.

首诗歌，另有 3 部诗剧。《女神》第一辑包括《女神之再生》《湘累》《棠棣之花》3 部"诗剧"，属于"歌德式"的，这一点郭沫若在《创造十年》中也明确说过："我开始作诗剧便是受了歌德的影响。在翻译了《浮士德》第一部之后，不久我便作了一部《棠棣之花》……《女神之再生》和《湘累》以及后来的《孤竹君之二子》，都是在那个影响之下写成的。"①《女神》1921 年初版的第二辑共收录 30 首诗歌，包括"凤凰涅槃之什"10 篇、"泛神论者之什"10 篇、"太阳礼赞之什"10 篇，这 30 首诗歌按照郭沫若的说法应该是属于"惠特曼式"的，豪放是其突出的特征。在《创造十年》中，郭沫若说大二时无心地买了一本有岛武郎的《叛逆者》，看了其中对美国诗人惠特曼的介绍，就开始接近惠特曼的《草叶集》，"他那豪放的自由诗使我开了闸的作诗欲又受了一阵暴风般的煽动，我的《凤凰涅槃》《晨安》《地球，我的母亲!》《匪徒颂》等，便是在他的影响之下做成的"②。除了对其"豪放"诗风的借鉴，郭沫若在诗歌中还直接抒发对惠特曼的赞美，在《晨安》中，郭沫若直接讴歌："晨安! 华盛顿的墓呀! 林肯的墓呀! 惠特曼的墓呀! /啊啊! 惠特曼呀! 惠特曼呀! 太平洋一样的惠特曼呀!"③同样，在《匪徒颂》中，郭沫若直接讴歌惠特曼的诗风："反抗王道堂皇的诗风，饕餮粗笨的惠特曼呀!"④1921 年《女神》初版的第三辑也包括 30 首诗歌:"爱神之什"10 篇、"春蚕之什"10 篇、"归国吟"10 篇。在《我的作诗经过》一文中，郭沫若谈及自己在东京第一高等学校预科就读时开始接触泰戈尔的《新月集》《园丁集》和《吉檀伽利》等诗歌作品，开始"嗜好了泰戈尔"，加上其间与安娜的恋爱，"我的作诗的欲望才认真地发生了出来"⑤，收在《女神》第三辑中的《Venus》《新月与白云》《死的诱惑》《别离》《鹭鸶》《春愁》等多为"泰戈尔式"的作品。由此可见，外国诗歌是"催化剂"和模板，诱发了郭沫若自由体诗的发生。

第二节 现代散文诗体的发生

"散文诗"作为一种文体，它的创作和理论渊源都在国外。诗人波德

---

① 杨扬. 文路沧桑：中国著名作家自述[M]. 杭州：浙江大学出版社，2008：13.
② 郭沫若. 沫若文集 第 7 卷[M]. 北京：人民文学出版社，1958：58.
③ 郭沫若. 郭沫若选集 第 3 卷[M]. 成都：四川人民出版社，1979：45.
④ 郭沫若. 郭沫若选集 第 3 卷[M]. 成都：四川人民出版社，1979：81.
⑤ 孙琴安. 名家谈写作[M]. 呼和浩特：远方出版社，2002：20.

莱尔在西方最早使用"散文诗"这一文体概念，1861 年，他在法国《幻想派评论》上发表了总题为《散文诗》的九章诗歌，1869 年，他的散文诗集《小散文诗》也就是散文诗集《巴黎的忧郁》出版①，"散文诗"这一文体随之出现。现代散文诗体作为"五四"时期出现的一种新诗文体，是随着外国散文诗的翻译而出现的，最早的"散文诗"译介者是刘半农。在 1915 年 7 月的《中华小说界》第 2 卷第 7 期上，刘半农把屠格涅夫的四首散文诗当成小说译介给中国读者。1917 年 5 月，刘半农的《我之文学改良观》中基于"增多诗体"的主张提出了"散文诗"这一文体概念，因此蒋登科称"他是第一个译介外国散文诗的诗人，他是第一个使用'散文诗'这一文体概念的诗人，也是第一个写出中国散文诗作品的诗人"②。外国散文诗的自由精神正好契合了"五四"社会转型期新旧文学交替的需求，外国散文诗的译介对中国现代散文诗的发生起到了触媒和推动作用，随着波德莱尔、屠格涅夫、泰戈尔、纪伯伦等散文诗的译介，引发了"五四"文学界对散文诗理论探讨和创作的热潮。下面我们从散文诗文体概念溯源、散文诗译介和刘半农的散文诗创作三个层面对"五四"散文诗体的发生机制展开探讨。

一、散文诗文体概念与理论借鉴

关于"散文诗"的概念，"五四"时期一度是不明晰的，众多作家在翻译和理论提倡中参与了散文诗文体特征的讨论，也就是说，"散文诗"的概念是在"五四"作家对外国诗歌的译介和理论借鉴中不断明晰的。1917 年 5 月，为响应胡适和陈独秀提出的文学改良主张，刘半农在《新青年》第 3 卷第 3 号上发表了《我之文学改良观》，提出了"增多诗体"的新诗理论主张。他认为"诗律愈严，诗体愈少，则诗的精神所受的束缚愈甚，诗学决无发达之望"，并以英法两国的诗歌做类比，认为"英国诗体极多，且有不限音节不限押韵之散文诗"，"故诗人辈出，长篇记事或咏物之诗，每章长到十数万字，刻为专书行世者，亦多至不可胜数"，而法国诗歌"戒律极严"，诗人们"决无敢变化其一定之音节，或作一无韵诗者"，因此，在"法国文学史中，诗人之成绩，决不能与英国比，长篇之诗亦鲜乎不可多得"。刘半农认为"此非因法国诗人之本领魄力不及英人也，以戒律械其手足，虽有本领魄力，终无所发展也"，他据此提出了"增多诗体"

---

①　黄永健. 中外散文诗比较研究[M]. 北京：光明日报出版社，2013：11.

②　蒋登科. 散文诗文体论[M]. 北京：中国文联出版社，2002：22.

的途径，除"自造"和"有韵之外增加无韵"之外，他强调"输入他种诗体"，即通过翻译外国"散文诗"，引进"散文诗"这种新诗体。①

1918 年 5 月，刘半农翻译了"印度歌者 RATAN DEVI 所唱歌"并附有"译者导言"(《新青年》第 4 卷第 5 号)，称自己：

> 尝以诗赋歌词各种试译，均为格调所限，不能竟事。今略师前人译经笔法写成之，取其曲折微妙处，易于直达。然也未能尽惬于怀，意中颇欲自造一完全直译之文体，以其事甚难，容缓缓"尝试之"。②

正是出于"意中颇欲自造一完全直译之文体"的翻译目的，刘半农翻译了这首《我行雪中》。这首诗是诗人两年前从 *VANITY FAIR* 杂志得到，刘半农在译诗前的"译者导言"中翻译了美国这本月刊记者的导言，称"下录结撰精密之散文诗一章"，这是继《我之文学改良观》之后，刘半农又一次提出"散文诗"这一文体概念，不过此时刘半农的《我行雪中》译文仍然采用的是韵文形式。

李思纯的《诗体革新之形式及我的意见》(1920 年 2 月《少年中国》第 2 卷第 6 期)一文在谈到欧洲诗歌的发展时，认为欧洲的"非律文的诗"有两种，"都是近代欧洲所创兴的"，一种为"散文诗(prose poem)"，"散文诗是以散文的形式，去表写诗中的情绪意境"。一种为"自由句(vers libre)"，"自由句起源于法国，不为音律所拘束"③。李思纯在此处指出了散文诗的文体特征"散文的形式"和"诗的情绪意境"，并意识到了作为欧洲近代的两种诗体，"散文诗"和"自由句"是不同的。李思纯接着指出中国的新诗运动是"以散文诗自由句为正宗"，这地方的"自由句"指的是前面我们讨论的自由诗体。1921 年，周作人在《美文》一文中提出"散文诗"是"诗与散文中间的桥"④，由此我们可以发现，当时的很多作家已经意识到"散文诗"作为一种文体，兼具诗和散文的文体特征。1921 年 1 月，郭沫若在《时事新报·学灯》上发表了题为《致李石岑》的

---

① 徐中玉. 中国近代文学大系 1840—1919 第 1 集第 1 卷 文学理论集[M]. 上海：上海书店出版社，1994：365-366.

② 杨宏峰. 新青年简体典藏全本 第 4 卷 第 1-6 号[M]. 银川：宁夏人民出版社，2011：299.

③ 许霆. 中国现代诗歌理论经典[M]. 苏州：苏州大学出版社，2008：113.

④ 程凯华，邹琦新. 中国新文学作品选 上部 1917—1949[M]. 长沙：湖南教育出版社，2005：628.

一封信，这封信后来和《致宗白华》一起被收入郭沫若的《论诗三札》。①
在这封信中，郭沫若通过对泰戈尔、屠格涅夫等外国诗人诗歌作品的评
述来探讨诗歌的"内在的韵律"（无形律），他认为"内在的韵律诉诸于心
而不诉诸于耳"，诗歌应该是"纯粹的内在律"，是"裸体的美人"，"散
文诗"便是这个"裸体的美人"，是"纯粹的内在律"。在随后《致宗白
华》的信中，郭沫若又强调"诗的本职专在抒情"，认为"自由诗"和"散
文诗"都是"抒情的散文"，"是近代诗人不愿受一切的束缚，破除一切
已成的形式，而专抱诗的神髓以便于其自然流露的一种表示"。上述郭
沫若基于外国散文诗作品而提出的关于散文诗"纯粹的内在律""裸体的
美人""抒情的散文"的说法是对"散文诗"区别于其他诗歌文体特征的肯
定，这对于当时的"散文诗"创作具有指导意义。在1926年《论节奏》一文
中，郭沫若又重申了自己关于"散文诗"和"自由诗"的主张，他说："我相
信有裸体的诗，便是不借重于音乐的韵语，而直抒情绪中的观念之推移，
这便是所谓散文诗，所谓自由诗。这儿虽没有一定的外形的韵律，但在自
体，是有节奏的。"②

　　1921年12月21日第21期到1922年2月1日第27期的《文学周报》
连续刊载了4篇关于"散文诗"的论文，分别为V. L. 的《论散文诗》、郑
振铎的《论散文诗》、王平陵的《读了〈论散文诗〉以后》以及滕固的《论散
文诗》。郑振铎的《论散文诗》③在大量引用外国诗论的基础上，对"散文
诗"的文体特征进行厘清，文章分四个部分。他在开篇首先指出散文诗根
基已稳，在第二部分中系统分析了外国诗人及理论家如卡莱尔（Carlyle）、
普史金（Pushkin）④、席勒（Schiller）等关于诗歌的界定，指出"诗的要素，
在于诗的情绪与诗的想像的有无，而绝不在于韵的有无"。第三部分主要
分析的是"散文诗"与"散文"的文体区别，他认为诗与散文的分别"在精神
而不在有韵与否"，诗有"'诗的'情绪，与'诗的'想像"。他接着参考
Bannie 的《文体纲要》列出了"诗"与"散文"的区别，他认为诗比散文"更
相宜于知慧的创造"，"诗是偏于文学的个人主义，就是适宜于表现自己，

① 　许霆. 中国现代诗歌理论经典［M］. 苏州：苏州大学出版社，2008：121.
② 　中国作家协会诗刊社. 中国新诗百年志 理论卷 上［M］. 北京：中国工人出版社，2017：
　　61.
③ 　中国作家协会诗刊社. 中国新诗百年志 理论卷 上［M］. 北京：中国工人出版社，2017：
　　44.
④ 　关于外国作家人名的翻译，不同译者存在翻译不一致的问题，本书出于尊重译文的考
　　虑，没有进行统一。

或自己的感情"，"诗是偏于暗示的"，"诗的感动力比散文更甚"，"诗比散文更适宜于美的表现"。郑振铎在第四部分总结了上述两个方面的论述，认为"在理论上，散文诗的立足点，也是万分的稳固"，接着从创作层面上指出"抒情诗也多已用散文来写"，并列举了外国"散文诗"的名家创作来说明这一观点，指出除了英美作家用散文写诗之外，法国的鲍多莱耳（Baudelaire）、俄国的屠格涅夫、印度的太戈尔都使用过散文诗体创作。王平陵的《读了〈论散文诗〉以后》是对郑振铎《论散文诗》一文的声援和认同。

滕固的《论散文诗》①同样是对郑振铎《论散文诗》的一个回应，在这篇文章中，滕固首先指出我国没有"散文诗"这一名称，接着对"散文诗"这一文体名称进行域外溯源，认为法国的鲍特莱尔"最先用这个名词"。他接着把"散文诗"界定为"诗化的散文，诗的内容亘于散文的行间；刹那间感情的冲动，不为向来的韵律所束缚；毫不顾忌的喷吐，舒适的发展；而自成格调"。滕固的论述更多着眼于文体上的特点进行阐发，认为从起源上而言，"散文诗是文体解放的结果，一面是诗体的解放，一面起源于很精干的小品文"。从诗体地位而言，滕固认为"散文诗是诗中的一体，有独立艺术的存在，也无可疑"，"散文与诗是二体，并之成散文诗，散文诗也独立了"。从刘半农在《我之文学改良观》中初次提出的"不限音节不限押韵之散文诗"、郑振铎的"用散文写的具有诗的情绪与诗的想像"、李思纯的"散文的形式"和"诗的情绪意境"到郭沫若的"内在律""抒情的文字"，再到滕固的"散文与诗的合体"，散文诗作为独立的诗体逐渐明晰了文体特征，确立了其在"五四"诗坛的地位。

二、"五四"时期的散文诗译介

"散文诗"作为"五四"诗体大解放的一种，其文体发生正好契合了社会变革和文学思潮的需求，不仅理论来源于外国文学，外国散文诗的翻译也随之出现并渐趋增多。随着刘半农的屠格涅夫散文诗翻译，波德莱尔、泰戈尔、纪伯伦等的散文诗翻译也随之大量出现，为全面把握"五四"时期发生期散文诗翻译的全貌，有必要对"五四"散文诗的翻译（兼及理论文章）进行爬梳，借以更为直观地探究现代散文诗体发生与译介之间的复杂关系。

---

① 赵家璧. 中国新文学大系　第2集[M]. 上海：上海良友图书公司，1935：305.

表 1-2   "五四"时期散文诗译介统计表①

序号	诗歌	发表时间、刊物或出版社	原著作者/译者
1	《乞食之兄》	1915 年 7 月，《中华小说界》第 2 年第 7 期	[俄]屠格涅夫/刘半农
2	《地胡吞我之妻》	1915 年 7 月，《中华小说界》第 2 年第 7 期	[俄]屠格涅夫/刘半农
3	《嫠妇与菜汁》	1915 年 7 月，《中华小说界》第 2 年第 7 期	[俄]屠格涅夫/刘半农
4	《可畏哉愚夫》	1915 年 7 月，《中华小说界》第 2 年第 7 期	[俄]屠格涅夫/刘半农
5	《赞歌》	1915 年 10 月 15 日，《新青年》第 1 卷第 2 号	[印度]达噶尔/陈独秀
6	《我之文学改良观》	1917 年 5 月 1 日，《新青年》第 3 卷第 3 号	刘半农
7	《我行雪中》	1918 年 5 月 15 日，《新青年》第 4 卷第 5 号	[印度] RATAN DEVI/刘半农
8	《恶邮差》	1918 年 8 月 15 日，《新青年》第 5 卷第 2 号	[印度]太戈尔/刘半农
9	《著作资格》	1918 年 8 月 15 日，《新青年》第 5 卷第 2 号	[印度]太戈尔/刘半农
10	《〈海滨〉五首》	1918 年 9 月 15 日，《新青年》第 5 卷第 3 号	[印度]太戈尔/刘半农

---

①   统计时间上按照"五四"文学的下限定到 1927 年，因散文诗这一文体源自 1915 年刘半农的屠格涅夫散文诗翻译，因此上限的时间定在 1915 年，统计内容上把相关理论文章也一并统计。"五四"时期翻译名称各异，同一个作家呈现不同的译名，梳理时按照期刊原貌统计。本表的统计主要参考唐沅等编著的《中国现代文学期刊目录汇编》（第 1 卷和第 2 卷，知识产权出版社 2010 年版）、贾植芳等编撰的《中国现代文学总书目·翻译文学卷》（知识产权出版社 2010 年版）等书籍。

序号	诗歌	发表时间、刊物或出版社	原著作者/译者
11	《〈同情〉二首》	1918 年 9 月 15 日，《新青年》第 5 卷第 3 号	[印度]太戈尔/刘半农
12	《〈狗〉一首》	1918 年 9 月 15 日，《新青年》第 5 卷第 3 号	[俄]屠格涅夫/刘半农
13	《〈访员〉一首》	1918 年 9 月 15 日，《新青年》第 5 卷第 3 号	[俄]屠格涅夫/刘半农
14	《屠格涅夫散文诗 50 首》	1920 年 6—10 月，《晨报副刊》	[俄]屠格涅夫/沈颖
15	《你为什么爱我》	1920 年 10 月，《晨报副刊》	[拉脱维亚]库拉台尔/周作人
16	《鹰的羽毛》	1920 年 10 月，《晨报副刊》	[保加利亚]遏林沛林/周作人
17	《自然》	1921 年 2 月 16 日，《时事新报·学灯》	[俄]屠格涅夫/周作人
18	《叫化子》	1921 年 10 月，《小说月报》第 12 卷第 7 号	[俄]屠格涅夫/海峰
19	《工人和白手的人》	1921 年 10 月，《小说月报》第 12 卷第 7 号	[俄]屠格涅夫/海峰
20	《二年以后》	1921 年 10 月，《小说月报》第 12 卷第 7 号	[俄]屠格涅夫/海峰
21	《三个文学家的纪念》	1921 年 11 月 14 日，《晨报副镌》	仲密
22	《恶魔诗人波陀雷尔的百年祭》	1921 年 11 月 1 日，《少年中国》第 3 卷第 4 期	田汉

续表

序号	诗歌	发表时间、刊物或出版社	原著作者/译者
23	《〈波特来耳散文小诗〉译记》	1925 年 9 月，新潮社《陀螺》	周作人
24	《恶魔诗人波陀雷尔的百年祭(续)》	1921 年 12 月 1 日，《少年中国》第 3 卷第 5 期	田汉
25	《散文小诗〈游子〉〈狗与瓶〉〈头发里的世界〉〈你醉!〉〈窗〉〈海港〉(附记)》	1921 年 11 月 20 日，《晨报副刊》第 2 版	[法]波德莱尔/仲密
26	《〈王尔德散文诗〉五首(〈美术家〉〈为善者〉〈传道者〉〈主〉〈公判室〉)》	1921 年 11 月 10 日，《小说月报》第 12 卷第 11 号	[爱尔兰]王尔德/刘半农
27	《祈祷者》	1922 年 1 月 10 日，《小说月报》第 13 卷第 1 号	[亚美尼亚]西曼陀/沈雁冰
28	《散文小诗选》	1922 年 1 月 9 日，《民国日报·觉悟》	[法]波德莱尔/仲密
29	《头发的世界》	1922 年 1 月，《妇女杂志》第 8 卷第 1 号	[法]波德莱尔/仲密
30	《少女的梦》	1922 年 1 月 10 日，《小说月报》第 13 卷第 1 号	[亚美尼亚]西曼陀/沈雁冰
31	《记事二则》	1922 年 3 月 10 日，《小说月报》第 13 卷第 3 号	[瑞典]赫腾斯顿/沈泽民
32	《窗》	1922 年 3 月 10 日，《小说月报》第 13 卷第 3 号	[法]波特莱耳/仲密
33	《散文诗二首(〈穷人的眼〉〈月的恩惠〉)》	1922 年 4 月 9 日，《晨报副刊》	[法]波特莱耳/仲密

续表

序号	诗歌	发表时间、刊物或出版社	原著作者/译者
34	《论散文诗》	1921 年 12 月 21 日，《文学周报》第 23 期	V. L.
35	《论散文诗》	1922 年 1 月 1 日，《文学周报》第 24 期	西谛（郑振铎）
36	《读了〈论散文诗〉以后》	1922 年 1 月 11 日，《文学周报》第 25 期	王平陵
37	《论散文诗》	1922 年 2 月 1 日，《文学周报》第 27 期	滕固
38	《新月集》	1922 年 2 月，上海泰东书局初版	［印度］太戈尔/王独清
39	《屠格涅夫传略》	1922 年 3 月 10 日，《小说月报》第 13 卷第 3 号	谢六逸
40	《没有恒心的人》	1922 年 4 月 10 日，《小说月报》第 13 卷第 4 号	［瑞典］赫腾斯顿/沈泽民
41	《门槛》（附小识）	1922 年 5 月 10 日，《小说月报》第 13 卷第 5 号	［俄］屠格涅夫/沈性仁
42	《对于一个散文诗作者表一些敬意》	1922 年 5 月 11 日，《文学周报》第 37 期	王任叔
43	《游子》	1922 年 6 月 10 日，《小说月报》第 13 卷第 6 号	［法］波特来耳/仲密
44	《屠格涅夫散文诗》	1922 年 9 月 18 日—10 月 22 日，《民国日报·觉悟》	［俄］屠格涅夫/徐蔚南
45	《飞鸟集》	1922 年 10 月，上海商务印书馆	［印度］太戈尔/郑振铎
46	《屠格涅夫散文诗集》	1923 年 6 月，青年进步学会初版	［俄］屠格涅夫/徐蔚南、王维克

续表

序号	诗歌	发表时间、刊物或出版社	原著作者/译者
47	《圣的愚者》	1923 年 9 月 3 日，《文学周报》第 86 期	[阿拉伯] Kahlil Gibran/雁冰
48	《阿喇伯 K. Gibran 的小品文字》	1923 年 9 月 17 日，《文学周报》第 88 期	[阿拉伯] Kahlil Gibran/雁冰
49	《新月集(泰戈尔诗选(二))》	1923 年 9 月，上海商务印书馆初版	[印度] 泰戈尔/郑振铎
50	《屠格涅夫散文诗 40 首》	1923 年，新文化出版社初版	[俄] 屠格涅夫/徐蔚南、王维克
51	《波斯新诗人 Gibran 的散文诗》	1923 年 10 月 28 日，《创造周报》第 25 号	[波斯] Gibran/张闻天
52	《两重室》	1924 年 5 月 13 日，《文艺周刊》第 33 期	[法] La Chambre Doudle/王维克
53	《波特来耳的散文诗一、〈月亮眷属〉二、〈那一个是真的〉》	1924 年 10 月 13 日，《文学周报》第 143 期	[法] 波特来耳/苏兆龙
54	《窗户》(《苦闷的象征》)	1926 年，未名丛刊之一	[法] 波德莱尔/鲁迅
55	《麻雀》	1925 年 1 月 10 日，《小说月报》第 16 卷第 1 号	[俄] 屠格涅夫/西谛
56	《瑞典诗人赫滕斯顿》①	1925 年 1 月，上海商务印书馆	[瑞典] 赫滕斯顿/沈泽民
57	《Baudelaire 散文诗钞：〈镜子〉》	1925 年 2 月 23 日，《语丝》第 15 期	[不详] Baudelaire/张定璜

---

① 收录散文诗《没有恒心的人》《记事二则》。

序号	诗歌	发表时间、刊物或出版社	原著作者/译者
58	《Baudelaire 散文诗钞:〈窗子〉》	1925 年 2 月 23 日,《语丝》第15 期	[不详] Baudelaire/张定璜
59	《Baudelaire 散文诗钞:〈月儿的恩惠〉》	1925 年 2 月 23 日,《语丝》第15 期	[不详] Baudelaire/张定璜
60	《Baudelaire 散文诗钞:〈狗和罐头〉》	1925 年 2 月 23 日,《语丝》第15 期	[不详] Baudelaire/张定璜
61	《玫瑰》	1925 年 5 月 11 日,《语丝》第26 期	[俄]屠格涅夫/韦素园
62	《陀螺》①(诗歌、小品集)	1925 年 9 月,北京新潮社初版	[法]波特来耳等/周作人
63	《〈出了象牙塔之后〉译本后记》	1925 年 12 月 14 日,《语丝》第57 期	鲁迅
64	《小小的温情》②	1928 年 12 月,新亚书店初版	[俄]屠格涅夫[法]鲍特莱尔/徐蔚南

　　从上述统计可见,外国散文诗的译介作家相对集中于泰戈尔、屠格涅夫、波德莱尔(因译名不同,行文中采用现在通行的译名)几个作家,其中刘半农的翻译作品较多,由于很多散文诗在翻译时没有具体标注,散文诗通常和小诗、自由诗等混杂在一起,尤其是泰戈尔的诗歌作品,既有散文诗,也有小诗作品,因此在梳理翻译作品时只能仅仅聚焦几个重点作家的作品进行梳理,以求能管中窥豹。从翻译时间而言,屠格涅夫的散文诗

---

① 这是一个诗歌小品集,收录法国诗人波德莱尔散文诗八首:《外方人》《狗与瓶》《头发里的世界》《穷人的眼》《你醉》《窗》《七月的恩惠》《海港》,多在杂志上发表过。

② 此处把这个译文集一并统计,主要基于其作为散文诗翻译的代表性。这是徐蔚南的散文诗和散文翻译合集,内收录了 1928 年之前翻译的波德莱尔散文诗二首《老妇人的失望》和《那一个是真实?》、俄国屠格涅夫散文诗 24 首,包括《田舍》《会话》《老妇人》《狗》《我底敌人》《乞丐》《满足的人》《世界之末期(一个梦)》《马夏》《愚人》《东方的传说》《雀》《骷髅》《蔷薇》《最后的会面》《访问》《一枚浮雕刻》《布施》《菠菜汤》《谁富些?》《访员》《神之宴会》《自然》《修道僧》。

最先进入现代文坛，但不能称得上是真正意义的散文诗翻译，这四首散文诗被刘半农用文言"误译"为小说，我们仅从《乞食之兄》《地胡吞我之妻》《婆妇与菜汁》《可畏哉愚夫》这四篇的题目就可以看出其文言特色。1918年的《我行雪中》虽然标注为"散文诗"，但仍然使用文言翻译，随后的《恶邮差》和《著作资格》才开始使用白话文翻译，刘半农称之为"无韵诗"，译文已经粗具散文诗的雏形。

印度 SIR RABINDRANATH TAGORE 氏
所作无韵诗二章①
一、恶　邮　差
（The Wicked Postman）

你为什么静悄悄地在那地板上？告诉我吧，好母亲。

雨从窗里打进来，打得你浑身湿了，你也不管。

你听见那钟，已打四下么？是哥哥放学回来的时候了。

究竟为着什么，你面貌这样稀奇？

是今天没有接到父亲的信么？

我看见邮差，他背了一袋信，送给镇上人，人人都送到。

只有父亲的信，给他留去自己看了。我说那邮差，定是个恶人。

……

刘半农之后翻译的《狗》《访员》等诗歌则更趋成熟。波德莱尔散文诗的翻译始于周作人，泰戈尔散文诗的最早译者是陈独秀，随后是刘半农，最突出的译者应该是郑振铎。

随着散文诗翻译的不断增加，现代散文诗创作也渐趋成熟，翻译对创作的影响是不言而喻的。周作人的散文诗深受波德莱尔的影响，他在1921年到1922年的《晨报副刊》上翻译连载了波德莱尔的"散文小诗八首"。在翻译的附记中，他指出"现代散文诗的流行，实在可以说是他的影响"②，并称波德莱尔的散文小诗《巴黎之忧郁》"是同类的精湛的文字"。他的散文诗《小河》发表在1919年2月15日的《新青年》杂志，在这首诗的前面，周作人对于"这诗是什么体"，称"连自己也回答不出"，他

---

① 杨宏峰. 新青年简体典藏全本　第5卷　第1-6号［M］. 银川：宁夏人民出版社，2011：79.

② 止庵. 周作人译文全集　第10卷［M］. 上海：上海人民出版社，2019：488.

觉得这首诗和"法国波特来尔（Baudelaire）提倡起来的散文诗""略略相像"。《小河》没有使用散文诗的"散文格式"，而采用"一行一行的分写"，周作人称《小河》"内容大致仿那欧洲的俗歌"，而"俗歌本来最要叶韵，现在却无韵"①。这可以说是周作人对《小河》一诗的文体确认，虽然此诗在"一行一行的分写"方面没有遵照散文诗的写法，但从内容和"无韵"这些特点来看，已粗具散文诗的特色，因此一般都认为《小河》是一首散文诗。

三、刘半农："意中颇欲自造一完全直译之文体"

在中国现代文学史上，刘半农是"初期白话三诗人"之一，与胡适、沈尹默并称，是现代新诗史上翻译屠格涅夫散文诗的第一人，也是第一个以白话诗体翻译泰戈尔诗歌的诗人。刘半农（1891—1934），江苏江阴人，现代诗人、小说家、翻译家，"五四"新文化运动的先驱，是一个有留学经历的作家，先后在英国伦敦大学和法国巴黎大学求学，1925 年获法国国家文学博士学位。

早在《新青年》时期，刘半农就开始诗歌翻译，并形成了自己的诗歌翻译观，提出借鉴英法诗歌"增多诗体"，将散文诗体从西方移植入中国，并最早尝试散文诗创作。谈起散文诗，刘半农是当之无愧的第一人和代表人物，他的散文诗创作与翻译是同期交叉进行，于他而言，没有散文诗的翻译和模仿，就没有散文诗的创作。对于诗歌翻译，刘半农有自己的主张。早在 1918 年 5 月《新青年》第 4 卷第 5 号发表的译诗《我行雪中》的"译者导言"中，他提出"意中颇欲自造一完全直译之文体"②。在 1926 年 7 月 9 日的《语丝》第 139 期上，刘半农发表了《关于译诗的一点意见》③一文，刘半农在文中对诗歌的"直译"方法进行了详细阐述，认为"直译"不是"字译"，除了"文从字顺"之外，还要注意"意义"，诗歌是一种抒情文体，因此对于诗歌翻译而言，"情感"尤为重要，在诗歌翻译时的位置不亚于"意义"，"情感之于文艺，其位置不下于（有时竟超过）意义，我们万不能忽视"。诗歌是一种韵文，翻译中必然涉及"声调"问题，刘半农认为翻译之后要保持原诗歌语言的"声调"很难，因为声调是"绝对不能迁移的

---

① 中国作家协会诗刊社. 中国新诗百年志 作品卷 上[M]. 北京：中国工人出版社，2017：3.

② 杨宏峰. 新青年简体典藏全本 第 4 卷 第 1-6 号[M]. 银川：宁夏人民出版社，2011：299.

③ 海岸. 中西诗歌翻译百年论集[M]. 上海：上海外语教育出版社，2007：12.

东西"，它不但是"一种语言所专有"，也是"一种方言所专有"，译诗能做到"于意义之外"与原诗歌相似的一个"神情"就足够了。对于人名、地名的翻译，刘半农认为可以用"音译"法，之前主张用"原字"，后来尽管在"应用文字"中仍然采用"原字"这种处理方法，但在文艺作品尤其是诗歌翻译中，他认为还是"译音"好，"译音诚然不能正确，但在文艺作品里的人名地名，虽然不全是，却有大半是符号作用，和 X 没有什么两样；所以不正确些，关系也并不大"。

刘半农的诗歌翻译持续时间较长，从 1915 年一直持续到 1927 年，从体裁而言比较钟情于散文诗，经历了从文言逐渐转向白话，从韵文逐渐转向散文化的过程。刘半农这一时期的译诗大多收录在《灵霞馆笔记》中，多由《新青年》杂志刊载，以介绍英、美、法、爱尔兰等国的诗人诗作为主，如爱尔兰诗人皮亚士、麦立顿那、柏伦克德的诗歌，法国诗人李塞尔的诗歌，而译介作品中流传最广的莫过于泰戈尔的散文诗。刘半农最早翻译的诗歌是屠格涅夫的散文诗，刊于 1915 年 7 月《中华小说界》第 2 年第 7 期，以《杜瑾讷夫之名著》为题，包括《乞食之兄》《地胡吞我之妻》《媪妇与菜汁》和《可畏哉愚夫》四篇散文诗，由英文转译，采用文言翻译。因当时中国文坛没有"散文诗"这一诗歌体裁，加之这些"散文诗"叙事性较强，因此刘半农把这四篇散文诗翻译成了类似于短篇小说的东西，发表时标注的也是小说。在译文前的序中，刘半农称"杜氏成书凡十五集，诗文小说并见，然小说短篇者绝少"，而这四个短篇"均为其晚年手笔，措辞立言，均惨痛哀切，使人情不自胜"。由此可见，刘半农是把这四篇散文诗作为"小说短篇者"来翻译的，目的是想"以饷中国之小说家"①，我们来看一段译文：

> 余行广道中，遇一乞丐者，老且衰矣。因止步观其人，目赤如血，且流泪，唇作紫色。粗布之衣，褴褛不蔽体。体有伤，创口溃脓。嗟夫！贫实可畏。彼，人也，乃见噬于贫而成此悲惨之怪状动物矣……

上面的译文读来有一种中国古代文言短篇小说集《世说新语》的感觉，这是刘半农对散文诗的第一次"误译"，正是这次的诗歌"误译"才有了后

---

① 施蛰存. 中国近代文学大系 1840—1919 第 11 集 第 28 卷 翻译文学集 3[M]. 上海：上海书店出版社，1991：209.

来散文诗这一文体。刘半农最初选择用韵文翻译诗歌，早在 1916 年 10 月 1 日《新青年》第 2 卷第 2 号第 1 期《灵霞馆笔记》中，刘半农发表了《爱尔兰爱国诗人》一文，向读者介绍了皮亚士、麦克顿那和柏伦克德三位爱尔兰诗人，并用韵文翻译了他们的诗歌。他认为这"三人盖均爱尔兰文坛盟主，以善为叶律之诗，为世传诵者也（叶律之诗者，诗之可与音乐相配之谓，对于普通散曲而言也）"①。正是因为他们的诗歌是"叶律"之诗，因此这篇文章中翻译的诗歌全部采用韵文，我们来看《火焰诗》第一首的原文和翻译：

Because I used to shun	我昔最惧死，
Death and the mouth of hell	不愿及黄泉。
And count my battle won	自数血战绩，
When I should see the sun	心冀日当天。
The blood and smoke dispel	日当天，
	血腥尽散如飞烟。

对比原文与译文，我们发现，刘半农采用了中国古代词曲的长短句形式进行翻译，主要还是基于音乐方面的考虑。1918 年，刘半农在《新青年》第 5 卷第 3 号上发表了屠格涅夫的二首散文诗《狗》和《访》的译文，题为《屠格涅夫散文诗二首》，尽管这两首诗仍然从英文转译，但已粗具散文诗雏形，我们来看一下译诗《狗》的片段，从中很容易看出与上面韵文翻译的区别：

狗②

　　我们俩在房间里，我的狗和我……外面是一阵可怕的狂风急雨咆哮着。

　　狗坐在我面前，直看着我的脸。

　　我呢，也看着他的脸。

　　……

---

①　杨宏峰. 新青年简体典藏全本　第 2 卷　第 1-6 号[M]. 银川：宁夏人民出版社，2011：99-100.

②　施蛰存. 中国近代文学大系 1840—1919 第 11 集　第 28 卷　翻译文学集 3[M]. 上海：上海书店出版社，1991：214.

　　上述的译文显然已是散文诗的模式。由上述简单梳理发现，刘半农在《新青年》时期多出于"增多诗体"的目的大量"移植"外国诗歌，作为语言学家，他在诗歌翻译中注重"声调"，用韵文翻译外国诗歌，又出于"于有韵之诗外，别增无韵之诗"的目的率先翻译"散文诗"，为现代诗歌体裁的丰富作出了突出贡献。

　　在刘半农看来，英国诗歌的繁荣得益于诗体多且不限韵，他因此提倡"散文诗"并身体力行地投入创作。1918 年 5 月，刘半农在《新青年》第 4 卷第 5 号上发表的《卖萝卜人》是粗具散文诗形式的新诗，题下注明"这是半农做的无题诗的初次试验"，是刘半农的第一次散文诗尝试之作。1918 年 7 月，刘半农在《新青年》第 5 卷第 1 号上发表了《无聊》，在第 5 卷第 2 号上先后发表了《窗纸》和《晓》，这两首诗已经是相对较为成熟的散文诗，其中的《晓》可以称为刘半农真正意义上的第一首散文诗，我们来看一下这首诗的全文：

晓①

　　火车——永远是这么快——向前飞进。

　　天色渐渐地亮了；不觉得长夜已过，只觉车中的灯，一点点的暗下来。

　　车窗外面：——

　　起初是昏沉沉一片黑，慢慢露出微光，露出鱼肚白的，天，露出紫色，红色，金色的霞采。

　　是天上疏疏密密的云？是地上的池沼？丘陵？草木？是流霞？辨别不出。

　　太阳的光线，一丝丝透出来，照见一片平原，罩着层白蒙蒙的薄雾。雾中隐隐约约，有几墩绿油油的矮树。雾顶上，托着些淡淡的远山。几处炊烟，在山坳里徐徐动荡。

　　这样的景色，是我生平第一次见到。

　　晓风轻轻吹来，很凉快，很清洁，叫我不甘心睡。

　　回看车中，大家东横西倒，鼾声呼呼，现出那干——枯——黄——白——很可怜的脸色！

　　只有一个三岁的女孩，躺在我手臂上，笑弥弥的，两颊像苹果，映着朝阳。

---

　　① 周良沛. 中国新诗库 九集［M］. 武汉：长江文艺出版社，1990：80-81.

　　从上文可以看出，这不是一篇散文，而是一首采用散文外形的"散文诗"，符合我们在前面关于散文诗的概念。全诗诗意盎然，车窗内外的景色形成对比，永远"向前飞进"的火车、"两颊像苹果"的小女孩、小女孩的脸上"映着朝阳"是诗人对新生事物的喜爱。在刘半农的诗集《扬鞭集》中收录的 57 首诗作中，有近四分之一的篇目是散文诗。正是因为刘半农的理论提倡和实践，"散文诗"这一西方文体才得以在"五四"中国诗坛移植成功。

　　作为泰戈尔诗歌最早的译介者之一，刘半农的诗歌创作特别是散文诗创作深受泰戈尔的影响。除《吉檀迦利》着力抒发宗教体验之外，泰戈尔的诗歌主要是一些抒情散文诗。刘半农所译的泰戈尔散文诗皆出自《新月集》，大多为充满童真之作，语言质朴、清新、自然，刘半农的译文亦如此。我们可以对比分析刘半农的译诗《恶邮差》和散文诗《雨》，来探究刘半农创作与泰戈尔散文诗的神似之处。译诗《恶邮差》发表于 1918 年 8 月《新青年》月刊第 5 卷第 2 号上，《雨》①创作于 1920 年 8 月，在这首诗的题记中，刘半农称"这全是小蕙的话，我不过替她做个速记，替她连串一下便了"，儿童视角由此凸显出来。比较一下《恶邮差》和《雨》，可以看出刘半农将泰戈尔歌咏童真的主题和创作手法运用到创作中。《雨》是一个小女孩雨天依偎在妈妈怀中的喃喃自语，诗歌以小女孩的视角展开叙述，字里行间洋溢着儿童稚嫩的童心和爱心，尤其是诗歌结尾处的叙述："妈！我要睡了！你就关上了窗，不要让雨来打湿了我们的床。你就把我的小雨衣借给雨，不要让雨打湿了雨的衣裳。""雨"在小女孩的眼中被赋予了生命，如此童真，与泰戈尔诗歌极为相似，刘半农在译介的同时把泰戈尔的诗风无形之中化入自己的诗歌创作。《吉檀迦利》是泰戈尔诗歌创作的高峰，充满了神秘色彩。"吉檀迦利"是孟加拉文的音译，意为"献给神的歌"，诗人借由诗歌表达了对于心目中"神"的赞歌，宗教色彩浓厚。刘半农的散文诗《在一家印度饭店里》曾被赵景深在《刘复诗歌三种》一文中"允推为压卷之作"，赵景深认为"这首诗艺术很完善，能在尺幅之中见千里"。② 这首诗歌第一句是："这是我们今天吃的食，这是佛祖当年乞的食？"禅意初露，诗歌接下去继续吟唱："这雪白的是盐，这袈裟般黄的是胡椒，这啰毗般红的是辣椒末，这瓦罐里的水，牟尼般亮，'空'般得清，'无'般得洁。"这一系列诗歌意象更是把"空""无"的禅意十足地表现出

---

①　周良沛. 中国新诗库 九集[M]. 武汉：长江文艺出版社，1990：80-81.

②　鲍晶. 刘半农研究资料[M]. 天津：天津人民出版社，1985：291.

来，诗人称这是"印度味"。诗的第二节接着叙述"那冷而温润的，是你摩利迦东陀中的佛地：它从我火热的脚底，一些些的直清凉到我的心地里"①。读来颇有泰戈尔《吉檀迦利》的诗意。

刘半农的诗歌创作也明显受到屠格涅夫散文诗反映社会现实的影响。《扬鞭集》中反映劳动人民生活疾苦和悲惨命运的诗篇占据较大比例，1920 年 6 月 20 日刘半农写于伦敦的散文诗《饿》②，刻画了一个饥饿状态下的小孩的心理和行为举止，诗歌开篇就写这个"饿了"的孩子："他饿了，他静悄悄地立在门口；他也不想什么，只是没精没采，把一个指头放在口中咬。"他没有力气出去和荒地上的孩子们玩，也不敢回屋里去，他害怕爸爸"睁圆了的眼睛"，因为每次他吃了半碗饭之后想再添一些时，都会看到爸爸"睁圆了的眼睛"和妈妈垂泪的眼睛："他想到每吃饭时，他吃了一半碗，想再添些，他爸爸便说：'小孩子不知道'饱足'，还要多吃！留些明天吃罢！'他妈妈总是垂着眼泪说，'你便少喝一'开'酒，让他多吃一口罢！再不然，便譬如是我——我多吃了一口！'他爸爸不说什么，却睁圆着一双眼睛！"这首诗歌通过一个极度饥饿的孩子的视角写出了 20 世纪 20 年代下层民众饥饿的生活状态。这与屠格涅夫的《菜汤》有异曲同工之妙，《菜汤》是屠格涅夫 1878 年 5 月创作的一首散文诗，从一个死了二十岁独子的"农妇"和一个"贵妇人"两个人的视角来描述农妇殡葬归来之后"喝菜汤"的事件。贵妇人在农妇家发现她正在"不慌不忙、从从容容从熏黑的陶罐底舀取稀薄的菜汤，一勺一勺喝进肚里"，贵妇人觉得在这种时候还能吃东西，"心肠真硬"，农妇"痛苦的眼泪沿着她凹陷的脸颊流淌下来"，说："我的日子也到头了，就象是活活地被人摘了心肝一样。可是菜汤不能糟蹋呀，要知道里面是放了盐的呵。"③一句"要知道里面是放了盐的呵"道出了贵妇人和农妇之间对于"菜汤"的态度，农妇痛失独子像"活活地被人摘了心肝"，感觉自己的"日子也到头了"，但面对丧子之痛仍然不忍心浪费"放了盐的菜汤"，把"稀薄的菜汤""一勺一勺喝进肚里"，贵妇人耸耸肩离开，诗歌通过两个阶层女性在丧子之后的不同反应，凸显出下层民众生活的困苦。刘半农的散文诗还受到英美其他诗人的影响。在 1920 年 8 月创作的《爱他？害他？成功！》一诗的末尾，刘半农称这首诗是"看了英国 T. L. Peacock（1785—1866）所做的一首/'The Oak

①　周良沛. 中国新诗库 九集[M]. 武汉：长江文艺出版社，1990：98-100.
②　周良沛. 中国新诗库 九集[M]. 武汉：长江文艺出版社，1990：88-92.
③　屠格涅夫. 屠格涅夫散文选[M]. 北京：中国世界语出版社，1993：42.

and the Beech'做的"，诗歌的第一节"几乎完全是抄他"，①　不过"反其意而为之"。我们对照这首诗后面附录的 T. L. Peacock 的原诗，发现确实如刘半农所言，刘半农的诗歌与原诗的意思完全不同，带有"为我所用"、自我创造的成分。

第三节　现代小诗体的发生

"小诗"是"五四"时期的一种诗体，盛行于 1921 年到 1924 年，是一种形式短小自由的即兴短诗。与"自由体诗"和"散文体诗"一样，外国翻译诗歌同样起到了触媒作用，不过"小诗"的发生也离不开中国古典诗歌的滋养。与"自由诗体""散文诗体"受欧洲诗歌影响不同，小诗体的影响来自东方，受泰戈尔的小诗和日本俳句的影响最大。20 世纪 20 年代的"小诗运动"与郑振铎、周作人对泰戈尔诗歌、日本俳句以及西方俳谐诗的翻译分不开。对于这一点，周作人在《论小诗》中有论述，他认为"中国的新诗在各方面都受欧洲的影响，独有小诗仿佛是在例外，因为他的来源是在东方的：这里边又有两种潮流，便是印度与日本，在思想上是冥想与享乐"。周作人在文中指出冰心的《繁星》受泰戈尔的影响，汪静之的《湖畔》中的诗歌有"短歌的意思"。②　同样，梁实秋在《1926 现代中国文学之浪漫的趋势》③中也指出了这两种影响，他认为"年来'小诗'在中国风行一时，其主要原因固由于泰戈尔及日本俳句的影响"，但梁实秋也强调国人的"乐于承受这种影响"，其中的接受心理原因是"正足以表示出国人趋于印象主义的心理"，他同时指出"小诗"体裁盛行一时的原因，是因为"小诗唯一的效用就是可以由你把一些零星片段的思想印象记载下来"的缘故。冰心在《我的文学生活》中也称自己创作《繁星集》是"因着看泰戈尔的《飞鸟集》，而仿用他的形式，来收集我零碎的思想"④，这也道出了"小诗"这一文体的特征和外来的渊源。下面我们首先系统梳理周作人和郑振铎的小诗译介，然后探究冰心"春水体"和宗白华"流云"小诗的发生

---

①　刘半农. 刘半农文集［M］. 北京：线装书局，2009：231.
②　中国作家协会诗刊社编. 中国新诗百年志理论卷 上［M］. 北京：中国工人出版社，2017：52.
③　中国作家协会诗刊社. 中国新诗百年志理论卷 上［M］. 北京：中国工人出版社，2017：173.
④　卓如. 冰心全集 第 2 册 文学作品 1923—1941［M］. 福州：海峡文艺出版社，2012：326.

机制。

一、周作人的日本俳句、短歌译介

提到小诗，人们自然会想到周作人，他的译诗触发了"五四"诗坛小诗的兴起。"小诗"所接受的日本俳句、短歌的影响主要源自周作人的译介，短歌和俳句都是日本传统诗歌形式，短小精悍，俳句是一种三行的小诗，每行分别为五、七、五个字，共十七个音，代表诗人有松尾芭蕉、与谢芜村、小林一茶等。短歌是五行的小诗，每行分别为五、七、五、七、七个字，共三十一个音，代表诗人有石川啄木等。周作人（1885—1967），浙江绍兴人，现代散文家、翻译家。周作人 1906 年以学习"造房子"的名目开始了六年的日本留学生活。1909 年鲁迅回国之后，周作人因与羽太信子结婚继续留在日本，此时的周作人开始学习日语，通过他居住的西片町下宿不远的曲艺杂耍场"寄席"开始接触日本民间俗文学，如诙谐的日本讽刺诗"川柳"和讽刺喜剧"狂言"，周作人由此爱上了日本文学，兴趣由"寄席"转到书本，其中"最能引起他心灵上反响的是日本古典诗歌'俳谐'。从 17 世纪的俳谐大师松尾芭蕉开始，直到近现代的俳句、俳文的著名作家小林一茶、与谢芜村、正冈子规、永井荷风、户川秋骨、文泉子、谷崎润一郎等人的作品，都令周作人爱不释手"①。正是因为对日本诗歌尤其是俳句、短歌的喜爱，1920 年到 1925 年周作人开始大量翻译日本诗歌，为研究的方便，现列表统计如下。

表 1-3　周作人日本诗歌翻译统计表②

序号	诗歌	发表时间、刊物或出版社	原著作者
1	《日本之俳句》	1916 年 6 月，《若社丛刊》第 3 期	周作人
2	《苍蝇》	1920 年 2 月，《新生活》第 27 期	千家元磨

---

① 李景彬，邱梦英. 周作人评传[M]. 重庆：重庆出版社，1996：43.
② 统计时间上按照"五四"文学的下限定到 1927 年，内容上把相关理论文章也一并统计，在编写时主要参考唐沅等编著的《中国现代文学期刊目录汇编》（第 1 卷和第 2 卷，知识产权出版社 2010 年版）、《周作人译事年表》（郭著章主编、边立红等撰著的《翻译名家研究》，湖北教育出版社 1999 年版）、止庵编订的《周作人译文全集》第 10 卷（上海人民出版社 2019 年版）等书籍。

续表

序号	诗歌	发表时间、刊物或出版社	原著作者
3	《军队》	1920 年 2 月，《新生活》第27 期	千家元磨
4	《涂白粉的大汉》	1920 年 3 月，《新生活》第29 期	贺川丰彦
5	《没有钱的时候》	1920 年 3 月，《新生活》第29 期	贺川丰彦
6	《无结果的议论之后》	1920 年 7 月 2 日，《晨报副刊》	石川啄木
7	《日本俗歌①五首》	1921 年 6 月 29 日，《晨报副镌》第七版	无
8	《日本的诗歌》	1921 年 5 月 10 日，《小说月报》第 12 卷第 5 号②	周作人
9	《杂译日本诗三十首》③	1921 年 8 月 1 日，《新青年》第9 卷第 4 号	石川啄木等
10	《日本俗歌八首》	1921 年 10 月，《晨报副镌》	无
11	《日本诗人一茶的诗》④	1921 年 11 月，《小说月报》第12 卷第 11 号	一茶
12	《日本俗歌四十首》	1922 年 2 月 15 日，《诗》第 1卷第 2 期	无
13	《星的小孩》	1922 年 3 月，《晨报副镌》	小林章子

---

① 在周作人看来，“俗歌这个名称，是我所假定的，包括日本民间合乐或徒歌的歌词”（参见止庵编订《周作人译文全集　第 10 卷》，上海人民出版社 2019 年版，第 588 页），因此，这些俗歌都没有原著作者。

② 后收入 1924 年 11 月上海商务印书馆初版的《日本的诗歌》。

③ 包括石川啄木 5 首、与谢野晶子 1 首、千家元磨 6 首、武者小路实笃 1 首、横井国三郎1 首、野口米次郎 1 首、冈田哲藏 1 首、堀口大学 3 首、北原白秋 2 首、木下李太郎 4首、生由春月 2 首、奥荣一 2 首、西村阳吉 1 首。

④ 后收入 1924 年 11 月上海商务印书馆初版的《日本的诗歌》，并有“附记”。

续表

序号	诗歌	发表时间、刊物或出版社	原著作者
14	《法国俳谐诗》	1922 年 3 月 15 日，《诗》第 1 卷第 3 号	约翰保罗等
15	《日本俗歌八首》	1922 年第 1 期，《妇女杂志》	无
16	《石川啄木的短歌》①	1922 年 5 月 15 日，《诗》第 1 卷第 5 号	石川啄木
17	《石川啄木的歌》②	1922 年 6 月 4 日，《努力周报》第 5 期	石川啄木
18	《论小诗》	1922 年 6 月 21 日至 22 日，《晨报副刊》连载	周作人
19	《日本俗歌二十首》	1922 年 9 月 17 日，《努力周报》第 20 期	无
20	《石川啄木的短歌》	1923 年 1 月 10 日，《小说月报》第 14 卷第 1 号	石川啄木
21	《日本的小诗》	1923 年 4 月 15 日，《诗》第 2 卷第 1 号	周作人
22	《希腊的小诗》	1923 年 7 月 11 日，《晨报》，后收入《谈虎集》	［希腊］萨普福等
23	《日本的诗歌》③	1924 年 11 月，上海商务印书馆	一茶等
24	《陀螺》（译小品诗歌集）	1925 年 9 月，北京新潮社	石川啄木等

---

① 内含选自石川啄木诗集《悲伤的玩具》的 4 首译诗。
② 内含选自石川啄木诗集《一握沙》的诗歌 6 首和石川啄木诗集《悲伤的玩具》的诗歌 11 首，一共 17 首诗歌，并附石川啄木介绍。
③ 收入周作人的《日本的诗歌》和《日本诗人一茶的诗》，宫岛新三郎著、李达译的《日本文坛之现状》，晓风的《日本文坛最近状况》4 篇文章，附录为周作人的《日本的小诗》。

从表中可以看出，周作人对日本诗歌的研究最早开始于留学期间，他在 1916 年的《日本之俳句》一文中表达了对日本俳句的喜爱，他认为日本俳句"其简单微妙处，几乎不能着墨"，"寥寥数言，寄情写意"，"尤多含蓄"①，但此时周作人尚未开始翻译日本诗歌，他在此文中称特别喜欢一茶的俳句，但他的俳句翻译却是"百试不能成"。1921 年 8 月 1 日，在《新青年》第 9 卷第 4 号上，周作人发表了石川啄木等 13 人的 30 首译诗，名为《杂译日本诗三十首》，从诗歌的长短来看，这些诗歌较长，并非短的俳句和短歌。1921 年 11 月，周作人在《小说月报》上发表了《日本诗人一茶的诗》（附记）②，这篇文章穿插了大量的一茶的俳句译诗，一共 49 首。周作人在文中首先重申日本俳句的文体特征，"俳句是一种十七音的短诗，描写情景，以暗示为主，所以简洁含蓄，意在言外"，接着他指出一茶的俳句在日本是"空前而且绝后"，他的俳谐"是人情的，他的冷笑里含着热泪，他的对于强大的反抗与对于弱小的同情，都是出于一本的。他不像芭蕉派的闲寂，然而贞德派的诙谐里面也没有他的情热"。我们来看其中的三首译诗：

（四十二）原题"堂前乞食"。
给一文钱，打一下钲的寒冷呵！
（四十三）原题"桥上乞食"。
将母亲当作除霜的屏风，睡着的小孩！
（四十七）原题"粒粒皆辛苦"。
是罪过呵，午睡了听着的插秧歌！

一茶诗歌的"人情味"正好契合了"五四"文学的人道主义主张。1921 年，周作人在《小说月报》上发表了长文《日本的诗歌》③，对日本诗歌进行系统的梳理介绍。在文中，周作人详细介绍了日本十一音的"俳句川柳"和三十一音的短歌，认为日本新派的歌与旧派的歌区别不在形式上，他们一样用"三十一音的文字"和"文章语的文法"，但新派"注重实感"。对于何为"实感"，周作人借用与谢野晶子关于"实感"的"五项"解释，指出"实感"即"真实、特殊、清新、幽雅和新"，新派诗歌的共同特点是"感

① 钟叔河. 周作人文类编 7 日本管窥 日本·日文·日人[M]. 长沙：湖南文艺出版社，1998：231.
② 止庵. 周作人译文全集 第 10 卷[M]. 上海：上海人民出版社，2019：559.
③ 小说月报社. 日本的诗歌[M]. 上海：商务印书馆，1924：2.

觉敏锐，情思丰富，表现真挚，有现代的特性"，我们可以从文中周作人译的几首代表诗作看这一方面的特色：

（3）拿了诅咒的稿，按住了黑色的蝴蝶。——与谢野晶子

（4）比远方的人声，更是渺茫的那绿草里的牵牛花。——前人

（5）秋天来了，拾在手里的石子，也觉得有远的生命一般。——前人

（6）卧在新的稻草上，恍然闻着故乡门前田里的水的香味。——与谢野晶子

（7）晚间秋风吹着，正如老父敲我的肩一样。——田村黄昏

　　1922 年 3 月 15 日，周作人接着在《诗》第 1 卷第 3 号发表了《法国俳谐诗》一文，内含他根据日文翻译的俳谐诗 27 首，这 27 首俳谐诗是 10 位法国作家曾翻译的日本俳谐诗。在文中，周作人借用与谢野宽在《明星》第 1 期上对法国俳谐诗的介绍，指出法国俳谐诗也是源自日本俳句，形式上"以三行组成"和"感情的暗示的地方"与俳句相似，但字数却较俳句复杂，"近于短歌"，这段介绍文字在比较法国俳谐诗和日本俳句时也同时指出了日本俳句的文体特点。

　　除了一茶的短歌，周作人也特别喜爱石川啄木的短歌。1921 年 8 月，周作人在《新青年》上发表了《杂译日本诗三十首》，其中就包括石川啄木的 5 首诗歌。1922 年 5 月，周作人在《诗》的第 1 卷第 5 号上发表了 4 首石川啄木的译诗，题为《石川啄木的短歌》。1922 年 6 月，周作人又在《努力周报》上发表了《石川啄木的歌》，内含 17 首译诗，1925 年新潮社初版的周作人译著《陀螺》中收录了以上 21 首译诗，把《石川啄木的短歌》一文改为《啄木的短歌》作为"小序"放在 21 首诗歌之前。在《啄木的短歌》一文中，周作人认为石川啄木的短歌最有价值，"他的歌是所谓生活之歌，不但是内容上注重实生活的表现，脱去旧例的束缚，便是在形式上也起了革命，运用俗语，改变行款，都是平常的新歌人所不敢做的"①。我们来看其中的"一""二""三"首诗的译文：

一

忽然的想坐火车了，

下了火车

---

　　①　止庵. 周作人译文全集 第 10 卷 [M]. 上海：上海人民出版社，2019：562.

却是没有去处。

二

来到镜店的前面，
突然的出惊了，
怎么寒蠢地走着的一个人呵。

三

走上高山的顶上，
对了什么人挥我的帽子，
又即走下来了。

　　周作人在文中称石川啄木的诗"用了简练含蓄的字句暗示一种情景，确是日本诗歌的特色"①。周作人在小诗译介之外，还撰写了《论小诗》等理论文章，这些理论文章和他的译文序跋共同推动了小诗体的发生。

　　1922年6月21日至22日，周作人在《晨报副刊》连载了他的《论小诗》②一文，周作人开篇就指出"所谓小诗，是指现今流行的一行至四行的新诗"，小诗在中国诗歌中"古已有之"，他认为"中国现代的小诗的发达，很受外国的影响，是一个明了的事实"。但周作人同时也指出，"小诗"与中国新诗"各方面都受欧洲的影响"不同，是个"例外"，"他的来源是在东方的"，"这里边又有两种潮流，便是印度与日本"。在周作人看来，印度诗人泰戈尔（Tagore）的诗（尤其是《迷途的鸟》）代表的小诗"在中国诗上的影响是极著明的"，而日本的三十一音的短歌和十七音的俳句因没介绍，在中国毫无影响，短歌"长于抒情"，俳句"即景寄情"，共同特点是"简洁含蓄"，是"理想的小诗"，周作人认为"小诗的第一条件是须表现实感，便是将切迫地感到的对于平凡的事物之特殊的感兴，迸跃地倾吐出来"，其次是"重含蓄"，"不在明说而在暗示"。

　　1924年，周作人翻译的《日本的诗歌》由上海商务印书馆出版发行，在《日本的小诗（附录）》③中，他详细介绍了日本的俳句，探讨了"小诗"问题。周作人首先提出了"诗的形式的问题"，认为"古代希腊诗铭（Epigrammata）里尽有两行的诗，中国的绝句，也只有二十个字，但是像俳句这样短的却未尝有；还有一层，别国的短诗只是短小而非简省，俳句

① 止庵. 周作人译文全集 第10卷[M]. 上海：上海人民出版社，2019：564.
② 中国作家协会诗刊社. 中国新诗百年志 理论卷 上[M]. 北京：中国工人出版社，2017：51.
③ 李今. 汉译文学序跋集 第3卷 1922—1924[M]. 上海：上海人民出版社，2017：434-436.

则往往利用特有的助词，寥寥数语，在文法上不成全句而自有言外之意，这更是他的特色了"。这段话对比分析了中国的绝句、其他国家的短诗和俳句，认为"这短诗形确是很好的，但是却又是极难的，因为寥寥数语里容易把浅的意思说尽，深的又说不够"，"这样小诗颇适于抒写刹那的印象，正是现代人的一种需要，至于影响只是及于形式，不必定有闲寂的精神，更不必固执十七字及其他的规则，那是可以不必说的了"。在此基础上，周作人提出"中国近来盛行的小诗虽然还不能说有什么很好的成绩，我觉得也正不妨试验下去；现在我们没有再做绝句的兴致，这样俳句式的小诗恰好来补这缺，供我们发表刹那的感兴之用"。在"诗的性质问题"上，周作人认为俳句是平民的文学。在"诗形与内容的问题"上，周作人认为"俳句在日本虽是旧诗，有他特别的限制，中国原不能依样的拟作，但是这多含蓄的一两行的诗形也足备新诗之一体，去装某种轻妙的诗思，未始无用"。对于"中国的小诗"的影响到底来源于"绝句的变体"，"或说和歌俳句都是绝句的变体，受他影响的小诗又是绝句的逆输入罢了"，周作人没有深究，他认为"我们只要真是需要这种短诗形，便于表现我们特种的感兴，那便是好的"。1925年9月，周作人的译诗集《陀螺》由新潮社出版，这是一部用散文翻译的译诗集，辑录希腊、日本及其他国家的诗歌280首，多为短诗。在《〈法国的俳谐诗二十七首〉小序》中，周作人引用谢野宽在《明星》第1期上对法国俳谐诗的介绍，指出俳谐诗"甚适于表现战地一刹那的感兴"，形式上"是以三行组成，但未必用五七五的字数"，"较俳句更为复杂，无宁近于短歌"，"感情的暗示的地方，很与俳句相像"。在《〈陀螺〉一茶的诗》中，周作人指出"日本的俳句，原是不可译的诗"，"俳句是一种十七音的短诗，描写情景，以暗示为主，所以简洁含蓄，意在言外"。在《〈日本俗歌六十首〉小序》中，周作人认为"俗歌的特色，同别种的日本诗歌一样，是'言简意赅'，富于含蓄，能在寥寥两三句话里，包括一个人生的悲喜剧"[1]。

　　正是因为周作人的日本短歌、俳句翻译、理论提倡和创作实践，才触发了"小诗"这一诗体的流行。对于这一点，成仿吾在《诗之防御战》中批评"五四"青年人的盲从时指出："周作人介绍了他的所谓日本的小诗，居然就有数不清的人去模仿。"[2]在《〈杂诗三首〉序》中，朱自清在接到俞平

① 李今. 汉译文学序跋集 第4卷 1925—1927[M]. 上海：上海人民出版社，2017：183.
② 朱立元. 海上文学百家文库 91 周扬、成仿吾、李初梨、彭康、朱镜我卷[M]. 上海：上海文艺出版社，2010：199.

伯自创新体的短诗之后，称很喜欢这种短诗，并说"从前读周启明先生《日本的诗歌》一文，便已羡慕日本底短歌；当时颇想仿作一回"，认为这种短诗"能将题材表现得更精彩些，更经济些"。朱自清认同"周先生论日本底短歌"的说法，"虽不适于叙事，若要描写一地的景色，一时的情调，却很擅长"①。应修人在《应修人致周作人》一文中也说："前几天买来几本去年的《小说月报》，重看了两遍你底论日本诗歌文，细领略了些俳句，短歌底美"，"我觉得国人底为小诗者，大抵摹拟你译出来的诗体"。② 上述"五四"时期同人的论述进一步印证了"五四"时期的小诗运动是从周作人的短歌、俳句译介和模仿开始的。

二、郑振铎的泰戈尔诗歌译介

"五四"时期，除了周作人的日本短歌、俳句译介的影响之外，泰戈尔诗歌的译介也是"小诗"兴盛一时的重要因素，废名认为"那时写小诗，一方面是翻译过来的日本的短歌和俳句的影响，一方面是印度泰戈尔诗的影响"③。不过泰戈尔的诗歌也是受了日本俳句短歌的影响，其中《飞鸟集》的创作就是源于日本俳句。泰戈尔于1916年5月访问日本，接触到日本俳句，据克里巴拉尼著、倪培耕译的《泰戈尔传》中的"第十章 世界公民"介绍，泰戈尔在日记中称赞"这些人的心灵象清澈的溪流一样无声无息，象湖水一样宁静"，并称"迄今，我所听到的一些诗篇都是犹如优美的画，而不是歌"，他列举了"俳圣"松尾芭蕉的《古池》一诗作为解释，"古老的水池，青蛙跳跃，一片水声溅起"。对于这首诗歌，泰戈尔的评价是"够了，再多余的诗句没有必要了。日本读者的心灵仿佛是长眼睛似的"，克里巴拉尼认为正是"这些罕见的短诗"对泰戈尔产生了影响，才有了后来收在《迷途之鸟》(《飞鸟集》)中的"零星的词句和短文"。④

1913年，泰戈尔荣获诺贝尔文学奖，引发中国诗坛的关注，他的诗歌不断被译介，其中郑振铎的泰戈尔翻译最具代表性。郑振铎(1898—1958)，字西谛，福建长乐人，现代著名诗人、翻译家、文学评论家，新文学社团文学研究会的发起人。郑振铎不是泰戈尔诗歌翻译的第一人，却是泰戈尔诗歌翻译影响最大、翻译最多的人。国内最早的泰戈尔诗歌翻译是陈独秀于1915年10月15日在《新青年》第1卷第2号发表的《赞歌》，

---

① 朱自清. 朱自清序跋集[M]. 苏州：古吴轩出版社，2018：9.
② 北京鲁迅博物馆鲁迅研究室. 鲁迅研究资料8[M]. 天津：天津人民出版社，1981：41.
③ 孔范今. 中国现代新人文文学书系 文论卷[M]. 济南：山东文艺出版社，2005：172.
④ ［印度］克里巴拉尼. 泰戈尔传[M]. 倪培耕，译. 桂林：漓江出版社，1984：316.

之后陆续有一些泰戈尔的译诗在《新青年》《少年中国》等杂志刊载。但就影响而言，郑振铎于 1922 年 10 月翻译的《飞鸟集》(上海商务印书馆出版)是国内第一部泰戈尔诗歌中文译本，郑振铎为译本撰写了《例言》和《序》。在《例言》中，郑振铎谈到译诗难的问题时，借用泰戈尔《人格论》中的话提出诗歌要用"有生气"的字眼，"诗歌得文句总是含蓄的暗示的，他的句法的构造，多简短而含义富丰"。在《序》中，郑振铎认为"近来小诗十分发达。他们的作者大半是直接或间接接受太戈尔此集的影响的。此集的介绍对于没有机会得读原文得，至少总有些贡献"①。

这本《飞鸟集》从 1922 年到 1933 年，一共出了五版，由此说明其受欢迎程度。在《一九三三版本序》中，郑振铎也称"近来小诗十分发达。他们的作者大半是直接或间接接受泰戈尔此集的影响的"②。《飞鸟集》中的诗歌是郑振铎根据英文翻译而来，是一个"选译"集，选自泰戈尔的六本英文诗集——《园丁集》(*Gardener*)、《吉檀迦利》(*Jitanjali*)、《新月集》(*Crescent Moon*)、《采果集》(*Fruit-Gathering*)、《飞鸟集》(*Stray Birds*)、《爱者之赠与歧路》(*Lover's Gift and Crossing*)。1925 年，郑振铎撰写了《太戈尔传》，后收录在《飞鸟集》中，这是国内最早系统介绍泰戈尔的传记文章。在《太戈尔传》中，郑振铎称泰戈尔为"人类的儿童"和"孩提之天使"。我们来看一下《飞鸟集》中的译文：

一

夏天的飞鸟，
飞到我窗前唱歌，又飞去了。
秋天的黄叶，他们没有什么可唱，
只叹息一声，飞落在那里。

二

世界上的一队小小的漂泊者呀，
请留下你们的足印在我的文字里。③

正是郑振铎的这些译介活动，推动了泰戈尔诗歌在我国诗坛的传播。与其说是泰戈尔的诗歌影响了"五四"小诗的发展，还不如说是郑振铎的

---

① 李今. 汉译文学序跋集 第 3 卷 1922—1924[M]. 上海：上海人民出版社，2017：143.
② [印度]泰戈尔. 新月集[M]. 郑振铎，译. 成都：四川人民出版社，2018：77.
③ 孙幼军. 花朵开放的声音[M]. 沈阳：万卷出版公司，2018：142.

泰戈尔译诗。因此，1923 年徐调孚在《小说月报》发表的《太戈尔的重要著作》一文中称"太戈尔的作品，在中国最受影响的，或者要算这本小诗《飞鸟集》吧！近年来小诗在我国的诗坛里猛力地萌发着，多少总直接或间接受他的影响的"①。

三、冰心的"春水体"与宗白华的"流云"小诗

从创作层面而言，小诗体的代表人物是冰心和宗白华。1923 年，冰心的诗集《繁星》和《春水》由商务印书馆出版，一度被称为"春水体"。同年，宗白华的《流云》由亚东图书馆出版，这三本诗集迅速成为小诗的代表作品。胡愈之（化鲁）在《繁星》一文中称："自从冰心女士在《晨报副刊》上发表她的《繁星》后，小诗颇流行一时。除了大白君的著名的《归梦》，此外在杂志报章上散见的短诗，差不多全是用这种新创的 Style 写成的……这不能不归功于《繁星》的作者了。"②冰心 1921 年把"零碎的思想"以自由体短诗的形式在报刊上发表，1923 年，她将 300 余首小诗结集出版为《繁星》和《春水》。1920 年 9 月，在《燕大季刊》第 1 卷第 3 期，冰心发表了《遥寄印度哲人泰戈尔》一文，文章叙述了对泰戈尔诗歌的赞美以及与自我诗请的契合。冰心说："泰戈尔！谢谢你以快美的诗情，救治我天赋的悲感；感谢你以超卓的哲理，慰藉我心灵的寂寞。"泰戈尔诗歌的"极端的信仰——宇宙和个人的灵中间有一大调和"和"天然的美感的诗词"正好契合了冰心"原来不能言说的思想"，最终奏出了"缥缈神奇无调无声的音乐"般的诗歌。冰心在后来谈及《我是怎样写〈繁星〉和〈春水〉的》③时也说，"偶然在一本什么杂志上，看到郑振铎译的泰戈尔《飞鸟集》连载"，"集里都是很短的充满了诗情画意和哲理的三言两语"，引发诗情，把"笔记本上的眉批上的那些三言两语"，"挑选那些更有诗意的、更含蓄一些的""零碎的思想""放在一起"，这就是《繁星集》。因此，我们说，是《飞鸟集》的"翻译体"而非泰戈尔的诗歌原文引发了冰心小诗的产生。

从具体影响而言，泰戈尔对冰心小诗的影响首先在体式上。泰戈尔的短诗三五成行、简短含蓄，冰心借鉴了这种"三言两语"的"体式"，把自己"零碎的思想"集成了《繁星》和《春水》，其中《繁星》收录 164 首，《春

---

① 孙宜学. 诗人的精神 泰戈尔在中国[M]. 南昌：江西高校出版社，2009：183.
② 范伯群. 冰心研究资料[M]. 北京：北京出版社，1984：361.
③ 卓如. 冰心全集 第 2 册 文学作品 1923—1941[M]. 福州：海峡文艺出版社，2012：156.

水》收录 182 首，都是"三言两语"的小诗，如《繁星》(一四)：

一四①

我们都是自然的婴儿，
卧在宇宙的摇篮里。

《繁星》《春水》诗集中都是这种体式的即兴小诗。我们来比较一下泰戈尔(郑振铎译)与冰心的小诗。首先来看泰戈尔的诗作：

12②

"海水呀，你说的是什么？"
"是永恒的疑问。"
"天空呀，你回答的话是什么？"
"是永恒的沉默。"

再来看冰心的诗作：

一一六③

海波不住的问着岩石，
岩石永久沉默着不曾回答；
然而他这沉默，
已经过百千万回的思索。

从两首诗作来看，模仿的痕迹是显而易见的。此外，从内容层面而言，泰戈尔的诗歌歌咏大自然，是一个"孩提之天使"(郑振铎)，而冰心的《繁星》和《春水》中对自然的讴歌和对母爱的颂扬也体现了对泰戈尔诗作的承继。但总体而言，"体式"上的影响更甚。

除了冰心的"繁星""春水"之外，宗白华的"流云"小诗也是典型的小诗。宗白华(1897—1986)，江苏常熟人，现代著名哲学家、美学大师、诗人，著有美学著作《美学与意境》《美学散步》，译有《判断力批判》《欧

---

① 冰心. 繁星·春水[M]. 北京：台海出版社，2019：11.
② 孙幼军. 花朵开放的声音[M]. 沈阳：万卷出版公司，2018：144.
③ 冰心. 冰心经典文集[M]. 桂林：广西师范大学出版社，2000：6.

洲现代画派画论选》《席勒与民族》《海涅的生活与创作》，著有诗集《流云小诗》。宗白华是"五四"时期较早接触西方文化的学者，可谓学贯中西，在中学时代就开始接触外文，在南京金陵中学学习英文，在青岛大学中学部和上海同济医工学堂中学部学习德文，后又留学德国，这也是宗白华与外国文学结下不解之缘的原因。在文学创作方面，宗白华是"五四"小诗派的代表人物，著有诗集《流云小诗》，其小诗与冰心、周作人齐名，他被称为小诗派的"殿军"，其小诗追求哲思，以哲理而见长。朱自清在《中国新文学大系·诗集·导言》中认为以周作人、冰心、宗白华为代表的"五四"时期的"小诗派""都是外国影响，不过来自东方罢了"，并认为"《流云》出后，小诗渐渐完事，新诗也跟着中衰"①，显然，朱自清先生是把《流云》作为"五四"小诗的一个收官之作来看待。

　　1923 年 12 月，《流云小诗》的初版本《流云》由上海亚东图书馆出版，共收录小诗 48 首。这些即兴的小诗大多创作于作者德国留学期间，1922 年 6 月 5 日开始刊登在《时事新报·学灯》杂志上，在《流云》一诗标题下，宗白华写到"读冰心女士繁星诗，拨动了久已沉默的心弦，成小歌数首，聊寄共鸣"②，其中可见宗白华"流云"小诗是在冰心小诗集《繁星》的"拨动"下有感而发。宗白华的诗具有较浓厚的哲理内涵和美学意蕴，这与他的哲学研究是分不开的。他曾经说特别喜欢冰心在《时事新报·学灯》上发表的"浪漫谈和诗"，认为这些诗歌"意境清远，思致幽深，能将哲理化入诗境，人格表现于艺术"，并称冰心的《繁星》"真给了我许多的愉快和安慰"，希望冰心能"永久保持着思致与情感的调和，不要哲理胜于诗意，回想多于直感(《致柯一岑书》)"③。在《流云小诗·序》中，诗人宗白华把诗歌比喻为"梦魂里的心灵"，"披了件词藻的衣裳，踏着音乐的脚步"向诗人走来，告诉他"黑夜的影将去了；人心里的黑夜也将去了"，"东方的晨星已渐渐的醒了"，作者想借助这些"流云"小诗，"呼集清醒的灵魂，起来颂扬初生的太阳"。④

　　尽管宗白华自称"后来我爱写小诗、短诗，可以说承受唐人绝句的影响，与日本的俳句毫不相干，泰戈尔的影响也不大"⑤。但从《流云小诗》的创作背景以及作者宗白华对于泰戈尔诗歌和歌德小诗的喜爱来看，很难

---

①　朱自清. 朱自清谈读书[M]. 北京：中国青年出版社，2014：127.
②　宗白华. 宗白华全集 4[M]. 合肥：安徽教育出版社，1994：711.
③　宗白华. 宗白华全集 1[M]. 合肥：安徽教育出版社，1994：416.
④　宗白华. 流云小诗[M]. 合肥：安徽教育出版社，2006：3.
⑤　宗白华. 宗白华全集 2[M]. 合肥：安徽教育出版社，1994：151.

不受外国文学的影响。单从《流云小诗》的篇目来看，宗白华较为推崇雪莱的诗歌，在《雪莱的诗》一诗中，他称雪莱的诗歌是"超世的音乐""嘹呖的歌声"，诗作如下：

雪莱的诗①

> 虚阁悬琴，
> 天风吹过时
> 流出超世的音乐。
> 蓝空云散，
> 春禽飞去后，
> 长留嘹呖的歌声。
> 雪莱（Shelley）！
> 我听着你的诗了！

由此足见宗白华对雪莱诗歌的喜爱。此外，宗白华曾坦言"歌德的小诗我很喜爱"，宗白华对于歌德的人格非常推崇，他在诗歌《题歌德像》中如此歌吟歌德：

题歌德像②

> （一）
> 你的一双大眼，
> 笼罩了全世界。
> 但也隐隐的透出了
> 你婴孩的心。

外国诗歌对于宗白华的影响不仅仅停留于这些诗句层面，其诗歌骨子里所透露的思想，很难说能摆脱"五四"之初欧风美雨之下西方"泛神论"思想的影响，宗白华在与田汉、郭沫若的通信中指出"诗人的宇宙观有德语泛神论之必要"③，并称"我已从哲学中觉得宇宙的真相最好是用艺术表现……我认为将来最真确的哲学就是一首'宇宙诗'，我将来的事业也就

---

① 宗白华. 宗白华全集1[M]. 合肥：安徽教育出版社，1994：394.
② 宗白华. 宗白华全集1[M]. 合肥：安徽教育出版社，1994：342.
③ 田寿昌，宗白华，郭沫若. 三叶集[M]. 合肥：安徽教育出版社，2009：9.

是尽力加入做这首诗的一部分罢了"①。在《信仰》一诗中，我们能很容易窥见宗白华的"泛神论"思想：

信仰②

红日初生时

我心中开了信仰之花：

我信仰太阳

如我的父！

我信仰月亮

如我的母！

我信仰众星

如我的兄弟！

我信仰万花

如我的姊妹！

我信仰流云

如我的友！

我信仰音乐

如我的爱！

我信仰

一切都是神！

我信仰

我也是神！

在宗白华的诗歌世界中，"一切都是神"，"太阳""月亮""众星""万花""流云""音乐""爱"，这一切都是"神"，连"我也是神"。这种"泛神论"的思想让我们很容易看到他所崇拜的诗人歌德的影子。歌德是一个典型的"泛神论"者，他受斯宾诺莎"泛神论"的影响，这种"泛神论"的思想在他的代表作《浮士德》中有极典型的体现。作为歌德的崇拜者、研究者和歌德的译介者，宗白华熟知歌德的"泛神论"思想并极力推崇。宗白华曾在《歌德之人生启示》中翻译了歌德的《湖上》《游行者之夜歌（二首）》《海上的寂静》等诗歌，其中诗歌《格里曼》中的"泛神论"思想最为突出：

① 田寿昌，宗白华，郭沫若. 三叶集[M]. 合肥：安徽教育出版社，2009：20.
② 宗白华. 流云小诗[M]. 合肥：安徽教育出版社，2006：5-6.

格里曼①

你在晓光灿烂中，
怎么这样向我闪烁
亲爱的春天！
你永恒的温暖中，
神圣的情绪，
以一千倍的热爱
压向我的心，
你这无尽的美！

…………

向我，向我，
我在你的怀中上升！
拥抱着被拥抱着！
升上你的胸脯！
爱护一切的天父！

宗白华认为这首诗歌"充分表现了歌德热情主义唯动主义的泛神思想"(《歌德之人生启示》)②。宗白华在《三叶集》的通信中对郭沫若说，"你是一个 Pantheist，我很赞成。因我主张诗人的宇宙观有 Pantheismus 的必要。我不久预备做一篇《德国诗人歌德(Goethe)的人生观与宇宙观》，想在这篇中说明诗人的宇宙观以 Pantheism 为最适宜(《三叶集》)"③。此处的"Pantheist"指的是泛神论者，"Pantheismus"指的是泛神论，足见宗白华对于歌德"泛神论"的推崇，这种影响由此也在其诗歌创作中呈现出来。

第四节　现代格律诗体——十四行诗的发生

"十四行诗"是欧洲传统的抒情格律体诗，被称为"Sonnet"，最早是

---

① 宗白华. 宗白华全集 2[M]. 合肥：安徽教育出版社，1994：20.
② 宗白华. 宗白华全集 2[M]. 合肥：安徽教育出版社，1994：22.
③ 宗白华. 宗白华全集 1[M]. 合肥：安徽教育出版社，1994：215.

流行于意大利和法国交界处的普罗旺斯地区的一种民间诗体，后被文人采用，成为意大利、英国等欧洲国家流行的诗体。这一诗体随着新诗形式运动经由闻一多、徐志摩、孙大雨等诗人的译介和创作实践进入中国，走过了一个外来诗体中国化移植的过程。正如梁实秋在《傅东华译的〈失乐园〉》一文中所言，"所以翻译正好是一个试验的机会，可以试验本国的文字究竟能否创为一种新的诗体，和另一种文字的某一种诗体相仿佛"①。西方"十四行诗"的作品和理论的译介起到了触媒作用，帮助中国"十四行诗"一步步走向成熟，这一诗体的引进也应和了新诗格律化的要求。关于这一点，李思纯 1920 年在《诗体革新之形式及我的意见》中就已指出，他认为"中国的新诗运动，不消说是以散文诗自由句为正宗。但欧洲现在的诗人，仍是律文散文并行的时候"，因此，李思纯提出："我们的新诗，是否还有创为律文的必要呢？"②可以说，"十四行诗"的译介和创作正是对这一问题的回应。

一、"五四"时期十四行诗的译介与理论借鉴

关于"Sonnet"，首先需要明晰译名问题，20 世纪 20 年代流行的两种译名是"十四行诗"和"商籁体"，这两种译法后来交叉混用。最初胡适译为"桑纳体"，国内最早关于"十四行诗"的记载可以追溯到《胡适留学日记》③1914 年 12 月 22 日的记载，胡适在日记中把"Sonnet"译为"桑纳体"，说这是英文的律诗，随后胡适对这一诗体的形式特征、韵律特点做了详细介绍，指出这种诗体在形式上为"十四行"；每行十音五尺，此处的尺是诗中音节单位，相当于中国律诗的"平平仄仄平平仄"，"平平""仄仄"分别为"一尺"，因此这一句为三尺半，十四行诗的每尺为"平仄"调；分段方法有甲乙两种，甲式为 12 和 2、乙式为 8 和 6，乙式也可以不分段；介绍了七种用韵方法，并具体用字母列出，如其中的一种为 abab/cdcd/efef/gg。这是国内较早详细介绍十四行诗诗体特征的文章，胡适在文中既有理论介绍，也有自己创作的诗歌作为例证，比较容易效仿，但此文仅作为日记出现，未公开发表。

真正的"十四行诗"这一译名来自李思纯 1920 年 12 月 15 日发表在《少年中国》第 2 卷第 6 期的《诗体革新之形式及我的意见》一文中。在谈到"中

---

① 梁实秋. 梁实秋散文集 第 3 卷[M]. 长春：时代文艺出版社，2015：429.
② 许霆. 中国现代诗歌理论经典[M]. 苏州：苏州大学出版社，2008：113.
③ 谢军，钟楚楚. 胡适留学日记[M]. 海口：海南出版社，1994：308-310.

国诗的形式与欧美诗的形式"时，李思纯指出"十四行诗，是短诗之一种。大约分诗体为四段，前两段每段四行，后两段每段三行，合为十四行体。莎士比亚、弥尔敦(John Milton，1608—1674)大家的集中，也有许多美丽的十四行体。其作用略似中国诗中的绝句体"①。这是 20 世纪 20 年代较早使用"十四行诗"这一译名，也是继胡适之后较早介绍十四行诗的诗体特点的文章。1921 年 6 月，闻一多在《清华周刊》第七次增刊上发表的《评本学年〈周刊〉里的新诗》②一文中，也用到"十四行诗"这一提法，他称《给玳姨娜》"完全是一首十四行诗(sonnet)"。1922 年，闻一多在《律诗底研究》一文中对比了中国的律诗和英国的"十四行诗"，指出在中外的抒情诗中，"中诗之律体，犹之英诗之'十四行诗'(Sonnet)，不短不长，实为最佳之诗体"③。

　　从十四行诗歌的译介和提倡而言，郭沫若较早关注到这一诗体形式。受新诗形式运动的影响，早在 1923 年郭沫若就开始自觉追求新诗的形式美，他此时开始注意到英国的十四行诗。1923 年 2 月 1 日，郭沫若在《创造》季刊第 1 卷第 4 期发表了《雪莱的诗》和《雪莱年谱》。在《雪莱的诗·小序》中，郭沫若指出："做散文诗的近代诗人 Baudelaire，Verhaeren，他们同时在做极规整的 Sonnet 和 Alexandrian。是诗的无论写成文言白话，韵体散体，他根本是诗。谁说既成的诗形是已朽骸骨？谁说自由的诗体是鬼画桃符?"④《雪莱的诗》除了对雪莱诗歌介绍的文字外，还包括《西风歌》《欢乐的精灵》《拿坡里湾畔书怀》《招"不幸"辞》《转徙》《死》《云鸟曲》七首抒情诗，其中的《西风歌》全诗五章，每章十四行，我们来看其中的第一章。

《西风歌》(第一章)

哦，不羁的西风呦，你秋神之呼吸，
你虽不可见，败叶为你吹飞，
好像魍魉之群在诅咒之前逃遁，

黄者、黑者、苍白者、惨红者
无数病残者之大群：哦，你，

① 许霆. 中国现代诗歌理论经典[M]. 苏州：苏州大学出版社，2008：113.
② 闻一多. 闻一多全集 文艺评论 散文杂文 2[M]. 武汉：湖北人民出版社，2004：43.
③ 闻一多. 神话与诗[M]. 南昌：江西教育出版社，2018：174.
④ 饶鸿競，等. 中国文学史资料全编现代卷 48 创造社资料 上[M]. 北京：知识产权出版社，2010：255.

你又催送一切的翅果速去安眠，

冷冷沉沉的去睡在他们黑暗的冬床，
如像——死尸睡在墓中一样，
直等到你阳春的青妹来时，

一片笙歌吹遍梦中的大地，
吹放叶蕾花蕊如像就草的绵羊，
在山野之中弥漫着活色生香：

不羁的精灵呦，你是周流八垠；
你破坏而兼保护者，你听呦，你听！

　　在《西风歌·译者前记》中郭沫若指出这首诗"有但丁之遗风"①，是但丁《神曲》的"三行体"，独具特色的十四行诗。但郭沫若在翻译此诗时韵脚全无，只保留了十四行的形式。1925 年，商务印书馆出版了郭沫若翻译的屠格涅夫的长篇小说《新时代》，其中有一首十四行诗的译诗《遗言》。1926 年，郭沫若翻译的《雪莱诗选》由上海泰东书局出版。对于十四行诗的移植，新月派的诗人可以说是身体力行。1926 年，饶孟侃在《晨报副镌》第 56 期发表了《再论新诗的音节》一文，在谈及新诗音节时，饶孟侃列举十四行诗的音节作为例子，认为我们可以学习英国移植意大利十四行诗的做法，"我们在新诗里也可以用外国诗韵音节，这种例子在现在的新诗里真是举不胜举，象骈句韵体；谣歌体（Ballad），十四行体等等都是"。接着饶孟侃专门介绍了十四行诗，他认为"象十四行体诗就不是英国本有的体裁，它本是由意大利搬运过来的，因为这个体裁在英诗里运用得好，所以现在也就成为他们自己的一种诗体了"。饶孟侃因此指出，在新诗的音节移植中"不但是新旧的分别在诗里没有根据，就是中外的分别也没有一定的标准了"。②
　　1928 年，闻一多翻译了《白朗宁夫人的情诗》（共 44 首，其中闻一多译 21 首），分成（一）、（二）分别刊载在 1928 年 3 月出版的《新月》第 1 卷

---

① 文珊. 五四时期西诗汉译流派之诗学批评研究——以英诗汉译为个案[M]. 广州：暨南大学出版社，2019：68.
② 周良沛. 饶孟侃卷 第 3 辑[M]. 武汉：长江文艺出版社，1991：67.

第 1 号和 4 月出版的第 1 卷第 2 号上。白朗宁夫人的"诗歌被视为莎士比亚之后最好的十四行，白朗宁夫人被尊为维多利亚时代最受尊敬的诗人之一"，我们来看其中的一首译诗：

八①

你那样的慷慨，又那样的豪华，
你把你灵府的宝藏全带了来，
尽量地给带了来，堆在我墙外，
任凭我拾起来也罢，丢掉也罢。
但是我有什么能送你呢？你说，
我冷淡？责我寡恩？——你那样慷慨，
我却没有一些酬答？你别见怪，
我并不是寡恩——天知道，你问他——
我实在是穷得很。缤纷的泪雨，
洗毁了我生命中的颜色，并且
留下的这东西，又灰白，又枯瘪，
实在不该送来给你，我不敢渎亵，
不敢送来作你的枕头。走远些，去！
这东西只配给人们踩一个瘪！

这首诗基本保留了原作 abbaabbacdcdcd（第五行没有压上）的韵式和诗行的长度（基本保持 12 字），但有时不免牺牲意义。闻一多使用"商籁体"这一译法来指称十四行诗，在翻译时尽量保留原作格律。对于这种"韵律"的保留，朱自清在《译诗》中说：

> 所谓格律，指的是新的格律，而创作这种新的格律，得从参考并试验外国诗的格律下手。译诗正是试验外国格律的一条大路，于是就努力的尽量的保存原作的格律甚至韵脚。这里得特别提出闻一多先生翻译的白朗宁夫人的商籁二三十首（《新月杂志》）。他尽量保存原诗的格律，有时不免牺牲了意义的明白。但这个试验是值得的，现在商籁体（即十四行）可算是成立了，闻先生是有他的贡献的。②

---

① 闻一多. 闻一多诗歌散文全集[M]. 北京：中国致公出版社，2001：228.
② 朱自清. 论雅俗共赏[M]. 成都：四川人民出版社，2017：64.

　　对于闻一多的十四行诗(白朗宁夫人作品)翻译，徐志摩专门撰写了《白朗宁夫人的情诗》①一文，同期刊载在 1928 年 3 月出版的《新月》第 1 卷第 1 号。徐志摩自称这是"一篇多少不免蛇足的散文"，目的"一来宣传白夫人的情诗，二来引起我们文学界对于新诗体的注意"，徐志摩称赞闻一多的这次翻译"是一件可纪念的工作，因为'商籁体'(一多译)那诗格是抒情诗体例中最美最庄严、最严密亦最有弹性的一格"。文章除了详述白朗宁的浪漫爱情和诗作成因之外，还详细介绍了"商籁体"是由槐哀德与石垒伯爵自意大利的"彼屈阿克商籁体"移植到英国，莎士比亚"另创一格"变成"莎士比亚商籁体"，二者规模相仿，但"韵的排列"不同，白朗宁夫人的"商籁体"是英国近代"最显著的一个"。徐志摩指出，"商籁体是西洋诗式中格律最谨严的，最适宜于表现深沉的盘旋的情绪，像是山风、像是海潮，它的是圆浑的有回响的声音"，"当初槐哀德与石垒伯爵既然能把这原种从义大利移植到英国，后来果然开结成异样的花果"，"为什么就没有希望再把它从英国移植到我们这边来？"由此可见闻一多和徐志摩在移植"商籁体"方面的努力。

　　在十四行诗歌理论提倡方面，闻一多的《谈商籁体》和梁实秋的《谈十四行诗》最具代表性。闻一多的《谈商籁体》②一文发表在 1931 年 4 月的《新月》第 3 卷第 5、6 期合刊，在这篇文章中，闻一多对国外最严格的商籁体的创作规则做了说明：其一，必需的"十四行和韵脚"，这是基本条件；其二，第八行的末尾要一个停顿，这是基本原则；其三，全诗四段，诗行排列为"四四三三"；其四，"一首理想的商籁体，应该是个三百六十度的圆形，最忌的是一条直线"，即"第一段起，第二承，第三转，第四合"。这是闻一多在自我翻译和创作实践的基础上对"商籁体"这一诗歌文体特征的解读。梁实秋的《谈十四行诗》一文收录在他的《偏见集》中，这篇文章具体介绍了"纯粹的严格的皮特拉克式"十四行诗的"单体"和帕蒂孙关于十四行诗的定义。梁实秋对于"纯粹的严格的皮特拉克式"的论述基本和前面闻一多对"十四行诗"的创作规则说明相同，只是在韵脚方面有严格要求："每行有五重音，每行均有韵脚"，"前八行为 abbaabba，后六行为 cdecde 或 cdcdcd"。梁实秋在文中引用的帕蒂孙对十四行诗下的定义和说明(弥尔顿十四行诗序)实质上和上述创作规则有"异曲同工"之处，但此处强调了一点就是十四行诗的"单纯性"，就是说十四行诗"必须是一

---

①　徐志摩. 翡冷翠山居闲话[M]. 北京：西苑出版社，2017：237-239.
②　闻一多. 闻一多全集 2 文艺评论 散文杂文[M]. 武汉：湖北人民出版社，1993：168.

个(仅仅一个)概念或情绪的表现",梁实秋认为帕蒂孙的定义和说明道出了十四行诗的奥妙。在梁实秋看来,"十四行诗因结构严整,故特宜于抒情",他认为"格律"不是一种束缚,因此他提出十四行诗的写作,"不独要保持他的固定的形式,还要肆力于内容之精练"。① 闻一多和梁实秋关于十四行诗特点的论述都是基于国外诗歌理论和实践而阐发,他们的相关论述对于十四行诗的创作而言是非常重要的规则参照。

二、"五四"时期十四行诗的创作实践

胡适是"五四"时期最早采用Sonnet体写十四行诗的现代诗人。在《胡适留学日记》②1914年12月22日的日记中,为纪念世界学生会十周年,胡适作一英文诗歌,题为 *A SONNET/ ON THE TENTH ANNIVERSARY OF THE CORNELL COSMOPOUTAN CLUB*,日记后面附了中文译文(三易其稿,第三稿如下):

桑纳体

为纪念世界学生会十周年而作

"让这里开始一种兄弟的情爱
西方与东方将在这里自由相会,
人与人像人一样致敬,无分尊卑
相互了解、相互友爱是我们的安排。"

缔造者说。于是我们开始工作。
这里可不是饮宴狂欢的场所。
每个人都立誓像教士般奉献,
为人类的圣战,作开路的先锋。
若问我十年来做了些甚么?
甚少,但决不只是一颗大海的盐粒。
但我们心怀信念,那一天定将来到
今日的梦想在那一天将不再是梦想,
地球上的人们将一起呼喊:

① 杨迅文. 梁实秋文集 第1卷 文学批评[M]. 厦门:鹭江出版社,2002:474.
② 谢军,钟楚楚. 胡适留学日记[M]. 海口:海南出版社,1994:313-314.

"人类定将凌驾万国之上！"

胡适在日记中介绍"此体名'桑纳'体（Sonnet），英文之'律诗'也"，共十四行，"行十音五'尺'，尺者［foot］，诗中音节之单位"。"'桑纳'体"是"五四"诗坛最早对"十四行诗"的翻译名称。据此则日记的记载"吾此诗为第三次用"，但之前胡适作的两首"桑纳体"诗无从查证。在之后的1916年1月1日，胡适有感于欧洲战祸又用"桑纳体"作了《告马斯》一诗。在1916年1月7日追记的"裴立先生对余前二诗之指正"中，前农院院长裴立先生认为"用他体较易发挥，'桑纳'体太拘，不适用也"。自此之后再也没见到胡适的十四行诗作。

胡适之后，最早在报刊发表的中文十四行诗是郑伯奇的《赠台湾的朋友》，发表在1920年8月15日《少年中国》上。

赠台湾的朋友①

我血管中一滴一滴的血，禁不住飞腾跳跃！
当我见你的时候，我的失散了的同胞哟！
我的祖先——否，我们的祖先——他在灵魂中叫哩：
"我们同享着一样的血，你和着他，他和着你。"

我们共享有四千余年最古文明的荣称！
我们共拥有四百余州锦绣河山哟金城！
这些都不算什么？我们还有更大的，
我们的生命在未来；我们的未来全在你！

太平洋的怒潮，已打破了黄海的死水；
泰山最高峰上的积雪，已见消于旭日；
我们的前途渐来了！呀！创造，奋斗，努力！

昏昏长夜的魇梦，虽已被光明搅破；
但是前途，也应有无限的波澜坎坷；
来！协力，互助，打破运命这恶魔！

---

① 钱光培. 中国十四行诗选 1920—1987[M]. 北京：中国文联出版公司，1990：2.

这首十四行诗在新诗的草创期出现，采用意大利十四行诗的韵式，在诗行排列和诗意的起承转合上都符合十四行诗的典型特征，由此也看出郑伯奇对于新诗形式的追求，这一点我们在他 1923 年 12 月 9 日发表于《创造周报》的《新文学之警钟》一文也可以看出。郑伯奇在文中以流行的"小诗"为例，指出"小诗"没有"一点音调之美"，"没有悲切动人的感情"，"听说这流行是由翻译太戈尔和介绍日本的和歌俳句而促成的；那么更令人莫名其妙了"。在郑伯奇看来，不能模仿恶劣的译本作诗，泰戈尔的诗之所以能风行印度是因为"音调很和美"，"和歌与俳句固然不讲押韵，但也很讲音节，并且字数的限制，很是一种特色"。因此，郑伯奇提出"形式上的种种制限，都是形式美的要素，新文学的责任，不过在打破不合理的制限，完成合理的制限而已"。①

1921 年 3 月 18 日，《清华周刊》第 212 期发表了清华文学社的浦薛风的十四行诗《给玳姨娜》一诗。1921 年 6 月，闻一多在《清华周刊》第七次增刊上发表的《评本学年〈周刊〉里的新诗》②一文中认为，"他初次试验这种体式，已有这样的结果，总算是难能可贵了"，"这里的行数、音节、韵脚完全是一首十四行诗（sonnet）"，并说自己赞成介绍这种诗体，称自己《爱底风波》也用这个体式，"但我的试验是个失败"。这一时期，闻一多、李金发、郭沫若、徐志摩等都尝试过用十四行诗的形式写作，如闻一多的《"你指着太阳起誓"》《收回》、李金发的《戏言》《丑》《七十二》、郭沫若的《瓶·36 首》、徐志摩的《云游》等。但相对而言比较随意，只是形式上的十四行，多不合律。

在众多的十四行诗作者中，孙大雨在 1931 年 1 月《诗刊》创刊号上发表的《决绝》《回答》和《老话》被梁宗岱称为"将简约的中国文字造成绵延不绝的十四行诗（梁宗岱《论诗》)"③。这三首十四行诗采用了规整的意大利体，引起在诗坛的重要反响。我们来看其中的《决绝》一诗：

决绝④

天地竟然老朽得这样不堪！

---

① 饶鸿兢，等. 中国文学史资料全编 现代卷48 创造社资料 上 [M]. 北京：知识产权出版社，2010：64.

② 闻一多. 闻一多全集 文艺评论 散文杂文 2 [M]. 武汉：湖北人民出版社，2004：43.

③ 中国作家协会诗刊社. 中国新诗百年志 理论卷 上 [M]. 北京：中国工人出版社，2017：101.

④ 钱光培. 中国十四行诗选 1920—1987 [M]. 北京：中国文联出版公司，1990：19.

我怕世界就要吐出他最后
一口气息。无怪老天要破旧，
唉，白云收尽了向来的灿烂，
太阳暗得像死尸的白眼一般，
肥圆的山岭变幻得像一列焦瘤，
没有了林木和林中啼绿的猿猴，
也不再有山泉对着好鸟清谈。

大风抱着几根石骨在摩挲，
海潮披散了满头满背的白发，
悄悄退到沙滩下独自叹息
去了：就此结束了她千古的喧哗，
就此也开始天地和万有的永劫。
为的都是她向我道了一声决绝！

这三首诗后被陈梦家编入《新月诗选》，陈梦家在《新月诗选·序》中对孙大雨的十四行诗也给予高度赞赏，他说"十四行诗（Sonnet）是格律最谨严的诗体，在节奏上它需求韵节在链锁的关连中最密切的接合；就是意义上，也必须遵守合律的进展"，而孙大雨的这三首商籁体"对于试写商籁体增加了成功的指望"，因为"他从运用外国的格律上，得着操纵裕如的证明"。① 因此，徐志摩在第二期《〈诗刊〉前言》中指出"大雨的商籁体的比较的成功已然引起不少响应的尝试"②。

① 中国作家协会诗刊社. 中国新诗百年志 理论卷 上［M］. 北京：中国工人出版社，2017：121.
② 方仁念. 新月派评论资料选［M］. 上海：华东师范大学出版社，1993：233.

第二章　现代戏剧体式的借鉴与发生：
"这真戏自然是西洋派的戏"

　　作为一种文学样式，肇始于 20 世纪之初的现代戏剧不同于中国传统戏曲，"20 世纪中国戏剧最大的、带有根本性的变化，是它的古典时期的结束与现代时期的开始，是传统旧剧（戏曲）的'一统天下'被'话剧-戏曲二元结构'的崭新的戏剧文化生态所取代，并且由新兴话剧在文化启蒙和民主革命运动中领导了现代戏剧的新潮流"①。因此，本课题所研究的现代戏剧主要探讨的是"话剧"这一文学样式的发生。话剧源自西方，是一种"舶来品"，在各种文体发生过程中，话剧受外国文学翻译的影响最明显。因此，卞之琳才会说"我国过去根本没有话剧"②。话剧是从引进西方现代戏剧体式起步并逐步走向成熟的一种文体，"五四"新文学的先驱们主张译介外国名家的戏剧、改编并演出外国剧本，推动了戏剧的现代转型。新文学的先驱们在批判传统旧戏的基础上，提出我们可以"用西洋剧本做材料，采取他的精神，弄来和中国人情合拍了，就可应用了"③。钱玄同认为，"如其要中国有真戏，这真戏自然是西洋派的戏，绝不是那'脸谱'派的戏"④。作为一个新生的文学样式，话剧从西方"舶来"并逐步走向多元化，"五四"时期是现代话剧的萌芽期，随着西方现实主义、浪漫主义和现代主义等各种话剧的译介，中国现代话剧体式渐趋建立。

　　随着"西风东渐"的翻译浪潮，现实主义、浪漫主义以及"新浪漫主义"戏剧思潮相继进入"五四"文坛，易卜生戏剧的译介催生了"五四"问题

---

① 董健. 中国戏剧现代化的艰难历程——20 世纪中国戏剧回顾[J]. 文学评论，1998（1）：29.
② 卞之琳. 人与诗：忆旧说新[M]. 北京：生活·读书·新知三联书店，1984：186.
③ 张宝明.《新青年》百年典藏 3 语言文学卷[M]. 郑州：河南文艺出版社，2019：325.
④ 张宝明.《新青年》百年典藏 5 翻译随感卷[M]. 郑州：河南文艺出版社，2019：399.

剧，胡适《终身大事》等社会问题剧明显是对易卜生《玩偶之家》《国民公敌》等剧作的模仿。郭沫若的早期历史剧创作深受歌德、席勒、惠特曼等西方浪漫主义思潮的影响，其浪漫主义历史剧《三个叛逆的女性》带有歌德《浮士德》式的浪漫主义色彩。"新浪漫主义思潮"内容庞杂，对"五四"戏剧的发生影响较大，田汉、陶晶孙的早期戏剧创作带有王尔德《莎乐美》式的唯美倾向，洪深的《赵阎王》借鉴奥尼尔《琼斯皇》的表现主义手法，宋春舫的《盲肠炎》是未来派戏剧的最初"尝试"，这些"新浪漫主义"戏剧的"尝试"进一步丰富了现代话剧的体式。丁西林、王文显、杨绛是现代幽默喜剧的代表，他们的喜剧创作和译介对于现代喜剧文体的建构可谓功不可没。

第一节　易卜生与"五四"问题剧的发生

现代话剧是"舶来品"，"五四"初期最先出现的话剧形式是"问题剧"，此类话剧样式发生的诱因是易卜生社会剧的译介。易卜生是 19 世纪最受推崇的现实主义剧作家，"五四"时期的现代话剧运动最先也是借助演出易卜生的剧作开始的，难怪陆镜若早在 1914 年的《伊蒲生之剧》一文中开篇就提出：

> 镜若对叔鸾曰：今吾国争言新剧矣，新剧者，实胎自外邦之"德拉玛"。故欲言新剧不可不一溯"德拉玛"之源流。而一察其最近之趋势，更不可不知十九二十两世纪之交尚有莎士比亚之劲敌，"德拉玛"著作大家伊蒲生。①

文中的"德拉玛"就是戏剧的音译，"伊蒲生"就是后来通译的易卜生。文章既道出了戏剧作为"舶来品"源自"外邦"，同样也指出了易卜生戏剧是莎士比亚的"劲敌"，足见易卜生戏剧的重要性。"五四"新文化运动的个性解放、反封建、婚姻自由等自由与民主要求正好给易卜生社会剧的中国化提供了土壤，难怪沈雁冰说"易卜生和我国近年来震动

---

① 陈惇，刘洪涛. 现实主义批判——易卜生在中国[M]. 南昌：江西高校出版社，2009：103.

全国的'新文化运动'，是有一种非同等闲的关系"①。随着易卜生社会剧作品的翻译和理论推介，胡适的《终身大事》、欧阳予倩的《泼妇》《回家之后》、陈大悲的《幽兰女士》等社会问题剧诞生。问题剧的出现是对传统戏曲的一次革命，是一种全新的戏剧形态，标志着真正意义上现代话剧的诞生。

一、"五四"时期易卜生戏剧译介与理论借鉴

易卜生戏剧对"五四"问题剧的建构起到了触媒和示范作用。易卜生被誉为"现代戏剧之父"，是挪威19世纪戏剧家、西方现实主义戏剧的创始人，他的戏剧创作自1848年开始，中期以现实主义话剧创作为主，《社会柱石》《玩偶之家》《群鬼》和《国民公敌》被称为易卜生的四大社会问题剧。最早提及易卜生作品的现代作家是鲁迅。1908年，鲁迅在《河南》(日本东京)月刊2月和3月的第二号和第三号上发表了《摩罗诗力说》一文，文中介绍了"近世诺威文人伊孛生"，称"伊氏生于近世，愤世俗之昏迷，悲真理之匿耀，假《社会之敌》以立言，使医士斯托克曼为全书主者，死守真理，以拒庸愚，终获群敌之谥"②。在1908年8月第七号的《河南》月刊发表的《文化偏至论》中提到"显理伊勃生(Henrik Ibsen)"时，鲁迅称伊氏"瑰才卓识"，"如其《民敌》一书，谓有人宝守真理，不阿世媚俗，而不见容于人群"，"社会之象，宛然具于是焉"③。其中的"伊勃生"就是易卜生，戏剧《社会之敌》《民敌》就是易卜生的现实主义戏剧《国民公敌》。鲁迅所说的《民敌》中"社会之象，宛然具于是焉"正是这部戏剧的现实主义特色，他称"伊勃生之所描写，则以更革为生命，多力善斗，即迕万众不慑之强者也"。同样在1908年，仲遥在《学报》杂志第1卷第10期上发表了《百年来西洋学术之回顾》一文，其中也提到"伊布孙"(易卜生)，说"伊氏为自然派之大家，其作含有一种之社会观"④。

上述文章对易卜生的介绍只是只言片语，为了研究方便，下面就易卜生的翻译及评价文章(专著)做一个系统梳理，详见下表。

---

① 陈惇，刘洪涛. 现实主义批判——易卜生在中国[M]. 南昌：江西高校出版社，2009：117.
② 鲁迅. 鲁迅小说集 阿Q正传[M]. 北京：中国商业出版社，2018：124.
③ 鲁迅. 鲁迅小说集 阿Q正传[M]. 北京：中国商业出版社，2018：96.
④ 陈惇，刘洪涛. 现实主义批判——易卜生在中国[M]. 南昌：江西高校出版社，2009：8.

表 2-1　"五四"时期易卜生戏剧译介统计表①

序号	作品	发表时间、刊物或出版社	原著作者/译者
1	《摩罗诗力说》	1908 年《河南》月刊 2 月和 3 月第二号、第三号	鲁迅
2	《文化偏至论》	1908 年 8 月《河南》月刊第七号	鲁迅
3	《百年来西洋学术之回顾》	1908 年《学报》杂志第一卷第十期	仲遥
4	《伊蒲生之剧》	1914 年 9 月《俳优杂志》第 1 期	镜若、叔鸾
5	《文豪意普森传》	1914 年《学生杂志》第 5 卷第 1 号	太玄
6	《现代欧洲文艺史谭》	1915 年 11 月 15 日《青年杂志》第 1 卷第 3 号—1915 年 12 月 15 日第 1 卷第 4 号	陈独秀
7	《西洋演剧史》②	1916 年 4 月，商务印书馆	许家庆
8	《藏晖室札记》	1916 年 12 月 1 日《新青年》第 2 卷第 4 号	胡适
9	《藏晖室札记(续六)》	1917 年 7 月 1 日《新青年》第 3 卷第 5 号	胡适
10	《易卜生主义》	1918 年 6 月 15 日《新青年》第 4 卷第 6 号"易卜生号"	胡适

① 统计时间上从晚清一直延续到1930年，以期能完整地呈现易卜生的戏剧译介情况，内容上把相关理论文章也一并统计，在编写时主要参考唐沅等编著的《中国现代文学期刊目录汇编》(第1卷和第2卷，知识产权出版社2010年版)、贾植芳等编撰的《中国现代文学总书目·翻译文学卷》(知识产权出版社2010年版)、北京图书馆编的《民国时期总书目 1911—1949 文学理论·世界文学·中国文学 上》(书目文献出版社1992年版)、北京图书馆编著的《民国时期总书 1911—1949 外国文学》(书目文献出版社1987年版)、陈惇和刘洪涛编的《现实主义批判——易卜生在中国》(江西高校出版社2009年版)等书籍。

② 本书一共 11 章，分别为"一、演剧之意义""二、演剧之种类""三、剧场之发展""四、技艺之进步""五、戏曲之潮流""六、马德林与伊勃生""七、新剧之名家""八、爱尔兰之新戏曲""九、俄罗斯之新剧场""十、德意志之新舞台""十一、新式舞蹈"。

序号	作品	发表时间、刊物或出版社	原著作者/译者
11	《娜拉》	1918 年 6 月 15 日《新青年》第 4 卷第 6 号"易卜生号"	[挪威]易卜生/第一、二幕罗家伦译，第三幕胡适译
12	《国民之敌》	1918 年 6 月 15 日《新青年》第 4 卷第 6 号"易卜生号"—1918 年 10 月 15 日第 5 卷第 4 号	[挪威]易卜生/陶履恭
13	《国民之敌·译序》	1918 年 6 月 15 日《新青年》第 4 卷第 6 号"易卜生号"	陶履恭
14	《小爱友夫》	1918 年 6 月 15 日《新青年》第 4 卷第 6 号"易卜生号"、1918 年 9 月 16 日第 5 卷第 3 号	[挪威]易卜生/吴弱男
15	《易卜生传》	1918 年 6 月 15 日《新青年》第 4 卷第 6 号"易卜生号"	袁振英
16	《傀儡家庭》	1918 年 10 月上海商务印书馆初版，1920 年 10 月再版	[挪威]易卜生/陈嘏
17	《人的文学》	1918 年 12 月《新青年》第 5 卷第 6 号	周作人
18	《近代戏剧论》	1919 年 2 月 15 日《新青年》第 6 卷第 2 号	[美]高曼女士/震瀛译
19	《群鬼》	1919 年 5 月 1 日《新潮》第 1 卷第 5 号	[挪威]易卜生/潘家洵
20	《近代文学上的写实主义》	1920 年 1 月《东方杂志》第 17 卷第 1 号	胡愈之
21	《小说新潮：名家剧本·社会柱石》	1920 年 3 月 25 日《小说月报》第 11 卷第 3 号，《小说月报》第 11 卷第 4、5、6、7、8、10、12 号上续刊	瘦鹃
22	《西洋文学通论》	1920 年世界书局	方璧(茅盾)

续表

序号	作品	发表时间、刊物或出版社	原著作者/译者
23	《最近剧界的趋势》	1921 年 5 月 31 日《戏剧》第 1 卷第 1 期	滕若渠
24	《海上夫人》	1921 年 8 月上海商务印书馆初版，1926 年 6 月 4 版收《娜拉》《群鬼》《国民公敌》和《易卜生主义》(胡适)	[挪威]易卜生/杨熙初
25	《易卜生集(一)》	1921 年 8 月上海商务印书馆初版，1922 年 8 月 4 版①	[挪威]易卜生/潘家洵(胡适校)
26	《社会柱石》	1921 年 10 月上海商务印书馆初版	[挪威]易卜生/周瘦鹃
27	《社会柱石·小引》	1921 年 10 月上海商务印书馆初版	周瘦鹃
28	《梅孽(群鬼)》	1921 年 11 月上海商务印书馆初版	[挪威]易卜生/林纾、毛文钟
29	《〈梅孽〉发明》	1921 年 11 月上海商务印书馆初版	林纾
30	《从来没有英译本的易卜生的三篇戏曲》	1921 年 12 月 10 日《小说月报》第 12 卷第 12 号	沈雁冰
31	《易卜生·约翰·亨利克传略》	1922 年 1 月 31 日《戏剧》第 2 卷第 1 号(译自宫森麻太郎《近代戏剧大观》)	[日]宫森麻太郎/周建侯
32	《易卜生名剧之一：傀儡家庭》	1922 年 1 月 31 日《戏剧》第 2 卷第 1 号(宫森麻太郎《近代戏剧大观》)—1922 年 2 月 28 日第 2 卷第 2 号	[日]宫森麻太郎/周建侯
33	《易卜生名剧之二：群鬼》	1922 年 1 月 31 日《戏剧》第 2 卷第 1 号(宫森麻太郎《近代戏剧大观》)—1922 年 2 月 28 日第 2 卷第 2 号	[日]宫森麻太郎/龚漱沧
34	《近代剧和世界思潮》	1922 年 2 月 28 日《戏剧》第 2 卷第 2 号(宫森麻太郎)	[日]宫森麻太郎/周建侯

---

① 书前有译者引言，收录《娜拉》《国民公敌》《群鬼》三篇戏剧。

续表

序号	作品	发表时间、刊物或出版社	原著作者/译者
35	《易卜生名剧之三：民众之敌》	1922 年 3 月 31 日《戏剧》第 2 卷第 3 号（宫森麻太郎《近代戏剧大观》）	〔日〕宫森麻太郎/龚漱沧
36	《易卜生名剧之四：建筑师》	1922 年 3 月 31 日《戏剧》第 2 卷第 3 号（宫森麻太郎《近代戏剧大观》）	〔日〕宫森麻太郎/陶铁梅
37	《易卜生名剧之五：海之夫人》	1922 年 4 月 30 日《戏剧》第 2 卷第 4 号（宫森麻太郎《近代戏剧大观》）	〔日〕宫森麻太郎/龚漱沧
38	《易卜生名剧之六：社会的柱石》	1922 年 4 月 30 日《戏剧》第 2 卷第 4 号（宫森麻太郎《近代戏剧大观》）	〔日〕宫森麻太郎/陶铁梅
39	《看了易卜生的〈国民公敌〉以后》	1922 年 7 月 22 日《觉悟》	郭豫育
40	《易卜生集（二）》①	1923 年 6 月上海商务印书馆初版	〔挪威〕易卜生/潘家洵（胡适校）
41	《真的傀儡之家——和易卜生的娜拉本人的一段谈话》	1924 年 9 月《小说月报》第 15 卷第 9 期	〔不详〕Xiane/楮保时
42	《谭谭〈傀儡之家〉》	1925 年 6 月 7 日《文学周报》第 176 期	沈雁冰
43	《易卜生》	1926 年《世界文学家列传》	孙俍工
44	《罗士马庄》	北京诚学会 1926 年初版，1927 年再版	〔挪威〕易卜生/刘伯量
45	《易卜生百年纪念》	1927 年 12 月 16 日《北新》第 2 卷第 4 期	佚名
46	《艺术家之易卜生》	1927 年《晨报副镌》第 65 期	焦菊隐
47	《罗士马庄·小引》	1926 年北京诚学会初版	刘伯量

---

①　收录《序》（潘家洵）、《少年党》、《大匠》。

续表

序号	作品	发表时间、刊物或出版社	原著作者/译者
48	《海得加勃勒》	1928 年 3 月 10 日《小说月报》第 19 卷第 3 号—1928 年 5 月 10 日第 19 卷第 5 号	［挪威］易卜生/潘家洵
49	《海得加勃勒·译者序言》	1928 年 3 月 10 日《小说月报》第 19 卷第 3 号	潘家洵
50	《论易卜生》	1928 年《晨报副镌》第 78 期	焦菊隐
51	《伊卜生的思想》	1928 年 5 月 10 日《新月》第 1 卷第 3 号	张嘉铸
52	《伊卜生的艺术》	1928 年 5 月 10 日《新月》第 1 卷第 3 号	余上沅
53	《易卜生百年祭》	1928 年 10 月 1 日《泰东月刊》第 2 卷第 2 期	袁振英
54	《易卜生的女性主义》	1928 年 11 月 1 日《泰东月刊》第 2 卷第 3 期	袁振英
55	《"伯尔根"（Peer Gynt）底批评》	1928 年 12 月 1 日《泰东月刊》第 2 卷第 4 期	袁振英
56	《易卜生的四大社会剧》	1928 年《一般》第 1 至第 4 期	［美］高德曼女士/李芾甘（巴金）
57	《伊勃生的事迹》	1928 年 8 月 20 日《奔流》第 1 卷第 3 期 H. 伊勃生诞生一百年纪念增刊	［挪威］L. Aas/梅川
58	《伊勃生论》	1928 年 8 月 20 日《奔流》第 1 卷第 3 期 H. 伊勃生诞生一百年纪念增刊	［英］Havelosk Ellis/郁达夫
59	《伊勃生的工作态度》	1928 年 8 月 20 日《奔流》第 1 卷第 3 期 H. 伊勃生诞生一百年纪念增刊	［日］有岛武郎/鲁迅
60	"Henrik Ibsen"	1928 年 8 月 20 日《奔流》第 1 卷第 3 期 H. 伊勃生诞生一百年纪念增刊	［丹麦］Georg Brandes/林语堂

续表

序号	作品	发表时间、刊物或出版社	原著作者/译者
61	"Henrik Ibsen"	1928 年 8 月 20 日《奔流》第 1 卷第 3 期 H. 伊勃生诞生一百年纪念增刊	[英]R. Ellis Roberts/梅川
62	《我们死人再醒时》	1929 年 10 月 10 日《小说月报》第 20 卷第 10、11、12 号	[挪威]易卜生/潘家洵
63	《我们死人再醒时·译者序言》	1929 年 10 月 10 日《小说月报》第 20 卷第 10 号	潘家洵
64	《易卜生评传及其情书》	上海春潮书局 1929 年一版，收入"现代读者丛书"	[丹麦]G. Brandes/林语堂
65	《社会改造家的易卜生与戏剧家的易卜生》	1929 年《天津益报副刊》第 12 期	熊佛西
66	《介绍我自己的思想》	1930 年 12 月《胡适文选》，上海亚东图书馆	胡适
67	《易卜生的戏剧艺术》	1930 年《国立武汉大学文哲季刊》第 1 卷第 1 号	陈西滢

从上述统计可以看出易卜生的戏剧在五四运动之前就陆续有作家介绍，其中陆镜若、太玄和许家庆更是有专文或专章的介绍。最早系统介绍易卜生戏剧的文章是"春柳社"的陆镜若在 1914 年 9 月《俳优杂志》第 1 期上发表的《伊蒲生之剧》①。陆镜若（1885—1915）是早期话剧的创始人之一，1906 年考取日本东京帝国大学，热爱戏剧，曾在日本俳优学校学习表演和舞台艺术，是"春柳社"的代表人物。陆镜若的文章开篇就提出"伊蒲生"是"莎士比亚之劲敌"，他认为易卜生 51 岁之前的作品"尚不足为莎翁之敌"，而他 51 岁之后的社会剧《人形之家》《亡魂》《民众之敌》《鸭》《罗思媚而思后姆》《海上之美人》《海答加蒲拉》《栋梁》《小哀约夫》《约翰加布立儿布尔克芒》《复活之时》"皆描写欧洲近代社会实象之名作"，"其文章魄力，亦足以惊人传世"。陆镜若看重的是易卜生作品的现实性和教育意义，这是国内首篇对易卜生戏剧作专门介绍的文章。太玄的《文豪意

① 陈惇，刘洪涛. 现实主义批判——易卜生在中国[M]. 南昌：江西高校出版社，2009：8.

普森传》是一篇易卜生的传记介绍文章，其中介绍了易卜生中年后的戏剧
作品如《偶人之家》(后译为《玩偶之家》)等风行欧洲，"所作脚本剧场竞
演行之"。许家庆 1916 年的《西洋演剧史》是中国最早专门介绍西方演剧
历史的论著，这部著作对于刚刚起步的现代戏剧而言带有启蒙的性质。第
五章"戏曲之潮流"在谈到其中的一个潮流"现代写实剧"时，许家庆指出
易卜生的社会剧是"偏于极端之写实"的代表，在第六章"马德林与伊勃
生"的"二、伊勃生"中专门分析了易卜生社会剧。许家庆详细分析了易卜
生戏剧的人物塑造艺术和舞台语言艺术，在许家庆看来，易卜生戏剧的伟
大在于"专写实镜，不为虚想"，"彼所描写者，多非架空之人物，而为有
充足之精力及血液与肉体之真正人类"，"伊勃生之戏曲未尝无神秘主义
及象征主义之性质，而能巧用之，以描写生于现代力战不息之人类"，
"其才力能描写其所遭遇之时代及其本国之生活状态，形容毕肖"，"专注
重于人类之性格与行为之内部解剖"，易卜生社会剧"以言支配舞台上之
效果"，因此，许家庆认为"近代剧之倾向至伊勃生而达于绝顶，盖其倾
向由动作而人于性格，由性格之表面，人于最微妙之内部目的动机情状本
能也"。① 这段分析已经涉及易卜生戏剧的文体特征。

　　易卜生真正在"五四"文坛产生大的影响得益于《新青年》《戏剧》等杂
志的译介，尤其是 1918 年 6 月 15 日《新青年》的第 4 卷第 6 号"易卜生
号"的出版。关于办这一期"易卜生号"的目的，胡适在《易卜生主义》一文
中称是为了"大吹大擂的把易卜生介绍到中国来"，这一期"易卜生号"刊
载了胡适的《易卜生主义》、袁振英的《易卜生传》以及三部易卜生的社会
剧译作：《娜拉》(罗家伦和胡适合译)、《国民之敌》(陶履恭译)和《小爱
友夫》(吴弱男译)。胡适的《易卜生主义》②是一篇理论提倡文章，全文分
为六个段落，主要阐述了以下六个方面内容：其一，易卜生的文学和人生
观。胡适以《我们死人再生时》为例，说明了"易卜生的文学，易卜生的人
生观，只是一个写实主义"。其二，易卜生社会剧所表现的家庭罪恶。胡
适认为，《娜拉》中的海尔茂是家庭恶德的代表，娜拉只不过是他的玩物。
其三，法律、宗教、道德在易卜生戏剧中的表现。胡适认为在易卜生社会
剧中，"法律宗教既没有裁制社会的本领"，"所谓'道德'不过是许多陈腐
的旧习惯"。其四，易卜生戏剧如何表现"个人与社会的关系"。胡适认为
易卜生戏剧中的社会与个人是"互相损害"，"社会最爱专制，往往用强力

---

① 许家庆. 西洋演剧史[M]. 上海：商务印书馆，1916：40.
② 张宝明. 新青年 2 思潮卷[M]. 郑州：河南文艺出版社，2016：91-108.

摧折个人的个性（Individuality），压制个人自由独立的精神"。其五，胡适讨论了"易卜生的政治主义"，认为晚年的易卜生由"无政府主义"变成了"世界主义"。其六，胡适所认为的"易卜生主义"。在胡适看来，"易卜生的人生观只是一个写实主义。易卜生把家庭、社会的实在情形都写了出来，叫人看了动心，叫人看了觉得我们的家庭、社会原来是如此黑暗腐败，叫人看了觉得家庭、社会真正不得不维新革命——这就是易卜生主义"。胡适认为易卜生的社会剧"完全是建设的"，他针对社会和家庭的"病状"，"开了脉案，说出了病情，让病人各人自己去寻医病的药方"。此部分胡适还指出易卜生有一个完全积极的主张是"个人须要充分发挥自己的才性"。胡适这篇文章中的"易卜生主义"可以说是胡适本人的"易卜生主义"，也是当时中国需要的"易卜生主义"。关于这一点，胡适后来在《介绍我自己的思想》一文中称《易卜生主义》中"只写得一种健全的个人主义的人生观"，他认为这篇文章"在民国七八年间所以能有最大的兴奋作用和解放作用，也正是因为它所提倡的个人主义在当日确是最新鲜又最需要的一针注射"①。

　　关于这一期"易卜生号"的影响，鲁迅在《〈奔流〉编校后记（三）》中提到了日本青木正儿的《将胡适漩在中心的文学革命》一文对这期"易卜生号"的评价，在青木正儿看来，这一期的"易卜生号"是"文学底革命军进攻旧剧的城的鸣镝"，以胡适的《易卜生主义》为"先锋"、易卜生的三部译作《娜拉》《国民公敌》和《小爱友夫》为"中军"、袁振英的《易卜生传》为"殿军"，"勇壮地出阵"。对于为何要选择"Ibsen"，鲁迅认同青木教授的看法，"因为要建设西洋式的新剧，要高扬戏剧到真的文学底地位，要以白话来兴散文剧，还有，因为事已亟矣，便只好先以实例来刺戟天下读书人的直感"，此外，鲁迅还称是"因为 Ibsen 敢于攻击社会，敢于独战多数"。② 对于这期"易卜生号"的反响，沈雁冰在 1925 年的《谭谭〈傀儡之家〉》一文中也说，"六七年前《新青年》出《易卜生专号》曾把这位北欧大文学家作为文学革命、妇女解放、反抗传统思想等新运动的象征"，他认为易卜生在青年的口头"不亚于今日之下的马克思和列宁"，这是对易卜生戏剧思想的最高褒奖。洪深的《中国新文学大系戏剧集·导言》一文在谈及胡适的《易卜生主义》时也说，"胡适的这样推崇易卜生主义，对于后

---

① 胡适. 南游杂忆[M]. 长春：吉林出版集团股份有限公司，2018：86.
② 李新宇，周海婴. 鲁迅大全集 4 创作编 1927—1928[M]. 武汉：长江文艺出版社，2011：349.

来中国话剧的发展，影响是非常广大的。易卜生的戏剧，很快地有许多被译成中文；而在创作方面，有若干的作家，不仅是把易卜生剧中的思想，甚至连故事讲出的形式，一齐都摹仿了"①。

上述易卜生的译介者大多更为关注易卜生社会剧的思想内容方面的特色，很少论述易卜生社会剧的艺术特点，1920年，方璧（茅盾）在其论著《西洋文学通论》的第八章"自然主义"中论述到易卜生戏剧时指出"社会问题是易卜生作品的中心"，但与法国的自然主义作家的"主观"不同，易卜生的社会剧对社会问题"并不表示主观的解决办法"，"他是只说病源不开药方的"。在戏剧艺术技巧上，易卜生完全扫除浪漫派的描写方法，"决不让一个人物在舞台上自言自语"，"也决不用'旁白'"，他"用巧妙的客观的表现法"，"总是极自然地极巧妙地把故事组织在剧中人的对话里，使得很近于现实的人生"。正是因为内容和技巧上的这一"革命"，茅盾称"易卜生在19世纪的剧坛上是可和左拉相比并的'革命家'"，"他开拓了戏曲的新时代，浪漫派戏曲的内容和技巧全被他一扫而光了"。② 这是为数不多的较早论述到易卜生社会剧艺术特点的文章。

从易卜生的作品翻译来看，主要有《娜拉》（也译为《傀儡家庭》）、《国民公敌》（也译为《民众之敌》）和《群鬼》三部戏剧。这三部戏剧是易卜生社会剧的代表，体现了易卜生反对旧思想、反对宗教、主张个性解放尤其是妇女解放的思想，这几篇当时都有多个译本，其中《娜拉》影响最大译本也最多，先后有胡适和罗家伦的《娜拉》、陈嘏的《傀儡家庭》、潘家洵的《玩偶之家》等多个译本和译名。在译者中，潘家洵的易卜生翻译最具代表性。潘家洵（1896—1989），江苏吴县人，现代著名戏剧翻译家、外国文学学者。1920年毕业于北京大学英国文学系，大学毕业之后先后在北京大学、厦门大学、浙江农学院、昆明西南联合大学、贵州大学等校任教，抗战胜利后回到北京大学。潘家洵在"五四"前后开始翻译外国戏剧，先后翻译了易卜生、萧伯纳和王尔德的戏剧多种，尤其是对易卜生戏剧的翻译持续一生，为易卜生戏剧在国内的传播作出了巨大贡献。潘家洵的易卜生剧作翻译为读者提供了可读的译本。早在1919年潘家洵尚在北京大学读书时就在《新潮》杂志5月1日第1卷第5号上发表了《群鬼》，这是潘家洵最早翻译的易卜生戏剧作品。1921年8月，潘家洵翻译的《易卜生集（一）》就由上海商务印书馆出版发行，此部集子包括易卜生的三部

---

① 蔡元培，等.《中国新文学大系》导言集[M]. 贵阳：贵州教育出版社，2014：263.

② 方璧. 西洋文学通论[M]. 上海：世界书局，1931：199.

剧作《娜拉》《国民公敌》和之前翻译的《群鬼》，胡适作为这个集子的校订者，专门为这本译著写了附录，把之前在《新青年》杂志上发表的《易卜生主义》作为附录附在书后，并称潘家洵的译著是"中国译界对于易卜生补过的机会到了"①，由此足见胡适对这本译著评价之高。潘家洵为这本译著作了一个序，名为《易卜生传》，这篇序言是潘家洵对易卜生生平和创作的一个整体梳理，在生平的梳理中潘家洵还对自己翻译的《娜拉》《群鬼》和《国民公敌》等作品进行了解读。在潘家洵看来，易卜生用白话文来探讨社会问题，"打定主意要替这满身是病的社会诊病开脉案"，但与托尔斯泰不同，是一个"只开脉案""不开药方"的医生，换句话说，就是易卜生只揭示社会的病症，并未提供治愈的良方。潘家洵认为"易卜生还有一个特点，就是：他在著作里表现人生的时候决不肯放松一点，绝少宽恕，容忍，偏私，或是感情用事的地方"。② 1923 年 6 月，潘家洵翻译的《易卜生集(二)》由上海商务印书馆出版发行，这本译著收录了易卜生的两个戏剧《少年党》和《大匠》。《少年党》是易卜生最早的白话社会问题剧，《大匠》是易卜生后期的作品，潘家洵为这个集子写了序，对这两篇戏剧进行了详细的解读。在潘家洵看来，《少年党》是一个"十分巧妙的喜剧"，有点类似于《国民公敌》。较之《少年党》，潘家洵对《大匠》的解读更为精妙，认为《大匠》是"易卜生自己的精神历史"，建筑师索尔奈斯"是个造剧本、造诗歌的人"，他认为：

> 索尔奈斯不是一个造教堂、造住宅的人，是个造剧本、造诗歌的人。他最初造的有高塔的教堂是指易卜生早年做的历史剧、浪漫剧。后来造的人的住宅代表他的白话社会剧，意思是说社会剧切近人生，对于人类的用处大些。最后造的空中楼阁是指他的描写精神生活的剧本——《大匠》就属于这一类——我们读着渐渐地觉得人气少鬼气多了。③

译序中结合易卜生一生的创作对《大匠》这部作品进行解读，从早年的"历史剧"的宗教倾向，到中年"白话社会剧"的"切近人生"，到最后的《大匠》这种"人气少鬼气多"的"空中楼阁"，非常贴切地概括了易卜生戏

① 李今. 汉译文学序跋集 第 2 卷 1911—1921[M]. 上海：上海人民出版社，2017：411.
② 李今. 汉译文学序跋集 第 2 卷 1911—1921[M]. 上海：上海人民出版社，2017：411.
③ 易卜生. 易卜生集二[M]. 潘家洵，译. 北京：商务印书馆，1923：3.

剧创作的阶段和特点，足见潘家洵对易卜生及其剧作的认知之深，这对于译者而言是非常难能可贵的，对于译本的传播和易卜生戏剧的"示范"起到了促进作用。

二、"五四"问题剧创作

"问题剧"这一名称是随着易卜生的戏剧译介逐渐进入中国文学界的，早在 1916 年的《藏晖室札记》中，胡适就提出了"问题剧"这一概念，称"自易卜生（Ibsen）以来，欧洲戏剧钜子，多重社会剧，又名'问题剧'（Problem Play）以其每剧意在讨论今日社会重要之问题也"①。1918 年《新青年》"易卜生号"的大力提倡，尤其是胡适的《易卜生主义》及易卜生的戏剧《娜拉》《国民公敌》《群鬼》等译本的不断出现，加之 1919 年 3 月《新青年》上胡适独幕剧《终身大事》的发表，"五四"问题剧随之发生。关于"问题剧"这一文体的理论探讨也不断出现，在借鉴西方"问题剧"创作经验的同时，学者们也同时探讨西方近代"问题剧"发生的原因。1920 年，胡愈之在《近代文学上的写实主义》中对西方近代写实主义文学进行评述时也指出，"因为写实文学最注重人生问题，所以近代文艺上，社会剧（Social Drama）、问题剧（Problem Play）、问题小说（Problem Novel）等作品，非常发达"②。这也道出了"问题剧"和"问题小说"在"五四"时期中国流行的原因——最注重人生问题。

"问题剧"标志着中国现代话剧的诞生，是"五四"时代精神和易卜生戏剧译介契合的产物，是启蒙的需要。关于这一点，"五四"初期的戏剧家们从不同的角度对此进行论述和提倡。1921 年 5 月，在上海成立的"民众戏剧社"在其"宣言"中旗帜鲜明地提出，"当看戏是消闲的时代现在已经过去了"，戏院"是推动社会使前进的一个轮子，又是搜寻社会病根的 X 光镜"。同样，郑振铎在 1921 年 7 月《戏剧》第 1 卷第 3 期的《光明运动的开始》一文中说，"我们现在不需要'纯艺术的戏剧'，我们现在的所演的剧本必须有价值，无论自己编或是翻译别国的著作，他的精神必须是：平民的。并且必须是：带有社会问题的色彩与革命的精神的"③。1923 年，仁佗在《看了女高师两天演剧以后的杂谈》一文中也提出，"我以为中

① 陈惇，刘洪涛. 现实主义批判——易卜生在中国[M]. 南昌：江西高校出版社，2009：11.
② 东方杂志社. 写实主义与浪漫主义[M]. 上海：商务印书馆，1923：14.
③ 郑振铎. 郑振铎全集 3 杂文 文学杂论《汤祷篇》[M]. 石家庄：花山文艺出版社，1998：411.

国现在最需要的新艺术是'人生的艺术'。戏剧之中，'问题剧'尤为需要"①。从上述"民众戏剧社宣言"到郑振铎、仁佗对"五四"初期戏剧的需求探讨我们可以发现，用戏剧反映社会问题已成共识。

正是因为社会的"需要"和文学界的大力提倡，"五四"戏剧界掀起了"问题剧"创作热潮。易卜生的社会剧影响了"五四"一代戏剧家，出现了大量"问题剧"。这些"问题剧"中的社会问题不外乎丹麦批评家布兰兑斯指出的易卜生戏剧的四大问题②主要集中于老年和青年的新旧思想冲突问题、社会上的种种阶级问题和男女两性问题——道德上和思想上的妇女解放问题。在 20 世纪 20 年代的最初几年，出现了大量关于上述几方面社会问题的"问题剧"，如叶绍钧的《恳亲会》（1921），汪仲贤的《好儿子》（1921），蒲伯英的《道义之交》（1922），熊佛西的《青春的悲哀》（1922），欧阳予倩的《回家之后》（1922），《泼妇》（1922），《欢迎会》（1923），余上沅的《兵变》（1923），侯曜的《复活的玫瑰》（1923），等等。这些话剧作品或多或少受到易卜生社会剧的影响，这些社会问题剧在外在形态上借鉴了易卜生中期戏剧《玩偶之家》《国民公敌》《群鬼》等社会剧的写实特点，面对社会现实，提出人们关心的各种社会人生问题，但基本上与易卜生社会剧一样，"只说病源不开药方"。在主题上着重表现个性解放、人格独立，批判家庭和社会的种种弊端，尤其是关于婚姻自由方面的戏剧居多。在精神上，这些话剧却与易卜生社会剧的审美立场不同，旨在揭露社会问题，与"问题小说"类似，立足社会批判，其作品主题正好契合了新文化运动反对封建礼教、追求男女平等和婚姻自由的口号，但易卜生社会剧的触媒和示范作用确是不争的事实。在艺术上，这些问题剧多借鉴易卜生的戏剧结构和艺术。易卜生的社会问题剧多采用"锁闭式"戏剧结构，在表现方法上多采用"客观的表现法"，不让人物在舞台上"自言自语"，也不用"旁白"，"总是极自然地极巧妙地把故事组织在剧中人的对话里，使得很近于现实的人生"③。此外，易卜生社会问题剧多借人物之口展开关于社会、婚姻、宗教等社会问题的讨论，关于"讨论"这一艺术技巧，萧伯纳在《易卜生戏剧在技巧上的创新》中认为"易卜生在戏剧中引进讨论的技巧，这正是新旧戏剧的分水岭"，萧伯纳认为"剧中人物的对话是以戏剧的新技巧——讨论的方式——表现出来的"，"谈话—对话—讨论就是戏剧的本

---

① 陈惇，刘洪涛. 现实主义批判——易卜生在中国[M]. 南昌：江西高校出版社，2009：33.

② 东方杂志社. 写实主义与浪漫主义[M]. 上海：商务印书馆，1923：15.

③ 方璧. 西洋文学通论[M]. 上海：世界书局，1931：199.

质和精髓"①。

在"五四"问题剧中，以反映婚姻家庭的问题剧最多，其中以易卜生社会剧《娜拉》的影响最大，出现了很多类似"娜拉出走"的妇女题材的剧本，胡适的《终身大事》是此类话剧的代表作品。我们以这部作品为例来具体探讨一下"五四"问题剧对易卜生社会剧的借鉴和模仿。胡适的《终身大事》发表在 1919 年 3 月 15 日《新青年》第 6 卷第 3 号，这是一个独幕剧，地点是田宅的会客室。剧本讲述的是一个"娜拉出走"式的反抗封建包办婚姻，争取婚姻自由的故事。田亚梅出身于一个"中西合璧"的"半新半旧"的家庭，留学归来，自己选了丈夫陈先生，但遭到父母强烈反对，田太太找算命先生、去观音庵求签，被认为田亚梅和陈先生"八字不合"，父亲田先生认为田和陈两个姓结合不合祖宗的"祠规"，最后田亚梅在陈先生的鼓励下离家出走。胡适的《终身大事》基本以《娜拉》为范本创作，在"娜拉式"的反抗出走、回溯式的戏剧结构和对话式的艺术表达三个方面呈现出易卜生的戏剧特色。易卜生的《娜拉》采用回溯手法来结构戏剧，戏剧自海尔茂升职、娜拉准备圣诞这一现代戏剧起笔，通过对话把海尔茂生病、娜拉假冒父亲的签名借钱这一过去的戏剧展开，用过去的戏剧来推动现在的戏剧发展。回溯式结构使得情节更紧凑，结构更严谨，矛盾冲突更集中。胡适的《终身大事》的结构方式与传统戏曲从头到尾的顺序式戏剧结构不同，借鉴了《娜拉》的回溯式戏剧结构，戏剧从田太太求签算命开始，把田亚梅与田太太、田先生关于婚姻问题的矛盾展开。《终身大事》还借鉴了《娜拉》中的"对话"和"讨论"形式，通过人物对话把田亚梅追求恋爱自由与母亲求签算命算姻缘、父亲的祖宗"祠规"之间的新旧婚姻观的冲突自然而然展示出来，直接将问题融入戏剧对话，但"讨论"形式的应用却没有引发真的"讨论"，如关于田亚梅婚姻问题的讨论，父亲田先生提出"我们要正正经经地讨论这件事"，但却直接给出反对意见，原因是"中国的风俗规矩和祖宗定下的祠规"，关于田亚梅的婚姻问题并未能在戏剧中真正展开讨论，也未能引发观众的进一步思考。尽管《终身大事》在戏剧语言、戏剧冲突、人物形象塑造方面存在稚嫩之处，但其作为"五四"问题剧的开山之作，在现代话剧史上具有开风气之先的作用。自胡适的《终身大事》开始，对话成为话剧的基本表达，取代了传统戏曲的"唱、

---

① 黄嘉德. 萧伯纳研究[M]. 济南：山东大学出版社，1989：40.

念、做、打"，正如洪深在《从中国的新戏说到话剧》①一文中所言，
"话剧，是用那成片段的，剧中人的谈话，所组成的戏剧（这类谈话，
术语叫做对话）"，"对话"是话剧表达故事的方法，"话剧的生命，就是
对话。写剧就是将剧中人说的话，客观地记录下来"。正是"对话式"的
话剧语言把话剧和现实人生的关系拉近，推动了"问题剧"这一现实主
义话剧体式的建立。

　　欧阳予倩的《泼妇》也是一个关于婚姻自由的问题剧，该剧创作于
1922 年，是对易卜生《娜拉》的仿效之作。这部戏剧的题目是"泼妇"，其
实质是一个反语，可以说是"泼妇不泼"。戏剧中的"泼妇"是一个时代新
女性于素心，她机智勇敢地和丈夫陈慎之的纳妾行为作斗争。戏剧通过
"泼妇"于素心与旧式婚姻的斗争，揭露了封建道德和封建礼教的虚伪，
提出了婚姻自由和妇女解放这一带有鲜明时代特色的社会问题。剧作中的
丈夫陈慎之与《娜拉》中的海尔茂一样，就是一个虚伪的小人形象，于素
心与娜拉一样，是一个追求独立人格的新女性形象，她比《终身大事》中
的田亚梅更像娜拉，也更坚定，体现了易卜生戏剧"独占多数"的精神，
与丈夫、小姑子、婆婆作斗争，并勇敢挣脱封建旧家庭的牢笼。在《论者
谓易卜生非思想家》一文中，洪深在驳斥美国文艺理论家克拉克关于易卜
生不应享有思想家的命名时指出："但在受易卜生甚大影响的我们——在
写剧的诸方面，从目的、内容到技术，都曾向易卜生学习的我们，不能不
觉到这句话的苛求与不公……"这段话揭示了易卜生对中国话剧的深刻影
响。洪深曾在《戏剧协社片断》一文中回忆，1922 年，在留学回国的船上，
当同行的一位老先生蔡廷千问他："你从事戏剧的目的是什么？还是想做
一个红戏子？还是想做一个中国的莎士比亚了？"洪深的回答是两者都不
想，既不想做一个"红戏子"，也不要做一个"莎士比亚"，他说"我愿做一
个易卜生"。易卜生戏剧以关注现实的社会问题剧而著称，因此，洪深选
择做易卜生主要是想改变中国传统伶人用"妻妾之道""取悦"观众的倾向，
把戏剧作为揭露社会问题的利器，洪深称自己的《赵阎王》一剧"确是要对
社会说一句话"。② 对于戏剧与现实的关系，洪深在《〈少奶奶的扇子〉序
录》中曾说"真"是"剧本之三件事"之一，其中的"真"指的是"凡人生表面
可得而摹仿者，如宫室，衣服，行动，态度，口气，性格之类，是否合于

---

① 孙青纹. 中国当代文学研究资料　洪深研究专集［M］. 杭州：浙江文艺出版社，1986：
　176.
② 中国话剧运动五十年史料集编辑委员会. 中国话剧运动五十年史料集（第一辑）［M］. 北
　京：中国戏剧出版社，1958：108-109.

情理，有否穿凿唐突之处……简言之，是否能令观众对于台上之事物不起疑问也"①。

第二节　"五四"浪漫主义戏剧的发生

"五四"是中国话剧浪漫主义的黄金时期，较之"五四"问题剧，以田汉、郭沫若等创造社作家为代表的浪漫主义话剧影响更大，他们的话剧创作深受歌德、席勒等西方浪漫主义戏剧作家的影响，在主题上契合"狂飙突进"的"五四"精神，反封建、反压迫，追求个性解放，在艺术上靠浓烈的情绪来带动剧情，提高了现代话剧的文学品位。在《中国新文学大系戏剧集·导言》中，洪深盛赞田汉和郭沫若"五四"时期的话剧创作，认为"在那个年代，戏剧在中国，还没有被一般人视为文学的一部门。自从田、郭等写出了他们底那样富有诗意的词句美丽的戏剧，即不在舞台上演出，也可供人们当作小说、诗歌一样捧在书房里诵读，而后戏剧在文学上的地位，才算是固定建立了"②。当然，"五四"浪漫主义戏剧的发生也离不开中国传统文学的营养，庄子、屈原、李白的浪漫主义也内置于这些作家的创作之中，如郭沫若曾在《创造十年》中提到《庄子》文章的"汪洋恣肆"与国外思想的"豁然而贯通"，③ 但本章在行文中更多关注外国浪漫主义戏剧思潮的触媒作用。下面我们先来系统梳理一下"五四"时期外国浪漫主义戏剧的译介情况，在此基础上以田汉、郭沫若等创造社作家为例探讨一下此类话剧在外国戏剧译介下的发生。

一、"五四"浪漫主义戏剧译介与理论借鉴

欧洲浪漫主义戏剧运动 18 世纪 70 年代发源于英、法、德等国家，是对古典主义戏剧思潮的反拨，歌德、席勒、雨果、莎士比亚的浪漫主义戏剧最具代表性。浪漫主义戏剧主观抒情色彩浓厚，强调自由想象，追求个性，这与"五四"时期的个性解放相契合。"五四"时期中国的浪漫主义戏剧创作的兴起得益于西方浪漫主义思潮和戏剧作品的译介。从国别而言，英国和德国的浪漫主义影响最大，英国浪漫派的影响"着重在文艺观方

---

①　洪深. 洪深文集 1[M]. 北京：中国戏剧出版社，1957：460.

②　刘运峰. 1917—1927 中国新文学大系导言集[M]. 天津：天津人民出版社，2009：216.

③　郭沫若. 沫若文集 第 7 卷[M]. 北京：人民文学出版社，1958：57-58.

面"①，就戏剧作家而言，歌德、席勒、拜伦、莎士比亚的浪漫主义戏
剧对"五四"初期的戏剧创作影响最大，因此我们有必要系统梳理一下
西方浪漫主义思潮的译介以及歌德、席勒、拜伦、莎士比亚等浪漫主义
戏剧代表作家作品的译介情况，来进一步探究"五四"浪漫主义戏剧的
发生。

表 2-2　"五四"浪漫主义思潮及戏剧译介统计表②

序号	作品	发表时间、刊物或出版社	原著作者/译者
1	《平民诗人惠特曼的百年祭》	1919 年 7 月 15 日《少年中国》第 1 卷第 1 期	田汉
2	《浮士德(第一部开场白)》	1919 年《时事新报》双十节增刊	[德]歌德/郭沫若
3	《歌德诗中所表现的思想》	1920 年 3 月 15 日《少年中国》(诗学研究号二)第 1 卷第 9 期	[德]Shokama/田汉
4	《三叶集》	1920 年上海亚东图书馆	田汉、郭沫若、宗白华
5	《近代文学上的写实主义》	1920 年 1 月 25 日《东方杂志》第 17 卷第 2 号	愈之
6	《近世浪漫派戏剧之沿革》	1920 年 2 月 25 日《东方杂志》第 17 卷第 4 号	宋春舫
7	《风光明媚的地方——浮士德悲壮剧中第二部之第一幕》	1920 年 3 月 20 日上海《时事新报·学灯》	[德]歌德/沫若
8	《战后文学底新倾向——浪漫主义底复活》	1920 年 12 月 25 日《东方杂志》第 17 卷第 24 号	冠生

---

① 胡星亮. 中国现代戏剧论集[M]. 北京：中国戏剧出版社，2010：190.
② 统计时间上从晚清一直延续到 1927 年，以求能相对完整地呈现浪漫主义思潮和歌德、
席勒、莎士比亚、拜伦等戏剧译介情况，内容上把相关理论文章也一并统计，在编写时
主要参考唐沅等编著的《中国现代文学期刊目录汇编》(第 1 卷和第 2 卷，知识产权出版
社 2010 年版)、贾植芳等编的《中国现代文学总书目·翻译文学卷》(知识产权出版社
2010 年版)、北京图书馆编的《民国时期总目目 1911—1949 文学理论·世界文学·中
国文学 上》(书目文献出版社 1992 年版)、北京图书馆编著的《民国时期总书 1911—
1949 外国文学》(书目文献出版社 1987 年版)等书籍。

续表

序号	作品	发表时间、刊物或出版社	原著作者/译者
9	《文学上的古典主义浪漫主义和写实主义》	1920 年 9 月 5 日《学生杂志》第 7 卷第 9 期	沈雁冰
10	《近代英国文学概观》	1921 年 1 月 25 日《东方杂志》第 18 卷第 2 号	愈之
11	《近代法国文学概观》	1921 年 2 月 10 日《东方杂志》第 18 卷第 3 号	愈之
12	《近代德国文学概观》	1921 年 4 月 10 日《东方杂志》第 18 卷第 7 号	愈之
13	《哈孟雷德(附：译叙、代序)》	1921 年 6 月 15 日《少年中国》第 2 卷第 12 期	［英］莎士比亚/田汉
14	《平民诗人惠特曼》	1922 年 2 月 11 日《文学周报》第 26 期	六逸
15	《〈少年维特之烦恼〉序引》	1922 年 3 月 15 日《创造》第 1 卷第 1 期	郭沫若
16	《歌德的死辰纪念》	1922 年 3 月 23 日《时事新报·学灯》	西谛
17	《从〈浮士德〉中所见的歌德人生观》	1922 年 3 月 23 日《时事新报·学灯》	愈之
18	《我对于歌德忌辰的感想》	1922 年 3 月 23 日《时事新报·学灯》	胡嘉
19	《歌德纪念杂感》	1922 年 3 月 23 日《时事新报·学灯》	谢六逸
20	《少年维特的烦恼》	1922 年 4 月上海泰东书局初版	［德］歌德/郭沫若
21	《歌德的浮士德》	1922 年 8 月 10 日《东方杂志》第 19 卷第 15 号—1922 年 9 月 25 日第 18 号	闻天

续表

序号	作品	发表时间、刊物或出版社	原著作者/译者
22	《少年维特之烦恼》	1922 年 4 月上海泰东图书局初版	[德]歌德/郭沫若
23	《哈孟雷德》	1922 年 11 月上海中华书局初版	[英]莎士比亚/田汉
24	《英国浪漫派三诗人——拜伦、雪莱、箕次》	1923 年 2 月上旬《创造》第 1 卷第 4 期"雪莱纪念号"	徐祖正
25	《雪莱的诗、雪莱年谱》	1923 年 2 月上旬《创造》第 1 卷第 4 期"雪莱纪念号"	郭沫若
26	《罗密欧与朱丽叶》	1923 年 3 月《少年中国》第 4 卷第 1 期—1923 年 6 月第 4 卷第 4 期	[英]莎士比亚/田汉
27	《迷娘歌（诗）》	1923 年 5 月 13 日《创造周报》第 1 号	[德]歌德/郭沫若
28	《罗密欧与朱丽叶》	1924 年 4 月上海中华书局初版	[英]莎士比亚/田汉
29	《诗人拜伦的百年祭》	1924 年 4 月 10 日《小说月报》第 15 卷第 4 号	西谛
30	《诗人拜伦的百年纪念》	1924 年 4 月 10 日《小说月报》第 15 卷第 4 号	樊仲云
31	《拜伦的时代及拜伦的作品》	1924 年 4 月 10 日《小说月报》第 15 卷第 4 号	汤澄波
32	《拜伦及其作品》	1924 年 4 月 10 日《小说月报》第 15 卷第 4 号	希和
33	《勃兰兑斯的拜伦论》	1924 年 4 月 10 日《小说月报》第 15 卷第 4 号	[丹麦]勃兰兑斯/张闻天

序号	作品	发表时间、刊物或出版社	原著作者/译者
34	《曼弗雷特》	1924 年 4 月 10 日《小说月报》第 15 卷第 4 号	［英]拜伦/傅东华
35	《拜伦的浪漫性》	1924 年 4 月 10 日《小说月报》第 15 卷第 4 号	甘乃光
36	《拜伦的快乐主义》	1924 年 4 月 10 日《小说月报》第 15 卷第 4 号	［日]本村鹰太郎/仲云
37	《拜伦评传》	1924 年 4 月 10 日《小说月报》第 15 卷第 4 号	［不详]Long/赵景深
38	《法国的浪漫运动》	1924 年 4 月《小说月报》第 15 卷号外法国文学研究	［不详]G. L. Stracheg/希孟
39	《自歌德至现代》	1924 年 5 月 5 日《文学周报》第 120 期—1924 年 5 月 19 日第 122 期	［日]加藤美仑/滇若
40	《评郭沫若译〈少年维特之烦恼〉》	1924 年 5 月 12 日《文学周报》第 121 期	梁俊青
41	《天仇记》	1924 年 5 月上海商务印书馆初版	［英]莎士比亚/邵挺
42	《吕伯兰》	1924 年 12 月《学衡》第 36 期—1925 年 1 月第 37 期	［法]嚣俄/曾朴
43	《史推拉》	1925 年 8 月上海商务印书馆初版	［德]歌德/汤元吉
44	《评田汉君的莎译——〈罗密欧与朱丽叶〉》	1926 年 1 月 16 日《洪水》第 1 卷第 9 期—1926 年 2 月 5 日第 1 卷第 10、11 期合刊	焦尹孚
45	《争斗》	1926 年 6 月上海商务印书馆初版	［英]戈斯华士/郭沫若

续表

序号	作品	发表时间、刊物或出版社	原著作者/译者
46	《〈少年维特之烦恼〉增订本后序》	1926 年 7 月 1 日《洪水》第 2 卷第 20 期	沫若
47	《茶花女》	1926 年 7 月北京北新书局初版	[法]小仲马/刘半农
48	《〈浮士德〉第一部》	1926 年启明书局	[德]歌德/莫甦
49	《克拉维歌》	1926 年上海商务印书馆	[德]歌德/汤元吉
50	《雪莱诗选》①	1926 年 3 月上海泰东书局初版	[英]雪莱/郭沫若
51	《兄妹》	1926 年 5 月 14 日、21 日《小说世界》第 20 期、第 21 期	[德]歌德/俞敦培、谢维耀
52	《拜伦的精神》	1926 年 6 月 1 日《创造月刊》第 1 卷第 4 期	徐祖正
53	《拜伦的浪漫主义》	1926 年 6 月 1 日《创造月刊》第 1 卷第 4 期	梁实秋
54	《法国文学的特质》	1927 年 2 月 1 日《创造月刊》第 1 卷第 6 期	穆木天
55	《浮士德》	1928 年 2 月上海现代书局初版	[德]歌德/郭沫若

从上述统计可以发现，"五四"浪漫主义思潮的影响主要来自德国和英国，其中歌德、莎士比亚、雨果（嚣俄）、拜伦、雪莱的译介最多，郭沫若的歌德译介和田汉的莎士比亚译介最具代表性。中国最早关于西方浪漫主义的介绍可以追溯到 1908 年鲁迅的《摩罗诗力说》，鲁迅是抱着"别求新声于异邦"的宗旨，在《摩罗诗力说》一文中向国人介绍了拜伦、雪莱、普希金、裴多菲等八位欧洲浪漫派诗人，指出这些诗人作品的共同特点是"无不刚健不挠""不媚于群""立意在反抗，指归在动作"②，鲁迅看重的是浪漫派诗人的"反抗"意识。

---

① 收录《小序》、《西风歌》、《欢乐的精灵》、《拿波里湾畔抒怀》、《招"不幸"辞》、《转徙》、《死》、《云鸟曲》、《哀歌》(成仿吾)、《雪莱年谱》。
② 鲁迅. 鲁迅小说集 阿 Q 正传[M]. 北京：中国商业出版社，2018：107.

　　1920 年，胡愈之、宋春舫、茅盾、冠生先后发表了《近代文学上的写实主义》(其中论述到浪漫主义文学的特征)、《近世浪漫派戏剧之沿革》、《文学上的古典主义浪漫主义和写实主义》、《战后文底新倾向——浪漫主义底复活》等文章向国人介绍浪漫主义。在《近代文学上的写实主义》一文中，胡愈之为了对比分析写实主义，简单论述了浪漫主义的兴起、代表作家及特征，他指出浪漫主义是随着 18 世纪末 19 世纪初欧洲启蒙思潮渐衰而兴起，声势盛大并"潞漫全欧"，德国出现了贵推(歌德)、Schiller、Kleist、Heine 等天才，形成了德国文学史上的"狂飙突进"(Sturm und Drang)的时代，英国出了 Wordsworth、Coleridge、Scott、Byron 等大诗人，意大利出了玛志尼，俄国出了 Pushkin、Lermontoff，法国出了卢骚、雨果、Chateaubriand、Madame de Stael、Musset、Gautier 等浪漫主义的巨子，此处胡愈之没有给出这些作家的译名。胡愈之这篇文章的最大贡献在于他详细探讨了浪漫主义文学的特点，他指出"这种浪漫主义的文学，是完全主观本位的文学。他所排斥的，是平凡，因袭，规范，理智；他所赞赏的，是惊奇，神秘，感伤，空想。他的特色，是具有热烈的情感，奇峭的格调，丰富的想像，怪诞的题材，不受丝毫的束缚，不落平常的窠臼"①。胡愈之对于"浪漫主义文学"特点的这段概述文字，基本上把浪漫主义的主要特征概括出来了。茅盾的《文学上的古典主义浪漫主义和写实主义》一文介绍了浪漫主义的意义和价值，指出浪漫思想是文艺复兴时代的产物，浪漫文学出发的地方是法国，哲学家卢骚是浪漫文学第一人，他的浪漫文学"注重想像""提倡创造""提倡个性"。茅盾认为可以用"自由"两个字概括浪漫文学。和胡愈之一样，茅盾在这篇文章中也列出了一大批浪漫主义文学的代表作家，不过与胡愈之不同，茅盾列出了这些作家的译名，如法国的嚣俄(雨果)、大小仲马和鲍尔扎克(巴尔扎克)，德国的歌德，意大利的丹脱，英国的莎士比亚、迪更斯(狄更斯)、伍德伍斯和司各德，这是较早提及这些外国浪漫主义作家名字的译介文章。

　　上述文章是对西方浪漫主义文学思潮的总体译介和关注，没有聚焦浪漫派戏剧思潮的译介。宋春舫的《近世浪漫派戏剧之沿革》是一篇西方浪漫主义戏剧思潮译介的专论，这篇文章后收入 1923 年中华书局出版的《宋春舫论剧》的第 1 集。宋春舫这篇文章梳理了欧洲近代浪漫主义，他在文中指出"浪漫派戏剧"不同于"新浪漫派戏剧"，是"含有革命的元素而为反抗者之代名词"，是与写实主义、自然主义相对的一个概念，莎士比亚是

---

①　东方杂志社. 写实主义与浪漫主义[M]. 上海：商务印书馆，1923：4.

欧洲浪漫派戏剧的健将。19 世纪浪漫派戏剧的精神在于摒弃"习惯"和不合时宜的制度，"以自然抗不自然"，"文体忌柔顺而尚活泼以自鸣天籁不受一切形式之束缚"，浪漫派对于法国戏剧最大的功效是破坏"三一律"，这篇论文涉及了浪漫主义戏剧文体特征的论述，凸显了浪漫派戏剧的"文体活泼""自由""不受一切形式之束缚"的特点。

在西方浪漫主义戏剧的译介中，郭沫若、田汉、宗白华三人在"五四"现代作家中最为突出。郭沫若、田汉、宗白华三人热烈地鼓吹歌德和席勒的浪漫主义，他们大量译介歌德的诗歌和戏剧作品。在《跨着东海》一文中，郭沫若说自己是 1919 年秋天开始翻译《浮士德》的：

> 我开始翻译歌德的《浮士德》，是五四运动那一年，也就是一九一九年的秋间。我翻译了浮士德老博士在中世纪的书斋中，苦诉着学枷智梏的束缚的那一场独白。少年歌德的狂飙时代的心境，正适合于"五四"前后的一般知识青年的心境，我的译文在当年的双十节上海《时事新报》的增刊上发表过，便引起了很大的共鸣。①

1920 年 5 月，郭沫若、宗白华、田汉三人的"三地书"（上海、东京、福冈）——《三叶集》由上海亚东图书馆出版，一共有 20 封通信，包括三人各自写的序。在《三叶集·田序》中，田汉说这些信"大体以歌德为中心；此外也有论诗歌的；也有论近代剧的；也有论婚姻问题的，恋爱问题的；也有论宇宙观和人生观的"。田汉在序中还说"此中所收诸信，前后联合，譬如一卷 Werther's Leiden，Goethe 发表此书后，德国青年中，Werther Fieber 大兴！ Kleeblatt 出后，吾国青年中，必有 Kleeblatt Fieber 大兴哩！"②田汉把《三叶集》（Kleeblatt）比作歌德（Goethe）的《少年维特之烦恼》（Werther's Leiden），歌德的《少年维特之烦恼》在德国青年中引起"维特热"，田汉也戏言《三叶集》出版能引起"三叶热"（Kleeblatt Fieber）。真如田汉所言，《三叶集》果然在青年中引发了"三叶热"。他们在书信中常以歌德为题，郭沫若的《三叶集·郭序》是歌德《浮士德》的一段译诗"代序"，《浮士德》是歌德的代表作，是一部诗剧。在通信中他们交流对歌德作品的看法，尤其是《浮士德》和《少年维特之烦恼》。田汉在 2 月 18 日的信中提到自己要做一篇"歌德与席勒"，让郭沫若"也做一长篇关于 Goethe

---

① 郭沫若. 郭沫若选集 第 1 卷 下[M]. 成都：四川人民出版社，1979：28.
② 杨书澜. 宗白华论人生[M]. 南昌：江西高校出版社，2010：141.

的感想，批评或翻译"，加上宗白华的《歌德的宇宙观与人生观》，形成一本"歌德研究"，在 2 月 29 日的信中又提出建立"歌德研究会"并称他自己正在翻译 shokawa 君的《Goethe 诗研究》，郭沫若更是声称"乃所愿则学歌德也"，足见三人对歌德之崇拜。宗白华对歌德文学、人格以及艺术风格的欣赏，也促使他一直致力于歌德的译介和解读。宗白华也非常推崇莎士比亚的戏剧。在《致舜生寿昌书》中，他认为莎士比亚和歌德是"一流的天才"，萧伯纳根本无法与之相提并论，称田汉"从事翻译莎士比亚，同沫若的介绍歌德，都使我非常欢喜"，并说"我读《浮士德》，使我的人生观一大变；我看莎士比亚，使我的人生观察变深刻"，"现代的戏曲家如萧伯纳之类，只给了我一点有趣的'社会的批评'，'人生的批评'，我觉得不是什么伟大可佩的现象"。①

　　除了郭沫若、田汉、宗白华之外，郑振铎、胡愈之、谢六逸、张闻天等也参与到歌德作品的译介中。为纪念歌德逝世 90 周年，1922 年 3 月的《时事新报·学灯》副刊发表了《歌德的死辰纪念》(西缔)、《从〈浮士德〉中所见的歌德人生观》(愈之)、《我对于歌德忌辰的感想》(胡嘉)、《歌德纪念杂感》(谢六逸)、郭沫若译的《浮士德》的三个片段。② 同样是在 1922 年，《东方杂志》发表了张闻天的长篇论文《歌德的浮士德》，也是在 1922 年，上海泰东图书局出版了郭沫若翻译的《少年维特之烦恼》，这些翻译作品和论文的发表进一步引发了"五四"文坛对歌德浪漫主义文学的关注，尤其是张闻天的论文《歌德的浮士德》和郭沫若翻译的《少年维特之烦恼》。《歌德的浮士德》这篇论文是国内最早专门研究歌德的《浮士德》的研究论文，全文包括"歌德与浮士德""浮士德的来源""浮士德第一部的概略""浮士德第二部的概略""浮士德中所包含的根本思想"五个部分，第一部分和第五部分是张闻天的评述，中间三部分类似于译文，第二部分"浮士德的来源"摘译了柯特瑞尔(Cotterill)关于浮士德其人其事的叙述。第三部分和第四部分是张闻天用散文翻译的《浮士德》原文，依据的是泰勒(Taylor)的英译本《浮士德》，第一部最后一场"监狱"以诗剧形式译出。张闻天在文中首先介绍了浪漫主义文学，他认为浪漫派的作品就是"乘了奔放的热情和空想之翼而从自己的内心中所迸裂出的东西"，歌德作品的浪漫主义特色在于着重主观、主张感情、热爱自然和自然的生活、主张自

①　宗白华. 致舜生寿昌书[A]. 林同华. 宗白华全集 1[M]. 合肥：安徽教育出版社，1994：422.

②　附录　百年回响歌一曲——《浮士德》在中国之接受[A]. [德]歌德. 歌德精选集 浮士德 全 2 册[M]. 杨武能，译. 石家庄：河北教育出版社，2015：616.

我的发展。

二、"五四"浪漫主义戏剧创作

"五四"是一个浪漫的时代，正如郭沫若在歌德《浮士德》的《第二部译后记》中所言，"我们的五四运动很有点像青年歌德时代的'狂飚突进运动'"（Sturm und Drang）"①，也正是因为与歌德同处于"封建社会蜕变到现代"这一时代契合点，以歌德为代表的西方浪漫主义戏剧才对"五四"话剧创作产生了极大的影响，从戏剧创作实践而言，西方浪漫主义思潮对"五四"话剧的影响不亚于现实主义，可以说，西方浪漫主义文学思潮和戏剧的译介催生了"五四"浪漫主义戏剧创作，以田汉、郭沫若为代表的创造社作家无疑是这一时期浪漫主义戏剧创作的当之无愧的代表人物和中坚力量。

郭沫若是一位"狂飙突进"的"五四"诗人，1919 年至 1920 年，他的诗歌创作进入爆发期，1921 年的诗集《女神》中的诗歌是"狂飙突进""五四"精神的代表，这种"狂飙突进"的精神也体现在他早期创作的浪漫主义戏剧中。1919 年到 1925 年，郭沫若一共创作了 9 部话剧作品：《棠棣之花》（1920 年）、《湘累》（1920 年）、《女神之再生》（1921 年）、《广寒宫》（1922 年）、《月光》（1922 年）、《孤竹君之二子》（1922 年）、《卓文君》（1923 年）、《王昭君》（1923 年）、《聂嫈》（1925 年），《卓文君》《王昭君》和《聂嫈》1926 年结集出版为《三个叛逆的女性》。此外，1922 年，郭沫若还创作了一部《苏武与李陵》，此剧没有完成，现存只有一个"楔子"，只能是半部戏剧。郭沫若是"五四"浪漫主义诗人和戏剧家，是"五四"浪漫主义思潮的大力提倡者，在上述关于《三叶集》的通信中我们已经详细探讨了他对歌德浪漫主义的推崇。浪漫主义对"五四"戏剧创作的最大影响在于其主观性和提倡情感的自由抒发，郭沫若早期的"女神三部曲"等作品都充满浓郁的主观抒情色彩和鲜明的西方浪漫主义印记。

浪漫主义文学思潮重主观抒情，崇尚自由。为便于抒情，"诗剧"形式是浪漫主义作家最常用的一种戏剧体裁，歌德的浪漫诗剧《浮士德》充满了浓郁的抒情色彩。1920 年，郭沫若创作了《棠棣之花》《湘累》，1921 年创作了《女神之再生》，这三部作品合称"女神三部曲"，《女神之再生》讲述的是上古神话共工与颛顼争帝天倾地陷的故事，《湘累》叙述的是屈

① ［德］歌德. 斯泰封插图本《浮士德》[M]. 郭沫若，译. 北京：吉林出版集团有限责任公司北京公司，2009：417.

原报国无门的故事，《棠棣之花》叙述的是战国时期聂政刺韩相侠累的故事。郭沫若在抗战时期将《湘累》和《棠棣之花》这两部剧作改编为五幕历史剧《屈原》和《棠棣之花》，收入《女神》第一辑。对于自己戏剧所受到的歌德《浮士德》的影响，在《谈自己写诗的阶段》一文中，郭沫若说自己"翻译了《浮士德》对我却还留下了一个很不好的影响"，诗歌创作经历了"太戈尔式""惠特曼式"和"歌德式"，并称"我开始做诗剧便是受了歌德的影响。在翻译了《浮士德》第一部之后，不久我便做了一部《棠棣之花》……《女神之再生》和《湘累》以及后来的《孤竹君之二子》，都是在那个影响之下写成的"。① 郭沫若后来在抗战时期回忆《我怎样写〈棠棣之花〉》时，同样提及自己最初创作《棠棣之花》时正在日本留学，"读过了些希腊悲剧家和莎士比亚、歌德等的剧作，不消说是在他们的影响之下想来从事史剧或诗剧的尝试的"②。这最初受西方浪漫主义戏剧影响下开始的诗剧创作，带有鲜明的时代特点，充满强烈的理想主义和浪漫色彩，把主观抒情融入剧情，大胆构思和想象，借古人之口直抒胸臆。

"五四"初期曾一度出现历史剧创作的高潮，关于这一创作趋势，万良濬在给沈雁冰的信（1922 年 7 月 10 日《小说月报》第 13 卷第 7 号）中说"近来创作坛有一种极流行之现象，即创作取材于我国古事古诗"，他随后列出了李之常的《荆轲之死》、郭沫若的《棠棣之花》《孤竹君之二子》、郁达夫的《信陵君之死》等作品，认为"颇有复古运动之倾向"。③ 这些历史剧作品多采用"翻案法"，不拘泥于历史，让古人说自己的话。1943 年，陈白尘在《历史与现实——〈大渡河〉代序》中也提到了"五四"历史剧创作，认为"那种翻案法的历史剧，如今是没人写了。但在 1927 年前后，却是历史创作上最风行的方法"④。郭沫若的历史剧创作观受歌德的影响很大，在郭沫若看来，"写历史剧不是写历史"，剧作家"可以推翻历史的成案"，把"古代精神翻译到现代"。⑤ 在 1923 年的《〈孤竹君之二子〉幕前序话》⑥中，郭沫若借"同志"与"作家"的对话揭示了自己历史剧创作观，在

① 吴奔星，徐放鸣. 沫若诗话[M]. 成都：四川人民出版社，1984：82.
② 彭放. 郭沫若谈创作[M]. 哈尔滨：黑龙江人民出版社，1982：103.
③ 李玉珍，周春东，刘裕莲，等. 文学研究会资料 上 中国文学史资料全编 现代卷[M]. 北京：知识产权出版社，2010：252.
④ 王钟陵. 二十世纪中国文学史文论精华 戏剧卷[M]. 石家庄：河北教育出版社，2000：252.
⑤ 郭沫若. 郭沫若选集 历史剧 第 4 卷[M]. 成都：四川人民出版社，1979：141.
⑥ 上海图书馆文献资料室，四川大学郭沫若研究室. 郭沫若集外序跋集[M]. 成都：四川人民出版社，1983：25.

谈及自己的"古事剧"（历史剧）创作时，郭沫若称"要借古人的髅骨来，另行吹嘘些生命进去"，认为历史剧有两种创作倾向，"一种是把自己去替古人说话，譬如沙士比的史剧之类，还有一种是借古人来说自己的话，譬如歌德《浮士德》之类"。郭沫若的历史剧多是"借古人来说自己的话"，在后来的《创造十年》中，郭沫若称"《女神之再生》是在象征着当时中国的南北战争。共工是象征南方，颛顼是象征北方，想在这两者之外建设一个第三中国——美的中国"。① 《女神之再生》的题记引用的就是歌德诗剧《浮士德》第二部第五幕结尾女神们的合唱，郭沫若在此处用中德文对照的方式把这些诗句直接呈现给读者：

Alles Vergaengliche	一切无常者
ist nur ein Gleichnis;	只是一虚影；
das Unzulaengliche,	不可企及者
hire wird's Ereignis;	在此事已成；
das Unbeschreibliche,	不可名状者
hire ist's getan;	在此已实有；
das Ewigweibliche	永恒之女性
Zieht uns hinan.	领导我们走。
—Goethe	——歌德②

诗剧借走下神龛的"女神们"之口唱出重建一个光明世界的理想，带有鲜明的"五四"时代特色。在《写在〈三个叛逆女性〉后面》一文中，郭沫若说《王昭君》"这篇剧本的构造，大部分是出于我的想像。王昭君的母亲和她的义兄，都是我假想出来的人，毛淑姬和龚宽也是假想出来的……"③ 正是因为"自我"的融入才使剧作带有了更为强烈的浪漫抒情色彩，加之郭沫若和歌德、席勒一样，本身就是浪漫主义诗人，因此他的浪漫史剧更是大量使用诗体独白形式，抒情意味更浓厚。

胡星亮认为"五四"初期的浪漫主义戏剧是"'自我表现'的浪漫抒情"，"自我表现"是其"轴心和灵魂"。④ 这种"自我表现"是西方浪漫主义戏剧思潮和"五四"作家个性解放相契合的产物。与"五四"浪漫抒情小说

---

① 吴奔星，徐放鸣. 沫若诗话[M]. 成都：四川人民出版社，1984：89.
② 郭沫若. 郭沫若精选集[M]. 北京：北京燕山出版社，2013：4.
③ 彭放. 郭沫若谈创作[M]. 哈尔滨：黑龙江人民出版社，1982：94.
④ 胡星亮. 胡星亮讲现当代戏剧[M]. 长沙：湖南教育出版社，2011：80.

一样，"五四"早期的浪漫主义话剧带有感伤、忧郁的时代特征。田汉早期的浪漫主义戏剧就带有这种特色，尤其是第一部公演的戏剧《灵光》。《灵光》①写的是女留学生顾梅俪失恋后在《浮士德》中墨飞斯特（Mephistopheles）的引导下梦归祖国的故事，剧中的顾梅俪自中学时代就喜欢研究歌德，她读着《浮士德》，认为"歌德，你知道我甚过于我自知了，你真是我唯一的好顾问了"，并喊出了"新鲜的绚烂的生命！我愿意到这种生命的王国里去！我不能堪这种烦闷的生活了"，抒发了"五四"时期一代知识分子内心的苦闷，剧本把大量笔墨集中于顾梅俪内心郁闷之情的抒发，剧本中还穿插了主人公阅读《浮士德》的戏剧片段，很显然，本剧是受歌德《浮士德》的启发而创作。

第三节　"五四""新浪漫主义"戏剧的发生

"五四"时期的话剧除了现实主义和浪漫主义创作之外，"新浪漫主义"戏剧思潮和作品也被译介，尤其是唯美主义、象征主义、表现主义和未来主义这四种"新浪漫主义"思潮和戏剧作品的译介，催生了一批现代主义的戏剧发生。"唯美主义"思潮源自英国，英国王尔德的《莎乐美》和意大利邓南遮的《春潮的梦》是唯美主义戏剧的代表作。"象征主义"源自19世纪的法国，梅特林克的《青鸟》《丁泰琪之死》是象征主义戏剧的代表作。"表现主义"戏剧以瑞典的斯特林堡、美国的奥尼尔戏剧为代表，"未来主义"盛行于意大利。上述这些戏剧作品先后被译介，"五四"戏剧界也随之出现了许多"新浪漫主义"倾向的戏剧作品，陶晶孙的《黑衣人》《尼庵》、白薇的《琳丽》、田汉的《灵光》《获虎之夜》等早期戏剧深受《莎乐美》的影响，带有唯美主义倾向。洪深的《赵阎王》深受奥尼尔《琼斯皇》的影响，是典型的表现主义戏剧，宋春舫的《盲肠炎》是未来主义戏剧的尝试之作，这些"新浪漫主义"戏剧尽管未能在20世纪30年代的戏剧舞台继续发扬，但作为现代派戏剧的一种尝试，同样为现代戏剧体式的发生和成熟奠定了基础，起到了先导作用。

一、"五四""新浪漫主义"戏剧译介与理论借鉴

由于"新浪漫主义"戏剧思潮涉及的思潮类型和作家众多，给研究和

---

① 田汉. 田汉文集 第 1 卷[M]. 北京：中国戏剧出版社，1983：79.

梳理带来困难，本部分在研究时首先关注以"新浪漫主义"命名的一些理论文章和外国戏剧评价，然后选取象征主义、唯美主义、表现主义和未来主义四种对"五四"戏剧创作影响较大的思潮作为切入点，关注这些戏剧思潮和代表作家的作品译介情况及其对此类戏剧发生的影响，为研究的方便，先对相关思潮和戏剧作品译介进行梳理。

表 2-3 "五四""新浪漫主义"思潮及戏剧译介统计表①

序号	作品	发表时间、刊物或出版社	原著作者/译者
1	《风靡世界之未来主义》	1914 年 8 月 1 日《东方杂志》第 11 卷第 2 号	章锡琛
2	《意中人》	1915 年 10 月 15 日《新青年》第 1 卷第 2 号—1916 年 10 月 1 日第 2 卷第 2 号	[英]王尔德/薛琪瑛
3	《现代欧洲文艺史谭》	1915 年 11 月 15 日《新青年》第 1 卷第 3 号—1915 年 12 月 15 日第 1 卷第 4 号	陈独秀
4	《弗罗连斯(悲剧)》	1916 年 9 月 1 日《新青年》第 2 卷第 1 号、1916 年 11 月 1 日第 2 卷第 3 号	[英]王尔德/陈嘏
5	《梅德林克之人生观》	1918 年 5 月 15 日《东方杂志》第 15 卷第 5 号	鲍国宝
6	《遗扇记》	1918 年 12 月 15 日《新青年》第 5 卷第 6 号—1919 年 3 月 15 日第 6 卷第 3 号	[英]Oscar Wilde/沈性仁

---

① 统计时间上从晚清一直延续到 1927 年，主要关注第一个十年的译介，在遴选时聚焦影响较大的剧作家作品，"五四"时期作家、作品翻译名称各异，梳理时按照期刊原貌统计，以求能相对完整地呈现"五四"时期新浪漫主义思潮及象征主义、唯美主义、表现主义和未来主义四种戏剧译介情况，内容上把相关理论文章也一并统计。在编写时主要参考唐沅等编著的《中国现代文学期刊目录汇编》(第 1 卷和第 2 卷，知识产权出版社 2010 年版)、贾植芳等编纂的《中国现代文学总书目·翻译文学卷》(知识产权出版社 2010 年版)、北京图书馆编的《民国时期总书目 1911—1949 文学理论·世界文学·中国文学 上》(书目文献出版社 1992 年版)、北京图书馆编著的《民国时期总书 1911—1949 外国文学》(书目文献出版社 1987 年版)等书籍。

续表

序号	作品	发表时间、刊物或出版社	原著作者/译者
7	《月方升》	1919 年 1 月 10 日《时事新报・学灯》	［比］Lady Gregory①/雁冰
8	《推霞》	1919 年 2 月 1 日《新潮》第 1 卷第 2 号	［德］苏特曼/宋春舫
9	《扇误》	1919 年 3 月 1 日《新潮》第 1 卷第 3 号	［英］王尔德/潘家洵
10	《近代戏剧家传》	1919 年 7 月 7 日《学生杂志》第 6 卷第 7 期—1919 年 12 月 5 日《学生杂志》第 12 期	雁冰
11	《丁泰琪的死》	1919 年 10 月 5 日《解放与改造》第 1 卷第 4 号	［比］Maurice Maeterlinck②/雁冰
12	《现代新浪漫派之戏曲》	1919 年 9 月《新中国》杂志第 1 卷第 5 号	赵英若
13	《欧洲近代文学述》	1919 年 10 月 15 日《新中国》杂志第 1 卷第 6 号	未标注/明权
14	《欧洲十九世纪文学思潮一瞥》	1919 年 11 月 6 日至 8 日《民国日报・觉悟》	陈群
15	《什么是表象主义（symbolism）?》	1920 年 1 月《时事新报・学灯》	雁冰
16	《表象主义的戏曲》	1920 年 1 月 5 日、6 日、7 日《时事新报・学灯》	雁冰
17	《一个青年的梦》	1920 年 1 月 1 日《新青年》第 7 卷第 2 号	［日］武者小路实笃/鲁迅

---

① 现译为格雷戈里夫人。
② 现译为梅特林克。

续表

序号	作品	发表时间、刊物或出版社	原著作者/译者
18	《我们现在可以提倡表象主义吗?》	1920年2月《小说月报》第11卷第12期	雁冰
19	《白黎爱和梅立桑》	1920年2月4日《新潮》第1卷第3号	梅德林/赵承易
20	《萨洛姆》	1920年3月27日—4月1日《民国日报·觉悟》	[英]王尔德/陆思安、裘配岳
21	《一个青年的梦》	1920年3月1日《新青年》第7卷第4号"人口问题号"、1920年4月1日第7卷第5号	[日]武者小路实笃/鲁迅
22	《情敌》	1920年4月5日《妇女杂志》第6卷第4号	[瑞典]A. Strindberg①/雁冰
23	《文学上的表象主义是什么?》	1920年5月25日《小说月报》第11卷第5号、1920年6月25日第6号	谢六逸
24	《新罗曼主义及其他——复黄日葵兄一封长信》	1920年6月15日《少年中国》第1卷第12号	田汉
25	《福利慈欣》	1920年9月1日《新潮》第2卷第5号	[德]Sudhermann/潘家洵
26	《法兰西近世文学的趋势》	1920年10月15日《少年中国》第2卷第4号	周无
27	《近代文学的反流——爱尔兰新文学》	1920年3月25日《东方杂志》第17卷第6号、1920年4月10日第7号	雁冰

---

① 现译为斯特林堡,瑞典戏剧家。

续表

序号	作品	发表时间、刊物或出版社	原著作者/译者
28	《沙漏》	1920 年 3 月 25 日《东方杂志》第 17 卷第 6 号	［爱尔兰］夏脱①/雁冰
29	《现代文学上底新浪漫主义》	1920 年 6 月 25 日《东方杂志》第 17 卷第 12 号	昔尘（愈之）
30	《十九世纪末德国文坛代表者——滋德曼和郝卜特曼》	1920 年 8 月 10 日《东方杂志》第 17 卷第 15 号、1920 年 8 月 25 日第 16 号	陈碬
31	《室内》	1920 年 8 月 5 日《学生杂志》第 7 卷第 8 期	［比］梅德林/雁冰
32	《遗帽》	1920 年 8 月 25 日《东方杂志》第 17 卷第 16 号	［爱尔兰］唐珊南②/雁冰
33	《法国人之法国现代文学批评》	1920 年 8 月 25 日《东方杂志》第 17 卷第 16 号	冠生
34	《市虎》	1920 年 8 月 10 日《东方杂志》第 17 卷第 17 号	［爱尔兰］葛雷古夫人③/雁冰
35	《意大利第一文学家邓南遮》	1920 年 10 月 10 日《东方杂志》第 17 卷第 19 号	雁冰
36	《二十世纪法国文坛之新鬼》	1920 年 11 月 25 日《东方杂志》第 17 卷第 22 号	冠生
37	《近代英国文学概观》	1921 年 1 月 25 日《东方杂志》第 18 卷第 2 号	愈之
38	《戏剧上的表现主义运动》	1921 年 2 月 10 日《东方杂志》第 18 卷第 3 号	马鹿

---

① 现译为叶芝，爱尔兰戏剧家。
② 现译为邓萨尼，爱尔兰戏剧家。
③ 现译为格雷戈里夫人，爱尔兰戏剧家。

续表

序号	作品	发表时间、刊物或出版社	原著作者/译者
39	《近代法国文学概观》	1921 年 2 月 10 日《东方杂志》第 18 卷第 3 号	愈之
40	《梅德林克评传》	1921 年 2 月 25 日《东方杂志》第 18 卷第 4 号	孔常(茅盾)
41	《看了中西女塾的翠鸟①以后》	1921 年 6 月 10 日《民国日报·觉悟》第 12 卷第 6 号	茅盾
42	《同名异娶》	1921 年 3 月上海泰东图书局	[英]王尔德/王靖、孔襄我
43	《婀拉亭与巴罗米德》	1921 年 3 月 10 日《小说月报》第 12 号第 3 卷、1921 年 4 月 10 日第 12 号第 4 卷	[比]梅德林/伦叟
44	《沙乐美》	1921 年 3 月 15 日《少年中国》第 2 卷第 9 期	[英]王尔德/田汉
45	《近代德国文学概观》	1921 年 4 月 10 日《东方杂志》第 18 卷第 7 号	愈之
46	《表现主义的艺术》	1921 年 4 月 25 日《东方杂志》第 18 卷第 8 号	幼雄(茅盾)
47	《未来派跳舞》	1921 年 5 月 10 日《东方杂志》第 18 卷第 9 号	马鹿
48	《一个不重要的妇人》	1921 年 5 月 10 日《小说月报》第 12 号第 5 卷	[英]王尔德/耿式之
49	《王尔德评传》	1921 年 5 月 10 日《小说月报》第 12 号第 5 卷	沈泽民

---

① 即梅特林克的《翠鸟》。

序号	作品	发表时间、刊物或出版社	原著作者/译者
50	《德国的劳动诗与劳动剧》	1921 年 5 月 25 日《东方杂志》第 18 卷第 10 号	化鲁(愈之)
51	《梅德林的《青鸟》及其他》	1921 年 6 月 30 日《戏剧》第 1 卷第 2 号	腾若渠
52	《一个不重要的妇人》	1921 年 6 月 10 日《小说月报》第 12 号第 6 卷—1921 年 12 月 10 日第 12 卷第 12 号	[英]王尔德/耿式之
53	《未来派戏剧四种：换个丈夫罢》	1921 年 7 月 10 日《东方杂志》第 18 卷第 13 号	[意]马里内蒂/宋春舫
54	《未来派戏剧四种：月色》	1921 年 7 月 10 日《东方杂志》第 18 卷第 13 号	[意]马可·德西/宋春舫
55	《未来派戏剧四种：朝秦暮楚》	1921 年 7 月 10 日《东方杂志》第 18 卷第 13 号	[意]柯拉蒂尼/宋春舫
56	《未来派戏剧四种：只有一条狗》	1921 年 7 月 10 日《东方杂志》第 18 卷第 13 号	[意]康吉罗/宋春舫
57	《后期印象派与表现派》	1921 年 7 月 10 日《小说月报》第 12 号第 7 卷	[日]梅泽和轩/海镜
58	《近代德国文学的主潮》	1921 年 8 月 10 日《小说月报》第 12 号第 8 卷	[日]山岸光宣/海镜
59	《德国表现主义戏曲》	1921 年 8 月 10 日《小说月报》第 12 号第 8 卷	[日]山岸光宣/程裕青
60	《德国之表现派戏剧》	1921 年 8 月 25 日《东方杂志》第 18 卷第 16 号	宋春舫
61	《海青·赫佛(Hyacinth Halvey)》	1921 年 9 月 1 日《新青年》第 9 卷第 5 号	[爱尔兰]葛雷古夫人/沈雁冰

序号	作品	发表时间、刊物或出版社	原著作者/译者
62	《早已过去了(未来派剧本)》	1921 年 9 月 30 日《戏剧》第 1 卷第 5 期	[不详]Bruno Corra，Settimelli/宋春舫
63	《枪声(未来派剧本)》	1921 年 9 月 30 日《戏剧》第 1 卷第 5 期	未标注/宋春舫
64	《父之回家》	1921 年 10 月 1 日《少年中国》第 3 卷第 3 期	[日]菊池宽/方光焘
65	《梅德林克之死后生活观》	1921 年 10 月 25 日《东方杂志》第 18 卷第 20 号	冯飞
66	《现代意大利戏剧之特点》	1921 年 10 月 25 日《东方杂志》第 18 卷第 20 号	宋春舫
67	《恶魔诗人波陀雷尔的百年祭》	1921 年 11 月 1 日《少年中国》第 3 卷第 4 期、1921 年 12 月 1 日第 3 卷第 5 期	田汉
68	《法阑西战时之戏曲及今后的趋势》	1921 年 11 月 10 日《东方杂志》第 18 卷第 21 号	宋春舫
69	《美国的文学——现在与将来》	1921 年 11 月 25 日《东方杂志》第 18 卷第 22 号、1921 年 12 月 10 日第 18 卷第 23 号	王靖
70	《意国文学家邓南遮》	1921 年 12 月 10 日《小说月报》第 12 卷第 12 号	[日]村松正俊/海镜
71	《马兰公主》	1922 年 1 月 10 日《小说月报》第 13 号第 1 卷—1922 年 4 月 10 日第 13 号第 4 卷	[比]梅德林/徐炳昶、乔曾劬
72	《新德意志及其文艺》	1922 年 3 月 25 日《东方杂志》第 19 卷第 6 号	化鲁(愈之)
73	《一日里的一休和尚》	1922 年 4 月 10 日《小说月报》第 13 号第 4 卷	[日]武者小路实笃/周作人

续表

序号	作品	发表时间、刊物或出版社	原著作者/译者
74	《王尔德介绍》	1922 年 4 月 3 日—18 日《民国日报·觉悟》	张闻天、汪馥泉
75	《狱中记》	1922 年 4 月 20 日—5 月 14 日《民国日报·觉悟》	［英］王尔德/张闻天、汪馥泉
76	《法国诗之象征主义与自由诗》	1922 年 4 月 15 日《诗》第 1 卷第 4 号	刘延陵
77	《海之勇者》	1922 年 5 月 1 日《少年中国》第 3 卷第 11 期	［日］菊池宽/田汉
78	《马兰公主(附译后记)》	1922 年 1 月 10 日《小说月报》第 13 卷第 1 号—第 13 卷第 5 号	［比］梅德林/徐炳昶、乔曾劬
79	《霍甫德曼传》	1922 年 6 月 10 日《小说月报》第 13 卷第 6 号	希真(茅盾)
80	《霍甫德曼的自然主义作品》	1922 年 6 月 10 日《小说月报》第 13 卷第 6 号	希真(茅盾)
81	《霍甫德曼的象征主义作品》	1922 年 6 月 25 日《小说月报》第 13 卷第 6 号	希真(茅盾)
82	《史特林堡戏剧集》①	1922 年 6 月上海商务印书馆初版	［瑞典］史特林堡/张毓桂
83	《文艺上的新罗曼派》	1922 年 7 月 9 日《民国日报·觉悟》第 7 卷第 9 期、1922 年 7 月 10 日第 7 卷第 10 期	馥泉
84	《屋上的狂人》	1922 年 7 月 1 日《少年中国》第 3 卷第 12 期	［日］菊池宽/田汉

①　收录《弁言》《母亲的爱》《幽丽女士》《债主》。

续表

序号	作品	发表时间、刊物或出版社	原著作者/译者
85	《一个青年的梦》	1922 年 7 月上海商务印书馆初版	[日]武者小路实笃/鲁迅
86	《青年的座右铭》	1922 年 8 月 29 日《时事新报·学灯》	[英]王尔德/张闻天
87	《法兰西文学之新趋势》	1922 年 9 月 10 日《小说月报》第 13 卷第 9 号	[法]Georges Lechartier/济湙
88	《未来派文学之现势》	1922 年 10 月 10 日《小说月报》第 13 卷第 10 号	雁冰
89	《革命德意志之诗人及剧作家》	1922 年 10 月 25 日《东方杂志》第 19 卷第 20 号	瓗瓅
90	《狱门》	1922 年 11 月 1 日《民国日报·妇女评论》第 65 期	[爱尔兰]葛雷古①/雁冰
91	《史特林堡戏剧集》②	1922 年 11 月上海商务印书馆初版	[瑞典]史特林堡/张毓桂
92	《狱中记》③	1922 年 12 月上海商务印书馆初版	[英]王尔德/张闻天、汪馥泉
93	《沙乐美》④	1923 年 1 月上海中华书局初版	[英]王尔德/田汉
94	《从清晨到夜半》	1923 年 1 月 10 日《小说月报》第 14 卷第 1 号	[德]G. Kaiser/陈小航
95	《表现主义的小史》	1923 年 2 月 10 日《东方杂志》第 20 卷第 3 号	俞寄凡

① 现译为格雷戈里夫人，爱尔兰戏剧家。
② 收录《债主》《母亲的爱》《幽丽女士》。
③ 本书收录田汉的《致张闻天兄书》、张闻天和汪馥泉的《王尔德介绍》《狱中记·序》（罗勃托·洛士）、沈泽民翻译的《莱顿监狱的诗》《弁言》（译者）。
④ 收录郭沫若的《密桑索罗普之夜歌》（诗）和《沙乐美》。

续表

序号	作品	发表时间、刊物或出版社	原著作者/译者
96	《梅脱灵与〈青鸟〉——〈青鸟〉的译序》	1923 年 4 月 10 日《小说月报》第 14 卷第 4 号	傅东华
97	《青鸟》	1923 年 9 月上海泰东图书局初版	[比]梅脱灵克/王维克
98	《青鸟》	1923 年 10 月上海商务印书馆初版	[比]梅脱灵克/傅东华
99	《狗的跳舞》	1923 年 12 月上海商务印书馆初版	[俄]安特列夫/张闻天
100	《梅脱灵戏曲集》①	1923 年 12 月上海商务印书馆初版	[比]梅脱灵/汤澄波
101	《写实主义与浪漫主义》②	1923 年 12 月上海商务印书馆初版	雁冰等
102	《梅特林的戏剧（介绍）》	1924 年 1 月 6 日《创造周报》第 35 号、1924 年 1 月 13 日第 36 号	黄仲苏
103	《法国最近五十年来文学之趋势（介绍）》	1924 年 1 月 20 日《创造周报》第 37 号—1924 年 2 月 13 日第 39 号	黄仲苏
104	《现代世界文学者传略（二）梅脱灵》	1924 年 2 月 10 日《小说月报》第 15 卷第 2 号	沈雁冰、郑振铎
105	《琪珴康陶（译序）》	1924 年 3 月《少年中国》第 4 卷第 11 期	[意]唐怒道/张闻天

---

①　收录《闯入者》《群盲》《七公主》《丁泰琪之死》。
②　收录愈之的《近代文学上的写实主义》、昔尘的《现代文学上的新浪漫主义》、雁冰的《近代文学的反抗——爱尔兰的新文学》和冠生的《战后文学的新倾向——浪漫主义的复活》四篇文章。

序号	作品	发表时间、刊物或出版社	原著作者/译者
106	《夏芝思想的一斑》	1924 年 1 月 5 日北京《文学旬刊》	王统照
107	《少奶奶的扇子》	1924 年 1 月 25 日《东方杂志》第 21 卷第 2 号二十周年纪念号（下）—1924 年 3 月 10 日第 21 卷第 5 号	[英]王尔德/洪深
108	《夏芝的生平及其思想》	1924 年 1 月 25 日《东方杂志》第 21 卷第 2 号二十周年纪念号（下）	王统照
109	《加丝伦尼霍立亨》	1924 年 4 月 10 日《东方杂志》第 21 卷第 7 号	[爱尔兰]夏芝/芳信
110	《波特来耳研究》	1924 年 4 月《小说月报》第 15 卷号外法国文学研究	[德]史笃姆(Sturm)/闻天
111	《没有能力者》	1924 年 6 月 10 日《东方杂志》第 21 卷第 11 号	[日]武者小路实笃/仲云
112	《桃色女郎》	1924 年 6 月 10 日《小说月报》第 15 卷第 6 号	[日]武者小路实笃/樊仲云
113	《某画家与村长》	1924 年 7 月 10 日《小说月报》第 15 卷第 7 号	[日]武者小路实笃/陈碬
114	《某人的事》	1924 年 8 月 10 日《小说月报》第 15 卷第 8 号	[日]武者小路实笃/仲云
115	《论剧》	1924 年 10 月 10 日《东方杂志》第 21 卷第 19 号、1925 年 3 月 10 日第 22 卷第 5 号	黄仲苏
116	《琪珴康陶》	1924 年 10 月上海中华书局初版	[意]丹怒雪鸟/张闻天

续表

序号	作品	发表时间、刊物或出版社	原著作者/译者
117	《日本现代剧选》①	1924 年 12 月上海中华书局初版	[日]菊池宽/田汉
118	《苦闷的象征》	1924 年 12 月新潮社初版	[日]厨川白村/鲁迅
119	《莎乐美》	1924 年上海商务印书馆	[英]王尔德/桂裕、徐名冀
120	《伪君子》	1924 年六社初版	[法]莫里哀/朱维基
121	《武者小路实笃集》②	1925 年 3 月上海商务印书馆初版	[日]武者小路实笃/周作人、樊仲云
122	《文学者传略之一部：霍普德曼(1861—)传略 苏德曼(1857—)传略》	1925 年 1 月 10 日《小说月报》第 16 卷第 1 号	沈雁冰
123	《娜拉亭与巴罗米德》	1925 年 4 月上海商务印书馆初版	[比]梅脱灵/伦叟
124	《日出之前》	1925 年 4 月 10 日《小说月报》第 16 卷第 4 号—1925 年 12 月 10 日第 16 卷第 12 号	[德]赫卜德曼/耿济之
125	《倍那文德戏曲集》③	1925 年 5 月上海商务印书馆初版	[西]J. 倍那文德/沈德鸿 张闻天
126	《生存的时间》	1925 年 7 月 10 日《东方杂志》第 22 卷第 13 号	[奥]显尼志劳/杨袁昌英
127	《德国的表现主义剧》	1925 年 9 月 25 日《东方杂志》第 22 卷第 13 号	章克标

---

① 收录《父归》《屋上的狂人》《海之勇者》《温泉场小景》。
② 本书是一部小说戏剧合集，含周作人翻译的戏剧《一日里的一休和尚》和樊仲云翻译的戏剧《桃色女郎》。
③ 收录了沈雁冰翻译的《太子的旅行》、张闻天翻译的《热情之花》《伪善者》。

续表

序号	作品	发表时间、刊物或出版社	原著作者/译者
128	《妹妹》	1925 年 10 月上海中华书局初版	[日]武者小路实笃/周白棣
129	《威廉退尔》	1925 年 12 月上海中华书局初版	[德]许雷/马君武
130	《出了象牙之塔》	1925 年 12 月北京未名社初版	[日]厨川白村/鲁迅
131	《〈出了象牙之塔〉译本后记》	1925 年 12 月 14 日《语丝》第 57 期	鲁迅
132	《最后的假面孔》	1925 年 12 月 25 日《东方杂志》第 22 卷第 24 号	[奥]显尼志劳/杨袁昌英
133	《赖婚》	1926 年 1 月 3 版上海大东书局	[美]葛烈斯穆/周瘦鹃
134	《獭皮》	1926 年 2 月上海商务印书馆初版	[德]豪布陀曼/杨丙辰
135	《约翰·沁孤的戏曲集》①	1926 年 2 月上海商务印书馆初版	[爱]约翰·沁孤/郭鼎堂
136	《火焰》	1926 年 2 月上海商务印书馆初版	[德]豪布陀曼/杨丙辰
137	《茂娜凡娜》	1926 年 3 月 25 日《东方杂志》第 23 卷第 6 号	[比]梅特林克/徐蔚南
138	《茂娜凡娜附言（补白）》	1926 年 3 月 25 日《东方杂志》第 23 卷第 6 号	从予
139	《时间之神》	1926 年 4 月 25 日《东方杂志》第 23 卷第 8 号	[日]菊池宽/葛绥成

---

① 收录《悲哀之戴黛儿》《西域的健儿》《补锅匠的婚礼》《圣泉》《骑马下海的人》《谷中的暗影》。

续表

序号	作品	发表时间、刊物或出版社	原著作者/译者
140	《表现主义的文学批评论》	1926 年 4 月 25 日《东方杂志》第 23 卷第 8 号	[不详]斯滨加/华林一
141	《温德米尔夫人的扇子》	1926 年 6 月北京朴社初版	[英]王尔德/潘家洵
142	《爱欲》	1926 年 7 月 25 日《东方杂志》第 23 卷第 14 号—1926 年 9 月 10 日《东方杂志》第 23 卷第 17 号	[日]武者小路实笃/章克标
143	《恶魔的黄金》	1926 年 9 月 25 日《东方杂志》第 23 卷第 18 号	[不详]Currysarah Jefferis/钦榆、芳信
144	《近代名著百种述略：莎乐美》	1927 年 10 月 10 日《小说月报》第 18 卷第 10 号	[英]王尔德/徐调孚
145	《爱的遗言》	1927 年 3 月北京海音书局初版	[比]梅德林克/谷凤田
146	《印象主义的文学批评》	1928 年 1 月 25 日《东方杂志》第 25 卷第 2 号	华林一
147	《恋爱病患者》	1927 年 9 月上海北新书局初版	[日]菊池宽/刘大杰
148	《莎乐美》	1927 年光华书局	[英]王尔德/徐葆炎
149	《王尔德的唯美主义》	新月书店 1928 年版《文学的纪律》	梁实秋

关于"新浪漫派戏剧"，早在 1919 年，赵英若在《现代新浪漫派之戏曲》一文中就阐明了"新浪漫派"命名的由来。赵英若指出"新浪漫派戏剧"是对自然主义戏剧极端自然之"真"的反抗，新浪漫派作品"乃对于自然及人生上为一种探究之标的。亦不外超自然的、神秘的、不可抗的运命、异常的情绪的之一对象也"①。这些作品对于上述内容"无不含有不安以及阐

① 赵英若. 现代新浪漫派之戏曲[J]. 新中国，1919，1(5)：144.

明之色彩"，梅特林克的《青鸟》和王尔德的《莎乐美》是新浪漫派戏剧的代表。梅特林克是表象主义的代表，他的早期作品内容充满"死之不安与恐怖"，后期作品色调光明，在形式上，梅特林克的戏剧被称为"静剧"，"即避动的动作及事件。而更求为静稳之进行也"。赵英若称王尔德的戏剧《莎乐美》为"浪漫剧"，称这部剧作"以其瑰丽无比之文章而点缀之"，是19世纪后半叶最引人注目的戏剧。这是国内较早介绍"新浪漫派"戏剧的理论文章。

1920年田汉的《新罗曼主义及其他——复黄日葵兄一封长信》和昔尘（胡愈之）的《现代文学上底新浪漫主义》是"五四"初期较早对"新浪漫主义"进行专门研究的文章。田汉的《新罗曼主义及其他——复黄日葵兄一封长信》①一文对旧罗曼主义、新罗曼主义和自然主义进行对比，认为"新罗曼主义"是"以罗曼主义为母，自然主义为父所产生的宁馨儿"，新罗曼主义"便是想要从眼睛看得到的物的世界，去窥破眼睛看不到的灵的世界；由感觉所能接触的世界，去探知超感觉的世界的一种努力"，"新罗曼主义者所取由肉的世界窥破灵的世界，由刹那倾看出永劫，即'求真理'的手段"，而"求真理"的着眼的"不在天国，而在地上；不在梦乡，而在现实；不在空想界，而在理想界"。在田汉看来，新罗曼主义是"有所梦而梦的""醒梦"，也同样重情绪、重主观和直觉，"有梦幻的陶醉"，但他的梦乡"不与实世界相离，不与现世界相远"。在这封信中，田汉运用对比分析的手法，结合社会和文艺实践对"新浪漫主义"文学特征进行了深入论述，其中也可以从一个侧面看出田汉的新浪漫主义戏剧观。胡愈之的《现代文学上底新浪漫主义》②一文是一篇译述，文中对"新浪漫主义"与"旧浪漫主义"进行对比分析，指出旧浪漫思想"是完全架空的"，新浪漫思想是"根于现实感的理想境"，"含有现实感和科学的观察的分子"，"喜欢用神秘的色，象征的笔"，"要写那异常的性格，离奇的事件"，"用了从自然科学得来的精微的观察力，和强烈清新的主观力，在向来只当作丑的现实生活里，寻出诗的美的新领域"。文章借助易卜生一生的戏剧来对比分析现实主义—浪漫主义—新浪漫主义的变化，胡愈之认为易卜生最后的作品《上海夫人》《建筑师》和《我们从死复活时》"大约都有新浪漫派神秘的倾向"。文章还就莎士比亚和梅特林克的戏剧展开对比说明，胡愈之认为莎士比亚的剧本"对话的大部分，都是无韵诗，他的遣词造句，也

---

① 田汉. 新罗曼主义及其他——复黄日葵兄一封长信[J]. 少年中国，1920(12)：24-61.
② 东方杂志社. 写实主义与浪漫主义[M]. 上海：商务印书馆，1923：21-36.

偏于夸张的诗歌的，不但人物事件，异常而不自然"，而梅特林克的神秘剧的剧本"对话和人物，也都是叙情诗的，不自然的，可是总近乎日常所用的优美高尚的词句，看去觉得很是正常"。较之田汉的《新罗曼主义及其他——复黄日葵兄一封长信》一文，胡愈之这篇关于新浪漫主义的论述更立足于戏剧文体，以新旧浪漫主义戏剧的经典文本为例，就新浪漫主义戏剧的语言和艺术特征展开论述。

从上表梳理可见，茅盾在"新浪漫主义"戏剧理论提倡和译介方面的贡献最为突出，他自 1919 年就开始了对西方"新浪漫主义"戏剧思潮的介绍和作品的译介。早在 1919 年，茅盾就在《学生杂志》的第 6 卷第 7 期至第 12 期连载了一个长文《近代戏剧家传》，这篇文章系统介绍了 34 位戏剧家的生平创作和思想流派等情况，这 34 位戏剧家不分派别，既包括写实派，也包括唯美的戏剧、表象主义、心理派戏剧等，其中伊柏生、王尔德、萧伯纳、托尔斯泰四个戏剧家因其他人已有介绍就没包括在内，这是"五四"时期较早向国内系统介绍近代戏剧作家，其中包含了新浪漫主义的一些代表戏剧家如梅特林克、霍普德曼、斯特林堡和叶芝的介绍。茅盾的《近代文学的反流——爱尔兰的新文学》最初发表于 1920 年的《东方杂志》，后被收入《写实主义与浪漫主义》一书。这篇文章在对近代爱尔兰戏剧家夏脱(后译为叶芝)、葛雷古夫人(后译为格雷戈里夫人)和山音基(后译为辛格，又译为沁孤)的戏剧作品进行分析的基础上，认为爱尔兰新文学"合写实与浪漫为一"，是现代新兴"新浪漫主义"文学的"合流"。茅盾在 1920 年的《遗帽·译者附识》一文中也对西方"新浪漫主义"戏剧思潮进行简略梳理，他认为戏曲中的"表象主义之运动"盛于梅德林的剧本，在他之后，德国的哈德门(后译为霍普特曼)、霍夫曼柴(后译为霍夫曼斯塔尔)、英国的夷执(后译为叶芝)、葛雷古(后译为格雷戈里夫人)等都是"反抗自然主义者"，"故世称为新浪漫主义之运动"①。此外，茅盾1920—1922 年还先后撰写了《什么是表象主义(symbolism)?》(1920 年)、《表象主义的戏曲》(1920 年)、《我们现在可以提倡表象主义吗?》(1920 年)、《意大利第一文学家邓南遮》(1920 年)、《梅德林克评传》(1921 年)、《表现主义的艺术》(1921 年)、《霍甫德曼传》(1922 年)、《霍甫德曼的自然主义作品》(1922 年)、《未来派文学之现势》(1922 年)等专门研究"新浪漫主义"的理论研究文章，除了这些专门文章提倡之外，茅盾还

---

① 韦韬. 茅盾译文全集 第 6 卷 剧本 1 集[M]. 北京：知识产权出版社，2013：153.

在《小说新潮栏宣言》①、《为新文学研究者进一解》②等文章中大力提倡"新浪漫主义"作品的翻译，只是此时茅盾文章中的"新浪漫主义"概念内涵不尽相同。茅盾对于"新浪漫主义"戏剧的提倡不仅在理论上有见地，他还在 1920—1922 年先后翻译了 9 部新浪漫派的戏剧作品，包括格雷戈里夫人的《月方升》(1919 年)、《市虎》(1920 年)、《海青·赫佛》(1921 年)、《狱门》(1922 年)，梅特林克的《丁泰琪的死》(1919 年)、《室内》(1920 年)，叶芝的《沙漏》(1920 年)，斯特林堡的《情敌》(1920 年)和邓萨尼的《遗帽》(1920 年)，这些"新浪漫主义"戏剧都是较为经典的代表作品。

从新浪漫主义戏剧的各种潮流译介情况来看，表现主义、唯美主义、象征主义和未来主义的译介相对较为集中，唯美主义戏剧思潮以王尔德的戏剧译介为主，而未来主义的戏剧译介以宋春舫的译介为主，因下文要专门论述，此不赘述，在此仅就"表现主义"和"象征主义"两种戏剧思潮进行梳理。"表现主义"戏剧思潮发端于 20 世纪初，盛行于德国，德国的表现主义戏剧"多以革命性、反叛性的姿态出现……加上探索人的内心世界的手法新颖独特、让人耳目一新"③，代表作家有瑞典的斯特林堡、德国的凯泽、托勒、魏德金、美国的奥尼尔。马鹿的《戏剧上的表现主义运动》是最早介绍西方表现主义戏剧的文章，程裕青的译文《德国表现主义戏曲》(日本山岸光宣)④介绍了德国表现主义运动、表现主义戏剧兴盛的原因及戏剧代表作品，宋春舫的《德国之表现派戏剧》介绍了德国表现派戏剧并介绍了凯泽的《珊瑚》《从早晨到午夜》《煤气厂》等剧作，认为表现派戏剧是"呐喊的戏剧"，"表现派一方面承认世界万恶，一方面仍欲人类奋斗以芟除罪恶为目的"，表现派戏剧常表现"我"与"世界"相抗，"两种势力互相消长而终不能调和"。⑤ 与表现主义戏剧相关的研究论文还有蠢才的《新表现主义的艺术》、俞寄凡的《表现主义的小史》、章克标的《德国的表现主义剧》。从表现主义作品译介看，有鲁迅译的《一个青年的梦》([日]武者小路实笃)、张毓桂译的《史特林堡戏剧集》([瑞典]史特林堡)和陈小航译的《从清晨到夜半》([德]凯泽)等。

"象征主义"戏剧思潮产生于 19 世纪后期，强调直觉和幻想，象征主

①　茅盾. 小说新潮：小说新潮栏宣言[J]. 小说月报，1920，11(1)：1-5.

②　雁冰. 为新文学研究者进一解[J]. 改造，1920，3(1)：99-103.

③　黄爱华. 20 世纪中外戏剧比较论稿[M]. 杭州：浙江大学出版社，2006：186.

④　小说月报社. 小说月报丛刊 第 24 种 雾飚运动[M]. 上海：商务印书馆，1925：55.

⑤　宋春舫. 德国之表现派戏剧[J]. 东方杂志，1921，18(16)：50.

义戏剧"最重要的艺术特点是出现象征体，剧本的整体思想是通过象征体表现出来的，即必须是从整体意象出发的象征"①，代表作家有比利时的梅特林克、爱尔兰的约翰·沁孤、德国的霍普特曼、俄国的安特列夫等。"象征主义"在"五四"初期的译介中出现译名混乱，茅盾的《什么是表象主义（symbolism）?》《表象主义的戏曲》《我们现在可以提倡表象主义的文学吗?》和谢六逸的《文学上的表象主义是什么?》等文章都用了"表象主义"这一译名，而宋春舫在1920年的《近世浪漫派戏剧之沿革》一文中称梅特林克戏剧为"象征主义"②。茅盾的《表象主义的戏曲》一文详细分析了梅特林克的象征主义戏剧《青鸟》《死耗》《盲》《丁泰琪的死》，还提到了豪普特曼的《汉奈雷升天记》《沉钟》、苏德尔曼的《三根鹭鸶羽毛》、高尔斯华绥的《小梦想》、斯特林堡的《一出梦的戏剧》、叶芝的《滴漏》等象征主义戏剧作品。"五四"时期关于象征主义戏剧的译介多为单个作家和作品的译介，鲍国宝1918年的《梅特林克之人生观》是最早介绍梅特林克的文章，随后出现了陈嘏的《十九世纪末德国文坛代表者——滋德曼及郝卜特曼》、孔常（茅盾）的《梅德林克评传》、希真（茅盾）的《霍普特曼传》和《霍普特曼的自然主义作品》、傅东华的《梅脱灵与〈青鸟〉——〈青鸟〉的译序》、黄仲苏《梅特林的戏剧（介绍）》等文章。上述文章合力完成了"五四"剧坛"象征主义"戏剧的引入，也因此产生了带有"象征主义"倾向的戏剧作品，如田汉的《灵光》《梵峨璘与蔷薇》《南归》《古潭的声音》等。

二、《莎乐美》与"五四"初期唯美派戏剧发生

《莎乐美》③的唯美主义对于现代初创期的戏剧创作产生了很大影响，肖同庆认为"《莎乐美》是第一部从内容到形式产生了广泛的影响，并有实质性借鉴的戏剧作品"，并认为"中国早期戏剧存在一个鲜明的'莎乐美'的模式"。④《莎乐美》的"爱与美"的悲剧模式对早期话剧影响最大，尤其是创造社的作家，以田汉、白薇、陶晶孙为代表，此外，张闻天因翻译《狱中记》而深受王尔德唯美主义影响，也有唯美主义戏剧尝试之作《青春之梦》，下面我们先来梳理王尔德及《莎乐美》"五四"时期的译介情况。

---

① 黄爱华. 20世纪中外戏剧比较论稿[M]. 杭州：浙江大学出版社，2006：154.
② 宋春舫. 近世浪漫派戏剧之沿革[J]. 东方杂志，1920，17（4）：75.
③ "五四"初期的译名有的是"莎乐美"，有的是"沙乐美"，在行文中统一采用"莎乐美"，译文的标题统计仍然保持原貌，使用"沙乐美"。
④ 肖同庆. 世纪末思潮与中国现代文学[M]. 合肥：安徽教育出版社，2000：123.

　　"五四"时期作家最为关注的唯美主义戏剧家是王尔德，他的戏剧《意中人》《少奶奶的扇子》《一个不重要的妇人》《莎乐美》先后被翻译且出现不同的版本和译名，其中翻译最多的是社会剧《少奶奶的扇子》和《一个不重要的妇人》，影响最大的是唯美主义戏剧《莎乐美》。薛琪瑛翻译的王尔德戏剧《意中人》早在 1915 年《新青年》的第 1 卷第 2 号就开始连载。1918年，《新青年》第 5 卷第 6 号又连载了沈性仁翻译的王尔德戏剧《遗扇记》，潘家洵 1919 年把这篇戏剧译为《扇误》，1924 年，洪深又把这部剧作译为《少奶奶的扇子》。1920 年，陆思安和裘配岳翻译了王尔德的《萨洛姆》，这部剧作就是田汉后来翻译的《莎乐美》，1924 年，上海商务印书馆出版了桂裕、徐名冀合作翻译的《莎乐美》，1927 年光华书局又出版了徐葆炎翻译的《莎乐美》。1921 年，王尔德的另一个剧本《同名异娶》由孔襄我、王靖合作翻译，由上海泰东图书局出版，这部剧作同年由耿式之译为《一个不重要的妇人》。除了这些戏剧翻译之外，还有许多关于王尔德戏剧的研究论文，其中比较有代表性的是沈泽民的《王尔德评传》和张闻天、汪馥泉的《王尔德介绍》。沈泽民的《王尔德评传》（1921 年）详细介绍了王尔德的生平和艺术思想，认为"人生上艺术上，王尔德是一个个人主义者"。沈泽民肯定了王尔德作品在艺术方面的价值，认为"他那种华美的文采，丰富的想像是有不朽的价值的"，文章还对王尔德唯美戏剧代表作《莎乐美》进行了评价。1922 年，张闻天和汪馥泉合译了王尔德的《狱中记》，并共同撰写了《王尔德介绍——为介绍〈狱中记〉而作》一文，连载于 1922 年 4 月的《民国日报·觉悟》，后收入 1922 年商务印书馆出版的《狱中记》一书。文章对王尔德生平创作、人生态度、艺术观等进行了全面介绍，认为王尔德是"彻头彻尾的提倡艺术万能美至上主义的人"①。

　　《莎乐美》是王尔德 1893 年创作的一部独幕剧，是王尔德唯美主义的戏剧代表作，也是王尔德唯美主义思想的集中体现。故事取材于《圣经·新约》的《马太福音》和《马可福音》，戏剧讲述了莎乐美因爱而死的悲剧故事，犹太王希律·安谛巴娶了前王之妻希罗底并爱上了希罗底和前王之女莎乐美，希律开筵宴请罗马皇帝差的使者，叙利亚少年（近卫军的大尉）在宴会上也爱上莎乐美，宴会上的莎乐美却因听到先知约翰的声音而心生爱恋，想和约翰接吻遭到辱骂，大尉因失恋而自杀，希律请莎乐美跳舞并发誓满足他的要求，莎乐美要求用大银盘端着约翰的头满足自己亲吻约翰唇的欲望，希律满足了莎乐美的请求，以银盘端了约翰的头颅给

---

　　① ［英］王尔德. 狱中记［M］. 张闻天，汪馥泉，译. 上海：商务印书馆，1922：45.

她，莎乐美最终完成了自己的亲吻，被希律下令杀死。王尔德的《莎乐美》在“五四”时期出现了四个译本：1920 年陆思安和裘配岳翻译的《萨洛姆》、1921 年田汉翻译的《沙乐美》、1924 年桂裕、徐名冀翻译的《莎乐美》、1927 年徐葆炎翻译的《莎乐美》。此外，张闻天、汪馥泉的《王尔德介绍》和沈泽民的《王尔德评传》都对《莎乐美》进行了评价。张闻天、汪馥泉的《王尔德介绍》[①]一文还系统讨论了《莎乐美》及王尔德的唯美主义思想，从书后列出的参考书看，张闻天除了参考王尔德原著外，还参考了田汉的《莎乐美》和沈泽民的《王尔德评传》等书籍。张闻天认为王尔德是“为艺术而艺术”的代表，王尔德的人生态度有“反对科学”“自我崇拜”和“唯美主义”三个特色。张闻天指出“唯美主义（Aestheticism）”又称“耽美主义”或“美至上主义”，也就是“以美为绝对的主义”，王尔德的“美”是“非现实的、技巧的、人工的美”，“是灵肉互相混合的美”，在王尔德的作品中，爱与美是统一的。张闻天同时指出王尔德“以为艺术底目的是美底创造，人生底目的就是美底享受”。张闻天认为《莎乐美》“这篇戏剧是王尔德著作中描写人物最逼真的恋爱悲剧”，张闻天借德意志某批评家称这部戏剧的“主眼”是“爱而死，被爱而死”，都被王尔德“用华美的笔法表现出来了”，是“恋爱悲剧的妙品”。《莎乐美》与一般“恋是死，死是恋”的悲剧不同的是“这种恋是极其官能的、肉体的”，但《莎乐美》的“官能的”是“游离的”，“决不是像官能派那样直接和极端的”，“全篇都是穿了夸张的隐喻，奇怪的古代文字、古代俚谣底音律之衣的人工的东西”。沈泽民的《王尔德评传》[②]肯定了《莎乐美》“华美的文采”和“丰富的想象”，认为“《莎乐美》一剧是表现华美于恐怖之中的”，《莎乐美》的特色是“描写人物的逼真”，“词句的美丽仿佛罗倍尔的笔法。句法的简劲，明明是受了梅德林的影响”，“他是描写灵与肉的冲突的，而结果是肉的悲惨的命运”。

作为《莎乐美》的最早译者，田汉早期的戏剧创作深受王尔德唯美主义戏剧的影响。田汉（1898—1968），原名寿昌，湖南长沙人，1912 年考入长沙师范学校，1916 年赴日留学，考入东京高等师范学校。田汉自称“两年之间接触新剧艺的机会多了，渐知道去研究所谓‘戏剧文学’。归国省亲再返东京后就开始新剧之创作了（《在戏剧上我的过去、现在和未

① 李今. 汉译文学序跋集 第 3 卷 1922—1924[M]. 上海：上海人民出版社，2017：149.
② 沈泽民. 王尔德评传[J]. 小说月报，1921，12（5）：1.

来》)"①。1920 年经宗白华介绍，田汉与郭沫若认识并成为至交，三人的文艺通信集后结集出版为《三叶草》。1920 年 8 月，田汉创作了《歌女与琴师》(1920 年 8 月，后改名为《梵峨璘与蔷薇》)，自称"算成了我想做《少年中国》戏曲作者的处女作"②，之后田汉陆续创作了《灵光》(1920 年)、《咖啡店之一夜》(1922 年)、《获虎之夜》(1922 年)、《午饭之前》(1922 年)、《薜罗亚之鬼》(1922 年)、《乡愁》(1922 年)、《落花时节》(1922 年)、《黄花岗》(1925 年)、《苏州夜话》(1927 年)、《名优之死》(1927 年)、《江村小景》(1927 年)、《生之意志》(1927 年)、《湖上的悲剧》(1928 年)、《古潭的声音》(1928 年)等早期戏剧作品。田汉在戏剧创作之余还致力于外国戏剧译介，1921 年至 1922 年先后在《少年中国》发表翻译的戏剧《沙乐美》(1921 年，王尔德)、《海之勇者》(1922 年，菊池宽)、《屋上的狂人》(1922 年，菊池宽)、《罗密欧与朱丽叶》(1923 年，莎士比亚)等，出版戏剧翻译单行本有《哈孟雷特》(1922 年上海中华书局初版，莎士比亚)、《日本现代剧选》(1923 年上海中华书局初版，菊池宽)、《罗密欧与朱丽叶》(1924 年上海中华书局初版，莎士比亚)。

　　1921 年，田汉与郭沫若、成仿吾、郁达夫等留日学生在日本东京成立创造社，田汉是创造社作家中较早提倡"新罗曼主义"的作家，早在1920 年 2 月 29 日写给郭沫若的信中，田汉与郭沫若谈到自己的戏剧阅读、创作和主张。田汉在谈及自己搜集的近代脚本时，称此后的生涯"除热心做文艺批评家外，第一热心做 Dramatist"，并说自己"尝自署为 A Budding Ibsen in China"是"妄僭了"，称"现在腹稿中的脚本第一是《歌女与琴师》。这剧是一篇鼓吹 Democratic Art 的 Neo-Romantic 的剧曲"，其中提到的《歌女与琴师》就是后来发表在《少年中国》上的处女作《梵峨璘与蔷薇》，其中也透露出田汉戏剧的"新罗曼主义"创作倾向。田汉在这封长信中还谈到了自己对新浪漫主义戏剧的涉猎，他在谈及"中国研究 modern drama 的光景"时，批评宋春舫翻译的 Sudermann(苏德曼)的《推霞》剧的序言"非常武断，不类深能了解 Modern Spirit 之人"，并称自己读过苏德曼的两部戏剧原著脚本并看过苏德曼《故乡》(Heimat)的演出，田汉在信中也提到霍普特曼(Hauptmann)的戏剧《沉钟》在日本多次上演，大正七年(1918 年)九月，田汉观看了同时上演的《沉钟》和《神主之娘》(《故乡》)。田汉说自己看"Neo-Romantic 的剧曲从《沉钟》起"，认为"我们做艺术家

① 田汉. 田汉文集 第 1 卷[M]. 北京：中国戏剧出版社，1983：435.
② 田汉. 田汉文集 第 1 卷. 北京：中国戏剧出版社，1983：421.

的，一面应把人生的黑暗面暴露出来，排斥世间一切虚伪，立定人生的基本，一方面更当引人入于一种艺术的境界，使生活艺术化（Artification），即把人生美化（Beautify），使人家忘现实生活的苦痛而入于一种陶醉法悦浑然一致之境，才算能尽其能事"①。这一艺术主张已经带有了唯美主义的倾向，随后，田汉在信中说 Ludwig Lewisohn 的 *The Modern Drama* 一书"把近代戏剧的全般说明的透彻"，想翻译其中的"近代剧上的新罗曼主义的运动"一章，并说自己很幸福，Neo-Romantic Drama 不仅看了《沉钟》，还看了梅脱林的《青鸟》译本和演出，由此可见田汉对新浪漫主义戏剧观的喜爱和认同。

田汉在日本留学期间，正值日本唯美主义盛行。在《一个未完成的银色的梦——〈到民间去〉》中，田汉说喜欢看电影，"受过一些日本唯美派作家谷崎润一郎氏的影响"②，对王尔德的唯美主义代表作《莎乐美》最为推崇。1920 年，田汉翻译了《莎乐美》，发表在 1921 年 3 月 15 日《少年中国》第 2 卷第 9 期上，1928 年，田汉和南国社同仁一起把《莎乐美》搬上舞台。田汉的早期戏剧深受王尔德《莎乐美》中"爱与美"主题的影响，呈现出对爱的无限渴望和尽情宣泄。在《我们自己的判断》一文谈到《莎乐美》一剧的演出时，田汉说："叙利亚少年、莎乐美、约翰，这三个人，虽然一个爱莎乐美，一个爱约翰，一个爱上帝，但他们的精神是一样的，就是目无旁观，耳无旁听，以全生命求其所爱，殉其所爱！"这就是田汉所说的《莎乐美》剧中含着的"贵重的养料"，因此倡导人们"学着这种专一的大无畏的精神以追求你们所爱的吧"③。这种对于"殉其所爱"的精神在田汉早期剧作中多有体现。田汉的第一部《梵峨璘与蔷薇》中的琴师秦信芳与柳翠、《获虎之夜》中的黄大傻与莲姑、《湖上的悲剧》中的白薇与诗人、《古潭的声音》中的诗人与美瑛都是此类"目无旁观、耳无旁听"的爱恋。其中《古潭的声音》是田汉早期戏剧中唯美倾向较为明显的一部，这是一个独幕剧，戏剧人物只有诗人和老母二个人，剧中诗人的恋人美瑛没有出场，剧本以诗人大段的内心独白来展开。诗人与美瑛是一对恋人，诗人沉迷于艺术，认为"生命是短促的，艺术是不朽的"，美瑛原是一个沉迷于尘世的女孩，诗人引导她每日读书弹琴以艺术为伴，自认为把美瑛由尘世的诱惑中救出，"给一个肉的迷醉的人以灵魂的觉醒了"，但美瑛发现艺

---

①　田汉. 田汉全集 第 14 卷 文论［M］. 石家庄：花山文艺出版社，2000：136.

②　田汉. 影事追怀录［M］. 北京：中国电影出版社，1981：2.

③　田汉. 田汉作品选［M］. 湘潭：湘潭大学出版社，2009：551.

术也无法寄托她的灵魂，在"灵与肉"的冲突中她投入古潭，诗人痛恨万恶的古潭，也终身跳入古潭，在"灵与肉"的冲突中，诗人与美瑛用死来表达对"爱与美"的歌颂和追求。

创造社作家陶晶孙早期的戏剧创作也带有唯美倾向。较之小说创作，陶晶孙的戏剧相对较少，20 世纪 20 年代前期创作的《黑衣人》和《尼庵》受到西方"新浪漫主义"影响，带有唯美主义戏剧倾向。陶晶孙（1897—1952），江苏无锡人，在现代留日作家中，陶晶孙与日本文学的渊源最深，他在日本生活时间最长，1906 年随父亲去日本，小学、中学、大学都是在日本完成，精通日文和德文。大学就读于九州帝国大学，与郭沫若是同学，交往甚密，是创造社的发起人之一，并参与创办同人杂志 Green，1929 年回国，在上海东南医学院教书，1930 年加入"左联"，参与编辑《大众文艺》《学艺》杂志。1946 年去台湾，1950 年从台湾移居日本，1952 年病逝，期间作品死后结集为《给日本的遗书》。陶晶孙与戏剧的渊源最早可以追溯到 1922 年，作为创造社的发起人，陶晶孙在 1922 年《创造季刊》第 1 卷第 2 期上发表了戏剧《黑衣人》，接着又在 1923 年《创造季刊》第 1 卷第 4 期发表了《尼庵》，两部剧作后均收录于《音乐会小曲》中。这两个剧作带有早期陶晶孙小说创作的"新罗曼主义"倾向，是浪漫主义戏剧作品。这种"新罗曼主义"较多受日本文学影响，是创造社作家较为普遍的一种艺术追求，陶晶孙也自称是一个"一直到底写新罗曼主义作品者"①。陶晶孙这一时期创作的戏剧《黑衣人》和《尼庵》就带有这种典型的"新浪漫主义"特征。不过要注意的一点是，"五四"时期所使用的"新浪漫主义"这一术语"是象征主义、唯美主义以及表现主义等流派的通称"，"是西方资本主义的政治、经济、精神危机在文学上的反映，带有明显的消极、颓废的色彩（胡志毅《"五四"话剧与西方新浪漫主义》）"。②《黑衣人》和《尼庵》两部剧作都发生在家庭内部，主人公都对爱情失望，表现出生无可恋的颓废情绪，认为死亡是美好的，剧本充斥着死亡和压抑的气息，人物呈现病态，最终都是以主人公的死亡而告终，是陶晶孙现代主义戏剧的最初尝试。《黑衣人》讲述的是一位精神病患者"黑衣人"的病态心理和失控行为，是一个由内在心理而引发的悲剧。剧中的主要人物为 28 岁的"黑衣人"和 12 岁的弟弟 Tett，剧末还出现一个村人（只有一句台词

①　陶晶孙. 创造三年［A］. 牛骨集［M］. 上海：上海太平书局，1944：175.
②　中国戏剧出版社编辑部. 话剧文学研究 第 1 辑［M］. 北京：中国戏剧出版社，1987：129.

"少爷")。剧中的黑衣人是精神病患者，他的弟弟是一个天真幼稚的少年，他们居住在太湖畔的别墅中，黑衣人爱他的弟弟，从弟弟3岁时就教他弹琴，在他身上寄托了最美好的希望。他们坐在廊下藤椅上谈论关于死亡的话题，黑衣人忆起意中人香姐，香姐得肺病后父母另为黑衣人与一位美国回来的女子订婚，香姐郁郁而终。兄弟两个关上窗户，点燃洋灯，用"比牙琴"弹奏起肖邦的"葬礼进行曲"，他们想起了会唱歌的阿耶姑娘，他们回忆起之前的渡海求学。黑衣人担心自己死后弟弟无所依托，他把树叶声、风吹声、雷击声当成了湖贼，在狂乱中把弟弟打死，自己也随之自尽，与弟弟一起走向死亡，剧作展现的是一个精神病患者的内心世界。在黑衣人看来，死亡是美好的，可以把美好永存。《尼庵》表现的是一对亲生兄妹恋爱的悲剧，三十多岁的"兄"自小就爱上了小自己两岁的"妹"，"兄"和"妹"都留学国外，"妹"是美国留学归来的女博士，对爱情失望之后为躲避哥哥的追求，跑去尼庵做了尼姑妙慈，一直爱着一个幼尼妙因，并认为这种"爱情"比之前与哥哥和其他男人更"至深至醇"。"兄"偷了一身黑色的和尚衣服化身和尚静海潜入尼庵，想带妹妹离开，并称"你须知，性不是人生的全体，要爱才是人生的根本义，我们由纯洁的爱求个近于美，近于真，便是人生的目的"[1]。但妹妹不愿意和哥哥回到尘世，她认为"死是高贵华美的"，投湖自尽，妙因也和她一路投湖。全剧的基调压抑，与《黑衣人》一样充满着死亡的气息，两部剧作的主人公都认为"死是最高贵、最华美的"，充满着世纪末的颓丧情绪。

三、奥尼尔与洪深早期的戏剧创作

奥尼尔是美国著名戏剧家，被称为"美国现代戏剧之父"，早期作品有《加勒比斯之月》(1917年)、《天边外》(1918年)、《安娜·克利斯蒂》(1920年)、《琼斯皇》(1920年)、《毛猿》(1921年)、《榆树下的欲望》(1924年)。国内对奥尼尔的最早介绍可以追溯到茅盾1922年的《美国文坛近状》一文，这是《东方杂志》的一则"海外文坛消息"。茅盾在文中介绍到美国戏剧时说："剧本方面，新作家 Eugene O'Neill 着实受人欢迎，算得是美国戏剧界的第一人才。"[2]这应该是 Eugene O'Neill 的名字首次被介绍，不过没有中文的译名。1924年8月12日，胡逸云在《世界日报周刊之六》上发表了《介绍奥尼尔及其著作》。1924年，余上沅在美国写了《今

①　陶晶孙. 尼庵[J]. 创造季刊，1923，1(4)：100.
②　沈雁冰. 一二四 美国文坛近状[J]. 小说月报，1922，13(5)：124.

日之美国编剧家阿尼尔》一文，文章介绍了《天边外》《琼斯皇》等剧作，并说"有了惠特曼，美国才真正有了诗；有了阿尼尔，美国才真正有了戏剧"①。奥尼尔的《琼斯皇》在"五四"时期最受关注，对"五四"戏剧影响最大，尤其是对洪深戏剧创作的影响。

洪深（1894—1955），江苏武进人，现代剧作家，在戏剧的编、导、演三个方面都堪称中国现代戏剧的先驱，他的戏剧创作深受美国戏剧之父奥尼尔影响，可以用英文创作戏剧，在戏剧翻译、戏剧理论和戏剧批评方面都成就突出。洪深宣称"我要做个易卜生。我要以戏剧为武器来揭露和鞭挞旧的社会"②。洪深1906年离开家乡武进到上海徐汇公学和南洋公学接受新式教育，上海徐汇公学和南洋公学是外国人兴办的教会学校，思想较为开放，风行学生演剧，"1907年3月，为徐汇水灾募款，两校假上海李公祠联合公演古装新戏《冬青引》三天，看戏后，洪深对戏剧产生了浓厚的兴趣"③。1912年，洪深考入北京清华学校实科读书，开始编剧工作。据洪深后来自己回忆，"凡是学校里演戏，除了是特别团体如某年级的级会不容外人参加的以外，差不多每次有我的份；我又很是高兴编剧，在清华四年，校中所演的戏，十有八九，出于我手……"（《戏剧的人生》）④。1914年6月，洪深为丙辰级改译并组织演出英国名剧《侠盗罗宾汉》，洪深饰剧中主角罗宾汉，这是洪深对西方戏剧的初次改译和演出。

1916年，洪深获得公费留学美国的机会，在美国俄亥俄州立大学学烧磁工程，因部分功课在清华学校已经学过，洪深"便将这空出的钟点，选读许多文科的功课，如文字学、经济学、戏剧、小说之类"，并把哥伦布市三个图书馆"所有关于戏剧的书籍，都借来读了"（《戏剧的人生》）。⑤除了阅读戏剧书籍，看戏还是洪深业余的爱好，洪深回忆自己在美国读书时，"喜欢看戏，钱又不多，每月要花一二十元美金，是个很大的负担"⑥。正是留学期间大量的戏剧书籍阅读和自小养成的爱看戏的习惯，为洪深之后的戏剧创作、翻译和研究工作奠定了基础。跟鲁迅等现代作家一样，洪深最终选择转向文学，对于这段经历，阳翰笙回忆说是洪深有感

① 余上沅. 今日之美国编剧家阿尼尔[A]. 戏剧论集[M]. 上海：北新书局，1927：51-56.
② 阳翰笙，等. 洪深——回忆洪深专辑[M]. 北京：中国文史出版社，1991：7.
③ 陈美英. 洪深年谱[M]. 北京：文化艺术出版社，1993：2.
④ 洪深. 洪深文集1[M]. 北京：中国戏剧出版社，1957：474-475.
⑤ 洪深. 洪深文集1[M]. 北京：中国戏剧出版社，1957：478.
⑥ 古今，杨春忠. 洪深年谱长编[M]. 北京：中国戏剧出版社，2009：27.

于国内的时局混乱和人民苦难，毅然放弃"实业救国"而"改学戏剧"。1918 年，洪深根据中国小说《一缕麻》改编成三幕英文剧《为之有宝》(*The Wedded Husband*)和反映欧战火线后情形的剧作《回去》(*The Return*)，两部剧作都发表在 1921 年《诗知识》春季号上，洪深也凭借这两部剧作考取哈佛大学，师从著名戏剧大师贝克(George Pierce Baker)教授学习戏剧理论和创作，获硕士学位，成为中国到海外专攻戏剧的"破天荒第一人"①。洪深与王文显是师徒关系，据唐建光记载，"未踏进清华以前，曾听人那样说过：所有中国留美的学生中，只有三位当过 Prof. Baker 的门徒，而三位又都是 Baker 的得意门生。可惜三位中有一位的名字已记不得，此外二位，其一是当代电影制作及戏剧家洪深氏，另一即本校外国语文系主任王文显先生"(人物记·王文显)。② 此处所说的 Baker 教授是美国耶鲁大学的戏剧大师贝克，足见二人的戏剧成就以及与西方戏剧的渊源之深。在哈佛大学学习时，"洪深还在坎雷(S. S. Curry)博士所办'波士顿表演学校'学习发音、表演和跳舞，在考柏荣剧院附设'戏院学校'学习表演、导演、舞台技术和剧场经营管理"③。1920 年 7 月，洪深用英文写成的中国戏曲方面的研究论文《中国的舞台》(美国《戏剧艺术》1920 年 7 月号)获得美国学者的赏识。1920 年夏，在哈佛大学课程将要结束之际，为了展览学习成绩，洪深和同学排演了一出戏剧，在一个剧场演出，洪深在剧中扮演一个厨子。后来回忆起这个戏剧演出时，洪深说有张报纸称赞他"不是容易被美国最好的喜剧表演者所能超胜的"，这说明他深受美国观众的喜爱，洪深还回忆演出当晚一个做过两年职业演员的二十多岁少女告诉他"你好极了，我不能不等候着你，亲自告诉你，我是怎样的喜欢你的表演"④。

在现代剧作家中，洪深和王文显一样可以用英文创作剧本，洪深的英文剧发表在英文期刊上，由中国留学生在美国各地演出，然后由中国留学生在其他国家演出。除英文剧创作外，洪深还进行外国戏剧的翻译和批评，因涉及作品和文章较多，特与洪深的英文剧创作一并列表统计如下。

---

① 陈美英. 洪深年谱[M]. 北京：文化艺术出版社，1993：11.
② 唐建光. 毕业生——百年清华的中国年轮[M]. 北京：五洲传播出版社，2011：72.
③ 陈美英. 洪深年谱[M]. 北京：文化艺术出版社，1993：12.
④ 洪深. 洪深文集 1[M]. 北京：中国戏剧出版社，1957：487.

表 2-4　洪深外文创作及翻译统计表①

序号	作品名称	发表时间、刊物或出版社	原著作者	类型
1	《欧美名剧》	1915 年 6 月 25 日《小说月报》第 6 卷第 6 号	洪深	论文
2	《林业要义》	1915 年 10 月 13 日《清华周刊》第 50 期	不详	译文
3	《为之有宝》(The Wedded Husband)	创作于 1918 年，载于 1921 年《诗知识》春季号上	洪深	英文剧
4	《回去》(The Return)	创作于 1918 年，载于 1921 年《诗知识》春季号上	洪深	英文剧
5	《虹》(Rainbow)	创作于 1919 年	洪深	英文剧
6	《牛郎织女》	1920 年美国《戏剧》月刊	洪深	英文剧
7	《木兰从军》	1921 年 3 月，与张彭春共同创作	洪深	英文剧
8	《少奶奶的扇子》(《温德米尔夫人的扇子》)	1924 年 1 月至 2 月《东方杂志》第 21 卷第 2 到 5 号	[英]王尔德	改译剧
9	《黑蝙蝠》(即《蝙蝠侠》)	1925 年改译，未发表，已佚失	不详	改译剧
10	《第二梦》	1925 年 5 月 10 日、25 日、6 月 10 日《东方杂志》第 22 卷第 9、10、11 号	[英]巴蕾(J. M. Barrie)	改译剧
11	《有声电影之前途》(《关于有声电影的宣言》)	1929 年 12 月 5 日出版的《电影月报》第 8 期"有声电影的专号"	[苏] 爱森斯坦、普多夫金、亚力山大洛夫	译文

① 本表统计主要根据陈美英编著的《洪深年谱》(文化艺术出版社 1993 年版)、古今和杨春忠编著的《洪深年谱长编》(中国戏剧出版社 2009 年版)、陈美英《洪深著述年表》(见全国政协文史和学习委员会编著的《回忆洪深》，中国文史出版社 2015 年版)以及其他一些史料综合整理而成，把其中与外国文学相关的文学评论等一并统计。

续表

序号	作品名称	发表时间、刊物或出版社	原著作者	类型
12	《独幕剧作法》	1929 年 4 月 16 日、19 日上海《时事新报》《戏剧运动》周刊第 21、22 期	不详	译文
13	《托尔斯太写维肖伯纳的一封信》（据英文译）	1929 年 5 月 29 日上海《民国日报》《戏剧》周刊第 2 期	不详	译文
14	《优伶及其表演》	1929 年 9 月 15 日《电影月报》第 12、22 期合刊	肖伯纳	译文
15	《煤气》	1930 年 3 月 26 日上海《民国日报》	［德］乔治·凯撒（George Kaiser）	译剧
16	《世界戏剧史》（第一章）	1930 年 5 月《南国月刊》第 2 卷第 2 期	洪深	论文
17	《欧尼尔与洪深》	作为《洪深戏曲集》代序，1933 年，现代书局	洪深	戏剧
18	《琼斯皇》（顾仲彝合译）	1934 年 3 月《文学》第 2 卷第 2 期	［美］奥尼尔	译剧
19	《奥尼尔年谱》	1934 年 3 月《文学》第 2 卷第 3 期	洪深	论文
20	《刘易士年谱》	1934 年 3 月《文学》第 2 卷第 3 期	洪深	论文
21	《希腊的悲剧》	1934 年 7 月《文学季刊》第 3 期	洪深	论文
22	《威尼斯商人》（第六幕）①	1935 年 1 月《文学》第 4 卷第 1 期	［美］Louis Untermeyer	译剧

从上述梳理可以发现，洪深在美国留学期间先后创作了反帝反封建的

---

① 又名《晒罗克成为耶稣教徒以后》。

三幕英文剧《虹》、独幕英文剧《牛郎织女》、多幕剧《木兰从军》(与张彭春共同创作)。《木兰从军》是 1921 年为救赈华北水灾创作，洪深亲自担任导演和剧中角色，该剧在纽约演出。《木兰从军》首次向美国人展示中国传统戏曲，深受美国观众喜爱。洪深后来回忆起这部剧作的演出时说："英文剧《木兰从军》在美国的成功，是使后来梅兰芳君的不用英文的中国旧戏的表演，在美国有被人欢迎的可能。"(《匆匆十年》)[①]赵清阁也认为《木兰从军》"首先使美国人对中国古代题材的戏剧有了初步的了解，从而产生兴趣，使梅兰芳后来到美国演出京剧，能够受到美国观众的欣赏。这在中美戏剧的交流史上，揭开了第一页，是值得一记的洪老之功"(《大胆文章拼命酒——忆念洪深同志》)[②]。

　　除了英文戏剧创作之外，洪深还致力于外国戏剧的改译、翻译和评介工作。洪深一共改译了四部外国剧作：王尔德(Oscar Wilde)的《少奶奶的扇子》、巴蕾(James Matthew Barrie)的《第二梦》、Hubert Henry Davie 的《寄生草》和《黑蝙蝠》(作者不详)，其中《黑蝙蝠》已佚。1923 年，洪深把英国剧作家王尔德的戏剧《温德米尔夫人的扇子》改译为《少奶奶的扇子》，毕树棠对这部译作的评价颇高，他说"是剧前已有沈性仁与潘家洵译过，而舞台上之成功则自洪始。其特色在能将一西方名剧摄其神貌，一变而为一完全适合中国观众之新剧。当时轰动南北，争相排演，其成功可想"(《二十年来清华文坛屑谈》)[③]。另外三部剧作也在不停地被排演，足见洪深对西方戏剧改译的成功。洪深一共翻译了五部戏剧：德国乔治·凯撒(George Kaiser)的戏剧《煤气》、美国奥尼尔的《琼斯皇》(与顾仲彝合译)、美国 Lrwin Shaw 的《把死人埋葬掉》、苏联 Valentine Katayer 的《改圆成方》和美国萨洛扬的《人生一世》。除了翻译和改译剧本，洪深还翻译了《独幕剧作法》《优伶及其表演》等戏剧论文，撰写了《世界戏剧史》(第一章)、《希腊的悲剧》、《欧美名剧》、《奥尼尔年谱》等外国戏剧研究论文。洪深 1915 年撰写的《欧美名剧》一文是现代时期最早向国人介绍易卜生的戏剧《娜拉》等世界名剧的文章。

　　洪深的戏剧创作深受美国戏剧之父奥尼尔的影响，奥尼尔的戏剧以反映现实社会而著称，《琼斯皇》是表现主义戏剧的代表作。洪深和奥尼尔同为哈佛大学戏剧教授贝克的学生，二人授业有先后，"洪深在纽约进行

①　古今，杨春忠. 洪深年谱长编[M]. 北京：中国戏剧出版社，2009：38.
②　赵清阁. 长相忆[M]. 上海：学林出版社，1999：206.
③　郑小惠，陈越. 清华映像 1911—1948[M]. 北京：清华大学出版社，2013：213.

戏剧实践时，适逢奥尼尔的表现主义名剧《琼斯皇》在百老汇的公主剧院上演（1921—1923）"，① 洪深后来还专门撰写了戏剧《欧尼尔与洪深——一度想象的对话》（1933 年）和《奥尼尔年谱》（1934 年）。在戏剧《欧尼尔与洪深——一度想象的对话》中，剧中人物"洪深"告诉剧中人物"欧尼尔"，"你在一九一七年离开哈佛，我在一九一九年才进哈佛，我和你是相隔二年的先后同学，都是培克教授的弟子"，"你写的戏我当然是要拜读的。你用最新的科学知识，来解释最老的人事纠纷，实在恰当极了，令我十分钦佩"②，洪深借助这个"一度想象的对话"表达了自己对奥尼尔戏剧的推崇，其中的人物"欧尼尔"可以说就是剧作家奥尼尔。

洪深的剧作《赵阎王》（1923 年 1 月 10 日、1 月 25 日《东方杂志》第 20 卷第 1 号、第 2 号）明显借鉴了奥尼尔的《琼斯皇》，由此也引发了 1929 年到 1933 年关于《赵阎王》是"创作"还是"改译"的争论。张嘉铸在《沃尼尔》一文中认为"洪深先生的《赵阎王》，我们认为是沃尼尔的 Emperor Jones 的改本"③，袁昌英也分别撰写了《庄士皇帝与赵阎王》（1932 年）④和《为庄士皇帝与赵阎王答彦祥先生》（1933 年）⑤两篇文章，对这两个剧本进行对比评价。在《为庄士皇帝与赵阎王答彦祥先生》一文中，袁昌英指出写剧本最难有两件事，"一是剧情的创造与组织，二是人物的创造与描写"，而《赵阎王》"头一部分工作是阿尼尔代洪先生做的，洪先生所尽的力只是第二部分"，所以袁昌英称"编译"，袁昌英也指出"这编译的办法并不是可菲薄的一件事。世间许多伟大作品都是这样来的"。⑥ 对于这一问题，洪深在 1933 年创作的独幕剧《欧尼尔与洪深——一度想象的对话》中作了回应。这个戏剧人物只有两个："欧尼尔"和"洪深"，洪深借剧中人物对戏剧创作中的"模仿"问题展开讨论，借人物"奥尼尔"之口说"借来使用（这样创作的最多最普通）只要他能将他自己要说的话，用戏剧的方法表达清楚，利用别人的现成故事情节，一个创作的戏剧作者向来是有这个权利的"⑦。随后，剧中的"奥尼尔"列举了王尔德的《温德米尔夫人的扇子》对法国的 Well Made Play 的"借用"、易卜生的《傀儡家庭》中冒签

① 李万钧. 中国古今戏剧史 下卷[M]. 广州：广东高等教育出版社，1997：211.
② 孙青纹. 中国当代文学研究资料 洪深研究专集[M]. 杭州：浙江文艺出版社，1986：198.
③ 张嘉铸. 沃尼尔[J]. 新月，1929，1(11)：51-127.
④ 刊载于 1932 年《独立评论》第 27 期。
⑤ 刊载于 1933 年 1 月 11 日《旁观》旬刊第 8 期。
⑥ 袁昌英. 山居散墨[M]. 石家庄：河北教育出版社，1994：159.
⑦ 孙青纹. 洪深研究专集[M]. 杭州：浙江文艺出版社，1986：201.

支票被恶人索诈的情节对欧洲流行闹剧的"借用"、莫里哀的《悭吝人》对拉丁悲剧《一罐金》(*Aulularia*)的"借用",并指出"莎士比亚的作品,几乎没有一出不是利用别人的故事情节",由此可见洪深对于戏剧"借用"的认同。

《赵阎王》对《琼斯皇》的"借用"首先在人物设置上,两部剧作都没有女角,对于这一点,洪深称"我对于男子扮演女子,是感到十二分的厌恶的……但是,我又想演戏,结果,只好自己去写一出那完全不需要女角的戏了。《赵阎王》题材决定之后,我决意借用奥尼尔写《琼斯王》的方式,这也是主要原因之一,因为这样,戏中就可以不用女角了"(《戏剧协社片断》)①。其次,从剧情来看,《赵阎王》与《琼斯皇》剧中主人公经历也极其相似,赵大怀揣不义之财逃入森林、琼斯靠无耻手段上位被人民围捕逃入原始森林,对于剧情的借鉴,洪深在《〈中国新文学大系·戏剧集〉导言》中自称"洪深的《赵阎王》,第一幕颇有精彩——尤其是字句的凝练,对话非常有力。第二幕以后,他借用了欧尼尔的《琼斯皇》中的背景与事实——如在林子中转圈,神经错乱而见幻境,众人击鼓追赶等——除了题材本身的意义外,别的无甚可观"②。洪深此处所言的"借用"其实涵盖情节和心理描写这一表现主义手法,《琼斯皇》的表现主义主要体现在奥尼尔借助幻象、内心独白等把人物心理外化,八场戏剧有六场是虚幻的,从第二场到第七场都是对琼斯皇心理和幻觉的刻画:第二场森林里的恐惧心理—第三场杀死黑人泽夫的幻觉—第四场杀死白人看守的幻觉—第五场在奴隶市场被卖经历的回忆—第六场在奴隶船上的幻觉—第七场在故乡被巫师献给鳄鱼的幻觉。洪深的《赵阎王》借鉴了《琼斯皇》中幻觉和回忆等表现主义手法,第二幕到第八幕也是虚幻的:第二幕赵大在黑夜森林中看见营长满身是血的幻觉—第三幕在黑夜森林中见之前活埋的伤兵来索命的幻觉—第四幕被此前打死的二狗子引诱堕落的幻觉—第五幕被之前烧死的村民鬼魂索命的幻觉—第六幕被抓受审的幻觉—第七幕回忆死去的父母和青梅竹马的小金子的幻觉—第八幕义和团杀洋人的幻觉—最终发疯的赵阎王眼前穷神乱舞。此外,《赵阎王》还借鉴了《琼斯皇》中的"鼓声"来加强主人公内心的紧张心理。但我们要看到《赵阎王》虽然在剧情和表现手法等方面借鉴了《琼斯皇》,但《赵阎王》的剧情和剧中的赵大是本土化的,在

---

① 中国话剧运动五十年史料集编辑委员会. 中国话剧运动五十年史料集 第一辑[M]. 北京:中国戏剧出版社,1958:110.

② 蔡元培,等.《中国新文学大系》导言集[M]. 贵阳:贵州教育出版社,2014:309.

《庄土皇帝与赵阎王》一文中，袁昌英虽然批评洪深的“赵大是庄土的儿子”，但也称赞《赵阎王》“最大成功是赵大这个人物的创造”，认为洪深“竟能超出群众心理，创造一个虽是不无许多败德，然也有许多可恕的地方的赵大，使我们了解这班八爷们也是我们人里面一分子的事实”。①

四、宋春舫的未来派戏剧译介与创作

在“五四”时期的未来派戏剧译介和创作方面，宋春舫是最具代表性的剧作家。宋春舫（1892—1938），浙江吴兴（湖州）人，1910 年进入上海圣约翰大学读书，1912 年去瑞士日内瓦大学读政治经济学，获硕士学位，其间游历法、德、意、美等国，对戏剧产生了浓厚兴趣。1916 年回国，受聘北京大学，为文科学生讲授欧洲戏剧课程，1919 年开始在《新潮》《东方杂志》《戏剧》等刊物发表外国戏剧评论文章。著有《宋春舫论剧第一集》②（1923 年中华书局）、《一个喷嚏》（小说，1935 年四社）、《宋春舫论剧第二集》③（1936 年生活书店）、《五里雾中》（剧本，1936 年生活书店）、《宋春舫论剧第三集·凯撒大帝登台》④（1937 年商务印书馆）、《宋春舫戏曲集》⑤（1937 年商务印书馆）等，其中影响最大的是《宋春舫论剧第一集》。

“五四”时期未来派戏剧的翻译和创作者主要是宋春舫。在宋春舫之前，1914 年，章锡琛的《风靡世界之未来主义》一文在《东方杂志》第 11 卷第 2 期发表，文章首先指出“何为未来主义”，对英、法、美、俄、日等国家的未来主义进行介绍，指出意大利诗人马里内蒂是未来派的创始

---

① 袁昌英. 山居散墨[M]. 石家庄：河北教育出版社，1994：155.
② 收录《剧场新运动》、《戈登格雷的傀儡剧场》、《来因赫特》、《“爱美的戏剧”与“平民剧社”》、《小戏院的意义由来及现状》、《法兰西战时之戏剧及今后之趋势》、《德国之表现派戏剧》（附德国表现派剧本《人类》）、《现代意大利戏剧之特点》、《未来派剧本》、《戏曲上“德模克拉西”之倾向》、《近世浪漫派戏剧之沿革》、《我为什么要介绍腊皮虚》、《世界新剧谭》、《改良中国戏剧》、《中国新剧剧本之商榷》、《改良中国戏剧》共 16 篇戏剧论文，书末附有“世界名剧谭”和“新欧剧本三十六种”两篇附录，多为宋春舫 1916 年回国后在各报刊上发表的文章。
③ 收录《从剧本方面推测到戏剧未来的趋势》《象征主义》《大战以前的法国戏曲》《战后法国戏剧的复兴》《看了俄国舞队以后连想到中国的武戏》《梅特林克之作品》《一年来国剧之革新运动》《两性问题的剧本》《在赵光场登场以后》《汉译欧美剧本的统计》《中国戏剧社》，书后附有三篇译作。
④ 收录《凯撒大帝登台》《从莎士比亚说到梅兰芳》《戏剧的对白》《一七七三年至一八九三年》《戏剧家王尔德》《大战时欧洲各国戏曲概况》《比利时的戏曲》《表现派的末日欤》《观众成份的变迁》《话剧的将来》《吾不小觑平剧》《〈五里雾中〉之经过》《〈原来是梦〉序》。
⑤ 收录宋春舫创作的戏剧《一幅喜神》《五里雾里》和《原来是梦》。

人，这是国内未来主义思潮的最早介绍。未来主义戏剧的真正介绍应该是
1921 年宋春舫的《未来派戏剧四种》，这篇文章发表在《东方杂志》第 18
卷第 13 期，文章译介了《月色》（马里内蒂）、《换个丈夫罢》（马可·德
西）、《朝秦暮楚》（柯拉蒂尼）和《只有一条狗》（康吉罗）四个戏剧，后面
还附了一段研究文字。1921 年，宋春舫翻译的另外两个未来派剧本《早已
过去了》（*Bruno Corra Settimelli*）和《枪声》在《戏剧》第 1 卷第 5 期上发表。

　　宋春舫的《未来派剧本》一文收录在《宋春舫论剧第一集》中，这篇文
章除了收录《月色》《换个丈夫罢》《朝秦暮楚》和《只有一条狗》四个译剧以
外，还收录了《捉奸》（未标注原著）、《你看"死"那么样的固执》
（*L'ostinazinoe della Morte*）、《早已过去了》（未标注原著）、《枪声》（文中未
标注原著，为 F. Cangiullo 所著）。这篇文章在内容上涵盖了之前在杂志
上发表的《未来派戏剧四种》一文。在这篇文章中，宋春舫结合具体的未
来派戏剧作品，详细列举了未来派戏曲的四个特点："第一，未来派的戏
曲，完全是一种'没理由'的滑稽剧"，"全世界无非是一个大游戏场罢
了"；第二，未来派的戏曲"都是单幕短剧，有时短得简直不成样子"，因
为"未来派的人，是崇拜'速力'的"，是"反对现时通行的戏曲"的多幕、
多人物及"风马牛不相及"剧情的反抗；第三，未来派的戏曲，"同神秘派
是没有丝毫关系的"，"未来派是毫无宗教观念的，他所注意的是'现在'，
是'看得见的'"，未来派的字典中"是没有'鬼神'两个字"；第四，未来
派的戏曲"是完全意大利的一种出产品"。① 我们可以通过宋春舫翻译的
《只有一条狗》和《枪声》两剧来看一下上述特色。

只有一条狗②

[意大利] F. Cangiullo

　　登场人物
　　一条街，黑夜，冷极了，一个人也没有。
　　一条狗慢慢跑过了这条街。　　　　幕下

枪声③

　　登场人物　　　一粒子弹

①　宋春舫. 宋春舫论剧第一集 [M]. 上海：中华书局，1923：206-208.
②　宋春舫. 宋春舫论剧第一集 [M]. 上海：中华书局，1923：205.
③　宋春舫. 宋春舫论剧第一集 [M]. 上海：中华书局，1923：220.

布　　景　　黑夜，冷极了，路上一个人也没有，静悄悄的歇了一分钟，忽然手枪砰的一声响！……幕就此落下来了。

上述两个剧本极其简短，只能说仅仅是一个舞台说明而已，"登场人物"极其简单，甚至可以说没有人物，更不用说传统戏剧的情节了，但正是在这种极其简单中体现出了未来派戏剧对传统戏剧进行反抗的"标新立异"，追求"速力"，打破常规，创造"合成戏剧"的特点，两部戏剧想要达到的效果是"在极其有限的时间容量里，通过简单的台词，急速的动作，把众多的感觉、观念和事实经纬交织，融为一体"①，这就是未来派戏剧的追求。

宋春舫除了翻译和介绍未来派戏剧理论之外，还在《未来派剧本》一文的末尾附录了自己创作的一篇未来派剧本《盲肠炎》，署名为"宋春舫原著"，剧本末尾标注是"一九二一年九月北京"，可以看出此篇未来派戏剧习作创作时间之早。《盲肠炎》是一个四幕剧，每一幕都很短，尤其是第二、三和四幕。第一幕"医士家里"，病人来看医士，医士说他可能得了盲肠炎，病人以为"性命可不保了"，医士说"只要开一次刀就完事"并建议他去某有名的外科医士那里。第二幕"荒野"，病人在去找外科医士路上遇到强盗，被强盗在小肚子上戳了一刀。第三幕"医院"，外科医士发现强盗把病人的盲肠割断了。第四幕"法庭"，法官判决强盗因"行医却没有得到警厅的许可"被罚"六个月的监牢"。这是一个带有荒诞色彩的滑稽剧，因为强盗的歪打正着而造成了意想不到的滑稽效果，荒诞意味十足，节奏短促，人物无名无姓，只是一个身份代称，故事情节极其简单，带有未来派戏剧的特色。

第四节　现代幽默喜剧的发生

中国现代"喜剧"脱胎于西方戏剧，王文显、丁西林和杨绛被称为"中国现代幽默喜剧三座丰碑"。王文显和丁西林是现代幽默喜剧的奠基人。王文显是中国现代风俗喜剧的宗师，是现代少有的能用英文撰写话剧的作家，他对中国现代话剧的贡献主要在西方教学和研究方面。丁西林的喜剧

---

①　孙席珍. 外国文学论集［M］. 福州：福建人民出版社，1984：188.

创作带有鲜明的英法"世态喜剧"特色，在题材选择上将目光聚焦于知识分子和普通小市民的日常生活上，较多关注家庭伦理和世态人情，喜剧语言承袭英法风俗喜剧的风格，幽默、俏皮，人物的一言一行都透出一种机智、简洁、风趣中不乏讽刺，会心一笑之余发人深思。较之丁西林和王文显，在风俗喜剧创作中，杨绛可谓后学，她抗战时期的风俗喜剧《称心如意》和《弄真成假》将戏剧人物由知识分子群体转向市民阶层，由此拓展了风俗喜剧的创作空间。著名戏剧评论家李健吾认为："假如中国有喜剧，真的风俗喜剧，从现代生活提炼的道地喜剧，我不想夸张地说，但我坚持地说，在现代中国的文学里面，第一道纪程碑属诸丁西林，人所共知；第二道我将欢欢喜喜地指出，乃是《弄真成假》的作者杨绛女士。"①

一、丁西林："作风极像英国的 A. A. Milne"

对于丁西林的喜剧创作，洪深在《〈中国新文学大系·戏剧集〉导言》中认为他的《压迫》"下笔恰到好处，作风极像英国的 A. A. Milne。他的写实的轻松的压迫，可算那时期的创作喜剧中的唯一杰作"②。丁西林是现代戏剧史上唯一专写喜剧的作家，先后创作独幕剧 8 部，分别为《一只马蜂》、《亲爱的丈夫》、《酒后》(据凌叔华同名小说改编)、《压迫》、《瞎了一只眼》、《北京的空气》、《三块钱国币》、《干杯》；多幕剧 4 部，分别为《等太太回来的时候》《妙峰山》《孟丽君》《智取生辰纲》；古典歌舞剧 2 部，分别为《雷峰塔》《胡玉莲与田玉川》；舞剧 2 部，分别为《牛郎织女》《老鼠过街》，此外，还翻译外国戏剧 5 部。丁西林出生于江苏泰兴黄桥镇一个地主家庭，其父开明，重视子女教育，丁西林自幼成绩优异，于1914 年赴英国伯明翰大学留学，攻读物理学和数学，后又在伦敦大学工作。留学期间，丁西林接触大量的英文小说和戏剧作品及演出，外国戏剧对其后来的戏剧创作产生了极其重要的影响，尤其是以萧伯纳为代表的英国世态剧在很大程度上直接影响到丁西林的创作态度和风格，因此丁西林也常称自己早年的话剧创作"外国味都很浓，似乎可以当作一种广义的翻译看"(《丁西林谈独幕剧及其他》)③，由此足见西方的戏剧创作对丁西林戏剧创作的影响。王瑶也认为丁西林的独幕剧是"有较高的水准的"，他"能把握住喜剧的情调，以极经济的手法和精粹的对话，写出亲切而轻松

---

①　夏墨. 最贤的妻，最才的女：杨绛传[M]. 北京：民主与建设出版社，2014：135.

②　孙庆升. 丁西林研究资料[M]. 北京：知识产权出版社，2010：144.

③　上海社会科学院文学研究所. 中国作家自述[M]. 上海：上海教育出版社，1998：296.

的场面。下笔恰到好处，'趣味'是含蓄而非刺激的，完全是英国幽默风的手法。没有过分的夸张，因而效果也有一点余味，不只一笑了之"①。

与中国古典戏曲不同，现代戏剧是舶来品，其中喜剧更多的得益于西方文学。丁西林1914年至1919年留学英国，开始大量接触英国文艺作品，他接触外国文艺作品起初只是想借此提高英文水平，他称自己因是中国学生，"外文基础较差，因此出国后语言方面很感吃力，为了提高英语阅读和会话的水平，他读了大量的文艺作品"（吴启文《丁西林谈独幕剧及其他》）②。后来在谈及自己是如何走上戏剧创作道路的时候，丁西林也说"早年我在上海读书，学的是物理，后来就到了英国去留学。业余时间看英文小说、戏剧。开始看小说不大看得懂，看戏剧比较容易懂。所以我就是从看英文剧本开始对戏剧发生兴趣的。回国后，因几个搞科学的朋友编一种综合性的杂志，也想登点剧本。他们知道我喜欢戏剧。就怂恿我写，写了几个就出了名。我就这样走上了戏剧创作道路"（廖震龙《愉快的谈心》）③。据此推断，丁西林在留学英国期间确实接触了大量的英国戏剧，这些戏剧无疑对其创作产生了潜移默化的影响，这种影响更多是一种总体性的影响。正如剑啸的《中国的话剧》一文所说，"有人说，他象萧伯纳，有人说，他象王尔德。依我看来，都不能算确论，其实他的故事的取材及剧情的结构很象莫尔纳（Moinor），至于结构对白的灵巧及幽默的丰富却很有巴雷（Barrie）的风味"④。且不论剑啸的这段评论是否能算是"确论"，至少说明一点，丁西林的喜剧受到的英国戏剧影响是多方面的，其中尤以英国喜剧影响最大。

英国喜剧主要指的是"世态喜剧"，有时候也称之为"机智喜剧"。在《丁西林的喜剧》一文中，陈瘦竹对这种"世态喜剧"有一个分析，他指出"这种喜剧描写'上流社会'的人情世态，揭露其中虚伪腐败、荒谬可笑之处，语言聪明俏皮，富于机智，情节结构曲折而多变化"⑤。在英国"世态喜剧"中，"机智"和"幽默"是此类喜剧成功的最主要元素，其中最具"机智"和"幽默"特征的是萧伯纳和王尔德的戏剧。王尔德（Oscar Wilde，1854—1900），英国著名的诗人、戏剧家，王尔德的"世态喜剧"主要有

① 王瑶．王瑶全集 第3卷 中国新文学史稿 上［M］．石家庄：河北教育出版社，2000：174.
② 孙庆升．丁西林研究资料［M］．北京：知识产权出版社，2010：18.
③ 孙庆升．丁西林研究资料［M］．北京：知识产权出版社，2010：41.
④ 孙庆升．丁西林研究资料［M］．北京：中国戏剧出版社，1986：135.
⑤ 朱栋霖，周安华．陈瘦竹戏剧论集 下［M］．南京：江苏教育出版社，1999：1569.

《少奶奶的扇子》《理想丈夫》《认真的重要性》和《无足轻重的女人》，这四部喜剧可以说是王尔德式机智与幽默的最完美体现，机智的对白、微妙的嘲讽、机智的反论和诡辩，喜剧意味深长。

袁牧之认为丁西林戏剧的"俏皮语句和两性关系的哲学，很有点象王尔德的唯美派，同样地作者戏中的布景，都圈在漂亮的客厅里，作者戏剧中的人物都咬着烟斗埋在舒适的沙发内"（《中国剧作家及其作品》）①。而丁西林本人对于王尔德的"机智"并不完全赞同，认为"有一种讲话本身就是俏皮的……有时被作家巧妙地安排在喜剧中，使得剧本生色不少，但也有的把这些俏皮话随便用在这个或那个人物身上，我感到英国的王尔德就有这样的毛病"。由此可见丁西林并不完全认同王尔德喜剧中"俏皮话"的运用，两个人喜剧中的"机智幽默"有别，丁西林认为机智可以来自第三种，"语言本身是一句平常话，但放在某种场合，某种情况下由某某人的嘴说出来，就变得俏皮幽默了"（《戏剧语言与日常讲话有别》）②。我们可以来看看《一只马蜂》中的吉先生关于"找老婆"的一段对白，这段对白可谓幽默机智、不失风趣而又意味隽永。老太太抱怨吉先生总不把结婚当一件正经事，吉先生说"不把它当一件正经事看！因为我把它看得太正经了，所以到今天还没有结婚。要是我把它当做配眼镜一样，那么你的孙子，已经进中学了"。此处把"找老婆"和"配眼镜"放在一起谈论，引出关于"人生态度"的谈论，可谓妙趣横生。此外，王尔德喜剧中"机智"手法的运用也成功体现在丁西林的喜剧中，《压迫》中男女房客为了租房"假扮夫妻"，《一只马蜂》中余小姐为了婉拒老太太说媒，谎称要写信咨询父母，《三块钱国币》中大学生杨长雄为替李嫂出气将另一只花瓶砸碎，这种机智巧妙解决矛盾而产生的幽默风趣正是王尔德喜剧之妙。

较之王尔德戏剧的"俏皮话"，丁西林更欣赏萧伯纳的"俏皮话"，在他看来，"另有一种俏皮话则更加优美更加聪明，这显然是经过剧作家的加工或是创作，而且往往用得很适当，萧伯纳就是这样"③。丁西林留学之时正是英国著名喜剧大师萧伯纳（George Bernard Shaw，1856—1950）声名鹊起之时。萧伯纳于1925年获诺贝尔文学奖，被称为"20世纪的莫里哀"，是一位戏剧天才，是20世纪20年代英国戏剧界的领袖人物。丁西林认为萧伯纳的话剧"充满了社会意识、进步思想、聪明幽默的妙语警

---

① 孙庆升. 丁西林研究资料[M]. 北京：中国戏剧出版社，1986：142.
② 孙庆升. 丁西林研究资料[M]. 北京：中国戏剧出版社，1986：79.
③ 孙庆升. 丁西林研究资料[M]. 北京：中国戏剧出版社，1986：79.

句"①，丁西林晚年还翻译了萧伯纳的《一代天骄——拿破仑》并专门做了
"译批"和"译批后记"，从这一点来看也足见丁西林对萧伯纳戏剧的推崇。
萧伯纳的戏剧语言独树一帜，他对于世态喜剧的最大贡献在于"言词的机
智"和"辩论"技巧，他习惯于为自己的戏剧集撰写"前言"，对自己的戏剧
进行简介，"尽情显示他的叙事风格、辩论技巧"和"嬉笑怒骂的能力"，
有时候"前言甚至优于戏剧本身"。② 萧伯纳戏剧语言的"机智"和"辩论"
因素在丁西林剧作中也有体现，如《三块钱国币》中杨长雄与吴太太关于
"谁可以打破花瓶"的对话中，杨长雄就充分发挥了他的"辩论"才能，有
一种"狡辩"色彩又不失幽默，让人听后忍俊不禁，同样《压迫》中男客和
房东关于房子"租不租"和"退不退"的对话也是如此。丁西林剧中人物的
对话中的"辩论"可以说是充分汲取了萧伯纳戏剧的"辩论"特色，幽默机
智，意味深长。丁西林喜剧的效果还来自"反话谎话"，这种"反话谎话"
表面上与常理相悖，但实质上说的是"真话"，这一点和萧伯纳戏剧类似。
萧伯纳曾说"我最大的谐谑，就是说真话"(陈瘦竹《丁西林的喜剧》)③，
《一只马蜂》就是通过吉先生和余小姐的一系列"反话谎话"来道出二者之
间的真情，言行与心口之间的不一以及不明就里的吉老太太，由此所产生
的谐谑就是本剧的喜剧效果之所在。

　　除了王尔德和萧伯纳喜剧之外，巴里对丁西林喜剧的影响也很大。巴
里(James Matthew Barrie，1860—1937)是英国著名的小说家、戏剧家，活
跃于19世纪末20世纪初的英国文坛，巴里在独幕剧创作方面造诣极高，
这对丁西林的影响很大，丁西林在晚年还翻译并译批了巴里的独幕话剧
《十二磅钱的神情》，由此可见丁西林对于巴里喜剧的认同。巴里对丁西
林的影响主要体现在人物、剧情结构和心理描写方面，丁西林抗战时期的
话剧《妙峰山》在情节结构和人物设置上明显受到巴里戏剧《潘彼得》的影
响，《潘彼得》讲述的是在一个叫"永无乡"的海岛，一个机智勇敢的小男
孩——潘彼得带领同伴历经艰难，最终化险为夷，并赢得聪明、勇敢的女
主角温迪的爱恋，最终定居"永无乡"。《妙峰山》的剧情与此类似，"永无
乡"换成了"妙峰山"，潘彼得换成了"土匪首领"王老虎，温迪换成了华
华，剧本讲述了"土匪首领"王老虎在被国民党军抓捕后大智大勇，反败
为胜，最终在积极抗战的"女中豪杰"华华的主动追求下收获爱情，两剧

---

① 丁西林. 丁西林剧作全集 下[M]. 北京：中国戏剧出版社，1985：493.
② [爱尔兰]萧伯纳. 圣女贞德[M]. 胡仁源，李丽霞，译. 北京：北京理工大学出版社，
2015：1.
③ 孙庆升. 丁西林研究资料[M]. 北京：中国戏剧出版社，1986：168.

的情节如出一辙。其次，丁西林受到巴里的影响还体现在人物心理描写方面。在翻译巴里的《十二磅钱的神情》时，丁西林在眉批中指出"客观描写剧中人的心理，是本剧作者的一种独特作风"①。金东雷也认为"巴利杰作的特长是在心理描写的细腻，他能够以戏剧的技巧把男女老幼各个时期的心理或特殊的怪癖清楚地表现在舞台之上，使观众感觉他那种动情的和滑稽的艺术真是出类拔萃而不可一世的功夫"②。他的《七位女客》最具典型性，剧本讲述了陶维宴请雷达莱舰长时说请了七位女客，其实只请了一位，这便使舰长闹了许多笑话，剧本细腻刻画了舰长的心理变化，剧作也通过人物心理来推动剧情的发展。同样，我们在丁西林的《一只马蜂》中也能找到这种心理的刻画，如吉先生想打听老太太帮余小姐做媒情况时的心理变化：

　　　　吉先生：（坐到小椅上，取了一块牛奶糖，慢慢去其外皮，随便的问）你的媒做得怎么样，问了她没有？
　　　　老太太：问过了。
　　　　吉先生：她怎么样讲？（将糖送至嘴边）
　　　　老太太：她很愿意。
　　　　吉先生：（将糖由嘴边拿回）她很愿意？她说很愿意吗？她怎样说？
　　　　老太太：她没有说什么。
　　　　…………
　　　　老太太：她还要写一份信回去，问问她的父母，要等……
　　　　吉先生：问问她的父母！（解悟）喔！（把一块糖投入口中）③

　　这一段对话通过吉先生"吃糖"这一外在动作去刻画吉先生的心理变化，人物内心活动通过这一动作完美呈现在观众面前。

　　此外，丁西林的喜剧创作还受到梅瑞狄斯（George Meredith，1828—1909）的影响，在《喜剧的观念及喜剧精神的效用》一文中，梅瑞狄斯认为"真正喜剧的考验则在于它能否引起有深意的笑"④，梅瑞狄斯称之为"thoughtful laughter"，这种有"有深意的笑"是一种通过思想或理智引发的

　　①　丁西林. 丁西林剧作全集 下[M]. 北京：中国戏剧出版社，1985：316.
　　②　金东雷. 英国文学史纲[M]. 长春：吉林出版集团有限责任公司，2010：488.
　　③　丁西林. 丁西林剧作全集 上[M]. 北京：中国戏剧出版社，1985：15-16.
　　④　伍蠡甫，等. 西方文论选 下卷[M]. 上海：上海译文出版社，1988：77.

笑，"讽刺的笑是一种冷箭或者当头棒。喜剧的笑是不带个人意气的，而且极端有礼貌，几乎是一种微笑；往往止于一种微笑。它是通过心灵而笑的，因为心灵在指挥它；我们称之为心灵的诙谐"①。丁西林非常认同梅瑞狄斯的这一主张，认为"闹剧是一种感性的感受，喜剧是一种理性的感受；感性的感受可以不假思索，理性的感受必须经过思考，根据观众各人自己的生活经验，通过演员的表演，而和剧作家发生共鸣。闹剧只要有声有色，而喜剧必须有味；喜剧和闹剧都使人发笑；但闹剧的笑是哄堂、捧腹，喜剧的笑是会心的微笑"（《孟丽君》前言）②。此处"会心的微笑"和梅瑞狄斯的"thoughtful laughter"可谓异曲同工，其中的"理性"追求是一致的。

从上述探讨中我们发现，丁西林喜剧受到英国"世态喜剧"的影响，带有明显的"英式"色彩，这种色彩不单是哪一个作家的影响，有的时候是一种整体的效应。《压迫》中的女客为了租房主动提出要和一位连姓名都不知的男性假扮夫妻：

　　女客：你还是没有出那口气。——唉，我倒有个主意。
　　男客：你有甚么主意？
　　女客：（少顿）让我来做你的太太，好不好？

女客的大胆主动在"五四"时期的戏剧作品中是少有的，"这带着调皮的爽快与大胆就是西洋味儿"③。这种"西洋味儿"也同样表现在丁西林剧作的男性形象塑造上，他们与萧伯纳、王尔德、巴里等创作的英国戏剧中的男性一样"儒雅"，带有"英国绅士风度"，谈吐优雅，衣着考究。《压迫》中的男客就是其中较有代表性的一个，我们来看一段男客与租房女客的对话：

　　男客：（袋里摸出纸烟盒）你不抽烟吧？
　　女客：我不抽烟，不过我并不反对旁人抽烟。
　　男客：谢谢你。（放回烟盒，收了烟斗，背转了身，燃火抽烟）
　　女客：（摸自己的脚）喔，天呀！你看我的这双脚，还象是人的

---

① 伍蠡甫，等. 西方文论选 下卷[M]. 上海：上海译文出版社，1988：76.
② 孙庆升. 丁西林研究资料[M]. 北京：知识产权出版社，2010：52.
③ 李万钧. 中国古今戏剧史[M]. 广州：广东高等教育出版社，1997：228.

脚吗？……

男客：（急转过身来）怎么样？

女客：不仅是水，连泥都走进去了！

男客：（殷勤起来）那真糟。要不要换袜子？如果要换袜子，我可以走到外边去。

女客：谢谢你，我不要换袜子，就是换袜子，也用不着把你赶到外边去。①

　　男、女房客彬彬有理的对话极具典型的"英国绅士风度"，此外，《三块钱国币》中的大学生杨长雄、《妙峰山》中的"土匪首领"王老虎、《酒后》中的丈夫都带有这种典型的绅士风度。

　　丁西林早期在喜剧创作之余，还翻译了奥地利施尼茨勒的《买圣诞礼物》②，从早期的翻译作品可以看出，奥地利戏剧家施尼茨勒（Arthur Schnitzler，1862—1931）对他的戏剧创作也有较大影响。施尼茨勒一生创作了大量的戏剧和小说，代表剧作有《安娜托儿》（组剧）、《儿戏恋爱》、《绿鹦鹉》、《轮舞》，独幕剧《买圣诞礼物》是组剧《安娜托儿》系列剧中的一篇，丁西林1924年翻译，是丁西林最早翻译的戏剧作品，也是他早期唯一翻译的戏剧作品，此后一直到1955年翻译伊立克·派司和威廉·白兰德合著的《罗森堡夫妇》，中间时间跨度三十多年，这一点足以说明丁西林对《买圣诞礼物》的钟爱，这部剧作是一部独幕剧，我们可以对比分析一下《买圣诞礼物》与丁西林几乎同期创作的《一只马蜂》，进而探究施尼茨勒对丁西林戏剧的影响。我们可以首先从剧情、人物以及结尾方式等来看二者的联系。《买圣诞礼物》讲述的是男主人公安那托尔和女主人公葛勃丽的爱情故事。圣诞前夕，两个人在大街上相遇，安那托尔准备为女朋友买圣诞礼物，葛勃丽就陪他挑礼物替她拿东西，葛勃丽乘机打听安那托尔女朋友的情况，原来葛勃丽一直暗恋着安那托尔，当得知安那托尔和女朋友关系亲密时，葛勃丽含蓄地表露了自己的心思，这是一段较为含蓄的爱情故事。丁西林的《一只马蜂》讲述的也是一段含蓄的爱情故事，男主人公吉先生有情于女主人公余小姐，而又苦于不能直接告白，只好装病入院，由余小姐来照顾。吉老太太喜欢余小姐，极力撮合她与表侄儿成

①　丁西林. 丁西林剧作全集　上［M］. 北京：中国戏剧出版社，1985：70.

②　原载1924年3月《太平洋》第4卷第5号，见：丁西林. 丁西林剧作全集　下［M］. 北京：中国戏剧出版社，1985：1.（下卷说明）

亲,殊不知儿子早对余小姐心生暧昧,余小姐也情系吉先生。通过两篇剧作的情节比较我们发现,两部剧作"异曲同工",二者皆为独幕剧,讲述的都是三个人之间"阴差阳错"的爱情故事,其中"第三人"没有出场,《买圣诞礼物》中是安那托尔的女朋友没有出场,《一只马蜂》中是吉老太太的表侄儿没有出场,但二者虽未出场,却对推动剧情有很大作用。剧情的差别在于《买圣诞礼物》是女主人公爱恋男主人公,而《一只马蜂》是男女主人公彼此中意,碍于男主人公母亲吉老太太而"羞于"言明。其次,从结尾处理来看,两部剧作都在结尾处煞住,《买圣诞礼物》的结尾是"安那托尔:喔,葛太太!",《一只马蜂》的结尾是"余小姐:喔,一只马蜂!",结尾的处理方式意味深长,给读者留足了想象的空间。

二、王文显:中国现代风俗喜剧的宗师

王文显是中国现代风俗喜剧的宗师,是现代少有的能用英文撰写话剧的作家,在西方戏剧研究和教学方面都有突出贡献。早年留学英国,1928年毕业后回国任教,是清华大学元老级的人物、清华大学西洋文学系第一任系主任,主持制定西洋文学系最早的"学程大纲及学科说明"。1927年,王文显前往美国耶鲁大学,师从戏剧大师贝克教授学编剧。1929年,王文显受聘担任清华大学外国语文研究所教授。1937年,王文显到上海圣约翰大学任教,教授英文和英国文学及西洋戏剧,1948年去香港,后定居美国,任密西根大学教授等职。①

论及王文显与外国文学的渊源,首先是他对西方戏剧的研究和教学工作。作为清华西洋文学系的教授,王文显为中国现代文学界培养了洪深、李健吾、曹禺、杨绛、张骏祥等现代戏剧人才。据王文显的学生、戏剧家李健吾回忆,"王文显先生是我在清华大学外国语文系念书时的老师……王文显先生有两门课:一门是戏剧,一门是莎士比亚。这是三年级和四年级的学生才能上的课"②。据张骏祥回忆,"文显先生在清华外文系,最初只开了两门课,一门是'外国戏剧',主要是讲的欧美戏剧史和西洋戏剧理论,还有一门是'莎士比亚'。直到一九三三年,才增设了一门'近代戏剧',当然只是讲的西方易卜生以后的戏剧"③。后来王文显在上海圣约翰大学任教期间,教授的课程仍然是英文、英国文学和西洋戏剧。

---

① 周文业,胡康健,周广业,陶中源. 清华名师风采 增补卷 上[M]. 郑州:中州古籍出版社,2016:312.
② 李维永. 李健吾文集 散文卷[M]. 太原:北岳文艺出版社,2016:461.
③ 张骏祥.《王文显剧作选》序[J]. 新文学史料,1983(4):226.

　　王文显的戏剧创作西方戏剧色彩浓厚，尤其是用英文写成的戏剧《委曲求全》和《梦里京华》。之所以如此，一来是因为这些戏剧的观众是英美人，二来是因为王文显师承贝克教授学习戏剧。对于这种西化特色，张骏祥和朱光潜等学者都有具体的论述。在《〈王文显剧作选〉序》一文中，张骏祥认为《委曲求全》（*She Stoops to Compromise*）的名字从英国 18 世纪哥尔德史密斯（Goldsmith）的著名喜剧《委曲求成》（*She Stoops to Conquer*）而来，只是"巧妙地改了一个字而成"，从技巧上来说，张骏祥认为可以上溯到17、18 世纪英国王政复辟时代的"世态喜剧"，从情节上而言，张骏祥认为《梦里京华》"集欧洲情节剧（melodrama）的招数之大成"，从戏剧台词而言，张骏祥认为"这两部戏的台词的俏皮、幽默，以及矫情的议论，更是道地的英国舞台语言"①。在《读〈委曲求全〉》（原载 1935 年 2 月 10 日《大公报》文艺副刊第 138 期）一文中，朱光潜认为《委曲求全》的人物都是"福斯特（E. M. Forster）所说的"平滑性格"（flat character）"②，人物类型化，是"一个模子"托出来的，他也认为"《委曲求全》的幽默似乎与英美人的幽默比较接近"，"对话俏皮直爽"，有时令人想到"谢里丹和王尔德"，但朱光潜认为"《委曲求全》是一种康健的调剂"，没有"萧伯纳式的教训"，戏剧所呈现的是王文显"冷静的客观的态度"，"不向任何人表示同情或嫌恶，不宣传任何道德的或政治的主张"，朱光潜也指出了此剧中的"幽默"是"西方的观众所惯于欣赏的"。③

　　王文显还是现代作家中极少能用英文写作剧本的，他的戏剧多是首先在美国公演并获得巨大成功，这当然得益于他早年求学英国，后留学耶鲁大学的经历。1927 年，王文显的英文剧《北京政变》在美国演出成功，当时的《纽约时报》刊出了他的导师、戏剧大师贝克教授对此剧的评价，贝克教授认为"《北京政变》努力表现中国人民的生动的风俗人情，可能尽一份力克服西方人士的误解"，贝克教授此处所说的"误解"指的是西方人在文学和舞台上所表现的"自我、邪恶、古怪"的"中国人"形象。④ 贝克教授的这段评价是对王文显《北京政变》海外传播功能的定位，也凸显了王文显戏剧《北京政变》的特色。王文显的多幕剧《委曲求全》和《梦里京华》也都是创作与首演于美国耶鲁大学剧院，由他的导师贝克教授导演，两部

①　张骏祥.《王文显剧作选》序[J]. 新文学史料，1983(4)：227.
②　朱光潜. 无言之美[M]. 南京：江苏文艺出版社，2010：206.
③　朱光潜. 无言之美[M]. 南京：江苏文艺出版社，2010：206-207.
④　周文业，胡康健，周广业，陶中源. 清华名师风采（增补卷）上[M]. 郑州：中州古籍出版社，2016：314.

剧作虽然用英文写成，但讲述的都是中国故事。两部戏剧的中文版都是由他的学生、现代戏剧家李健吾翻译。三幕喜剧《委曲求全》(*She Stoops to Compromise*)中文版 1932 年由人文书店出版，1935 年在北平首演，该剧是对封建军阀统治下中国教育界的黑暗现实的揭露。《梦里京华》原名 *Peking Politics*(《北京政变》)，是对袁世凯称帝前后丑态的揭露。同样，对于《委曲求全》，西方戏剧界也给予较高的赞誉，在 1930 年 5 月 12 日的《波士顿报》上，H. T. P 发表了一篇文章《〈委曲求全〉的胜誉》，文章认为这部戏剧"书本气息并不隆重"，"演员易于演，观众易于懂"，"对话活泼"，"自自然然地把性格表现出来"，文章把王文显的《委曲求全》与法国喜剧相比较，认为王文显的"微笑"更胜一筹，"这里笑着一种柔和的恶嘲的微笑"，是"法国人最得意的舞台笔墨，然而这里来得更加漂亮"，称这部戏剧"实在是中国人对于喜剧的一种贡献"，① 这是西方文学界对中国现代戏剧的肯定。

三、杨绛：真正的"风俗喜剧"创作

在风俗喜剧创作方面，杨绛可谓后学。中国现代风俗喜剧借鉴英法风俗喜剧的结构技巧和表现手法，在杨绛之前，已经有王文显和丁西林等人进行了此类创作，尤其是丁西林的《压迫》带有独特的英法风俗喜剧的机智幽默。较之丁西林的风俗喜剧创作，杨绛的《称心如意》和《弄真成假》拓展了风俗喜剧的创作空间，将戏剧人物由知识分子群体转向市民阶层的刻画。杨绛精通英语、法语、西班牙语，创作涉猎小说、散文、戏剧、翻译和文学理论等诸多领域，是名副其实的多面手。20 世纪 30 年代以散文《收脚印》、短篇小说《璐璐，不用愁!》在文坛崭露头角。20 世纪 40 年代，先后创作小说《小阳春》《玉人》《大笑话》、散文《流浪儿》《窗帘》《听话的艺术》、喜剧《称心如意》《弄真成假》、悲剧《风絮》，1948 年翻译出版了《一九三九年以来的英国散文作品》，中华人民共和国成立后又陆续翻译出版了西班牙中篇小说《小癞子》、法国勒萨日的长篇小说《吉尔·布拉斯》和西班牙长篇巨制《堂吉诃德》、哲学著作《斐多：柏拉图对话录之一》等译著。

追溯杨绛喜剧创作的影响，有几个不可忽略的因素，其一是杨绛毕业于清华大学外文系，当时担任外文系系主任的是戏剧家王文显。据张骏祥回忆，在清华大学外文系的毕业生中，"后来从事剧本的创作和演剧活动

---

① 王文显. 王文显剧作选[M]. 李健吾，译. 北京：人民文学出版社，1983：168-169.

的，如洪深、陈铨、石华父（陈麟瑞）、李健吾、曹禺、杨绛，还有我，都听过他的课，我们对西洋戏剧的接触，大约都是从此开始的"①。这段话中提到了杨绛，当年王文显在清华大学外文系开了"外国戏剧"（主要是讲的欧美戏剧史和西洋戏剧理论）、"莎士比亚"和"近代戏剧"（讲的是西方易卜生以后的戏剧）等课程②，由此我们推断杨绛在清华求学期间对外国戏剧多有涉猎。其二是杨绛先后留学英、法，精通英语、法语和西班牙语，留学期间的广泛涉猎也加深了其外国戏剧造诣。1935 年杨绛跟随钱锺书远赴英国牛津大学留学，因费用问题只能作为旁听生听课，有了大把的业余时间，杨绛这段时间在被钱锺书译为"饱蠹楼"的博德利图书馆（Bodleian）广泛涉猎了英国文学和法国文学，杨绛曾跟好友吴学昭坦言，英国文学和法国文学都是按照文学史阅读，"一个一个经典作家按照文学史往下读"，"莫里哀（Moliere）的戏剧差不多全读过"，③ 这也正是杨绛戏剧深受莫里哀影响的原因。

　　杨绛的戏剧创作不多，始于 20 世纪 40 年代的上海沦陷区，一共四部戏剧，其中喜剧有《称心如意》《弄真成假》两部，还有一个悲剧《风絮》，另一个戏剧《游戏人间》已失传。《称心如意》和《弄真成假》分别创作于 1944 年和 1945 年，当时日渐高涨的抗战文学带动了话剧运动的高潮，上海话剧舞台逐渐被现代幽默喜剧代替。杨绛此时与戏剧家李健吾、石华父（陈麟瑞）等人的交好促使其在喜剧创作上的成就，在《〈喜剧二种〉后记》中，杨绛对此曾有记载，当时上海已经沦陷，剧坛作为抗战的阵地，"不免受到干预和压力，需演出一些政治色彩不浓的作品作为缓冲"，陈麟瑞（石华父）、李健吾、黄佐临等就鼓励杨绛创作话剧，于是，杨绛就"试写了几个剧本"，不过自认为"缺乏斗争意义"，但希望"这两个喜剧里的几声笑，也算表示我们在漫漫长夜的黑暗里始终没丧失信心，在艰苦的生活里始终保持着乐观主义精神"。④

　　《称心如意》和《弄真成假》两部剧作显示了杨绛的喜剧创作才能，被戏剧评论家柯灵称为中国话剧史上的"喜剧的双璧"⑤。戏剧批评家李健吾也对杨绛的喜剧称赞有加，他说"假如中国有喜剧，真正的风俗喜剧，从现代中国生活提炼出来的道地喜剧"，"第一道纪程碑属诸丁西林"，"《弄

① 王文显. 王文显剧作选[M]. 李健吾，译. 北京：人民文学出版社，1983：1.
② 王文显. 王文显剧作选[M]. 李健吾，译. 北京：人民文学出版社，1983：2.
③ 吴学昭. 听杨绛谈往事 增补版[M]. 北京：生活·读书·新知三联书店，2017：106.
④ 田蕙兰，马光裕. 钱锺书杨绛研究资料[M]. 武汉：华中师范大学出版社，1997：604.
⑤ 柯灵. 上海沦陷期间话剧文学管窥[J]. 上海师范学院学报，1982（2）.

真成假》将是第二道纪程碑"，① 李健吾称杨绛的喜剧是真正的"风俗喜剧"。"风俗喜剧"又称"世态喜剧"，英国戏剧理论家尼柯尔把戏剧分成五类：

> 　　第一，闹剧，它的某些明确的特征标志着它的单纯存在。第二，具有明确特性的情绪喜剧。第三，莎士比亚的浪漫喜剧，很可能还包括他晚年写的作为单独再分类的悲喜剧。第四，阴谋喜剧。第五，风俗喜剧，或许还有作为它的再分类的文雅喜剧。②

"风俗喜剧"原是资产阶级的一种喜剧创作，是以反映上流资产阶级社会风俗、世态人情为主的喜剧创作。英国早期风俗喜剧主人公多为贵族资产阶级男女，内容重在揭露上流社会的虚伪与丑陋。我们在上文已经提到，杨绛的好友吴学昭提到杨绛曾说过在跟随钱锺书去牛津大学读书期间，杨绛把"莫里哀（Moliere）的戏剧差不多全读过"③。莫里哀是法国世态喜剧的代表作家，他的喜剧多以男女爱情为故事，讲述发生在家庭中的客厅、卧室或饭厅的故事，《丈夫学堂》和《可笑的女才子》都是如此。在这一点上杨绛的两部喜剧作品都把故事聚焦于男女爱情，尤其是《弄真成假》更是通篇以男女爱情为主，《称心如意》虽以李君玉进入舅舅和舅公家为故事主线，但中间也穿插了主人公李君玉与陈彬如的爱情故事。从戏剧发生的场景来看，《称心如意》把故事全部设置在舅舅家的客厅、起居室和舅公的书房，《弄真成假》把故事场景分别设置在张祥甫家的"客厅"和周大璋家的"卧房兼厨房"。

《称心如意》是四幕喜剧，创作于1944年沦陷区的上海，用主要人物李君玉来贯穿整个剧情，采用了类似于西方流浪汉小说的叙述模式，由外来者李君玉在三个舅舅家和舅公家的"流浪"为线索，以这四家的"古色古香的客厅""西式客厅""起居室"和"书房"为戏剧场景，勾连起上海小市民阶层的种种生活状况。剧作写的虽然是孤女李君玉从北平来到上海投奔舅舅们这样一件小事，在其背后所表现的却是旧上海那些所谓的名媛绅士们衣冠楚楚外表下丑陋、虚伪的心灵。大舅赵祖荫一家虚伪、狡诈，二舅赵祖贻崇洋媚外、贻夫人势利刻薄，四舅妈庸俗浅薄，妯娌之间为了争舅

---

① 李维永. 李健吾文集 文论卷2[M]. 太原：北岳文艺出版社，2016：57.

② ［英］尼柯尔. 西欧戏剧理论[M]. 徐士瑚，译. 北京：中国戏剧出版社，1985：277.

③ 吴学昭. 听杨绛谈往事 增补版[M]. 北京：生活·读书·新知三联书店，2017：106.

公的财产勾心斗角、机关算尽。明面上三个家庭对李君玉的到来表示欢迎，都争着要收留李君玉，而实际上心口不一、口是心非，把李君玉当做一个免费的劳动力，都嫌弃她，把她当做一件物品，相互推诿。最终弄巧成拙，李君玉用自己的自尊自强、善良赢得了性格古怪的老舅公的心，并获得了称心如意的爱情。作者立足平常的生活视角，对现代都市中的资产阶级家庭进行揭露，含而不露，撕开了那些名媛绅士自私、虚伪的面纱，对人性的冷酷自私、世态炎凉进行委婉的嘲讽。较之《称心如意》，《弄真成假》的喜剧性更强。《弄真成假》是五幕喜剧，故事在地产商张祥甫和穷人周大璋两个家庭之间展开，第一幕、第三幕和第四幕的戏剧场景是"张祥甫家的客厅"，第二幕、第五幕的戏剧场景是"周大璋家的卧房兼厨房"，剧本讲述的是周大璋、张燕华、冯光祖和张婉如四个人之间的恋爱故事。周大璋一表人才，家境贫寒，寄居在妹妹婆婆家杂货铺的阁楼上，在保险公司做事，迟到、早退，专门追女人，自称"世代书香弟子""留洋博士"，企图靠吹嘘和蒙骗来攀龙附凤，抛弃了自己的情人张燕华而追求地产商张祥甫的女儿张婉如，把舅舅家的杂货铺说成"百货公司"，把自己吹嘘成为"诗礼之家"，想借张婉如实现阶层的跨越。张祥甫的侄女张燕华寄居在叔叔家，形同仆人，幻想嫁给"富家子弟"周大璋而改变命运，周大璋和张燕华互相设计，最终两个人在对方营造的"造境"变成了夫妻。杨绛描写的魅力就在于通过人物自己的一言一行来表现自身的性格，在对他们华丽外表的描摹背后，戳破虚假的伪装，挖掘出隐藏在美丽背后的丑恶灵魂，揭露人物的丑陋、肮脏，第五幕临近结尾两个新婚夫妇的一段对话很具代表性，借人物之口极尽讽刺之能事：

　　张燕华：大璋，这是怎么回事儿？
　　周大璋：我也不知道。
　　张燕华：这可不是做梦吗？
　　周大璋：简直像演戏呢。
　　张燕华：这——这就是你的家？
　　周大璋：咱们的家了！
　　张燕华：（回顾）好个"诗礼之家"！（指外）那一位就是你的知书识礼、有才有德的妈妈啰？楼下就是你舅家的什么华洋百货公司啰？那位喜妈妈就是你妹妹啰！（苦笑）咳！大璋，真是环境由你改造啊！！我佩服你改造环境的艺术！
　　周大璋：哎，燕华，命运由你做主呀！！我也佩服你掌握命运的手段！

　　张燕华：好！说得好！你的意思，我很明白！你说命运是我自己掌握的，是不是？不能怪你，是不是？

　　周大璋：哎，燕华，咱们就是彼此彼此。

　　……①

　　杨绛喜剧的语言一方面受到法国古典主义喜剧作家莫里哀的影响，始终立足于生活的真实，另一方面承袭了英国喜剧的"英伦式"幽默，形成了她独特的语言艺术。因此杨绛笔下的人物更加贴近社会，贴近现实，风趣的语言和对白在喜剧中也是俯拾即是。《弄真成假》中冯光祖在谈钉纽扣和他向张燕华求婚时说的两段话，都分别罗列出四点，学术性的思维方式符合他大学教授的身份，同时小题大做的态度令人哭笑不得，也是冯光祖思想僵化的表现。在张祥甫的眼中，周大璋是"新牌子货色"，不稳当，他"只做稳稳当当的买卖"，言语中都是商人的市侩，将女儿的婚姻当做买卖的商品，他与张太太挑女婿的场景，虽然作者并没有直白地揭露人物内心的丑陋，但是他们对话中的一字一句都在引导读者体会商人的市侩和庸俗。在叙事模式上，杨绛的《称心如意》借鉴了西欧流浪汉小说中"用一个主角贯穿"单线的结构，杨绛最初在文坛崭露头角就是因为对《小癞子》《堂吉诃德》等"流浪汉"小说的译介，在研究与翻译这些"流浪汉小说"的过程中，杨绛的戏剧创作也无形之中受到此类小说的影响。在四幕喜剧《称心如意》中，"孤女"李君玉家境贫寒，父母双亡，无奈之下从北平来到上海投奔舅舅们。剧本以李君玉在上海富亲戚大舅、二舅、四舅和舅公家的辗转流浪为线索，透过李君玉的眼光来看上流社会的世态人情，这与《小癞子》《唐吉诃德》的结构模式极为相似，每一幕均以李君玉的视角展开，每一幕故事看似零散，却因李君玉形成一个完整的故事链条。

---

① 杨绛. 杨绛散文戏剧集[M]. 海口：南海出版公司，2001：455-456.

第三章　小说译介与现代小说发生：
"如此脱胎换骨的变化"

从 19 世纪到 20 世纪初，西方小说迅速发展，并通过翻译形式向世界各国传播，林纾的"林译小说"开了中国现代小说的翻译之风。在中国现代文学各种文体发生过程中，现代小说的发生最得外国文学的浸润。小说这种文体在中国古代文学中是末流，西学东渐之风使梁启超等有识之士看到了西方小说的社会功用，因此有了梁启超的"小说界革命"，也因此推动了现代小说文体的发展。施蛰存在《西学东渐与外国文学的输入——〈中国近代文学大系・翻译文学集〉序言》中在谈及外国文学对于中国文学作用时，提到了"三项较明显的效益"，"（一）提高了小说在文学上的地位，小说在社会教育工作中的重要性。（二）改变了文学语言。（三）改变了小说的创作方法，引进了新品种的戏剧"[1]。在施蛰存所言的外国文学对现代文学的"三项较明显效益"中，都与小说有关。陈平原也认为"域外小说的输入，以及由此引起的中国文学结构内部的变迁，是 20 世纪中国小说发展的原动力"，认为"没有从晚清开始的对域外小说的积极介绍和借鉴，中国小说不可能产生如此脱胎换骨的变化"。[2] 由此可见，外国文学翻译对中国现代小说文体发展的作用是无法取代的。

现代小说文体众多，单就外国文学译介的影响而言，现代短篇小说、现代浪漫抒情小说、现代童话、现代通俗小说四种文体的发生受外国文学影响最显著，本章选取这四种小说文体作为典型进行探究。在现代短篇小说文体的发生中，胡适的短篇小说理论提倡、鲁迅的短篇小说翻译和创作、陈衡哲的短篇小说文体融入都对现代短篇小说的发生起到了不可忽视的作用。现代浪漫抒情小说的发生离不开创造社作家对于外国"新浪漫主义"各种小说创作和文学思潮的译介，郁达夫、徐祖正、陶晶孙的小说翻

---

① 施蛰存. 施蛰存学术文集［M］. 上海：上海人民出版社，2012：303.
② 陈平原. 中国散文小说史［M］. 上海：上海人民出版社，2014：364.

译和创作为现代小说输入了异域养分。他们在创作中采用叙事时空和视角的自由转换、心理分析和意识流手法、书信体、日记体的融入、自我抒情等外国小说技巧，并用白话文创作，在语言和技巧层面对现代小说文体进行建构。现代童话文体的发生离不开外国童话的译介，孙毓修的"童话"丛书对外国童话的编译，周作人、赵景深等"五四"作家对外国童话的翻译和研究，叶圣陶的童话"移植"自西方，"给中国的童话开了一条自己创作的路"，是真正意义上的文学童话。现代作家在小说创作和译介方面的成就尤为突出，就通俗小说而言，包天笑、周瘦鹃和程小青三人在通俗小说译介方面的成就突出，包天笑、周瘦鹃、程小青在翻译之余自己也创作通俗小说，程小青的侦探小说更是源自西方侦探小说，他们的翻译和创作促进了现代通俗小说文体的成熟。

第一节 现代短篇小说的发生

现代短篇小说起步于对外国小说的模仿和借鉴，早在 1909 年日本东京出版的《域外小说集》第一册中，鲁迅就翻译了俄国安特来夫的《谩》《默》和迦尔洵的《四日》，而现代短篇小说的概念源自胡适 1918 年发表的《论短篇小说》一文，较早的现代短篇小说创作可以追溯到 1917 年陈衡哲在《留美学生季报》上发表的《一日》，而真正意义上创作的成熟却是鲁迅的《狂人日记》《阿 Q 正传》等短篇小说，正是鲁迅的短篇小说创作把处于草创期的现代短篇小说文体地位提升到了世界水平，因此有必要先对"五四"短篇小说的理论进行溯源，然后在此基础上系统梳理胡适、陈衡哲、鲁迅等的短篇小说翻译和创作，探寻其中的发生缘起和他们对现代短篇小说文体的成熟所做出的努力。

一、"五四"短篇小说的理论译介

"五四"时期短篇小说的译介和创作带来了短篇小说理论相关批评论文的出现，其中胡适 1918 年的《论短篇小说》①是中国最早的短篇小说论文，对于"五四"短篇小说文体理论的成熟功不可没。为便于研究，在此先对"五四"文学发生期的短篇小说理论进行梳理。

---

① 本文最初发表于 1918 年 3 月 22 日至 27 日的《北京大学日刊》，后刊载于 1918 年《新青年》第 4 卷第 5 号。

表 3-1　"五四"短篇小说理论译介统计表①

序号	作品	发表时间、刊物或出版社	原著作者/译者
1	《论短篇小说》	1918 年 5 月 15 日《新青年》第 4 卷第 5 期	胡适
2	《短篇小说的性质》	1919 年 3 月 20 日《时事新报》副刊《学灯》	［不详］Fittenger/柏香（朱自清）
3	《〈短篇小说　第一集〉译者自序》	1919 年亚东图书馆	［英］都德等/胡适
4	《短篇小说泛论》	1921 年 1 月 9 日《申报·自由谈》	张舍我
5	《短篇小说作法》	1921 年 4 月初版清华小说研究社	梁实秋等
6	《小说作法（续）》	1921 年 10 月 21 日《文学旬刊》第 17 期	六逸
7	《短篇小说作法》	1921 年 12 月初版上海新文学研究会	闻野鹤
8	《自然主义与中国现代小说》	1922 年 7 月 10 日《小说月报》第 13 卷第 7 期	雁冰
9	《小说作法讲义》	1923 年 12 月初版上海中华书局	孙俍工
10	《短篇小说作法》	1924 年上海梁溪图书馆	张舍我
11	《小说概论》	1924 年 3 月 10 日《越光季刊》第 1 卷第 4 号	施畸

---

① 统计时间上聚焦"五四"时期，内容上把相关批评文章也一并统计，在编写时主要参考唐沅等编著的《中国现代文学期刊目录汇编》（第 1 卷和第 2 卷，知识产权出版社 2010 年版）、贾植芳等编著的《中国现代文学总书目·翻译文学卷》（知识产权出版社 2010 年版）、北京图书馆编的《民国时期总书目 1911—1949 文学理论·世界文学·中国文学上》（书目文献出版社 1992 年版）、北京图书馆编著的《民国时期总书 1911—1949 外国文学》（书目文献出版社 1987 年版）等书籍。

续表

序号	作品	发表时间、刊物或出版社	原著作者/译者
12	《短篇小说作法研究》	1927 年上海商务印书馆	［美］Blanche Colton Williams/张志澄
13	《短篇小说的结构——在新华艺术大学的演讲》	1927 年 9 月 25 日《文学周报》第 238 期	赵景深

　　从上表的梳理可以看出，现代短篇小说的理论探讨最早源于胡适的《论短篇小说》一文，这是胡适 1918 年在北京大学的讲演稿，由傅斯年记录，初载于 1918 年 3 月 22 日的《北京大学日刊》的"本校纪事栏"，题目为"国文研究所小说科第四次会议录"，后经胡适修改后发表于 1918 年 5 月 15 日《新青年》杂志的第 4 卷第 5 期，题为《论短篇小说》，后作为《短篇小说 第一集》的附录。全文包括三个部分："什么叫做'短篇小说'？""中国短篇小说的略史"和"结论"。这篇文章是中国现代文学史上较早的"短篇小说"专论文章，它对"短篇小说"文体特征的界定对当时的短篇小说创作产生了一定影响。在这篇文章中，胡适首先从概念内涵上界定"短篇小说"，指出西方小说的"short story"的概念"不是单靠篇幅不长便可称为'短篇小说'"，"短篇小说，是用最经济的文学手段，描写事实中最精彩的一段或一方面，而能使人充分满意的文章"。胡适认为传世不朽的短篇小说都具备上述两个条件——"最精彩的一段"和"最经济的手段"，并以自己翻译的 Daudetde 小说《最后一课》和《柏林之围》及 Maupassant 的《二渔夫》为例来加以阐释，胡适认为这三篇小说都具有"用一段代表全体""用一面代表全形"的特征。为佐证这一提法，胡适结合中国小说史上的短篇小说作品具体论述了"横断面"、"拣取人生极精彩的一小段"、结构、细节等论断。胡适的《论短篇小说》一文对"五四"时期现代短篇小说文体特征描述方面起到极大作用，正如张舍我在 1921 年的《短篇小说泛论》一文中所言："若夫今世所谓之，'短篇小说'，则未尝一见。有之，其自胡适之《论短篇小说》始乎！"①

　　胡适对短篇小说的文体特征的界定被同时期的许多小说理论家采纳，

---

　　①　计红芳. 中国现代小说理论经典［M］. 苏州：苏州大学出版社，2008：59.

他们在相关的小说理论文章中阐述了与胡适同样的"横断面"论。谢六逸在《小说作法》中说"短篇小说则写人生的横断面"①，孙俍工在《小说作法讲义》中也说"短篇小说是描写人生底片断的小说"。在谈及短篇小说的结构时，他指出"假定人生底全体譬如一棵大树，干、根、叶、枝杈等譬如人生事实底全部，我们把树身截取一横断片，把它尽力地描写出来，并且从这横断片可以看出树底全体，这就是短篇小说底结构"②。赵景深在《短篇小说的结构——在新华艺术大学的演讲》中指出短篇小说"篇幅简短，只能够描写生活的片断"③，同样的表述和认识还出现在清华小说研究社的《短篇小说作法》一书中，这本书也认为"短篇小说不是一篇缩短的长篇小说"，"短篇小说描写某事某人某物的最精警的一段"，④ 沈雁冰在《自然主义与中国现代小说》中也称"短篇小说的宗旨在截取一段人生来描写，而人生的全体因之以见"⑤。由此可见"横断面"论是"五四"新文学作家们对于短篇小说这一文体的确认。

除了胡适的"横断面"说之外，"五四"时期致力于短篇小说研究的还有张舍我，他的短篇小说理论体现在论文《短篇小说泛论》和论著《短篇小说作法》之中。关于短篇小说的文体特征，张舍我提出"单纯之感想"说。1921年1月9日，张舍我在《申报·自由谈》上发表的《短篇小说泛论》中第一次提出这一说法。在这篇文章中，张舍我在肯定胡适对"短篇小说"界定的同时，指出短篇小说的概念是发展的，如果以欧美短篇小说的文体特征来衡量国内当时报刊的所谓"短篇小说"创作，都不能称之为短篇小说。他认为"其病在于受笔记体与杂志体、传记体等文章之毒"，要想知道何为短篇小说，就要选取与之类似的文体展开对比分析。因此，张舍我随后从短篇小说、长篇小说和传记的对比入手，指出美国马太氏（Prof. Mathews）的《短篇小说之哲学》和欧美最近出版的相关论著都认为，短篇小说不是"长篇改短之小说"，也不是"篇幅不长之长篇小说（Novelette）"，而是指结构上比长篇小说"稍形简赅，而令读者产生之感

① 严家炎. 二十世纪中国小说理论资料 第2卷 1917—1927[M]. 北京：北京大学出版社，1997：198.
② 严家炎. 二十世纪中国小说理论资料 第2卷 1917—1927[M]. 北京：北京大学出版社，1997：339.
③ 严家炎. 二十世纪中国小说理论资料 第2卷 1917—1927[M]. 北京：北京大学出版社，1997：495.
④ 严家炎. 二十世纪中国小说理论资料 第2卷 1917—1927[M]. 北京：北京大学出版社，1997：108-109.
⑤ 沈雁冰. 自然主义与中国现代小说[J]. 小说月报，1922，13(7).

想，则只有一种"，正是因为"只有一种"感想，因此，短篇小说比长篇小说"更为和合而有力"。短篇小说与传记的不同在于，"传记可平铺直叙，而无'事'发生，所书者一人之行述而已"，"只有单线之兴味，结构简单，运用材料缺乏相当之比例，不能产生一种单纯之感想也"①。张舍我的《短篇小说作法》1924 年由上海梁溪图书馆出版发行，本书一共九章，分别涉及了"短篇小说的定义和特性""短篇小说的发端""结构法""观察法""写景法""描写人物""对话""动情的要素"和"作法总论"。在第一章"短篇小说的定义和特性"中，张舍我重申了自己之前在《短篇小说泛论》中"单纯之感想"和"更为和合而有力"的说法，接着介绍了美国马太氏的《短篇小说之哲学》《短篇小说作法》、巴莱德的《短篇小说做法》、伊深文的《短篇小说做法》等论著中关于"短篇小说"的界定，综合各家学说，张舍我给短篇小说做了一个界定，"短篇小说是一篇散文叙事，用美术底手段，表示一桩'竞争'或'错综'中底人物而产生的一种单纯的感想"②。张舍我的这一短篇小说界定并未像胡适"横断面说"那样广为接受，这本书更确切地说是一个短篇小说作法的教材③，每一章的后面都会列出"练习"。

与张舍我"单纯之感想"说观点类似的是 1921 年由清华小说研究社编写的《短篇小说作法》中提出的"单纯的感动力"。本书是由清华小说研究社的李涤镜、梁实秋、顾一樵、翟毅夫、张疑我、齐锡愚、吴界三七位社员共同编辑完成，由北京共和印刷局出版，分上、中、下三篇，前面附有一篇梁实秋写的《序言》。在《序言》中梁实秋指出了此书的编写宗旨，一是为小说作者提供"工具"和"参考"，二是为读者提供"批评的依据"，提高读者的"批评的程度"。上篇"短篇小说的性质"包括"短篇小说是什么"和"短篇小说的种类"两章，此部分从长篇小说与短篇小说的区别入手，指出短篇小说不是一篇缩短的长篇小说，短篇小说感效是单纯的，是最讲究经济的，背景是紧细的，机构是简化的，人物少而简，不是篇旁出的枝文，最后文章给短篇小说的界定是"短篇小说是一篇虚构的短篇叙述文，展示一件主要的事情和一个主要的人物；他的布局是有意安排定的，他的机构是简化过的，所以他能够产生一个单纯的感动力"④。与"单纯之感想"说类似的还有施畸在 1924 年 3 月 10 日《越光季刊》第 1 卷第 4 号发表

---

① 计红芳. 中国现代小说理论经典[M]. 苏州：苏州大学出版社，2008：60.
② 张舍我. 短篇小说作法[M]. 上海：梁溪图书馆，1924：6.
③ 张泽贤. 五十浦东人的民国版本 下[M]. 上海：上海远东出版社，2017：737.
④ 严家炎. 二十世纪中国小说理论资料 第 2 卷[M]. 北京：北京大学出版社，1997：108-110.

的《小说概论》一文中提出的"单纯的感效"说，他指出"短篇小说是以紧细的背景，简单的机构，要产生一种热烈而单纯的感效。它是抽出一个人物，或一件事情中最精警的一段；可是有排定的焦点，和自然的结局"①。这一小说界定中提到的"单纯的感效"和前面所述的"单纯之感想""单纯的感动力"是同一个意思，当然，这一小说概念与胡适的界定也有共通之处，都强调"最经济的方法"，胡适强调的"最精彩"其实质就是"最精警的一段"。

除了上述两种短篇小说文体特征的言说之外，现代作家还对短篇小说文体的结构、布局和人物进行了专门论述。清华小说社编写的《短篇小说作法》的中篇论述的是"短篇小说的结构"，一共 15 章，围绕短篇小说文体特征如选题、选材、布局、述法、起法、安置（setting）、人物等展开论述。此处的"布局""安置"和"人物"就是西方小说三要素"情节""环境"和"人物"，在谈到"布局"时，文章指出"布局是关于人物的事实上有转机的结束"，常用的有六种布局法：惊奇（Surprise）、问题（Problem）、神秘（Mystery）、情感（Emotion）、对照（Contrast）、表象（Symbolism）。在"第八章 小说的安置（setting）"中，文章指出"安置包含着物质上同非物质上的各种情景"。下篇"作者之预备"包含"第一章 创意"和"第二章 天才与训练"，这是对短篇小说作者的要求。1927 年，赵景深的《短篇小说的结构——在新华艺术大学演讲》②是"五四"时期非常重要的短篇小说理论文章，这篇文章对于短篇小说结构的论述是在对大量西方小说研究基础上得出的。赵景深首先在文章中对小说结构进行界定，他指出"所谓'结构'，在英文称为 plot（意即情节），也就是故事里的事实，不过另外还有这事实是如何经过有机组织这一层意思，所以便译作结构"。随后，赵景深把小说分为"逆溯""互交""循环""潜藏"四种结构。第一种是"逆溯"结构，极常见，"利用追叙和回想使得几十年的事能在极短的时间内显示出来"，这种方法莫泊桑用得最多，施笃谟的《莱茵梦》也是用这种结构，柴霍甫用得极少。第二种是"互交"结构，"意思是两根线互相综错着"，欧·亨利的《东方圣人的礼物》就是用这种方法。第三种是"循环"结构，这种结构极少，柴霍夫的《一件美术品》就是这种结构。第四种是"潜藏"的结构，最有趣，"作者故意漏去一节不说，到篇末才解释明白。这不曾说明的一

---

① 严家炎. 二十世纪中国小说理论资料 第 2 卷［M］. 北京：北京大学出版社，1997：349.
② 原载 1927 年 9 月 25 日的《文学周报》。

节，可以称之为'未知点'（the unknown point），故意密布着疑云……"①莫泊桑的《软项圈》《战慄》《新年的赠品》采用的就是这种结构方法。赵景深结合外国经典短篇小说文本展开关于短篇小说结构的论述，对于初创期的短篇小说创作具有指导意义。

二、胡适的短篇小说翻译与创作

在现代作家中，胡适在短篇小说翻译、理论和创作方面均有尝试，其中以短篇小说概念的提出贡献最大。胡适是最早提出"短篇小说"概念的人，他1918年3月15日在北京大学的讲演稿《论短篇小说》一文对现代短篇小说的文体发生产生了极大的作用，这篇理论文章是在西方短篇小说文体理论引入的基础上建构现代短篇小说的文体概念，是对西方短篇小说文体观念的横向"移植"和借鉴。1918年4月15日的《新青年》第4卷第4号上，胡适发表了《建设的文学革命论》一文，他在此文中提出要以西方文学为"模范"，其中提到"至于近百年新创的'短篇小说'，真如芥子里面藏着大千世界，真如百炼的精金，曲折委婉无所不可。真可说是开千古未有的创局，掘百世不竭的宝藏"②，由此可见胡适对于"移植"西方"短篇小说"的热切呼唤和对西方"短篇小说"艺术的认同。

与理论提倡相呼应，胡适开始译介"短篇小说"，他先后翻译出版了《短篇小说第一集》《短篇小说第二集》。1919年，《短篇小说第一集》由亚东图书馆出版发行，初版收录10篇，包括法国都德的《最后一课》《柏林之围》、英国吉百龄的《百愁门》、俄国泰来夏甫的《决斗》、法国莫泊桑的《梅吕哀》《二渔夫》《杀父母的儿子》、俄国契诃夫的《一件美术品》、瑞典史特林堡的《爱情与面包》、意大利卡德奴勿的《一封未寄的信》，每篇前均有作者简介，附录为《论短篇小说》一文，再版增加了苏联高尔基的《他的情人》，一共11篇短篇小说。1933年，《短篇小说第二集》由亚东图书馆出版发行，全书收录6篇短篇小说，包括美国哈特的《米格尔》《朴克坦赶出的人》、美国峨亨利的《戒酒》、俄国契诃夫的《洛斯奇尔的提琴》《苦恼》、莫理孙的《楼梯上》，每篇之前有短小精练的小引，书前有《译者自序》。在《译者自序》中，胡适坦言"这几篇小说本来不预备收在一块的。契诃夫的两篇是十年前我想选一部契诃夫小说集时翻译的：三篇美国小说

① 陈春生，刘成友. 20世纪中国文学史文论精华：小说卷[M]. 石家庄：河北教育出版社，2000：135-137.
② 胡适. 倡导与尝试[M]. 哈尔滨：北方文艺出版社，2018：39.

是我预备选译一部美国短篇小说集用的。后来这两个计划都不曾做到。这
几篇就被收在一块，印作我译的《短篇小说第二集》"。由此可见这几篇小
说翻译时间较早，只是结集出版时间较晚，接着胡适谈及《短篇小说第一
集》"销行之广，转载之多"，是他自己"当日不曾梦见的"，"至今还可算
是近年翻译的文学书之中流传最广的"，胡适认为"这样长久的欢迎"是因
为"翻译外国文学的第一个条件是要使它化成明白流畅的本国文字"，才
能达成"教训与宣传"的功效。① 胡适的短篇小说翻译多经由杂志发表，后
结集出版，最早的短篇小说翻译是《暴堪海舰之沉没》，发表于 1906 年 12
月 6 日第 5 期的《竞业旬报》，原著作者不详，仅标注国别为英国，最后
一篇小说为哈特的《扑克坦赶出的人》，发表于 1929 年 12 月 10 日《新月》
杂志第 2 卷第 8 号（具体统计见下表），由胡适的短篇小说翻译文本、作
家的选择我们也可以看出他对短篇小说艺术的追求。

表 3-2　胡适短篇小说翻译统计表②

序号	作品名称	发表时间、刊物	原著作者
1	《暴堪海舰之沉没》	1906 年 12 月 6 日第 5 期的《竞业旬报》	[英]不详
2	《生死之交》	1908 年 4 月 21 日第 12 期的《竞业旬报》	未知
3	《国殇》	1909 年 8 月 26 日《安徽白话报》己酉第 1 期	[意大利]亚米契斯（Edmondo De Amicis）
4	《割地（最后一课）》	1912 年十一月初五《大共和日报》，1915 年 3 月《留美学生季报》第 2 卷第 1 期	[法]都德（Alphonse Daudet）

① 张泽贤. 中国现代文学翻译版本闻见录 1905—1933 [M]. 上海：上海远东出版社，
2008：587.
② 本表统计根据上海图书馆编的《中国近代期刊篇目汇录 第 2 卷 中 3》（上海人民出版社
1981 年版）、《中国近代期刊篇目汇录 第 2 卷 下》（上海人民出版社 1982 年版）、刘永
文著《民国小说目录 1912—1920》（上海古籍出版社 2011 年版）、唐沅等编著的《中国现
代文学期刊目录汇编》（第 1 卷和第 2 卷，知识产权出版社 2010 年版）、季维龙编的《胡
适著译系年目录》（安徽教育出版社 1995 年版）整理而成。

续表

序号	作品名称	发表时间、刊物	原著作者
5	《柏林之围》	1914 年 11 月 10 日《甲寅》第 1 卷第 4 号	［法］都德（Alphonse Daudet）
6	《百愁门》	1915 年 9 月《留美学生季报》第 2 卷第 3 期	［英］吉百龄（Rudyard Kipling）
7	《二渔夫》	1917 年 3 月 1 日《新青年》第 3 卷第 1 号	［法］莫伯桑
8	《梅吕哀》	1917 年 4 月 1 日《新青年》第 3 卷第 2 号	［法］莫伯桑
9	《决斗》	1917 年 9 月《留美学生季报》第 4 卷第 3 期	［俄］泰来夏甫
10	《弑父之儿》	1919 年 1 月 26 日—2 月 2 日《每周评论》第 6—7 号	［法］DE MAUPASSANT（莫伯桑）
11	《爱情与面包》	1919 年 4 月 20 日—5 月 4 日《每周评论》第 18—20 号	［瑞典］史特林堡（A. STRINDBERG）
12	《一件美术品》	1919 年 5 月 15 日《新中国》第 1 卷第 1 号	［俄］契诃夫（Anton Chekov）
13	《一封未寄的信》	1919 年 7 月 6—13 日《每周评论》第 29—30 号	［意］卡德奴勿（Custclnucvc）
14	《他的情人》	1919 年 11 月 5 日《太平洋》第 2 卷第 1 号	［俄］高尔基（MAXIM GORKY）
15	《楼梯上》	1923 年 3 月 11 日《努力周报》第 43 期	［英］莫理孙
16	《洛斯奇尔的提琴》	1923 年 8 月 5 日、19 日《努力周报》第 64 期、第 66 期	［俄］契诃夫
17	《苦恼》	1924 年 1 月 17 日、25 日《现代评论》第 6、7 期	［俄］契诃夫

续表

序号	作品名称	发表时间、刊物	原著作者
18	《戒酒》	1928 年 9 月 10 日《新月》第 1 卷第 7 号	[美]峨亨利(O. Henry)
19	《米格儿》	1928 年 12 月《新月》第 1 卷第 10 号	[美]哈特(Francis Bret Hart)
20	《扑克坦赶出的人》	1929 年 12 月 10 日《新月》第 2 卷第 8 号	[美]哈特(Francis Bret Hart)

　　与短篇小说理论提倡、小说翻译相互映衬的是胡适的短篇小说创作，《一个问题》是他短篇小说创作的一个"尝试"。《一个问题》刊载于 1919 年 7 月 20 日《每周评论》第 31 号上。小说讲述的是"我"偶遇之前的同学朱子平，听朱子平讲述他人生的落魄故事，提出了"人生在世，究竟是为了什么?"这一哲学问题。朱子平是一个落魄的知识分子形象，生活按部就班，结婚生子，为生活所迫，穷困潦倒，因此发出"人生在世，究竟是为了什么?"的呐喊。这篇短篇小说如果以胡适自己提出的"短篇小说"概念来衡量，不能算是选取了"事实中最精彩的一段"，对于朱子平穷困潦倒的生活采取了平铺直叙的方式，缺乏典型性的故事单元，也不能说用了"最经济的手段"，但借助短故事来提出问题，类似于"五四"问题小说的模式，只停留于提出问题，没有给出解决方案。因此，较之理论方面对短篇小说的建树而言，胡适在创作方面则略显逊色。

三、鲁迅的短篇小说翻译与创作

　　讨论中国现代短篇小说的发生，绕不开的一个人物是鲁迅，鲁迅在短篇小说翻译、创作方面都是功不可没的。鲁迅(1881—1936)，浙江绍兴人，本名樟寿，字豫才，后改名为周树人，幼时家道中落。1898 年到南京江南水师学堂学习，随即转入江南陆师学堂附设的矿务铁路学堂学习。1902 年赴日本东京弘文学院读书，后转仙台医学专门学校学医。1918 年用"鲁迅"为笔名发表第一篇白话小说《狂人日记》。鲁迅一生创作有小说集《呐喊》《彷徨》《故事新编》、散文集《朝花夕拾》、散文诗集《野草》，另有多部杂文集，此外还翻译出版了大量外国文学作品，其中以短篇小说翻译居多。鲁迅的短篇小说文体发生较为特殊，他虽然创作和翻译了大量短

篇小说，但不像胡适，没有专门撰写过关于短篇小说的文章。甘智刚认为
"鲁迅短篇小说文体观的形成，的确有着西方文化的影响，西方文学的创
作和理论成果为鲁迅短篇小说文体观提供了某种共鸣和依据"，但甘智刚
也强调"本国的文学历史，尤其是小说史对他的短篇小说文体观，起到了
举足轻重的作用，甚至可以说鲁迅关于短篇小说文体的核心观念，就是直
接继承了中国古典文学的"。① 我们下面着重从外国小说翻译和外来影响
的角度探究鲁迅短篇小说的发生。

　　鲁迅最早的翻译可以追溯到 1903 年翻译的法国科学小说家儒勒·凡
尔纳（Jules Verne）的科学小说《月界旅行》和《地底旅行》，1936 年鲁迅在
去世前还在翻译果戈理的《死魂灵》，翻译量占据其整个文学工作的一半
左右。从翻译起步的时间、数量而言，可以说鲁迅首先是个翻译家，然后
是个文学家。鲁迅在读书期间喜欢阅读各种译本，尤其是小说，受"林译
小说"影响很大。周作人在《鲁迅与清民文坛》中曾回忆说，林琴南是对鲁
迅有很大影响的人，他说鲁迅在南京学堂读书时就买了林琴南翻译的小仲
马的《茶花女遗事》，在日本东京读书时，周作人说"我们对于林译小说有
那么的热心，只要他印出一部，来到东京，便一定跑到神田的中国书林，
去把它买来，看过之后鲁迅还拿到订书店去，改装硬纸版书面，背脊用的
是青灰洋布"②。因此，周作人才说"我们几乎都因了林译才知道外国有小
说，引起一点对于外国文学的兴味。我个人还曾经很模仿过他的译文"
（《林琴南与罗振玉》）③。

　　在现代文学史上，我们更多关注了作为文学创作者的鲁迅，而作为翻
译家的鲁迅、鲁迅创作与翻译之间的关系也同样值得探讨。对于创作、翻
译和批评的等次问题，鲁迅认为"创作、翻译和批评，我没有研究过等
次，但我都给以相当的尊重"，"翻译和介绍"的"力量是非同小可的"，④
他认为"我们的文化落后，无可讳言，创作力当然也不及洋鬼子，作品的
比较的薄弱，是势所必至的，而且又不能不时时取法于外国。所以翻译和
创作，应该一同提倡……"（《关于翻译》）⑤。因此鲁迅的翻译、批评与他
的创作相伴一生，在《我怎么做起小说来》一文中，鲁迅甚至说他"不是自

---

① 甘智刚. 鲁迅小说研究新论[M]. 延吉：延边人民出版社，2004：146.
② 薛绥之，张俊才. 林纾研究资料[M]. 福州：福建人民出版社，1983：239.
③ 张铁荣. 卷地潮声《语丝》散文随笔选萃[M]. 天津：天津人民出版社，2011：13.
④ 李新宇，周海婴. 鲁迅大全集 3　创作编 1925—1926[M]. 武汉：长江文艺出版社，
　2011：671.
⑤ 黎照. 鲁迅梁实秋论战实录[M]. 北京：华龄出版社，1997：613.

已想创作，注重的倒是在绍介，在翻译，而尤其注重于短篇，特别是被压迫的民族中的作者的作品"①。为研究的方便，下面我们有必要对鲁迅"五四"时期的短篇小说翻译进行梳理，以便能探究其短篇小说翻译对于短篇小说创作的影响。

表 3-3　鲁迅 20 世纪 20 年代的短篇小说翻译统计表②

序号	作品名称	发表时间、刊物或出版社	原著作者
1	《谩》	1909 年日本东京出版《域外小说集》第一册	[俄]安特来夫
2	《默》	1909 年日本东京出版《域外小说集》第一册	[俄]安特来夫
3	《四日》	1909 年日本东京出版《域外小说集》第二册	[俄]迦尔洵
4	《黯澹的烟雾里》	1922 年 5 月上海商务印书馆《现代短篇小说译丛》(第一集)	[俄]安特来夫
5	《书籍》	1922 年 5 月上海商务印书馆《现代短篇小说译丛》(第一集)	[俄]安特来夫
6	《连翘》	1922 年 5 月上海商务印书馆《现代短篇小说译丛》(第一集)	[俄]契里珂夫
7	《省会》	1922 年 5 月上海商务印书馆《现代短篇小说译丛》(第一集)	[俄]契里珂夫
8	《幸福》	1922 年 5 月上海商务印书馆《现代短篇小说译丛》(第一集)	[俄]阿尔志跋绥夫
9	《医生》	1922 年 5 月上海商务印书馆《现代短篇小说译丛》(第一集)	[俄]阿尔志跋绥夫

---

① 鲁迅. 鲁迅散文集[M]. 沈阳：万卷出版公司，2013：157.
② 本表统计根据北京鲁迅博物馆编的《鲁迅译文全集》(福建教育出版社 2008 年版)整理而成，仅就其中的短篇小说翻译做梳理。

续表

序号	作品名称	发表时间、刊物或出版社	原著作者
10	《战争中的威尔珂（一件实事）》	1921 年 10 月《小说月报》第 12 卷第 10 号《被损害民族的文学号》	[勃尔格利亚]跋佐夫
11	《疯姑娘》	1921 年 10 月《小说月报》第 12 卷第 10 号《被损害民族的文学号》	[芬兰]明那·亢德
12	《父亲在亚美利加》	1921 年 7 月 17 日、18 日《晨报》	[芬兰]亚勒吉阿
13	《挂幅》	1923 年 6 月上海商务印书馆《现代日本小说集》	[日]夏目漱石
14	《克莱喀先生》	1923 年 6 月上海商务印书馆《现代日本小说集》	[日]夏目漱石
15	《游戏》	1923 年 6 月上海商务印书馆《现代日本小说集》	[日]森鸥外
16	《沉默之塔》	1923 年 6 月上海商务印书馆《现代日本小说集》	[日]森鸥外
17	《与幼小者》	1923 年 6 月上海商务印书馆《现代日本小说集》	[日]有岛武郎
18	《阿末的死》	1923 年 6 月上海商务印书馆《现代日本小说集》	[日]有岛武郎
19	《峡谷的夜》	1923 年 6 月上海商务印书馆《现代日本小说集》	[日]江口涣
20	《三浦右卫门的最后》	1923 年 6 月上海商务印书馆《现代日本小说集》	[日]菊池宽
21	《复仇的话》	1923 年 6 月上海商务印书馆《现代日本小说集》	[日]菊池宽

续表

序号	作品名称	发表时间、刊物或出版社	原著作者
22	《鼻子》	1923 年 6 月上海商务印书馆《现代日本小说集》	［日］芥川龙之介
23	《罗生门》	1923 年 6 月上海商务印书馆《现代日本小说集》	［日］芥川龙之介

从上述的短篇小说翻译的国别选择来看，鲁迅较为关注俄国、日本两国的小说创作，对此，鲁迅说，"因为所求的作品是叫喊和反抗，势必至于倾向了东欧，因此所看的俄国、波兰以及巴尔干诸小国作家的东西就特别多。也曾热心的搜求印度、埃及的作品，但是得不到。记得当时最爱看的作者，是俄国的果戈理（N. Gogol）和波兰的显克微支（H. Sien kiewitz）。日本的是夏目漱石和森欧外"①。鲁迅的短篇小说翻译始自《域外小说集》，这是鲁迅与二弟周作人合译短篇小说选集，1909 年 3 月和 7 月在日本东京的神田印刷所出了两册，第一册收录小说 7 篇，包括鲁迅翻译的俄国作家安特来夫的《谩》和《默》，第二册收录小说 9 篇，其中鲁迅翻译 1 篇，是俄国作家迦尔洵的《四日》，据周作人在《关于鲁迅之二》中说，这三篇"系豫才根据德文本所译"，"豫才不知何故深好安特来夫"。周作人在此文中谈到为何要从事翻译时说，在日本时他们"以为文艺是可以转移性情，改造社会的"，"便自然而然的想到介绍外国新文学这一件事"。②在《域外小说集·序言》中，鲁迅也坦言翻译这些小说的目的是因为"异域文术新宗，自此始入华土。使有士卓特，不为常俗所囿，必然犁然有当于心"，鲁迅把《域外小说集》中所选的小说誉为"异域文术新宗"，足见鲁迅在选择时是有考量的。

1918 年 5 月，鲁迅在《新青年》上发表了第一篇小说《狂人日记》，开始了短篇小说创作。1918 年至 1926 年间共创作 25 篇小说，分别收录在《呐喊》（1923 年新潮社初版）和《彷徨》（1926 年北新书局初版）两部短篇小说集中，包括《狂人日记》《孔乙己》《药》《一件小事》《风波》《故乡》《阿Q 正传》《伤逝》《祝福》《在酒楼上》《孤独者》等，其中《阿 Q 正传》是唯一的一部中篇小说，也收录在早期的短篇小说集《呐喊》之中。鲁迅的短篇

---

① 鲁迅. 鲁迅散文集［M］. 沈阳：万卷出版公司，2013：157.
② 上海鲁迅纪念馆. 回忆鲁迅在上海［M］. 上海：上海书店出版社，2017：443.

小说的发生离不开对外国文学的借鉴，在《我怎么做起小说来》一文中，鲁迅说，"还有一层，是我每当写作，一律抹杀各种的批评……但我常看外国的批评文章，因为他于我没有恩怨嫉恨，虽然所评的是别人的作品，却很有可以借镜之处。但自然，我也同时一定留心这批评家的派别"①。从这段话我们可以看出鲁迅特别关注外国的文学评论，把这些作为"借镜之处"，同样，在《中国新文学大系·小说二集导言》中，鲁迅提到自己的小说《药》时说，"《药》的收束，也分明的留着安特莱夫（L Andreev）式的阴冷。但后起的《狂人日记》意在暴露家族制度和礼教的弊害，却比果戈理的忧愤深广，也不如尼采的超人的渺茫"②。鲁迅的夫子自道说明了他小说创作外来影响的杂糅，关于鲁迅小说所受到的外国影响，周作人在《回忆鲁迅之二》中说，"他所最受影响的却是果戈里，《死魂灵》还居第二位，第一重要的还是短篇小说，《狂人日记》《两个伊凡尼支打架》，以及喜剧《巡按》等"，"波兰作家最重要的是显克微支"，认为"豫才后日所作小说虽与漱石作风不似，但其嘲讽中轻妙的笔致实颇受漱石的影响，而其深刻沉重处乃自果戈里与显克微支来也"。③

对于鲁迅小说《阿Q正传》的外来影响，周作人也曾有过具体的评价。在 1923 年 3 月 19 日的《晨报副刊》上，周作人发表了题为《阿Q正传》的一篇批评文章，他在文章中指出《阿Q正传》是一篇"讽刺小说"，但周作人指出鲁迅《阿Q正传》的"讽刺"是外来的，他认为"《阿Q正传》里的讽刺在中国历代文学中最为少见，因为他是反语（Irony），便是所谓冷的讽刺——'冷嘲'"。同为讽刺小说，周作人认为中国的近代小说多为"热骂"，《阿Q正传》的讽刺与《官场现形记》等小说的讽刺"性质很是不同"，"与《儒林外史》的一小部分略略有点相近"。周作人在这段评价中历数了《阿Q正传》的外国来源，指出"《阿Q正传》的笔法的来源，据我所知道是从外国短篇小说而来的，其中以俄国的戈果理与波兰的显克微支最为显著，日本的夏目漱石、森鸥外两人的著作也留下不少的影响。戈果理的《外套》和《疯人日记》，显克微支的《炭画》和《酋长》等，森鸥外的《沉默之塔》，都已经译成汉文，只就这几篇参看起来也可以得到多少痕迹；夏目漱石的影响，则在他的充满反语的杰作《我是猫》"。周作人认为"这篇小说里收纳这许多外国的分子"，结果造成了"对于斯拉夫族有了他的大

①　鲁迅. 鲁迅散文集[M]. 沈阳：万卷出版公司，2013：159.

②　李新宇，周海婴. 鲁迅大全集 9 创作编 1935[M]. 武汉：长江文艺出版社，2011：74.

③　上海鲁迅纪念馆. 回忆鲁迅在上海[M]. 上海：上海书店出版社，2017：444.

陆的迫压的气氛而没有那'笑中的泪'","对于日本有了他的东方的奇异的花样而没有那'俳味'","多理性而少热情,多憎而少爱,这个结果便造了 Satyric satire(山灵的讽刺),在这一点上却与《英王狂生》斯威夫德有点相近了"。① 同样,在《回忆鲁迅之二》中,周作人也认为《阿 Q 正传》是受了果戈里和显克微支的影响,他认为"用滑稽的笔法写阴惨的事迹,这是果戈里与显克微支二人得意的事,《阿 Q 正传》的成功其原因一部分亦在于此",此盖为但能热骂的人所不及知者也。②

四、陈衡哲:"文学革命讨论初期中的最早的作品"

在现代小说家中,陈衡哲是最早从事短篇小说创作尝试的作家之一,留学使她的小说带有格普生"温情写实"的特色,把诗歌、散文、戏剧等体裁的因素融入小说,体现了文体融合的建构努力,其 1917 年的短篇小说《一日》被胡适称为"文学革命讨论初期中的最早的作品"。陈衡哲(1890—1976),出生于江苏省武进县,家学渊源深厚,祖父陈梅生是清朝进士,父亲陈韬是著名的学者和诗人,当过清朝官吏,母亲庄曜孚是江苏常州人,名门闺秀,能文善画。陈衡哲是中国现代第一位女教授,是当时清华学校招收的第一批公费(庚子赔款)赴美留学的女学生。1914 年,陈衡哲来到纽约 Poushkeepsic 的 Putnam Hall 的女子学校学习,1915 年秋进入瓦沙(Vassar)大学,"随即以历史为主系,指导她的是两位能力强的教授:历史系教主任 Lucy M. Salmon 和欧洲史系教授 Eloise Ellery"③。除专攻西洋史之外,陈衡哲还兼修西洋文学,1918 年夏从华沙大学毕业,获文学学士学位,随即进入芝加哥大学历史系学习,继续攻读西洋史和文学,1920 年夏从芝加哥大学研究院毕业,获文学硕士学位,多年的留洋经历及主攻文学专业使其创作带有鲜明的西方气息。在文学思潮上,无论是对人道主义、写实主义的关注,对玛丽·沃尔斯通克拉夫特、爱伦凯等女权主义者的赞同,还是在诗歌、散文中体现出的"造命"精神,都体现了外来思潮影响的印记;在文学创作手法上,陈衡哲积极响应现实主义文学思潮的感召,同时融入格普生"温情写实"的创作风格,有意识地借鉴西方现代文体特点来探索尝试,将现代散文、戏剧、散文诗等文体融入小说创作,形成了独特的小说文体特色。

---

① 周作人. 周作人批评文集[M]. 珠海:珠海出版社,1998:159.
② 上海鲁迅纪念馆. 回忆鲁迅在上海[M]. 上海:上海书店出版社,2017:443.
③ 陈衡哲. 一支扣针的故事[M]. 哈尔滨:北方文艺出版社,2015:284.

1917 年，陈衡哲的第一篇白话小说《一日》发表在"留美学生会"的会刊《留美学生季报》第 4 卷第 2 期上。在中国现代文学史上，我们通常把鲁迅 1918 年创作的《狂人日记》看作第一篇白话小说，陈衡哲《一日》的发表要早于《狂人日记》，其影响虽不如《狂人日记》，但其作为最早的一篇用白话文写就的小说，受西方文学的影响已经很明显，具备了现代小说的文体特点。《一日》讲述了美国女子大学新生一天的生活，带有散文化的叙事特征。陈衡哲在《一日》小引中称这篇小说"既无结构，无目的，所以只能算是一种白描"，这种"白描"有点类似于胡适提倡的"横断面"法，小说选取了"早晨""课室中""午刻""下午一""下午二""下午三""晚上一""晚上二""晚上三"九个片段的故事，带有明显的剪裁，夏志清在《小论陈衡哲》一文中认为这部小说受到英美独幕剧的影响，他说"《小雨点》的另外三篇——《一日》《波儿》《老夫妻》——代表了作者早期的另一种风格。它们是生活横切面的写照，也可说是小型的'独幕剧'，因为我们读到的主要是对白"①。1928 年，陈衡哲的短篇小说集《小雨点》由上海新月书店出版，收录短篇小说 10 篇，分别为《小雨点》《一日》《波儿》《老夫妻》《巫峡里的一个女子》《孟哥哥》《西风》《洛绮思的问题》《运河与扬子江》《一支扣针的故事》，创作时间从 1917 年到 1926 年，书前有三个序：胡适的"胡序"、任叔永的"任序"和陈衡哲的"自序"。

陈衡哲的小说创作带有明显的西化特征，呈现出文体融合的努力。她的小说创作融入了西方独幕剧的因素，《一日》截取了九个生活片段，以对话为主，《波儿》《老夫妻》也是选取一个场景，通过对话展开，小说中的动作、补充说明则如独幕剧中的舞台提示一样，《运河与扬子江》也有着借鉴独幕剧艺术形式的痕迹。陈衡哲赴美留学期间正是独幕剧在美国广泛流行的时期，"胡适在他的《留美日记》中就有深被爱尔兰剧作家约翰·辛（John Millington Synge）的独幕剧所感动的记载"，因此，夏志清认为，作为胡适的好友，"陈衡哲在美国所读的文学课程，同胡适相仿，我想她在读短篇小说之外，也读了不少独幕剧的"。② 其次，陈衡哲的小说受到了格普生的影响，带有格普生特有的"温情"。格普生是乔治五世时期成名的诗人，在英国文学史上属于"乔治诗人"一代，现代写实派诗人，陈衡哲曾在一篇传记散文中介绍过格普生的诗——《英诗人格普生的诗》，文章详细叙述了"格普生主义"，主要体现了格普生诗歌的主人公多为"各

---

① 夏志清. 新文学的传统［M］. 北京：新星出版社，2005：93.
② 夏志清. 新文学的传统［M］. 北京：新星出版社，2005：96.

种贫苦和不幸的男女", 格普生用"写实的眼光"和"诚恳的同情"来表现他
们的"悲欢哀乐", "诗中的情境""却总有一线的光明"。① 在这篇文章中,
陈衡哲还翻译了格普生的两首诗歌《孩子》和《墓石》, 之所以选译两首,
是因为陈衡哲认为格普生诗歌的"情节和结构"多有重复, 不必多译, 两
首"也就可以明白他的主义了"。陈衡哲的《老夫妻》《波儿》等小说明显带
有"格普生主义"的特点, 小说以写实的笔调来表现贫苦人们的悲哀欢乐,
于不幸中也不忘表现些许"光明", 这正是格普生写实创作中常有的"温
情"。陈衡哲非常推崇格普生诗歌的"诚恳的精神"和"那个精神的力量",
这一点我们在《小雨点·自序》中也可以发现, 陈衡哲在"自叙"中说, 把
这些小说公世的唯一理由是想把"写作他们时的情感的至诚, 与思想的真
纯", "奉献于重视这样的情感与思想, 甚于技术与家派的读者"。②

　　正是因为小说创作中这种"情感的至诚"和"思想的真纯"的"温情"追
求, 使得陈衡哲的小说充满了西方的人道主义思想。《一日》中迦茵代法
国战地病院的募捐和爱玛前往法国战壕当看护妇的情节体现了一种人道主
义的"救助", 陈衡哲之后小说的人道主义更为明显。短篇小说《波儿》中,
将这种人道主义精神体现得淋漓尽致, 表现了对下层民众不幸的深切同
情,《一支扣针的故事》里的西克夫人的母爱已超出一般意义的人伦亲情,
是一种更为博大的人道主义,《西风》本身的反战主题已是人道主义,《小
雨点》的博爱更加展示了陈衡哲对西方人道主义思潮的高度认同。女性问
题一直是陈衡哲小说创作的一个主题,《洛绮思的问题》《运河与扬子江》
《巫峡里的一个女子》和《一支扣针的故事》都是以女性为主人公, 小说通
过女性生活境遇所传达的女性观, 颇类似于西方早期自由主义女性观点,
尤其是早期自由主义女性主义代表玛丽·沃尔斯通克拉夫特。陈衡哲在其
历史教科书《西洋史》中对这位女性主义先驱推崇有加。③ 小说《一支扣针
的故事》中的西克夫人早年守寡, 为了履行"母职", 西克夫人没有再婚,
但一直佩戴着马昆·勿兰克赠送的那支耶鲁大学的校针。西克夫人为了
"母亲的使命"而牺牲爱情, 并且这种"母亲的使命""不以她自己的家庭为
限", 因为"她觉得她对于一切青年们, 都负有一种母职"。

　　虽然陈衡哲《一日》的发表时间早于《狂人日记》, 但无论从何种意义
而言, 陈衡哲的短篇小说创作都无法超越鲁迅。尽管如此, 也不能抹杀

①　陈衡哲. 衡哲散文集[M]. 石家庄: 河北教育出版社, 1994: 334-335.
②　陈衡哲. 小雨点[M]. 上海: 上海书店出版社, 1928: 18.
③　陈衡哲. 西洋史[M]. 沈阳: 辽宁教育出版社, 1998: 301.

《一日》在中国现代短篇小说发生中的作用，作为现代短篇小说发生过程中的一环，《一日》也同样具有一定的意义，从某种角度说明了现代短篇小说发生中众人的努力，没有胡适的理论提倡和短篇小说翻译、陈衡哲的短篇小说创作、鲁迅的短篇小说翻译，就不会有《狂人日记》的创作成就。

第二节　现代浪漫抒情小说的发生

　　1921 年 6 月创造社的异军突起，引发了中国现代小说流派的鲜明分野，以创造社作家为代表的浪漫抒情小说兴起。这种浪漫抒情小说的兴起，是与"五四"时期的社会和文学变革相关的，正如杨义所言，"一代作家每常以小说体式的变化，来隐括、容纳和体现他们小说概念的变化"①。杨义认为浪漫抒情小说不是 19 世纪前期欧洲浪漫主义创作方法的重复，其"创作方法是驳杂不纯的，混有前期浪漫主义和世纪末的'新浪漫主义'的成分的，是一种开放型的浪漫主义"。杨义此处所指的"新浪漫主义"，是"五四"时期"作为最新的外国文学流派介绍到中国来的。它几乎囊括了19 世纪末、20 世纪初欧美和日本反抗现实主义、自然主义而起的种种文学思潮和流派，其中也包括我们称之为现代派前身的象征主义、唯美主义和颓废主义"②。"创造社"由留日学生在日本组建，这些作家久居国外，郭沫若、郁达夫、徐祖正、陶晶孙等都是创造社的成员，他们的创作不仅受到日本文学的影响，也受到欧美各种"新浪漫主义"文学思潮的影响。在《创造三年》中，陶晶孙说"这一批文学同人""不可疑的是他们的日本留学，和日本文学界的影响"，"《创造》的发刊时，沫若说要把新罗曼主义为《创造》的主要方针，后来社会都承认创造社为罗曼主义"，"一直到底做新罗曼生活者为达夫"，"一直到底写新罗曼主义作品者为晶孙"。③ 下面我们就以郁达夫、郭沫若、陶晶孙、徐祖正这四位创造社作家为例，来探究一下外国文学在他们的浪漫抒情小说发生中的作用。

一、郁达夫："一直到底做新罗曼生活者"

　　郁达夫是现代浪漫抒情小说的代表作家，他的小说创作从一开始就呈

---

　　① 杨义. 中国现代小说史　第一卷[M]. 北京：人民文学出版社，2005：531.
　　② 杨义. 中国现代小说史　第一卷[M]. 北京：人民文学出版社，2005：520.
　　③ 陈颂声，等. 创造社资料[M]. 福州：福建人民出版社，1985：772.

现出鲜明的浪漫抒情特色。郁达夫（1896—1945），浙江富阳人，原名郁文，字达夫。1913 年随哥哥郁华到日本求学，1914 年进入东京第一高等学校预科学习文科，后改为医科，后又改读文科。1919 年进入东京帝国大学经济学部主攻经济学，1922 年获东京帝国大学经济学学士学位。1921 年，与郭沫若、成仿吾、田汉等留日学生发起成立创造社，自此走上文学道路。留日期间，郁达夫开始大量阅读外国文学作品，郁达夫在《五六年来创作生活的回顾》中，说自己在考入东京第一高等学校预科后，利用课余"读了两本俄国杜儿葛纳夫的英译小说，一本是《初恋》，一本是《春潮》"，"和西洋文学的接触开始了，以后就急转直下，从杜儿葛纳夫到托尔斯泰，从托尔斯泰到独思托以夫斯基、高尔基、契诃夫。更从俄国作家，转到德国各作家的作品上去，后来甚至于弄得把学校的功课丢开，专在旅馆里读当时流行的所谓软文学作品。在高等学校里住了四年，共计所读的俄、德、英、日、法的小说，总有一千部内外，后来进了东京的帝大，这读小说之癖，也终于改不过来……"①同为创造社的郭沫若也回忆说，"达夫很聪明，他的英文、德文都很好"，"他也喜欢读欧美的文学书，特别是小说，在我们的朋友中没有谁比他更读得丰富的"（《论郁达夫》）②。郁达夫在 1922 年至 1927 年的新文学发展初期并无大量翻译作品单独发表，而是在其文章、日记、小说中掺杂了大量的译诗，如小说《沉沦》中华斯华兹的《孤寂的高原》、文论《施笃姆》中施笃姆的诗歌、《艺文私见》中勃兰兑斯《十九世纪文学主流》的翻译片段等，难怪鲁迅在《上海文艺之一瞥》中称创造社"专重自我的，崇创作，恶翻译，尤其憎恶重译的"③，也正因此，郁达夫真正发表的译文很少，但大量的外国文学作品涉猎也同样使他的浪漫抒情小说深受外国文学影响。

　　郁达夫的第一篇小说《银灰色的死》发表在 1921 年 7 月 7 日至 13 日的《学灯》上，1921 年 10 月，郁达夫的小说集《沉沦》出版，收录《沉沦》《南迁》《银灰色的死》三篇小说，这是新文学的第一部短篇小说集。郁达夫的小说创作一直持续到 1935 年的《出奔》，他一生共创作 50 多篇小说，这些小说总体可分为表现自我和社会两类，其中又以表现自我的作品最具特色，如《银灰色的死》《沉沦》《南迁》《茫茫夜》《怀乡病者》《迟桂花》等，《沉沦》是此类小说的代表作品。《沉沦》以第三人称"他"的口吻叙述了一

---

①　吴秀明. 郁达夫全集 10 文论 上[M]. 杭州：浙江大学出版社，2007：310.
②　何宝民. 世界华人学者散文大系 1[M]. 郑州：大象出版社，2003：171.
③　费菲. 鲁迅散文、杂文[M]. 长春：东北师范大学出版社，2012：140.

个留日中国学生在异国他乡的"堕落"。作为一个弱国子民，他在日本备受歧视，被称为"支那人"，正值青春期的他渴望爱情却不得，最终陷入性苦闷之中而无法自拔，在经历"窥浴""听欢""嫖妓"之后投海自杀，投海之前发出呼喊："祖国呀祖国！我的死是你害我的！你快富起来，强起来罢！你还有许多儿女在那里受苦呢！"小说充满了浓郁的抒情色彩，旨在抒发知识青年的内心苦闷，是典型的浪漫抒情小说，此类小说不重故事情节的完整，而是把作家自我的经历融入故事之中，是自叙传抒情体小说，这种专注于"自我书写"的小说特色深受日本"私小说"的影响。

郑伯奇在《〈中国新文学大系·小说三集〉导言》中说，"郁达夫给人的印象是'颓废派'，其实不过是浪漫主义涂上了'世纪末'的色彩罢了。他仍然有一颗强烈的罗曼谛克的心，他在重压下的呻吟之中寄寓着反抗"①。郁达夫小说的这种"颓废"和"罗曼蒂克"明显受到日本"私小说"的影响，"私小说"是日本文坛流行的一种源于自然主义而被多种文学思潮所通用的小说文体，"它脱胎于自然主义，成熟和定型于白桦派、唯美派、新思潮派等各种流派"②。郁达夫赴日本留学是在 1913 年，留日十年，正值日本大正年间，也是日本"私小说"盛行时期，加上郁达夫孤独忧郁的性格与日本私小说不谋而合。对于这种个性的形成，郁达夫在《水样的春愁——自传之四》中曾说"又因自幼就习于孤独，困于家境的结果，怕羞的心，畏缩的性，使我的胆量，变得异常的小"③。日本留学十年，他这种孤独忧郁的性格加重。但郁达夫所接受的日本私小说"是不拘于流派的"，"自然派侧重肉欲苦闷的真实暴露和描写"，"白桦派追求个性自由、同情博爱的人道主义"和"唯美派则着意表现世纪末的忧郁和颓废"，④ 在郁达夫的作品中是兼容的。至于具体作家，郁达夫说在日本现代小说家中，"我所最崇拜的是佐藤春夫"，"他的作品中的第一篇当然要推他的出世作《病了的蔷薇》，即《田园的忧郁》了"⑤，"看葛西善藏小说二短篇，仍复是好作品，感佩得了不得"⑥。由此足见郁达夫小说对于日本私小说的兼收并蓄，应该说是取各家之长融合为独特的郁达夫式的自叙传抒情体

① 蔡元培，等.《中国新文学大系》导言集[M]. 贵阳：贵州教育出版社，2014：151.
② 王向远. 王向远著作集 第 5 卷 中日现代文学比较论[M]. 银川：宁夏人民出版社，2007：273.
③ 郁达夫. 郁达夫[M]. 杭州：浙江摄影出版社，2018：125.
④ 王向远. 王向远著作集 第 5 卷 中日现代文学比较论[M]. 银川：宁夏人民出版社，2007：273.
⑤ 郁达夫. 郁达夫散文全集[M]. 哈尔滨：哈尔滨出版社，2016：81.
⑥ 郁达夫. 郁达夫日记集[M]. 长春：吉林出版集团股份有限公司，2017：45.

小说。

郁达夫的小说观是在大量阅读外国小说中形成的，他的短篇小说观在上文已经论述，此不赘述，我们在此重点关注郁达夫的自叙传抒情体小说观的形成。郁达夫在《小说论》一文中直接把现代小说的渊源指认为"中国小说的世界化"，认为现代的小说"实际上是属于欧洲的文学系统的"①。在《现代小说所经过的路线》一文中，郁达夫把欧洲的近现代小说分为两种，"一种是只叙述外面的事件起伏的"，中国小说基本都是这一类，此类小说"含有事件起伏和一幕一幕的剧的场面似的内容"和典型人物；另一种"是那些注意于描写内心的纷争苦闷，而不将全力倾泻在外部事变的记述上的作品"，郁达夫认为近代小说的真正开始"就是把小说的叙述从稠人广众的街巷间转移到人的心理上去这一点"。② 应该说郁达夫的小说就属于后面这种，"注意于描写内心的纷争苦闷"，这与郁达夫的创作态度有关。在《五六年来创作生活的回顾》中，郁达夫直言"文学作品，都是作家的自叙传"，"作家的个性，是无论如何，总须在他的作品里头保留着的"，"作者的生活""应该和作者的艺术紧抱在一块，作品里的 individuality 是决不能丧失的"。③ 因此，郁达夫的小说带有自叙传色彩。我们在郁达夫的小说中会发现很多主人公都有类似于他本人的气质和秉性，尤其是《沉沦》中的抒情主人公——留学日本的中国学生"他"，更是带有强烈的个人色彩，"他"富有爱国心和知识分子的良知，自卑敏感而又愤世嫉俗，最终只能选择自戕的方式来进行反抗。在小说《茫茫夜》《秋柳》《银灰色的死》等作品中，我们可以发现小说主人公与《沉沦》中的"他"有着大体相似的身份，留日青年学生，作为弱国子民在异国他乡备受歧视，个人生活失意，渴望情感而不得，不堪重压后多选择自杀（自弃）方式"沉沦"，作品以此发出对社会、国家、民族的控诉。

二、郭沫若：早期的浪漫抒情小说创作与翻译

在"五四"文坛，郭沫若是以诗人和剧作家著称，但从创作数量而言，小说的量并不少，他的小说创作和他的早期诗歌创作一样，带有强烈的浪漫抒情色彩。郭沫若 1907 年入嘉定府中学堂开始接触严复译的《天演论》和林译小说、哈葛德的《迦茵小传》、司各特的《撒克逊劫后英雄略》、英

---

① 郁达夫. 艺术私见[M]. 上海：复旦大学出版社，2004：37.
② 郁达夫. 郁达夫文集 第七卷 断残集[M]. 上海：北新书局，1933：13-18.
③ 郁达夫. 郁达夫文论集 上[M]. 长春：吉林出版集团股份有限公司，2017：95-96.

国兰姆的《莎士比亚戏剧故事集》，1914年元旦，郭沫若东渡日本，开启了十年的留学生涯。《牧羊哀话》是郭沫若的第一篇小说，发表在1919年的11月《新中国》月刊第1卷第7期上。从1919年到1927年，郭沫若一共创作了25篇小说，包括《牧羊哀话》(1919年)、《他》(1920年)、《鼠灾》(1920年)、《未央》(1920年)、《残春》(1922年)、《月蚀》(1923年)、《圣者》(1924年)、《漂流三部曲》(1924年，包括《歧路》《炼狱》《十字架》)、《曼陀罗华》(1924年)、《阳春别》(1924年)、《三诗人之死》(1924年)、《喀尔美萝姑娘》(1924年)、《万引》(1924年)、《行路难》(1924年)、《叶罗提之墓》(1924年)、《湖心亭》(1925年)、《落叶》(1925年)、《人力以上》(1926年)、《亭子间中》(1926年)、《后悔》(1926年)、《矛盾的统一》(1926年)、《红瓜》(1926年)、《一只手》(1927年)①。这些小说后收入结集出版的《塔》(1926年，小说戏剧合集)、《落叶》(1926年)和《橄榄》(1926年)等小说集，其间还创作了历史小说《鹓雏》《函谷关》等。郭沫若早期小说受西方浪漫主义和日本"私小说"的影响，带有强烈的主观抒情色彩，表现了"五四"知识分子青春的呼号和内心的郁结，推动了现代浪漫抒情小说的发展。

郭沫若早期的浪漫抒情小说多以自身遭遇为题材，是"通过自己看出一个时代"②。在《郭沫若选集·自序》中，郭沫若说自己"弃医从文"是由于耳朵有毛病，也因此"便爱驰骋空想而局限在自己的生活里面"，在文学中"爱写历史的东西和爱写自己"，自称"我在文艺写作上，大抵是一个即兴诗人"。③ 除了自身原因，郭沫若的此类小说受到西方浪漫主义和日本"私小说"的影响，日本求学经历是郭沫若早期浪漫抒情小说创作诱因。1914年7月，郭沫若考入东京第一高等学校预备班医科，结识了郁达夫、成仿吾、张资平。1915年9月，郭沫若进入冈山第六高等学校就读，学校开设的德文、英文和拉丁文用的都是文学教材，郭沫若因此开始接触海涅、歌德、屠格涅夫、泰戈尔等的作品。1921年，《女神》由上海泰东书局出版，郭沫若之后开始接触福楼拜、左拉、莫泊桑的小说和易卜生、高尔斯华绥的戏剧。④ 1921年6月，郭沫若与成仿吾、田汉、郑伯奇、郁达

---

① 参见1996年中国文联出版社出版的《浪漫抒情小说大师 郭沫若小说全集》篇末时间标注编辑而成。

② 郭沫若著作编辑委员会. 郭沫若全集文学编 第11卷 沫若自传 第1卷 少年时代[M]. 北京：人民文学出版社，1992：3.

③ 上海图书馆文献资料室，四川大学郭沫若研究室. 郭沫若集外序跋集[M]. 成都：四川人民出版社，1983：137-138.

④ 此部分内容参见魏红珊《郭沫若》(2003年版，四川人民出版社)。

夫成立创造社。1923 年 3 月，郭沫若从九州帝国大学医科毕业，1924 年回国。在《留学生活》一文中，郭沫若对自己与外国文学结缘有这样一段话：

> 在高等学校的期间，便不期然而然地与欧美文学发生了关系。我接近了太戈尔、雪莱、莎士比亚、海涅、歌德、席勒，更间接地和北欧文学、法国文学、俄国文学，都得到接近的机会。这些便在我的文学基底上种下了根，因而不知不觉地便发出了枝干来，终竟把无法长成的医学嫩芽掩盖了。①

多年的异国留学经历让郭沫若大量接触了外国文学作品，尤其是日本"私小说"的影响，郭沫若在日本留学时期正值大正时代，是日本"私小说"风靡整个日本社会的时期。我们可以先来考察一下郭沫若的小说翻译，借此来探究这些翻译作品与其浪漫主义小说之间的渊源。1921 年 7 月，郭沫若与钱君胥合译了德国作家施笃谟的小说《茵梦湖》（上海泰东书局）。郁达夫在《〈茵梦湖〉序引》中说，"施笃谟的艺术，是带实写风的浪漫派的艺术。与其称他作小说家，还不如称他作诗人的好，他毕竟是一个大抒情诗人"②。1922 年 4 月，郭沫若翻译了德国歌德的《少年维特之烦恼》（上海泰东书局）。在《〈少年维特之烦恼〉序引》中，郭沫若称这本书"几乎全是一些抒情的书简所集成，叙事的分子极少"，"与其说是小说，宁说是诗，宁说是一部散文诗集"，郭沫若称他译这本书，与歌德的思想有种种共鸣，其中之一是"他的主情主义"。③ 从上述序跋中可以看出这两部译作与郭沫若早期浪漫主义抒情小说在风格上的契合，难怪郑伯奇在《〈中国新文学大系·小说三集〉导言》中说，"郭沫若受德国浪漫派的影响最深，他崇拜自然，尊重自我，提倡反抗，因而也接受了雪莱、恢铁曼、太戈儿的影响；而新罗曼派和表现派更助长了他的这种倾向"④。郭沫若在留学期间就开始翻译日本小说，时间上与其创作是重合的。根据 1934 年上海商务印书馆出版的《日本短篇小说集》（署名高汝鸿）中篇末所标注

---

① 景戎华. 速读中国现当代文学大师与名家丛书 郭沫若卷[M]. 北京：蓝天出版社，2004：182.

② 李今. 汉译文学序跋集 第 2 卷 1911—1921[M]. 上海：上海人民出版社，2017：397.

③ 饶鸿兢，等. 中国文学史资料全编 现代卷 48 创造社资料 上[M]. 北京：知识产权出版社，2010：237.

④ 蔡元培，等.《中国新文学大系》导言集[M]. 贵阳：贵州教育出版社，2014：151.

的翻译时间，郭沫若在 1912 年到 1922 年翻译的日本短篇小说有志贺直哉的《正义派》(1912 年 8 月)、芥川龙之介的《蜜柑》(1919 年 4 月)、葛西善藏的《马粪石》(1919 年 6 月)、芥川龙之介的《南京之基督》(1920 年 7 月)、志贺直哉的《真鹤》(1920 年 7 月)、藤森成吉的《阳伞》(1920 年 11 月)、藤森成吉的《一个体操教员之死》(1922 年 6 月)。在《日本短篇小说集·序》中，郭沫若称这些小说为"的确很有些巧妙的成果"，"日本的短篇小说有好些的确是达到了欧美的，特别是帝制时代的俄国或法国的大作家的作品的水准"，① 由此可见郭沫若对日本小说的了解和喜爱，这些翻译无形之中对郭沫若早期的抒情小说创作产生了影响。

　　郭沫若早期的抒情小说如他的诗歌一样汪洋恣肆，专注于抒情，不重故事情节，重在抒发"五四"知识青年的苦闷和心灵的痛苦，最终指向社会苦闷。小说多以"我"(或"爱牟"、K、郭君等)为叙述者，带有强烈的自叙色彩，"我"多为身在异国的留学生，备受民族压迫和歧视，具有强烈的反帝爱国情绪，多怀才不遇，遭受社会不公，又不愿屈服。小说《残春》写"我"(爱牟)看望生病的同学贺君的故事，小说中有大量的心理描写，其中的"四"整个就是爱牟的一个梦境描写，带有强烈的抒情色彩，郭沫若在《批评与梦》中说"我那篇《残春》的着力点并不是注重在事实的进行，我是注重在心理的描写。我描写的心理是潜在意识的一种流动。——这是我做那篇小说的奢望"，"我在《残春》中做了一个梦，那梦便是《残春》中的顶点，便是全篇的中心点，便是全篇的结穴处"。② 小说《漂流三部曲》更是以郭沫若个人的人身经历为"蓝本"，是一部自叙传抒情体小说三部曲，由《歧路》《炼狱》《十字架》三个系列短篇组成，三部小说分别刊载于 1924 年《创造周报》的第 41 期、第 44 期和第 47 期。小说以第三人称"他"(爱牟)为抒情主人公，叙述了知识青年爱牟漂泊不定的困顿人生和内心的苦闷，小说重在抒情。《歧路》写留学归国的"爱牟"在上海谋生无门，无奈之下，只能送妻子晓芙和三个儿子回日本，自己独自留下，陷入"凄切的孤单"之中。《炼狱》写爱牟在妻子离开上海回日本之后，一个人住在亭子间，家徒四壁，孤寂作战，一次次失败，生活在炼狱之中。《十字架》写爱牟拒绝长兄的汇票和 C 城红十字医院高薪聘书，借此反抗旧式家庭和婚姻，被钉在了痛苦的"十字架"上。

---

① ［日］芥川龙之介，等.日本短篇小说集［M］.高汝鸿，选译.上海：商务出版社，1935：2.

② 陈春生，刘成友.20 世纪中国文学史文论精华：小说卷［M］.石家庄：河北教育出版社，2000：110-112.

三、陶晶孙："一直到底写新罗曼主义作品者"

在创造社的作家中，陶晶孙的小说创作一直坚持"新浪漫主义"，在《晶孙自序》中，陶晶孙自称"我们要 Neoromanticism'，从此以后，我的小说在《创造》上散见"①。陶晶孙（1897—1952），江苏无锡人，在现代留日作家中，陶晶孙与日本文学的渊源最深，他在日本生活时间最长，1906 年随父亲去日本，小学、中学、大学都是在日本完成，精通日文和德文。大学就读于九州帝国大学，与郭沫若是同学，交往甚密，是创造社的发起人之一，并参与创办同人杂志 Green，1927 年回国，在上海东南医学院教书。1946 年去台湾，1950 年从台湾移居日本，1952 年病逝，其间作品死后结集为《给日本的遗书》。陶晶孙一生积极投身新文学的革命洪流之中，1929 年在上海加入艺术剧社，1932 年加入"左联"，主编《大众文艺》，主张文艺大众化，是"左联"的发起人之一，在其主编的《大众文艺》上专门开辟"各国新兴文学"专栏，大量译介欧美新兴作家作品，"在中国首次搭起全球大众文艺与新兴文艺的讨论平台"②，是新兴文艺的活跃人物。

在《创造三年》中，陶晶孙自称是一个"一直到底写新罗曼主义作品者"③，这与陶晶孙的个人经历和日本文学思潮影响有关。陶晶孙与日本文学的渊源源自他的留学生涯，1906 年，刚刚九岁的陶晶孙就随父亲东渡日本，从小学、中学到大学一直在日本求学，中学期间就开始接触日本文学，"早在中学读书时，陶晶孙就同日本作家内村鑑三的儿子内村祐之和森鸥外的儿子森于菟成为朋友。他们经常跑图书馆，阅读日本及世界的文学名著"（《陶晶孙的文学创作与文学活动》）④。在《日本文学之什》中，陶晶孙说"我们那个时候留学日本，可是没有把日本文学用功，反而研究欧洲文学，因为那个时候，日本的罗曼主义自然主义都成为我们的踏脚立场，藉此研究二三十年前欧洲文学的"。由此可见日本文学对于陶晶孙而言是"踏脚立场"，他的小说创作深受日本文学和欧洲文学的影响。陶晶孙在日本留学之时，"正是日本新文学全盛之时，明治之初期罗曼派已经

---

①　陶晶孙. 陶晶孙选集[M]. 北京：人民文学出版社，1995：3.

②　陶晶孙. 给日本的遗书[M]. 上海：上海文艺出版社，2008：194.

③　陶晶孙. 创造三年[A]. 陶晶孙. 牛骨集[M]. 上海：上海太平书局，1944：175.

④　张小红. 陶晶孙百岁诞辰纪念集[M]. 上海：百家出版社，1998：70.

过去，正是[明星]等的中期罗曼主义时代"(《日本文学之什》)①，这种"新罗曼主义"的自我抒情正好契合了陶晶孙的个体性格。在《晶孙自传》中，陶晶孙谈到自己"自我中心的憧憬主义，彷徨在现实与理想中间"这种性格的形成原因时说，"在中国读过一二年小学，因此所得的根柢上生有爱乡心，观察外国又得爱国心，再和当时日本人之小资产性融合"②，这也是陶晶孙能称为一个"一直到底写新罗曼主义作品者"的原因。陶晶孙与日本文学的渊源还表现在他不仅可以翻译日本小说，并且用日文创作小说，具体统计如下：

表3-4 陶晶孙小说翻译统计表③

序号	作品名称	发表时间、刊物	原著作者
1	《木犀(日文)》④	1922年3月15日 *Green* 第2期	陶晶孙
2	《林中狮子的故事》	1929年2月1日《乐群》第1卷第2期	不详
3	《黑人的兄弟》	1929年7月1日《乐群》第1卷第7期	[日]江马修
4	《死前的友情》	1929年11月1日《大众文艺》第2卷第1期	[日]林房雄
5	《公共长凳》	1929年11月1日《大众文艺》第2卷第1期	[日]村山知义
6	《兵和兵》	1929年11月1日《大众文艺》第2卷第1期	[日]岛田美彦
7	《沿海州纪行》	1929年11月1日《大众文艺》第2卷第1期	[日]细川隆之

① 陶晶孙. 牛骨集[M]. 上海：上海太平书局，1944：99.
② 陶晶孙. 牛骨集[M]. 上海：上海太平书局，1944：138.
③ 本表统计主要依据卢正言编写的《陶晶孙著译作品目录》和陶坊资的《陶晶孙年谱》(见张小红编著的《陶晶孙百岁诞辰纪念集》，百家出版社1998年版)，同时也根据其他一些史料综合整理而成。
④ 1922年12月25日，陶晶孙把《木犀》翻译成中文，发表在《创造季刊》第1卷第3期。

续表

序号	作品名称	发表时间、刊物	原著作者
8	《载秋啃》	1929 年 11 月 1 日《大众文艺》第 2 卷第 1 期	［日］小堀甚二
9	《赤色舞女》	1930 年 5 月 1 日《大众文艺》第 2 卷第 4 期	［日］贵司山治

　　陶晶孙除了翻译日本文学作品之外，还可以用日文创作，与日本文学之间的渊源很深，作品深受中日两国读者的喜爱，这在现代作家之中也是很少见的。在现代作家中，陶晶孙是少有的能用日文创作的作家，《给日本的遗书》（日文版）是他后期的小说、散文合集，在日本文坛产生了很大影响。关于陶晶孙与日本文学的关系我们从日本汉学家伊藤虎丸《给夏衍的信》中可以窥见些许端倪，在伊藤虎丸看来，"创造社中陶晶孙的地位虽不说是比郭沫若或郁达夫的更高，但从中日交流史的观点来说，超越狭窄的中国文学研究的范围，对日本的文学和思想给以影响的中国作家而言，可能会给中国方面意外的是，除鲁迅而外，陶晶孙是唯一的人物"①。

　　陶晶孙的浪漫抒情小说带有"新罗曼主义"特点，关于"新罗曼主义"有众多说法，杨义在《一朵柔弱美丽的花——论陶晶孙的小说创作》中的界定最为确切，杨义认为"作为文学流派的新浪漫主义文学，十九世纪末、二十世纪初兴起于欧洲。主要特征为回避社会矛盾、远离现实世界，着重表现主观精神世界的神秘感伤和内心的梦幻情绪"②。这段评价正是陶晶孙小说的创作特色，也正好契合了陶晶孙的小说、戏剧主张，他在《〈音乐会小曲〉书后》一文中提出："我想，如小说，如戏剧等就是一种幻想的谎语……"③陶晶孙的处女作《木犀》的日文版 *Groere en destinee*（《相信运命》），发表在 1922 年 3 月 15 日的 *Green* 杂志第 2 期，这是当时留日学生自己办的一个同人杂志，郭沫若觉得这篇小说不错，鼓励陶晶孙译成中文，发表在 1922 年 11 月 25 日的《创造季刊》第 1 卷第 3 期上，郭沫若在作品之后的"附白"中说："一国的文字，有它特别地美妙的地方，不能由

---

　　① 张小红. 陶晶孙百岁诞辰纪念集［M］. 上海：百家出版社，1998：142.
　　② 张小红. 陶晶孙百岁诞辰纪念集［M］. 上海：百家出版社，1998：97.
　　③ 陶晶孙. 音乐会小曲［M］. 上海：上海创造社出版部，1927：197.

第二国的文字表现得出的。此篇译文比原文逊色多了。"①由此也可以看出陶晶孙的日文写作水平的地道，另据陶晶孙的哥哥陶瀛孙回忆，这篇小说"由郭沫若撰文特别推荐，受到中日文学青年的热烈好评"（《纪念我的哥哥陶晶孙》）②。陶晶孙的小说大多描写一种带有幻想色彩的爱情故事，为读者编织着关于爱的"幻想的谎话"，《木犀》描写的是大学生素威在一座乡间古庙中，由木犀芳香而引发的一段回忆，讲述的是一个女教师和比她小十岁的男学生之间的恋爱故事。素威"凄凄凉凉地流到九州来"，"过着漫无目的"的悲惨生活，他想念少年时代的东京生活，那里有他爱慕的女先生，小说在主人公素威对那段爱情的"回忆"中展开，这种"回忆"本身就带有梦幻色彩，加之恋爱的双方身份悬殊（少年与英文女教师），更增加了其中的"幻想"成分，英文女教师的病逝最终宣告了这段情感的终结，素威一直在痛失恋人的浪漫感伤的情绪之中，小说带有了强烈的主观抒情色彩。

陶晶孙的短篇小说戏剧合集《音乐会小曲》1927年10月由创造社出版部出版发行，其中收录了《音乐会小曲》《特选留学生》《两情景》《剪春萝》《哈达门的咖啡店》《洋娃娃》《水葬》《木犀》《理学士》《爱妻的发生》《短篇三章》《Cafe pipcau 的广告》《暑假》《独步》《温泉》《女朋友》《两姑娘》共17篇小说，另收录了《黑衣人》和《尼庵》两篇戏剧。小说集《音乐会小曲》中的小说多以陶晶孙自己的留学生活为题材，表现留学生在异国他乡的困苦生活和对现实社会的不满。《理学士》《特选留学生》《哈达门的咖啡店》写的都是留学生活的困顿。《音乐会小曲》《短篇三章》《温泉》《Cafe pipcau 的广告》等作品明显受到日本"新感觉派"小说的影响，其中《音乐会小曲》最具代表性。在《谈陶晶孙的小说〈木犀〉和〈音乐会小曲〉》一文中，郑伯奇在谈到小说集《音乐会小曲》时说："在文学的理论，他并没有主张什么主义；但就他的作风看来，当然属于浪漫派。"③《音乐会小曲》是陶晶孙早期最著名的短篇小说，《音乐会小曲》是由音乐会而引发的男女情感故事，分为春、秋、冬三章，"春"写的是音乐家"他"在舞台上伴奏时，看见台下女子很像自己以前的女友，音乐会结束后尾随"女子"来到咖啡厅，"但却坐在了一张不被她们发现的她们背面的桌子上"，"他噙着吸 Orange 水的细管，Cello 的旋律在耳鼓里反响，美丽的 cadenza 流过去，她的轮

---

①　陶晶孙. 陶晶孙文集[M]. 北京：华夏出版社，2000：20.
②　张小红. 陶晶孙百岁诞辰纪念集[M]. 上海：百家出版社，1998：1.
③　张小红. 陶晶孙百岁诞辰纪念集[M]. 上海：百家出版社，1998：23.

画映在眼底，他的回想跳在心脏上"。小说在音乐家的"独语"中展开，
"他被忧郁牵下去"，回忆 13 岁时与女友在东京西郊的原野一起的欢
愉、各自搬家后女友进了中学失去父亲、无奈的告别、女友遭遇东京大
地震生死未卜，"他太被回顾所苦了"，小说主观抒情色彩浓郁，如郁
达夫的《沉沦》一样，带有创造社浪漫抒情小说的"感伤"基调，与处女
作《木犀》一样，《木犀》中与少年素威相恋的英文女教师病逝，《音乐会
小曲》中相恋的女友在地震中生死未卜，"爱而不得"的忧郁感伤笼罩着
整篇小说。

　　陶晶孙的小说受到日本"新感觉派"小说的影响，他在《日本新感觉
派》一文中对日本浪漫派做了详细的介绍，他认为"当中期罗曼派演变为
后期罗曼派的时候，便忘去了烦恼与憧憬，略有些颓废的倾向"①，《文艺
时代》上"几个才子""创作新的文体"就是"新感觉派"。陶晶孙在此文中
提到的当时东京报摊上的《文艺时代》杂志就是日本新感觉派运动的阵地，
时间大概是 1924 年，当时陶晶孙正在日本。陶晶孙在此文中想举例说明，
"现在一时找不到他们的文章标本，且从晶孙的《音乐会小曲》中抄一句"，
由此可见他自认为《音乐会小曲》带有了日本"新感觉小说"的特点，但比
较有意味的是陶晶孙的"抄一句"却不是小说《音乐会小曲》中的，而是小
说《短篇三章》中的一篇"绝壁"篇末的一小段文字，"飞沫，飞沫，飞沫的
白，白，白，白；然后眼睛里是钻头在水晶里的感触，口中吸的空气，吐
的水，青空的一细片，还有——还有是他，和她的白的衣裳"②。陶晶孙
说"这不是完全新感觉派的文章之标本，不过略为接近"③。小说中的
"他""为游中国的春天"而从日本回来，在临海的绝壁上与女友拥抱着滚
入大海，篇目的大段文字都是心理感觉的描写。《音乐会小曲》《短篇三
章》《温泉》是 1925 年前后的作品，正是日本新感觉派流行时期，因此明
显采用了日本新感觉派小说的艺术手法。《温泉》写于 1925 年春，小说中
的主人公"我""为写小说"来到温泉，与从前的女友在"泉中浴在月光中"
缠绵，小说采用了新感觉派的艺术手法，营造了一个"幻想"的感觉的世
界，我们来看小说最后的一段描写：

　　　　顿时电灯也熄了，房中被紫外线罩着，两人在跳舞，像青玉和红

①　陶晶孙. 陶晶孙选集[M]. 北京：人民文学出版社，1995：264.
②　徐俊西. 海上文学百家文库 34 张资平 陶晶孙 郑伯奇卷[M]. 上海：上海文艺出版社，
　　2010：268.
③　陶晶孙. 陶晶孙选集[M]. 北京：人民文学出版社，1995：264.

玉的跳舞。温泉在早晨六点钟的亮光中滚滚地流。

——还是六点钟啊。

——六点钟的温泉！

——水的触感真可爱！

——吸水的嘴唇的触感也一样。

——水也不再颤动了。

——水也在感着六点钟的欢喜了。①

日本新感觉派"以'新的感觉'，'表现自我'，全然以个人的'感觉'取代理性认识"，"以丰富的感受性和敏锐的观察力表现人的内心苦闷，揭示社会的丑恶与罪恶"，"更注重文学形式的革新，以拟人、夸张、象征等手法，创造诉诸视觉、听觉的动态，从而营造主观、奇幻的艺术境界"。② 比照上述关于日本新感觉派文学的描述可以发现，陶晶孙的小说在艺术手法上有明显的借鉴。

陶晶孙小说的"新罗曼主义色彩"还表现在很多小说带有自叙传性质，我们在很多地方都可以窥见作者自身的留学经历。在散文《冬》中，陶晶孙描述了自己在日本最后几年的留学境遇，"苛烈之冬不是那么样暖旺旺的，留学日本，大学毕业了，官费被革了，父亲的津贴也停给了，文学谈得十分够，泳游着的莫泊桑等不爱他，苦闷的我国文学谈不了……"③上述这些"留学日本""停官费"和"苦闷"在他的小说中都能找到，《女朋友》《理学士》《特选留学生》等小说中的主人公、留日学生"无量君"的留学遭遇多为陶晶孙的个人生活境遇，《两姑娘》《暑假》等小说干脆直接以"晶孙"为主人公。小说《暑假》写于1926年，小说中的主人公"他"在明信片上署名"晶孙"，增加了小说的自叙传色彩，因为两年后不得不回中国了，"他终日失了心得平静"，"他为了两个女性的珠玉，没有不安也没有不和，他竟住到八月底"。④ 小说描写主人公"晶孙"借与女性的交往来寻求慰藉，逃避现实的苦闷。

四、徐祖正：日本"私小说"影响下的译介与创作

在创造社的作家中，徐祖正的小说创作也受到日本"私小说"的影响，

---

① 陶晶孙. 音乐会小曲［M］. 上海：上海书店出版社，1989：176.

② 肖霞. 浪漫主义：日本之桥与"五四"文学［M］. 济南：山东大学出版社，2003：356.

③ 齐明月. 借你一双慧眼［M］. 北京：中国言实出版社，2014：188.

④ 陶晶孙. 音乐会小曲［M］. 上海：上海书店出版社，1989：154-166.

带有浪漫抒情小说的特点。徐祖正(1895—1978)，江苏昆山人，现代作家、翻译家。1909 年在上海商务印书馆当学徒，1911 年赴武汉参加辛亥革命，1913 年随叔父到日本求学，先后就读于东京高等师范学校、日本京都帝国大学外文系。与陶晶孙一样，徐祖正也是创造社的发起人之一，参与创办同人杂志 Green，1922 年回国，先后在北京大学、北京师范大学任教，精通日语和英语。据"燕京大学课程一览(1928—1929)"记载，徐祖正在燕京大学教授高级日文课程，课程内容显示，"为已读过初级日文者(一学年程度)授以日本现代语文的修习与应用，使能达到直接听讲阅书，并亲接学术文艺等论著为目的"①，足见徐祖正的日文水平，这也为其和日本文学的渊源奠定了基础。

徐祖正与外国文学的渊源主要在于他的翻译和对外国文学作品的评论上，尤其是日本文学的译介。徐祖正翻译出版了日本"私小说"的代表作——岛崎藤村的《新生》，这本书 1927 年由北新书局出版，这是中国翻译出版的第一部岛崎藤村的小说。这篇小说是作家岸本舍吉的自叙传作品，是对自己与侄女节子之间不伦爱恋的自我忏悔，其中的岸本舍吉就是作者岛崎藤村。《新生》分为上下两部，译本前附有徐祖正撰写的《新生解说》，文中对翻译《新生》的缘由作了说明，说并不是为了满足"对于感情不知尊重的中国，对于文艺还不脱享乐与好奇二态度的许多读者"，"作品本不因作者私生活而名贵，实因为面接实人生与再现实生活的态度而可贵"。② 可见，选择翻译这篇小说是契合徐祖正的创作主张的，这在他的小说《兰生弟的日记》中可以窥见端倪。此外，徐祖正还与王古鲁合译了日本作家武者小路实笃的《四人及其他》(南京书店 1931 年 8 月初版)，撰写了《芥川龙之介之死》一文，对日本作家芥川龙之介其人其作进行评介(《语丝》，1927 年 8 月第 144 期)③。徐祖正曾受邀参加"大东亚文学者大会"，据《日本学艺新闻》上发表的《中国的作家们》一文记载，他受邀的理由是"这次准备邀请的周作人、钱稻孙、徐祖正、张我军、张资平等，都是对日本文学——起码对日本语——有理解的人"④，由此可见徐祖正在日本文坛的地位和影响。

---

① 王翠艳. 燕京大学与"五四"新文学[M]. 北京：文化艺术出版社，2015：34.
② [日]岛崎藤村.《新生》上卷[M]. 徐祖正，译. 上海：北新书局，1927：2-3.
③ 沈素琴. 中国现代文学期刊中的外国文论译介及其影响：1915—1949[M]. 北京：北京语言大学出版社，2015：243.
④ 王向远. "笔部队"和侵华战争：对日本侵华文学的研究与批判[M]. 北京：昆仑出版社，2015：215.

徐祖正的小说创作不多，中篇小说《兰生弟的日记》是其代表作，收录在 1926 年 7 月北新书局出版的《骆驼》第一集。《兰生弟的日记》的单行本也在 1927 年 7 月由北新书局推出，集中还收录了戏剧《生日的礼物》。这篇小说名为"日记"，实质上是书信，小说是主人公兰生弟写给薰姊的一封长信，信中穿插了大量兰生弟的日记和大段心理描写，叙述的是一位留日学生兰生弟归国前后与薰姊之间的情感经历和内心自省。小说采用"日记"和"书信"这种自叙倾向的书写方式，带有明显的自叙传性质。小说发表以后，郁达夫就在 1927 年 8 月 28 日的《现代评论》第 4 卷第 90 期发表了《兰生弟的日记》一文，称这篇小说是"一部极真率的记录，是徐君的全人格的表现，是以作者的血肉精灵来写的作品"，"凡爱读 Amiel 的日记，爱读 Mark Rutherford 的人，对此当然能有十分的敬意"。郁达夫"以真率的态度"来衡量这本书，并把这部小说与传记文学"Amiel 的日记"类比，可见郁达夫对这篇小说"自叙"性质的认可。对于这篇小说，朱自清在《中国新文学研究纲要》(清华大学"中国新文学研究"课程讲稿)中设专节讨论，将其与老舍、沈从文、巴金、茅盾、叶绍钧等新文学运动最初十余年的长篇小说创作并列，足见这篇小说在当时文坛的分量。朱自清对这篇小说的评价是：礼教所不许的恋爱、"多愁多病，有力有勇"的表现、"沉潜迂回"的调子、"极真率的记录"、书函体与日记体的合一、女主人公性格不分明、冗杂与琐屑，[①] 可以说朱自清的评价非常中肯，基本概括了《兰生弟的日记》的创作特色。同为创造社的留日作家，这篇小说与郁达夫的自传体抒情小说《沉沦》等小说的创作风格极为相似，明显是日本"私小说"影响下的浪漫抒情小说。

第三节　现代童话的发生

现代童话作为儿童文学的一种，是随着"五四"儿童文学运动的兴起而出现的。随着鲁迅《狂人日记》所发出的"救救孩子"的呐喊，文学研究会和创造社等文学社团开始有意推动儿童文学，新文学作家周作人、赵景深、郑振铎、叶圣陶、冰心、茅盾、郭沫若等都参与其中，现代童话也随

---

① 朱自清. 中国新文学研究纲要[A]. 朱自清全集 第八卷[M]. 南京：江苏教育出版社，1993：108.

之应运而生。中国古代童话大多源于民间，属民间童话，靠口头传播，是民间文学的一种，许多童话与神话、民间传说、民间故事有关。而"五四"时期诞生的现代童话主要是从翻译、改编及模仿外国童话开始，是文学童话，周作人甚至指出"童话"一词来源于日本①。孙毓修是现代意义童话翻译的开创者，茅盾、赵景深、高君箴、顾均正等都参与了外国童话的译介工作，从创作层面而言，赵景深的《纸花》《白城仙境》《小全的朋友》《一片槐叶》、郑振铎的《朝露》《七星》、叶圣陶的《稻草人》《古代英雄的石像》等都是现代童话的创作实绩。因此，要探究现代童话的发生，有必要从孙毓修及"五四"时期的童话翻译着手，在全面梳理周作人童话理论发生的基础上，进一步探究赵景深、叶圣陶等的现代童话创作发生与外国童话译介的关系。

一、孙毓修："中国童话的开山祖师"

谈起"童话"，绕不开的一个人物就是孙毓修，他开启了真正意义上的外国童话翻译，并影响了"五四"一代童话作家的创作。孙毓修（1871—1922），江苏无锡人，儿童读物编辑专家。1895 年进入江阴南菁书院读书，国学基础深厚，1897 年应聘苏州中西学堂，开始职业生涯，1902 年到康桥美国牧师赖昂女士处学习英文，1907 年进入商务印书馆编译所工作，1909 年开始主编"童话"丛书，自此开始外国童话翻译工作。这是"童话"一词最早在中国的出版物上出现，不过此时的"童话"与"儿童文学"的概念多有交叉，我们从孙毓修编辑的两集"童话"丛书中包含的内容就可以看出，这套丛书或译述外国的民间传说故事、童话，或改编中国的民间传说故事。据赵景深的《孙毓修童话的来源》一文记载，"童话"丛书的 77 种童话中，29 种来源于中国历史故事如《史记》、《前后汉书》、唐人小说等，取材于西洋民间故事和名著的有 48 种。茅盾在《商务印书馆编译所和革新〈小说月报〉的前后》中也说："这些童话大部分是从英文童话意译来的，用白话，第一本名为《无猫国》，这是中国历史上第一次有儿童文学。"②孙毓修编译的童话都收录在上海商务印书馆的"童话"丛书中，具体篇目如下表统计。

---

① 有争议，待考证。
② 蔡元培，蒋维乔，庄俞. 商务印书馆九十年 我和商务印书馆 1897—1987[M]. 北京：商务印书馆，1987：149.

表 3-5　孙毓修编译童话翻译统计表①

时间	作品(收录情况、原著作者)
1908	《三问答》(第 1 集第 2 编)
1909	《哑口会》(第 1 集第 8 编)、《小王子》(第 1 集第 5 编)、《大拇指》(第 1 集第 3 编)
1910	《大人国》(第 2 集第 2 编)、《义狗传》(第 1 集第 11 编)
1911	《驴史》(第 1 集第 13 编)、《梦游地球》(第 2 集第 4 编)
1913	《狮子报恩》(第 1 集第 16 编)、《风箱狗》(第 1 集第 18 编)
1914	《怪石洞》(第 1 集第 25 编,与高真长共同翻译)、《鹦鹉螺》(第 1 集第 26 编)、《好少年》(第 1 集第 31 编)
1915	《三王子》(第 1 集第 36 编)、《点金术》(第 1 集第 35 编,[希腊]KING MADAS)
1916	《山中人》(第 1 集第 47 编,与谢寿长共同翻译)
1917	《三姊妹》(第 1 集第 49 编)、《睡王》(第 1 集第 51 编)、《万年龟》(第 1 集第 54 编)、《红帽儿》(第 1 集)、《海公主》(第 1 集、[丹麦]安徒生)
1918	《小铅兵》(第 1 集第 64 编,[丹麦]安徒生)、《狮骡访猪》(第 1 集第 74 编)、《平和会议》(第 1 集第 75 编)、《驴大哥》(第 1 集第 79 编)、《寻快乐》(第 1 集第 76 编)
1919	与沈德鸿共同翻译:《译兔娶妇》(第 1 集)、《蛙公主》(第 1 集第 80 编,[德]格林)、《怪花园》(第 1 集)、《海斯交运》(第 1 集第 87 编)、《金龟》(第 1 集第 88 编)
未标注出版年月	《风雪英雄》(第 2 集)、《巨人岛》(第 2 集)、《木马兵》(第 2 集第 20 编)、《俊男爵游记》(第 1 集第 62 编)、《审狐狸》、《睡公主》(第 1 集第 58 编)、《小人国》(第 1 集第 5 编,[英]SWIFT)、《勇王子》(第 1 集第 50 编)

① 统计时参照陆国飞主编的《清末民初翻译小说目录 1840—1919》(上海交通大学出版社 2018 年版)、贾植芳等编纂的《中国现代文学总书目·翻译文学卷》(知识产权出版社 2010 年版)。

　　"童话"是儿童文学的一种，我国古代没有"童话"一词，中国第一次出现"童话"是在 1909 年孙毓修创办的"童话"丛书中①。茅盾认为"'五四'时代的儿童文学运动，大体说来，就是把从前孙毓修先生（他是中国编辑儿童读物的第一人）所已经'改编'（retold）过的或者他未曾用过的西洋的现成'童话'再来一次所谓'直译'。我们有真正翻译的西洋'童话'是从那时候起的"（《关于"儿童文学"》）②。孙毓修编译的"童话"丛书中的故事有的取材于旧事，有的取材于欧美流行故事，类似于编译的作品。对于童话的编辑特点，孙毓修强调要根据儿童的特点来进行编排，一是要用"浅明之文学，叙奇之情节，并多附图画，以助兴趣"，二是要根据儿童的不同年龄段来确定童话编排的原则，他认为"文字之浅深，卷帙之多寡，随集而异。盖随儿童之进步，以为吾书之进步焉"③，因此，"童话"丛书的初辑标明是适用于七八岁的儿童，第 2 辑和第 3 辑是适用于十到十一岁的儿童。此外，孙毓修的外国童话编译选择范围广泛，涉及多个国别和作家，包括格林童话、安徒生童话及其他没有标注的外国童话，这些童话的译介对于"五四"现代童话的发生起到了极大的推动作用。

　　对于"童话"这种舶来的文体，孙毓修有自己的主张，这些主张主要体现在《童话》的"初集广告"和《〈童话〉序》两篇文章中。在《〈童话〉序》中，孙毓修叙述了欧美等国家童话的起源，指出欧美人"盛作儿童小说"以"合儿童之程度"，"说事虽多怪诞，而要轨于正则，使闻者不懈而几于道，其感人之速，行世之远，反倍于教科书"。正是因为欧美国家"童话"如此受欢迎，孙毓修"与欧美诸国之所流行者，成童话若干集"，"意欲假此以为群学之先导，后生之良友"。④ 同样，孙毓修在《童话》"初集广告"中的一段话，可以作为"童话"这一文体特征的描述：

　　　　故东西各国特编小说为童子之用，欲以启发知识，含养德性，是书以浅明之文字，叙奇诡之情节，并多附图画，以助兴趣；虽语言滑稽，然寓意所在必轨于远，童子阅之足以增长德智。⑤

① 洪汛涛. 洪汛涛童话论著·童话学[M]. 武汉：长江文艺出版社，2018：185.
② 王泉根. 中国现代儿童文学文论选[M]. 南宁：广西人民出版社，1989：396.
③ 王泉根. 民国儿童文学文论辑评 上[M]. 太原：希望出版社，2016：17.
④ 王泉根. 民国儿童文学文论辑评 上[M]. 太原：希望出版社，2016：16-17.
⑤ 洪汛涛. 洪汛涛童话论著·童话学[M]. 武汉：长江文艺出版社，2018：189.

这段话首先指出了"童话"的功能和文体特点，孙毓修称要以童话启发智力，含养德性，使得"童子阅之足以增长德智"，这是要通过童话达到启智和教育的目的。"浅明之文字""奇诡之情节""多附图画""语言滑稽"是童话的文体特点。由孙毓修的"童话"相关论述看，已经与后来的"童话"概念极为相似。

就影响力而言，孙毓修翻译的"童话"是"五四"时期其他童话翻译作品无法企及的，这套丛书在当时的小读者和童话创作者中产生了巨大反响，并影响了一代童话作者，冰心、张天翼等童话作家都称受到孙毓修童话的影响。冰心曾回忆，"我接触当时为儿童写的文学作品，是在我十岁左右。我的舅舅从上海买到的几本小书，如《无猫国》《大拇指》等。其中我尤其喜欢《大拇指》……"①张天翼也说自己在初小的运动会奖品是孙毓修先生编的"十几册商务印书馆的童话"②，赵景深说"儿时也是一个孙毓修派呢"③，"幼时看孙毓修的《童话》，第一二页总是不看的，他那些圣经贤传的大道理，不但看不懂，就是懂也不愿去看（关于童话的讨论）"④，其中既道出了自己受孙毓修童话的影响，也指出了孙毓修《童话》编译中的"教育训诫"目的——"圣经贤传的大道理"，由此可见，孙毓修是当之无愧的"现代中国童话的祖师"。

二、"五四"时期童话与理论译介

孙毓修的童话翻译开启了现代童话的译介先河，之后，大量"五四"作家和编辑开始积极从事童话翻译和理论研究，周作人、赵景深、郑振铎、徐调孚、顾均正等都有童话译作，其中周作人、赵景深是较为突出的童话翻译和理论提倡者，为全面把握"五四"童话翻译与理论研究的全貌，有必要进行系统爬梳，以此来探究现代童话发生与童话译介的复杂关系。

---

① 卓如. 冰心全集 第 6 册 文学作品 1980—1986[M]. 福州：海峡文艺出版社，2012：5.
② 张天翼. 我的幼年生活[A]. 沈承宽，等. 张天翼研究资料[M]. 北京：知识产权出版社，2010：106.
③ 赵景深. 孙毓修童话的来源[A]. 王泉根. 中国现代儿童文学文论选[M]. 南宁：广西人民出版社，1989：742.
④ 王泉根. 中国现代儿童文学文论选[M]. 南宁：广西人民出版社，1989：233.

表 3-6 "五四"童话翻译统计表①

序号	译作	发表时间、刊物或出版社	原著作者/译者
1	《狐狸梦》	文明书局 1903 年	[日]藤田丰山/笑笑生
2	《猫鼠成亲》	1903 年上海清华书局《新庵谐译初编》下卷	未标注/周桂笙
3	《猫与狐狸》	1903 年上海清华书局《新庵谐译初编》下卷	未标注/周桂笙
4	《安乐王子》②	1909 年 3 月东京神田印刷所《域外小说集》	[英]准尔特/周作人
5	《皇帝之新衣》	1909 年 3 月东京神田印刷所《域外小说集》	[丹麦]安兑尔然③/周作人
6	《荒岛孤童记》	1909 年 7 月上海广智书局	[英]马理溢德/无闷居士
7	《童话序》	1909 年 1 月 16 日《东方杂志》第 5 卷第 12 期	孙毓修
8	《格列姆童话十二则》	1909 年《东方杂志》第 7—12 期到 1910 年第 1、3、7 期④	[德]格列姆/未标注
9	《童话研究》	1912 年《教育部编纂处月刊》	周作人
10	《童话略论》	1912 年《教育部编纂处月刊》	周作人

① 本表在整理时把相关童话的论述也一并收入，时间上按照"五四"文学的下限定到 1927 年，在编写时主要参考唐沅等编著的《中国现代文学期刊目录汇编》（第 1 卷和第 2 卷，知识产权出版社 2010 年版）、贾植芳等编纂的《中国现代文学总书目·翻译文学卷》（知识产权出版社 2010 年版）、北京图书馆编的《民国时期总书目 1911—1949 文学理论·世界文学·中国文学 上》（书目文献出版社 1992 年版）、北京图书馆编著的《民国时期总书目 1911—1949 外国文学》（书目文献出版社 1987 年版）、洪汛涛的《洪汛涛童话论著·童话学》（长江文艺出版社 2018 年版）等书籍。
② 后来译为王尔德的《幸福王子》。
③ 后译为安徒生。
④ 《东方杂志》在刊登时目录使用的是"时谐"，格列姆后译为格林。

续表

序号	译作	发表时间、刊物或出版社	原著作者/译者
11	《丹麦诗人安兑尔然传》①	1913 年 12 月《丞社丛刊》创刊号	周作人
12	《古童话释义》	1914 年《绍兴县教育会刊》	周作人
13	《安娜遇狮》	1914 年 2 月上海商务印书馆	［英］伊门斯宾塞儿/林纾笔述，曾宗巩口译
14	《野鸪》	1915 年 1 月《上海》第 1 期	［丹麦］安徒生/陵澹庵
15	《嬉皮之王》	1915 年 2 月 20 日《礼拜六》第 38 期	［挪威］未标注/苏汉、天虚我生
16	《三公子》	1915 年 3 月 20 日《礼拜六》第 43 期	觉迷
17	《石》	1917 年 2 月 5 日《妇女杂志》第 3 卷第 12 号	［俄］托尔泰/寿白
18	《动物报仇谈》	1917 年 6 月 5 日至 1918 年 6 月 5 日《妇女杂志》第 3 卷第 6 号至第 4 卷第 6 号	［英］ERNEST A. BRYANT/谢寿长
19	《猫之圣诞》	1917 年 12 月 15 日《小说月报》第 8 卷第 12 号	［英］ELLA HIGGIN-SON/刘半农
20	《安德森童话两篇》	1918 年 1 月上海中华书局	［丹麦］安德森/陈家麟、陈大镫
21	《十之九》②	1918 年 1 月上海中华书局初版	［丹麦］安德森/陈家麟、陈大镫
22	《蝶衣女》	1918 年 12 月 5 日《妇女杂志》第 4 卷第 12 号	未标注/宗良

---

① 本篇是关于安徒生的传记介绍，其中涉及安徒生的童话。
② 收录《火绒箧》《飞箱》《大小克劳势》《翰思之良伴》《国王之新衣》《牧童》。

续表

序号	译作	发表时间、刊物或出版社	原著作者/译者
23	《随感录二四　读〈十之九〉》	1918 年 9 月 15 日《新青年》第 5 卷第 3 号	周作人
24	《驴大哥》	1918 年 11 月上海商务印书馆初版	未标注/沈德鸿
25	《卖火柴的女儿》	1919 年 1 月 15 日《新青年》第 6 卷第 1 号	[丹麦]H. C. Andersen/周作人
26	《堡岩上的风景》	1920 年 2 月 20 日《东方杂志》第 7 卷第 3 号	[丹麦]安徒生/赵景深
27	《论童话》	1921 年 7 月《妇女杂志》第 7 卷第 7 号	张梓生
28	《俄国的童话文学》	1921 年 9 月《小说月报》第 12 卷号外俄国文学研究	[日]西川勉/夏丏尊
29	《自私的巨人》	1921 年 10 月 1 日《新潮》第 3 卷第 1 号	[英]王尔德/穆敬熙
30	《雕的心》	1921 年 11 月 25 日《东方杂志》第 18 卷 22 号	[俄]爱罗先珂/鲁迅
31	《世界的火灾》	1922 年 1 月 10 日《小说月报》第 13 卷第 1 号	[俄]爱罗先珂/鲁迅
32	《关于童话的讨论》	1922 年 1—4 期《晨报副刊》	周作人、赵景深
33	《为跌下而造的塔》	1922 年 1 月 10 日《东方杂志》第 19 卷第 1 号	[俄]爱罗先珂/愈之
34	《两个小小的死》	1922 年 1 月 25 日《东方杂志》第 19 卷第 2 号	[俄]爱罗先珂/鲁迅
35	《为人类》	1922 年 2 月 10 日《东方杂志》第 19 卷第 3 号	[俄]爱罗先珂/鲁迅

续表

序号	译作	发表时间、刊物或出版社	原著作者/译者
36	《幸福的船》	1922 年 2 月 25 日《东方杂志》第 19 卷第 4 号	[俄]爱罗先珂/丏尊
37	《王尔德童话》①	1922 年 2 月上海泰东图书局	[英]王尔德/穆木天
38	《枯叶杂记》	1922 年 3 月 10 日《东方杂志》第 19 卷第 5 号	[俄]爱罗先珂/愈之
39	《枯叶杂记(完)》	1922 年 3 月 25 日《东方杂志》第 19 卷第 6 号	[俄]爱罗先珂/愈之
40	《恩宠的滥费》	1922 年 4 月 10 日《东方杂志》第 19 卷第 7 号	[俄]爱罗先珂/愈之
41	《失望的心》	1922 年 8 月 10 日《东方杂志》第 19 卷第 15 号	[俄]爱罗先珂/愈之
42	《王尔德童话》	1922 年 4 月 2 日《晨报副镌》	周作人
43	《童话与空想》	1922 年第 7 号、第 8 号《妇女杂志》	冯飞
44	《爱罗先珂童话集》②	1922 年 7 月上海商务印书馆初版	[俄]爱罗先珂/鲁迅、馥泉、愈之
45	《世界上最可爱的玫瑰》	1923 年 1 月 1 日《虹纹》第 1 集	[丹麦]安徒生/赵景深
46	《魔杖》	1923 年 1 月 1 日《虹纹》第 1 集	[英]不详/亚蘅
47	《松树》	1923 年 1 月 1 日《虹纹》第 1 集	[丹麦]安徒生/焦菊隐
48	《皇帝的衣服》	1923 年 1 月 19 日《小说世界》第 1 卷第 3 期	[匈牙利]密克柴斯/沈雁冰

---

① 收录《渔夫与他的魂》《莺儿与玫瑰》《幸福王子》《利己的巨人》《星孩子》。
② 收录鲁迅翻译的《狭的笼》《鱼的悲哀》《池边》《雕的心》《春夜的梦》《古怪的猫》《两个小小的死》《为人类》《世界火灾》、馥泉翻译的《虹之国》、愈之翻译的《为跌下而造的塔》。

序号	译作	发表时间、刊物或出版社	原著作者/译者
49	《多金之王》	1923 年 7 月 28 日《半月》第 2 卷第 22 号	未标注/斗华、民哀
50	《拇指林娜》	1923 年 8 月 10 日《小说月报》第 14 卷第 8 号	[丹麦]安徒生/CF 女士
51	《蜗牛和玫瑰》	1923 年 10 月 16 日《文艺旬刊》第 11 期	[丹麦]安徒生/赵景深
52	《蛱蝶》	1923 年 10 月 25 日《文艺旬刊》第 12 期	[丹麦]安徒生/马静沉
53	《蝴蝶》	1923 年 11 月 10 日《小说月报》第 14 卷第 11 号	[丹麦]安徒生/顾均正、徐名骥
54	《童话评论》	1924 年 1 月上海新文化书社	赵景深
55	《女人鱼》	1924 年 1 月 14 日《文学旬刊》第 105 期—1924 年 2 月 11 日第 108 期	[丹麦]安徒生/徐名骥、顾均正
56	《研究童话的途径》	1924 年 2 月 11 日《文学旬刊》第 108 期	赵景深
57	《白雪女郎》	1924 年 2 月 10 日《小说月报》第 15 卷第 2 号	[俄]民间传说/高君箴
58	《蜘蛛与草花》	1924 年 2 月 10 日《小说月报》第 15 卷第 2 号	[日]小川未明/晓天
59	《快乐的家庭》	1924 年 5 月 5 日《文学旬刊》第 120 期	[丹麦]安徒生/岑麒祥
60	《俄国童话集》（1—6 册）	1924 年 5 月上海商务印书馆初版	俄国/唐小圃
61	《纺轮的故事》	1924 年 5 月北新书局初版	[法]孟代/CF 女士（张近芬）

续表

序号	译作	发表时间、刊物或出版社	原著作者/译者
62	《种种的花》	1924 年 6 月 10 日《小说月报》第 15 卷第 6 号	[日]小川未明/晓天
63	《懒惰老人的来世》	1924 年 6 月 10 日《小说月报》第 15 卷第 6 号	[日]小川未明/晓天
64	《凶恶的国王》	1924 年 7 月 10 日《小说月报》第 15 卷第 7 号	[丹麦]安徒生/顾均正
65	《雏菊》	1924 年 8 月 18 日《文学旬刊》第 135 期	[丹麦]安徒生/徐调孚
66	《雏菊(续)》	1924 年 8 月 25 日《文学旬刊》第 136 期	[丹麦]安徒生/徐调孚
67	《天鹅》	1924 年 10 月 10 日《小说月报》第 15 卷第 10 号	[丹麦]安徒生/高君箴
68	《旅伴》①	1924 年 10 月北京新潮社	[丹]安徒生/林兰、C. F.
69	《豌豆上的公主》	1924 年 12 月 5 日《学生杂志》第 11 卷第 12 期	[丹麦]安徒生/后觉
70	《世界的火灾》②	1924 年 12 月上海商务印书馆初版	[俄]爱罗先珂/鲁迅
71	《天鹅》③	1925 年 1 月上海商务印书馆初版	[俄]克鲁洛夫/高君箴、郑振铎

① 收录林兰译《旅伴》《丑小鸭》《牧豕郎》《小人鱼》《打火匣》以及 C. F. 译的《幸福家庭》《缝针》《小尼雪》《雏菊》《拇指》《林娜》《真公主》。
② 收录《"爱"字的疮》《红的花》《时光老人》《世界的火灾》。
③ 收录郑振铎翻译的《柯伊》、《八十一王子》、《米袋王》、《彭仁的口笛》、《牧师和他的书记》、《聪明的审判官》、《兔子的故事》、《光明》、《驴子》、《狮王》、《花架之下》、《金河王》、《伊索先生》、《自私的巨人》(王尔德)、《安乐王子》(王尔德)、《少年皇帝》(王尔德)、《驴子与夜莺》(克鲁洛夫)、《天鹅梭鱼与螃蟹》(克鲁洛夫)、《箱子》(克鲁洛夫)、《独立之叶子》(梭罗古勃)、《锁钥》(梭罗古勃)、《平等》(梭罗古勃)、《芳名》(梭罗古勃)、《飞翼》(梭罗古勃)、《一个母亲的故事》(安徒生)和高君箴译《魔镜》、《怪戒子》、《兄妹》、《雄与鹿》、《白雪女郎》、《还有为什么有盐》、《缝针》(安徒生)、《天鹅》(安徒生)。

续表

序号	译作	发表时间、刊物或出版社	原著作者/译者
72	《狗与乞丐》①	1925 年 1 月 2 日《小说世界》第 9 卷第 1 期	［俄］铎米利耶夫/唐小圃
73	《人与马》	1925 年 1 月 2 日《小说世界》第 9 卷第 1 期	［俄］铎米利耶夫/唐小圃
74	《列枪与小兔》	1925 年 1 月 2 日《小说世界》第 9 卷第 1 期	［俄］铎米利耶夫/唐小圃
75	《双马车》	1925 年 1 月 2 日《小说世界》第 9 卷第 1 期	［俄］铎米利耶夫/唐小圃
76	《鸽子的悲哀》	1925 年 1 月 2 日《小说世界》第 9 卷第 1 期	［俄］铎米利耶夫/唐小圃
77	《鹫与蛇》	1925 年 1 月 2 日《小说世界》第 9 卷第 1 期	［俄］铎米利耶夫/唐小圃
78	《白云鸟与麻鸭》	1925 年 1 月 2 日《小说世界》第 9 卷第 1 期	［俄］铎米利耶夫/唐小圃
79	《医生之言》	1925 年 1 月 2 日《小说世界》第 9 卷第 1 期	［俄］铎米利耶夫/唐小圃
80	《怜悯》	1925 年 1 月 2 日《小说世界》第 9 卷第 1 期	［俄］铎米利耶夫/唐小圃
81	《老孤讲道》	1925 年 1 月 2 日《小说世界》第 9 卷第 1 期	［俄］铎米利耶夫/唐小圃
82	《蜗牛与蔷薇丛》	1925 年 1 月 10 日《小说月报》第 16 卷第 1 号	［丹麦］安徒生/桂裕
83	《奇异的礼物——北欧神话》	1925 年 1 月 10 日《小说月报》第 16 卷第 1 号	未标注/高君箴

---

① 以下 10 篇童话皆译自日本升曙梦《俄国童话集》。

续表

序号	译作	发表时间、刊物或出版社	原著作者/译者
84	《教师与儿童》	1925 年 1 月 10 日《小说月报》第 16 卷第 1 号	[日]小川未明/晓天
85	《天真的沙珊（第一章—第五章）》	1925 年 2 月 10 日小说月报第 16 卷第 2 号—1925 年 6 月 10 日第 16 卷第 6 号	[英]爱特加华士/未标注
86	《王的新衣》	1925 年 3 月 3 日《民众文艺周刊》第 11 期	[丹麦]安徒生/荆有麟
87	《牧羊儿》①	1925 年 4 月上海商务印书馆	[日]小川未明等//晓天等
88	《格尔木童话集》②	1925 年 4 月河南开封教育厅编译	[德]格尔木兄弟/王少明
89	《赤鱼与小孩》	1925 年 4 月 6 日《文学周报》第 167 期	[日]小川未明/姜景苔
90	《飞箱》	1925 年 4 月 10 日《小说月报》第 16 卷第 4 号	[丹麦]安徒生/顾均正
91	《赤鱼与小孩》（续）	1925 年 4 月 13 日《文学周报》第 168 期	[日]小川未明/姜景苔
92	《两条腿》	1925 年 5 月北新书局初版	[丹麦]爱华耳特/李小峰、鲁迅校
93	《安徒生传》	1925 年 8 月 10 日《小说月报》第 16 卷第 8 号（"安徒生号"（上））	顾均正

① 本书是一部著译合集，收录晓天译的《蜘蛛与草花》《种种的花》《懒惰老人的来历》（小川未明），顾均正译《凶恶的国王》（安徒生），C. F. 女士译的《拇指林娜》（安徒生），徐调孚译的《蝴蝶》（安徒生）。

② 收录了《六个仆人》《苦儿》《铁韩斯兄弟三人》《大萝卜》《裁缝游天宫》《雪姑娘》《小死衣》《鬼的使者》《月亮》。

序号	译作	发表时间、刊物或出版社	原著作者/译者
94	《我作童话的来源和经过》	1925 年 8 月 10 日《小说月报》第 16 卷第 8 号("安徒生号"（上）)	［丹麦］安徒生/赵景深
95	《安徒生逸事》	1925 年 8 月 10 日《小说月报》第 16 卷第 8 号("安徒生号"（上）)	未标注/赵景深
96	《安徒生评传》	1925 年 8 月 10 日《小说月报》第 16 卷第 8 号("安徒生号"（上）)	［丹麦］博益生/张友松
97	《火绒箱》	1925 年 8 月 10 日《小说月报》第 16 卷第 8 号("安徒生号"（上）)	［丹麦］安徒生/徐调孚
98	《幸福的套鞋》	1925 年 8 月 10 日《小说月报》第 16 卷第 8 号("安徒生号"（上）)	［丹麦］安徒生/傅东华
99	《豌豆上的公主》	1925 年 8 月 10 日《小说月报》第 16 卷第 8 号("安徒生号"（上）)	［丹麦］安徒生/赵景深
100	《牧冢人》	1925 年 8 月 10 日《小说月报》第 16 卷第 8 号("安徒生号"（上）)	［丹麦］安徒生/徐调孚
101	《牧羊女郎和打扫烟囱者》	1925 年 8 月 10 日《小说月报》第 16 卷第 8 号("安徒生号"（上）)	［丹麦］安徒生/赵景深
102	《锁眼阿来》	1925 年 8 月 10 日《小说月报》第 16 卷第 8 号("安徒生号"（上）)	［丹麦］安徒生/赵景深

续表

序号	译作	发表时间、刊物或出版社	原著作者/译者
103	《孩子们的闲谈》	1925 年 8 月 10 日《小说月报》第 16 卷第 8 号（"安徒生号"（上））	[丹麦]安徒生/西谛
104	《小绿虫》	1925 年 8 月 10 日《小说月报》第 16 卷第 8 号（"安徒生号"（上））	[丹麦]安徒生/岑麒祥
105	《老人做的总不错》	1925 年 8 月 10 日《小说月报》第 16 卷第 8 号（"安徒生号"（上））	[丹麦]安徒生/顾均正
106	《烛》	1925 年 8 月 10 日《小说月报》第 16 卷第 8 号（"安徒生号"（上））	[丹麦]安徒生/赵景深
107	《列那狐的历史》	1925 年 8 月 10 日《小说月报》第 16 卷第 8 号（"安徒生号"（上））—1925 年 11 月 10 日第 16 卷第 11 号	未标注/文基
108	《"哥哥，安徒生是谁?"》	1925 年 8 月 16 日《文学周报》第 186 期	徐调孚
109	《安徒生的恋爱故事》	1925 年 8 月 16 日《文学周报》第 186 期	顾均正
110	《安徒生童话里的思想》	1925 年 8 月 16 日《文学周报》第 186 期	赵景深
111	《安徒生的处女作》	1925 年 8 月 16 日《文学周报》第 186 期	徐调孚
112	《文艺的新生命——布兰特斯〈安徒生论〉第一节大意》	1925 年 8 月 16 日《文学周报》第 186 期	[丹麦]布兰特斯/沈雁冰
113	《荷马墓里的一朵玫瑰花》	1925 年 8 月 31 日《文学周报》第 188 期	[丹麦]安徒生/顾均正

续表

序号	译作	发表时间、刊物或出版社	原著作者/译者
114	《列地狐历险记》	1925 年 8 月上海商务印书馆初版	［美］ Thorhtor W. Bugeso/李善通
115	《格尔木童话集》①	1925 年 8 月初版，河南开封教育厅编译	［德］格尔木兄弟/王少明
116	《安徒生及其出生地奥顿瑟》	1925 年 9 月 10 日《小说月报》第 16 卷第 9 号（"安徒生号"（下））	［丹麦］ C. M. R. Petersen/后觉
117	《安徒生的童年》（《我的一生的童话》第一章）	1925 年 9 月 10 日《小说月报》第 16 卷第 9 号（"安徒生号"（下））	［丹麦］安徒生/焦菊隐
118	《安徒生童话的来源和系统》	1925 年 9 月 10 日《小说月报》第 16 卷第 9 号（"安徒生号"（下））	［丹麦］安徒生/张友松
119	《践踏在面包上的女孩子》	1925 年 9 月 10 日《小说月报》第 16 卷第 9 号（"安徒生号"（下））	［丹麦］安徒生/胡愈之
120	《茶壶》	1925 年 9 月 10 日《小说月报》第 16 卷第 9 号（"安徒生号"（下））	［丹麦］安徒生/樊仲云
121	《乐园》	1925 年 9 月 10 日《小说月报》第 16 卷第 9 号（"安徒生号"（下））	［丹麦］安徒生/顾均正
122	《扑满》	1925 年 9 月 10 日《小说月报》第 16 卷第 9 号（"安徒生号"（下））	［丹麦］安徒生/西谛

① 收录《格氏兄弟小史》《六个仆人》《苦儿》《铁韩斯兄弟三人》《大萝卜》《裁缝游天宫》《雪姑娘》《小死衣》《鬼的使者》《月亮》。

续表

序号	译作	发表时间、刊物或出版社	原著作者/译者
123	《千年之后》	1925 年 9 月 10 日《小说月报》第 16 卷第 9 号（"安徒生号"（下））	[丹麦]安徒生/西谛
124	《七曜日》	1925 年 9 月 10 日《小说月报》第 16 卷第 9 号（"安徒生号"（下））	[丹麦]安徒生/顾均正
125	《一个大悲哀》	1925 年 9 月 10 日《小说月报》第 16 卷第 9 号（"安徒生号"（下））	[丹麦]安徒生/顾均正
126	《雪人》	1925 年 9 月 10 日《小说月报》第 16 卷第 9 号（"安徒生号"（下））	[丹麦]安徒生/沈志坚
127	《红鞋》	1925 年 9 月 10 日《小说月报》第 16 卷第 9 号（"安徒生号"（下））	[丹麦]安徒生/梁指南
128	《妖山》	1925 年 9 月 10 日《小说月报》第 16 卷第 9 号（"安徒生号"（下））	[丹麦]安徒生/季赞育
129	《凤鸟》	1925 年 9 月 10 日《小说月报》第 16 卷第 9 号（"安徒生号"（下））	[丹麦]安徒生/西谛
130	《安徒生年谱》	1925 年 9 月 10 日《小说月报》第 16 卷第 9 号（"安徒生号"（下））	顾均正、徐调孚
131	《花与少年》	1925 年 10 月 31 日《文学周报》第 197 期	[日]小川未明/姜景苔
132	《旅伴及其他》①	1925 年 10 月上海北新书局初版	[丹麦]安徒生/林兰

① 收录 12 篇童话，包括《旅伴》《丑小鸭》《牧豕郎》《小人鱼》《打火匣》《幸福家庭》《缝针》《小尼雪》《雏菊》《拇指林娜》《真公主》《克鲁特雅潘》。

续表

序号	译作	发表时间、刊物或出版社	原著作者/译者
133	《兔的衣服》	1925 年 11 月 10 日《小说月报》第 16 卷第 11 号	[日]小川未明/秋云
134	《小的红花》	1925 年 11 月 10 日《小说月报》第 16 卷第 11 号	[日]小川未明/张晓天
135	《童话的分系》	1925 年 11 月 22 日《文学周报》第 200 期	[英]吉卜林（R. Kipling）
136	《文学列那狐的历史》	1925 年 12 月 10 日《小说月报》第 16 卷第 12 卷	[英]加乐尔了（L. Caroll）/文基译述
137	《玫瑰与麻雀》	1926 年 1 月 10 日《小说月报》第 17 卷第 1 号	樊仲云
138	《世界童话名著介绍（一）莽丛集》	1926 年 1 月 10 日《小说月报》第 17 卷第 1 号	顾均正
139	《世界童话名著介绍（二)镜里世界》	1926 年 1 月 10 日《小说月报》第 17 卷第 1 号	顾均正
140	《童话的印度来源说》	1926 年 1 月 17 日《文学周报》第 208 期	赵景深
141	《世界童话名著介绍（续）（三）彼得班恩》	1926 年 2 月 10 日《小说月报》第 17 卷第 2 号	[英]巴莱（Sir J. M. Barrie）/顾均正
142	《世界童话名著介绍（续）（四)猿与其他》	1926 年 2 月 10 日《小说月报》第 17 卷第 2 号	[英]伊温夫人（Ewing）/顾均正
143	《世界童话名著介绍（续）（五)钟为什么响》	1926 年 3 月 10 日《小说月报》第 17 卷第 3 号	[英]阿尔登（R. M. Alden）/顾均正
144	《世界童话名著介绍（续）（六)匹诺契奥的奇遇》	1926 年 3 月 10 日《小说月报》第 17 卷第 3 号	[意大利]科罗狄（C. Collodi）/顾均正

续表

序号	译作	发表时间、刊物或出版社	原著作者/译者
145	《沼泽王的女儿》	1926 年 5 月 5 日《学生杂志》第 13 卷第 5 期	未标注/顾均正
146	《世界童话名著介绍（续）（七）空想的故事》	1926 年 5 月 10 日《小说月报》第 17 卷第 5 号	［美］托斯克顿（F. R. Stocton)/顾均正
147	《沼泽王的女儿(续)》	1926 年 6 月 5 日《学生杂志》第 13 卷第 6 期	未标注/顾均正
148	《世界童话名著介绍（八）仙女莫泊萨》	1926 年 6 月 10 日《小说月报》第 17 卷第 6 号发行	［英］印泽罗（Jean Ingelow)/顾均正
149	《世界童话名著介绍（九）自然的喻言》	1926 年 7 月 10 日《小说月报》第 17 卷第 7 号	［英］盖替夫人/顾均正
150	《世界童话名著介绍（一〇）鹅母亲的故事》	1926 年 8 月 10 日《小说月报》第 17 卷第 8 号	［法］贝洛尔/顾均正
151	《沼泽王的女儿(续)》	1926 年 9 月 5 日《学生杂志》第 13 卷第 9 期	未标注/顾均正
152	《列那孤的历史》	1926 年 9 月 5 日《一般》第 1 卷第 1 号诞生号	未标注/徐调孚
153	《世界童话名著介绍（续）（一一）美人与野兽》	1926 年 9 月 10 日《小说月报》第 17 卷第 9 号	［法］微拉绥夫人/顾均正
154	《沼泽王的女儿（续完)》	1926 年 10 月 5 日《学生杂志》第 13 卷第 10 期	未标注/顾均正
155	《世界童话名著介绍（续）（一二）挪威民间故事》	1926 年 11 月 10 日《小说月报》第 17 卷第 11 号	［挪威］阿斯皮尔孙、摩伊/顾均正
156	《童话之研究》	1926 年 11 月《中华教育界》第 16 卷第 5 期	徐如泰

续表

序号	译作	发表时间、刊物或出版社	原著作者/译者
157	《木偶的奇遇》	1927 年 1 月 10 日《小说月报》第 18 卷第 1 号——1927 年 12 月 10 日第 18 卷第 12 号	［意大利］科洛提/徐调孚
158	《童话与想象》	1927 年 1 月 23 日《文学周报》第 259 期	均正
159	《童话的起源》	1927 年 1 月 30 日《文学周报》第 260 期	均正
160	《伤风的狐》	1927 年 1 月 30 日《文学周报》第 260 期	未标注/何小旭
161	《狐狸做牧童》	1927 年 2 月 20 日《文学周报》第 262、263 期	未标注/顾均正
162	《鼠之嫁女》	1927 年 2 月 12 日《小说世界》第 15 卷第 7 期	［日］未标注/查士元
163	《陀佛与战争》	1927 年 2 月 26 日《小说世界》第 15 卷第 9 期	［日］秋日雨省/查士元
164	《雄鹿占梦》	1927 年 3 月 5 日《小说世界》第 15 卷第 10 期	日］未标注/查士元
165	《春山秋山》	1927 年 4 月 2 日《小说世界》第 15 卷第 14 期	日］未标注/查士元
166	《现代名著百种述略 童话全集》	1927 年 6 月 10 日《小说月报》第 18 卷第 6 号	［丹麦］安徒生/徐调孚
167	《童话概要》	1927 年 7 月北新书局初版	赵景深
168	《童话论集》	1927 年 9 月开明书店初版	赵景深
169	《旅伴及其他》	1925 年 10 月上海北新书局初版	［丹麦］安徒生/林兰

续表

序号	译作	发表时间、刊物或出版社	原著作者/译者
170	《中西童话的比较——广东民间故事集付印题记》	1927 年 11 月 13 日《文学周报》第 290 期	赵景深
171	《马旦氏的中国童话集》	1927 年 11 月 18 日《文学周报》第 295 期	赵景深
172	《给海兰的童话》①	1927 年 11 月狂飙社初版	［俄］马明西皮雅克/鲁彦
173	《童话在教育上的价值》	1928 年 2 月 10 日《开明》第 1 卷第 8 号	顾均正
174	《童话与儿童心理》	1928 年 2 月 10 日《开明》第 1 卷第 8 号	李公超
175	《德国童话集（一）》	1928 年 5 月北京文化学社编译所初版	［德］格利姆/刘海蓬、杨钟健
176	《童话与短篇小说——就小说的观点论童话》	1928 年 5 月 27 日《文学周报》第 318 期	顾均正
177	《欧洲童话》	1928 年 6 月上海北新书局初版	［德］格利姆/张照民
178	《安徒生童话新集》	1928 年 9 月上海亚细亚书局初版	［丹麦］安徒生/赵景深
179	《安徒生童话新集》	1928 年新文化书社初版	［丹麦］安徒生/赵景深
180	《托尔斯泰的童话论》	1928 年 9 月 9 日《文学周报》第 333、334 合期托尔斯泰百年纪念特号	顾均正

---

① 收录《序》《长耳朵斜眼睛短尾巴的大胆的兔子》《小蚊子》《最后的苍蝇》《牛乳儿麦粥儿和灰色的猫满尔克》《是睡觉的时候了》。

续表

序号	译作	发表时间、刊物或出版社	原著作者/译者
181	《孙毓修童话的来源》	1928 年 11 月 15 日《大江月刊》第 2 号	赵景深
182	《童话学 ABC》	1928 年上海 ABC 丛书社	赵景深编译
183	《童话与儿童》	1929 年《新女性》第 9 期	顾均正
184	《世界童话研究》	1930 年 3 月华通书局	［日］芦谷重常/黄原

从上述统计可以发现，"五四"作家翻译最多的外国作家是丹麦的安徒生，其中贡献最大的杂志是《小说月报》。《小说月报》是新文学社团文学研究会的重要刊物，20 世纪 20 年代，文学研究会作家茅盾、郑振铎、叶圣陶、冰心等以《小说月报》等刊物为阵地发起了"儿童文学运动"，开始大量译介外国儿童文学作品。1925 年 8 月 10 日第 16 卷第 8 号和 1925 年 9 月 10 日第 16 卷第 9 号《小说月报》为纪念安徒生的五十年死忌和一百二十年的生忌推出了"安徒生号"，这两期"安徒生号"共刊载安徒生童话译作 21 篇，包括《火绒箱》《幸福的鞋套》《豌豆上的公主》《小绿虫》等，评论有顾均正的《安徒生传》、赵景深的《安徒生童话的艺术》、顾均正、徐调孚的《安徒生年谱》等。在《卷首语》①中，郑振铎认为安徒生是世界上最伟大的童话作家，他借用勃兰特《安徒生论》中的一句话"有天才的人还要有勇气"来评价安徒生，认为安徒生的伟大在于"以他的童心与诗才开辟一个童话的天地，给文学以一个新的式样与新的珠宝"，用"新的简易的如谈话似的文字""创出一种特异的真朴而可爱的文体"。

"五四"时期伴随文学研究会的"儿童文学运动"，围绕《小说月报》《文学周报》《妇女杂志》等报刊，不仅出现了大量的外国童话译作，安徒生童话、王尔德童话、格林童话等外国优秀的童话作品相继被翻译过来，围绕这些译作也出现了不少童话理论的讨论文章，这些文章或评述外国童话作品，或借鉴外国民俗学、人类学和童话学的理论展开研究，也出现了大量关于童话的理论探讨文章，这些文章对于厘清童话这一文体的特征起到了极大的推动作用，进一步引发了现代童话文体的发生。"五四"早期关于童话的理论主要是借鉴西方人类学、神话学、童话学的相关理论，从

---

① 王泉根. 民国儿童文学文论辑评 上［M］. 太原：希望出版社，2016：104.

童话的起源、本质、分类、教育上的作用等层面展开一些理论探讨。关于
这一点，张梓生在 1922 年《论童话》一文中有所提及，他指出"我们要想
从童话研究的历史中，寻出他进步的事实来，不可不晓得英人兰克的名
字，因为自从他用了人类学、神话学去研究童话，童话的真意义真效用方
始显了出来"①，研究者这一时段关注的"童话"概念更大层面上是就"民
间童话"而言，多与民间故事的概念交叉，而不是我们所说的由作家个体
所创作的"文学童话"，如周作人、赵景深、张梓生、冯飞等人早期对童
话的追根溯源都是基于民间童话出发的研究。后随着外国文学童话翻译的
不断涌入，研究者们开始围绕诸如安徒生、格林兄弟、王尔德等文人童话
的文体特征展开讨论，进一步促进了现代童话文体的创作。在童话翻译方
面，文学研究会的另一个刊物《文学旬刊》（后改为《文学周报》）也是一个
发表的阵地，郑振铎、徐调孚、赵景深等都曾担任这一刊物的编辑。除了
刊载一些童话作品以外，还刊载了赵景深的《研究童话的途径》《中西童话
的比较——广东民间故事集付印题记》《马旦氏的中国童话集》、顾均正的
《童话与短篇小说》《托尔斯泰童话论》《童话与想象》《童话的起源》等童话
理论文章，也发表了大量童话译作如徐名骥、顾均正译的《美人鱼》（安徒
生）、徐调孚译的《雏菊》（安徒生）等。从童话译者和理论提倡者而言，周
作人、顾均正、徐调孚、赵景深、唐小圃、查士元、高君箴是出现最为频
繁的名字，除了翻译作品之外，周作人、赵景深、张梓正、顾均正、郑振
铎等的童话理论也深得外国儿童文学理论的影响，正是因为有了他们的理
论倡导，才促使现代意义上的文学童话的诞生。

　　郑振铎在童话集《〈天鹅〉序》一文中对"童话"文体阐述了自己的主
张。郑振铎提出：

　　　　为求于儿童的易于阅读计，不妨用"重述"的方法来移植世界重
　　要的作品到我们中国来，所以本书中对于日本、北欧、英国以及其他
　　各地的传说、神话以及寓言，都是用这个方法。至于如安徒生、梭罗
　　古勃诸人的作品，具有不朽的文学的趣味的，则亦采用"翻译"的
　　方法。②

　　这段文字虽说是对童话翻译的建议，但也对童话文体提出了最基本的

---

①　蒋风. 中国儿童文学大系理论 1[M]. 太原：希望出版社，1988：29.

②　李今. 汉译文学序跋集 第 4 卷 1925—1927[M]. 上海：上海人民出版社，2017：20.

要求——"便于儿童阅读"，因此，郑振铎认为"童话的书，图画是不可省略的"，"文字力求其浅近"。鲁迅早在 1922 年也翻译了俄国《爱罗先珂童话集》，并为此童话集作序。在《〈爱罗先珂童话集〉序》①中，鲁迅认为爱罗先珂的童话"所要叫彻人间的是无所不爱，然而不得所爱的悲哀"，但鲁迅选译其中一些篇目，"所展开他来的是童心的、美的，然而有真实性的梦"，并希望"招呼人们进向这梦中"，而"不至于是梦游者"。由此我们也可以看出鲁迅对"童话"文体的理解，"童心的、美的，然而有真实性的梦"。张近芬对童话这一文体的主张体现在《〈芳纶的故事〉译者序》一文中，她认为《芳纶的故事》一书的特点有两个，一个是"充满爱的空气"，"作者以为爱就是幸福，爱就是愉快，没有爱便比什么都要苦痛"，作者这里说的爱是"普遍的爱"；二是"想象的精美"②。

　　"五四"早期关于童话理论的合集《童话评论》是赵景深 1924 年编选的论文集，由开明书店出版发行。在书前的"序"中，赵景深称本书是他"五六年来悉心搜集各报张杂志的结果"，全书收集了"五四"时期 18 位作者的 30 篇儿童文学论文，全书分三辑，包括"民俗学上的研究""教育学上的研究"和"文学上的研究"。"民俗学上的研究"收录了 9 篇论文，其中与童话相关的论文有张梓生的《论童话》、赵景深和张梓生的《童话的讨论》、冯飞的《童话与空想》、周作人和赵景深的《童话的讨论（一）》、周作人和赵景深的《童话的讨论（二）》；"教育学上的研究"共收录 12 篇论文，大多为儿童文学的总体研究，其中直接论述童话的有饶上达的《童话小说在儿童用书之位置》、周作人和赵景深的《童话的讨论（三）》、赵景深的《童话家格林兄弟传略》、录自《妇女杂志》的《童话世界宣言》；"文学上的研究"共收录 9 篇论文，其中与童话直接相关的研究论文有夏丏尊译的《俄国的童话文学》（日本西川勉著）、张闻天和汪馥泉的《王尔德的童话》、周作人的《王尔德童话》、赵景深的《童话家之王尔德》、赵景深的《安徒生评传》、周作人和赵景深的《童话的讨论（四）》、郑振铎的《〈稻草人〉序》。张梓生的《论童话》③一文和周作人关于童话的理论主张有相似之处，也是从人类学、民俗学的角度来探讨童话起源和教育作用。张梓生同样认为"童话与神话、创说，都有相连的关系"，他给童话下的定义是"根据原始思想和礼俗所成的文学"。在之后与赵景深的《童话的讨论》通信中，张梓

①　李今. 汉译文学序跋集　第 3 卷 1922—1924［M］. 上海：上海人民出版社，2017：119.
②　李今. 汉译文学序跋集　第 3 卷 1922—1924［M］. 上海：上海人民出版社，2017：384.
③　赵景深. 童话评论［M］. 上海：新文化书社，1934：2.

生说这一定义是"人类学研究上的定义"，不是纯粹的童话，只能说是儿童文学的材料，张梓生认为纯粹的童话"本不是成人所能做的"，德国的格林兄弟、丹麦的安徒生、英国的王尔德、法国的孟代、俄国的托尔斯泰的童话都是"童话体的作品"，由此可见，张梓生的"童话"指的是民间童话，而不是文人创作的童话。张梓生认为童话在教育上的作用需要从"民俗学和儿童学"着手研究，"不明白民俗学，便不能明白童话的真义；不明白儿童学，便不能定童话应用的范围"。在论述童话的教育意义时，张梓生认为"童话能够适合儿童心理"，在"开浚儿童心灵"上有重要价值，德国教育家最先利用童话教育幼儿，欧美各国和日本效仿，他们假借童话中的"本事"来暗示道德，这是最上的"利用法"，如德国教育家利用《格林童话》中的《狼和七只小羊》来引起儿童的母子感情问题。他指出在利用童话进行儿童教育时，"必须单纯的讲述他的本事，切不可于本事外面，妄自加上着诫训的话头"①。论文集中有不少外国童话的评论。夏丏尊翻译的《俄国的童话文学》是日本作家西川勉的一篇文章，西川勉在文中指出俄国的童话"现实的分子，多于空想的分子"，普希金和梭罗古勃的空想成分多一点，托尔斯泰等的童话"大都统是用动物的譬喻，把人间心里底某点来具象化了给人看的东西"②。论文集中以王尔德的评论居多，张闻天、汪馥泉的《王尔德的童话》认为王尔德童话一贯的华美优雅，"热烈的爱和虔诚的爱底赞美"和"矫激底社会的批评"③是王尔德童话的基调。赵景深的《童话家之王尔德》认为王尔德的童话"内容所表现的并不是儿童的说话，而含有成人的对于社会的哀怜，并且他的文字，多丰丽的词藻，我们只能把他当作散文诗去鉴赏"④。这些童话的文体理论和相关评价对于初创期的现代童话文体理论建构和创作起到了很好的导向作用。

三、周作人的童话理论译介

周作人是"五四"最早的"童话"理论提倡者。关于周作人童话译介对中国现代童话发生的影响，郑振铎在《安徒生童话在中国》⑤一文中指出，"使安徒生被中国人清楚的认识的是周作人先生"，周作人在《新青年》上发表的《卖火柴的女儿》因《新青年》杂志的流行而引起国人对安徒生童话

①　赵景深. 童话评论[M]. 上海：新文化书社，1934：7.
②　赵景深. 童话评论[M]. 上海：新文化书社，1934：195-196.
③　赵景深. 童话评论[M]. 上海：新文化书社，1934：202.
④　赵景深. 童话评论[M]. 上海：新文化书社，1934：214.
⑤　王泉根. 民国儿童文学文论辑评　上[M]. 太原：希望出版社，2016：932.

的注意，加之后来周作人在《新青年》上发表的批评陈家麟、陈大镫翻译
的安徒生童话《十之九》的批评文章《读〈十之九〉》，国内的读者和翻译者
才开始认识安徒生，也便开始了安徒生童话的译介。周作人的童话理论体
现在他早期发表的《童话略论》(1912 年)、《童话研究》(1912 年)、《丹麦
诗人安兑尔然传》(1913 年《炎社丛刊》创刊号)、《古童话释义》(1914
年)、《读〈十之九〉》(1918 年《新青年》)、与赵景深的《关于童话的讨论》
(1922 年)、《王尔德童话》(1922 年)、《〈两条腿〉序》(1925 年)等文章
中。周作人是较早从事童话翻译的作家，早在 1909 年的《域外小说集》中
就有他翻译的英国作家王尔德的《安乐王子》、丹麦安徒生的《皇帝之新
衣》、《卖火柴的女儿》(1919 年 1 月 15 日《新青年》第 6 卷第 1 号)，他是
"五四"时期较早将安徒生童话、王尔德童话引入国内的作家，也是最早
关注童话这一文体理论的作家。

　　《童话研究》和《童话略论》两篇文章都发表于 1912 年，是国内较早讨
论童话文体的理论文章。从行文可以发现，周作人论述的童话指的还是民
间童话，更多借鉴西方民俗学、人类学的观点展开，对童话的来源和教育
上的意义进行研究。在《童话研究》一文中，周作人开门见山指出"童话之
源盖出于世说"，并以中西童话为例展开论证，认为童话是"幼稚时代之
文学，故原人所好，幼儿亦好之，以其思想感情同其准也。今之教者，当
本儿童心理发达之序……"①同样，在《童话略论》②中，周作人提出"童话
研究当以民俗学为据，探讨其本原，更益以儿童学，以定其应用之范
围"，童话本质与神话、世说实为一体，"神话者原人之宗教，世说者其
历史，而童话则其文学也"，童话"意主传奇"，"时代人地皆无定名"，
"以供娱乐为主"。在周作人看来，研究童话必须从民间童话入手，对于
"人为童话"，也就是作家童话，"非熟通儿童心理者不能试，非自具儿童
心理者不能善也"，因此他认为丹麦安兑尔然(安徒生)"最工"童话是"因
其天性自然"。在《〈两条腿〉序》中，周作人指出"自然的童话"和"文学的
童话"的区别，认为"自然的童话妙在不必有什么意思，文学的童话则大
抵意思多于趣味，便是安徒生有许多都是如此，不必说王尔德(Oscar
Wilde)等人了。所谓意思可以分为两种，一是智慧，一是知识"③。

①　少年儿童出版社. 1913—1949 儿童文学论文选集[M]. 上海：少年儿童出版社，1962：
　　424.
②　王泉根. 周作人与儿童文学[M]. 杭州：浙江少年儿童出版社，1985：73.
③　李今. 汉译文学序跋集 第 4 卷 1925—1927[M]. 上海：上海人民出版社，2017：81.

　　周作人和赵景深的童话观首先体现在 1922 年《关于童话的讨论》①系列通信中，由 9 封信组成，陆续刊登在 1922 年的 1 月 25 日、2 月 12 日、3 月 28 日和 29 日、4 月 9 日的《晨报副刊》上，后收入赵景深编的《童话评论》(新文化书社)中。周作人与赵景深以书信的形式详细探讨了童话的概念，童话与神话、故事、传说、寓言的区别，童话的教育作用，童话的翻译问题，安徒生与王尔德童话的区别等问题。赵景深认为"童话"不是神怪故事，也不是儿童小说，是"一种快乐儿童的人生叙述，含有神秘而不恐怖的分子的文学"，神话、传说和童话都是故事，"神话是创世以及神的故事，可以说是宗教的，传说是英雄的战争与冒险的故事，可以说是历史的……童话没有时与地的明确的指示，又其重心不在人物而在事件，因此可以说是文学的"。在童话的教育作用方面，周作人指出童话在儿童教育上的作用是"文学的而不是道德的"，好的儿童文学应该是自然生出的"教训和美妙"。在童话翻译方面，周作人主张"信而兼达的直译"。在谈及格林童话、王尔德童话和安徒生童话的区别时，赵景深认为格林童话"朴实"，安徒生童话的特点"在于和儿童的心相近"，大部分是"小儿说话一样的文体"，王尔德的童话"是文学家的话"，"不是小儿说话一样的文体"，有很多深奥的语句，但赵景深认为《幸福王子》《利己的巨人》《星孩儿》三篇童话中"有许多话是天真可爱的"，不过在赵景深看来，和儿童的心最相近的是民间童话。周作人认为安徒生童话和王尔德童话的区别在于"纯朴与否"，王尔德的童话仍然是"成人的世界"，而安徒生的童话是"复造出儿童的世界"。

　　上述关于安徒生童话和王尔德童话的评述同样出现在《王尔德童话》一文，这是周作人 1922 年看了穆木天翻译的《王尔德童话》之后撰写的，发表在 4 月 2 日的《晨报副镌》上。文中周作人用"小儿说话一样的文体"与"非小儿说话一样的文体"来区别安徒生童话和王尔德童话，认为王尔德童话是诗人的，而非儿童的文学，他的童话价值和戏剧价值一样，在于丰丽的辞藻和精练的机智。② 文中周作人还辨析了民间童话和文人童话的区别，认为民间童话是"民众的、传述的、天然的"，是"小说的童年"，民间童话最著名的例子是格林兄弟。《读〈十之九〉》是周作人对安徒生童话的评论文章，周作人在文中认为安徒生(安德森)被翻译到中国来是最不幸的，原因在于"小儿一样的文章"和"野蛮一般的思想"而形成的独一

　　①　王泉根. 中国现代儿童文学文论选[M]. 南宁：广西人民出版社，1989：227-240.
　　②　赵景深. 童话评论[M]. 上海：新文化书社，1934：205-209.

无二的特色，这是周作人对安徒生童话文体特征的概括，他批判陈家麟、陈大镫将《十之九》译成文言文，把安徒生童话文体的特色全部抹杀了。周作人认为"文学的童话到了安徒生（Hans Christian Andersen）已达绝顶，再没有人能够及他，因为他是个永远的孩子，他用诗人的笔来写儿童的思想，所以他的作品是文艺的创作，却又是真的童话"①。

四、赵景深的童话译介与创作

赵景深是继周作人之后，"五四"时期另一位童话理论倡导者、翻译者和创作者。赵景深是较早翻译安徒生童话的作家，徐调孚在《皇帝的新衣·付印题记》中说，"在中国，我提起了安徒生，大概谁也会联想到景深的罢！赵先生是介绍安徒生最努力者中的一个，也是出版安徒生童话集中译本的最先的一个"②。赵景深的童话翻译深受周作人影响，在《安徒生童话集·短序》中，赵景深称"我们的大孩子周作人先生对于我《安徒生童话集》的编印，有莫大的勉励"③。1930 年，江绍原的《读赵景深的童话论文》一文在批评赵景深童话论文的同时，也指出了赵景深童话论文的组成和理论来源，认为"赵在童话学上的努力，有三个方向。一，介绍西洋的学说——根据 Hartland：*Mythology and Folktales* 及另二书写成《童话概要》，又根据 M. Yearsley：*The Folklore of Folktales* 及另二书写成《童话学ABC》；此外，还从 Hartland 及 Mao Culloch 的书中各译了一篇，收入《童话论集》。二，批评西洋人 Titman，Ficlce，Lafeadio Hearn，Marten 的中国童话故事集。三，分析考据中国的童话及比较中国与非中国的童话。（以上的两组短文，见《童话论集》及《民间故事研究》）"④。从上述江绍原所说的"三个方向"看，赵景深的童话理论来源于西方，是对西方童话理论的译介和借鉴。

赵景深（1902—1985），原籍四川宜宾，出生于浙江丽水。1909 年入南开中学读书，开始安徒生童话翻译。关于这一点，赵景深在《郑振铎与童话》一文中回忆说：

> 我在五四运动后几个月，到了天津，在南开中学读书。当时我开始译安徒生的童话，投给《少年杂志》，接连刊登了《皇帝的新衣》《火

---

① 李今. 汉译文学序跋集 第 4 卷 1925—1927 [M]. 上海：上海人民出版社，2017：81.
② 赵景深. 皇帝的新衣 [M]. 上海：世界书局，1930：1.
③ 李今. 汉译文学序跋集 第 3 卷 1922—1924 [M]. 上海：上海人民出版社，2017：390.
④ 王泉根. 中国现代儿童文学文论选 [M]. 南宁：广西人民出版社，1989：747.

绒匣》和《白鹄》(即《野天鹅》)。一九二〇年至一九二二年我在棉业专门学校纺织科求学,功课余暇,就继续翻译安徒生的童话,投给《妇女杂志》。由于张梓生的指引,知道研究童话的书有英国哈特兰德的《神话与民间故事》和《童话的科学》以及麦苟劳克的《小说的童年》。①

赵景深自此开始了安徒生童话的翻译,先后出版了多篇安徒生的童话作品。根据《赵景深著译年表》②和《赵景深年谱简编》③记载,1923 年,赵景深翻译出版了《无画的画帖》(新文化书社),1924 年翻译出版了《安徒生童话集》④(新文化书社)。1925 年,赵景深从长沙来到上海,经郑振铎介绍认识了徐调孚和顾均正,一起翻译安徒生童话,三个人一共翻译八本,赵景深翻译了《月的话》(原名《无画的画帖》)、《皇帝的新衣》、《柳下》。1928 年翻译出版了《安徒生童话新集》⑤(亚细亚书局),1930 年翻译出版了《皇帝的新衣》⑥(上海开明书店),1931 年翻译出版了《柳下》⑦(上海开明书店)。除了翻译安徒生童话之外,赵景深还从安徒生的《我的一生的童话》中摘译了一篇,题为《我作童话的来源和经过》,另撰写了《安徒生评传》《安徒生的人生观》《安徒生童话里的思想》等评论文章。赵景深的童话理论主要主要体现在《童话评论》(1924 年上海新文化书社)、《童话论集》(1927 年上海开明书店)、《童话概要》(1927 年上海北新书局)和《童话学 ABC》(1928 年上海 ABC 丛书社)四本论著和译著中。《童话评论》是"五四"时期童话研究的论文合集,除了收录赵景深自己的论文之外,还收录了张梓生、冯飞、周作人等人的文章,上文已集中讨论过。

赵景深的《童话论集》1927 年由上海开明书店出版,收录了他自 1922 年至 1927 年六年间的 16 篇研究论文。在书前的《序》中,赵景深坦言本

① 王莲芬, 王锡荣. 郑振铎纪念集[M]. 上海:上海社会科学院出版社,2008:141.
② 赵易林. 赵景深著译年表[J]. 文教资料简报,1984(11):35-38.
③ 赵景深. 赵景深日记[M]. 北京:新星出版社,2014:266.
④ 内含 14 篇安徒生童话,包括《小伊达之花》《豌豆上的公主》《椰花》《坚定的锡兵》《松树》《世界上最可爱的玫瑰》《自满的苹果授技》《钢笔和墨水瓶》《跳的比赛》《雏菊》《陀螺和皮球》《火绒匣》《国王的新衣》《白鹄》。
⑤ 收录《牧羊女郎和打扫烟囱者》《锁眼阿来》《豌豆上的公主》《烛》《鹳》《恶魔和商人》《一荚五颗豆》《苎麻小传》共 8 篇童话。
⑥ 收录《豌豆上的公主》《小伊达的花》《皇帝的新衣》《坚定的锡兵》《鹳》《锁眼阿来》《接骨木女神》《天使》《祖母》《跳蛙》10 篇安徒生童话。
⑦ 收录《牧羊女郎和打扫烟囱者》《邻家》《老屋》《世界上最可爱的玫瑰》《小鬼和商人》《柳下》《有等级呢》《钢笔和墨水瓶》《烛》9 篇安徒生童话。

书分三个部分，第一部分是概论童话，第二部分是对于中国童话的批评，第三部分是西洋童话家的传记并附了一篇《列那狐的历史》。第一部分"概论童话"包括《研究童话的途径》《神话与民间故事》《民间故事的探讨》《关于童话的讨论》。其中《关于童话的讨论》是上文所述的赵景深和周作人关于童话的通信。《研究童话的途径》一文之前的论著没有收录，赵景深在此文中系统梳理了"五四"时期童话研究的概况，从张梓生、胡愈之、冯飞等人关于童话渊源起源于神话的研究，到西欧安德路阑、哈特阑德等用人类学研究童话均有涉及。赵景深把童话分为民间的童话、教育的童话和文人的童话，教育的童话是从民间的童话和文人的童话中取出，他指出我国努力最大而成效最著的是教育的童话。本书的第三部分包括《安徒生评传》《安徒生童话的思想》《安徒生童话的艺术》《安徒生作童话的来源和经过》《童话家之王尔德》《童话家格林兄弟传略》，其中《安徒生评传》是赵景深《安徒生童话集》的附录，《安徒生童话的艺术》译自勃兰兑斯著的《安徒生传》，《安徒生作童话的来源和经过》译自安徒生的《我的一生的童话》。在这几篇关于安徒生的文章中，赵景深认为安徒生的童话符合儿童心理，和自然的美相接，童话中含有"自我安慰"的思想，能使人减少痛苦减少烦闷再努力地向上走去。安徒生童话的艺术是与儿童的心理和口语一致，是直接叙述形成的"简洁"和诗的美形成的"天真"，是用儿童的口语来写儿童看得懂的话。在《〈安徒生童话集〉安徒生评传》中，赵景深认为安徒生童话有两样特点，一是"和儿童的心相近"，"他的童话处处合于儿童心理"，"各篇童话里的幻想情绪，更是把儿童的心理，揣摩的极细腻"，"能将故事很愉快的灌输到儿童的脑海"；二是"和自然的美相接"，"他的童话，大半含有极丰富的诗意"，"以自然的现象，增加儿童心理上的快感"。赵景深认为"儿童好似初开的花，正是蓬蓬勃勃，大有朝气的时候，应该让他快乐，不应将烦闷的事接触他。而心灵上的愉悦，又需自然显示给他"。① 在这篇文章中，赵景深还谈及了童话中"两性问题"的处理，过去赵景深认为"童话中若说结婚的事，似乎不甚相宜"，后来发现安徒生的童话中"结婚极其容易"，所以赵景深认为在童话中以"儿戏"方式处理结婚就够了，因为"儿童的心极纯真，与以纯真的解释，可以免去儿童好奇的问，或可弥补其智识的缺陷"。

　　1927 年上海北新书局的《童话概要》和 1928 年上海 ABC 丛书社的《童话学 ABC》实质上是两本编译的译著。《童话概要》是一本系统介绍童话理

---

① 李今. 汉译文学序跋集 第 3 卷 1922—1924[M]. 上海：上海人民出版社，2017：395.

论的著作，一共七章和一个附录，内容包括"童话的意义""童话的转变""童话的来源""童话研究的派别""童话的人类学解释""童话的分系""童话的分类"，附录为徐调孚的"童话书目"。《童话学 ABC》一共九章，前面有"例言"，后附有"童话研究书目"，内容包括"绪论""童话中的初民风俗""童话中的初民信仰""柯客诗论灰娘""葛劳德论嗤滴嘟""哈特阑德论禁室""葛劳德论彭赤京""哈特阑德论天鹅处女""几种重要德童话"，附录的"童话研究书目"均为外文书目。在"绪论"中，赵景深指出童话是"从原始信仰的神话转变下来的游戏故事"，这一概念类似于民间故事的概念，与通常而言的民间童话有差异。同样，《童话学 ABC》中的童话概念也与此类似，在"例言"中，赵景深说这本书是基于意尔斯莱的《童话的民俗》(*The Folklore of Fairy Tales*)一书，并参照麦苟劳克的《小说的童年》以及哈特阑德的《童话学》编译而成。同样在"例言"中，赵景深申明本书"系从民俗学上立论，不是从教育学上立论"，"文学童话安徒生王尔德等的创作，不在本书论列"。从"例言"我们可以看出，本书中的"童话"指的是民间童话，不是文学童话。

赵景深不仅翻译童话、研究外国童话，他自己也创作童话。他的童话集《小朋友童话》1933 年由北新书局结集出版，书中收录了作者 1922 年到 1923 年创作的童话 8 篇，包括《诗的游历》《纸花》《白城仙境》《小全的朋友》《一片槐叶》《母心的慰安》《棉花》《阳光的信》。书前的"例言"指出此时的赵景深正在努力翻译安徒生的童话，"故行文每多受此丹麦先哲之影响"①。赵景深的《安徒生评传》②是对安徒生童话的评论文章，文中赵景深称喜欢安徒生童话的原因，一是安徒生童话"处处合于儿童心理"，"和儿童的心相近"，二是安徒生童话"大半含有极丰富的诗意"，"和自然的美相接"，这两个特征和周作人评价的安徒生两个特色是相似的，这两个特色是童话文体的创作追求，也同样体现在赵景深的童话创作上。在童话《诗的游历》中，12 岁的小姑娘宝宝在睡梦中变成了自己写的诗，飞向了窗外，飞到了印刷厂，见证了自己诗的印刷过程。童话《纸花》讲述了一张粉红色的纸不甘寂寞，想要成为一朵新年的纸花或故事书封面，最终成为一朵纸花却在新年之后被扔进了垃圾桶的故事。《纸花》语言清新质朴，符合儿童阅读，没有刻意追求作品的教育意义，而是在故事叙述中不动声色地传达教育意义，是现代童话的佳作。

---

① 赵景深. 小朋友童话[M]. 上海：北新书局，1933：1.
② 王泉根. 中国现代儿童文学文论选[M]. 南宁：广西人民出版社，1989：925.

五、叶圣陶："给中国的童话开了一条自己创作的路"

叶圣陶的《稻草人》是中国现代文学史上第一本文学童话集，被鲁迅称为"给中国的童话开了一条自己创作的路"[①]，鲁迅着眼于《稻草人》的"自己创作"，但叶圣陶的"自己创作"还是深受外国童话译介的影响。叶圣陶（1894—1988），江苏苏州人，现代作家、教育家、编辑出版家，著作丰厚，在小说、童话、散文、戏剧和诗歌创作方面均有作品传世，由他的三个子女叶至善、叶至美和叶至诚整理出版的《叶圣陶集》共 26 卷本，代表作品有童话集《稻草人》、短篇小说集《隔膜》、长篇小说《倪焕之》、童话《古代英雄的石像》。作为"五四"新文化运动的先驱、著名的编辑出版家、"五四"新文学社团——文学研究会的发起人，叶圣陶虽无留学海外的求学经历，但"五四"时期大量的外国文学翻译作品的阅读以及长达八年的《小说月报》编辑工作，使其与外国文学结下不解之缘。1907 年，叶圣陶进入草桥中学读书，开始学英文，"那时候中学里读英文的本子是华盛顿·欧文的《见闻杂记》和古德斯密的《威克斐牧师传》"[②]，叶圣陶除了喜欢阅读华盛顿·欧文的作品外，还喜欢阅读外国文学的译本。叶圣陶说道："翻译作品，在我青年时代看起来，简直在经史百家以外另外有一种境界。"[③]他认为新文化运动是在西方文学的译介中展开，但"决不是抄袭和贩运"，"介绍外国的文学作品、文学理论、文学源流和文学批评等等所以重要，所以有价值，乃在于唤起我们的感受性，养成我们的创作力，也就是促醒我们对于文学的觉悟"[④]。叶圣陶先后译有 5 首诗歌和 1 篇小说[⑤]，5 首诗歌包括《园丁集（61）》[⑥]、《印度抒情小诗》[⑦]、《伫望》[⑧]、《荷马之教》[⑨]和《风》[⑩]，小说为苏联作家捏维洛夫的《马利亚》[⑪]。叶圣陶的译作不多，但却是其与外国文学结缘的一种方式。

叶圣陶自 1921 年开始童话创作，1922 年出版第一本童话集《稻草

① 鲁迅. 鲁迅全集 第十四卷［M］. 北京：同心出版社，2014：120.
② 刘增人. 叶圣陶传［M］. 北京：东方出版社，2009：15.
③ 刘增人，冯光廉. 叶圣陶研究资料 上［M］. 北京：知识产权出版社，2010：210.
④ 叶圣陶. 叶圣陶论创作［M］. 上海：上海文艺出版社，1982：123.
⑤ 刘增人，冯光廉. 叶圣陶研究资料 上［M］. 北京：知识产权出版社，2010：840-882.
⑥ 原载 1921 年 7 月 28 日上海《时事新报·学灯》。
⑦ 印度 Laurence Hope 的诗歌，原载 1925 年 7 月 19 日《文学周报》第 182 期。
⑧ 原载 1930 年 7 月 1 日《妇女杂志》月刊策 16 卷第 7 号。
⑨ 原载 1930 年 7 月 1 日《妇女杂志》月刊策 16 卷第 7 号。
⑩ 原载 1930 年 7 月 1 日《妇女杂志》月刊策 26 卷第 7 号。
⑪ 原载 1929 年 4 月 28 日《文学周报》第 354 至 368 期。

人》，这是现代文学的第一本文学童话集，鲁迅称其"给中国的童话开了一条自己创作的路"（译者的话）①。叶圣陶的"自创"童话既不同于孙毓修的意译，也不同于茅盾和郑振铎的"翻译"，这是一种真正意义的童话创作，这也是《稻草人》在中国现代童话史上具有里程碑意义的原因所在。叶圣陶的童话作品主要收录在《叶圣陶集》的第四卷中，包括《稻草人》《古代英雄的石像》和《鸟言兽语》三个集子，《稻草人》收录了叶圣陶童话 23 篇，主要收录了叶圣陶自 1921 年至 1923 年的童话作品，以最后一篇《稻草人》命名，附录为郑振铎为此童话集所作的序。《古代英雄的石像》是叶圣陶的第二部童话集，收录童话 9 篇，附录为丰子恺为这个集子所写的读后感。《鸟言兽语》收录了叶圣陶未曾收进前两本集子的童话 7 篇。

　　叶圣陶的童话创作深受安徒生和王尔德童话的影响，在用童真、童趣、爱构筑纯洁的儿童世界之余，又将荒唐与丑陋的现实、无奈与凄凉的人生融入童话创作，由此实现对现实世界的观照。在《我与儿童文学》一文中，叶圣陶说：

　　　　我写童话，当然是受了西方的影响。"五四"前后，格林、安徒生、王尔德的童话陆续介绍过来了。我是个小学教员，对这种适宜给儿童阅读的文学形式当然会注意，于是有了自己来试一试的想头。还有个促使我试一试的人，就是郑振铎先生，他主编《儿童世界》，要我供给稿子。（《我和儿童文学》）②

　　在郑振铎的邀请下，作为小学教员的叶圣陶开始了童话创作。综观叶圣陶的童话创作我们可以发现，叶圣陶的《稻草人》中最初的作品更倾向于受到安徒生童话的影响，充满了对儿童世界"爱"与"美"的童心、童趣和美好人生的讴歌与赞美，但后期的作品在讴歌儿童美好世界时也着力揭露现实世界的残酷，更倾向于王尔德童话的影响。

　　安徒生是丹麦童话家，他的童话以美丽和谐的大自然世界为故事，讲述着美丽的公主与王子的爱情、丑小鸭变身高贵天鹅的美好故事。叶圣陶最初的童话深受安徒生童话的这种倾向影响，正如茅盾所说："他以为'美'（自然）和'爱'（心和心相印的了解）是人生的最大的意义，而且是

---

① 鲁迅. 鲁迅全集　第十四卷[M]. 北京：同心出版社，2014：120.
② 叶至善，叶至美，叶至诚. 叶圣陶集　第九卷　文学评论 1[M]. 南京：江苏教育出版社，1990：384.

'灰色'的人生转化为'光明'的必要条件。'美'和'爱'就是他的对于生活的理想。"①正因为如此，叶圣陶才"梦想一个美丽的童话人生，一个儿童的天真国土"，"努力想把自己沉浸在孩提的梦里，又想把这种梦境表现在纸面上"（郑振铎《稻草人·序》）②。童话《小白船》讲述的是一个小男孩和一个小女孩一起乘一只小白船的快乐故事，故事语言优美，是一个关于爱与美的故事，故事开头这样叙述："一条小溪是各自可爱的东西的家。小红花站在那儿，只顾微笑，有时还跳起好看的舞来。"③如此优美的文字我们在安徒生的童话中也随处可见，在《拇指姑娘》中，燕子带着拇指姑娘一起飞，"最后他们来到了温暖的国度，那儿的太阳比在我们这里照得光耀多了，天似乎也是加倍地高。田沟里，篱笆上，都生满了最美丽的绿葡萄和蓝葡萄"④。正是安徒生童话的爱与童心深深吸引了叶圣陶，使得他初期创作的童话致力于刻画纯洁美好的儿童世界。在童话《梧桐子》中，叶圣陶将这种"美"与"爱"都倾注于"一颗梧桐子"身上，营造了一个完美的童话境界。正是在这个近乎完美的"童话世界"中，小梧桐子快乐地成长，喜欢自由飞翔的小梧桐子不顾母亲的劝阻，不知不觉飞了出去，离开母亲、哥哥和弟弟们之后的小梧桐子感到孤寂，当燕子捎来了母亲、哥哥和弟弟的消息后，小梧桐子乐得"只顾往高里长"，大自然的"美妙"和"亲人"之间的爱共同营造了一个美好的儿童世界。《芳儿的梦》借助"梦境"帮芳儿完成了送妈妈一件"最最美丽的礼物、最最稀罕的"生日礼物的愿望，梦境中的芳儿、月亮姊姊、云哥哥、星星、妈妈共同为芳儿营造了一个奇幻的梦境，芳儿在梦境中摘了几百颗星星，串了一条美丽的项链送给妈妈，妈妈和自己都变成了仙女。

　　叶圣陶早期童话中这种对于"爱"与"美"的儿童纯净世界的描写在残酷的现实面前渐渐"不自觉地改变了方向"⑤。叶圣陶自己也注意到这种转向，他在给郑振铎的信中说："今又呈一童话，不识嫌其太不近于'童'否？"在成人的灰色云雾里，想重现儿童的天真，写儿童的超越一切的心理，几乎是个不可能的企图"⑥。由此可见，叶圣陶后期童话中更多现实世界的观照，多了一些"成人的悲哀"。《克宜的经历》中农家孩子克宜的

① 刘增人，冯光廉. 叶圣陶研究资料[M]. 北京：北京十月文艺出版社，1988：406.
② 叶至善，叶至美，叶至诚. 叶圣陶集 第四卷[M]. 南京：江苏教育出版社，1990：159.
③ 叶圣陶. 稻草人[M]. 南京：江苏文艺出版社，2018：1.
④ [丹麦]安徒生. 叶君健译安徒生童话[M]. 叶君健，译. 北京：人民文学出版社，2015：120.
⑤ 叶至善，叶至美，叶至诚. 叶圣陶集 第四卷[M]. 南京：江苏教育出版社，1990：159.
⑥ 叶至善，叶至美，叶至诚. 叶圣陶集 第四卷[M]. 南京：江苏教育出版社，1990：159.

父母听邻人说"都市里真快乐"，就让克宜进城去体验，结果克宜在戏院里看到的人"个个只剩皮包着骨头，脸上全没血色，灰白得吓人，腿和脚又细又小，像鸡的爪子似的，跟在医院看到的那些人一模一样。他们不能行走，不能劳动，得不到一切吃的东西，只好在那里等死"，这篇童话通过一面神奇的镜子发现了成人世界中"快乐都市"的腐朽本质。童话《画眉》通过一只画眉鸟发现"世界上，到处有不幸的东西，不幸的事儿——都市，山野，小屋子里，高楼大厦里"。我们在安徒生的童话中也可以找到这样的"现实世界"，在《卖火柴的小女孩》中，小女孩在圣诞夜光脚走在雪地上，饥寒交迫的她最终在富人圣诞的狂欢中冻死在室外。同样，在《皇帝的新装》中，虚伪的成人眼中皇帝的"华丽新装""举世无双"，天真无邪的孩子一语道破天机"可是他身上什么也没有穿啊"，这就是安徒生笔下丑陋的现实世界。我们可以对比分析一下安徒生的《皇帝的新装》和叶圣陶的《皇帝的新衣》，来看两位作家童话中的"现实世界"。叶圣陶的童话《皇帝的新衣》开始就对安徒生《皇帝的新装》的故事情节进行了简要的概括，然后叶圣陶写道："以后怎么样呢？安徒生没说。其实以后还有许多事儿。"很显然，叶圣陶的《皇帝的新衣》是对安徒生童话《皇帝的新装》的"中国式"故事的"续写"。《皇帝的新衣》较之《皇帝的新装》中的皇帝更加残忍，他的"新法律"可以说是草芥人命："谁故意说坏话就是坏蛋，就是反叛，立刻逮来，杀！"残暴的"新法律"最终引起的是"官逼民反"，故事情节和结局的处理方式带有强烈的中国现实特色。

　　叶圣陶早期的童话更多受安徒生童话的影响，后期创作则更接近于王尔德的童话，正如 H. H. 谢拉尔德在《快乐王子集·后记》中所说，王尔德的童话"贯穿着一种微妙的哲学，一种对社会的控诉，一种为着无产者的呼吁，这使得《快乐王子》和《石榴之家》成了控告社会制度的两张真正的公诉状"①。正是王尔德童话这种现实主义因素的融入才引起了叶圣陶创作上的共鸣，他的童话通过儿童视角控诉社会的不幸和现实世界的丑恶。王尔德是英国维多利亚时期著名作家，著有童话集《快乐王子和其他故事》《石榴屋》两本童话集。王尔德的童话在"五四"时期传入中国，最先出现在鲁迅与周作人合译的《域外小说集》（文言形式，名为《安乐王子》）中，随后出现很多译本，泰东图书局 1922 年还出版了童话集《王尔德童话》，叶圣陶对于王尔德童话很熟悉。对于是否受王尔德童话的影响，叶

---

① H. H. 谢拉尔德. 快乐王子集·后记[A]. [英]王尔德. 王尔德 快乐王子集[M]. 巴金，译. 成都：四川人民出版社，1981：175.

圣陶认为：

> 当然说不出有什么直接的影响，在执笔的时候也没有想到过它们；可是既然看过，不能就说绝对没有影响。正像厨子调味儿，即使调的是单纯的某一种味儿，也多少会有些旁的吧。①

叶圣陶的《稻草人》与王尔德的《快乐王子》在人物形象、情节结构和主题上面有诸多相似之处，可以说有异曲同工之妙。王尔德的《快乐王子》讲述的是一个变成雕塑的"快乐王子"的"不快乐"，《稻草人》讲述的同样是一个没有生命的稻草人的"不快乐"，两个主人公都是站立不动的形象，没有生命但却比有生命的人更具有同情心，快乐王子因"城市中所有的丑恶和贫苦"而痛苦，他对燕子倾诉说：

> "以前在我有颗人心而活着的时候，"雕像开口说道，"我并不知道眼泪是什么东西，因为那时我住在逍遥自在的王宫里，那是个哀愁无法进去的地方。……而眼下我死了，他们把我高高地立在这儿，使我能看见自己城市中所有的丑恶和贫苦。尽管我的心是铅做的，可我还是忍不住要哭。"②

在叶圣陶的《稻草人》中，雕塑"快乐王子"变成了中国农村稻田中随处可见的"稻草人"，这一形象带有中国独有的乡村风味，"稻草人"所看见的"贫苦"如"快乐王子"一样，也是三个悲惨的故事，"快乐王子"把自己的剑柄上的红宝石和两只眼睛（蓝宝石）送给了一个生病的小女孩、一个冻得要死的写剧本男子和一个卖火柴的小女孩，把自己满身的黄金片送给了穷人，最终"快乐王子"和那只陪伴他的"燕子"一起死去，借助上帝的力量进入了天堂，快乐地歌唱和生活。"稻草人"看到的是三个乡村女性的悲惨故事，这是中国农妇悲惨生活的真实写照，稻草人虽然很心痛，但却无能为力，自己最终也倒在稻田里。这篇童话在立意、情节结构、人物形象和主题等方面明显受到王尔德《快乐王子》的影响，但却具有独特的民族特色，是叶圣陶对外国童话的一个本土化的过程。

---

① 陈伯吹. 儿童文学简论[M]. 武汉：长江文艺出版社，1959：39.
② ［英］奥斯卡·王尔德. 王尔德童话[M]. 王林，译. 武汉：华中科技大学出版社，2015：5.

　　总体比较一下叶圣陶与安徒生、王尔德等西方童话的结局，也很容易发现两者的差异。西方童话作家在描写丑恶的现实世界时往往借助上帝、天堂等宗教世界给其笔下的人物以光明，这种通过宗教救赎解决现实世界困境的方式在他们的很多童话中都有体现：《卖火柴的小女孩》在圣诞夜饥寒交迫，但借助几根火柴的微光，小女孩在临死之际在天堂见到了祖母，"天堂里的祖母"给了小女孩最后的温暖。童话《快乐王子》中的快乐王子把自己身上所有值钱的东西都拜托燕子给了穷人，最终快乐王子和燕子都死了，但童话最后上帝把快乐王子和燕子都带入了"快乐的天堂"，这种宗教的救赎在叶圣陶笔下则无法实现。叶圣陶的童话最终结局是悲惨的无法回避的社会现实，稻草人对于农妇们的悲惨无能为力，看到飞蛾下卵、生病的孩子、鲫鱼、女人投河都无法阻止，自己最终也倒在了稻田里。这也是为什么有的学者认为叶圣陶的童话"是界于童话和小说之间的一种文学作品，而且带有浓烈的灰色的成人的悲哀。所以，我们与其把它们当作童话读，倒不如把它们当做小说读为好"①。

第四节　现代通俗小说的发生

　　现代通俗小说的翻译和创作可以说是中国小说从传统走向现代的一个过渡，因此，范伯群认为现代通俗小说"在世纪之交时的文学界实际上已带着早期的译风向欧西文学学习。他们已经在将新的技巧植入传统的文学机体之中，通过这种'渐进'的步调，也会非常自然地汇流成一种为大众喜闻的小说形式，使读者乐于接受"②。现代通俗小说的繁荣离不开 20 世纪初的上海，正是因为上海的都市繁华而引发的报章的兴办和市民读者群的出现以及文人的加盟，才有了以"鸳鸯蝴蝶派"小说为代表的现代通俗小说的繁荣。关于现代时期通俗小说的繁荣，有学者曾这样论述："民国通俗小说铺天盖地兴旺发达的势头，到'五四'时期在理论上遭受重创。但通俗小说的市场并未被夺去，此后它与'五四'新文学平行发展……新文学小说虽占据了文坛的制高点，被目为正宗，但在它周围汪洋恣肆的仍是通俗小说之海。"③可见通俗小说在现代时期的繁荣。

---

① 贺玉波. 现代中国作家论 第 1 卷[M]. 上海：大光书局，1936：446.

② 范伯群. 包天笑、周瘦鹃、徐卓呆的文学翻译对小说创作之促进[M]. 江海学刊，1996
　（6）：173.

③ 孔庆东. 超越雅俗[M]. 北京：北京大学出版社，1988：16.

　　在译介和创作方面，"五四"现代通俗小说最具代表的作家是包天笑、周瘦鹃和程小青。包天笑的黑幕小说创作、周瘦鹃的言情小说创作和程小青的侦探小说创作成就突出，他们三人在通俗小说译介方面的成就也很突出，包天笑的"教育小说"译介、周瘦鹃的《欧美名家侦探小说大观》译介、程小青的《福尔摩斯侦探案全集》译介最为学界称道。这三位小说家基本以《小说时报》《礼拜六》《文学大观》《画报》等杂志为阵地，著译兼有。包天笑、周瘦鹃、程小青的现代通俗小说创作多借鉴西方通俗小说的技巧，创作与翻译相互交融，共同促进了现代通俗小说文体的成熟，尤其是现代侦探小说的出现完全得益于西方侦探小说的翻译。包天笑只有短期访问日本的经历，日文水平一般，采取的是"林译小说"的套路翻译，周瘦鹃英语水平很好，范伯群把他们两个和另一个通俗小说家徐卓呆并称（徐卓呆有留日经历，日文很好），称"这三位作家与文学创作和外文翻译结缘的过程正好代表了当时翻译界的三种类型"①。这几位通俗小说家通过翻译而学习国外通俗小说的体式，进而跳出传统笔记小说的体式限制而又有所革新创造。包天笑在《小说画报》发表的四篇《友人之妻》题材新颖，突破传统通俗小说才子佳人的题材，涉及留学生的婚姻问题。他们在小说技巧方面也大量引进西方小说的技巧，周瘦鹃的小说《旧恨》突破传统通俗小说从头到尾讲故事的叙事模式，采用横断面的形式。这些小说家在汲取传统民间营养的基础上借鉴西方技巧，积极探求小说的现代转型之路。程小青的侦探小说创作完全是因为西方侦探小说的翻译，完全是中国现代小说的独创，因此其在国内的创作完全依赖于外国此类小说的译介。

一、包天笑："中国现代通俗小说之王"

　　包天笑被誉为"中国现代通俗小说之王"，他在通俗小说译介和创作方面均有突出成就。包天笑（1876—1973），江苏吴县人，现代著名通俗小说大师，编辑家，翻译家。包天笑祖上世代经商，后家道中落，在私塾接受教育，曾参加科举考试未中，青年时期大量阅读《红楼梦》《世说新语》等古典文学名著，据毛策《包天笑著译年表》记载，23 岁的包天笑"从日人藤田学日语、从苏州电报局领班赖某学英语、从江某学法语皆未成，而其心日趋于新潮流。与留日学生杨廷栋、周祖培诸人通信，经他们介

---

① 范伯群. 包天笑、周瘦鹃、徐卓呆的文学翻译对小说创作之促进[M]. 江海学刊，1996
　　(6)：171.

绍，读了许多日文版欧美名著……”①也就是说包天笑在“欧风东渐”的时代潮流之下通过学习外语以及和留学生通信等方式逐渐开始接触外国文学作品。在《译小说的开始》②一文中，包天笑详述了自己翻译小说的开始，他称“我的写小说，可称为偶然的事”（所谓的“写小说”，其实就是翻译小说）。包天笑的堂兄弟杨紫麟到上海虹口中西书院学习英文，包天笑经常去上海找他，杨紫麟在旧书店买到英文小说《茶花女遗事》的下部，“随读随讲”给包天笑听，包天笑建议杨紫麟“不如把它译出来”。杨紫麟建议二人合译，因此有了包天笑与杨紫麟合译的第一本译著《迦茵小传》，连载于《励学译编》（大部分内容译自日文）杂志第 1 册到第 12 册。这个译著成为“继林纾译《巴黎茶花女遗事》后，最为风行的小说”③，随后包天笑又从日文译了《三千里寻亲记》和《铁世界》两部小说，由此开启了编辑和翻译生涯，因涉及杂志和篇目太多，具体统计如下。

表 3-7 包天笑小说翻译统计表④

时间	刊物或出版社	作品（原著作者）
1901	《励学译编》	《迦茵小传》（与杨紫麟合译，[英]哈葛德）
1903	上海文明书局	《迦茵小传》（与杨紫麟合译，[英]哈葛德）、《铁世界》（[法]迦尔威尼）
1904	上海小说林社	法国迦尔威尼小说 2 部：《秘密使者》（上册）、《无名之英雄》（上册）
1904	上海中新书局	《千年后之世界》（[日]押川春浪）
1905	上海小说林社	日本岩谷小波的小说 3 部：《新法螺先生谭》、《法螺先生谭》、《法螺先生续谭》；《侠奴血》（[法]嚣俄⑤）
1905	上海文明书局	《儿童修身之感情》（不详）

---

① 毛策. 包天笑著译年表[J]. 文教资料，1989(4)：26.
② 包天笑. 钏影楼回忆录[M]. 上海：生活·读书·新知三联书店，2014：166-170.
③ 毛策. 包天笑著译年表[J]. 文教资料，1989(4)：27.
④ 本表统计主要根据毛策的《包天笑著译年表》（《文教资料》，1989 年第 4 期）、江苏文史资料编辑部的《苏州文史资料》第 20 辑的《吴中耆旧集：苏州文化人物传》(1991 年版)、梅家玲的《包天笑与清末民初的教育小说》的附录（见陈思和编《建构中国现代文学多元共生体系的新思考》（复旦大学出版社 2012 年版）及其他一些史料综合整理而成，待进一步完善。
⑤ 后译为雨果。

续表

时间	刊物或出版社	作品（原著作者）
1906	上海小说林社	《一捻红》（不详）、《身毒叛乱记》（［英］麦度克）
	《月月小说》	《铁窗红泪记》（［法］雨果）
	上海时报馆	《毒蛇牙》（不详）
1907	上海有正书局	《滑稽旅行》（不详）
1908	上海有正书局	《销金窟》（不详）
	《月月小说》	《古王宫》（不详）
1909	《教育杂志》	《馨儿就学记》（［意］亚米契斯）
	《小说时报》	《写真帖》（［俄］契诃夫）、《镜台写影》（与杨紫麟合译，原著作者不详）、《大侠锦帐客传》（与杨紫麟合译，［英］哈葛德）
1910	《教育杂志》	《孤雏感遇记》（不详）
	《小说时报》	《一粒沙》（不详）、《六号室》（［俄］契诃夫）、《秘密党魁》（［法］迦尔威尼）
	上海商务印书馆	《馨儿就学记》（不详）
	秋星社	《碧海情波记》（不详）
	群学社	《铁窗红泪记》（［法］器俄）
1911	《教育杂志》	《埋石弃石记》（不详）
	《小说时报》	《动物之同盟罢工》（不详）、《血印枪声记》（与张毅汉合译、不详）
1912	《教育杂志》	《苦儿流浪记》（［法］马洛）
1913	《中华教育界》	《儿童历》（不详）
	《教育研究》	《少年机关师》（与蛰庵合译，原著作者不详）
	《小说时报》	《欲海情波》（不详）
	《中华教育界》	《儿童历》（不详）
	上海有正书局	《情网》（再版，不详）
1914	《中华教育界》	《蔷薇花》（与张毅汉合译，原著作者不详）、《留声机》（与张毅汉合译，原著作者不详）
	《小说月报》	《心电站》（与张毅汉合译，原著作者不详）、《六尺地》（［俄］托尔斯泰）、《断雁哀弦记》（与张毅汉合译，原著作者不详）、《机师复仇记》（不详）

续表

时间	刊物或出版社	作品（原著作者）
1915	《教育杂志》	《二青年》
	上海中华书局	《八一三》（与徐卓呆合译，原著作者不详）、《纪克麦再生案》（筹甫译，天笑修词，原著作者不详）、《云想花因记》（不详）、《拿破仑之情网》（不详）
	上海有正书局	《六号室》（［俄］奇霍夫①）
	上海商务印书馆	《苦儿流浪记》（［法］爱克脱麦罗）
	《中华小说界》	《三十八》（与哲庵合译，原著作者不详）、《乔奈小传》（与张毅汉合译，原著作者不详）
	《小说大观》	《血婚衣》（与张毅汉合译，原著作者不详）、《琼岛仙葩》（不详）、《覆车》（与张毅汉合译，原著作者不详）、《眢井轶谭》（［法］爱克脱麦罗）
1916	《教育杂志》	《科学者之家庭》（［法］蒙台）
	上海进步书局	《镜台写影》（与溪子合译，原著作者不详）
	《小说时报》	《腰鞋》（与张毅汉合译，原著作者不详）、《归来》（与张毅汉合译，原著作者不详）、《悲惨之目光》（不详）
	《中华小说界》	《加拿大归客》（与张毅汉合译，原著作者不详）、《礼物》（与张毅汉合译，原著作者不详）
	《小说大观》	《嫁衣记》（与听郦合译，［法］大仲马）
1917	《教育杂志》	《童子侦探队》（不详）
	《小说时报》	《兄弟》（与张毅汉合译，原著作者不详）、《律师》（与张毅汉合译，原著作者不详）、《十磅之纸币》（与张毅汉合译，原著作者不详）、《芙蓉城之小说家》（与张毅汉合译，原著作者不详）
	《小说大观》	《战线中》（与立人合译，［德］哈克尔）、《红灯谈屑》（与其纫合译，［英］柯南达利）
1925	上海国学书社	《未来世界》（［日］押川春浪）
1931	上海中华书局	《空想花园记》（不详）、《波兰遗恨录》（不详）

---

①　后译为契诃夫。

从上述表格可以发现，包天笑的小说翻译从 1901 年一直持续到 1917年，之后创作几乎停止，只在 1925 年上海国学书社翻译出版了日本押川春浪的小说《未来世界》，到 1931 年又由上海中华书局翻译出版了《空想花园记》《波兰遗恨录》。从出版社而言，集中于上海中华书局、上海有正书局、上海小说林社、上海商务印书馆等出版社，发表的期刊多为通俗类小说期刊《小说大观》《小说时报》《小说月报》《中华小说界》《中华教育界》《教育杂志》。小说类型以言情、侦探等通俗小说为主，多数没有标注原著作者，这在现代文学初期的通俗小说翻译中尤为常见，采用"译述"和"合译"的形式。我们从上表统计可以看出，他的翻译小说多与杨紫麟、张毅汉等合作完成，《迦茵小传》就是由杨紫麟翻译、包天笑润笔共同完成。对于此类小说的翻译，包天笑在《译小说的开始》一文中说，"不过一时高兴，译着玩的，谁知竟可以换钱。而且我还有一种发表欲"，"便提起了译小说的兴趣来，而且这是自由而不受束缚的工作，我于是把考书院博取膏火的观念，改为投稿译书的观念了"。① 可见，"换钱"是包天笑翻译通俗小说的主要目的。但包天笑的翻译中也不乏名家名篇，如英国哈葛德的《迦茵小传》、法国雨果的《侠奴血》《铁窗红泪记》、俄国契诃夫的《六号室》、俄国托尔斯泰的《六尺地》、法国大仲马的《嫁衣记》等，这些文学名著较之通俗小说更能代表包天笑的翻译水准。除去通俗小说译介之外，包天笑的"教育小说"翻译名噪一时，其中以"三记"最为著名，包括《苦儿流浪记》《馨儿就学记》和《埋石弃石记》。《馨儿就学记》的原著作者为意大利著名儿童文学作家亚米契斯，后由夏丏尊译为《爱的教育》。较之后来夏丏尊的译本，包天笑的"教育小说"译文"并不忠实"②，是一个中国版的《爱的教育》，人名、地名、时间甚至于情节都有包天笑的改作，但其在当时的进步意义不可否认。范烟桥认为"教育小说，天笑可以占首席。其所著《馨儿就学记》尤为天趣横生，描写如画。中间形容顽童之顽，令人忍俊不禁。即《童子侦探队》译笔亦足以融合中西文学之美，而无配合之渣滓者也。此等小说最足以感动人心，青年读之，胜受三年教师之教训矣"③。这段评价可谓切中肯綮，道出了包天笑教育小说翻译在当时的意义。

---

① 包天笑. 钏影楼回忆录[M]. 上海：生活·读书·新知三联书店，2014：169.
② 陈辽. 江苏新文学史[M]. 南京：南京出版社，1990：53.
③ 芮和师，范伯群，郑学弢. 中国文学史资料全编 现代卷 鸳鸯蝴蝶派文学资料 上[M].北京：知识产权出版社，2010：55.

在《现代通俗小说的无冕之王——包天笑》一文中，范伯群总体评价了包天笑的小说创作，他认为包天笑的小说创作"数量是相当可观的"，其中也有"成功之作或影响较大者"，并指出"包天笑作品的数量与他历年任多种期刊的主编不无关系"，"凡自己主编的期刊，每期的首篇大多是他的短篇小说，每每还要有一长篇连载"。① 包天笑的通俗小说翻译对他的小说创作产生了很大的影响，他的很多通俗小说模仿痕迹较重，整体艺术独创性较薄弱，但他对西方小说的模仿和借鉴使他的创作融会了西方小说的现代因素，为现代小说文体的艺术革新作出了贡献。他的小说主要刊登在《小说大观》和《小说画报》中，《一缕麻》发表在 1909 年《小说时报》的第 2 期，是包天笑较早的短篇小说，小说依然采用的是文言，题材为婚恋，小说更趋向于传统小说的模式。自 1909 年《小说时报》发表的《一缕麻》开始，包天笑就开始在《小说时报》《小说画报》《星期》《小说大观》等刊物发表短篇小说，他先后发表了《火车客》《无线电话》《军阀家之狗》《谁之罪》《沧州道中》《一个被遗弃的妇人》《街头的女子》《牛棚絮语》《奇梦》《影梅忆语》《狗之日记》《海滨消息》《冥鸿》等。包天笑的《补过》（1916 年《小说大观》第 8 期）对于翻译小说的模仿较为成功，这篇小说是对托尔斯泰小说《复活》译本的模仿。1914 年，马君武翻译出版了托尔斯泰的小说《复活》，译名为《心狱》，"包天笑立刻注意到这部小说，隔了二年便模仿《复活》创作了一部小说名叫《补过》"②。这篇小说借鉴《复活》的"始乱终弃"的故事模式，从缲丝厂漂亮的女工云英下班途中被昔日"始乱终弃"的医生柳吉人撞倒开始讲起。五年前，柳吉人"始乱终弃"，被抛弃之后的云英父亲死了，杂货铺抵押，先是沦落妓院后又入缲丝厂做女工。此时医科大学毕业的柳吉人已经升为医院副院长，并与院长女儿韵秋恋爱，这次的重逢让柳吉人的良心受到谴责。为了"赎罪"，柳吉人放弃了未婚妻韵秋和赴德留学机会与云英结婚，多年后回来发现韵秋依然未嫁，家里的医院已倒闭，柳吉人在"虽然补了一个过，依旧还留下一个恨"的叹息中结束。袁进认为"它可能是中国第一部完全抹掉'章回体'痕迹的白话长篇小说"③，小说中倒叙、补叙、心理描写等方式的运用，《复活》式的"忏悔"等都体现了小说"西化"的痕迹和影响。

---

① 范伯群. 现代通俗文学的无冕之王——包天笑［M］. 南京：南京出版社，1994：20.

② 袁进. 鸳鸯蝴蝶派［M］. 上海：上海书店出版社，1994：86.

③ 袁进. 鸳鸯蝴蝶派［M］. 上海：上海书店出版社，1994：88.

　　较之长篇小说，包天笑的短篇小说创作对西方短篇小说的模仿较为成功。陈平原对包天笑的短篇小说创作评价较高，认为"正是在域外短篇小说的刺激和启迪下，中国作家开始致力于短篇小说的创作"，包天笑和周瘦鹃是继吴跃人之后，民初出现的"一批以短篇小说名家者"，他们的作品"明显借鉴西洋短篇小说结构技巧，为长期停滞的中国短篇小说输入了新鲜血液，打开了一条生路；也为"五四"以后中国现代短篇小说的进一步发展，准备了一批热心的作者和读者"①。这一评价既肯定了包天笑和周瘦鹃的短篇小说对"五四"短篇小说发展的影响，也揭示了包天笑和周瘦鹃短篇小说的"西化"影响。包天笑在短篇创作中模仿学习外国小说，努力吸取其思想内容、艺术形式、表现技巧，体现出他对小说文体的现代性的自觉追求。《影梅忆语》采用"横截面"叙述结构，打破中国传统小说的时空秩序来建构文本。《影梅忆语》《牛棚絮语》打破传统小说第三人称叙事传统，采用第一人称叙事视角。《狗之日记》采用日记体、《海滨消息》《冥鸿》则采用书信体，这些作品显然是得益于他自己的翻译，是模仿西方小说创作而成。

二、周瘦鹃的"哀情小说"翻译与创作

　　与包天笑一样，周瘦鹃也是一个以翻译和创作通俗小说为主的作家。作为"鸳鸯蝴蝶派"的代表作家，周瘦鹃是一个多产的小说家，这不仅指的是翻译方面的成就，在创作方面同样高产。他曾先后在中华书局、大东书局、申报馆等担任编辑，先后参与编辑了《礼拜六》《紫罗兰》等报刊，周瘦鹃的翻译生涯始于1911年第3期《妇女时报》上翻译的英国作家麦特菲的《豪侈之我妻》。周瘦鹃是现代时期最早向国内译介西方短篇小说的作家，1917年由中华书局结集出版了《欧美名家短篇小说丛刊》（译作合集），全书分三册，收录了周瘦鹃翻译的欧美十四国的小说，周瘦鹃的小说翻译和创作以"哀情小说"著称，他堪称当时文学翻译界的翘楚人物，以翻译作品的数量与覆盖面而论，周瘦鹃对现代文学翻译的贡献不可小觑。周瘦鹃译著（作）很多，多散见于各报纸杂志。现统计如下，通过对他的外国小说翻译活动作的整体性考察，以期直观地还原周瘦鹃文学翻译的全貌。

---

　　①　陈平原. 陈平原小说史论集 中[M]. 石家庄：河北人民出版社，1997：746.

表 3-8　周瘦鹃翻译小说统计表①

时间	刊物或出版社	作品(原著作者)
1911	《妇女时报》	《奢侈之我妻》([英]约翰·麦特菲)、《飞行日记》([美]仇·丽痕·托麦司夫人)、《将奈何》([美]诺顿)、《侬之处女时代》([法]莤罗拉)
	《小说时报》	《鸳鸯血》([英]达维逊)
1912	《小说月报》	《孝子碧血记》([俄]不详)
	《妇女时报》	《卖花女郎》([意]赖莽脱)、《无名之女侠》([英]哈斯汀)、《军人之恋》([英]柯南达利)
	《小说时报》	《八万九千磅》([英]窦伦特)、《槛中人》([美]维克透·法脱丘区)
1913	《小说时报》	《绿衣女》([英]亨梯尔)、《铁血女儿》([法]毛柏霜)、《盲虚无党员》([英]拉惠克)、《血海翻波录》([法]大仲马)、《神圣之军人》(不详)
	《妇女时报》	《胭脂血》([法]费奈)
1914	《小说时报》	《褐衣女郎》(不详)
	《民权素》	《万里飞鸿记》(不详)
	《中华小说界》	《足印》(不详)
	《小说时报》	《铁窗人语》(不详)、《逸犯小史》(不详)、《爱河双鸳》([英]却尔司·佳维)、《杀人者谁》(不详)
	《礼拜六》	《拿破仑之友》(不详)、《黑狱天良》([俄]托尔斯泰)、《郎心何忍》(不详)、《五十年前》(不详)、《恐怖》(不详)、《心碎矣》([英]无名氏)、《雾中人面》(不详)、《翻云覆雨》([英]威廉·勒格)、《情海祸水》(不详)、《鬼新娘》([英]干姆斯·霍格)、《无可奈何花落去》([英]施退尔夫人)、《觉悟》(不详)、《但为卿故》(不详)、《亚森罗苹之劲敌》([英]玛丽·瑟勃朗)
	《中华小说界》	《银十字架》(不详)
	《女子世界》	《恋者帝》(不详)
	上海有正书局	《霜刃碧血记》(不详)

---

① 本表统计主要根据王智毅的《周瘦鹃研究资料》(天津人民出版社 1993 年版)中的"周瘦鹃著译系年部分"及其他一些史料综合整理而成，因资料限制，仅为部分统计。

时间	刊物或出版社	作品（原著作者）
1915	《礼拜六》	《美人之头》（［法］大仲马）、《五年之约》（［英］Tom Gallon）、《孝女歼仇记》（不详）、《红楼翠模》（［英］哈葛德）、《亚森罗苹之失败》（［法］玛丽瑟·勒勃朗）、《玫瑰有刺》（［英］莎士比亚）、《电》（不详）、《爱国少年传》（不详）、《吾教你们一首功课》（不详）、《爱夫与爱国》（不详）、《好男儿不当如是耶》（不详）、《血性男儿》（不详）、《法兰西革命风云中之英雄儿女》（不详）、*FAITH*（不详）、《黑别墅之主人》（［英］柯南·达尔）、《小鼓手施拉顿传》（不详）、《真是勇儿》（不详）、《情人软祖国软》（不详）、《同归于尽》（［法］拿破仑·蒲那伯脱）、《十年后》（不详）、《缠绵》（［英］柯南·达尔）、《余香》（［英］William Le Queux）、《这一番花残月缺》（［美］华盛顿·欧文）、《慈母之心》（［英］韦达）、《噫!》（［丹麦］亨斯·盎特逊）、《世界思潮》（［英］狄更斯）、《断坟残碣》（［丹麦］亨斯·盎特逊）、《伞》（［法］莫泊桑）、《帷影》（［美］南山尼尔·霍桑）、《无名之侠士》（不详）
	《中华妇女界》	《妻之心》（［法］毛亨）、《德国妇人之大战争观》（［德］尼山·达德夫人）、《二十年前》（不详）
	《小说大观》	《妻》（［美］马克·吐温）、《自杀日记》（不详）、《人软猩猩软》（不详）、《无国之人》（［美］爱德华·哀佛莱·海尔）
	《中华小说界》	《哲学之祸》（［法］玛黎瑟·勒勃朗）、《夜车》（［英］Fred M. White）、《侦探家之亚森罗苹》（［法］玛黎瑟·勒勃朗）、《亚森罗苹失败史》（［法］玛黎瑟·勒勃朗）、《勋爵亦为盗乎》（不详）
	《女子世界》	《世界尽处》（［英］葛丽旭）、《三百年前之爱情》（［英］曼丽·柯丽烈）
	《小说时报》	《毕竟是谁》（［英］梅生）

续表

时间	刊物或出版社	作品（原著作者）
1916	《中华妇女界》	《手钏》（［英］曼丽·哀奇华司）
	《春声》	《情苗怨果》（［美］哀丽娜·格林）、《月下》（［法］毛柏霜）
	《小说大观》	《猴》（［法］阿尔芳斯·桃苔）、《至情》（［英］却尔司·狄根司）、《伟影》（不详）、《梦耳》（［法］大仲马）
	《中华小说界》	《情场侠骨》（［英］贾斯·甘尔夫人）、《义狗拉勃传》（［英］约翰·白朗）
	《小说时报》	《坠落》（［法］大仲马）
1917	《小说大观》	《罪欵》（［法］法朗莎·柯贝）、《玫瑰一枝》（［法］大仲马）
	上海中华书局	《欧美名家短篇小说丛刊》上卷①、《欧美名家短篇小说丛刊》中卷②、《欧美名家短篇小说丛刊》下卷③、《情祟》（不详）、《怪手》（［美］亚塞李英）、《福尔摩斯别传》（［法］玛利瑟·勒勃朗）
	《妇女杂志》	《歌场喋血记》（［英］梅丽·柯丽女士）
	《小说时报》	《贼之觉悟》（不详）
	《小说新报》	《假凤虚凰》（［英］威廉·勒勾）
	《小说大观》	法国毛柏桑小说 2 篇：《心照》《鹦鹉》

① 收录《死后之相见》（［英］但尼尔·谈福）、《贪》（［英］奥利佛·古尔斯密）、《古室鬼影》（［英］华尔透·斯各德）、《故乡》（［英］却尔司·兰姆）、《情奴》（［英］山格莱）、《星》（［英］却尔司·迭更司）、《良师》（［英］却尔司·李特）、《回首》（［英］汤麦司·哈苔）、《意外鸳鸯》（［英］史蒂文逊）。

② 收录《欲》（［法］伏尔泰）、《男儿死耳》（［法］邹拿特·白尔石克）、《阿兄》（［法］阿尔芳士·陶苔）、《伤心之文》（［法］阿尔芳士·陶苔）、《洪水》（［法］哀密叶·查拉）、《恩欵怨欵》（［法］保罗·鲍叶德）、《心声》（［美］哀特加挨·兰波）、《惩骄》（［美］施土活夫人）、《噫归矣》（［美］白来脱·哈脱）。

③ 收录《死》（［俄］杜瑾纳夫）、《宁人负我》（［俄］托尔斯泰）、《大义》（［俄］麦克昔姆·高甘）、《红笑》（［俄］盎崛利夫）、《驯狮》（［德］贵推）、《破题儿第一遭》（［德］盎利克·查格）、《悲欢离合》（［意］法利那）、《兄弟》（［匈］玛立司·堉堪）、《碧水双鸳》（［西班牙］佛尔苔）、《逝者如斯》（［瑞士］甘勒）、《芳时》（［瑞典］史屈恩白）、《除夕》（［荷兰］安娜·高白德）、《吻之代价》（［塞尔维亚］崛古立克）、《难夫难妇》（［芬兰］瞿梅尼·挨诃）。

续表

时间	刊物或出版社	作品（原著作者）
1918	上海中华书局	《瘦鹃短篇小说》下册①、《冰天艳影》（不详）
	《小说新报》	《恐怖党》（不详）、《午》（［法］毛柏桑）
	《小说季报》	《孤岛哀鹃记》（［英］C. C. Andrews）
1919	上海交通图书馆	《欧美名家侦探小说大观》第一集（［英］柯南道尔）②、《欧美名家侦探小说大观》第二集（［美］亚塞李芙）③、《欧美名家侦探小说大观》第三集（［英］维廉·莆利门）④
1920	上海交通图书馆	《欧美名家侦探小说大观》第四集⑤、《欧美名家侦探小说大观》第五集⑥
	《游戏新报》	《一百万金》（［法］毛柏桑）
1921	《东方杂志》	《试验》（［法］莫泊三）
	上海国华书局	《卫生俱乐部》（不详）
	《礼拜六》	《蝴蝶》（［匈牙利］华土伯爵）、《情书一束》（［匈牙利］莫勤士·姚开）、《火车中》（［法］亚克·瑙孟）、《手套》（［法］柏来福）；法国巴比赛的小说10篇：《瘫》《力》《定数》《四人》《石人》《阿第》《夫妇》《骏马》《同病》《守夜人》
	《东方杂志》	《小间谍》（［法］杜德）、《一死一生》（［法］曹拉）
	《半月》	《匣剑帷灯》（［英］牛登·本甘）

---

① 收录《贫民血》（［法］维克都·嚣俄）、《懊侬》（［法］毛柏霜）、《幻影》（［英］却尔司·狄更斯）、《隐情》（［英］柯南道尔）、《谁之罪》（［俄］利哇·托尔斯泰）。
② 收录《黄眉虎》《双耳记》《死神》《艇图案》《楣中女》《岩屋破奸》。
③ 收录《墨异》《地震表》《X光》《火魔》《钢门》《百宝箱》。
④ 收录《璧返珠还》《镜诡》《牛角》《飞刀》《情海一波》。
⑤ 署名标注为周瘦鹃主撰，周瘦鹃、程小青等编译，含《小金盒》《毒药罇》《金箱》《颈圈》《伪票》《黄钻石》《毒梳》，原著者不详。
⑥ 署名标注为周瘦鹃主撰，周瘦鹃、程小青等编译，含《伪病》《贼妻》《化身人》《药酒》《狱密》《幕后人》，原著者不详。

续表

时间	刊物或出版社	作品（原著作者）
1922	《礼拜六》	《归乡》（［法］巴比塞）；英国威廉·勒勾的小说 2 篇：《无线电秘密》《神龙》法国莫伯桑的小说 5 篇：《猫妒》《难问题》《鬼》《奴爱》《海上》
	《半月》	《雷神桥畔》（［英］柯南·道尔）
	《游戏世界》	《一幕》（［英］柯南·道尔）
	上海交通图书馆	《欧美名家侦探小说大观》第六集①
	上海国华书局	《恐怖党续编》（不详）
	上海大东书局	《紫罗兰集》上册②、《紫罗兰集》下册③
	《星期》	《维系》（［瑞典］史德林堡）
	《游戏世界》	《发明与创造》（［英］柯南·道尔）、《吾友之一家》（［法］莫泊桑）、《爆裂弹》（［法］玛丽塞·勒勃朗）
	《紫兰花片》	《亡妻》（［俄］屠格涅夫）、《死神》（［法］杜德）、《哑儿多多》（［意］邓南遮）、《在柏林》（［美］邬丽兰女士）
	《半月》	《我之忆语》（［德］废太子威廉）
1923	《紫兰花片》	《绿猫》（［俄］高尔甘）、《最后的一掷》（［巴西］夏士佛多）、《蝴蝶》（［匈牙利］乔治·华土）、《母亲》（［美］露意丝·傅西士）
	上海大东书局	《钟鸣八下》（不详）、《月痕》④（不详）、《空房人语》⑤（二册，不详）、《留声机上》⑥（二册，不详）、《金窟》⑦（二册，不详）、《福尔摩斯新探案》⑧（［英］柯南·道尔）
	《半月》	《匍匐之人》（［英］柯南·道尔）、《末一叶》（［英］欧·亨利）、《疯人院》（［法］蒲铁）、《柩中人》（［英］柯南道尔）

---

① 署名标注为周瘦鹃主撰，周瘦鹃、程小青等编译，收录《移尸案》《情人失踪》《牛蒡子》《一串珠》《错姻缘》《伪装》，无原著作者。
② 1947 年 5 月上海大东书局初版《世界名家短篇小说全集》第四集，收录《慈母》（［美］欧文）、《前尘》（［英］狄更司）、《孝》（［法］柯贝）。
③ 1947 年 5 月上海大东书局初版《世界名家短篇小说全集》第四集，收录《家》（［俄］但钦古）、《钥匙》（［意大利］邓南遮）、《幸福》（［法］毛柏桑）。
④ 为短篇小说集，上册为创作，下册为翻译作品。
⑤ 周瘦鹃主编"侦探小丛书"之一种。
⑥ 周瘦鹃主编"侦探小丛书"之一种。
⑦ 周瘦鹃主编"侦探小丛书"之一种。
⑧ 短篇小说集，署名周瘦鹃、张舍我译，收入周瘦鹃译《雷神桥畔》《匍匐之人》。

续表

时间	刊物或出版社	作品（原著作者）
1924	《半月》	法国毛柏桑的小说4篇：《魔鬼》《新年的礼物》《寡妻》《新婚第一夜》；《吸血记》（［英］柯南·道尔）、《他来么》（［布加利亚］范召夫）、《梦尽时》（［意大利］邓南遮）、《杀》（［法］穆丽士·罗土堂）
	《滑稽》	《临城案中之福尔摩斯》（［英］柯南·道尔）
	上海大东书局	《赖婚》（［美］葛立土·茂衍）、《亚森罗苹案全集》（［法］勒白朗）①、《心弦》（［英］李嘉生等）②
1925	《半月》	《世界中最幸运的人》（［俄］安特列夫）、《利诱记》（［英］柯南·道尔）、《拯艳记》（［英］柯南·道尔）、《宝藏》（［葡萄牙］蒯洛士）、《懒人》（［俄］亚佛·钦古）、《马喜菊》（［法］杜凡埙）、《登天之路》（［瑞典］赖格罗夫）、《杀子之母》（［法］端黎）；法国毛柏桑小说3篇：《莲花出土记》《亡妻的遗爱》《恋人之尸》
	《紫罗兰》	《绛珠怨》（［西班牙］裴高伯爵夫人）
1926	上海大东书局	《福尔摩斯新探案全集》③（［英］柯南·道尔）
	《紫罗兰》	《惜余欢》（［法］毛柏桑）、《薄命女》（［俄］高尔甘）、《孤雁儿》（［德］海根·窦埳）、《一饼金》（［法］柯贝）、《小楼连苑》（［法］鲍叶德）、《春去也》（［法］柯贝）、《乌夜啼》（［意大利］毕朗（狄）洛）、《恋情深》（［英］甘梨痕）、《猴掌》（按语）（［英］贾可白）、《游侠儿》（［俄］蒲轩根）、《焚稿记》（［英］柯南·道尔）、《红笑》（［俄］安德列夫）、《讳疾记》（［英］柯南·道尔）
	《良友》	《别一世界中》（［英］许丽南女士）、《快乐之源》（［英］许丽南女士）、《一封信的一节》（［法］邬度女士）、《未婚妻》（［法］邬度女士）、《疗贫之法》（［法］培来·潘思）

---

① 共四册，收录《古城秘密》《劫婚》《七心纸牌》《黑珠草人记》《劲敌》《神秘之画》《隧道》《箱中女尸》《车中怪客》。
② 收录《心弦》（［英］李嘉生）、《焚兰记》（［英］李嘉生）、《同命记》（［法］圣泌尔）、《艳蛊记》（［法］梅里美）、《赤书记》（［美］霍桑）、《慰情记》（［法］乔治·山德）、《沈沙记》（［英］施各德）、《镜圆记》（［英］笠顿）、（［英］嘉绿·白朗蝶女士）、《海媒记》（［英］李德）、《护花记》（［英］白来穆）。
③ 《雷神桥畔》《匍匐之人》《吸血记》《柩中人》《利诱记》《拯艳记》和《破奸记》。

续表

时间	刊物或出版社	作品（原著作者）
1927	《紫罗兰》	《狮鬣记》（［英］柯南·道尔）、《藏尸记》（［英］柯南·道尔）、《幕面记》（［英］柯南·道尔）、《移尸记》（［英］柯南·道尔）、《感恩多》（［俄］罗曼诺夫）、《复仇者》（［俄］柴霍甫）、《意难忘》（［俄］阿志白绥夫）、《沉默之人》（［俄］亚凡钦古）、《洪炉》（［英］韦尔斯）、《蝶恋花》（［法］莫泊桑）、《传言玉女》（［美］彭南）、《于飞乐》（［法］莫泊桑）、《现代生活》（［西班牙］白勒士谷）、《脱羁之马》（［波兰］葛罗平斯基）、《一杯茶》（［英］曼殊斐儿）、《红死》（［美］爱伦堡）、《快乐》（［保加利亚］班诺夫）
	《旅行杂志》	《旅行者言》（［法］莫泊桑）、《冬夜诉心》（［德］苏德曼）
1928	《小说世界》	《死的结婚》（［美］Hawthorne）
	《旅行杂志》	《碎心》（［意大利］薛维尼尼）
	《紫罗兰》	法国勒白朗：《珍珠项圈》、《英王的情书》、《赌后》、《金齿人》（亚森罗苹最新奇案）、《十二个黑小子》（亚森罗苹最新奇案）、《古塔奇案》（亚森罗苹最新奇案）、《断桥》（亚森罗苹最新奇案）、《化身人》、《车中怪手》；《岛》（［捷克］加烈·约瑟·贾贝克）、《樱岛绣袍》（［意大利］龙南蒂）、《一个灵魂破碎的人》（［巨古斯拉夫］梅士谷）、《盗与官》（［西班牙］伊彭年）、《言为心声》（［土耳其］纪南）、《沙妍霞》（［丹麦］邬都伦）、《父》（［瑙（挪）威］庞生）、《花》（［奥地利］许泥紫勒）、《自杀者》（［法］莫泊桑）、《死仇》（［塞尔维亚］曲洛维克）、《诱惑》（［荷兰］华德）、《嫉妒》（［瑞士］甘土南）、《方多麦士传》（［法］苏佛斯德、马山亚兰）、《长相思》（［印度］太谷儿）、《飘泊者》（［罗马尼亚］沙杜维努）、《他是不能久活的了》（［比利时］邬白劳）、《梅葛儿》（［美］哈德）
	《小说世界》	《黑面幕》（［美］Hawthorne）
1929	《紫罗兰》	《黑猫》（［俄］平士基）、《送君南浦》（［日］森鸥外）、《忠实》（［芬兰］亚诃）、《你记得么》（［波兰］奥才古华女士）、《失踪的姐妹》（［美］欧·亨利）、《金星》（［英］爱德温·浦）、《我能购买女子》（［英］济坦大尉）；俄国柴霍夫小说15篇：《顽劣的孩子》《男朋友》《乐》《验尸官》《村舍》《在消夏别墅》《在坟场中》《不要响》《旅馆中》《罪孽》《演说家》《黑暗中》《恐怖》《辟谣》《人生的片段》
	《旅行杂志》	《情海潮音录》（［法］勒白朗）

续表

时间	刊物或出版社	作品(原著作者)
1930	《紫罗兰》	俄国柴霍夫小说10篇:《镜中幻影》《良缘》《老年》《乞儿》《安玉姐》《迟暮》《医士》《善变者》《醉归》《小可怜虫》
	《旅行杂志》	《可歌可泣》([美]铎尔)
	《中华画报》	美国葛兰博士:《真男子》《忘却它》《户外》《和气》《义气》
1931	《新家庭》	《一朵紫罗兰》([法]杜德)、《冷的紫罗兰》([法]梅吉)、《死的紫罗兰》([英]梅立克)、《矛盾的思想》([俄]柴霍甫)
1932	《中华画报》	《你穷么》([美]葛利博士)
	《珊瑚》	《死后》([英]G. Franka1)
1933	《新上海》	《死缠绵》([英]汤宗龙)
	《旅行杂志》	《八千里路马背上》([英]费尔登)
1934	《旅行杂志》	《同舟》([德]欧士克福)、《死树》([英]巴莱·潘恩)、《南飞情鸟》([美]威尔逊)、《海》([土耳其]贾尔格维萨)
1935	《旅行杂志》	《情盲》([英]J. D. Beresford)、《马来情蛊》([英]Somerset Maugham)
1936	《旅行杂志》	《远征》([德]J. Wassermann)
1939	《永安月刊》	《吻》([瑞典]苏特白)
1941	《小说月报》	《蛾眉鸩毒》([意]墨索里尼)
1943	上海大东书局	《劫婚》([法]勒白朗)
1946	《新侦探》	《第五供状》(C. Carousso)、《秘窟洗冤记》([美]M. W. Mosser)
1947	上海大东书局	《世界名家短篇小说全集》①

---

① 共四集,包括《死神与医生》([匈牙利]海尔泰)、《旧名》([法]勒佛尔)、《吾友茂脱利》([法]柯贝)、《儿时恩物》([法]爱加尔)、《短弦》([法]莫泊桑)、《离婚后》([意]薛绿女士)、《驼背哲学家》([英]祁乐尔)、《神龙片影》([英]华克西男爵夫人)、《儿子的禁令》([英]哈代)、《待郎草堂》([英]安淳罗鲁士)、《梦魇之室》([英]柯南道尔)、《恋爱女神像》([美]马克·吐温)、《旧欢》([俄]罗曼诺夫)、《换魂记》([俄]高尔基)、《友》([俄]安特列夫)。

从上述表格统计可以看出，周瘦鹃的小说翻译在持续时间、数量、国别、涉及作家等方面在现代通俗小说作家中都是首屈一指的。他的小说翻译从 1911 年一直持续到 1947 年，1935 年之后翻译量下降。从出版社而言，集中于上海中华书局、上海大东书局、上海国华书局、上海交通图书馆等出版社。周瘦鹃的翻译以小说为主，间或有零星的杂谈、人物传记和戏剧，小说涉及英、美、俄、法、德等十几个国家，极大地扩大了中国读者的视野。这些小说发表的期刊也是以通俗类文学期刊为主，集中在"鸳鸯蝴蝶派"的小说期刊《礼拜六》《紫罗兰》《紫兰花片》等上，由此也定位了小说的类别多为言情、武侠、侦探等通俗题材，其中系列结集通俗小说有《亚森罗苹案全集》（共四册）、《欧美名家侦探小说大观》（共六集）和《福尔摩斯新探案全集》等。

与包天笑一样，经济因素在翻译目的上占据了较大的成分，因此周瘦鹃致力于短篇翻译，追求"短平快"，结集的短篇系列有《欧美名家短篇小说丛刊》（三册）、《世界名家短篇小说全集》（共四集）和《瘦鹃短篇小说》。对于这一点，中华人民共和国成立后周瘦鹃在《我翻译西方名家短篇小说的回忆》①一文中回忆说自己"为了生活的鞭策，就东涂西抹的卖文了"，至于为何翻译世界各国名家短篇小说，周瘦鹃直言是因为"生性太急，不耐烦翻译一二十万字的长篇巨著，所以专事搜罗短小精悍的作品，翻译起来，觉得轻而易举"，又因为"只懂得英文"，所以对于其他国家的作品"只有从英译本转译过来"。周瘦鹃是现代时期最早向国内译介西方短篇小说的作家，1917 年由中华书局结集出版了《欧美名家短篇小说丛刊》（译作合集），全书分三册，收录了周瘦鹃翻译的欧美十四国的小说，当时的《通俗教育研究会审核小说报告》有一段鲁迅和周作人合著的一个评语，认为：

　　《欧美名家短篇小说丛刊》凡欧美四十七家著作，国别计十有四，其中意、西、瑞典、荷兰、塞尔维亚，在中国皆属创见，所选亦多佳作，又每一篇署著者名氏并附小像传略，用心颇为恳挚，不仅志在娱悦俗人之耳目，足为近来译事之光……然当此淫佚文字充塞坊肆时，得此一书，俾读者知所谓衷情惨情之外，尚有更纯洁之作，则固亦昏

---

① 周瘦鹃. 周瘦鹃文集[M]. 上海：文汇出版社，2010：25.

夜之微光，鸡群之鸣鹤矣。①

　　由上述评价可以看出，鲁迅和周作人也对周瘦鹃的欧美短篇小说翻译颇为赞赏，称之为"昏夜之微光""鸡群之鸣鹤"。周瘦鹃后期翻译仍以短篇为主，因"五四"思潮的影响，后期更关注现实主义的作品，对法国作家和俄罗斯作家较为关注，如法国作家莫泊桑、巴比赛和俄国作家契诃夫、托尔斯泰、屠格涅夫的小说。1947年，上海大东书局出版了周瘦鹃的《世界名家短篇小说全集》共四册，收录小说80篇。周瘦鹃在中华人民共和国成立后的回忆文章中坦言，自己翻译欧美小说多一点主要是因为"只懂英文"的缘故，他说：

　　　　其实我爱法国作家的作品，远在英美之上，如左拉、巴尔扎克、都德、嚣俄、巴比斯、莫泊桑诸家，都是我崇拜的对象。东欧诸国，以俄国为首屈一指，我崇拜托尔斯泰、高尔基、安特列夫、契诃夫、普希金、屠格涅夫、罗曼诺夫诸家，他们的作品我都译过。此外，欧陆弱小民族作家的作品，我也欢喜，经常在各种英文杂志中尽力搜罗……②

　　综观周瘦鹃的小说创作可以发现，与翻译小说的题材选择一样，他的创作小说题材也相对集中在"哀情小说""侦探小说"等通俗小说上。

　　他的小说创作以中、短篇为主，以写情为主，"为情而死"是此类小说常用的情节模式，《留声机片》中的"情劫生"留情于留声机片，最终情人也在留声机的遗言中死去。周瘦鹃是写情的高手，此类哀情小说创作与周瘦鹃"卖文为生"的生活与写作状况有关，他的小说创作和翻译宗旨都是为了娱乐读者。周瘦鹃的小说创作文白参半，1921年之后，周瘦鹃发表在《礼拜六》上的小说开始多用白话文创作，小说语言受译介小说影响，带有明显欧化倾向，大量欧式句式、外国色彩的名称、夹杂英文，如小说《酒徒之妻》"用过晚餐，郎君要是不醉，吾们夫妇俩便开一个小小音乐会，善便谈着枇霞娜，郎君拉着繁华令，同声唱一曲摆轮温声靡曼的情歌"。此处的乐器"枇霞娜""繁华令"就是西洋乐器钢琴和小提琴，这

①　鲁迅大辞典编纂组. 鲁迅佚文集[M]. 成都：四川人民出版社，1979：115.
②　周瘦鹃. 周瘦鹃文集[M]. 上海：文汇出版社，2010：26.

是语言层面的明显西化。周瘦鹃在短篇小说体式上也借鉴西方小说手法。在上述关于包天笑的研究中，我们提到了陈平原对包天笑和周瘦鹃等人的短篇小说创作评价较高，认为他们是继吴趼人后民初出现的"一批以短篇小说名家者"，同时也指出"其作品明显借鉴西洋短篇小说结构技巧"①，这对于周瘦鹃而言更为贴切。周瘦鹃对于世界短篇小说名家名篇的翻译影响到他的短篇小说创作，《九华帐里》是一篇独白体小说，《珠珠日记》在叙事中插入日记并以书信作结、《旧恨》更是采取"横断面"方式截取生活的断面，这些小说艺术的尝试丰富了现代短篇小说艺术，也更多得益于他的世界短篇小说翻译。

三、程小青：侦探小说中国化的巨匠

侦探小说这一小说类型在中国古代小说中是没有的，这一类型小说的兴起完全是依赖于翻译和借鉴。程小青是侦探小说中国化的先驱，因此有学者称"西方侦探小说的输入，还导致了中国式侦探小说的大量产生。在这方面成绩最著者，当推程小青"②。程小青以侦探小说而独步中国现代文学史，被誉为"中国的柯南·道尔"。"自幼喜爱读小说，十二岁时读到他人节译之《福尔摩斯探案》，遂乐此不疲"③，当时的外国侦探小说翻译非常盛行，尤其是英国柯南·道尔的《福尔摩斯探案》。1914 年秋，程小青参加了上海《新闻报》副刊《快活林》举办的征文比赛，其侦探小说《灯光人影》入选，在《快活林》刊载时小说中的大侦探"霍森"不知何故变成了"霍桑"，中国的福尔摩斯"霍桑"由此诞生。程小青的侦探小说翻译始于1916 年 3 月《小说大观》第 5 集刊载的他和刘半农合译的英国作家维廉勒苟的《X 与 O》。程小青毕生从事侦探小说的翻译与创作，创作、翻译和理论并重，译作多达 150 余种，创作有 70 余种，是中国现代侦探小说翻译的巨擘。程小青的侦探小说有部分在《小说大观》《侦探世界》《万象》《紫罗兰》等期刊连载，大部分以单行本形式发行，在此，为研究方便，我们首先来系统梳理一下程小青的小说翻译，统计时把程小青与侦探小说相关的理论作品也一并统计在内，具体见下表。

---

①　陈平原. 陈平原小说史论集 中［M］. 石家庄：河北人民出版社，1997：746.

②　袁荻涌. 二十世纪初期中外文学关系研究［M］. 北京：中国文史出版社，2002：114.

③　李峰. 苏州通史 人物卷 下 中华民国至中华人民共和国时期［M］. 苏州：苏州大学出版社，2019：187.

表 3-9　程小青翻译小说统计表①

时间	刊物或出版社	作品（原著作者）
1916	《小说大观》	与刘半农合译、英国维廉勒苟的小说 2 部：《X 与 O》《铜塔》
	中华书局	英国柯南·道尔的小说 5 部：《偻背眩人》《希腊舌人》《海军密约》《魔足》《罪薮》
	《侦探世界》	《白色康乃馨》（不详）
1923	《游戏世界》	《两个卸任的偷儿》（不详）
1929	《紫罗兰》	《侦探小说在文学上之位置》（程小青）
	《红玫瑰》	《谈侦探小说》（程小青）
1930	世界书局②	《福尔摩斯探案大全集》（［英］柯南·道尔）
1931	上海大东书局	《世界名家侦探小说集》③（［美］来特辑录）
1932	上海世界书局	美国范达痕的小说 3 部：《贝森血案》《金丝雀》《姊妹花》
1933	上海世界书局	美国范达痕的小说：《黑棋子》
	《珊瑚》	《从"视而不见"说到侦探小说》（程小青）
	上海文华美术图书公司	《侦探小说的多方面》（程小青）
1934	上海世界书局	美国范达痕的小说 2 部：《古甲虫》《神秘之犬》（上下）
1937	《上海生活》	《圣徒奇案——窝赃大王》（［英］杞德烈斯）

---

① 参考卢润祥的《神秘的侦探世界——程小青、孙了红小说艺术谈》（学林出版社 1996 年版）的附录、登程的《程小青先生部分作品目录》（《苏州史志资料选辑》第 4 辑，1985 年 10 月，苏州市地方志编纂委员会办公室和苏州市档案局编写）编辑而成，有些出版信息参照贾植芳等主编的《中国现代文学总书目 翻译文学卷》（知识产权出版社 2010 年版）、北京图书馆编的《民国时期总书目（1911—1949）外国文学》（书目文献出版社 1987 年版）。

② 本书主要为程小青译，其他合译者有周瘦鹃、顾明道等。

③ 本书共收录《麦格路的凶案》（［美］哀迪筎挨伦坡）、《父与子》（［英］奥塞柯南道尔）、《血证》（［英］奥斯丁福礼门）、《草人》（［美］麦尔维尔达维森波士德）、《市长室中的凶案》（［英］夫勒拆）、《小屋》（［英］亨利贝力）、《雪中足印》（［法］毛利司勒勃朗）、《瑞典火柴》（［俄］安东乞呵甫）、《瞽侦探》（［英］厄涅斯德布累马）、《美的证据》（［德］陶哀屈烈克梯郇）、《奇怪的迹象》）（［匈］鲍尔村·葛洛楼（B. Groller））等 15 位作家的 15 篇作品，均附作者小传。

续表

时间	刊物或出版社	作品（原著作者）
1939	《永安》	《巴黎之裙》（[英]奥斯汀）
	《玫瑰》	独眼龙（[英]奥斯汀）
	上海中央书店	美国欧尔特毕格斯的小说3篇：《幕后秘密》《百乐门血案》《夜光表》
1940	《小说月报》	《鹦鹉声》（[美]欧尔特毕格斯）
1941	《万象》	《奎宁探案——希腊棺材》（[美]爱雷·奎宁）
	上海中央书店	美国欧尔特毕格斯的小说3篇：《歌女之死》《黑骆驼》《鹦鹉的呼声》
1942	《新闻报》	《花园枪声》（[美]范达痕）
	上海广益书局	《天刑》（不详）
1943	《春秋》	《女首领》（[英]杞德烈斯）
	《万象》（号外）	《验心术》（《柯柯探案》，[英]奥斯汀）
	世界书局	美国范达痕的小说5部：《紫色屋》《金丝鸟》《龙池惨剧》《花园枪声》《咖啡馆》
1944	《春秋》	《惊人的决战》（[英]杞德烈斯）
1946	《新侦探》	《女间谍》（《柯柯探案》，[英]奥斯汀）
1947	上海世界书局	《柯柯探案》①（[英]奥斯汀）
	《乐观》	《波谲云诡录》（[英]克莉斯蒂）
1948	上海世界书局	英国杞德烈斯的小说《圣徒奇案》（10册）：《赤练蛇》《窝贼大王》《怪旅店》《女首领》《发明家》《假警士》《神秘的丈夫》《百万镑》《摩登奴隶》《惊人的决战》
	上海大东书局	《瞽侦探》（[英]厄涅斯德布累马）、《瑞典火柴》（[法]毛利司勒勃朗）、《麦格路的凶案》（[美]哀迪笙·埃仑·坡）

---

① 本书一共四册，包括《独眼龙》《验心街》《巴黎之裙》《女间谍》，具体出版信息不详。

续表

时间	刊物或出版社	作品（原著作者）
1949	上海广益书局	《石像之秘》(不详)、《黑窖中》(范达痕)、《幕面人》(不详)、《漏点》(不详)、《红幔下》(不详)、《谁是奸细》(不详)、《圈套》(不详)

从上述表格可以发现，程小青的小说翻译从 1916 年一直持续到 1949 年，一直没有间断。从出版社而言，集中于上海世界书局、上海大东书局、上海广益书局、上海中央书店等出版社，发表的期刊多为《新侦探》《小说大观》《侦探世界》等通俗类小说期刊，以出版书籍为主。程小青一直致力于西方侦探小说的译介，以英国和美国作家的侦探小说为主，先后译有《世界名家侦探小说集》(15 篇)、英国作家柯南·道尔的《福尔摩斯探案大全集》(合译，程小青译 5 篇)、英国作家杞德烈斯的《圣徒奇案》(10 册)、英国奥斯汀的《柯柯探案集》(4 册)、美国作家范达痕的《斐洛凡士探案全集》(11 册)、美国作家欧尔特毕格斯的《陈查礼探案全集》(6 册)等西方侦探小说，对于为何要翻译这种类型的小说，在《金丝雀·译者序》中，程小青认为美国小说家范达痕的侦探小说"有独立的体裁"，他笔下的斐洛凡士不同于柯南·道尔笔下的华生，斐洛凡士幽默、诙谐中带有讽刺的成分，他的侦探方法偏于心理分析，并且这种心理分析是"完全依据科学的"，所以程小青翻译范达痕的侦探小说目的在于，他认为范达痕的侦探小说"除了给予读者们一种悬疑和惊奇的印象之外，还可以给予读者们理智的启示和导入科学的领域"，这对于"科学思想落后的我国"，"这种含有启示作用的作品，至少总可当得一种适合这个时代的兴奋剂"。① 从这段夫子自道可以看出程小青侦探小说的翻译目的是想给"读者们理智的启示和导入科学的领域"，这一通俗小说翻译观与刘半农的"小说为社会教育之利器，有转移世道人心之能力"②类似，追求通俗小说的社会作用，这些翻译作品和翻译观对他自己的侦探小说创作起到了极大的推动作用。

程小青自 1914 年开始创作侦探小说，1916 年开始翻译西方侦探小说，在翻译之余，他创作了著名的侦探小说系列"霍桑探案"七十余篇。

---

① ［美］范达痕. 金丝雀[M]. 程小青，译. 上海：世界书局，1941：2.
② 刘半农. 刘半农自述[M]. 合肥：安徽文艺出版社，2014：253.

正如徐念慈所言，"侦探小说，为我国向所未有，故书一出，小说界呈异彩，欢迎之者甲于他种(《一百十三案·觉我赘语》)"①。正是因为侦探小说源自西方，这就有了一个模仿和本土化的过程，当然中国狭义公案小说的流行也为此类小说的诞生奠定了基础。"霍桑探案"系列对"福尔摩斯探案"系列的模仿是非常明显的，从人物的设置看，霍桑和包朗可以说就是福尔摩斯和华生的翻版，这两个人物作为两部小说系列贯穿始终的人物，包朗在小说中的身份是私人侦探霍桑的多年好友、一个小说家，霍桑和包朗在性格特征方面也与福尔摩斯和华生极为相似。此外，在叙述方式方面，《霍桑探案》与《福尔摩斯探案》一样，也采用了"自叙式"，由包朗担任叙述者。在小说的结构方式上，程小青也较多借鉴了福尔摩斯的结构模式，对此，我们可以由程小青的夫子自道中窥见端倪：

> 写一件复杂的案子，要布置四条线索，内中只有一条可以通到抉发真相的鹄，其余三条都是引入歧途的假线，那就必须劳包先生的神了，因为侦探小说的结构方面的艺术，真象是布一个迷阵作者的笔尖，必须带着吸引的力量，把读者引进了迷阵的核心，回旋曲折一时找不到出路，等到最后结束，突然把迷阵的秘门打开，使读者豁然彻悟，那才能算尽了能事(《侦探小说的多方面》)。②

但程小青笔下的霍桑是"国产"的侦探，他的人物特征、价值观念、处世方式无不打上了中国化的烙印，正因为如此，范伯群才认为程小青"是一位模仿多于创造的侦探小说家。他在整体上模仿'福尔摩斯探案'的'大框架'，霍桑和包朗的关系就脱胎于福尔摩斯与华生的搭配；但在局部中却发挥了一定的创造性，并将侦探小说'中国化'"③。

翻译和创作之余，程小青还对侦探小说进行了颇为深入的探讨，写了不少研究文章，如《谈侦探小说》《侦探小说的多方面》《侦探小说的作法之管见》《从"视而不见"说到侦探小说》等，从理论层面对侦探小说进行研

---

① 李今. 汉译文学序跋集 第1卷 1894—1910[M]. 上海：上海人民出版社，2017：461-462.

② 芮和师，范伯群，郑学弢. 中国文学史资料全编 现代卷 鸳鸯蝴蝶派文学资料 上[M]. 北京：知识产权出版社，2010：79.

③ 范伯群. 中国侦探小说之宗匠——程小青评传[A]. 刘祥安. 中国侦探小说宗匠——程小青[M]. 南京：南京出版社，1994：14.

究。这些理论批评文章谈自己对侦探小说的理解，颇有为侦探小说正名的作用。《谈侦探小说》这篇论文从文学价值和功利观两个层面探讨侦探小说的地位和社会作用，程小青认为"小说的有没有文学价值应当就小说的本身而论，却不应把体裁或性质来限制。这句话似乎不必专限于侦探小说，对于其他小说，大概也同样适用的"。程小青据此认为侦探小说并不低于其他形式的小说，一时得不到文学界和社会上的承认是因其历史尚短。从功利观的角度看，程小青认为"侦探小说的质料，侧重于科学化的，可以扩展人们的理智，培养人们的观察，又可增进人们的社会经验。所以若把'功利'二字，加在侦探小说身上，似乎还担当得起"①。同样，在《侦探小说的多方面》这篇文章中，程小青追溯了侦探小说发展的历史，比较了侦探小说"他叙体"和"自叙体"的不同，认为"自叙体"著书的好处在于作者成了书中人物的一员，在探案时既是记录者也是亲历者，因此程小青在《霍桑探案》中也采用"自叙体"形式展开，以求能达到"亲历"的目的，给读者以"亲切""自然"之感。这些文章和程小青的侦探小说创作和翻译一起，共同促进了现代侦探小说这一文体形式的发生和发展。

---

① 芮和师，范伯群，郑学弢. 中国文学史资料全编 现代卷 鸳鸯蝴蝶派文学资料 上［M］. 北京：知识产权出版社，2010：73.

第四章　现代散文的"借鉴"与发生："外援"与"内应"的两重姻缘

　　作为四大文体之一，中国现代散文在"五四"时期得到了大发展，在四种文体中，散文更倾向于传统文学的影响，受外国文学的影响较少，但也不可忽略。正如周作人所言，"我相信新散文的发达成功有两重的姻缘，一是外援，一是内应。外援即是西洋的科学、哲学与文学史上的新思想之影响……"①"中国新散文的源流我看是公安派与英国的小品文两者所合成。"②朱自清在《论现代中国的小品文——〈背影〉序》中也说，"明朝那些名士派的文章，在旧来的散文学里，确是最与现代散文相近的。但我们得知道，现代散文所受的直接的影响，还是外国的影响"。他认为周作人的《泽泻集》里面的文章"所受的'外国的影响'比中国的多"③，可见，现代散文是"中西合璧"的结晶。现代"散文小品"是晚明小品与英国随笔的"中西合成"，文体的自由和语言的开放打破了传统散文的桎梏，使散文杂糅各种文体特征成为一种"综合的艺术"。报告文学和现代传记文学两种散文体式也深受外国文学译介的影响，瞿秋白、夏衍、周立波的报告文学、胡适、郁达夫、朱东润的现代传记文学在理论和创作方面都得益于外国文学的译介，他们对外国散文的吸收和借鉴无疑丰富了现代散文的体式，为现代散文文体的成熟与发展作出了贡献。

---

① 王蒙，王元化. 中国新文学大系 1976—2000 第 30 集 史料·索引卷 2[M]. 上海：上海文艺出版社，2009：154.
② 周作人.《燕知草》跋[A]. 北京鲁迅博物馆，陆成. 苦雨斋文丛 俞平伯卷[M]. 沈阳：辽宁人民出版社，2009：246.
③ 朱自清. 背影[M]. 杭州：浙江文艺出版社，2017：3.

第一节　英国随笔与现代"小品散文"的发生

在现代散文的各种具体文体中，现代"小品散文"这一文体最为成功，鲁迅在《小品文的危机》中甚至称"五四""散文小品的成功，几乎在小说戏曲和诗歌之上"①，林语堂在《发刊〈人间世〉意见书》中更是开门见山地指出，"十四年来中国现代文学唯一之成功，小品文之成功也"②，胡适在《五十年来中国之文学》中也认为，"这几年来，散文方面最可注意的发展乃是周作人等提倡的'小品散文'"③。由鲁迅、林语堂和胡适的表述中我们可以窥见"小品散文"在"五四"时期的繁荣，郁达夫和李素伯分别对此做了探讨。郁达夫在《〈中国新文学大系·散文二集〉导言》中有一段论述，认为有两个原因，一是"中国所最发达也最有成绩的笔记之类，在性质和趣味上，与英国的很有气脉相通的地方，不过少一点在英国散文里是极普遍的幽默味而已"，二是"中国人的吸收西洋文化"，"大抵是借用英文的力量的"，因此，郁达夫认为"英国散文的影响，在我们的知识阶级中间，是再过十年二十年也绝不会消灭的一种根深蒂固的潜势力"，郁达夫甚至慨叹，"可以想见得英国散文对我们的影响之大且深"④。李素伯在 1932 年的《小品文研究》中认为小品文发达有内外两方面的原因，一是因为小品散文"表现的经济，以及报章杂志的增多，读者要求短小精悍的文字，而另一方面却是现代生活的影响"⑤，正是这内外两方面的因素才导致了小品散文在现代时期的繁荣。

"传统笔记的发达""英国随笔的影响""与报刊结缘"都是"五四"小品散文繁荣的原因，随着现代报刊的繁荣，现代作家大多参与其中，鲁迅、周作人、朱自清、俞平伯、叶圣陶、梁遇春、林语堂、陈西滢、梁实秋、钱锺书等都是小品散文写作的好手，这些作家的小品散文大多如周作人所言是晚明小品与英国随笔的双重影响⑥，鲁迅认为它们"常常取法于英国

① 王得后. 鲁迅杂文全编(上册)[M]. 西安：陕西师范大学出版社，2006：503.
② 徐俊西. 海上文学百家文库 40 林语堂 徐訏卷[M]. 上海：上海文艺出版社，2010：204.
③ 周红莉. 中国现代散文理论经典[M]. 苏州：苏州大学出版社，2008：96.
④ 吴秀明. 郁达夫全集 11 文论 下[M]. 杭州：浙江大学出版社，2007：188-189.
⑤ 李素伯. 小品文研究[M]. 上海：新中国书局，1932：25-26.
⑥ 北京鲁迅博物馆，陆成. 苦雨斋文丛 俞平伯卷[M]. 沈阳：辽宁人民出版社，2009：246.

的随笔(Essay)，所以也带一点幽默和雍容，写法也有漂亮和缜密的"①。鲁迅和周作人在此指向的是"小品散文"所受到的英国随笔的影响，可以说，起源于法国发达于英国的随笔对于现代"小品散文"的影响是显而易见的，只是表现在每个作家的创作中各有侧重而已。在现代随笔小品文中，梁遇春被称为"中国的爱利亚"，其小品散文受其小品文翻译的影响，带有兰姆随笔的特色。陈西滢的"闲话风"散文深受法郎士影响，文字晶莹剔透，文风犀利不羁，整个可以称为英国随笔体散文的"移植"。因此，本书在研究中首先对英国随笔的译介情况进行系统梳理，在此基础上，以梁遇春和陈西滢两个受英国随笔影响较大的作家为研究范例，通过他们"小品散文"的发生来探究这一文体发生过程中外国文学的触媒作用。

一、英国随笔译介

"随笔"在英国文学上称为"essay"，是散文的一种，是英国特别发达的一种文体，是法国随笔的"移植"，法国作家米歇尔·蒙田是公认的随笔代表作家，其代表作是1580年的 *Essais*(《随笔集》)。在《蒙田散文选·给读者》(梁宗岱译)中，蒙田开门见山地指出"这是部坦白的书"，自己"并没有拟定什么目的"，内容上只是在"叙述自己的家常琐事"，书中"尽情披露"自己的弱点和本来面目，他想让人们在书中看见自己的"平凡、纯朴和天然的生活"，"只想把它留作我底亲朋底慰藉，使他们失了我之后可以在这里，找到我底性格和脾气底痕迹，因而更恳挚更亲切地怀念我"②。蒙田这段自白是对其随笔文体特色的描述，"自我坦白""家庭琐事""尽情披露""留作我底亲朋底慰藉"其实指向的是随笔是作家个性的自由表达，读者是作家亲熟的故交，如话家常，因此呈现出"谈话风"，所以说"蒙田开创的是一种率真而活泼的自我表现的亲切文体"，是"絮语散文(familiar essay)的先导"。英国随笔源自法国而成为英国散文的代表文体，弗朗西斯·培根是英国创作随笔的第一人，1597年培根出版了蒙田同名的随笔集 *Essais*。培根的随笔文风迥异于蒙田，是"一种简约而谨严的思想表现的质朴文体"，是"正规论文(formal essay)"，是"一本正经的探究人生、谈论哲理"③。之后英国的随笔开始逐渐繁荣，名家辈出。19世纪的查理·兰姆是英国随笔的代表作家，兰姆的代表作是借用 Elia 名

---

① 王得后. 鲁迅杂文全编 上册[M]. 西安：陕西师范大学出版社，2006：503.
② 郑振铎. 世界文库 7[M]. 上海：生活书店，1935：3001.
③ 汪文顶. 现代散文史论[M]. 福州：福建教育出版社，1994：198.

字发表的五十篇散文小品，后结集为《伊里亚小品文》(*The Essays of Elia*)和《伊里亚小品文续编》(*The Last Essays of Elia*)。兰姆的小品散文古雅蕴藉，题材上无所不包，以浪漫抒情的笔调表现真实的自我，幽默风趣中又不失蕴藉。以兰姆为代表的英国随笔对"五四"小品散文的发展产生了极大影响，因此我们有必要梳理一下英国随笔的译介情况，进一步探究"五四"小品散文的发生中英国随笔的影响。

表 4-1　英国小品散文译介统计表①

序号	译作	发表时间、刊物或出版社	原著作者/译者
1	《怎样做白话文》	1919 年 2 月 1 日《新潮》第 1 卷第 2 号	傅斯年
2	《美文》	1921 年 6 月 8 日《晨报副刊》第 7 版	周作人
3	《名家文：梦中儿女》	1922 年 9 月《学衡》第 9 期	［英］蓝姆/陈钧
4	《五十年来中国之文学》	1923 年 2 月申报馆出版的《最近之五十年》	胡适
5	《散文的分类》	1924 年 2 月 21 日、3 月 1 日《晨报副刊·文学旬刊》第 26、27 号	王统照
6	《古磁篇》	1925 年 7 月《学衡》第 43 期	［英］蓝姆/陈钧
7	《出了象牙之塔》	1925 年 12 月新潮社初版	［日］厨川白村/鲁迅
8	《絮语散文(杂文)》	1926 年 3 月 10 日《小说月报》第 17 卷第 3 号	胡梦华
9	《文章作法》②	1926 年 8 月开明书店	夏丏尊、刘薰宇

---

① 统计时间上从晚清一直延续到 1949 年，以求能相对完整地呈现英国随笔的译介情况，内容上把相关理论研究文章也一并统计，统计时把美国、法国、日本的小品散文也统计入内，在编写时主要参考唐沅等编著的《中国现代文学期刊目录汇编》(第 1 卷和第 2 卷，知识产权出版社 2010 年版)、贾植芳等编纂的《中国现代文学总书目·翻译文学卷》(知识产权出版社 2010 年版)、北京图书馆编的《民国时期总书目 1911—1949 文学理论·世界文学·中国文学 上》(书目文献出版社 1992 年版)、北京图书馆编著的《民国时期总书目 1911—1949 外国文学》(书目文献出版社 1987 年版)等书籍。

② 这本书的第六章是小品文。

续表

序号	译作	发表时间、刊物或出版社	原著作者/译者
10	《冥土旅行》①	1927 年北新书局	周作人
11	《小品文与现代生活》	1928 年 10 月 15 日《大江》月刊创刊号	冯三味
12	《她的故乡》	1928 年 10 月 30 日《奔流》第 1 卷第 5 期	[英]W. H. Hudson/荒野
13	《关于书籍与读书的杂感》	1928 年 11 月 11 日《文学周报》第 343 期(第 7 卷第 18 期)②	[英]兰姆/梁遇春
14	《论现代中国的小品散文》	1928 年 11 月 25 日《文学周报》第 345 期(第 7 卷第 20 期)	朱自清
15	《试谈小品文》	1928 年 12 月 16 日《文学周报》第 343 期(第 7 卷第 23 期)	钟敬文
16	《小品文讲话》	1929 年 3 月光明书局	石苇
17	《小品而已》	1929 年 3 月 10 日《文学周报》第 361 期	江邵源、高植
18	《同情学校》	1929 年 6 月 20 日《奔流》第 2 卷第 2 期	[英]E. V. Lucas/梁遇春
19	《梦里的小孩》	1929 年 10 月《新月》第 2 卷第 8 期③	[英]兰姆/梁遇春
20	《英国小品文选》	1929 年上海开明书店	梁遇春
21	《除夕》	1930 年 1 月《北新》第 4 卷第 1、2 期合刊④	[英]兰姆/梁遇春
22	《兰姆评传》	1930 年 3 月北新书局《春醪集》	梁遇春

---

① 收录斯威夫特的《育婴刍议》和《婢仆须知》两篇散文。
② 收录梁遇春译《英国小品文选》,上海开明书店 1929 年版。
③ 收录上海北新书局 1935 年版《小品文续选》。
④ 收录上海北新书局 1935 年版《小品文续选》。

续表

序号	译作	发表时间、刊物或出版社	原著作者/译者
23	《小品文选》	1930 年 4 月上海北新书局	梁遇春
24	《冰雪小品跋》	1930 年 9 月 22 日《骆驼草》第 22 期	平伯
25	《英国散文选英汉对照》	1931 年 10 月上海北新书局	袁嘉华
26	《怎样读小品文》	1931 年 10 月 10 日《读书月刊》第 2 卷第 6 期	殷作桢
27	《小品文研究》	1932 年 1 月新中国书局	李素伯
28	《小品文作法》	1932 年 1 月大江书铺	冯三昧
29	《语体小品文作法》	1932 年 4 月上海南强书局	钱谦吾(阿英)
30	《现代日本小品文选》	1932 年 6 月大江书铺	谢六逸
31	《小品文研究》	1932 年 10 月 1 日《新月》第 4 卷第 3 期	棠臣(叶公超)
32	《英雄与英雄崇拜》	1932 年 12 月上海商务印书馆	[英]卡莱尔/曾虚白
33	《小品文研究》	1933 年 3 月中华书局初版	冯三昧
34	《文学谈话(七)·分类》	1933 年 6 月 5 日《青年界》第 3 卷第 4 期	朱湘
35	《关于散文小品》	1933 年 4 月《文艺茶话》第 1 卷第 9 期	所北
36	《蒙田四百周年生辰纪念》	1933 年 7 月 1 日《文学》第 1 卷第 1 号	梁宗岱
37	《论哲学即是死学》	1933 年 7 月 1 日《文学》第 1 卷第 1 号	[法]蒙田/梁宗岱
38	《小品文三谈》	1933 年 9 月 1 日《青年界》第 4 卷第 2 期	陶秋英

序号	译作	发表时间、刊物或出版社	原著作者/译者
39	《小品文作法范例》	1933 年 9 月大华书局	胡怀琛
40	《论小品文》	1933 年 10 月 1 日《文艺茶话》第 2 卷第 3 期	徐仲年
41	《小品文的危机》	1933 年 10 月 1 日《现代》第 3 卷第 6 期	鲁迅
42	《清新的小品文字》	1933 年 10 月《现代学生》(月刊)第 3 卷第 1 期	郁达夫
43	《散文随笔之产生》	1934 年 1 月 1 日《文学》第 2 卷第 1 期	方非
44	《自己的话——关于散文、小品之三》	1934 年 1 月《文艺茶话》第 2 卷第 6 期	所北
45	《说小品文》	1934 年 2 月 9 日《申报·自由谈》	徐懋庸
46	《论随笔小品文之类》	1934 年 3 月 15 日《矛盾》第 3 卷第 1 期	竟克标
47	《〈人间世〉发刊词》	1934 年 4 月 5 日《人间世》创刊号	林语堂
48	《小品文作法论》	1934 年 4 月 20 日《人间世》第 2 期、1934 年 5 月 20 日第 4 期	[不详]Alexander Smith/林疑今
49	《小品文与大品文》	1934 年 5 月 1 日《现代》第 5 卷第 1 期	杨邨人
50	《关于小品文》	1934 年 5 月 1 日《春光》第 1 卷第 3 号	魏猛克
51	《关于小品文》	1934 年 5 月 5 日《人间世》第 3 期	凤子

续表

序号	译作	发表时间、刊物或出版社	原著作者/译者
52	《屠赤火的小品文》	1934 年 5 月 5 日《人间世》第 3 期	阿英
53	《说小品文半月刊》	1934 年 5 月 20 日《人间世》第 4 期	语堂
54	《论小品文笔调》	1934 年 6 月 20 日《人间世》第 6 期	林语堂
55	《小品文半月刊〈人间世〉》	1934 年 7 月 1 日《文学》（月刊）第 3 卷第 1 期	茅盾
56	《关于小品文》	1934 年 7 月《文学》第 3 卷第 1 号	茅盾
57	《梦中的孩儿》	1934 年 7 月 20 日《人间世》第 8 期	[英]Charles Lame/林疑今
58	《小品文"文字"问题和戏曲》	1934 年 8 月 1 日《文学》第 3 卷第 2 号	匡哉
59	《大学与小品文笔调》	1934 年 9 月 5 日《人间世》第 11 期	语堂
60	《小品文作法 第 2 版》	1934 年 10 月上海启智书局	陈光虞
61	《救救小品文》	1934 年 10 月《文学评论》第 1 卷第 2 期	季羡林
62	《烧猪论》	1934 年 12 月 1 日《文艺月刊》第 6 卷第 5、6 号合刊推出"柯立奇、兰姆百年祭纪念特辑"	[英]蓝姆/问笔
63	《古瓷》	1934 年 12 月 1 日《文艺月刊》第 6 卷第 5、6 号合刊推出"柯立奇、兰姆百年祭纪念特辑"	[英]蓝姆/陈瘦竹

续表

序号	译作	发表时间、刊物或出版社	原著作者/译者
64	《初次观剧记》	1934 年 12 月 1 日《文艺月刊》第 6 卷第 5、6 号合刊推出"柯立奇、兰姆百年祭纪念特辑"	[英]蓝姆/陈瘦竹
65	《伊利亚小品文续编·序》	1934 年 12 月 1 日《文艺月刊》第 6 卷第 5、6 号合刊推出"柯立奇、兰姆百年祭纪念特辑"	[英]蓝姆/张月超
66	《查理斯·兰姆评传》	1934 年 12 月 1 日《文艺月刊》第 6 卷第 5、6 号合刊推出"柯立奇、兰姆百年祭纪念特辑"	梁遇春
67	《兰姆的〈伊里亚集〉》	1934 年 12 月 1 日《文艺月刊》第 6 卷第 5、6 号合刊推出"柯立奇、兰姆百年祭纪念特辑"	毛如升
68	《蓝姆与柯立奇的友谊》	1934 年 12 月 1 日《文艺月刊》第 6 卷第 5、6 号合刊推出"柯立奇、兰姆百年祭纪念特辑"	巩思文
69	《现代随笔集》①	1934 年 12 月上海中华书局	[英]赫胥黎等/张伯符等
70	《小品文续选英汉对照》	1935 年北新书局	梁遇春
71	《一个单身汉对于结了婚的人们的行动的怨言》	1935 年上海北新书局版《小品文续选》	[英]兰姆/梁遇春
72	《论现代中国散文》	1935 年 1 月北平人文书店《现代中国散文选》	孙席珍

---

① 收录 5 篇译文,分别为赫克胥黎著、张伯符译的《猫的教训》,高尔斯华绥著、张伯符译的《进化》,赛珍珠著、郑汉光译的《难民》,米尔恩著、钱歌川译的《性格的象征》,赫伯尔著、毛秋白译的《蜡烛》。

续表

序号	译作	发表时间、刊物或出版社	原著作者/译者
73	《论个人笔调的小品文》	1935 年 1 月 20 日《人间世》第 20 期	陈炼青
74	《小品文的三个特征》	1935 年 2 月 5 日《太白》第 1 卷第 10 期	一知
75	《小品文之遗绪》	1935 年 2 月 20 日《人间世》第 22 期	语堂
76	《小品文和漫画》①	1935 年 3 月生活书店初版	陈望道
77	《小品与漫画》	1935 年 3 月 5 日《太白》第 1 卷第 12 期	徐蔚南
78	《谈"科学小品"》	1935 年 3 月 20 日《芒种》第 1 卷第 2 期	徐懋庸
79	《小品文谈》	1935 年 3 月《夜航集》上海良友图书印刷公司	阿英
80	《现代十六家小品》②	1935 年 3 月上海光明书局	阿英

① 这是一本论文集，内含漫画和小品文两方面的论文，与小品文相关的有《小品文和运气》(茅盾)、《由雅人小品到俗人小品》(伯韩)、《幽默和讽刺》(吴组缃)、《小品文杂说》(周木斋)、《小品文杂谈》(郁达夫)、《关于小品文》(叶圣陶)、《对小品文的小意见》(佛朗)、《小品文的前途》(王任叔)、《小品文拉杂谈》(唐弢)、《小品文往哪儿走》(陈醉云)、《梦与小品文和漫画》(孙很工)、《我的胃口》(臧克家)、《关于小品文》(许钦文)、《我这样期望着自己》(柯灵)、《写点小品文罢》(李辉英)、《小品文对于我》(何毂天)、《科学小品文和我》(刘熏宇)、《大处入手》(徐懋庸)、《卤》(洪深)、《范说小品文》(周谷城)、《小品文的一种看法》(小默)、《我还是形式主义者》(金满成)、《我对于小品文的偏见》(洪为法)、《一个读者底话》(蒯斯曛)、《走入魔道的小品文》(熊昌翼)、《我们所要读的小品文》(钱歌川)、《小品文的社会的风格》(许杰)、《公安竟陵与小品文》(陈子展)、《小品文与革命的浪漫主义》(伍蠡甫)、《'小品'的小品》(沈起予)、《人各一见的小品文》(马宗融)、《为小品文祝福》(傅东华)、《我对于小品文的意见》(聂绀弩)、《关于小品文与漫画》(孙席珍)、《我怎样开始写小品文的》(王以友)、《小品文的路向》(陈以德)、《我们需要小品文和漫画》(叶紫)、《小品文问答》(陈望道)、《小品文》(南文)、《小品文之弊》(谢六逸)、《小品与漫画》(万迪鹤)等论文。

② 收录阿英的《现代十六家小品序》《俞平伯小品序》《周作人小品序》《朱自清小品序》《林语堂小品序》《陈西滢小品序》《鲁迅小品序》《茅盾小品序》《叶绍钧小品序》《苏绿漪小品序》《谢冰心小品序》《钟敬文小品序》、周作人的《冰雪小品序》。

续表

序号	译作	发表时间、刊物或出版社	原著作者/译者
81	《还是讲小品文之遗绪》	1935 年 3 月 20 日《人间世》第 24 期	语堂
82	《小品文与个性》	1935 年 4 月 26 日《申报·自由谈》	许钦文
83	《随笔三则》	1935 年 5 月 16 日《译文》第 2 卷第 3 期	[法]纪德/徐懋庸
84	《娓语体小品文释例》	1935 年 5 月 20 日《人间世》第 28 期、1935 年 6 月 5 日第 29 期	陈叔华
85	《小品文的题材》	1935 年 6 月 11 日《申报·自由谈》	许钦文
86	《谈闲话》	1935 年 6 月 20 日《人间世》第 30 期	王颖
87	《〈中国新文学大系·散文一集〉导言》	1935 年 8 月《中国新文学大系·散文一集》，上海良友图书印刷公司	周作人
88	《〈中国新文学大系·散文二集〉导言》	1935 年 8 月《中国新文学大系·散文二集》，上海良友图书印刷公司	郁达夫
89	《小品文的作法》	1935 年 9 月广益书局	贺玉波
90	《论小品文——答姜潇君》	1935 年 10 月生活书店版《文学问答集》第 2 版	征农
91	《蒙田散文选》	1935 年 11 月上海生活书店郑振铎编《世界文库》7—12	[法]蒙田/梁宗岱
92	《杂谈小品文》	1935 年 12 月 7 日《时事新报·每周文学》	鲁迅

续表

序号	译作	发表时间、刊物或出版社	原著作者/译者
93	《莱姆书简选》	1936 年 3 月上海生活书店	［英］C. 莱姆/赵帮铼
94	《关于小品文》	1936 年 3 月《推背集》上海天马书店	唐弢
95	《清新的小品文字》	1936 年 5 月《闲书》，上海良友图书公司	郁达夫
96	《论小品文》	1936 年版《孟实文抄》，上海良友图书公司	朱光潜
97	《英国小品文的发展》	1936 年 8 月 1 日《文艺月刊》第 9 卷第 2 号、1936 年 9 月 1 日第 9 卷第 3 号	毛如升
98	《英国小品文的演进与艺术》	1937 年《国立武汉大学文哲季刊》第 4 期	方重
99	《小品文与个性》	1937 年 3 月 30 日《中学生文艺季刊》第 3 卷第 1 期	须养才
100	《日本小品及随笔底一斑》	1937 年 4 月 1 日《宇宙风》第 38 期	傅仲涛
101	《日本小品文》	1937 年 7 月上海中华书局	缪崇群
102	《拊掌录》①	1938 年 10 月上海启明书店	［美］欧文/王慎之
103	《梦幻的孩童》	1940 年 3 月 1 日《中国文艺》第 2 卷第 1 期	［英］兰姆/DD
104	《蒙田散文选评》	1941 年《西洋文学》第 7—10 期	［不详］Audré，Gide/廖思齐
105	《小品文钞》	1942 年 1 月光明书局	阿英
106	《谈小品》	1943 年 8 月 1 日《艺文杂志》第 1 卷第 2 期	朱肇洛

---

① 收录《小引》《自序》《航程》《圣诞》《驿车》《圣诞前夜》《圣诞节日》《圣诞叙餐》《威司敏士德寺》《睡乡述异》《李柏大梦》《贤妻》《制书艺术》《莎翁故乡》《文艺一夕谈》。

续表

序号	译作	发表时间、刊物或出版社	原著作者/译者
107	《烧猪论》	1946 年 12 月《论语》第 118 期	[英]兰姆/赵景深
108	《四季随笔》	1947 年 1 月台湾省编译馆	[英]吉辛/李霁野

从上述梳理可以看出，英国随笔作品的翻译较少，基本集中在作家兰姆的作品翻译，译者以梁遇春最具代表，除了报刊发表的译文之外，先后出版了《小品文选》《英国小品文选》《小品文续选》，并撰写了《查理斯·兰姆评传》（因下文会对梁遇春的创作和译介进行专门探讨，此不赘述），法国随笔作品以梁宗岱翻译的系列《蒙田散文选》（收入郑振铎主编的《世界书库》）最具代表性。理论译著以鲁迅译的日本厨川白村的《出了象牙之塔》影响最大。通读发现，20 世纪 20 年代末 30 年代初的小品文研究专著多会引用这一论著中关于 Essay 的定义及基本特征的论述，可见这部译著的影响之广。译介作品少并不能抹杀英国随笔对现代小品散文的影响，因为现代作家大多留学国外，精通英语，大多能阅读英语的原文，因此除了译文之外，原文对于这些作家的影响同样存在。而与之相反的是，研究性的文章较多，Essay 的译名不统一，有"论文""美文""小品文""絮语散文""随笔""爱索"等多种，下文在研究中会穿插出现这些名称也就不足为奇了，其中 20 世纪 30 年代之后"小品文"这一名称使用频率最多。

现代文学对于 Essay 的关注最早可以追溯到 1919 年傅斯年的《怎样做白话文》一文，傅斯年在谈及散文作法时说"又无韵文里头，再以杂体为限，仅当英文的 essay 一流"①。真正对 Essay 进行专门的探讨是 1921 年周作人的《美文》一文，在这篇文章中周作人没有提到 Essay 一词，但指出在外国文学里有一种"艺术性"的论文，又称"美文"，分叙事与抒情两类，很多两者夹杂。这种"美文""在英语国民里最为发达"，爱迭生、阑姆、欧文、霍桑、高尔斯威西、吉欣、契斯透顿等都是"美文"的好手。对于如何写作"美文"，周作人认为"真实简明便好"，"我们可以看了外国的模范做去，但是须用自己的文句与思想"。1924 年王统照的《散文的分类》也对 Essay 进行了论述，王统照把 Essay 归在"时代的散文"一类，也称为"杂散文"，是"合诸多形式而创成的新散文"。王统照认为"杂散文""最普通与最主要的表现是论文（essay）"，"英国的此类作家尤多"，兰姆勃

---

① 周红莉. 中国现代散文理论经典[M]. 苏州：苏州大学出版社，2008：39.

（Lamb）等都是此类散文代表作家。接着，王统照认为 Essay 这种文体在形式上分"描写与批评"两种，"第一种是代表光明、自由及普遍的艺术，第二种是文学批评的特书"，"理想的文学的模式必将真理与知识涵于可容纳的形式，活力、清明及良好的趣味之中表现出来"。王统照的这篇文章对于 Essay 的分类、文体特征、代表作家等都进行了探讨，但没有出现"随笔"这一译名。

1925 年，鲁迅翻译了日本文艺家厨川白村的文艺论著《出了象牙之塔》一书，其中的"二、Essay"和"三、Essay 与新闻杂志"是关于"Essay"的相关论述。在"二、Essay"中，厨川白村认为把 Essay 译为"随笔""但也不对"。对 Essay 这一文体的特征，厨川白村有一段最为经典的论述如下：

> 如果是冬天，便坐在暖炉旁边的安乐椅子上，倘在夏天，则披浴衣，啜苦茗，随随便便，和好友任心闲话，将这些话照样地移在纸上的东西，就是 essay。兴之所至，也说些以不至于头痛为度的道理罢。也有冷嘲，也有警句罢。既有 humor（滑稽），也有 pathos（感愤）。所谈的题目，天下国家的大事不待言，还有市井的琐事，书籍的批评，相识者的消息，以及自己的过去的追怀，想到什么就纵谈什么，而托于即兴之笔者，是这一类的文章。①

上述厨川白村对于 Essay 这一文体特征的描述最为贴切，从无所不包的自由选材、毫无顾忌的自由抒写、与好友闲话家常的闲话风、冷嘲与警句、幽默与感愤兼有的艺术手法等，应该是随笔最本质的特征。厨川白村接着指出，对于 Essay，"作者将自己的个人底人格的色采，浓厚地表现出来"是"比什么都紧要的要件"，这一体裁最适合"作为自己告白的文学"，是一种"既是费话也是闲话"的文体。厨川白村认为"诗人、学者和创作家，所以染笔于 essay 者"，"就在表现自己的隐藏着的半面的缘故"，"是因为要行爽利的直截简明的自己表现"，这是"最为顺手"的体裁。厨川白村在文中还简单地对 Essay 这一文体进行溯源，指出 Essay 这一文体起源于法兰西的怀疑思想家蒙泰奴（M. E. de Montaigne）（后译为蒙田），essay 自法国传到英国后，哲人培根（F. Bacon）成为始祖，对于英国的essay 文体的类型，厨川白村指出"既有培根似的，简洁直捷，可以称为汉文口调的艰难的东西。也有像兰勃（Ch. Lamb）的《伊里亚杂笔》（*The Essays*

---

① 北京鲁迅博物馆. 鲁迅译文全集 第 2 卷［M］. 福州：福建教育出版社，2008：305-306.

of Elia）两卷中所载的那样，很明细，多滑稽，而且情趣盎然的感想追怀的漫录"。应该说，鲁迅翻译的厨川白村关于 essay 文体的论述整体上体现了英国随笔文体的基本特征，对于 Essay 的发达原因，厨川白村认为"是和 journalism（新闻杂志事业）保着密接的关系而发达的"，这也是"五四"文坛 Essay 发达的原因。

胡梦华在《絮语散文》（1926 年）一文中把 familiar essay 翻译为"絮语散文"，认为这种散文"如家常絮语，用清逸冷隽的笔法所写出来的零碎感想文章"，它的特质是"个人的（personal）""不规则的（irregular）""非正式的（informal）"，看似平常，"却有惊人的奇思，苦心雕刻的妙笔，并有似是而非的反语（irony），似非而是的逆论（paradox）。还有冷嘲和热讽，机锋和警句。而最足以动人的要算热情（pathos）和诙谐（humor）了"。胡梦华对"Essay"文体特征的论述和上述鲁迅所译的厨川白村的观点基本相同，是对于"Essay"文体特征的较为准确的概括。同样是在 1926 年，夏丏尊和刘熏宇所著的《文章作法》的第六章题目是"小品文"，不过夏丏尊认为小品文"我国古来早已有了"，他认为"随笔"也可看做小品文的一种，在他看来"现在的所谓小品文实即 sketch 的译语"，"大概都是以片段的文字，表现感想或现实生活的一部分的"。①

石苇 1929 年的《小品文讲话》是除了鲁迅翻译的厨川白村《出了象牙之塔》外国内最早的小品文研究专著，本书分上下两编，上编是"小品文讲话"，包括"本质论""现象论"和"作法论"三讲，属于理论探讨，下编是"小品文范例"，是作品选集。在上编"小品文讲话"的"第一讲 本质论"中，石苇首先给小品文下了个定义"小品文是文学上的一种新的形式。从表面上看，小品文是一种数百字乃至千余字的短篇文字，从内容上看，小品文乃是表现着纯粹的个人风格和情调的特殊文体"②。随后，石苇对小品文这一文体进行溯源，他认为"小品文是西洋文学中的 Essay 一词的译语"（周作人）和"小品文是西洋艺术上的 sketch 一词的译语"（夏丏尊）两种说法是"两位一体的"，接着对英国作家 I. F. Young 的 *Normal Guide to English Composition* 一书和鲁迅译的厨川白村《出了象牙之塔》中关于"小品文"的定义进行比较，在综合了上述四家关于小品文的论述之后，石苇最后认为"小品文是以畅快的，轻松的，即兴的手段，表现部分的思想和情趣的短文"。石苇认为小品文的特征在于"抒写上的自由"。

---

① 商金林. 夏丏尊教育文存［M］. 北京：人民教育出版社，2016：106.
② 石苇. 小品文讲话［M］. 上海：光明书局，1929：1.

　　除了石苇的《小品文讲话》这本研究专著之外，20 世纪 30 年代还出现了李素伯的《小品文研究》（1932 年）、冯三味的《小品文作法》（1932 年）、钱谦吾（阿英）的《语体小品文作法》（1932 年）、冯三味的《小品文研究》（1933 年）、胡怀琛的《小品文作法范例》（1933 年）、陈光虞的《小品文作法》（1934 年）等论著，这些论著都给小品文以不同的定义，对小品文的文体特征也进行了探讨。李素伯的《小品文研究》在探讨小品文的起源时也是引用了周作人的"美文"说和鲁迅翻译的厨川白村的说法，认为中国有小品文但较少，他认为小品文"最近的所以复活的发达起来"，是因为"受了外国文学的影响"，其影响来自英国的 Essay。他认为小品文是"散文里比较简短而有特殊情趣和风致的一种"，"把我们日常生活的情形，思想的变迁，情绪的起伏，以及所见所闻的断片，随时的抓取，随意的安排，而用诗似的美的散文，不规则的真实简明地写下来的，便是好的小品文"。① 对于小品文的特质，李素伯认同厨川白村在《出了象牙塔之后》中的观点，认为"自我表现为作品的生命，作者个性、人格的表现，尤为小品文必要的条件"。在这些论著中，陈光虞的《小品文作法》对于小品文的定义和特质的分析带有总结性，是对西方小品文理论的借鉴和现代小品文创作的总结。陈光虞在对比分析了胡适、夏丏尊、朱自清、钟敬文、阿英、李素伯、冯三味等对小品的定义之后，提出"小品文就是用一种短小精悍而又比较轻松的散文形式，表现人生或自然的一角，且是有特殊风趣、单纯情调，及隽永意味的偏于抒情的美文"②。在这本专著中，陈光虞在借鉴厨川白村关于 Essay、周作人、夏丏尊等相关论述的基础上，总结出了小品文的十个特质，分别为"小品文在文体上是散文的一种""小品文是一种短小精悍的文字""小品文是富于艺术性的美文""小品文是以抒情为原则的""小品文的作者，是以说闲话的态度写成的""小品文的文章是很轻松的""小品文是个性的流露""小品文必须有一种特殊的韵致""小品文在文体与取材上是任意的""小品文是在表现人生或自然的一角"，这十个特质可以说较为全面地概括了小品文的特质。

　　除上述论著之外，朱湘的《文学谈话（七）·分类》和陈炼青的《论个人笔调的小品文》对于小品文文体特征的介绍也很具体。朱湘不满意"小品文"这个名称，他认为应该称为"'爱琐'文"，因为在朱湘看来，孟坦（Montaigne，蒙田）"在西方文学内是正式的写这种文章的第一人"，他的

　　① 李素伯. 小品文研究［M］. 上海：新中国书局，1932：1-4.
　　② 陈光虞. 小品文作法 第 2 版［M］. 上海：启智书局，1934：9.

许多 Essays 在篇幅上"一毫不小,有的甚至大到数万字的篇幅",在品格上,"他的 Essays 的整体是伟大的",他和蓝姆(Lamb),"都是喜欢说琐碎话的",培根(Bacon)的 Essays"在文笔上,自然没有那种母亲式的琐碎,不过,在题材上,它们岂不也有一种父亲式的琐碎么?"①朱湘在此文中关注到了 Essays 这一文体的"碎碎话"和题材的"琐碎"。陈炼青在《论个人笔调的小品文》②中指出"个人笔调的小品文"也就是"英文之 Essay",这种文体"是随意所之,信笔写来的","宛如家常谈话","风趣","笔锋谈吐,雅致异常","以自我为中心,是作者自己的世界观及人生观色彩最浓厚之产物",表现的是"思想的断片"和作者"人格的调子(personal note)"。在陈炼青看来,"阑姆(C. Lamb)的两卷《伊里亚小品》(The Essays of Elia & The Last Essays of Elia)"和《莎士比亚全集》一样,"也能够掷地作金石声",这是对 Essays 这一文体地位的肯定。

二、梁遇春:"中国的爱利亚"

在现代散文史上,梁遇春的小品文翻译和写作都是不可忽略的,他的小品文因带有兰姆 Essays 的闲适幽默风而被郁达夫称为中国的"爱利亚"③。梁遇春翻译的兰姆随笔有《读书杂感》(《英国小品文选》)、《一个单身汉对于结了婚的人们的行为的怨言》(《小品文选》)、《除夕》、《梦里的小孩》(《小品文续选》)四篇,都采用中英文对照加注释的方式,力求呈现兰姆的风格。虽然从数量而言,梁遇春对兰姆散文的翻译不多但质量确属上乘,创作虽然不多却深得兰姆小品文的精髓,也正因此,梁遇春以译介兰姆而著称,以"中国的伊利亚"而享誉文坛,难怪 1989 年翻译家刘炳善在《兰姆和他的随笔——〈伊利亚集随笔集〉译序》中说自己翻译《伊利亚随笔集》"私心以为是梁遇春先生所开创的译介兰姆事业的一种继续"④。

梁遇春(1906—1932),福建闽侯人,散文家,翻译家。1924 年进入北京大学文科英文系学习,1928 年毕业受叶公超邀请进入暨南大学外国文学系任教,教授英国散文,1930 年前往北大图书馆任职,1932 年因病去世。梁遇春著有散文集《春醪集》(1930 年上海北新书局,收散文 13 篇)、《泪与笑》(1934 年上海开明书店,收散文 22 篇以及废名、刘国平、

---

① 朱湘. 朱湘全集 散文卷[M]. 合肥:安徽文艺出版社,2017:233.

② 林语堂.《人间世》小品精华名人卷·杂感卷[M]. 北京:中国友谊出版公司,1993:320.

③ 郜元宝. 海上文学百家文库 44 郁达夫卷[M]. 上海:上海文艺出版社,2010:511.

④ 刘炳善. 中英文学漫笔[M]. 开封:河南大学出版社,1988:99.

石民所作的三篇序、叶公超作的跋）。除了散文写作，梁遇春还是一位翻译家，译有《英国小品文选》（1929 年上海开明书店）、《小品文选 英译对照》（1930 年上海北新书局版）和《小品文续选 英译对照》（1935 年上海北新书局）三部散文小品集；译有散文《幽会》（高尔斯华绥著，1930 年上海北新书局）、《红花》（加尔洵著，1930 年上海北新书局）、《诗人的手提包》（吉辛著，1931 年上海北新书局）、《草原上》（高尔基著，1931 年上海北新书局）、《我们的乡村》（M. R. Mitfod 著，1931 年上海北新书局）、《忠心的爱人》（J. Hankin 著，1931 年上海北新书局）、《一个自由人的信仰》（罗素著，1931 年上海北新书局）、《三个陌生人》（哈代著，1931 年上海北新书局）、《青春》（康拉德著，1931 年上海北新书局）、《最后一本的日记》（W. N. P. Barbellion 著，1931 年上海北新书局）、《近代论坛》（狄更生编，1929 年春潮书局）；译有小说《厄斯忒哀史》（W. H. White 著，1930 年上海北新书局）、《鲁宾逊漂流记》（笛福著，1931 年上海北新书局）、《荡妇自传》（笛福著，1931 年上海北新书局）、《老保姆的故事》（盖斯凯尔夫人著，1931 年上海北新书局）等；译有诗歌《英国诗歌选 英汉对照》（1930 年上海北新书局）、《情歌 英汉对照》（1931 年上海北新书局）①。

从上述梳理可以发现，梁遇春是当之无愧的翻译家，在短短的几年间翻译出版了二十几部翻译作品集，文体涉及散文、诗歌、小说，其中影响最大的是他的小品文译介。1929 年，梁遇春编译的《英国小品文选》由开明书店出版发行，采用英汉对照的方式，除《译者序》外，收录了 10 位作家的 10 篇小品文，包括《毕克司达夫先生访友记》（斯梯尔 Richard Steele）、《论健康之过虑》（艾迪生 Joseph Addison）、《黑衣人》（哥尔德斯密斯 Oliver Goldsmith）、《读书杂感》（兰姆 Charles Lamb）、《青春之不朽感》（哈兹里特 William Hazlitt）、《更夫》（亨特 Leigh Hunt）、《玫瑰树》（皮尔·索尔 Logan Pearsall Smith）、《采集海草之人》（赫德森 W. H. Hudson）、《躯体》（林德 Robert Lynd）、《吉诃德先生》（雷利 Walter Raleigh），梁遇春对文章做了详细的注释。对于小品文的翻译，梁遇春在《从孔子到门肯》一文中说"小品文的妙处神出鬼没，全靠着风格同情调，是最难于移译的……"②在《英国小品文选·序》中，梁遇春称"在大学时候，除诗歌外，我最喜欢念的是 Essay"③，对于把 Essay 译为"小品"虽不

①　李力夫. 民国杂书识小录[M]. 上海：上海远东出版社，2011：82-84.
②　中国现代文学馆. 泪与笑[M]. 北京：华夏出版社，2009：122.
③　中国现代文学馆. 泪与笑[M]. 北京：华夏出版社，2009：138.

满意，也没有更合适的译名，他称自己"曾经想把 Montaigne 那一千多页的小品全翻作中文"，也曾和朋友"说要翻 Lamb 全集，并且逐句加解释"，后来均未完成。梁遇春很幽默地说"若使做出来"，"把顽皮万分的 Lamb 这样拘束起来，Lamb 的鬼晚上也会来口吃地和我吵架了"，由此也可以看出梁遇春对蒙田和兰姆散文的喜爱以及对兰姆散文幽默风趣的认识之深刻。梁遇春在序中说本打算给每一位作家加一个评传，后来只写了《查理斯·兰姆评传》。这本书虽说只有 10 个作家的 10 篇小品文，但我们从这本书的注释和这篇兰姆的评传中可以发现梁遇春对于英国小品文的真知灼见。梁遇春在注释中不时结合具体译作探讨小品散文这一文体的特征。在艾迪生（Joseph Addison）的《论健康之过虑》一文的注释中，梁遇春就谈及了"书信体"在小品文字中的应用，认为 18 世纪写小品文字的作家最喜欢用书信体，Addison 和 Steele 也最爱用这种布局，他们"喜欢虚做一封来信，后面再加按语"，这样可以"将一件事情的正反两面都写出来"，又能达到"既没有用辩说体那样枯燥，比起对话体，文情又有从容不迫，娓娓清谈之致，不像那样针锋相对，没有闲逸的风味"①。在哥尔德斯密斯（Oliver Goldsmith）的《黑衣人》注释中，梁遇春认为"做小品文字的人最要紧的是观察点（the Point of View）。无论什么事情，只要从个新观察点看去，一定可以发现许多新的意思，除去不少从前的偏见，找到无数看了足以发噱的地方"②。

　　梁遇春在 1930 年和 1935 年又先后翻译出版了《小品文选》和《小品文续选》，仍然采用英汉对照的方式，页下有大量的注释。《小品文选》中收录了 20 位英国作家的 20 篇小品散文，《小品文续选》收录了 10 位英国作家的 10 篇散文小品。关于《小品文选》一书的翻译目的，梁遇春认为"小品文同定期出版物几乎可说是相依为命的"，这本书在选文上"却从 Steele 起手"，是因为"Steele 的 *Tatler* 是英国最先的定期出版物"。梁遇春认为正是因为有了《晨报副刊》和《语丝》才有了周作人的小品文字和鲁迅的杂感，因此，这本书的翻译是希望中国的小品文也能像英国小品文"那么美妙"，"在世界小品文里面能够有一种带着中国情调的小品文"。梁遇春试图给小品文一个定义，认为小品文"是用轻松的文笔，随随便便地来谈人生，因为好像只是茶余酒后，炉旁床侧的随便谈话，并没有俨然地排出冠冕堂皇的神气，所以这些漫话絮语很能够分明地将作者的性格烘托出来，

---

① 梁遇春，译. 英国小品文选[M]. 上海：开明书店，1944：20.
② 梁遇春，译. 英国小品文选[M]. 上海：开明书店，1944：34-35.

小品文的妙处也全在于我们能够从一个具有美妙的性格的作者眼睛里去看一看人生"①。由此可见，梁遇春的小品文观深得兰姆旨趣。在《小品文续选·序》中，梁遇春对这两部选集的侧重有一个说明，认为小品文有两种，"一种是体物浏亮，一种是精微朗畅。前者偏于情调，多半是描写叙事的笔墨；后者偏于思想，多半是高谈阔论的文字"。《小品文选》中的小品文"多半是偏于情调方面"，《小品文续选》中的选文"思想成分居多"，"里面所选的作家有一半不是专写小品文的"，写作技术上没有专写小品文的作家"那么纯熟"，"却更来得天真，更来得浑脱"。②

梁遇春的翻译和创作是同时进行的，他的小品散文创作不多，只有1930年的散文集《春醪集》和1934年的散文集《泪与笑》，两个散文集一共收录了35篇小品。《查理斯·兰姆评传》③是《春醪集》中的一篇，这篇文章不仅是对兰姆其人及小品散文创作的评价，也是梁遇春小品散文观的体现。在梁遇春看来，"Charles Lamb 是这时代里的最出色的小品文家"，也是"英国最大的小品文家"。他认为兰姆具有广大的同情心和"大勇主义"，"看遍人生的全圆，千灾百难底下，始终保持着颠扑不破的和人生和谐的精神，同那世故所不能损害毫毛的包括一切的同情心"。正是因为兰姆"这么广大的同情心"，因此，"普通生活零星事件都供给他极好的冥想"，"所以他文章的题目是五花八门的，通常事故，由伦敦叫花子，洗烟囱小孩子，烧猪，肥女人，饕餮者，穷亲戚，新年一直到莎士比亚的悲剧……"梁遇春认为 A. C. Benson 对兰姆的小品文评价说得最好，"查理斯·兰姆将生活中最平常材料浪漫地描写着，指示出无论是多么简单普通经验也充满了情感同滑稽，平常生活的美丽同庄严是他的题目"。兰姆是 Montaigne 的嫡系，同蒙田一样，"他文章里十分之八九是说他自己"，"他谈自己七零八杂事情所以能够这么娓娓动听，那是靠着他能够在说闲话时节，将他全性格透露出来，使我们看见真真的兰姆"。上述两段话把兰姆小品的特质——"题材的多样化""日常生活的浪漫化抒情""幽默风趣""在闲话家常中表现真实的自我"解读得很透彻。梁遇春认为兰姆习惯于"自然而然写出一件东西在最可爱情形底下的状况"，也就是 Walter Pater 在《查理斯·兰姆评传》中所说 "the gayest, happiest attitude of things"，"兰姆一生逢着好多不顺意的事，可是他能用飘逸的想头，轻快

---

① 中国现代文学馆. 泪与笑[M]. 北京：华夏出版社，2009：140.
② 中国现代文学馆. 泪与笑[M]. 北京：华夏出版社，2009：143.
③ 中国现代文学馆. 泪与笑[M]. 北京：华夏出版社，2009：124-136.

的字句把很沉重的苦痛拨开了"。对于梁遇春小品文创作与英国 Essay 的关系，叶公超在《小品文研究》一文中有一段评价如下：

> 假如"小品文"就是翻译的英文 Essay 的话，那我敢坚持梁著的《春醪集》确乎是小品文，而梁先生确乎是小品文作家。再假如照编者所说：Essay 文学，在英国的文坛上，放着特殊的光彩的话；那末梁先生的散文便应该认做是小品文的正宗，因为他的作品，很明显的是英国 Essay 的风格。编者不知看过梁著的《流浪汉》那篇文章没有，那实在是一篇精心结撰的 Essay。①

上述叶公超对于梁遇春散文与英国随笔之间继承关系的论述是切中肯綮的。梁遇春的散文总是"娓娓道来"，与读者闲话家常，继承了兰姆散文漫话絮语方式，梁遇春散文表现出亲切自然的"谈话风"，他的散文多采用第一人称，给人以亲切感，如《论麻雀与扑克》《醉中梦话》中的"我"。其次是他的散文会采用虚拟人物对话方式来营造亲切和絮语，如《演讲》中"你"与"我"之间关于"演讲"的对话，虚拟人物之间的书信来往也是他常用的方式，关于这一点，梁遇春在艾迪生的《论健康之过虑》一文注释中曾论述过，他认为 Addison 和 Steele 最喜欢用"书信体"，原因是这样做可以在"娓娓清谈"中营造"闲逸的风味"。②《寄给一个失恋人的信一》和《寄给一个失恋人的信二》就是"驭聪"和"秋心"之间的书信往来，而"驭聪"和"秋心"就是梁遇春的笔名，这显然是因为受到英国随笔的影响。梁遇春小品文创作深受兰姆小品文的"特别观察点"和"含泪的笑"的影响，梁遇春认为兰姆的 The Essays of Elia 是诙谐百出的作品，没有一个人读着不会发笑，不止是发笑，同时又会觉得他忽然从个崭新的立脚点去看人生，深深地感到人生的乐趣③。他的《泪与笑》《一个"心力克"的微笑》《苦笑》等文章都带有兰姆散文的这方面特点。上述叶公超提及的《流浪汉》一文更是带有典型英国味道的 Essay，《谈"流浪汉"》一文首先体现了兰姆"什么事情他都取一种特别观察点"④，梁遇春此处的"流浪汉"是指"流浪的心情"而言，是一种洒脱自由的人生态度，他因此说"我所赞美的流浪汉或者同守深闺的小姐一样，终身未出乡里一步"，本文同样具有

① 叶公超. 叶公超批评文集[M]. 珠海：珠海出版社，1998：87.
② 梁遇春，译. 英国小品文选[M]. 上海：开明书店，1944：20.
③ 中国现代文学馆. 泪与笑[M]. 北京：华夏出版社，2009：141.
④ 中国现代文学馆. 泪与笑[M]. 北京：华夏出版社，2009：130.

兰姆散文的散漫结构，从漫谈"人生观"和"人死观"开始，到"gentleman"与"vagabond"翻译，信笔由来，如话家常。

三、陈西滢：取法英国的"闲话风"散文

在现代作家中，陈西滢凭借一部《西滢闲话》而在小品散文中占据一席之地。对于陈西滢的小品散文，叶公超在其《小品文研究》一文中，对于陈西滢的"闲话"未能入选李素伯的《小品文研究》一书表示不理解，他认为"西滢的《闲话》若照编者所引的，厨川白村说明小品文的那一段……并没有什么不合"①。可见，叶公超认为《西滢闲话》完全符合厨川白村关于 Essays 的描述，是典型的取法于英国的小品散文。陈西滢（1896—1970），江苏无锡人，现代散文家，在文化批评、文艺评论和文学翻译方面成就卓著，是"现代评论派"的代表作家之一。陈西滢十六岁赴英国留学，先在爱丁堡大学专攻文学，钟情于英国文学，后转入伦敦大学学习政治经济学，获经济学博士学位。回国后任北京大学英文系教授、主任。教授"英国文学""欧洲小说""英美小说""翻译""18 世纪文学""戏剧入门"等课程。1924 年，陈西滢与王世杰、周鲠生等人一起创办《现代评论》，任文艺副刊编辑，主撰"闲话"栏目，后结集出版为《西滢闲话》。

留英十年的求学经历使得陈西滢的散文创作和文艺评论深受英伦文化的影响，他的散文风格深受法郎士影响，文字晶莹剔透，文风犀利不羁，擅用讽刺，陈西滢凭《西滢闲话》独步文坛，开创了中国现代文学史上的"闲话时代"。作为留学欧美的知识分子，陈西滢的思想深受英国自由主义传统的影响，崇尚自我，追求自由和人性。在《创作的动机与态度》一文中，陈西滢在谈及创作之时，认为"一到创作的时候，真正的艺术家忘却了一切，他只创造他心灵中最美最真实的东西，断不肯放低自己的标准，去迎合普通读者的心理"②。在他看来，真正的艺术家应该是自由的，刻意迎合读者的艺术家都不是真正的艺术家。不仅如此，陈西滢还受到西方启蒙主义文艺思潮的影响，崇尚理性精神，他尤其推崇罗曼·罗兰的艺术主张。在《罗曼·罗兰》一文中，陈西滢引用了托尔斯泰写给罗曼·罗兰的一段话："无论那一样事业的动机，应当是为了爱人类……只有沟通人类的同感，去除人类的隔膜的作品才是真有价值的作品。"③这段话不仅

---

① 叶公超. 叶公超批评文集［M］. 珠海：珠海出版社，1998：86.
② 陈西滢. 西滢闲话［M］. 南京：江苏文艺出版社，2010：107.
③ 陈西滢. 西滢闲话［M］. 南京：江苏文艺出版社，2010：141.

是罗曼·罗兰也是陈西滢的文艺主张，他一直在为"沟通人类的同感，去除人类的隔膜"而努力。

陈西滢的散文大多收录于《西滢闲话》(1928 年新月书店)和《西滢后话》(1931 年商务印书馆)之中，这些杂文多为陈西滢在《现代评论》开辟的"闲话"专栏发表的杂文结集而成，多为 1924 年和 1927 年之间创作的散文。2000 年，辽宁教育出版社出版的《西滢文录》是迄今为止陈西滢佚文最为齐全的搜集整理，这些集外佚文分别刊载于《晨报副刊》《太平洋》《小说月报》《新月》《武汉大学文哲季刊》等刊物。陈西滢的"闲话"并非"闲话"，内容并非风花雪月之类，多为针砭时弊之作，内容驳杂，涉及政治、文化、艺术等各个方面。关于这种"闲话"散文的渊源及特色，与陈西滢同时代的作家徐志摩、苏雪林等都有论述，他们作为陈西滢的挚友，认为陈西滢的这种"闲话风"源自英国，尤其是与法国 19 世纪文坛巨匠法郎士有关，法郎士以"爱伦尼"著称于世，据苏雪林记载，"陈氏的文章据徐志摩说他学法朗士'有根'"，苏雪林认为陈西滢的散文有"爱伦尼"的特点。在《陈源教授逸事》一文中，苏雪林开篇先写"陈源教授的爱伦尼"，此处的"爱伦尼"就是英文的"Irony"，英文中是嘲讽、讽刺之意，相当于中国的"俏皮话"，苏雪林认为陈源爱说俏皮话，但"陈氏的爱伦尼则有时犀利太过，叫人受不住而致使人怀憾莫释"①。

陈西滢本人非常推崇法郎士的散文，由此也可以推断他的散文深受法郎士影响。在他的《西滢闲话》中有两篇是关于"法郎士"的文章，一篇是《法郎士先生的真相》，一篇是《再谈法郎士》。在《法郎士先生的真相》中，陈西滢认为"法郎士无双的'爱伦尼'(irony，即讽刺)，可以算是他的作品的特点。我们总以为世间一切都不过是他谈笑的资料了"，认为"法郎士的散文像水晶似的透明，像荷叶上露珠的皎洁，是近代公认为一时无两的"②。著名现代散文家梁实秋对《西滢闲话》评价很高，他认为《现代评论》的刊物风格"有如爱迪逊与史提尔的《旁观报》的风格"，此处梁实秋先生所说的《旁观报》(Spectator)是 18 世纪英国著名的报纸，是爱迪逊与史提尔于 1711 年共同创办的，这个报纸上文章的风格以"絮语"和"反讽"而著称，内容驳杂。梁实秋认为"陈西滢的文字晶莹剔透，清可鉴底，而笔下如行云流水，有意态从容的趣味"③。对比

---

① 苏雪林. 当我老了的时候[M]. 哈尔滨：北方文艺出版社，2015：296.
② 陈西滢. 西滢闲话[M]. 南京：江苏文艺出版社，2010：129-131.
③ 梁实秋. 会说话的人，人生都不会太差[M]. 北京：北京时代华文书局，2016：241.

梁实秋、徐志摩等人对陈西滢散文的评价与陈西滢评价法郎士的散文可以发现，陈西滢的散文深受法国散文的影响，尤其是法郎士散文的影响，形成与之相似的散文风格，即由"晶莹剔透"的文字和"机智的反讽"组合而成"闲话"风。

在陈西滢的散文《西滢闲话》《西滢后话》以及陈子善编著的《西滢文录》中，几乎收录了陈西滢发表的所有散文，其中有大量是外国文学批评（其中有些是他为自己或他人译文所作的序），如《曼殊斐儿》《易卜生的戏剧艺术》《显尼志劳的剧本》《莎士比亚的〈仇里西撒〉》《哈蒲曼的〈织工们〉》《武器与武士》等。这些外国文学评论涉及戏剧、小说、诗歌、文学批评专著等，其中关于戏剧的文学评论较多，涉及的作家有俄国作家屠格涅夫、印度作家泰戈尔、英国作家曼斯菲尔德、英国戏剧家萧伯纳、挪威戏剧家易卜生、英国戏剧家莎士比亚、奥地利戏剧家显尼志劳、法国作家法郎士、英国哲学家罗曼·罗兰、英国文学评论家瑞恰慈、德国作家哈蒲曼等，涉猎之广也足见陈西滢的外国文学研究和造诣（具体统计见下文的表 4-2）。

表 4-2　陈西滢外国文学评论统计表①

序号	文学评论	发表时间、刊物	涉及作家作品
1	《危险之年龄》	1923 年《太平洋》第 4 卷第 1 号	英国作家麦柯莱的《危险之年龄》
2	《看新剧与学时髦》	1923 年 5 月 24 日《晨报副刊》	挪威戏剧家易卜生《娜拉》
3	《译本的比较》②	1923 年《太平洋》第 4 卷第 2 号	英国戏剧家萧伯纳的戏剧译本
4	《显尼志劳的剧本》	1924 年《太平洋》第 4 卷第 5 号	奥地利剧作家显尼志劳（Arthur Schnitzler）剧本

---

① 本统计表参照《西滢闲话》《西滢后话》、张彦林的《闲话大师陈西滢》（河南人民出版社 2013 年版）等资料编撰而成，统计时把译文序言也囊括在内。
② 本篇是对郭沫若、郑君胥译的 Storin 的《莱茵梦》、唐性天译的 Storin 的《意门湖》、潘家洵译的萧伯纳的《华伦夫人之职业》以及金本基、袁弼译的萧伯纳的《不快意的戏剧》四个译本的评论。

序号	文学评论	发表时间、刊物	涉及作家作品
5	《恳亲会式之演剧·哈蒲曼的〈织工门〉》	1924 年 3 月 24 日《晨报副刊》	德国剧作家哈蒲曼的戏剧《织工门》
6	《恳亲会式之演剧·莎士比亚的〈仇里西撒〉》	1924 年 3 月 25 日《晨报副刊》	英国戏剧家莎士比亚的《仇里西撒》
7	《恳亲会式之演剧·莎士比亚？名剧〈汉孟雷特〉》	1924 年 3 月 25 日《晨报副刊》	名曰《汉孟雷特》，实为中国戏曲改编
8	《法郎士先生的真相》	1926 年《现代评论》第 3 卷第 57 期	法国作家法郎士
9	《再谈法郎士》	1926 年《现代评论》第 3 卷第 58 期	法国作家法郎士
10	《罗曼·罗兰》	1926 年《现代评论》第 3 卷第 60 期	罗曼·罗兰
11	《武器与武士》	1927 年《现代评论》第 5 卷第 120 期	萧伯纳的戏剧《武器与武士》
12	《心理学与政治》	1927 年《现代评论》第 5 卷第 122、123 期	［英］罗素（Bertrand Russell）
13	《论翻译》	1929 年《新月》第 2 卷第 4 号	陈西滢
14	《易卜生的戏剧艺术》	1930 年《文哲季刊》第 1 卷第 1 期	挪威戏剧家易卜生的戏剧
15	《文学批评的一个新基础》	1930 年《文哲季刊》第 1 卷第 1 期	英国瑞恰慈文学批评专著
16	《公共汽车本子》	1930 年《文哲季刊》第 1 卷第 1 期	英美一些被称为"公共汽车本子"的小说和戏剧选集

续表

序号	文学评论	发表时间、刊物	涉及作家作品
17	《新剧本选》	1931 年《文哲季刊》第 2 卷第 1 期	英美两本剧本选本 *Famous Plays of Today*, *Six Plays*
18	《西方人之东方小说》	1931 年《文哲季刊》第 2 卷第 1 期	英国作家威廉·布隆模的一本小说
19	《写戏方法》	1931 年《文哲季刊》第 1 卷第 2 期	美国作家欧文的戏剧评论 *How to Write a Play*
20	《添在孙译〈安特利亚·代尔·沙多〉后面的蛇足》	1935 年 4 月 12 日《武汉日报·现代文艺》第 9 期	英国诗人白朗宁的诗歌《安特利亚·代尔·沙多》

　　陈西滢的文学批评与一般严谨规整的批评不同，很有法郎士特色。他很少就文论文，完全围绕作品的主题、风格、结构等文体形态展开，而是以一种恣意无规则的方式进行批评。以《显尼志劳（Arthur Schnitzler）的剧本》一文为例，陈西滢开篇没有直接对显尼志劳的剧本进行批评，而是从当时德文文学界两位剧作家——德国的霍拨德曼和奥地利的显尼志劳生辰谈起，写这两个国家对这两位作家生辰的重视，接着多角度对比分析了两位剧作家的精神内核、人物、情节等，指出霍拨德曼志在"做一个民族代言人"，一个"小模范的歌德"，而显尼志劳却只是一个"纯粹的艺术家"。之后文章开始阐述显尼志劳的出身、文学贡献和戏剧作品，最后文章对郭绍虞的译本进行纠错和评价。首尾两部分的内容看似偏离文章主题，与显尼志劳的剧本无关，但细细品来不难发现，这两部分只是分别从两个角度介绍显尼志劳。这种文学评论的写作方式与通常按部就班的文学批评不同，有一种散文自在的"形散神聚"的特点，同样的评论风格在《曼殊菲儿》《危险之年龄》《西方人之东方小说》中也有体现。

　　陈西滢凭借一本《西滢闲话》独步文坛，开创了中国现代文学史上的"闲话时代"，但因历史原因（与鲁迅的论战），陈西滢的散文在文学史上没有得到应有的重视，吴福辉在《西滢的"闲话"和"后话"》中指出"'闲话'本源于英国文学传统中的絮语散文体。斯梯尔和艾迪生办的报刊，取名《闲话报》(一译《闲谈者》)、《旁观者》，哈兹里特的小品集称为《席间闲谈》，很明显，欧美派的中国作家由此受到过启发"，陈西滢的"闲话""时有风趣，间发妙论，娴熟地运用他特有的反语、快语、警语、睿语，英国随笔的轻松随意之中暗藏着机锋"，"就像自由主义思想是从西方移植来的一样，陈西滢又是把英国随笔小品移植到中国散文土壤上来的一个，这种文体建树的特殊性理应给予恰当的评价"，① 吴福辉的评价不仅指出了陈西滢散文与外国文学的渊源关系，也给予了陈西滢散文较为公允的评价。

第二节　现代报告文学的发生

学界对于"报告文学"的起源存在很多争论，但作为"新闻"与"文学"联姻的产儿，"从国际报告文学的发展来考查，报告文学具有新闻性的特点规定了它必须是近代资本主义社会的产物"②，其起源于欧洲，"报告文学另一个基因就是纪实文学的传统"。关于报告文学这一文体的界定也有争议，本书更倾向于采用丁晓原的界定，认为"报告文学是一种以非虚构为规则、以社会关怀为主旨、以现实生活为主要报告对象(亦可反映具有现实性的历史题材)的具有新闻性文学性与论理色彩的边缘性文体。作为一种具有显性新闻特征的文体，它从新闻文体中衍化而出"③。关于这一文体在现代的发生时间学术界同样也有争议，其命名时间较晚，最先在杂志上出现"报告文学"这一名称是在陶晶孙翻译的日本中野重治的《德国新兴文学》④一文中，而在此之前却出现了以瞿秋白的《饿乡纪程》和《赤都心史》为代表的拓荒之作，之后的20世纪30年代在"左联"的大力倡导下才出现了西方报告文学的译介和创作的繁荣，最终出现了以夏衍的《包身工》为代表的成熟的报告文学作品，因此本章对这一文体发生的探讨根据其发生特点采取拓荒、催生和实践三个部分进行论述。

---

① 何宝民. 世界华人学者散文大系　七[M]. 郑州：大象出版社，2003：427-432.
② 李丽莹，李先锋. 中国现代报告文学史论[M]. 银川：宁夏人民出版社，1990：1.
③ 丁晓原. 文化生态视镜中的中国报告文学[M]. 上海：复旦大学出版社，2008：5.
④ [日]中野重治. 德国新兴文学[J]. 陶晶孙，译. 大众文艺，1930，2(3)：543-548.

一、拓荒：瞿秋白的"饿乡""心史"报告

瞿秋白的报告文学创作源于他的记者经历，而他的报告文学因为俄文专修馆求学经历和两次俄苏之旅与俄国文学结缘，又因俄罗斯文学翻译与研究而使其报告文学打上了鲜明的俄罗斯文学烙印。瞿秋白（1899—1935），江苏常州人，现代著名文学家、革命家、翻译家，现代文学史上较早接触和译介俄苏文学及马克思主义文艺理论的作家。瞿秋白在俄文专修馆的求学经历和他先后两次俄苏之旅，使其文学与俄国文学结下了不解之缘。散文集《饿乡纪程》和《赤都心史》是瞿秋白旅苏期间的创作，他把一个"东方稚儿"在苏联的"路程中的见闻经过，具体事实，以及心程中的变迁起伏，思想理论，都总叙总束于此"①。此外，瞿秋白还大量译介俄苏文学作品和文艺理论论文，并积极开展俄罗斯文学研究，著有学术专著《俄罗斯文学史》，译有《托尔斯泰短篇小说集》（合译）、《高尔基创作选集》《高尔基论文选集》、剧本《解放了的堂·吉诃德》（卢那察尔斯基）、论文《列甫·托尔斯泰像一面俄国革命的镜子》（列宁）和《L. N. 托尔斯泰和他的时代》（列宁），编译有《现实——马克思主义文艺论文集》等。

瞿秋白与俄罗斯文学的结缘非常偶然，1917 年 4 月，瞿秋白随同堂兄北上，因家境贫寒无钱进入北京大学，普通文官考试又未被录取，只能选择北洋政府外交部的"不要学费又要出身"的俄文专修馆学习俄文。据郑振铎在《记瞿秋白同志早年二三事》一文回忆，在俄文专修馆，他与瞿秋白、耿济之三个人"有一个共同的趣味就是搞文学"，他们"对俄罗斯文学有了很深的喜爱"，当时俄文专修馆读书"用的俄文课本就是普希金、托尔斯泰、屠格涅夫、契诃夫等的作品"。正是因为这段读书经历使得他们对"俄国文学的翻译，发生了很大的兴趣"。郑振铎回忆说："秋白、济之，还有好几位俄专里的同学，都参加翻译工作……秋白他们译托尔斯泰、屠格涅夫、高尔基的小说，普希金、莱蒙托夫的诗，克雷洛夫的寓言……②由郑振铎这段回忆文字我们发现，瞿秋白自俄文专修馆开始就对俄罗斯文学发生了浓厚的兴趣，并开始了俄罗斯文学的译介工作。1920年 10 月，俄文专修馆尚未毕业的瞿秋白就以《晨报》特派记者的身份前往莫斯科，他声称：

---

① 　瞿秋白. 赤都心史 [A]. 瞿秋白文集 文学编　第 1 卷 [M]. 北京：人民文学出版社，1998：109.

② 　郑振铎. 郑振铎文集 第三卷 [M]. 北京：人民文学出版社，1983：300-302.

我要求改变环境：去发展个性，求一个"中国问题"的相当解决，——略尽一分引导中国社会新生路的责任。"将来"里的生命，"生命"里的将来，使我不得不忍耐"现在"的隐痛，含泪暂别我的旧社会。我所以决定到俄国去走一走。①

瞿秋白在俄文专修馆的俄国文学的翻译活动和作为《晨报》特派记者赴俄之行，为他翻译和接受俄罗斯文学提供了契机，自此，瞿秋白便开始大量译介俄罗斯小说（间或也涉及其他国家小说）。瞿秋白自 1919 年开始，总计译有 19 篇小说，其中大多为俄苏小说，第一篇是列夫·托尔斯泰的短篇小说《闲谈》，虽然其中也涉及法国作家安德烈·纪德和德国作家马尔赫维察的小说，而安德烈·纪德的小说题目为《斯大林与文学》，仍然没有远离俄苏文学。瞿秋白的俄苏小说译介主要集中于高尔基的创作，在 19 篇翻译小说中，有 10 部是高尔基的，足见瞿秋白对高尔基小说的钟爱。

瞿秋白散文创作因其俄罗斯文学翻译和研究而带有鲜明的俄苏文学印记。作为一个政治家，他的文学活动只是政治实践的一种成果。1917 年 11 月，俄国"伟大的十月社会主义革命"胜利，"俄罗斯苏维埃联邦社会主义共和国"成立（简称"苏俄"），此时的瞿秋白正在"俄文专修馆"学习，已对俄苏文学表现出极大的兴趣，系统阅读了大量的俄苏文学作品，"十月革命"的胜利让瞿秋白找到了心中向往的"圣地"——"苏俄"。1920 年秋，瞿秋白作为《晨报》特派记者远赴苏联，开始了他的"苏俄"之旅，在此期间写下了著名的散文集《饿乡纪程》和《赤都心史》。《饿乡纪程》记述了瞿秋白从中国至俄罗斯的首都莫斯科这一段的旅途见闻，而《赤都心史》则是作者在莫斯科的生活见闻。《饿乡纪程》1922 年由商务印书馆作为"文学研究会丛书"之一种出版（出版时的书名为《新俄国游记》），《赤都心史》1924 年出版。在这两部散文集中，瞿秋白将"苏俄"比作伯夷叔齐的"饿乡"，《饿乡纪程》就"具体而论，是记'自中国至俄国'之路程，抽象而论是记著者'自非饿乡至饿乡'之心程（《跋》）"②。作者带着"为大家辟一条光明的路"的愿望，"舍弃黑甜乡里的美食甘寝"，独自前往"红艳艳光明鲜丽的所在"（《绪言》）③。而《赤都心史》作为《饿乡纪程》的续篇则

---

① 瞿秋白. 赤都心史[M]. 北京：东方出版社，2015：8.
② 瞿秋白. 瞿秋白文集文学编 第一卷[M]. 北京：人民文学出版社，1985：109.
③ 瞿秋白. 瞿秋白文集文学编 第一卷[M]. 北京：人民文学出版社，1985：5.

记录了瞿秋白在"赤都"莫斯科的"所见所闻所思所感",是作者作为"东方的稚儿"的"心弦上乐谱的记录",可谓"饿乡"的"心路历程"。

《饿乡纪程》与《赤都心史》两部散文集深受俄罗斯文学的浸润,这不仅因为两部散文集记录的是作者的"旅苏"经历,更多层面上是作者对于俄罗斯文学的内在认同。这两部散文最突出之处在于始终贯穿着作者瞿秋白的自我反省、自我解剖的精神,这种自我反省、自我解剖的精神在俄罗斯作家身上表现得较为突出,尤其是列夫·托尔斯泰。在列夫·托尔斯泰的后期作品《忏悔录》《回忆录》等中,我们可以很容易感受到作家的自我反省精神。赫尔岑认为:

> 在俄罗斯精神中有一种特征,能够把俄国与其他斯拉夫民族区别开来,这就是能够时不时进行自我反省,否定自己的过去,能够以深刻、真诚、铁面无私的嘲讽眼光来观察它,有勇气公开承认这一点,没有那种顽固不化的自私,也没有为了获得别人的谅解因而归咎自己的伪善态度。①

在瞿秋白的这两部报告文学集中,我们很容易就能发现这种"俄罗斯文学精神"中的"自省",这与瞿秋白对托尔斯泰文学的欣赏和认同有关。瞿秋白对俄国作家托尔斯泰可谓情有独钟,他翻译的第一篇小说是托尔斯泰的短篇《闲谈》,在《饿乡纪程》和《赤都心史》两部散文集中,瞿秋白多次提及托尔斯泰,《赤都心史》中还有一节专门记述自己参观托尔斯泰邸宅的经历。瞿秋白曾在书赠鲁迅的一首古体诗后,自称是一个"忏悔的贵族":

> 雪意凄其心惘然,江南旧梦已如烟。
> 天寒沽酒长安市,犹折梅花伴醉眠。
> 此种颓唐气息,今日思之,恍如隔世。然作此诗时,正是青年时代。殆所谓'忏悔的贵族'心情也。②

"忏悔的贵族"是托尔斯泰笔下的人物形象系列,其中《复活》中的聂

---

① [俄]赫尔岑,A. H. 赫尔岑论文学[M]. 辛未艾,译. 上海:上海文艺出版社,1962:78.

② 瞿秋白. 瞿秋白文集 文学编 第2卷[M]. 北京:人民文学出版社,1986:359.

赫留朵夫、《安娜·卡列尼娜》中的列文都是此类人物形象的典型。此类人物出身贵族,对上流社会的腐朽与无情深恶痛绝,同情下层民众,孜孜不倦地探求生活的意义,寻求贵族的出路。据此我们推断,瞿秋白这种"忏悔的贵族"的文学气质也多半源于对托尔斯泰文学观的认同,当然这也正好契合了瞿秋白本人出身"士阶层"而又不满这一阶层的腐朽、同情下层民众的困苦并孜孜不倦地探究出路这一人生追求。瞿秋白痛恨自己出身的"士的阶级",可谓深恶痛绝,认为它是"最畸形的社会地位,濒于破产死灭的一种病的状态,绝对和我心灵的'内在要求'相矛盾。于是痛,苦,愁,惨,与我生以俱来(《饿乡纪程·二》)"①。这种自我否定和批判正是"俄罗斯精神"中的那种种自我解剖和自我反省。

同样受俄罗斯文学中自我反省精神的影响,瞿秋白在他的散文集中自称是"中国之'多余的人'"。在《赤都心史》的"三五"节中,瞿秋白以"中国之'多余的人'"为题,在文章开始引用屠格涅夫长篇小说《罗亭》(原文译为《鲁定》)中的一段话:

> 我大概没有那动人的"心"!那足以得女子之"心";而仅仅赖一"智"的威权,又不稳固,又无益……不论你生存多久,你只永久寻你自己"心"的暗示,不要尽服从自己的或别人的"智"。你可相信,生活的范围愈简愈狭也就愈好……②

此处的"多余人"一词正是源自19世纪俄罗斯的文学典型,小说中的罗亭就是最为典型的"多余人"形象,此处放在题记的位置引用小说的原文应该说是瞿秋白对俄罗斯文学认同的最好证明。这类人物是19世纪俄国贵族知识分子的典型,与瞿秋白作为没落的"士"阶层出身一样,此类人物深谙上流社会黑暗,不愿同流合污,又远离底层,无所作为。瞿秋白以此类人物自称,带有强烈的自省意识。但与俄罗斯文学中的"忏悔的贵族"和"多余人"不同的是,瞿秋白最终完成了对这两类人物的超越,最终成为一名坚定的共产主义者。

二、催生:报告文学译介与理论借鉴

如果说瞿秋白的报告文学创作实践是"拓荒",那么"左联"20世

---

① 瞿秋白. 瞿秋白文集 文学编 第1卷[M]. 北京:人民文学出版社,1986:14.
② 瞿秋白. 瞿秋白文集 文学编 第1卷[M]. 北京:人民文学出版社,1986:218.

纪 30 年代的"理论译介"就是一种"催生"。20 世纪 30 年代，因"左联"的提倡及其刊物《大众文艺》《拓荒者》等对外国报告文学的译介，中国式的报告文学创作成为一种"自觉"。正如老作家芦焚在《中国新文学大系 报告文学集·序（1927—1937）》中所说，"报告文学由'左联'的号召而兴起，因为国家当时正处在危亡阶段。历史上已经有报告文学。正由于时代的需要，这一号召才得到广大群众的拥护，作者风起云涌"①。以群在《抗战以来的中国报告文学》中也认为"报告文学正式在中国新文学中确定了地位，成为中国新文学的一分支，却还是1932 年的'一·二八'事件以后的事"②。关于"报告文学"这一文体的溯源，可谓众说纷纭，胡仲持认为"报告文学这一名词是在我国大革命期间，随同一些马克思列宁主义的作品从日本传到中国；这是德语reportague 的译名（论报告文学）"③。因此，我们有必要对以"左联"为中心的"报告文学"的译介和提倡进行系统的梳理，来窥见这一舶来文体发生过程中外国文学译介的推动作用。

表 4-3　现代报告文学译介统计表④

序号	译作	发表时间、刊物或出版社	原著作者/译者
1	《德国的新兴文学：从革命的浪漫主义到新写实主义》	1930 年 2 月 10 日《拓荒者》第 1 卷第 2 期	［日］川口浩/冯宪章

---

① 王蒙，王元化. 中国新文学大系 1976—2000 第 30 集史料·索引卷 2［M］. 上海：上海文艺出版社，2009：315.
② 林志浩. 中国新文艺大系：1937—1949 评论集［M］. 北京：中国文联出版社，1998：61.
③ 周国华，陈进波. 报告文学论集［M］. 北京：新华出版社，1985：9.
④ 统计时间上主要根据报告文学这一文体的产生状况聚焦于 20 世纪 30 年代"左联"的一些刊物，以求能相对完整地呈现 20 世纪 30 年代报告文学勃兴时期的理论和作品译介情况，内容上把相关理论研究文章也一并统计，在编写时主要参考王荣纲《报告文学研究资料选编》（上、下）（山东人民出版社 1983 年版）、左文和毕艳的《左联期刊与报告文学的联姻》（见汕头大学文学院新国学研究中心主编的《中国左翼文学国际学术研讨会论文集》，汕头大学出版社 2006 年版）、周国华和陈进波的《报告文学论集》（新华出版社 1985 年版）、岳凯华《外籍汉译与中国现代文学的发生》（湖南师范大学出版社 2016 年版）、唐沅等编著的《中国现代文学期刊目录汇编》（第 1 卷和第 2 卷，知识产权出版社 2010 年版）、贾植芳等编纂的《中国现代文学总书目·翻译文学卷》（知识产权出版社 2010 年版）、北京图书馆编的《民国时期总目 1911—1949 文学理论·世界文学·中国文学 上》（书目文献出版社 1992 年版）、北京图书馆编著的《民国时期总书 1911—1949 外国文学》（书目文献出版社 1987 年版）等书籍。

续表

序号	译作	发表时间、刊物或出版社	原著作者/译者
2	《德国新兴文学》	1930年3月1日《大众文艺》第2卷第3期	[日]中野重治/陶晶孙
3	《到集团艺术的路》	1930年5月《拓荒者》第1卷第4、5期合刊	沈端先
4	《法国的新兴文坛》	1930年5月1日《大众文艺》第2卷第4期	沈起予
5	《无产阶级文学运动新的情势及我们的任务》	1930年8月15日《文化斗争》第1卷第1期	胡秋原
6	《新俄游记》	1930年8月上海明月书店初版	[日]秋田雨雀/文莎河
7	《报告文学论》	1931年7月13号《文艺新闻》第18号	袁殊
8	《中国无产阶级革命文学的新任务——一九三一年十一月中国左翼作家联盟执行委员会的决议》	1931年11月15日《文学导报》第1卷第8期	冯雪峰
9	《报告文学论》	1932年1月20日《北斗》第2卷第1期	[日]川口浩/沈端先
10	《从上海事变说到报告文学——〈上海事变与报告文学〉序一》	1932年4月《上海事变与报告文学》，南强书局	阿英
11	《给在厂的兄弟——关于厂通信的任务和内容》	1932年5月23日《文艺新闻》第56号	未标志
12	《关于工场壁报——给在厂的兄弟》	1932年5月30日《文艺新闻》第57号	未标志

续表

序号	译作	发表时间、刊物或出版社	原著作者/译者
13	《如何写报告文学——给在厂的兄弟》	1932 年 6 月 6 日《文艺新闻》第 58 号	未标志
14	《通讯运动与报告文学》	1933 年 6 月 1 日《文艺月报》创刊号	[日]山田清三郎/里正
15	《关于速写及其他》	1935 年 2 月 1 日《文学》第 4 卷第 2 号	胡风
16	《谈谈报告文学》	1935 年《读书生活》第 3 卷第 12 期	周立波
17	《基希及其报告文学》	1935 年《国际文学》第 4 号	[塞尔维亚]T. 巴克/张元松
18	《危险的文学样式》	1936 年 5 月 1 日《文学丛报》第 2 期	[德]基希/胡风
19	《关于生活和战斗》	1936 年 6 月 1 日《文学丛报》第 3 期	[法]H. 巴比塞/万浞思
20	《报告文学论》	1936 年 6 月 5 号《文学界》创刊号	[不详]Q. Merin/徐懋庸
21	《报告文学的必要》	1936 年 6 月 5 号《文学界》创刊号	[法]A. Marlaux/沈起予
22	《"黄包车！黄包车"》	1936 年《申报周刊》第 1 卷第 13 期	[捷]E. E. Kisch/立波
23	《吴淞废墟》	1936 年《通俗文化》第 3 卷第 8 期	[捷]E. E. Kisch/立波
24	《士兵墓地的吉原》	1936 年 6 月 5 日《文学界》创刊号	[捷]E. E. Kisch/立波
25	《污泥》	1936 年 6 月 5 日《文学界》创刊号	[捷]E. E. Kisch/立波

续表

序号	译作	发表时间、刊物或出版社	原著作者/译者
26	《纱厂童工》	1936 年 7 月 10 日《文学界》第 1 卷第 2 号	［捷］E. E. Kisch/立波
27	《死刑》	1936 年 8 月 10 日《文学界》第 1 卷第 3 号	［捷］E. E. Kisch/立波
28	《一个中国绅士的轮廓》	1936 年 9 月 10 日《文学界》第 1 卷第 4 号	［美］A. Smedley（A. 史沫特莱）/黄封
29	《关于"报告文学"》	1937 年 2 月 20 日《中流》第 1 卷第 11 期	茅盾
30	《五年计划故事》	1937 年 5 月初版上海开明书店	［苏］伊林/董纯才
31	《中国的新西北》	1937 年 5 月平凡书店	［美］史诺/思三
32	《在西班牙前线》	1937 年 6 月香港华南图书社初版	［英］彼特开恩/林淡秋
33	《在西班牙火线上》	1937 年 6 月上海北雁出版社初版	［英］彼特开恩/李兰
34	《保卫马德里》	1937 年 7 月上海杂志公司初版	［苏］科尔佐夫/黄峰等
35	《外国记者西北印象记》	1937 年 11 月陕西人民出版社初版	［美］施乐/李华春
36	《西班牙战地通讯》	1937 年大众出版社初版	未标注/王明
37	《论战争期的一个战斗的文艺形式》	1938 年 1 月 1 日《七月》第 1 集第 6 期	胡风
38	《西行漫记》	1938 年 1 月复社	胡愈之
39	《怎样写报告文学》	1938 年 2 月生活书店初版	周钢鸣
40	《现代美国小品：突击队》	1938 年 3 月上海光明书局初版	［美］史沫特莱/黄峰

续表

序号	译作	发表时间、刊物或出版社	原著作者/译者
41	《敌兵阵中日记》	1938 年 3 月广州离骚出版社初版	[日]松永宇八/夏衍
42	《秘密的中国》	1938 年 4 月汉口天马书店初版	[德]基希/立波
43	《"报告文学"的本质与发展》	1938 年 7 月 1 日《文艺阵地》第 1 卷第 6 期	[不详]A. 加博尔/周行
44	《报告文学者的任务》	1938 年 6 月 5 日《文艺》第 1 卷第 1 期	周钢鸣
45	《未死的兵》	1938 年 7 月广州南方出版社	[日]石介达三/夏衍
46	《怎样写报告文学》	1938 年 8 月 1 日《文艺阵地》第 1 卷第 8 期	茅盾
47	《打回老家去》	1938 年 10 月上海导报馆	[美]史沫特莱/钱许高
48	《麦与兵队》	1938 年 12 月上海杂志社初版	[日]火野苇平/哲非
49	《张鼓峰的战斗》	1938 年杂志社	[苏]树果夫等/侯飞辑
50	《士与兵》	1939 年 1 月北京东方书店初版	[日]火野苇平/金谷
51	《中国的新生》	1939 年 1 月文缘出版社初版	[英]勃脱兰/林淡秋
52	《麦田里的兵队》	1939 年 3 月(伪)满洲国通讯社出版社	[日]火野苇平/雪笠
53	《为自由而战》	1939 年 3 月上海报馆	[不详]Anna Louise Strong/伍友文
54	《续西行漫记》	1939 年 4 月上海复社初版	[美]韦尔斯/胡仲持
55	《西行访问记》	1939 年 4 月复社	[美]宁谟·韦尔斯/华侃
56	《一个国际志愿兵的日记》	1939 年 4 月上海平明书局初版	[瑞典]阳拉尔米宁/巴金
57	《华北前线》	1939 年 5 月上海文缘出版社初版	[英]勃脱兰/林淡秋

续表

序号	译作	发表时间、刊物或出版社	原著作者/译者
58	《华北前线》	1939 年 5 月上海棠棣出版社初版	[英]勃脱兰/任叔民
59	《新中国印象记》	1939 年 5 月上海群众出版社初版	[英]梅雷/梅蔼
60	《北线巡回》	1939 年 6 月重庆生活出版社初版	[英]杰姆斯·贝特兰/方琼凤
61	《地下火》	1939 年 7 月上海万叶书店初版	[德]列普曼/朱雯
62	《为统一而战的中国》	1939 年 12 月香港众社初版	[美]毕林哥尔/王纪石
63	《国际纵队从军记》	生活书店 1939 年版	[英]约翰·孙马菲尔德/叶启芳
64	《谈报告文学》	1940 年 2 月 1 日《读书月报》第 1 卷第 12 期	罗荪
65	《报告的疲乏》	1940 年 3 月 16 日《文艺阵地》第 4 卷第 10 期	叶素
66	《扬子战线》	1940 年 3 月初版上海彗星书社	[英]阿特丽/石梅林
67	《人民之战》	1940 年 3 月上海新人出版社初版	[美]爱泼斯坦/刘涟
68	《使德辱命记》	1940 年 7 月上海国华编译初版	[英]汉德森爵士/倪文宇
69	《在和平劳动之国》	1940 年 12 月文化供应社	[英]格拉斯哥/唐旭之
70	《巴黎进军记》	南京时代晚报社 1940 年版	[日]观音寺三郎/竹田
71	《日本海海战》	桂林新知书店 1940 年版	[苏]普里波衣/梅雨
72	《法兰西之悲剧》	1941 年 1 月上海良友复兴图书印刷公司初版	[法]莫乐/未标志
73	《法兰西的悲剧》	1941 年 1 月上海中华书局初版	[法]莫洛怀/倪文庙

序号	译作	发表时间、刊物或出版社	原著作者/译者
74	《希特勒遇刺记》	1941 年 3 月重庆大时代书局初版	[德]E. F/白朗
75	《法兰西的悲剧》	1941 年 4 月重庆时与潮社第 3 版	[法]安德烈·莫洛亚/吴奚真
76	《今日之重庆》	1941 年 7 月新中国出版社初版	[美]高尔德/陈澄之
77	《中国双星》	1941 年 7 月上海民光出版社	[美]卡尔逊/世界编译社
78	《战争与文学》	上海海燕书店 1941 年版	[苏]爱伦堡/高扬
79	《不是战争的战争（巴黎陷落前后）》	1942 年 4 月重庆建华出版社初版	[苏]爱伦堡/雪尘等
80	《法兰西战线》	1942 年 5 月上海新生命社初版	[法]莫洛怀/汪吉人
81	《法兰西的悲剧》	1942 年 6 月长春新兴书店	[法]莫乐/赵季凡
82	《予打击者以打击》	1942 年 6 月桂林远方书店	[苏]A. 托尔斯泰/杜莎等
83	《马来血战记》	1942 年 8 月北京新民印书馆初版	未标注/华北学会
84	《六月在顿河》	1942 年 11 月新华日报图书课初版	[苏]爱伦堡/戈宝权
85	《敌军士兵日记》	桂林新知书店 1942 年版	[日]竹木升/林植夫
86	《珍珠港突袭目睹记》	重庆五十年代出版社 1943 年 4 月版	[美]克拉克/徐钟佩
87	《英雄的斯大林城》	1943 年 5 月新华日报图书科	[苏]爱伦堡/戈宝权
88	《我们七个人》	1943 年 6 月重庆作家书屋初版	[日]鹿地亘/沈起予
89	《东方的撤退》	1943 年 6 月重庆五十年代出版社初版	[英]加尔格尔/张冀声

续表

序号	译作	发表时间、刊物或出版社	原著作者/译者
90	《海战》	1943 年 7 月上海大陆新报社初版	[日]丹羽文雄/吴志清
91	《战争与世界》	1943 年 8 月上海新中国报社	林涣等
92	《寄自火线上的信》	1943 年 11 月重庆五十年代出版社初版	[日]鹿地亘/张令澳
93	《报告文学与报告文学者》	1944 年 1 月《文艺生活》创刊号	刘丰
94	《杀人工厂》	1944 年莫斯科外文出版社	[苏]西蒙诺夫/未标注
95	《谈报告文学》	1945 年 5 月 23 日，收入 1948 年 1 月益智出版社《文学枝叶》	李广田
96	《叛逆者之歌》	1945 年 12 月上海作家书屋沪 1 版	[日]鹿地亘/沈起予
97	《使德日记》	1945 年 12 月上海正言出版社	[美]W. 陶德/朱雯
98	《地下巴黎》	1946 年 1 月福建十日谈社出版	[美]E. 歇贝尔/朱雯
99	《战时苏联游记》	1946 年 3 月北平中外书局初版	[美]史诺/孙承佩
100	《震撼世界的十日》	1946 年 3 月美学出版社初版	[美]约翰蕾特/郭有光
101	《中国解放区印象记》	1946 年 4 月北平认识出版社初版	[美]哈里逊·福尔曼/万歌等
102	《跨进延安的大门——红色中国的挑战之二》	1946 年 6 月上海晨社第 1 版	[美]史坦因/紫蔷
103	《三百万战斗的同盟——红色中国的挑战之六》	1946 年 7 月上海晨社第 1 版	[美]史坦因/骆程

续表

序号	译作	发表时间、刊物或出版社	原著作者/译者
104	《世界政局的展望——红色中国的挑战之九》	1946 年 7 月上海晨社第 1 版	[美]史坦因/贾敏
105	《随军漫记》	1946 年 9 月上海出版社	[美]史沫特莱/田英
106	《红色中国的挑战》	1946 年 10 月上海希望书店初版	[美]G. 史坦因/李凤鸣
107	《报告文学纵横谈》	写于 1946 年 11 月 27 日，后收入 1959 年版《关于现实主义》，上海文艺出版社	何其芳
108	《目击者》	1946 年 12 月哈尔滨东北书店	[苏]潘菲洛夫/不详
109	《丹娘——一个游击队女英雄的故事》	1946 年哈尔滨万国出版社	[苏]里多夫/陈原
110	《苏联女英雄》	1947 年 5 月上海生活书店初版	[苏]拉甫纶由夫/中苏文化协会
111	《新中国的雏形》	1947 年 5 月生产出版社	[美]G. 史坦因/伊吾
112	《战时苏联游记》	1947 年 5 月安东东北书店	[美]史诺/孙承佩
113	《美国人在华的最后关头》	1948 年 2 月上海民治出版社初版	[美]乌特莱/华君刚
114	《我们的春天》	1948 年哈尔滨东北书店	[苏]爱伦堡/程之平
115	《二万五千里长征》	1949 年 5 月上海文学出版社	[美]史诺/天明
116	《论报告文学》	智源书局 1949 年版《文艺学习讲话》	胡仲持
117	《苏联报告文学选（一）》	1949 年 6 月上海大东书局初版	[苏]铁霍诺夫等/苏联文艺选丛编辑委员会

续表

序号	译作	发表时间、刊物或出版社	原著作者/译者
118	《苏联报告文学选（二）》	1949 年 6 月上海大东书局初版	[苏]娄法诺夫/苏联文艺选丛编辑委员会
119	《中国暴风雨》	1949 年 7 月香港海洋书屋第 2 版	[英]白修德、贾安娜/以沛等

从上述梳理发现，随着"左联"的提倡，报告文学的理论译介和理论探讨渐趋增多，报告文学作品的翻译自 1936 年周立波的基希报告文学《秘密的中国》开始出现，基希的报告文学理论及其《秘密的中国》等作品对中国现代报告文学的勃兴起到了很好的催生作用，他的报告文学理论通过日本作家川口浩的《报告文学论》进入中国现代作家的视野。随着抗日战争的爆发，关于抗战题材的报告文学译介猛增，以美国、苏联等国为主，还有一个特点是出现了一些外国记者描写中国抗战的报告文学，如美国史坦因的《新中国的雏形》《红色中国的挑战》、史沫特莱的《随军漫记》、斯诺的《西行漫记》、海伦·福斯特的《续西行漫记》，这些作品不仅为国内的报告文学创作提供了范本，也对整个抗战起到了宣传鼓动作用。作家辛迪的《中国已非华夏》一文在评价欧美对于中国的译述时说，自己在抗战期间看了史诺（Edgar Snow）的《西行漫记》、史沫特莱（Agnes Smedley）的《中国战歌》等报告文学，认为这些作品"暴露了中国政治动荡的真相，描绘了历史的转捩点和新中国的萌芽，说明了未来中国的历史途径"①。

我们先来考察一下"报告文学"这一文体的译介。"报告文学"一词是"reportage"的译名，最先出现于 1930 年冯宪章翻译的日本作家川口浩的《德国的新兴文学：从革命的浪漫主义到新写实主义》一文，文章发表在"左联"的期刊《拓荒者》上。文中在论述到第六部分"社会主义作家评传"的时候，提到了作家"埃·埃·奇首"，也就是后来译为"基希"的报告文学作家。文章指出"他的本领""在为普罗列塔利亚新闻记者的随笔及纪行文中"，"从长年的新闻记者生活，他刨出了一个新的文学形式。这是所谓'列波尔达知埃'。即以新闻记者的简洁的话，将生起的事件依原状留

---

① 王辛笛. 辛笛集第 4 卷 夜读书记[M]. 上海：上海人民出版社，2012：17.

在纸上。他这种形式广及了文学的领域。《狂速的通信员》《狩于时代之中》等是他代表的作品"。① 冯宪章这里翻译的"列波尔达知埃"就是后来的"报告文学"一词，而《狂速的通信员》后来被译为《怒吼的新闻记者》，《狩于时代之中》后来被译为《时间的追逐》，这是国内最早介绍基希及其报告文学作品的文章，只是没有出现"报告文学"这一译名。文中还简单论述了基希"报告文学"这一文体的特质。川口浩指出，基希的"列波尔达知埃"具有"不混空想夸张等主观要素"和"有小说以上的趣味与煽动力"，这两个因素是"报告文学"这一文体的基本特征——"纪实性"和"文学性"，川口浩接着指出基希的作品"今后将给普罗列塔利亚贡献许多的东西"，这是对报告文学文体功能的预言。"报告文学"这一译名最初出现于陶晶孙翻译的日本作家中野重治的《德：德国新兴文学（简略的解说）》一文中，文章发表在"左联"的另一个期刊《大众文艺》上。在谈到无产文学时，中野重治认为除了苏俄之外，德国的文学"在做最高的普鲁列塔利亚工作"，此处的"普鲁列塔利亚"就是英文 proletariat，即无产阶级文学。中野重治认为"无产文学是联系国内运动的"，"刻羞可说是新的形式的无产阶级操觚者，所谓'报告文学'的元祖，写有许多长篇，而他的面目尤在这种报告文学随笔纪行之中"②。"刻羞"也就是后来的"基希"，他是报告文学的创立者。在这两篇译文之后，1930 年 5 月 1 日，沈起予在《大众文艺》第 2 卷第 4 期"新兴文学专号（下册）"发表了《法国的新兴文坛》，文中提到了"报告小说"一词，他说"Pierre Hamp 的小说，以其极端的单纯及正确而有客观性的原故，一般称为'报告小说'"③。在 1930 年 5 月《拓荒者》第 1 卷第 4、5 期的合刊上，沈端先发表了《到集团艺术的路》一文，文中提到了"报告"这一文体。他指出，"这里也已经产生了集团艺术的雏形。由工场，农村，兵营等等特殊群集团体通信员所产生的报告，记录——包含一切正确，机敏，频繁地传达各种战线的战争情况和生活状态的通信，这些，都是唆示着集团主义文学的新型"④。

1931 年 7 月 13 日，袁殊的《报告文学论》发表在《文艺新闻》第 18 号上。这是现代第一篇系统研究报告文学的论文，仔细考察夏衍和胡风翻译

① ［日］川口浩. 德国的新兴文学：从革命的浪漫主义到新写实主义［J］. 冯宪章，译. 拓荒者，1930，1（2）：732.

② ［日］中野重治. 德：德国新兴文学（简略的解说）［J］. 陶晶孙，译. 大众文艺，1930，2（3）：547.

③ 沈起予. 法国的新兴文坛［J］. 大众文艺，1930，2（4）：937-940.

④ 袁鹰，姜德明. 夏衍全集文学 上［M］. 杭州：浙江文艺出版社，2005：287.

的日本川口浩的《报告文学论》之后，我们很容易发现，袁殊的《报告文学论》有很多观点是川口浩这篇文章的"译述"。在这篇文章中，袁殊认为"报告文学"不同于"劳动通讯"，是"纯然的文学"，也称"通讯文学"，是"Reportage"的译语，"是把灵心安置在事实的报告上"，"它必须具备着一定的目的与倾向的；然后把事象通过印象加以批判地写出。这目的，是社会主义的目的"。对于"报告文学"的起源，袁殊认为，"自然不会是古已有之的，它是一种近代工业社会的产物"。袁殊在文中借用现代有名的"报告者"（Reporter）欧根·艾耳文·其休在《报告文学之社会的任务》一文中的观点，认为好的报告文学要具备三点："敏锐的感觉与正确的生活的意志""对社会的强有力的感情""和被压迫阶级紧密的团结的努力"①，这三点是对报告文学这一文体创作和特征的准确描述。

　　从上述梳理还可以发现一个事实，这些文章的作者冯宪章、陶晶孙、沈起予、沈端先（夏衍）等都是后来"左联"的成员，而《拓荒者》和《大众文艺》也都是"左联"成立前后的期刊。作为"左联"的成员，这几位作家已经发现了"报告文学"这一新型文体在无产阶级革命中的作用，这也就有了后来"左联"对报告文学这一文体的大力提倡。1930 年 8 月 4 日，左联执行委员会通过了胡秋原执笔的《无产阶级文学运动新的情势及我们的任务》一文，号召"左联"成员去工厂、农业战线和社会，"把文学从少数特权者的手中解放出来，真正成为大众的所有"，开展"通信员运动"，培养工农通信员，"使文学运动密切的和革命斗争一道的发展"。文章倡议"从猛烈的阶级斗争当中，自兵战的罢工斗争当中，如火如荼的乡村斗争当中，经过平民夜校，经过工厂小报，壁报，经过种种煽动宣传的工作，创造我们的报告文学（Reportage）吧……"②。文章借用苏联共产党第十三次大会的一句话"工农通信员是新的工农作家之预备队"，指出"伟大的苏维埃文学的生产与完成只有这一条路"。由此我们可以发现，"左联"一开始就是把"报告文学"这一文体的创作放到了无产阶级革命斗争的高度上进行大力提倡的。同样，1931 年 11 月，在冯雪峰执笔的《中国无产阶级革命文学的新任务——一九三一年十一月中国左翼作家联盟执行委员会的决议》一文中，也提出要发展"报告文学"的主张。在谈到"五、创作问题——题材，方法及形式"时，冯雪峰指出，"作品的体裁也以简单明了，容易为工农大众所接受为原则。现在我们必须研究并且批判地采用中国本

---

① 王荣纲. 报告文学研究资料选编 上 [M]. 济南：山东人民出版社，1983：33.
② 北京大学，等. 文学运动史料选 第 2 册 [M]. 上海：上海教育出版社，1979：205.

有的大众文学，西欧的报告文学，宣传艺术，壁小说，大众朗读诗等等体裁"①。这个决议旗帜鲜明地提出要批判地采用"西欧的报告文学"这一文体，认为这一文体"简单明了""容易为工农大众所接受"。

在"左联"的提倡下，《北斗》《文艺新闻》《文艺月报》《文学》《国际文学》《文艺月报》《文学丛报》《文学界》等文学刊物相继刊载了许多报告文学理论，翻译的文论有 1932 年沈端先的《报告文学论》（日本川口浩著）、1933 年里正的《通讯运动与报告文学》（山田清三郎著）、1935 年张元松的《基希及其报告文学》（T. 巴克著）、1936 年胡风的《危险的文学样式》（基希著）、1936 年万涅思的《关于生活和战斗》（H. 巴比塞著）、徐懋庸的《报告文学论》（Q. Merin 著）、沈起予的《报告文学的必要》（A. Marlaux 著）等。其他论述文章还有 1932 年阿英的《从上海事变说到报告文学》以及没有标注作者的《给在厂的兄弟——关于工厂通信的任务与内容》《关于工场壁报——给在厂的兄弟》《如何写报告文学——给在厂的兄弟》等相关论文。但仔细爬梳这些文章行文中的理论来源发现，多为外国的报告文学理论，尤其是基希关于报告文学的理论。阿英的《从上海事变说到报告文学》是为报告文学集《上海事变与报告文学》一书撰写的序。阿英在文中介绍了基希的《报告文学之社会的任务》一文，提出"要做生活现实的报告者"需要三个条件——"据有毫不歪曲报告的意志""强烈的社会的感情""企图和被压迫者紧密的连结的努力"。阿英认为，"这就是 Reportage，报告文学的意义"，也就是报告文学这一文体的社会责任。正是因为"左联"的提倡和对外国报告文学理论、作品的译介，加上国内抗战的现实需求，才导致了 20 世纪 30 年代到 40 年代报告文学的译介和创作成为"左翼文学"的主导文体，也因此出现了柔石的《一个伟大的印象》（1930 年）、《上海事变与报告文学》（1932 年，内含 28 篇报告文学），夏衍的《包身工》，宋之的的《一九三六年春在太原》等优秀的报告文学作品。

三、实践：周立波与夏衍的报告文学译介与创作

夏衍和周立波都是我国早期的报告文学理论译介者和创作实践者，夏衍早在 1932 年就通过翻译日本学者川口浩的《报告文学论》接触到基希的报告文学理论，是现代时期最早的报告文学理论译介者，1936 年他的《包身工》代表着现代报告文学创作的繁荣。而周立波作为第一个翻译基希

---

① 朱立元. 海上文学百家文库 68 冯雪峰、潘汉年卷［M］. 上海：上海文艺出版社，2010：41.

《秘密的中国》的作家,其研究论文《谈谈报告文学》通过对基希报告文学的研究阐述了他自己的报告文学观。他在 1938 年创作的报告文学集《晋察冀边区印象记》和《战地日记》深受基希报告文学影响,成为抗战时期报告文学的代表。

夏衍(1900—1995),浙江杭县人,原名沈乃熙,字端轩(又字端先),现代戏剧家,电影艺术家。1915 年 9 月,由德清县立高小校长曹绪康推荐免费入浙江省立甲种工业学校染色科学习,1920 年毕业后又由学校推荐公费赴日本留学。1921 年入日本北九州户烟町明治专门学校电机科预科,1926 年毕业免试进入九州帝国大学工学部冶金科,1927 年因在日本参加进步工人运动和左翼文化活动而被驱逐回国,1927 年加入中国共产党,是"左联"主要领导人之一。夏衍的代表作有电影剧本《狂流》(1933)、《春蚕》(1933)、话剧《上海屋檐下》(1937)、报告文学《包身工》(1936)。此外,夏衍因留学日本还出版了大量的翻译书籍,在《我的文艺生活》中,夏衍就自述"从小就喜欢看文学作品","在日本学习时期,因为学外国语的原故,顺便看过许多文学作品,最喜欢的是史蒂文生、狄更斯、屠格涅夫、高尔基等等"。

夏衍在报告文学方面的贡献主要集中于《报告文学论》一文的翻译和《包身工》等报告文学的创作。1932 年 1 月 20 日,夏衍以"沈端先"的名字在《北斗》第 2 卷第 1 期发表了日本作家川口浩的《报告文学论》一文,成为第一篇报告文学方面的理论译文。文章分为三个部分,分别论述了"劳动通讯与报告文学""报告文学是什么""著名的报告者及其作品"。川口浩认为,"劳动通讯"和"报告文学","两者决不是同一的东西","报告文学"是"纯然的文学","劳动通讯"不是文学。在"报告文学是什么"这部分中,"报告文学乃至通讯文学的名称,是 Reportage 的译语","这种文学形式,当然不是从前就有","始终是近代的工业社会的产物","报告文学的最大的力点,是在事实的报告","必然的具有一定的目的,和一定的倾向","这就是社会主义的目的"。据基希的意见,"要做好的Reporter",要做到"据有毫不歪曲报告的意志""强烈的社会的感情"以及"企图和被压迫者紧密地连结的努力"。在第三部分"著名的报告者及其作品"中,川口浩认为,"近代最初的 Reporter,是美国普洛作家贾克·伦敦。但是他的作品,还不能说是已经用了明确的形式,表现了社会主义的目的","真实意味的社会主义的报告文学,反而在德国开放了美丽的花朵","哀贡·爱尔文·基休创始了他独特的报告文学。脱离了个人的态度而报告日常生活的他的 Reportage,是全世界的首创"。基希早期作品收录在《时代》《狂速的报告者》等集子，在川口浩看来，基希的"报告文学""看不到任何的意识的暴露与分析"，"只是些随便地描写着的灰色的日常生活的报告"，但却"充满了非常强烈的申诉（Appeal）的力量"，"用事实来说明，启发，鼓励……"。①　文中川口浩强调的"真实的报告者""需要明确的社会主义的眼光"，这也就要求"报告文学当然也是非依从普洛写实主义不可的"。

《劳勃生路——日商内外棉纱厂"壁报第十号"号外》是夏衍的第一篇报告文学，发表于 1931 年 10 月《文学导报》第 6、7 期合刊，是对沪西民众反日大示威惨遭镇压，工人团结反抗的真实再现。作品通过"通讯员"与"杨阿四"的对话，塑造了一个积极反抗的工友杨阿四形象。这篇报告文学是对上述《报告文学论》一文中"纯然的文学""真实的报告者""明确的社会主义的眼光"等报告文学观的一种尝试。1936 年，《包身工》真正标志着夏衍报告文学创作的成熟，才可以说是真正贯彻了"报告文学"这一文体的上述主张。从中华人民共和国成立后夏衍撰写的《〈包身工〉余话》和《从〈包身工〉引起的回忆》两篇文章中可以看出《包身工》对于"真实的报告者"的追求。在《〈包身工〉余话》中，夏衍提到冯先生"曾经替我搜集了许多资料"②。在《从〈包身工〉引起的回忆》一文中，夏衍强调这是一篇"报告文学"，不是小说，称写的时候"力求真实，一点也没有虚构和夸张"，"她们的劳动强度，她们的劳动和生活条件，当时的工资制度，我都尽可能的作了实事求是的调查"③。关于《包身工》的创作目的，夏衍称在搜集资料时才知道，"在 20 世纪的帝国主义经营的工厂里，原来还公然保存着奴隶制度"，他"感到愤怒"，"觉得非把这个人间地狱揭发出来不可"，这就是夏衍在译文《报告文学论》中所说的报告文学的创作目的——"这就是社会主义的目的"。《包身工》的成功还在于其"文学性"，是"纯然的文学"，作品塑造了"芦柴棒"这一文学典型，"手脚像芦柴棒一般的瘦，身体像弓一般的弯，面色像死人一般的惨！咳着，喘着，淌着冷汗，还是被逼着在做工……""芦柴棒"这一典型形象的刻画，增强了这篇报告文学的"文学性"和艺术感染力。

周立波（1908—1979），湖南益阳人，原名周绍仪，笔名立波，1924年进入长沙省立第一中学学习，1927 年"四·一二"反革命政变后离开湖

---

①　王荣纲. 报告文学研究资料选编［M］. 济南：山东人民出版社，1983：1184-1189.

②　袁鹰，姜德明. 夏衍全集文学 上［M］. 杭州：浙江文艺出版社，2005：21.

③　王荣纲. 报告文学研究资料选编［M］. 济南：山东人民出版社，1983：1003.

南来到上海，开始文学活动，1930 年加入"左联"，一生著述丰富。"初到上海，他便发奋自学英语，并且开始广泛地阅读外国文学作品：欧洲古典名著、19 世纪的浪漫主义代表作品、苏联社会主义现实主义作品以及弱小民族的进步作品和某些西方现代派作品等。为了生计，他开始了外国文学的翻译。"①周立波不仅是第一个翻译基希的报告文学《秘密的中国》（1938 年）的人，也写有研究论文《谈谈报告文学》（1935 年），还创作了《晋察冀边区印象记》（1938 年 6 月读书生活出版社）、《战地日记》（1938 年 6 月上海杂志公司）、《南下记》（1948 年哈尔滨光华书店）三本报告文学集（并称为"战场三记"）。

《谈谈报告文学》一文发表在 1935 年《读书生活》第 3 卷第 12 期，周立波在文中开门见山提出，"报告文学"在当时的中国"有着非常重要的意义"，因为作家和读者都"在烽火之旁"，"报告文学"就成为一种"简单，明了而有力的""批判现实"的文学形式，"要是报告文学真正能够成为我们一代人的真实生活图画的时候"，"用事实做指南的报告文学就有它存在的价值"。周立波认为，"报告文学（Reportage）是近代文学的一种新的形式"，"直到德国基希诸人的作品出来，报告文学才成了一种不能被人轻视的独特的形式"，基希的作品"无疑是报告文学的一种模范"，他指出基希的报告文学具有以下特征：

> 基希（E. E. Kisch）的报告，常常以一个事件或是一群人物的整个，作为写作的对象。他把事件的当前最重要的姿态，它的发生和发展的历史，它的特征，它的各种光景（Aspects）的对照，它所表露所含有的矛盾，以及它的发展前途和社会意义，都加以明快的记述；要是描写一个阶层，或是一群特定的人物的时候，他要把他们的生活和职业的特征，他们的过去历史，他们的前途，以及他们现在的境况，内在的团结和冲突，都批判的记述着。②

在周立波看来，《秘密的中国》就是上述"报告文学"创作方式的运用。基希的报告文学"都根据正确的社会事实和史实"，"可以说一种绵密的社会调查"，基希"是最有名的一位激烈的报告文学家（Rasende Reporter）"，

---

① 邹理. 本土经验与世界眼光——周立波与外国文学[M]. 上海：上海人民出版社，2018：13.

② 李华盛，胡光凡. 周立波研究资料[M]. 北京：知识产权出版社，2010：456.

他"不是假态的旁观者"，他的报告文学"表露出他的有着正确的世界观的批评意见"，"对于事件的前途，他常常登高了望"，"架起他的望远镜"，"他也有着抒情诗的幻想"，因此，基希报告最紧要的要素是"正确的事实""锐利的眼光"和"抒情诗的幻想"，三者在基希作品中的地位和相互关系是"事实对于报告文学者，只是尽着他的指南针的责任，所以他还必需有望远镜，和抒情诗的幻想"。在分析了基希报告文学的基本特征和要素之后，周立波对报告文学的写作方法进行了进一步的阐述，指出"报告文学者的写字间是整个的社会，他应当像社会的新闻记者样的收集他的材料"，他认为美国著名报告文学家约翰·斯皮维克（John Spivak）的写作过程"最值得我们参考"。周立波在这篇文章中还指出，我国的报告文学处于萌芽期，现有的报告文学作品"缺乏关于现实事件的立体的研究和分析——常常忽视了事件的历史动态"，号召"我们要设法走到这历史动乱的最中心去，走到'贫穷和贫穷反叛'的正中去。用那由精密的科学的社会调查所获取的活生生的事实和正确的世界观和抒情诗人的喜怒与力，结合起来，造成这种艺术文学的新的结晶"①。

　　周立波从 1936 年开始翻译基希的《秘密的中国》，相继在《申报周刊》《通俗文化》《文学界》发表了基希的《"黄包车！黄包车"》《吴淞废墟》《士兵墓地的吉原》《污泥》《纱厂童工》《死刑》等报告文学作品，1938 年 4 月，汉口天马书店出版了单行本。捷克籍新闻记者基希是报告文学大师，1932年来中国考察，写成了揭露中华民族苦难的报告文学集《秘密的中国》。《秘密的中国》是基希的代表作，描写的是上海、北平、南京三地的社会状况，由 23 篇文章组成。在"译者附记"中，周立波坦言翻译本书的目的是使本书"可以成为新起的中国报告文学者的良好的模范"，因为基希以"他的在轻快的笑谈间夹着逼人严肃风格"和"他的渊博的知识和丰富的正义感"久负盛名。萧军在《中国的"报告文学"和〈秘密的中国〉》一文中也对基希的《秘密的中国》赞赏有加，"觉得它对于中国人民是有益处的"，可以作为报告文学工作者的"榜样"。②

　　翻译完《秘密的中国》后，周立波于 1937 年 10 月离开上海，作为随军记者兼翻译陪同美国作家史沫特莱（Agnes Smedley）去前线访问，跟随八路军总部南下长达两个多月的时间。史沫特莱据此创作了《中国人民在反击》（*China Fights Back*）、《伟大的道路》（*The Great Road*）等著作。1937

---

① 李华盛，胡光凡. 周立波研究资料［M］. 北京：知识产权出版社，2010：457.
② 萧军. 萧军全集 11［M］. 北京：华夏出版社，2008：272.

年 12 月底，周立波作为翻译陪美国驻华使馆的参赞卡尔逊去晋察冀边区实地考察八路军抗日的情况。1938 年，周立波又陪同苏联塔斯社驻华军事记者瓦里耶夫访问顾祝同和项英。① 正是因为这些前线考察，周立波才有了 1938 年出版的《晋察冀边区印象记》和《战地日记》两部报告文学作品集。《晋察冀边区印象记》出版后引起极大轰动，1938 年 7 月 2 日，罗之扬在汉口《全民周刊》上发表了题为《晋察冀边区印象记》的书评，称"当我读基希的《秘密的中国》时，曾期望着报告文学《战斗与自由的中国》之出现，《晋察冀边区印象记》可说就是这么一本作品"②。可以说，周立波的报告文学创作除了受到基希的影响之外，史沫特莱对他的报告文学写作也同样有影响。史沫特莱的报告文学写作与基希一样，注重真实的调查，把内容放在首位，他曾在回忆中谈及舒群和周立波，认为舒群首先感兴趣的是作品的"艺术风格"，而"立波倒是注重文章的内容的"。在谈到自己的报告文学时，史沫特莱说，"至于我所能写的东西，算不上是中国人民解放斗争的本质。它们只是一个观察员的记录"③。他的《中国人民在反击》就是在周立波陪同下的战地考察记录，是以日记体的形式呈现，从形式上而言，周立波的《战地日记》也同样采用日记形式，其中所受的史沫特莱的影响是不言而喻的。

第三节　现代传记文学的发生

"传记文学"是"艺术地再现真实人物生平及个性的一种文学样式"④，"五四"新文化运动以来，随着西方传记文学理论和传记名作的译介，卢梭的《忏悔录》等西方传记文学名作被大量译介进入国人视野，尤其是在 20 世纪 30 年代，随着外国传记文学的译介体量的增多和质量的提高，传记文学创作也呈现繁荣之势，胡适、郁达夫、朱东润等现代作家在借鉴西方传记文学理论的基础上逐渐建构起来中国式的传记文学观，出现了胡适的《四十自述》、郁达夫的"自传"（9 篇）和《达夫日记集》、郭沫若

① 邹理. 本土经验与世界眼光——周立波与外国文学[M]. 上海：上海人民出版社，2018：15.
② 李华盛，胡光凡. 周立波研究资料[M]. 北京：知识产权出版社，2010：461.
③ [美]史沫特莱. 史沫特莱文集 4[M]. 陈文炳，等，译. 北京：新华出版社，1985：134.
④ 陈兰村. 中国传记文学发展史[M]. 北京：语文出版社，2012：1.

的《创造十年》、沈从文的《从文自传》等为代表的现代作家"自传"文学，也同时出现了以朱东润的《张居正大传》为代表的"他传"文学，这些传记文学作品在追求传记真实性的同时不失文学性，现代传记文学逐渐摆脱传统传记模式，在"西学东渐"中完成了自身文体的建构和创作实践。

一、西学东渐：现代传记文学理论的建构

"传记"与"传记文学"不同，"传记"属于历史范畴，"传记文学"属于文学范畴，更强调文学性。英美学者也是到了 19 世纪末"开始把传记列入文学的范畴"，尤其是"1920 年代欧洲出现了'新传记'潮流"，"法国的安德烈·莫洛亚、英国的弗吉利亚·伍尔芙和里敦·斯特拉奇都强调传记的文学性或艺术性"，"1928 年出版的《牛津字典》，第一次把传记说成是一种文学"。① 与西方学界一样，中国的"传记"也是属于历史的范畴，只是到了现代文学才开始使用"传记文学"这一文体名称。胡适 1914 年 9 月 23 日的日记②的标题是"传记文学"③，日记的正文中谈论的是"传记"，比较分析的是中西"传记"的区别，列举的也是中西传记的体例、特点的不同之处。

在胡适之前，现代传记写作已经开启了"西学东渐"之旅。早在 1897 年，新学会校印出版了黎汝谦翻译的耳汾·华盛顿（后译为华盛顿·欧文）的《华盛顿泰西史略》一书，1898 年上海大同译书局出版了梁启超翻译的日本作家松井广吉的《意大利兴国侠士传》④，除了传记文学翻译书籍的出版之外，杂志也开始刊载单篇的传记文学翻译，1904 年《教育世界》杂志从第 69 号至第 75 号连续 7 期刊登了《美国弗兰克林自传》，这些都是较早翻译进入国内的人物传记，与早期翻译文学作品类似，并未标注译者。与外国传记翻译几乎同时进行的是现代传记的创作，王韬、严复、容闳、梁启超等有外国生活经历的现代学者开始模仿西方传记进行创作。梁启超自 1898 年逃亡日本期间创作了大量的中外历史人物传记，在 1901 年的《李鸿章·序例》中，梁启超自称"此书全仿西人传记之体，载述李鸿章一生行事，而加以论断，使后之读者，知其为人"⑤。

---

① 袁祺. 岩石与彩虹：杨正润传记论文选[M]. 桂林：广西师范大学出版社，2016：344.
② 胡适. 胡适传记作品全编 第 4 卷[M]. 上海：东方出版中心，2002：201.
③ 卞兆明认为此标题是胡适的朋友章希吕抄写整理这则札记时给加上去的，见《胡适最早使用"传记文学"名称的时间定位》(《苏州大学学报》2002 年第 4 期，第 80-81 页)。
④ 李今. 汉译文学序跋集 第 1 卷 1894—1910[M]. 上海：上海人民出版社，2017：3-6.
⑤ 梁启超. 梁启超评历史人物合集 明清卷[M]. 武汉：华中科技大学出版社，2018：29.

根据俞樟华、陈含英编撰的《中国现代传记文学编年史》(上、下)(浙江大学出版社 2019 年版)收录的现代传记条目记载可以发现，外国传记文学的翻译在现代文学中呈现出非常繁荣的局面，既有杂志上的刊载也有单行本的发行，从国别而言，日本、美国、英国、法国、苏俄等国的报告文学占比较高，从传主而言，政治历史文化名人和文学家传记文学占的比重较大，如关于拿破仑、华盛顿、卢梭、马克思、恩格斯、爱迪生、高尔基、托尔斯泰、萧伯纳、果戈理等名人和作家的传记文学作品最多，1928年之前的传主多为历史文化名人，1928 年之后传主明显倾向于文学家，普通人的传记文学作品较少。从译者而言，1928 年之后参与翻译文学家传记的作家开始增多。1934 年到 1936 年传记文学的译著增多，其中 1934年有 18 部，1935 年有 22 部，1936 年有 29 部之多，这其中不乏名家之作和名人传记，如俄国作家屠格涅夫等的《几个伟大的作家》(1934 年郁达夫译)、美国作家爱莎多娜·邓肯的《邓肯女士自传》(1934 年于熙俭译)、美国作家海伦·凯勒的《海伦·凯勒自传》(1934 年应远涛译)、英国作家赫理斯的《萧伯纳传》(1934 年黄嘉德译)、法国作家罗曼·罗兰的《托尔斯泰传(上、下)》(1935 年傅雷译)、德国哲学家尼采的《尼采自传》(1935年梵澄译)、美国传记文学作家威尔逊的《科学家列传》(1934 年金则人译)、德国作家路德维希的《八大伟人评述》(1935 年邵宗汉译)、德国作家歌德的《歌德自传(上下册)》(1935 年思慕译)、苏联作家高尔基的《高尔基给文学青年的信》(1935 年叶以群译)等。

随着传记文学的译介，现代传记创作也呈现繁荣之势力，在"自传"和"他传"方面都呈现创作增多的趋势。尤其是到 1934 年间"自传"的创作，"不管到哪一家新书店，不管翻阅哪一种杂志或附刊，总可以看到作家的自传的"，因此杜若称之为"自传年"(杜若《自传年》)①。1933 年到1935 年，胡适的自传《四十自述》(1933 年上海亚东图书馆)、郭沫若的自传《沫若书信集》(1933 年上海泰东图书局)、赵景深编的《郁达夫论》(1933 年上海北新书局)、区梦觉的《王独清论》(1933 年上海光华书局)、巴金的《巴金自传》(1934 年上海第一出版社)、张资平的《资评自传》(1934 年上海第一出版社)、沈从文的《从文自传》(1934 年上海第一出版社)、周作人的《周作人书信》(1935 年上海青光书局)等现代作家自传和评传相继出版，现代传记写作逐渐走向成熟。

---

① 俞樟华、陈含英. 中国现代传记文学编年史上[M]. 杭州：浙江大学出版社，2019：238.

　　从理论建构和创作而言，胡适、郁达夫、朱东润等在借鉴外国传记理论方面都有贡献，这三位作家的传记理论均表现出"西学东渐"的特点，在创作方面，胡适写有《四十自述》《丁文江的传记》《李超传》等传记文学作品，郁达夫写有《达夫日记集》《卢骚传》等，朱东润写有《张居正大传》《陆游传》《梅尧臣传》《元好问传》等。在传记理论方面，胡适先后发表了《传记文学》（日记）、《南通张季直先生传记·序》、《〈书舶庸谭〉序》、《四十自述（之一）·自序》、《中国的传记文学——在北京大学史学会的讲演提纲》等序跋和研究文章中，郁达夫发表了《日记文学》《传记文学》《什么是传记文学?》《再谈日记——〈达夫日记集〉代序》《所谓自传也者》等文章，朱东润先后撰写了《关于传叙文学的几个名辞》《中国传叙文学的过去与将来》《传叙文学之前途》《论传叙文学底作法——兼评张孝若〈南通张季直先生传记〉》《为什么我要提倡传叙文学》等文章，他们的传记观深受西方传记文学观念的影响，这种影响也体现在他们的传记创作之中，下面就分别对这三个作家的传记理论和创作进行研究。

二、胡适的传记文学理论与创作

　　胡适是现代作家中较早关注传记文学的作家，他对传记文学的贡献不仅体现在传记理论方面，也体现在传记创作方面。据耿云志编的《胡适传记作品全编·序》中所言，"胡适所写的传记作品近百种，约一百二十万字左右"[1]，其中最具代表性的是《四十自述》《丁文江的传记》和《口述自传》（与唐德刚合作）。胡适的传记理论主要体现在他先后发表的《传记文学》（日记）、《建设的文学革命论》、《南通张季直先生传记·序》、《〈书舶庸谭〉序》、《四十自述（之一）·自序》、《中国的传记文学——在北京大学史学会的讲演提纲》、《黄谷仙论文审查报告》等序跋和研究文章中，胡适的传记理论和传记创作带有明显的"西学东渐"色彩，早在1918年《建设的文学革命论》一文中，胡适在提到创造新文学的方法时指出"赶紧多多地译西洋的文学名著做我们的模范"，并认为可以"取例"西洋文学，其中以散文体裁为例指出，"包十威尔（Boswell）和莫烈（Morley）等的长篇传记"和"弥儿（Mill）、弗林克令（Franklin）、吉朋（Gibbon）等的《自传》"这些散文体裁是"中国从不曾梦见过的体裁"，[2] 由此我们可以看出胡适取法西方传记的主张，下面我们来梳理一下胡适在传记文学理论方面的借鉴。

---

① 胡适. 胡适传记作品全编 第1卷 上[M]. 上海：东方出版中心，1999：9.
② 夏晓虹. 胡适论文学[M]. 合肥：安徽教育出版社，2010：26.

胡适自 1906 年入中国公学开始就对传记感兴趣,1908 年,他在第 16、17、18、20、23 期《竞业旬报》上以"铁儿"为笔名连载了《姚烈士传》,在第 25 期《竞业旬报》上以"适之"为名发表了《杨斯盛传》,在第 32 期《竞业旬报》上以"铁儿"为笔名发表了《中国爱国女杰王昭君传》。1910 年胡适留学美国之后,开始接触外国传记作品。在 1914 年 9 月 23 日的日记"传记文学"中指出"东西文体之异""至传记一门""其差异益不可掩","余以为吾国之传记,唯以传其人之人格(Character),而西方之传记,则不独传此人格已也,又传此人格进化之历史(The development of a character)"①。此处虽然有学者提出"传记文学"的题目是后来胡适的朋友编辑加上②,但从"东西文体之异"中的"文体"可以看出胡适对"传记"文学性的看重,胡适在"日记"中列举了西方传记的名作,提到了"东方所未有"的巴司威尔之《约翰生传》、洛楷的《司各得传》、穆勒的《自传》、斯宾塞的《自传》,认为"东方无长篇自传","弗兰克林之《自传》尚不可得",其长处在于"可见其人格进退之次第,及其进退之动力","琐事多而详,读之者如亲见其人,亲聆其谈论"。上述观点是强调要学习外国经典的传记写法,不仅要写"人格",还要写"人格"的变化及形成的原因,"自传"要形成一种"读之者如亲见其人,亲聆其谈论"的生动效果,这是对传记文学性提出的要求。

在 1930 年 1 月《吴淞月刊》第 4 期刊载的《南通张季直先生传记·序》中,胡适认为"传记是中国文学里最不发达的一门",这句话更是直接把"传记"列入文学。他认为"不发达"的原因"第一是没有崇拜伟大人物的风气""第二是多忌讳""第三是文字的障碍"。在胡适看来,"传记的最重要条件是纪实传真",传记文学要写出"所传的人"的"实在身份,实在神情,实在口吻","要使读者如见其人,要使读者感觉真可以尚友其人"。因此,胡适认为按照上述标准,中国"几乎没有一篇可读的传记",没有"真能写生传神的传记",③ 这里胡适强调的仍然是传记文学的"真实性"和"文学性"。1930 年 6 月,在《〈书舶庸谭〉序》一文中,胡适指出"日记属于传记文学,最重在能描写作者的性情人格,故日记愈详细琐屑,愈有史料的价值"④。此处胡适在行文中直接使用"传记文学",并再次重申了

---

① 胡适. 胡适传记作品全编 第 4 卷[M]. 上海:东方出版中心,2002:201.

② 卞兆明. 胡适最早使用"传记文学"名称的时间定位[J]. 苏州大学学报,2002(4):80-81.

③ 胡适. 胡适传记作品全编 第 4 卷[M]. 上海:东方出版中心,2002:202-205.

④ 胡适. 胡适古典文学研究 下[M]. 上海:古籍出版社,2013:1085.

"传记文学"的真实性(史料的价值)与文学性(能描写作者的性情人格)。1935年,《中国的传记文学——在北京大学史学会的讲演提纲》一文的题目直接使用的就是"传记文学",胡适直接对中国的传记文学进行了分类,把行状、史传等古代传记都归入"传记文学",由此我们也发现胡适的"传记文学"与"传记"这一概念是有交叉的,或者说二者是混用的,只是他在使用"传记文学"时更想强调的是传记的文学性而已。除了对传记文学"真实性"和"文学性"的强调之外,胡适还在1936年的《黄谷仙论文审查报告》一文中指出"传记"的写作应当重"剪裁","当抓住'传主'的最大事业,最要主张,最热闹或最有代表性的事件"①,其余的"细碎琐事"可以舍弃,除非这些"细碎琐事"能起到描写或渲染"传主"的作用。

胡适的自传《四十自述》1933年由上海亚东图书馆出版,胡适自称这本书的目的是想"抛砖引玉",希望人们都来"赤裸裸的记载他们的生活","给史家做材料,给文学开生路"。② 在《四十自述(之一)·自序》中,胡适说"我在这十几年中,因为深深的感觉中国最缺乏传记的文学",此处用了"传记的文学",也就是说更偏重于中心词"文学","传记的"只是一个限定词。胡适在《自序》中称《四十自述》"只是我的'传记热'的一个小小的表现",他本想从这四十年中挑出十来个比较有趣味的题目,用每个题目来写一篇小说式的文字",认为"这个方法是自传文学上的一条新路子",这样处理的好处是"(遇必要时)用假的人名地名描写一些太亲切的情绪方面的生活",胡适此处所说的是传记文学的"文学性"处理方式。但遗憾的是,胡适称"写到了自己的幼年生活,就不知不觉的抛弃了小说的体裁,回到了谨严的历史叙述的老路上去了",因为胡适自认是一个"受史学训练深于文学训练的人"。从胡适的这些夫子自道的文字可以发现,《四十自述》这一自传更倾向于历史的真实性,在文学性追求上稍微逊色。

三、郁达夫的传记文学理论与创作

在现代文学史上,提起郁达夫,人们自然会想到他的浪漫抒情小说《沉沦》,其实,郁达夫在创作和理论方面都对现代传记文体的"西学东渐"作出了很大贡献。郁达夫不仅创作了《日记九种》(1927年北新书局)、9篇"自传"(杂志连载)③、《达夫日记集》(1935年北新书局)和大量的

---

① 胡适. 胡适传记作品全编 第4卷[M]. 上海：东方出版中心, 2002：216.
② 何卓恩. 胡适文集 自述卷[M]. 长春：长春出版社, 2013：136.
③ 郁达夫1934年至1936年发表在《人间世》和《宇宙风》杂志的9篇自传。

书简等传记作品，还撰写了大量的中外名人传记，其中最具代表性的是
《卢骚传》(1928年《北新》第2卷第6号)、《关于卢骚》(1928年《北新》
第2卷第12号)和《卢骚的思想和他的创作》(1928年《北新》第2卷第
13号)。除了创作之外，郁达夫在传记理论研究方面也有所成，他的传
记理论主要体现在其《日记文学》(1927年5月1日《洪水》第3号第32
期)、《传记文学》(1933年9月4日《申报·自由谈》)、《所谓自传也
者》(1934年11月20日出版的《人世间》半月刊第16期)、《什么是传
记文学？》(1935年7月《文学》二周年纪念特辑《文学百题》)、《再谈日
记——〈达夫日记集〉代序》(1935年7月《达夫日记集》，上海北新书
局)等文章中。

　　在《传记文学》①中，郁达夫指出，中国的传记文学"总还是列传式的
那一套老花样"，"从没有看见过一篇活生生地能把人的弱点短处都刻画
出来的传神文字"，由此我们发现郁达夫对于传记文学"文学性"的强调，
他认为外国文学中有很多"千古不朽的传记作品"，英国鲍思威儿
(Boswell)的《约翰生传》"把一人一世的言行思想，性格风度，及其周围环
境，描写得极微尽致"，英国Lytton Strachey的《维多利亚女皇传》、法国
Maurois的《雪莱传》"以飘逸的笔致，清新的文体，旁敲侧击，来把一个
人的一生，极有趣味地叙写出来"，郁达夫对于这些经典外国传记文体的
评介也是基于传记文学的"文学性"这一点。郁达夫1934年的《所谓自传
也者》是为了回应苏雪林对他作品的批判而写，发表在1934年11月20日
《人间世》的第16期，作为他随后在《人间世》和《宇宙风》刊发的9篇自传
的一个《叙》。郁达夫在文中提到了外国自传的三种样式，分别为"奥古斯
丁的主呀上帝呀的叫唤祈祷"、歌德式的"'实际与虚构'的诗人的生涯"和
"卢骚的那半狂式的己身丑恶的暴露"三种，这一概括基本涵盖了外国自
传的基本模式。在《什么是传记文学？》②一文中，郁达夫提出"新的传记"
是在"记述一个活泼泼的人的一生"，认为要写"新的有文学价值的传记"，
就要将人物"外面的起伏事实与内心的变革过程同时抒写出来"。郁达夫
把西洋的传记文学分为"他人所作之传记""自己所作的自传""关于自己或
他人的回忆记之类"三种。他接着指出，西洋古代传记的集大成之作为色
诺芬(Xenophon)的《梭格拉底回忆记》(*Memoirs of Socrates*)和泊罗泰克
(Plutarch)的《希腊罗马四十六伟人比较传》，圣奥古斯丁的《忏悔录》、卢

---

① 郁达夫. 郁达夫文论集 下[M]. 长春：吉林出版集团股份有限公司，2017：518.
② 傅东华. 文学百题[M]. 北京：生活书局，1935：240.

骚的《忏悔录》、歌德的《虚构与现实》、托尔斯泰的《忏悔》都是自传作品的代表，近代式的英国传记文学中，鲍思威（Boswell）的《约翰生传》和洛克哈脱（Lockhart）的《司考脱传》"写得神采焕发，启后空前的两部传记文学"，"传记文学"是"一种艺术的作品，要点并不在事实的详尽记载"，英国的斯特莱彻（Giles Lytton Strachey）、法国的莫洛亚（Andre Maurois）和德国的路德维希（Emil Ludwig）三人的"传记文学更发展得活泼"，"带起历史传奇小说的色彩来的"，而斯屈拉基 1918 年的《维多利亚名人传记》"实是独创的风格"，把安诺德博士、戈登将军、奈丁盖儿女史、曼宁主教写得"活现"在读者面前，1921 年的《维多利亚女皇传》"刻画入微"，塑造了"一位并不异于常人而有血肉的英明的英国女主"，莫洛亚（1923）的《雪莱传》（*Ariel*）把"Shelley 的一生的史实小说化了"。郁达夫对于外国经典传记作品的评述体现的是他的传记文学观和文体自觉。

　　郁达夫 1927 年的《日记文学》和 1935 年的《再谈日记——〈达夫日记集〉代序》两篇文章是关于"日记"这种传记文学体裁的探讨。在《日记文学》中，郁达夫认为"日记"是散文中"最便当的一种体裁"，是"文学里的一个核心"，是一个宝藏，日记"比第一人称的小说，在真实性的确立上，更有凭藉，更有把握"，亚米爱儿的日记是"不朽之作"，是作者"批评宗教，解剖自己，阐明苦闷的心理的记载"，读来比"变幻莫测的小说，还要有趣"。在 1935 年的《再谈日记——〈达夫日记集〉代序》一文中，郁达夫简单梳理了西洋日记的发展史，指出西洋日记的发达始于文艺复兴末期，英国 17 世纪以后日记变成了一种流行的风气，威廉·达格代儿爵士（Sir William Dugdale）、桦衣脱洛克（Bulstrode Whitelocke）、福克司（Elder George Fox）、约翰·农夫零（John Evelyn）、萨母儿·配比司（Samuel Pepys）等都是英国 17 世纪的日记名家，18 世纪的英国日记名家斯味夫脱的 *Journal to Stella* 是"感情泼剌的文学作品"，约翰·维斯莱（John WeSley）和法尼·排内（Madame d'Arblay）的日记也是"白眉之作"，近世作家马利·白须葛采夫（Marie Bashkirtseff）氏的日记、《龚果尔兄弟的文艺日记》（*Edmond et Jules de Goncourts*）与《亚米爱儿的内省日记》（*Amiel's Journal Intime*）为"日记中的仙露明珠，不可多得的逸品"。对于日记的功能，郁达夫认为其一"有功于考据"，"使历史家于干燥的史实之中，得见到些活的关于个人关于当时社会的记载"；其二是日记是"一个最上的忏悔之所"；其三是写日记是"唤醒自己的追怀"的最好的方法。郁达夫认为，"好的日记作家，要养成一种消除自我意识的习惯，只为解除自己心

中的重负而写下，万不可存一缕除自己外更有一个读者存在的心"①。郁
达夫对于传记文学和日记文体的理论多是基于外国的相关作品展开的，其
借鉴的成分是显而易见的。

　　郁达夫的传记作品有两类，一类是"自传"，一类是中外名人的传记，
其中自传的体量和影响较大。郁达夫偏爱"自传"类作品，因为他历来主
张"文学家的作品，多少总带有自传的色彩的"②，所以他创作有大量的日
记、书信和自传。他的自传中最具代表性的是 1934 年到 1935 年他在《人
间世》和《宇宙风》上刊载的 9 篇连续而各自独立的"自传"，分别为《悲剧
的出生——自传之一》（1934 年 12 月 5 日《人间世》第 17 期）、《我的梦，
我的青春！——自传之二》（1934 年 12 月 20 日《人间世》第 18 期）、《书
塾与学堂——自传之三》（1935 年 1 月 5 日《人间世》第 19 期）、《水样的
春愁——自传之四》（1935 年 1 月 20 日《人间世》第 20 期）、《远一程，再
远一程——自传之五》（1935 年 2 月 5 日《人间世》第 21 期）、《孤独
者——自传之六》（1935 年 3 月 5 日《人间世》第 23 期）、《大风圈外——
自传之七》（1935 年 4 月 20 日《人间世》第 26 期）、《海上——自传之八》
（1935 年 7 月 5 日《人间世》第 31 期）、《雪夜——自传之一章》（1936 年 2
月 16 日《宇宙风》第 11 期）。郁达夫的自传和他的小说一样独具个性，把
个人和时代联系在一起，并不仅仅局限于叙述个人的身世，如《悲剧的出
生——自传之一》把自己描述成"败战后的国民——尤其是初出生的小国
民"是"畸形，是有恐怖狂，是神经质的"，对于儿时的回忆"有些空洞"，
最初的感觉"便是饥饿"，由此把 1896 年的社会现实写进了对于自我童年
的回忆中，郁达夫的自传文笔与他的自传抒情体小说一样，带有时代的感
伤和个人的忧郁，这使得他的自传除了记载他人生的轨迹之外带有了文学
性和社会思考。

　　除了上述 9 篇自传以外，郁达夫还写有大量的日记和书简，因为在郁
达夫看来，"散文作品里头，最便当的一种体裁，是日记体，其次是书简
体"，日记里"无论什么话，什么幻想，什么不近人情的事情，全可以自
由自在地记叙下来"③。《日记九种》是郁达夫于 1927 年在北新书局出版的
日记集，集中收录了"劳生日记""病闲日记""村居日记""穷冬日记""新
生日记""闲情日记""五月日记""客杭日记"和"厌炎日记"。《达夫日记

　　① 　郁达夫. 郁达夫文论集　下[M]. 长春：吉林出版集团股份有限公司，2017：700-702.
　　② 　郁达夫. 郁达夫文论集　上[M]. 长春：吉林出版集团股份有限公司，2017：77.
　　③ 　郁达夫. 郁达夫文论集　上[M]. 长春：吉林出版集团股份有限公司，2017：77.

集》1935 年由北新书局出版，收录了"日记文学""再谈日记""日记九种""沧州旧记""水明楼日记""杭江小历纪程""西游目录""避暑地日记""故都日记"。郁达夫的日记是断断续续的，因为郁达夫认为"日记总是无始无终，没有一定的结构，没有谨严的文体，也没有叙述的脉络的（再谈日记）"①。此外，郁达夫还写有大量书简，吴秀明主编的《郁达夫全集 6 书信》（浙江大学出版社 2007 年版）一共收录了书信 230 封，时间上从 1914 年一直延续到 1943 年，其中以致王映霞的信最多。

四、朱东润的传记文学理论与创作

在中国现代作家中，朱东润被称为文学史家和传记文学作家，他的现代传记理论和写作受到的外国传记影响很大。朱东润的传记文学理论和传记创作一直延续到当代文学，现代时期他先后撰写了《大慈恩寺三藏法师传叙论》（1941 年《文史杂志》创刊号）、《关于传叙文学的几个名辞》（1941 年《星期评论》第 15 期）、《传叙文学与史传的之别》（1941 年《星期评论》31 期）、《中国传叙文学的过去与将来》（1941 年《学林》第 8 期）、《传叙文学与人格》（1942 年《文史杂志》第 2 卷第 1 期）、《八代传叙文学述论·绪言》（1942 年，未刊）、《张居正大传·序言》（1943 年开明书店）、《传叙文学之前途》（1943 年 8 月《中学生杂志》）、《论自传及法显行传》（1943 年《东方杂志》第 17 号）、《论传叙文学底作法——兼评张孝若〈南通张季直先生传记〉》（1943 年 12 月《读书通讯》）、《论自传及〈法显行传〉》（1943 年《东方杂志》第 39 卷第 17 号）、《传叙文学的尝试》（1946 年 1 月《中央周刊》）、《为什么我要提倡传叙文学》（1946 年 5 月《正气杂志》）、《我为什么写〈张居正大传〉》（1947 年《文化先锋》第 6 卷第 24 期）、《传叙文学底真实性》（1947 年 12 月《学生杂志》第 2 卷第 2 期和第 3 期）等文章，在研究中国传统传记文学和借鉴外国传记理论基础上形成了兼容并蓄的传记文学理论体系。

朱东润（1896—1988），江苏泰兴人，早年留学英国伦敦西南学院，回国后先后任教于武汉大学、复旦大学等，是现代传记文学的开拓者。1929 年曾任国立武汉大学预科英语教师，讲授英文、中国文学批评史等。在武汉大学期间，朱东润自称"读了大量的传记文学作品，从古老的《约翰逊博士传》，直到近代传记文学的典范《维多利亚女王传》。我读过八卷本的《狄士累里传》，三卷本的《格兰士敦传》，我读过多种的《拿破仑传》

---

① 郁达夫. 郁达夫文论集 下 [M]. 长春：吉林出版集团股份有限公司，2017：701.

和《华盛顿传》《林肯传》，我读过古代希腊和罗马的传记，我也读过莫洛亚的传记文学理论"①。从这些罗列的传记书籍可以看出，朱东润对传记文学的喜爱是源自外国文学传记理论和作品的阅读，因此自 1939 年开始，朱东润开始转向传记文学研究，他自称是因为"十余年以前，读到鲍斯威尔的《约翰逊博士传》，我开始对于传记文学感觉很大的兴趣，但是对于文学的这个部门，作切实的研讨，只是 1939 年以来的事。在那一年，我看到一般人对于传记文学的观念还是非常模糊，更谈不到对于这类文学有什么进展，于是决定替中国文学界做一番斩伐荆棘的工作"②。朱东润认为，"对于国内、国外的作品读过一些，也读过法国评论家莫洛亚的'传记文学的几个面相'那本传记文学的理论，是不是对于传记文学就算有些认识呢？不算……"③正是基于这种想法，朱东润开始撰写传记文学作品，先后撰写了《中国传叙文学底进展》《传叙文学之前途》《大慈恩寺三藏法师传叙论》《传叙文学与人格》《八代传叙文学述论》等论文和专著，形成了基于中西传记文学比较视野的独特的传记文学观。此后，朱东润把自己的传记观运用到传记撰写中，先后撰写了大量古代名人传记，如《张居正大传》《陆游传》《梅尧臣传》《元好问传》等，对于自己的古代名人传记，朱东润有足够的学术自信可以和世界对话，据陈思和回忆"朱先生那时作学术报告，讲人物传记，自认为世界上有三部传记是值得读的：第一部是英国的《约翰逊传》，第二部是法国的《贝多芬传》，第三部就是中国的"拙作"《张居正大传》"④。

　　朱东润对于西方传记的见解主要散见于上述的《关于传叙文学的几个名辞》《中国传叙文学的过去与将来》等理论文章和《八代传叙文学述论·绪言》《张居正大传·序言》等序跋中。首先是关于"传叙文学"的命名文体。在 1941 年《关于传叙文学的几个名辞》中，朱东润对当时流行的"传记文学"的概念质疑，认为应该用"传叙文学"，在中国传统文学中，"传人曰传"，"自叙曰叙"，而西洋文学里面的"传记"包含 biography（传记）和 autobiography（自传）两类，而"传记""专指叙一人之始末的文学"，如果使用"传记文学"来涵"传记"和"自传"，会有"以偏概全底谬误"，他认为"传叙"连用"还有一种意外的便利"，包含"自传"和"传人"，避免"分

---

①　晋阳学刊编辑部. 中国现代社会科学家传略　第三辑［M］. 太原：山西人民出版社，1983：138.

②　朱东润. 张居正大传［M］. 天津：百花文艺出版社，2008：1.

③　《文献》丛刊编辑部. 文献　第八辑［M］. 北京：书目文献出版社，1981：162.

④　谢冕. 挚友真情［M］. 济南：山东人民出版社，2014：225.

类的麻烦"。朱东润的"传叙文学"命名，"从某种意义上说体现了一种理论的自觉"，"体现了朱东润在传记理论探讨中立足本国而中外兼容的背景以及继承与借鉴并重的思路"（辜也平《论朱东润传记文学理论的独特性与复杂性》）①。

其次是朱东润主张"传叙文学"应"着重人的概念"。在 1941 年的《中国传叙文学的过去与将来》②中，朱东润介绍了西方的"新的传叙"，认为外国 18 世纪之后的著作充满了我们没有的"风味"，鲍斯威尔的《约翰逊博士传》、斯特拉哲的《维多利亚女王传》、莫洛亚的《狄士莱里传》是"新的传记"，"充满了启示"。在朱东润看来，"新的传叙"应当"着重人的概念"，"它应当把传主的人性完全写出，凡是和这个人性发展有关的，都是传叙家的材料"。朱东润在文中借用了莫洛亚《传叙综论》中的观点，认为近代传叙家在写作时把传主看成"一个人"，写作传记就是在替这个人"画一幅肖像"，"传叙家把个人作为时代的中心，一切事情都从此开始，也从此结束，一切事情都环绕着个人"，对"传主要有真切的认识"，"一切给我们以实际的传主观念的"都很重要。在《论传叙文学底作法——兼评张孝若〈南通张季直先生传记〉》一文中也提出了近代传叙文学的中心思想"在于认定这个世界是人的世界"③。

再次，朱东润认为"传叙文学"应追求"真实性"。在 1947 年《传叙文学底真实性》④中，朱东润指出，"传叙文学是文学，同时也是史，所以在材料方面，不能不求十分的真实"，他认为近代传叙文学如高斯的《父与子》"的确有许多地方和小说很接近"，但"貌合心异"，正如英国传叙文学传主约翰逊博士所言"一件故事底价值，全靠它底真实"。朱东润认为，"在真实性底方面，西洋传叙文学家，便比较地更慎重，其记载也更详实，鲍斯威尔的《约翰逊博士》的审慎在于任何一个节目的记载，常要经过几重档案的考订"，特斯拉哲的《维多利亚女王传》延续了这种风气。对于如何取材才能保证"真实"，约翰逊博士认为"每个人底生活，最好由他自己写"，因此"西洋传叙底第一章，常常引用传主底自传或回忆"，《约翰逊博士传》《司各脱传》《歌德传》都是如此，自传、回忆录、日记、书简、自订年谱都是传叙的材料。

---

① 中国传记文学学会. 传记传统与传记现代化：中国古代传记文学国际学术研讨会论文集[M]. 北京：中国青年出版社，2012：357.
② 朱东润. 朱东润文存 下[M]. 上海：上海古籍出版社，2014：496-510.
③ 朱东润. 朱东润文存 下[M]. 上海：上海古籍出版社，2014：530.
④ 朱东润. 朱东润文存 下[M]. 上海：上海古籍出版社，2014：578.

　　最后，朱东润认为"19世纪中期以来繁琐、冗长"型的传记更适合中国。在《张居正大传·序言》①中，朱东润系统梳理了西方传记的三种"方式"，一种是鲍斯威尔的《约翰逊博士传》，注重生活的细节刻画，朱东润认为这种传记的撰写需要"作者和传主在生活上有密切的关系，而后才有叙述的机会。至于作者文学上的修养和鲍斯威尔那种特有的精神，都是这类著作的必要条件"。其二是斯特拉哲的《维多利亚女王传》，朱东润认为这部传记打开了"现代传记文学的局面"，这部传记"作者没有冗长的引证，没有繁琐的考订。假如我们甘冒比拟不伦的危险，我们不妨说《女王传》很有《史记》那几篇名著的丰神"。但朱东润也认为这部传记的"简易"不适合中国，因为中国文学没有经历"谨严"的阶段，不像"英国人有那种所谓实事求是的精神"，没有像"数十万字"的《格兰斯顿传》，也没有"一百几十万字"的《狄士莱里传》，"他们的基础坚固，任何的记载都要有来历，任何的推论都要有根据"。其三是"19世纪中期以来繁琐、冗长"型的传记，但如"磐石坚固可靠"，"19世纪以来的作品使人厌弃的，不是它的笨重，而是取材的不知抉择和持论的不能中肯"。在上述梳理的基础上，朱东润选择用第三种方式，认为这种方式最适合中国的传记。

---

① 朱东润. 张居正大传[M]. 天津：百花文艺出版社，2008：2-3.

第五章　译文序跋、文论译介与
现代文体发生

现代作家在各体文学作品翻译之余，也会为自己或他人的译文撰写相关序跋文章，这些序跋文章被学术界称为"副文本"，"副文本是解构作品的裂隙之处"，"它们参与文本构成和阐释"。① 在这些"副文本"中除了介绍译者、译文、原著作者、翻译活动和实践之外，也会针对译文展开批评，这些批评中不乏文体知识，因此有必要探讨这些译文周围的"副文本"在文体建构中的作用。除译文序跋之外，现代作家在各种文体作品翻译之余，也会直接翻译一些外国的文学理论、作家评论、文学史等，此外，还会撰写外国文学批评类文章，本课题在研究中参照沈素琴在《中国现代文学期刊中的外国文论译介及其影响：1915—1949》一书的观点，把这些文章统称为"外国文论译介"②，这些文论译介和上述的译文序跋一样，同样具有文体建构的意义，值得探讨。

在译文序跋的史料整理和文论译介的研究中，李今和沈素琴的研究最具代表性。李今主编的《汉译文学序跋集》(1894—1927)(4卷，上海人民出版社 2017 年版)是迄今为止对"五四"时期汉译文学的译本序跋最为全面的辑录，这为本书的研究提供了非常重要的史料，本部分要做的是在汗牛充栋的译文序跋中通过文本的细读梳理出与文体相关的序跋展开研究。关于文论译介最为集中的研究是沈素琴的专著《中国现代文学期刊中的外国文论译介及其影响：1915—1949》(北京语言大学出版社 2015 年版)，这本书以唐沅等编著的《中国现代文学期刊目录汇编》(天津人民出版社 1988 年版)为原始依据，对中国现代文学期刊中的外国文论译介进行了定量和定性的分析，其中在影响研究中对译介文论分国别和文体等进行了相

---

① 金宏宇. 文本周边：中国现代文学副文本研究[M]. 武汉：武汉大学出版社，2014：1.
② 沈素琴. 中国现代文学期刊中的外国文论译介及其影响：1915—1949[M]. 北京：北京语言大学出版社，2015：12.

关描述和探讨，这为本研究提供了些许启示。由于本课题聚焦的是"文体发生"，因此在译文序跋和文论译介的梳理和研究中与上述四个章节一样，把研究的时段定在 1915 年到 1927 年展开。译文序跋参照李今主编的《汉译文学序跋集》(1894—1927)四卷本进行遴选。由于译介的文论多散见于报纸杂志，因此给研究造成了困难，在梳理时以唐沅等编著的《中国现代文学期刊目录汇编》(第 1 卷和第 2 卷，知识产权出版社 2010 年版)、贾植芳等编撰的《中国现代文学总书目·翻译文学卷》(知识产权出版社 2010 年版)、北京图书馆编的《民国时期总书目 1911—1949 文学理论·世界文学·中国文学　上》(书目文献出版社 1992 年版)、北京图书馆编著的《民国时期总书目 1911—1949 外国文学》(书目文献出版社 1987 年版)为原始资料来进行，在具体文论的遴选和研究过程中，也同时参照各个文体文学理论著作，如在小说文体理论的遴选中参考了陈平原和夏晓虹编的《二十世纪中国小说理论资料　第 1 卷　1897—1916》(北京大学出版社 1989 年版)、严家炎编的《二十世纪中国小说理论资料　第 2 卷　1917—1927》(北京大学出版社 1997 年版)、计红芳主编的《中国现代小说理论经典》(苏州大学出版社 2008 年版)、陈春生和刘成友选编的《20 世纪中国文学史文论精华：小说卷》(河北教育出版社 2000 年版)等，在诗歌文体理论的遴选中参考了许霆主编的《中国现代诗歌理论经典》(苏州大学出版社 2007 年版)，在散文文体理论的遴选中参考了周红莉主编的《中国现代散文理论经典》(苏州大学出版社 2008 年版)，在戏剧文体理论的遴选中参考了季玢主编的《中国现代戏剧理论经典》(苏州大学出版社 2008 年版)等理论书籍。

为了便于直观、系统地对译文序跋和文论译介进行研究，本章首先对晚清至第一个十年现代戏剧译文序跋和文论译介中与文体相关的论文、著作进行梳理，在此基础上展开论述，以期窥见译文序跋和文论译介对于现代诗歌、戏剧、小说和散文四种文体发生的诱发机制。在具体研究中，仍然按照前四章的思路，分诗歌、戏剧、小说、散文四种文体展开，先进行系统的资料爬梳，完成史料的钩沉工作，然后根据具体的译文序跋和文论译介的情况决定研究的重点。系统梳理发现，现代作家序跋文章涉及小说、戏剧、散文和诗歌四种文体，其中以小说译文序跋最多，戏剧、诗歌次之，散文最少。这些译文序跋除了对翻译理论和实践活动的描述之外，也对译文进行评价，其中也体现了译文序跋作者的文体观念，促进了现代各种文体的成熟。同样的情况也体现在文论译介中，涉及小说、诗歌、戏剧文体的论述较多，散文文体相对较少，这其中有部分原因是因为研究时段确定在新文学的发生期，而报告文学、散文小品、现代传记的相关理论译介都在 20 世纪 30 年代至 40 年代出现繁荣，这部分内容在上述第四章已经进行了专门的研究，在此不作时间上的后延，还是聚焦新文学发生期的相关问题展开。在对译介文论梳理中也出现大量关于文学史和文学流派的译介文章，内容以作家作品批评居多，把其中涉及文体的也一并遴选出来，由于此部分内容出现文体交叉论述的情况，因此在具体遴选过程中会有部分篇目重复出现的情况。

第一节　译文序跋、文论译介与诗歌文体发生

"五四"诗歌翻译在体量上虽比不上小说，译文序跋相对也较少，诗歌文论的译介以诗人和诗歌批评为主，直接翻译的诗歌理论文章较少，但并未影响其在新诗文体发生中的作用。"五四"新诗的诗体解放离不开外国诗歌的译介，正是译诗改变了新诗的语言和形式，催生了自由诗、散文诗、小诗和十四行诗等新诗体的诞生，在这些新诗体的诞生过程中，伴随着这些新诗作品的翻译，现代作家也在理论上"借镜西方"，在译文序跋和译介的文论中对新诗文体展开探讨。因此我们说，在"五四"新诗的发生过程中，译文序跋和文论的译介对新诗文体的发生起到了推动作用，新诗各类文体的诞生离不开鲁迅、胡适、刘半农、郭沫若、周作人、郑振铎、徐志摩等一代新文学作家们对外国诗歌理论资源的借鉴，现代新诗体在新诗作家们的不断阐发中逐渐明晰并完成新诗体的建构。当然，中国传统诗歌自身理论资源的浸润也是不可或缺的，因课题研究的需要，我们仅就新诗的"外来滋养"展开探讨。由于诗歌译文序跋和文论译介的内容庞杂，给整合带来困难，研究中把重点放在某些典型性问题上展开，加之"第一章 诗歌译介与新诗文体发生：'中文写的外国诗'"中已经对自由诗体、散文诗体、小诗体和十四行体的相关理论译介进行了专门的研究，因此本部分在研究中会适当有所偏重，以避免重复。

一、译介情况梳理

现代作家的诗歌文论译介最早可以追溯到鲁迅 1908 年撰写的文言论文《摩罗诗力说》，这是一篇介绍西方浪漫主义思潮的文艺论文。文章开始就引用尼采(尼佉)的"求古源尽者将求方来之泉，将求新源"，开门见山提出"别求新声于异邦"的诉求。鲁迅认为"至力足以振人，且语之较有

深趣者，实莫如摩罗诗派"，这一流派的诗人"立意在反抗，指归在动作，而为世所不甚愉悦者"，裴伦(G. Byron)(即浪漫主义诗人拜伦)是这一流派的宗主，由此可见鲁迅对西方浪漫主义诗歌的推崇，这是"五四"时期较早向国内介绍西方浪漫主义诗人的文论。为了能更系统直观地考察现代文学发生期诗歌译文序跋和文论的译介情况，本部分首先对晚清至1927年这一时段的诗歌译文序跋和文论译介进行系统爬梳，之所以把研究的时段适当上延至1901年，是基于新诗文体发生的考量，更多着眼于新诗文体发生期自身的译介情况。本表仅收录内容与新诗文体思考相关的序跋和文论译介。

表 5-1　诗歌文体相关译文序跋、文论译介统计表(1901—1927)

序号	原文	发表时间、刊物或出版社	原著作者/序跋者
1	《摩罗诗力说》	1908 年 2—3 月《河南》月刊第 2、3 号	令飞(鲁迅)
2	《〈潮音〉[英文自序]》①	1911 年东京神田印刷所	[英]拜伦、雪莱/苏曼殊
3	《附录：译苏曼殊〈潮音〉自序》	1911 年东京神田印刷所	柳无忌
4	《〈德诗汉译〉序》	1914 年浙江印刷公司	[德]歌德等/徐建生
5	《〈德诗汉译〉自序》	1914 年浙江印刷公司	[德]歌德等/应时
6	《德诗源流》	1914 年浙江印刷公司	[德]歌德等/应时
7	《诗与小说精神之革新》	1917 年 7 月 1 日《新青年》第 3 卷第 5 号	刘半农
8	《白话诗的三大条件 致记者 复俞平伯》	1919 年 3 月 15 日《新青年》第 6 卷第 3 号	俞平伯、胡适
9	《我为什么要做白话诗》(《尝试集》自序)	1919 年 5 月《新青年》第 6 卷第 5 号	俞平伯、胡适

---

①　该自序后由柳无忌译为中文。

续表

序号	原文	发表时间、刊物或出版社	原著作者/序跋者
10	《我们为什么要做白话诗》(《尝试集》自序)	1919 年 9 月 1 日《解放与创造》第 1 卷第 1 号	胡适
11	《谈新诗——八年来一件大事》	1919 年 10 月《星期评论》"双十节纪念号"	胡适
12	《社会上对于新诗的各种心理观》	1919 年 10 月《新潮》第 3 卷第 1 号	俞平伯
13	《新诗略谈》	1920 年 2 月 15 日《少年中国》第 1 卷第 8 期"诗学研究(一)"	宗白华
14	《诗人与劳动问题》	1920 年 2 月 15 日《少年中国》第 1 卷第 8 期"诗学研究(一)"、1920 年 3 月 15 日第 1 卷第 9 期"诗学研究(二)"	田汉
15	《诗的将来》	1920 年 2 月 15 日《少年中国》第 1 卷第 8 期"诗学研究(一)"	周无
16	《新诗底我见》	1920 年 3 月 15 日《少年中国》第 1 卷第 9 期"诗学研究(二)"	康白情
17	《歌德诗中所表现的思想》	1920 年 3 月 15 日《少年中国》第 1 卷第 9 期"诗学研究(二)"	[日]Shokama/田汉
18	《诗人梅德林》	1920 年 4 月 15 日《少年中国》第 1 卷第 10 期	易家钺
19	《论诗三札》①	1920 年 5 月上海亚东图书馆《三叶草》	郭沫若
20	《平民诗人惠特曼的百年祭》	1919 年 7 月 15 日《少年中国》第 1 卷第 1 期	田汉

---

① 刘匡汉，刘福春. 中国现代诗论 上编[M]. 广州：花城出版社，1985：61.

续表

序号	原文	发表时间、刊物或出版社	原著作者/序跋者
21	《做诗的一点经验》	1920 年 12 月 1 日《新青年》第 8 卷第 4 号	俞平伯
22	《诗体革新之形式及我的意见》	1920 年 12 月 15 日《少年中国》第 2 卷第 6 期	李思纯
23	《法兰西诗之格律及其解放》	1921 年 6 月 15 日《少年中国》第 2 卷第 12 期	李璜
24	《日本的诗歌》	1921 年 5 月 10 日《小说月报》第 12 卷第 5 号	周作人
25	《抒情小诗的性德及作用》	1921 年 6 月 15 日《少年中国》第 2 卷第 12 期	李思纯
26	《恶魔诗人波陀雷尔的百年祭》	1921 年 11 月 1 日《少年中国》第 3 卷第 4 期、1921 年 12 月 1 日第 3 卷第 5 期	田汉
27	《论散文诗》	1921 年 12 月 21 日《文学旬刊》第 23 期	V. L.
28	《为新诗家进一言》	1921 年 12 月 21 日《文学旬刊》第 23 期	王警涛
29	《论散文诗》	1922 年 1 月 1 日《文学旬刊》第 24 期	西谛
30	《诗的进化的还原论》	1922 年 1 月 15 日《诗》第 1 卷第 1 号	俞平伯
31	《论散文诗》	1922 年 2 月 1 日《文学旬刊》第 27 期	滕固
32	《古希伯来诗底特质》	1922 年 2 月 1 日《文学旬刊》第 27 期	地山
33	《平民诗人惠特曼》	1922 年 2 月 11 日《文学旬刊》第 28 期	六逸

续表

序号	原文	发表时间、刊物或出版社	原著作者/序跋者
34	《美国的新诗运动》	1922 年 2 月 15 日《诗》第 1 卷第 2 号	刘延陵
35	《小评坛　一、去向民间　二、诗与诗的　三、论译诗　四、小诗的流行》	1922 年 3 月 15 日《诗》第 1 卷第 3 号	云菱
36	《法国的俳谐诗》	1922 年 3 月 15 日《诗》第 1 卷第 3 号	周作人
37	《对于诗坛批评者的我见》	1922 年 3 月 15 日《诗》第 1 卷第 3 号	王统照
38	《诗泉灌溉的花》	1922 年 3 月 15 日《诗》第 1 卷第 3 号	刘延陵
39	《诗的泉源》	1922 年 4 月 15 日《诗》第 1 卷第 4 号	叶绍钧
40	《法国诗之象征主义与自由诗》	1922 年 4 月 15 日《诗》第 1 卷第 4 号	刘延陵
41	《短诗与长诗》	1922 年 4 月 15 日《诗》第 1 卷第 4 号	佩弦
42	《对于一个散文诗作者表一致敬意》	1922 年 5 月 11 日《文学旬刊》第 37 期	王任叔
43	《石川啄木的短歌》	1922 年 5 月 15 日《诗》第 1 卷第 5 号	刘延陵
44	《论小诗》	1922 年 6 月 21—22 日《晨报副刊·觉悟》	周作人
45	《译诗的一个意见——〈泰戈尔诗选〉的叙言》	1922 年 9 月 1 日《文学旬刊》第 48 期	西谛

续表

序号	原文	发表时间、刊物或出版社	原著作者/序跋者
46	《小诗》	1922 年 10 月 10 日《文学旬刊》第 52 期	西谛
47	《种植园里的小诗》	1922 年 11 月 1 日《文学旬刊》第 54 期	赵景深
48	《诗人与非诗人之区别》	1922 年 11 月 11 日《文学旬刊》第 55 期	[不详]Bliss/傅东华
49	《〈新月集〉序》	1922 年上海泰东书局	[印度]太戈尔/曾琦
50	《〈新月集〉译者叙言》	1922 年上海泰东书局	[印度]太戈尔/王独清
51	《〈飞鸟集〉例言》	1922 年上海商务印书馆	[印度]太戈尔/郑振铎
52	《〈飞鸟集〉序》	1922 年上海商务印书馆	[印度]太戈尔/郑振铎
53	《英国浪漫派三诗人——拜伦、雪莱、箕次》	1923 年 2 月上旬《创造》第 1 卷第 4 期"雪莱纪念号"	郭沫若
54	《雪莱的诗》	1923 年 2 月上旬《创造》第 1 卷第 4 期"雪莱纪念号"	郭沫若
55	《论译诗》	1923 年 9 月 9 日《创造周报》第 18 号	成仿吾
56	《夏芝的诗》	1923 年 5 月 15 日《诗》第 2 卷第 2 号	王统照
57	《读郑振铎译的〈飞鸟集〉》	1923 年 7 月 7 日《创造周报》第 9 号	梁实秋
58	《论短诗》	1922 年 8 月 1 日《文学旬刊》第 45 期	滕固
59	《评〈飞鸟集〉》	1923 年 7 月 12 日《文学旬刊》第 79 期	赵荫棠

续表

序号	原文	发表时间、刊物或出版社	原著作者/序跋者
60	《论〈飞鸟集〉译文》	1923 年 7 月 12 日《文学旬刊》第 79 期	西谛
61	《再论〈飞鸟集〉译文》	1923 年 7 月 22 日《文学旬刊》第 80 期	西谛
62	《诗歌之力》	1923 年 8 月 13 日《文学旬刊》第 83 期	西谛
63	《何谓诗》	1923 年 8 月 20 日《文学旬刊》第 84 期	西谛
64	《诗歌的分类》	1923 年 8 月 27 日《文学旬刊》第 85 期	西谛
65	《太戈尔新月集译序》	1923 年 8 月 27 日《文学旬刊》第 85 期	郑振铎
66	《抒情诗》	1923 年 9 月 3 日《文学旬刊》第 86 期	西谛
67	《诗之研究》	1923 年 11 月上海商务印书馆初版	[美]勃司·潘莱/傅东华、金兆梓
68	《杂谈谈太戈尔诗》	1923 年 11 月 5 日《文学旬刊》第 95 期	郑振铎
69	《读雪莱诗后》	1923 年 11 月 5 日《文学旬刊》第 95 期	S
70	《〈新月集〉译者自序》	1923 年上海商务印书馆	[印度]泰戈尔/郑振铎
71	《我的诗的躯壳》	1923 年版《渡河》,亚东图书馆	陆志韦
72	《诗的原理》	1924 年 1 月 10 日《小说月报》第 15 卷第 1 号	[美]阿兰坡/林孖
73	《〈乌鸦〉译诗的弁言》	1924 年 1 月 13 日《创造周报》第 36 号	张伯符

续表

序号	原文	发表时间、刊物或出版社	原著作者/序跋者
74	《〈乌鸦〉译诗的讨论（通信）》	1924 年 3 月 24 日《创造周报》第 45 号	露明、郭沫若
75	《雪莱译诗之商榷》	1924 年 4 月 5 日《创造周报》第 47 号	田楚侨
76	《拜伦在诗坛上的位置》	1924 年 4 月 10 日《小说月报》第 15 卷第 4 号	［不详］R. H. Bowles/顾拜年
77	《拜伦的个性》	1924 年 4 月 10 日《小说月报》第 15 卷第 4 号	［不详］R. H. Bowles/顾拜年
78	《西洋诗学浅说》	1924 年 5 月上海商务印书馆初版	王希和
79	《希腊讽刺小诗》	1924 年 11 月 24 日《语丝》第 2 期	开明
80	《〈鲁拜集〉导言》	1924 年上海泰东书局	［波斯］莪默伽亚谟/郭沫若
81	《法国近代诗概观》	1924 年 4 月《小说月报》第 15 卷号外"法国文学研究"	君彦
82	《诗的原理》①	1924 年 4 月上海商务印书馆初版	小说月报社
83	《小诗研究》	1924 年 6 月上海商务印书馆初版	胡怀琛
84	《诗学原理》	1924 年 12 月上海商务印书馆初版	王希和
85	《〈路曼尼亚民歌一斑〉序》	1924 年上海商务印书馆	［路曼尼亚］哀兰拿·伐佳列司珂/朱湘

---

① 收录林孖翻译的、美国爱伦坡的诗论《诗的原理》、希和根据毛尔顿《文学之近代研究》一节翻译的《论诗的根本概念与其功能》。

续表

序号	原文	发表时间、刊物或出版社	原著作者/序跋者
86	《〈路曼尼亚民歌一斑〉重译人跋》	1924 年上海商务印书馆	［路曼尼亚］哀兰拿·伐佳列司珂/朱湘
87	《〈路曼尼亚民歌一斑〉采集人小传》	1924 年上海商务印书馆	［路曼尼亚］哀兰拿·伐佳列司珂/朱湘
88	《〈日本的歌〉日本的小诗（附录）》	1924 年上海商务印书馆	［日］松水贞德等/周作人
89	《印度抒情小诗》	1925 年 7 月 19 日《文学周报》第 182 期	东华
90	《新诗作法讲义》	1925 年 8 月上海商务印书馆初版	孙俍工编
91	《一个译诗的问题》	1925 年 8 月 29 日《现代评论》第 2 卷第 38 期	徐志摩
92	《一个关于译诗问题的批评》	1925 年 10 月 3 日《现代评论》第 2 卷第 43 期	朱家骅
93	《白话诗研究》	1925 年 9 月上海梁溪图书馆第 3 版	闻野鹤
94	《关于歌德四行诗问题的商榷》	1925 年 11 月 25 日《现代评论》第 2 卷第 50 期	李竞何
95	《瑞典现代大诗人赫滕斯顿》	1925 年上海商务印书馆	［瑞典］赫滕斯顿/沈泽民
96	《〈永久〉〈季候鸟〉〈辞别我的七弦竖琴〉［附记］》	1925 年上海商务印书馆《阿富汗的恋歌》	［瑞典］泰伊纳/希真
97	《〈假如我是个诗人〉［附记]》	1925 年上海商务印书馆《阿富汗的恋歌》	［瑞典］巴士/冯虚①

---

① 茅盾。

续表

序号	原文	发表时间、刊物或出版社	原著作者/序跋者
98	《〈你的忧悒是你自己的〉[附记]》	1925 年上海商务印书馆《阿富汗的恋歌》	[瑞典]廖特倍格/希真
99	《〈在上帝的手里〉[附记]》	1925 年上海商务印书馆《阿富汗的恋歌》	[葡萄牙]特·琨台尔/雁冰
100	《〈十二个〉[附记]》	1925 年上海商务印书馆《阿富汗的恋歌》	[俄]布洛克/饶孟侃
101	《〈陀螺〉序》	1925 年新潮社	[日]海罗达斯等/周作人
102	《〈媒婆〉[附记]》	1925 年新潮社《陀螺》	[日]海罗达斯等/周作人
103	《〈散文小诗〉[附记]》	1925 年新潮社《陀螺》	[日]海罗达斯等/周作人
104	《〈法国的俳谐诗二十七首〉[附记]》	1925 年新潮社《陀螺》	[日]海罗达斯等/周作人
105	《〈不安的坟墓〉[附记]》	1925 年新潮社《陀螺》	[日]海罗达斯等/周作人
106	《〈挽歌〉[附记]》	1925 年新潮社《陀螺》	[日]海罗达斯等/周作人
107	《〈古事记中的恋爱故事〉[附记]》	1925 年新潮社《陀螺》	[日]海罗达斯等/周作人
108	《〈陀螺〉一茶的诗》	1925 年新潮社	[日]一茶等
109	《〈啄木的短歌〉[小序]》	1925 年新潮社《陀螺》	[日]石川啄木等
110	《〈日本俗歌六十首〉[小序]》	1925 年新潮社《陀螺》	[日]海罗达斯等
111	《俄罗斯名著（第一集）》	1925 年上海亚东图书馆	[俄]托尔斯泰等/李秉之
112	《东西之自然诗观》	1926 年 1 月 25 日《莽原》半月刊第 2 期	[日]厨川白村

续表

序号	原文	发表时间、刊物或出版社	原著作者/序跋者
113	《谭诗——寄沫若的一封信》	1926 年 3 月 16 日《创造月刊》第 1 卷第 1 期	穆木天
114	《论节奏》	1926 年 3 月 16 日《创造月刊》第 1 卷第 1 期	郭沫若
115	《再谭诗——寄给木天、伯奇》	1926 年 3 月 16 日《创造月刊》第 1 卷第 1 期	王独清
116	《〈诗刊〉弁言》	1926 年 4 月 1 日《晨报·诗镌》创刊号	徐志摩
117	《新诗的音节》	1926 年 4 月 22 日《晨报·诗镌》第 4 号	饶孟侃
118	《文学大纲(二二)》第二十七章 十九世纪的英国诗歌	1926 年 5 月 10 日《小说月报》第 17 卷第 5 号	郑振铎
119	《诗的格律》	1926 年 5 月 13 日《晨报·诗镌》第 7 号	闻一多
120	《论诗》	1926 年 6 月 25 日《莽原》半月刊第 12 期	[日]武者小路实笃/鲁迅
121	《中世纪的波斯诗人》	1926 年 10 月 5 日《一般》第 1 卷第 2 号	西谛
122	《近代的诗人》	1926 年 10 月 25 日《莽原》半月刊第 20 期	[不详]Richard Moritz Meyer/于若
123	《中世纪的波斯诗人》	1926 年 11 月 5 日《一般》第 1 卷第 3 号	西谛
124	《〈雪莱诗选〉小序》	1926 年上海泰东书局	[英]雪莱/郭沫若
125	《〈雪莱诗选〉雪莱年谱》	1926 年上海泰东书局	[英]雪莱/郭沫若

续表

序号	原文	发表时间、刊物或出版社	原著作者/序跋者
126	《〈十二个〉后记》	1926 年北京北新书局	［俄］亚历山大·波洛克/鲁迅
127	《〈莫泊桑的诗〉译者的话》	1926 年北京海音书局	［法］莫泊桑/张秀中
128	《两种歌谣集的序一、海外民歌选集》	1927 年 4 月 9 日《语丝》第 126 期	岂明
129	《海外民歌序》	1927 年 4 月 16 日《语丝》第 126 期	刘复
130	《关于译诗的一点意见》	1927 年 7 月 9 日《语丝》第 127 期	刘复
131	《诗歌原理》	1927 年 8 月上海商务印书馆初版	汪静之
132	《诗歌与想象》	1927 年 11 月 6 日《文学周报》第 289 期	汪静之
133	《〈国外民歌译 第一集〉周序》	1927 年北京北新书局	［柬埔寨等］无/周作人

从上述梳理情况来看，就数量而言，与文体发生相关的诗歌译文序跋在数量上虽然不及小说文体，但在诗歌译文序跋和文论译介类文章的总量中所占比例不小。最早的与文体发生相关的诗歌序跋是苏曼殊 1911 年的《〈潮音〉[英文自序]》，内容是关于拜伦和雪莱诗歌的评述，1914 年应时的《〈德诗汉译〉自序》《德诗源流》和徐建生《〈德诗汉译〉序》是对德国诗人歌德和海涅诗歌的译介。诗歌文体相关的理论译著也相对缺乏，仅见的是 1923 年傅东华和金兆梓合译的《诗之研究》和 1924 年小说月报社编的《诗的原理》，体量较大的是一些关于西方诗歌的批评文章，直接的文论翻译很少，影响不大，对新诗体发生产生较大影响的是一些评价文章，如刘半农的《诗与小说精神之革新》、宗白华的《新诗略谈》、滕固的《论散文诗》、郑振铎的《小诗》等。从诗歌译文序跋和文论译介所涉及的诗人而

言，突出集中于歌德、拜伦、雪莱和泰戈尔；从国别而言，德国、英国、印度和日本诗歌的关注度较高；就译文序跋和诗歌文论的译者而言，周作人、郭沫若、郑振铎、王独清、刘半农、宗白华等的此类文章影响较大，尤其是郑振铎和周作人关于小诗的相关译介序跋和文章。在诗歌译文序跋中，苏曼殊 1911 年的《〈潮音〉[英文自序]》最早涉及了诗歌文体艺术的评价，《潮音》一书收录了苏曼殊翻译的拜伦和雪莱的诗歌。这是一篇英文自序，后由柳无忌译为中文，这是现代时期较早的拜伦和雪莱诗歌翻译。苏曼殊的这篇诗歌译文序跋也成为较早直接评价拜伦和雪莱诗歌的文章。苏曼殊在《自序》中称"拜轮（拜伦）和师梨（雪莱）是两个英国最伟大的诗家"，拜伦的诗歌"像种有奋激性的酒料，人喝了愈多，愈觉着有甜蜜的魔力"，"充满了神迷、美丽与真实"，"在情感，热诚和直白的用字内，拜轮底诗是不可及的"。对于雪莱的诗歌，苏曼殊认为"审慎有深思"，是一个"哲学家的恋爱者"，"在恋爱中找着涅槃"，"他底诗像月光一般，温柔的美丽，恍惚的静止，在沉寂恬默的水面映射着"。① 上述苏曼殊对拜伦和雪莱诗歌的评价更多着眼于诗歌本体的研究，不像同时段的小说和戏剧译文序跋那样更多着眼于译文的社会教化作用，上述的评价较为准确地抓住了拜伦诗歌的浪漫主义特点和雪莱诗歌的"温柔的美丽"的一面，体现了苏曼殊作为诗人的艺术感悟和审美把握。这一点显然和鲁迅在《摩罗诗力说》一文中的译介目的不同，鲁迅是把拜伦作为"立意在反抗，指归在动作"的宗主，更多着眼于其诗歌的思想性和革命性的层面。

除了苏曼殊在晚清时期的拜伦和雪莱诗歌翻译，应时的《〈德诗汉译〉自序》是现代时期较早的诗歌译文序跋。应时在文章中认为"西诗""明畅浅显，合乎情，轨乎理，能使读者变化气质"，他认为"德人至今谓德国之所以强盛者，鼓吹文明，激励志气，诗人翕雷实与有功"②。此处德国的"翕雷"就是诗人"席勒"，为了介绍德国诗歌，应时还撰写了《德诗源流》一文，把德国的诗人分为"文质"两家，他认为"质家"的诗歌"直笔朴辞，止于事理"，而"文家"的诗歌则"灵思隽语，穷究事理"③。这篇序跋用文言写成，是国内较早系统介绍德国诗歌的序跋文章，这得益于译者应时的英国、德国、法国的留学经历。

---

① 李今. 汉译文学序跋集 第 2 卷 1911—1921[M]. 上海：上海人民出版社，2017：6.
② 李今. 汉译文学序跋集 第 3 卷 1922—1924[M]. 上海：上海人民出版社，2017：34.
③ 李今. 汉译文学序跋集 第 3 卷 1922—1924[M]. 上海：上海人民出版社，2017：36.

二、借鉴西方："诗体的大解放"

初期新诗的文论译介多围绕"诗体的大解放"而展开。现代诗歌最初有"新体诗""白话诗"的称谓，胡适在《谈新诗》(1919年10月《星期评论》"双十节纪念专号")一文中较早使用了"新诗"这一概念。胡适在这篇文章中指出古今中外的文学革命"大概都是从'文的形式'一方面下手，大概都是先要求语言文字文体等方面的大解放。欧洲三百年前各国国语的文学起来代替拉丁文学时，是语言文字的大解放；十八十九世纪法国嚣俄英国华次活(Wordsworth)等人所提倡的文学改革，是诗的语言文字的解放；近几十年来西洋诗界的革命，是语言文字和文体的解放"①。胡适由此提倡"诗体的大解放"要从"文的形式"和内容两个层面入手，因为在胡适看来"若想有一种新内容和新精神，不能不先打破那些束缚精神的枷锁镣铐"。胡适的《谈新诗》尽管是立足于传统诗歌谈新诗形式和内容的"进化"，但其变革的参照选择的是外国文学的文体革命。因此我们可以发现，"五四"时期的新诗基本上是呼应了胡适的诗体大解放的主张，难怪朱自清说胡适的"这些主张大体上似乎为《新青年》诗人所共信；《新潮》《少年中国》《星期评论》，以及文学研究会诸作者，大体上也这般作他们的诗。《谈新诗》差不多成为诗的创造和批评的金科玉律了"②。

在"五四"诗体中，散文诗的提倡正好呼应了"诗体的大解放"这一需求。郑振铎的《论散文诗》一文也是基于外国诗歌来谈"五四"时期散文诗文体的建构问题。郑振铎首先在文中分析了Johnson、卡莱尔(Carlyle)、阿伦坡(E. Allan Poe)、Conithope、Maths Wonton、Winchester、Stedman、华资活斯(Wordsworth)、普史金(Puskin)、席勒(Schiller)、麦加莱(Macaulay)、马太阿诺尔(Matthew Amold)等关于诗歌的定义来厘清诗歌的文体特征，其中有两种代表性的观点，一种是"诗是有韵的想像的文辞，表现人类灵魂的发明，趣味，思想，感情与内在的"(Stedman)，另一种是"诗为'想像的表现'"(席勒Schiller)。接着，郑振铎在文中引用了Spingarn的 *Creative Criticism* 一书里关于"散文与韵文"的辨析，指出"诗的试验，不在于用散文或韵文，而在于想像力"(阿里史多德)，因此，郑振铎认为"诗的要素，在于诗的情绪与诗的想像的有无，而绝不在于韵的有

---

① 中国作家协会诗刊社. 中国新诗百年志 理论卷 上[M]. 北京：中国工人出版社，2017：2.
② 中国作家协会诗刊社. 中国新诗百年志 理论卷 上[M]. 北京：中国工人出版社，2017：136.

无"。这是对散文诗这一文体特征的确认，"诗的情绪"和"诗的想像"是散文诗区别于散文的根本，而不是有韵与否，因为"诗之所以为诗，与形式的韵毫无关系"。为了印证自己的观点，郑振铎还指出"除了英国美国的许多散文之作家以外，法国的鲍多莱耳（Baudelaire）也很早的用散文来做诗。俄国的屠格涅夫也做了五十篇的散文诗。印度的太戈尔译他自己的著作为英文，也用的是散文诗体"①。

"五四"诗体解放更多接受的是西方浪漫派诗歌潮流的影响，最早介绍西方浪漫主义诗人的文章是 1908 年鲁迅发表的《摩罗诗力说》，这篇文章是最早对以拜伦为宗主的西方浪漫主义文学做比较研究的文章。在这篇文章中，鲁迅首先分析了摩罗诗派的发生、拜伦诞生的文学背景、拜伦影响的谱系，指出拜伦一派的"立意在反抗，指归在动作"的特点。在鲁迅看来，拜伦、雪莱与俄国、波兰、匈牙利等国家摩罗诗派的渊源，拜伦"余波流衍"，"入俄则起国民诗人普式庚，至波阑则作报复诗人密克威支，入匈牙利则觉爱国诗人裴彖飞；其他宗徒，不胜具道"。② 在西方浪漫主义诗人中，诗人惠特曼对"五四"自由体诗歌的影响最大，田汉的《平民诗人惠特曼百年祭》就是对惠特曼浪漫诗风的介绍以及惠特曼对"五四"自由诗的影响。文章在"七、惠特曼的自由诗与中国的 Renaissance"中，田汉首先开宗明义指出惠特曼的"不定形、不押韵的诗歌出现"是因为"欲歌劳动家的雄大，不可不求之欧洲残废的诗形以外，因为欧洲的诗人是以希腊半神及中世武士为英雄的……欲表现新世界的新想念新事物，何必要假借旧世界的旧形式"呢？田汉系统梳理了西方诗歌自由化的趋势，从欧洲 17 世纪法兰西拟古派的诗人波亚罗的《作诗法》的"合平仄""押韵"到近代"取象主义"的法兰西诗人威乃侬的《作诗法》，田汉称《作诗法》就像"取象诗派的纲领性宣言书，破除一切的规约与诗形，自辟新领土，倡'不定形的诗'（Vers amorphes）和'自由诗'（Vers Libre），于是乎天下从风，现代的新诗人都高唱'诗的解放'"③，这是国内首次出现"自由诗"的概念④，田汉由此认为"中国现今'新生'时代的诗形，正是合乎世界的潮流、文学进化的气运"⑤。

---

① 中国作家协会诗刊社. 中国新诗百年志 理论卷 上[M]. 北京：中国工人出版社，2017：48-49.

② 《鲁迅文集全编》编委会. 鲁迅文集全编[M]. 北京：国际文化出版公司，1995：315.

③ 田汉. 田汉文集 第 14 卷[M]. 北京：中国戏剧出版社，1987：21.

④ 许霆. 趋向现代的步履：百年中国现代诗体流变综论[M]. 南京：南京师范大学出版社，2008：59.

⑤ 田汉. 田汉文集 第 14 卷[M]. 北京：中国戏剧出版社，1987：22.

　　"五四"诗体大解放带来了新诗的非诗化倾向，但也有诗人关注到诗歌的音律上的特征。田汉的《诗人与劳动问题》①发表在 1920 年 2 月 15 日《少年中国》的第 1 卷第 8 期和第 9 期的"诗学研究号"上，文章基于大量中外诗人和理论家关于诗歌的理论主张，重点讨论了"何为诗歌""何为诗人"两个问题。其中在谈到诗歌文体的定义时，翻译了美国 C. T. Win Hester 的文艺著作 *Some Principles of Literary Criticism*（《文学批评的一些原则》）中关于诗歌的定义，在这段翻译文字中，田汉借助外国诗人和理论家关于诗歌的定义来进一步明晰诗歌的文体特征。其中谈到本·琼森（Ben Jonson）和恰勃曼"称诗歌的特长，以'创作'和音律上的熟练这两件事为必要。Milton（弥尔顿）就诗的形式上讲，说诗歌不可不是极简单的，感觉的，而且是感情的"。这其中涉及诗歌文体的特征"音律"和"感情的"，接着文章指出华滋渥斯是强调诗歌内容的代表，他认为"诗歌是用感情惹入人心中间的诚实"，纳斯钦（Ruskin）也主张"诗歌是基于高尚情绪的一种空想之表现"……在上述外国诗人、评论家关于诗歌定义的对比分析基础上，田汉提出"诗歌者以音律的形式写出来而诉之情绪的文学"，"有音律"和"诉之情绪"是诗歌的两个特征，这是"五四"时期在外国诗歌定义的基础上形成的较为完备的诗歌定义，把诗歌的韵律和情感两个因素都兼顾到。

　　曾琦、王独清、郑振铎的泰戈尔《新月集》的译文序跋对"无韵诗"的提倡也同样呼应了"诗体的大解放"。在本书"第一章　诗歌译介与新诗文体发生：'中文写的外国诗'"的"现代小诗体的发生"中已经专门探讨过周作人和郑振铎的小诗译介，此不赘述。印度诗人泰戈尔的诗歌对"五四"新诗的影响较大，也是较早译介进入现代诗坛的诗歌。曾琦在为王独清翻译的泰戈尔的《新月集》（1922 年 2 月上海泰东书局初版）撰写的序中较早借外国诗歌翻译对新诗文体展开论述，借泰戈尔的《新月集》对"无韵诗"进行提倡。在曾琦看来，当时"国内做新诗的人太多，大多千篇一律，于设多名词之下，加以'呵''呦''呢''哦'等字，便自以为是'白话诗'。其实只是'白话'，何尝是'诗'"。因此，曾琦认为"当此旧体解放，新体未成之际，我认为有多输入西洋范本之必要"，"因为无论什么天才，断无有凭空创体的"。对于诗歌的有韵无韵，曾琦说"我于新诗起初本是怀疑，对于无韵诗更是期期以为不可，自读王君及法人所译太戈尔的无韵诗后，才晓得诗果然不必定要有韵。而且所谓音韵，不必限于句尾所押'形式的

　　①　许霆. 中国现代诗歌理论经典[M]. 苏州：苏州大学出版社，2008：92.

韵'；有时'自然的韵'尤更美妙。不过'无韵诗'较'有韵诗'尤不易做，第一要有'诗的实质'；第二要合自然的音律。不用引别的例，但看太戈尔这部诗中的杰作，也就可以明白'无韵诗'确是'难能而可贵'的了"①。在《〈新月集〉译者叙言》中，王独清认为，泰戈尔"能以浅浅的文笔、自然的音韵，写出活鲜鲜的诗；同时却有最秾丽的情绪，极高深的理想。他没有一篇诗不是由人底生命内边发出来的调子，没有一篇诗不是歌人生向上底心……"1923 年，郑振铎翻译出版了太戈尔的《新月集》(1923 年 9 月上海商务印书馆初版)。在《译者自序》中，郑振铎认为太戈尔的《新月集》"不是一部写给儿童读的诗歌集，乃是一部叙述儿童心理、儿童生活的最好的诗歌集"②。

三、《诗之研究》与《诗的原理》：现代诗歌理论的借鉴

在诗歌文论的直接翻译方面，最具代表性的两本译著是 1923 年傅东华、金兆梓合译的《诗之研究》(*A Study of Poetry*) 和 1924 年小说月报社出版的《诗的原理》(*The Poetic Principle*)。《诗之研究》是现代时期最早的新诗理论的译著，原著 *A Study of Poetry*，作者是美国哈佛大学的勃利司·潘莱(Bliss Perry)教授，原书有两大部分，前面是"诗歌通论"，后面是"抒情诗"的专论，本书仅翻译了勃利司·潘莱教授原书的前半部分"通论诗歌"的内容，全书包括"诗之背景""诗之范围""诗人的想象""诗人之文字""声调及格律""音节及自由诗"六个章节，书中有大量的例子，书前有郑振铎的序，内容相对浅显，因此郑振铎在序中认为"它已是一部对于我们幼稚的读书社会很有益的书了"③。本书的第三章和第四章论述了诗人最重要的两种能力——"想象"和"用字"，究其实质，也就是诗歌文体在这两方面的特征。在第三章论述诗歌创作中诗人的"想象"问题时，作者重点论述了两位学者的观点，其一是心理学家 Ribot 的《创作的想象》一书中关于"创作的想象"的论述，在心理学家 Ribot 看来，"创作想象的原料，就是影像，而其根据就是自动的感动"。其二是引用了 Hartley B. Alexander 的《诗及个人》(*Poetry and the Individual*)一书中关于"艺术的想象"的相关论述，认为"想象是心的全部的作用"，"想象的事务，就是造美的"，最后作者在上述论述的基础上，以"影像派"(印象派)诗歌为例

---

① 李今. 汉译文学序跋集 第 3 卷 1922—1924[M]. 上海：上海人民出版社，2017：20.
② 李今. 汉译文学序跋集 第 3 卷 1922—1924[M]. 上海：上海人民出版社，2017：267.
③ [美]勃利司·潘莱. 诗之研究[M]. 傅东华，译. 北京：商务印书馆，1923：2.

进行具体分析，认为这种想象"体现为未经人道的东西的形式"，而诗人的任务就是"用他的笔去替他造成确定的形状"，就是"用一种照定式排列的文字符号去暗示他们"，其中的"文字符号"就是本书第四章讨论的"用字"，"定式排列"的规则就是第五章的"声调及格律"。在第四章的"用字"中，作者诗人必须"以耳为心"，诗是"诉于耳朵的声音"，这就要求诗歌的用字要注意"音调"和"音色"，要押韵，要适合表达的情感。随后作者在第五章"声调及格律"中详细讨论"用字"的声调和诗的格律，认为"声调是思想之自然和谐的流动"，"格律是声调之节"。在第六章"韵节及自由诗"中比较了"格律诗"和"自由诗"的区别，作者认为可以按照情感的表达选择合适的形式，不必拘泥于自由诗还是格律诗。这本书中对于诗歌的本体分析虽然是从"作诗"的角度切入，但对于新诗初创期的诗人们而言，是非常具有指导意义的，尤其是书中大量的诗歌举例和相关诗学著作的理论介绍，但囿于两位译者的翻译水平，存在一些"误译"。1933 年，在此书再版之际，梁实秋撰写了《诗之研究》一文，对于这本书的译文进行了批评，梁实秋认同郑振铎的观点，认为"此书明白晓畅，虽嫌通俗一些，却甚便初学"，但梁实秋同时也批评其中的很多"误译"，认为"译者傅东华、金兆梓二位先生的'诗的常识'也不见怎样丰富"。

　　《诗的原理》①一书收录林孖翻译的、美国爱·伦坡的诗论《诗的原理》和希和根据毛尔顿《文学之近代研究》翻译的《论诗的根本概念与其功能》。其中爱·伦坡的《诗的原理》影响最大。爱·伦坡是英国著名诗人、小说家和文艺批评家，早在 1909 年，周作人在其《域外小说集》的"著者事略"中称亚伦·坡(Edgar Allen Poe，后译为爱·伦坡)"性脱略耽酒，诗文均极瑰异，人称鬼才"②。爱·伦坡的诗歌在 1923 年到 1924 年引起现代诗坛注意，1923 年 10 月 20 日，在《文学》第 100 期上，子岩翻译发表了爱·伦坡的长诗《乌鸦》，1924 年 1 月 10 日《小说月报》第 15 卷第 1 号上发表了林孖翻译的阿兰坡(爱·伦坡)的《诗的原理》一文，后收录在 1924 年的《诗的原理》一书中单独发行。子岩的译诗《乌鸦》引发了诗坛的批评和讨论，《创造周报》相继刊发了张伯符的《〈乌鸦〉译诗的刍言》(1924 年 1 月 13 日第 36 号)和露明、郭沫若的《〈乌鸦〉译诗的讨论(通信)》(1924 年 3 月 24 日第 45 号)，由此可见诗坛对于爱·伦坡的关注度不低。《诗的原理》(The Poetic Principle)是爱·伦坡唯美主义理论的代表，

---

① 小说月报社. 诗的原理[M]. 上海：商务印书馆，1924：1.
② 止庵. 周作人译文全集　第 12 卷[M]. 上海：上海人民出版社，2019：594.

他在这篇文章中提倡"为艺术而艺术"，认为"美是诗的身"，提出诗的三个要素为"Beauty（美）""Purity（纯）""Melody（谐）"，他的这些理论影响了后来象征诗派的"纯诗"主张。在《诗的原理》中，爱·伦坡首先提出"向来无长诗存在"，因为"一首诗必能感动人，启发人底心灵，才配称为诗"，而"一切的感动全是由于心理的作用，而且是一时的"①。因此，爱·伦坡反对长诗和史诗，称"我定诗之意义为用字写底诗是美底有节奏的创作"，这就排除了诗歌的教育作用，追求"纯诗"，这种诗歌观影响了20 世纪 30 年代戴望舒等现代派诗人的创作。

第二节　译文序跋、文论译介与戏剧文体发生

戏剧文体在体量上仅次于小说译文序跋、文论的译介，但戏剧作为一个舶来的文体，译文序跋和文论译介的文体发生意义更为明显。戏剧有别于其他文体之处在于戏剧是一个综合性的舞台艺术，早在 1914 年黄远生就在《新剧杂论》中指出"戏剧乃复合艺术之圣品"，所以他强调"脚本"有两个条件——"必为剧场的"和"必为文学的"。他借用美国剧界大家勃兰脱·马西斯（马修士）的话，认为"剧之最大要素"在于"一上舞台，即能诉之观客之情感"，认为"莎氏名作《霍姆雷敌》，令聋哑观之，必生趣味"②。此篇是研究新剧的文章，文中介绍了摩利爱尔（莫里哀）、莎士比亚、伊蒲善（易卜生）等外国戏剧名家的理论及创作，是较早探讨外国戏剧理论的文章。

一、译介情况梳理

戏剧的文论译介始自于新旧剧的讨论，现代戏剧文体是在借鉴外国戏剧的译本和理论中逐渐摆脱了旧戏曲的模式，尤其是《新青年》杂志的"易卜生号"对于易卜生戏剧的译介，直接催生了"五四"问题剧，随后，以歌德、莎士比亚等为代表的"浪漫主义"戏剧思潮和以梅特林、霍夫曼、王尔德、奥尼尔等为代表的"新浪漫主义"戏剧思潮纷至沓来，现代戏剧在借鉴中完成了自身的文体建构。本部分在统计时仍然基于戏剧文体发生的考量，把遴选的时间段放置在"五四"新文学发生期，着眼于戏剧发生期

---

① 小说月报社. 诗的原理[M]. 上海：商务印书馆，1924：2.

② 季玢. 中国现代戏剧理论经典[M]. 苏州：苏州大学出版社，2008：38.

的译介情况。在具体序跋、文论的遴选中，仍然采取和上述诗歌序跋统计同样的模式，仅收录内容与戏剧文体思考相关的序跋和文论译介。

表 5-2 戏剧文体相关译文序跋、文论译介统计表 (1914—1927)

序号	原文	发表时间、刊物或出版社	原著作者/序跋者
1	《新剧杂论》	1914 年 1—2 月《小说月报》第 5 卷第 1、2 号	黄远生
2	《余之新剧观》	1914 年 11 月—1915 年 1 月《繁华杂志》第 4、5 期	陶报癖
3	《新剧平议》	1915 年 1—2 月《繁华杂志》第 5、6 期	剑云
4	《吾校新剧观》	1916 年 9 月《校风》第 38、39 期	周恩来
5	《易卜生主义》	1918 年 6 月 15 日《新青年》第 4 卷第 6 号"易卜生号"	胡适
6	《易卜生传》	1918 年 6 月 15 日《新青年》第 4 卷第 6 号"易卜生号"	袁振英
7	《文学进化观念与戏剧改良》	1918 年 10 月 15 日《新青年》第 5 卷第 4 号	胡适
8	《戏剧改良各面观》	1918 年 10 月 15 日《新青年》第 5 卷第 4 号	傅斯年
9	《附录一 予之戏剧改良观》	1918 年 10 月 15 日《新青年》第 5 卷第 4 号	欧阳予倩
10	《再论戏剧改良》	1918 年 10 月 15 日《新青年》第 5 卷第 4 号	傅斯年
11	《近世名戏百种目》	1918 年 10 月 15 日《新青年》第 5 卷第 4 号	宋春舫

续表

序号	原文	发表时间、刊物或出版社	原著作者/序跋者
12	《论中国旧戏之应变——致钱玄同——复周作人》	1918 年 11 月 15 日《新青年》第 5 卷第 5 号	周作人、钱玄同
13	《近代文学上戏剧之位置》	1919 年 1 月 15 日《新青年》第 6 卷第 1 号	知非
14	《近代戏剧论》	1919 年 2 月 15 日《新青年》第 6 卷第 2 号	[美]E. Golodman/震瀛
15	《论译戏剧——致胡适 复张耘》	1919 年 3 月 15 日《新青年》第 6 卷第 3 号	胡适、张耘
16	《英国十六世纪之戏剧》	1919 年 12 月《曙光》第 1 卷第 2 号	断澜
17	《戈登格雷的傀儡剧场》	1920 年 1 月 1 日《新青年》第 7 卷第 2 号	宋春舫
18	《戏曲在文艺上的地位》	1920 年 3 月 30 日《时事新报·学灯》	宗白华
19	《小戏院的意义由来及现状》	1920 年 4 月《东方杂志》第 17 卷第 8 期	宋春舫
20	《〈巡按〉俄国戏曲集叙》	1921 年上海商务印书馆	[俄]屠格涅夫等/郑振铎
21	《〈黑暗之势力〉叙》	1921 年上海商务印书馆	[俄]托尔斯泰/郑振铎
22	《附录一：作者传记》	1921 年上海商务印书馆《六月》俄国戏曲集	[俄]屠格涅夫等/郑振铎
23	《易卜生传》	1921 年上海商务印书馆《易卜生集 第一册》	[挪]易卜生/潘家洵

续表

序号	原文	发表时间、刊物或出版社	原著作者/序跋者
24	《易卜生主义》	1921 年上海商务印书馆《易卜生集 第一册》	[挪]易卜生/胡适
25	《〈春之循环〉序一》	1921 年上海商务印书馆《春之循环》	[印度]泰戈尔/郑振铎
26	《文学研究会丛书缘起》	1921 年上海商务印书馆《春之循环》	[印度]泰戈尔/不详
27	《〈社会柱石〉序》	1921 年上海商务印书馆	[挪]易卜生/张舍我
28	《〈林肯〉序》	1921 年上海商务印书馆	[英]德林瓦脱/胡适
29	《〈贫非罪〉叙》	1922 年上海商务印书馆	[俄]阿史特洛夫斯基/郑振铎
30	《民众戏剧社 宣言》	1921 年 5 月 31 日《戏剧》第 1 卷第 1 号	民众戏剧社
31	《民众戏院的意义与目的》	1921 年 5 月 31 日《戏剧》第 1 卷第 1 号	沈泽民
32	《演剧人的责任是什么》	1921 年 5 月 31 日《戏剧》第 1 卷第 1 号	陈大悲
33	《过去的戏剧和将来的戏剧》	1921 年 5 月 31 日《戏剧》第 1 卷第 1 号	公彦
34	《与创造新剧诸君商榷》	1921 年 5 月 31 日《戏剧》第 1 卷第 1 号	明梅
35	《英国近代剧之消长》	1921 年 5 月 31 日《戏剧》第 1 卷第 1 号	舟桥雄
36	《西洋歌剧谈》	1921 年 5 月 31 日《戏剧》第 1 卷第 1 号	欧阳予倩译编
37	《无形剧场》	1921 年 5 月 31 日《戏剧》第 1 卷第 1 号	徐半梅

序号	原文	发表时间、刊物或出版社	原著作者/序跋者
38	《古拉英的独立剧场》	1921 年 5 月 31 日《戏剧》第 1 卷第 1 号	徐半梅
39	《最近剧界的趋势》	1921 年 5 月 31 日《戏剧》第 1 卷第 1 号	滕若渠
40	《演剧初程》	1921 年 5 月 31 日《戏剧》第 1 卷第 1 号、1921 年 6 月 30 日第 1 卷第 2 号	沈冰血
41	《民众戏剧社简章》	1921 年 5 月 31 日《戏剧》第 1 卷第 1 号	民众戏剧社
42	《新剧底讨论》	1921 年 6 月 1 日《新青年》第 9 卷第 2 号	苏熊瑞、陈公博、亚魂
43	《戏剧之近代的意义》	1921 年 6 月 30 日《戏剧》第 1 卷第 2 号	蒲伯英
44	《现在的戏剧翻译界》	1921 年 6 月 30 日《戏剧》第 1 卷第 2 号	郑振铎
45	《戏剧指导社会与社会指导戏剧》	1921 年 6 月 30 日《戏剧》第 1 卷第 2 号	大悲
46	《西洋的剧场轶闻》	1921 年 6 月 30 日《戏剧》第 1 卷第 2 号	汪仲贤译
47	《一封谈"无形剧场"的信》	1921 年 6 月 30 日《戏剧》第 1 卷第 2 号	小山内熏
48	《法兰西的歌剧》	1921 年 6 月 30 日《戏剧》第 1 卷第 2 号	欧阳予倩译述
49	《美国最近组织的小剧场》	1921 年 6 月 30 日《戏剧》第 1 卷第 2 号	［美］爱登/汪仲贤

续表

序号	原文	发表时间、刊物或出版社	原著作者/序跋者
50	《梅德林的〈青鸟〉及其他》	1921 年 6 月 30 日《戏剧》第 1 卷第 2 号	滕若渠
51	《爱美 AMATEUR 的戏剧》	1921 年 6 月 30 日《戏剧》第 1 卷第 2 号	大悲
52	《德国的歌剧》	1921 年 7 月 30 日《戏剧》第 1 卷第 3 号	欧阳予倩译述
53	《剧场总理剧本主任和舞台监督》	1921 年 7 月 30 日《戏剧》第 1 卷第 3 号	徐半梅译
54	《西洋的剧场轶闻》	1921 年 7 月 30 日《戏剧》第 1 卷第 3 号	仲贤
55	《德国表现主义的戏曲》	1921 年 8 月 10 日《小说月报》第 12 卷第 8 号	[日]山岸光宣/程裕青
56	《戏剧要如何适应国情》	1921 年 8 月 31 日《戏剧》第 1 卷第 4 号	蒲伯英
57	《中国戏剧改良我见》	1921 年 8 月 31 日《戏剧》第 1 卷第 4 号	雁冰
58	《两种态度》	1921 年 8 月 31 日《戏剧》第 1 卷第 4 号	徐半梅
59	《美国的剧场公会》	1921 年 8 月 31 日《戏剧》第 1 卷第 4 号	[美]Dudley Digges/汪仲贤
60	《西洋的剧场轶闻》	1921 年 8 月 31 日《戏剧》第 1 卷第 4 号	仲贤
61	《德国的自由剧场》	1921 年 8 月 31 日《戏剧》第 1 卷第 4 号	徐半梅
62	《我主张要提倡职业的戏剧》	1921 年 9 月 30 日《戏剧》第 1 卷第 5 号	蒲伯英

续表

序号	原文	发表时间、刊物或出版社	原著作者/序跋者
63	《英吉利之歌剧》	1921年9月30日《戏剧》第1卷第5号	欧阳予倩译述
64	《莎翁剧之疑问》	1921年9月30日《戏剧》第1卷第5号	徐半梅译
65	《一个演剧家的登台履历》	1921年9月30日《戏剧》第1卷第5号	[不详]Edmund Breese/汪仲贤
66	《日本自由剧场第一次试演谈》	1921年9月30日《戏剧》第1卷第5号	[日]小山内熏/徐半梅
67	《西洋的剧场轶闻》	1921年9月30日《戏剧》第1卷第5号	汪仲贤
68	《戏剧为什么不要写实?》	1921年10月30日《戏剧》第1卷第6号	蒲伯英
69	《演完太戈尔的〈齐得拉〉之后》	1921年10月30日《戏剧》第1卷第6号	瞿世英
70	《剧本剧作的商榷》	1921年10月30日《戏剧》第1卷第6号	王统照
71	《译〈黑暗之势力〉以后》	1921年10月30日《戏剧》第1卷第6号	济之
72	《俄罗斯之歌剧》	1921年10月30日《戏剧》第1卷第6号	欧阳予倩译述
73	《剧作家的耶支》	1921年10月30日《戏剧》第1卷第6号	周学普译述
74	《对于写实剧的意见》	1921年10月30日《戏剧》第1卷第6号	简慕瑜
75	《独白的讨论》	1921年10月30日《戏剧》第1卷第6号	秦宝鑫、半梅、记者、陈翔鹤

续表

序号	原文	发表时间、刊物或出版社	原著作者/序跋者
76	《戏剧构造法》	1921 年 12 月上海新文学研究会初版	张舍我
77	《我为什么没有提倡职业的戏剧》	1922 年 1 月 31 日《戏剧》第 2 卷第 1 号	陈大悲
78	《编剧的技术》	1922 年 1 月 31 日《戏剧》第 2 卷第 1 号	陈大悲
79	《西洋编剧和布景关系的小史》	1922 年 1 月 31 日《戏剧》第 2 卷第 1 号	汪仲贤
80	《近代剧和世界思潮》	1922 年 2 月 28 日《戏剧》第 2 卷第 2 号	[日]宫森麻太郎/周建侯
81	《舞台监督术的本质》	1922 年 2 月 28 日《戏剧》第 2 卷第 2 号	[德]哈葛孟/徐半梅
82	《纽约观剧第一记》	1922 年 2 月 28 日《戏剧》第 2 卷第 2 号	汉波
83	《爱美的戏剧》	1922 年 3 月北京晨报社初版	陈大悲编
84	《对于戏剧的两条意见》	1922 年 3 月 31 日《戏剧》第 2 卷第 3 号	周作人
85	《怎样演习剧本》	1922 年 3 月 31 日《戏剧》第 2 卷第 3 号	汪仲贤
86	《编剧的技术》	1922 年 3 月 31 日《戏剧》第 2 卷第 3 号	陈大悲
87	《我对于戏剧一点意见》	1922 年 3 月 31 日《戏剧》第 2 卷第 3 号	一岑
88	《编剧的技术》	1922 年 4 月 30 日《戏剧》第 2 卷第 4 号	陈大悲
89	《为俄国歌剧团》	1922 年 4 月 30 日《戏剧》第 2 卷第 4 号	鲁迅

续表

序号	原文	发表时间、刊物或出版社	原著作者/序跋者
90	《介绍俄罗斯的歌舞剧》	1922 年 4 月 30 日《戏剧》第 2 卷第 4 号	新中华戏剧协社
91	《第一舞台观俄国歌剧有感》	1922 年 4 月 30 日《戏剧》第 2 卷第 4 号	曙青
92	《看俄罗斯歌剧杂感》	1922 年 4 月 30 日《戏剧》第 2 卷第 4 号	陈大悲
93	《阿史特洛夫斯基传》（附录）	1922 年上海商务印书馆《贫非罪》	［俄］阿史特洛夫斯基/郑振铎
94	《〈阿那托尔〉序》	1922 年上海商务印书馆	［奥］显尼志劳/郑振铎
95	《〈比利时的悲哀〉叙言》	1922 年上海商务印书馆《比利时的悲哀》	［俄］安得列夫/沈琳
96	《安得列夫事略》	1922 年上海商务印书馆《比利时的悲哀》	［俄］安得列夫/沈琳
97	《〈哈孟雷特〉译叙》	1922 年上海中华书局	［英］莎士比亚/田汉
98	《宋春舫论剧》（第 1 集）	1923 年 3 月上海中华书局初版	宋春舫
99	《喜剧与手势戏——读张东荪译的〈物质与记忆〉》	1923 年 5 月上旬《创造》第 2 卷第 1 号	成仿吾
100	《〈安那斯玛〉译者自叙》	1923 年新文化书社《安那斯玛》	［俄］安东列夫/郭协邦
101	《附录——安东列夫传》	1923 年新文化书社《安那斯玛》	［俄］安东列夫/郭协邦
102	《附录——安东列夫剧本的批评》	1923 年新文化书社《安那斯玛》	［俄］安东列夫/郭协邦

续表

序号	原文	发表时间、刊物或出版社	原著作者/序跋者
103	《〈谭格瑞的续弦夫人〉序》	1923 年上海商务印书馆	[英]阿作尔平内罗/程希孟
104	《〈悭吝人〉毛里哀小传》	1923 年上海商务印书馆	[法]毛里哀/高真常
105	《译者小序》	1923 年上海商务印书馆《华伦夫人之职业》	[英]萧伯纳/潘家洵
106	《戏剧家的萧伯纳》	1923 年上海商务印书馆《华伦夫人之职业》	[英]萧伯纳/沈雁冰
107	《〈费德利克小姐〉序》	1923 年上海商务印书馆	[德]谠恩/蔡元培
108	《〈费德利克小姐〉自序》	1923 年上海商务印书馆	[德]谠恩/杨丙辰
109	《〈易卜生集 第二册〉序》	1923 年上海商务印书馆	[挪]易卜生/潘家洵
110	《〈桃色的云〉序》	1923 年新潮社	[俄]爱罗先珂/鲁迅
111	《〈青鸟〉译者的话》	1923 年上海泰东书局	[比]梅德林克/王维克
112	《〈泰戈尔戏曲集(一)〉序》	1923 年上海商务印书馆	[印度]泰戈尔/郑振铎
113	《〈青鸟〉序》	1923 年上海商务印书馆	[比]梅脱灵/傅东华
114	《〈人之一生〉序》	1923 年上海商务印书馆	[俄]安得列夫/郑振铎
115	《译者序言》	1923 年上海商务印书馆《狗的跳舞》	[俄]安特列夫/张闻天
116	《译者导言》	1923 年上海商务印书馆《梅脱灵戏曲集》	[比]梅脱灵/汤澄波

续表

序号	原文	发表时间、刊物或出版社	原著作者/序跋者
117	《〈泰戈尔戏曲集（二）〉短序》	1923 年上海商务印书馆	［印度］泰戈尔/郑振铎
118	《谈戏剧》	1923 年 8 月 13 日《文学旬刊》第 83 期	路易
119	《危险之年龄》	1923 年《太平洋》第 4 卷第 1 号	陈西滢
120	《译本的比较》①	1923 年《太平洋》第 4 卷第 2 号	陈西滢
121	《看新剧与学时髦》	1923 年 5 月 24 日《晨报副刊》	陈西滢
122	《太戈尔的戏剧和舞台》	1923 年 9 月 10 日《小说月报》第 14 卷第 9 号"泰戈尔号（上）"	［日］武田丰四郎
123	《梅特林的戏剧》	1924 年 1 月 6 日《创造周报》第 35 号	黄仲苏
124	《〈琪娥康陶〉译序》	1924 年 3 月《少年中国》第 4 卷第 11 期	［意］唐努道
125	《显尼志劳的剧本》	1924 年《太平洋》第 4 卷第 5 号	陈西滢
126	《近代法国写实派戏剧》	1924 年 4 月《小说月报》第 15 卷号外"法国文学研究"	［不详］L. Lewislon/胡愈之
127	《大战前和大战中的法国戏剧》	1924 年 4 月《小说月报》第 15 卷号外"法国文学研究"	王统照
128	《真的傀儡之家——和易卜生的娜拉本人的一段谈话》	1924 年 9 月 10 日《小说月报》第 15 卷第 9 号	［不详］Xiane/褚保时
129	《〈琪娥康陶〉译者序言》	1924 年上海中华书局	［意］丹农雪鸟/张闻天

---

① 本篇是对郭沫若、郑君胥译的 Storin 的《莱茵梦》、唐性天译的 Storin 的《意门湖》、潘家洵译的萧伯纳的《华伦夫人之职业》以及金本基和袁弼译的萧伯纳的《不快意的戏剧》四个译本的评论。

序号	原文	发表时间、刊物或出版社	原著作者/序跋者
130	《〈伪君子〉译序》	1924 年上海商务印书馆	[法]莫里哀/朱维基
131	《〈菊池宽剧选〉序》	1924 年上海中华书局《日本现代剧选　第一集》	[日]菊池宽/田汉
132	《民众的戏剧》	1924 年 12 月 20 日《现代评论》第 1 卷第 2 期	西滢
133	《西班牙剧坛的将星附：小识》	1925 年 1 月 10 日《小说月报》第 16 卷第 1 号	[日]厨川白村/鲁迅
134	《最近的西班牙剧坛》	1925 年 1 月 10 日《小说月报》第 16 卷第 1 号	从予
135	《小戏院的实验》	1925 年 3 月 7 日《现代评论》第 1 卷第 13 期	西滢
136	《戏剧作法讲义》	1925 年 3 月上海亚东图书馆初版	孙俍工
137	《〈太戈尔戏曲集〉第二集》	1925 年 4 月 3 日《现代评论》第 1 卷第 17 期	江绍原
138	《〈玛加尔及其失去的天使〉序》	1925 年上海商务印书馆	[英]琼司/张志澄
139	《琼司略传》	1925 年上海商务印书馆《玛加尔及其失去的天使》	[英]琼司/张志澄
140	《〈某夫妇〉译后[附记]》	1925 年上海商务印书馆《武者小路实笃集》	[日]武者小路实笃/周作人
141	《梅脱灵略》（附录）	1925 年上海商务印书馆《娜拉亭与巴罗米德》	[比]梅脱灵/沈雁冰
142	《〈美尼〉[附记]》	1925 年上海商务印书馆《宾斯奇集》	[俄]宾斯奇/茅盾

序号	原文	发表时间、刊物或出版社	原著作者/序跋者
143	《〈波兰〉[附记]》	1925 年上海商务印书馆《宾斯奇集》	[俄]宾斯奇/茅盾
144	《〈拉比阿契巴的诱惑〉[附记]》	1925 年上海商务印书馆《宾斯奇集》	[俄]宾斯奇/茅盾
145	《〈哑妻〉[附记]》	1925 年上海商务印书馆《法朗士集》	[法]法朗士/沈性仁
146	《〈红蛋〉[附记]》	1925 年上海商务印书馆《法朗士集》	[法]法朗士/高六珈
147	《序一 贝那文德的作风》	1925 年上海商务印书馆《贝那文德戏曲集》	[西]贝那文德/沈雁冰
148	《〈贝那文德戏曲集〉序二》	1925 年上海商务印书馆《贝那文德戏曲集》	[西]贝那文德/张闻天
149	《〈柴霍甫评传〉（附录）》	1925 年上海商务印书馆《三姊妹》	[俄]柴霍夫/曹靖华
150	《〈相鼠有皮〉叙》	1925 年上海商务印书馆	[英]高斯华绥/顾仲彝
151	《〈妹妹〉原书小引》	1925 年上海中华书局	[日]武者小路实笃/编者识
152	《〈威廉退尔〉译言》	1925 年上海中华书局	[德]许雷/马君武
153	《法郎士先生的真相》	1926 年 1 月 9 日《现代评论》第 3 卷第 57 期	西滢
154	《再谈法郎士》	1926 年 1 月 16 日《现代评论》第 3 卷第 58 期	西滢
155	《罗曼·罗兰》	1926 年 1 月 23 日《现代评论》第 3 卷第 60 期	西滢

续表

序号	原文	发表时间、刊物或出版社	原著作者/序跋者
156	《戏剧的歧途》	1926 年 6 月 24 日《晨报·剧刊》第 2 号	闻一多
157	《译〈茶花女〉剧本序》	1926 年 7 月 6 日《语丝》第 88 期	刘复
158	《戏剧论》	1926 年 7 月上海商务印书馆初版	郁达夫
159	《戏剧短论》	1926 年 7 月上海光华书局初版	徐公美
160	《文学大纲(二五)》第三十二章　十九世纪的法国戏剧与批评	1926 年 8 月 10 日《小说月报》第 17 卷第 8 号	郑振铎
161	《中西戏剧之比较》	1926 年 11 月 18 日《晨报副镌》	冰心
162	《〈火焰〉译者序》	1926 年上海商务印书馆	[德]豪布陀曼/杨丙辰
163	《〈獭皮〉译者序》	1926 年上海商务印书馆	[德]豪布陀曼/杨丙辰
164	《〈约翰沁孤的戏曲集〉译后》	1926 年上海商务印书馆	[爱]约翰沁孤/郭沫若
165	《〈强盗〉译者自序》	1926 年上海北新书局	[德]释勒/杨丙辰
166	《〈往星中〉序》	1926 年未名社	[俄]安特列夫/韦素园
167	《译者小序》	1926 年北京朴社《温德米尔夫人的扇子》	[英]王尔德/潘家洵
168	《〈争斗〉序》	1926 年上海商务印书馆	[英]戈斯华士/郭沫若
169	《〈茶花女〉译者的序》	1926 年北京北新书局	[法]小仲马/刘半农
170	《〈茶花女〉序外语》	1926 年北京北新书局	[法]小仲马/刘半农
171	《〈狂言十番〉序》	1926 年北京北新书局《狂言十番》	[日]古戏曲/周作人

续表

序号	原文	发表时间、刊物或出版社	原著作者/序跋者
172	《〈骨皮〉[附记]》	1926 年北京北新书局《狂言十番》	[日]古戏曲/周作人
173	《〈伯母酒〉[附记]》	1926 年北京北新书局《狂言十番》	[日]古戏曲/周作人
174	《〈立春〉[附记]》	1926 年北京北新书局《狂言十番》	[日]古戏曲/周作人
175	《〈花姑娘〉[附记]》	1926 年北京北新书局《狂言十番》	[日]古戏曲/周作人
176	《戏剧庸言》	1927 年 3 月 20 日《文学周报》第 266 期	[英]高尔斯华绥/傅东华
177	《戏曲研究》	1927 年 6 月上海良友图书公司初版	[日]菊池宽/沈宰白①
178	《戏剧短论》	1927 年 6 月上海光华书局初版	徐公美
179	《戏剧论集》	1927 年 7 月上海北新书局初版	余上沅
180	《国剧》	1927 年 9 月《国剧运动》新月书店初版	赵太侔
181	《戏剧究竟是什么》	1927 年 10 月《古城周刊》第 1 卷第 6 期	熊佛西
182	《论法兰西悲剧源流——希腊悲剧原始》	1927 年 11 月 1 日《真善美》创刊号	病夫
183	《论法兰西悲剧源流——希腊悲剧原始（续一）》	1927 年 11 月 16 日《真善美》第 1 卷第 2 号	病夫

---

① 即夏衍。

序号	原文	发表时间、刊物或出版社	原著作者/序跋者
184	《论法兰西悲剧源流——希腊悲剧原始（续二）》	1927 年 12 月 1 日《真善美》第 1 卷第 3 号	病夫
185	《喜剧大家穆理哀小传》	1927 年真善美书店《夫人学堂》	[法]穆理哀/曾卜
186	《〈军人之福〉译者序》	1927 年朴社	[德]雷兴/杨丙辰
187	《〈吕伯兰〉作者自叙》	1927 年真善美书店	[法]嚣俄/曾朴
188	《〈吕伯兰〉悲剧后记》	1927 年真善美书店	[法]嚣俄/曾朴
189	《〈欧那尼〉初次出演纪事》	1927 年真善美书店	[法]嚣俄/曾虚白
190	《序孙译〈出家及其弟子〉》	1927 年上海创造社出版部	[日]仓田百三/郁达夫
191	《〈鸽与轻梦〉小序》	1927 上海开明书店	[英]高尔斯华绥/席涤尘、赵宋庆

　　戏剧译文序跋、文论的译介在体量上仅次于小说译文序跋，其同样具有文体发生意义。"五四"初期的译文序跋、文论译介基本围绕"新剧"与"旧戏"、戏剧作为综合的舞台艺术、易卜生写实主义问题剧等方面展开，袁振英、胡适、傅斯年、欧阳予倩、宋春舫、钱玄同、周作人等新文学作家都参与其中。"五四"时期戏剧翻译涉及较多国家的作家作品，除了潘家洵翻译的《易卜生集　第一册》中收录的《娜拉》《群鬼》《国民公敌》《少年党》《大匠》之外，1918 年 6 月 15 日《新青年》第 4 卷第 6 号专门设为"易卜生号"，发表了胡适的《易卜生主义》、袁振英的《易卜生传》，易卜生戏剧的译介催生了"五四"问题剧的发生。除了易卜生的戏剧理论提倡之外，还有俄国、奥地利、法国、英国、比利时、德国、印度、意大利、日本、爱尔兰等国的屠格涅夫、安得列夫、阿史特洛夫斯基、显尼志劳、宾斯奇、柴霍夫、莎士比亚、王尔德、莫里哀、法朗士、萧伯纳、梅脱林、豪布陀曼、唐努道、武者小路实笃、约翰沁孤等作家的戏剧作品被译介，围绕这些译作，胡适、郑振铎、潘家洵、田汉、傅东华、张闻天、汤澄波等

一批现代作家撰写了译文序跋，对这些外国戏剧名作展开讨论。艺术倾向上更着重于对戏剧作为一种综合的舞台艺术的理论探讨。在现代戏剧译文序跋中，胡适、潘家洵、张舍我、郑振铎、程希孟、周作人、刘半农、郑振铎的戏剧译文序跋对现代戏剧文体的建构具有重要作用。

在对"五四"时期戏剧译文序跋的系统爬梳中可以发现，现代作家对于外国戏剧的翻译更多着眼于写实戏剧的提倡，这一点从易卜生戏剧的翻译就可以窥见端倪。"五四"时期，戏剧是"改进社会最有力量的东西"，因为"戏剧就是社会的模型，社会进步，可以促进戏剧改良；戏剧改良，也可以促进社会的改造"，"戏剧是代表一时或一地的群众心理，有了这种心理，才有一种戏剧；看了这种戏剧，也可以想到当时的社会"①。正是基于这样的一种理念，"五四"作家在戏剧翻译和戏剧译文序跋中着重于写实戏剧的提倡。易卜生戏剧是"五四"时期较早译介的西方戏剧作品，也是对"五四"戏剧文体发生影响最为突出的戏剧，关于易卜生戏剧对于现代戏剧文体的影响在第二章已经探讨过，此不赘述。近代文学翻译史上戏剧文体的翻译较之其他文体而言，起步时间相对较晚，数量上也不及小说译介，而"五四"时期的外国戏剧翻译开始突起，现代戏剧理论的译介也随之增多。现代戏剧文体的发生更多取法于外国戏剧的翻译和理论译介，从"五四"戏剧改良中对戏剧概念的重新厘定、对剧本文学的高度重视、宋春舫提倡的小剧场运动对现代戏剧舞台的改造等的戏剧理论，都是在对外国戏剧理论的译介中完成现代戏剧文体理论的建构，这些理论译介对现代戏剧文体发生的作用是非常重要的。

二、借鉴西方：现代"戏剧"文体概念的厘清

现代戏剧有别于传统戏曲，文体的建构更多依赖于外国戏剧理论，早期又称之为"文明戏""文明新戏""新剧"等，1914 年黄远生的《新剧杂论》、1916 年许家庆编译的《西洋演剧史》（商务印书馆）是较早借鉴西方戏剧理论来建构现代戏剧文体的译介文章。《新青年》杂志的戏曲改良大讨论和 1918 年 10 月第 5 卷第 4 号的"戏剧改良专号"，引发了"五四"新文化作家们对戏剧文体理论的关注，胡适的《文学进化观念与戏剧改良》、傅斯年的《戏剧改良各面观》《再论戏剧改良》、欧阳予倩的《予之戏剧改良观》等都有对外国戏剧理论的借鉴。

对于现代戏剧文体，首先要厘清的是戏剧的概念，在欧阳予倩看来，

---

① 李今. 汉译文学序跋集 第 3 卷 1922—1924[M]. 上海：上海人民出版社，2017：193.

"中国无戏剧"，因为"剧本文学既为中国从来所未有，则戏剧自无从依附而生"①。因此现代戏剧的概念源自外国戏剧理论，早在 1914 年，黄远生在《小说月报》第 5 卷第 1、2 号上连载了《新剧杂论》，此篇文章在批评当时新剧流行的种种弊端的基础上，向国内读者介绍了欧美近代戏剧理论家的戏剧理论，提出了戏剧文学的综合性文体特征和戏剧编剧的原则，这篇理论文章对于现代戏剧理论译介而言可谓"筚路蓝缕"。黄远生在文章中开门见山提出"文学者，实灵魂所造第二之自然，而戏剧乃复合艺术之圣品"，"复合艺术之圣品"是对戏剧文体总体特征的概述，他随后的论述都是从"戏剧乃复合艺术之圣品"这一观点出发展开。黄远生指出"剧场的"和"文学的"是脚本的根本要件，所谓"剧场的"就是要求每字每句在舞台上都能达到"令观客为之娱悦，为之兴感，或对于人生妙谛，有所直觉是也"。黄远生接着引用了摩利爱尔（莫里哀）、奥大利大戏曲家顾利尔巴沙和美国剧界大家勃兰脱马西斯（马修士）关于戏剧"剧场性"的观点，指出戏剧的脚本必须经过舞台的检验，"凡戏曲必剧场的"，戏剧的性质在于"一上之舞台，即能诉之观客之情感。纵令聋哑之人瞥然一见，即复趣兴盎然"。并指出希腊之索贺苦斯、莎士比亚、伊蒲善（易卜生）在执笔时心中的最大条件是"著成后一字一句，皆能上之舞台，藉托俳优，播于座客故也"。"剧场的"是戏剧的最大要素，黄远生认为莎氏（莎士比亚）的名作《霍姆雷敌》（《哈姆雷特》）"令聋哑观之，必生趣味"。所谓"文学的"是戏剧脚本的艺术生命，黄远生认为伊蒲善（易卜生）就是剧场的脚本之名家。正是因为戏剧的"剧场性"和"文学性"，黄远生借鉴西方戏剧理论提出了编剧的四个原则："第一原则，即剧的经济是也"，也就是"捉取人生一大事实之烧点"，在"最短时光中，以经济之方法，兴其感奋，达于高潮"，这一点类似于西方戏剧的"三一律"；第二原则是"剧中之性格描写方法""要令随时随处、皆有最强烈之印象"；第三是"剧的危机中心之意志之争斗如何配置"的原则，脚本"如何描写"和俳优"如何活现""危机"对于戏剧而言非常重要，"若不能捉取此等烧点""巧为描摹""乃最足以深引观客之兴味"，这是情节处理中关于戏剧"矛盾冲突"的问题；第四是关于脚本用语，要"接近于普通日用语言者为佳"，"择其力强而印象锐者"，以"沁

---

① 王钟陵. 二十世纪中国文学史文论精华　戏剧卷 [M]. 石家庄：河北教育出版社，2000：
50.

人心脾""动人肝胆".① "舞台的"和"文学的"是黄远生对戏剧脚本艺术的高度概括。同样，欧阳予倩也提出"戏剧者，必综文学，美术，音乐，及人身之语言动作，组织而成"②。熊佛西也在西方戏剧理论基础上为戏剧下了定义，他认为戏剧不外乎三个范围："第一，戏剧是一个动作（action），最丰富的，情感最浓厚的一段表现人生的故事（story）"；"第二，戏剧必须合乎［可读可演］两个最要紧的条件，可读的剧本是文学，总能有永久性，可演的剧本方不失掉戏剧（to do）的原义"；"第三，戏剧的功用是与人们正当的娱乐，高尚的娱乐".③ 这与上文黄远生提出的戏剧是"舞台的"和"文学的"的说法有异曲同工之妙。

对于剧本的重视，是"五四"时期戏剧理论提倡者的共识。傅斯年在《戏剧改良各面观》（1918 年 10 月《新青年》）中提出编剧问题，主张"用西洋剧本做材料"，改成"存留精神的改造本"，宗白华在《戏曲在文艺上的地位》中对新剧本的制作提出两种方法，其中一个就是翻译欧美名剧，由此可见外国剧本译介在新剧本创造中的借鉴作用。同样，1918 年，欧阳予倩在《予之戏剧改良观》一文中也提出改良戏剧最有效的两种方法——"组织关于戏剧之文字"和"养成演剧之人才"，其中"戏剧之文字"包括剧本、剧评和剧论。在欧阳予倩看来，"一剧本之作用，必能代表一社会，或发挥一种理想，以解决人生之难问题，转移谬误之思潮"。这一观念明显是受西方近代写实主义戏剧观念影响。黄远生在《新剧杂论》的"脚本（二）"中借鉴外国戏剧理论提出了编剧的四个原则，一是"剧的经济"，这一点是基于戏剧表演时间短的需要，要求戏剧"于最短时光中，以经济之方法，兴其感奋，达于高潮"；二是"剧中之性格描写方法"，"要令随时随处，皆有最强烈之印象、以刻入座客之脑影"，"脚本中所写人物性格，能与俳优伎俩浑然一体，以活演于舞台之上"；三是"剧的危机中心之意志之争斗如何配置"，黄远生认为，"人性喜于起哄捣乱"，"故脚本之对于此点，如何描写其进行，及俳优之对于此点如何活现，乃最足以深引观客之兴味"，这一点实质上就是戏剧冲突和戏剧危机问题；四是"脚本用语"，黄远生认为"近来欧美剧坛一般趋势，凡会话总以接近于普通日用语为佳，脚本用语"第一必须切近；第二一字一句必须警快，沁人心脾，

---

① 王钟陵. 二十世纪中国文学史文论精华　戏剧卷［M］. 石家庄：河北教育出版社，2000：29.

② 王钟陵. 二十世纪中国文学史文论精华　戏剧卷［M］. 石家庄：河北教育出版社，2000：49.

③ 余上沅. 国剧运动［M］. 上海：新月书店，1927：43-45.

动人肝胆，乃为佳也"。新文学作家们对剧本文学的重视和外国理论译介有力推动了现代戏剧文体的诞生。

三、剧场运动："小剧场"和"爱美的戏剧"

"五四"时期的"小剧场"和"爱美的戏剧"等戏剧运动都源自欧美近代戏剧，是针对商业化的职业新剧演出提出来的，戏剧理论家们借西方的"小剧场运动"相关理论，提倡小型的、业余的、实验性演出，强调戏剧作为一种表演艺术，除剧本之外，剧场是一种艺术的综合，包括舞台布置、灯光、布景、音乐、绘画等，这些戏剧运动中对西方戏剧运动理论的译介，对于纠正当时文坛流行的用剧本（戏剧文学）的研究与作为一种综合艺术的戏剧研究的对立和偏向，具有很大的纠偏作用。

戏剧较之小说、诗歌和散文文体，是一种综合性的舞台艺术，强调舞台的表演，对于这一文体特征，"五四"作家在撰写的外国戏剧译文序跋中有很多论述。在"五四"戏剧译介方面，俄国作家阿史特洛夫斯基的《贫与罪》是较早译介进入中国的俄国戏剧。1923 年，郑振铎重译了《贫与罪》并撰写了《〈贫与罪〉叙》和《〈贫与罪〉阿史特洛夫斯基传（附录）》（1923 年 3 月上海商务印书馆初版）。在郑振铎看来，俄国文学史上，阿史特洛夫斯基"专以戏剧名家，而终身从事于剧场事业的""因他的不绝的奋斗，俄罗斯的剧场，乃始独立，乃始占优越的地位。他戏剧里所表现的人物，都是他生平所目亲耳熟的"。"他是俄国最初的戏剧专门家。俄国第一座崇奉写实主义的剧场就是他创办的。在他的著作里，俄国的当时社会，都被他照入，如影在镜中一样。这种极端的写实作品，俄国文学史上还须以他为第一人"①。郑振铎认为阿史特洛夫斯基的"简朴""天然的真实""人道的情感"，"息息由纸背或剧场露出"，"他所做的戏剧约有五十多种，无论那一种在戏台上都是非常适宜排演的"。郑振铎对于阿史特洛夫斯基戏剧的评价强调了戏剧文体的一个突出特点是"适宜排演"，因为戏剧不仅仅是剧本，还是一个综合的舞台艺术。

叶圣陶在《〈温德米尔夫人的扇子〉序》（潘家洵译）这篇序文中讨论了戏剧的语言问题，认为现在创作的和翻译的剧本"念起来是'白话文'。不像'说话'。是剧本呢，要用来登台表演的，不像'说话'怎么

---

① 李今. 汉译文学序跋集 第 3 卷 1922—1924[M]. 上海：上海人民出版社，2017：40-47.

行?"①此处强调的戏剧语言要像"说话"是因为戏剧是一种舞台表演艺术。顾德隆在《〈相鼠有皮〉叙》(1925 年 8 月上海商务印书馆初版)中也指出"剧的真价值不是读得出来得,一定要表演过之后才能把一剧得真善美充分的表现出来","因戏剧是描写人生的实情实事而表演于舞台上和观众前的(见 Baker:*Technique of drama*);并且戏剧的艺术是合剧本、演员和观众三者而成(见 B. Matthews:*A Study of drama*)",② 对于如何利用外国戏剧创作现代意义的新剧,顾德隆提出两种方法:"(一)研究泰西新剧的结构,人物和对话,而加以详细的分析;(二)是改译它们使它们表演于中国舞台"。同样,洪深的《〈少奶奶的扇子〉后序》(1925 年 5 月《东方杂志》第 21 卷第 5 期)也着重探讨了戏剧的表演艺术。在洪深看来,"白话剧原为描摹人生,故演白话剧,以仿效(imitate)剧中人之言动情感为第一步","仿效"得方法有化妆、服饰、态度、声调和表情,前四者是仿效身份,后者是仿效思想感情。洪深随后指出,"仿效虽佳,仅得形似而未能神似,故演剧尤重发挥(interprete),发挥犹是扮演,不过轻重浓淡得宜,能将剧中人之品性,剧本之命意,完全达出也"③。

宋春舫是"五四"时期较早开始外国戏剧理论译介的作家,尤其是在剧场运动理论的译介方面成就突出,为中国现代戏剧文体的发生奠定了理论基础。1921 年,《宋春舫论剧》由中华书局出版,收录了《剧场新运动》《戈登格雷的傀儡剧场》《来因赫特》《"爱美的戏剧"与"平民剧社"》《小戏院的意义由来及现状》《法兰西战时之戏剧及今后之趋势》《德国之表现派戏剧(附德国表现派剧本《人类》)》《现代意大利戏剧之特点》《未来派剧本》《戏曲上"德模克拉西"之倾向》《近世浪漫派戏剧之沿革》《我为什么要介绍腊皮虚》《世界新剧谭》《改良中国戏剧》《中国新剧剧本之商榷》等 16 篇戏剧论文,都是宋春舫 1916 年回国后在各报刊发表的戏剧论文,篇末附有《世界名剧谭》《新欧剧本三十六种》两篇。从篇目、英文参考书籍、行文中对于西方戏剧运动观点的翻译可以看出宋春舫的戏剧理论来源于西方。《小戏院的意义由来及现状》是国内最早提倡小剧场运动的文章,文章在系统介绍西方近现代小戏院历史的同

---

① 中国现代文学馆. 叶圣陶文集[M]. 北京:华夏出版社,1998:330-331.
② 李今. 汉译文学序跋集 第 4 卷 1925—1927[M]. 上海:上海人民出版社,2017:130.
③ 王钟陵. 二十世纪中国文学史文论精华 戏剧卷[M]. 石家庄:河北教育出版社,2000:84-86.

时，指出了小戏院的非营利性、经济可行、重实验的精神、适合独幕剧的演出等特点。① 宋春舫大力提倡以美国的戈登格雷和德国的来因赫特为代表的剧场运动。在《剧场新运动》《戈登格雷的傀儡剧场》《来因赫特》等论文中，宋春舫详细介绍了欧洲的"剧场新运动"，认为"真正革欧洲戏曲的命的，要算戈登格雷"。在戈登格雷看来，"戏剧是一种纯粹的科学，非但是一种科学，而且包括无数科学在内。演戏是一种科学，剧本如何构造，也是一种科学。至于光线的位置，剧场的建筑，是更不容说了(《戈登格雷的傀儡剧场》)"②。可见，戈登格雷认为戏剧是一种综合的艺术，因此"剧场的艺术，不单是动作，不单是剧本，不单是背景，是动作、剧本、背景等种种原质合并而成的"，他认为"凡是美术，都是一个头脑指导的(《剧场新运动》)"③。这里所谓的"指导的头脑"类似于后来戏剧中的导演。宋春舫在《来因赫特》一文中详细介绍了来因赫特作为"剧场监督"的导演艺术，认为中国的戏剧改良"要先有如来因赫特之剧场监督出现"，把剧艺、剧本、音乐和画术融为一体。

"爱美的戏剧"口号是 1921 年陈大悲提出来的，"爱美"是英语 Amateur 的翻译，是业余的、非职业的意思。陈大悲认为"研究戏剧，大致分两条路：一条路是研究戏剧的文学(就是剧本)，一条路是研究剧场的舞台的种种设备和种种艺术。易卜生偏重前者，戈登格雷偏重后者，实两者不可偏废"④，"爱美的戏剧研究，必要两路并进才可以"。陈大悲的《爱美的戏剧》(1921 年 4 月 20 日—1921 年 8 月 4 日《晨报》)一书 1922 年作为"晨报社丛书第七种"出版，陈大悲自述这部书的材料"多半是从雪尔敦·陈萧底《剧场新运动》(Sheldon Cheney's *The New Movement in the Theater*)、爱默生·泰勒底《爱美的舞台实施法》(Emerson Taylor's *Practical Stage Directing of Amteurs*)、维廉·兰恩·佛尔泼底《二十世纪的剧场》(William Lyon Phelp's *The Twentieth Century Theater*)等几部书里取得来的……"陈大悲想借"爱美的戏剧"运动改变当时"非戏剧无戏剧"的状态，他认识到戏剧文学对于"爱美的戏剧"意义重大。但本书关于剧场舞台的内容多，关于剧本的少，因为陈大悲觉得"为爱美的戏剧打算，要他容易实现，那剧场的舞台的种种设备和艺

---

① 王钟陵. 二十世纪中国文学史文论精华 戏剧卷[M]. 石家庄：河北教育出版社，2000：60.
② 宋春舫. 宋春舫论剧[M]. 上海：中华书局，1921：16-17.
③ 宋春舫. 宋春舫论剧[M]. 上海：中华书局，1921：7.
④ 陈大悲. 世纪文库：爱美的戏剧[M]. 上海：上海书店出版社，2011：8.

术，实在是比较的更为要紧"①。在"剧本"的选择方面，陈大悲提出
"这剧本值得排演吗？""这剧本现在能演吗？""这剧本能在眼前这社会里
演吗？""我们有演出这剧本的能力吗？"四个标准，把剧本和剧场完整地
统一起来，并指出"就实演上说，外国剧底译本虽然不可尽用，然而要
研究戏剧文学，却是离开他就无可依傍了"。"爱美的戏剧"运动对于剧
本选择和剧场演出的相关理论对真正意义上的现代戏剧发生起到了借鉴
作用。

第三节　译文序跋、文论译介与小说文体发生

现代小说的译文序跋和文论译介在四种文体中占的比重最大，不止
半壁江山，尤其是自"林译小说"开始渐成风气的通俗小说译介更是一
枝独秀，林纾在翻译之余撰写了大量的译文序跋，林纾的这些序跋除了
对书籍本身、作者的介绍和相关翻译信息之外，也呈现出了林纾对于小
说文体的思考，不过林纾更注重小说的教化功能和思想方面的考量，这
在晚清至"五四"早期的译文序跋中较为常见，译者多从小说的教化作
用着眼选择原著，旨在通过小说译本传播先进的科学文化，实现"西学
东渐"。

一、译介情况梳理

早在 1898 年，梁启超在《译印政治小说序》中就开门见山提出"政
治小说之体，自泰西人始也"，认为"小说为国民之魂"，"彼美、英、
德、法、奥、意、日本各国政界之日进，则政治小说，为功最高焉"。②
把政治小说的作用提高至对"政界之日进""为功最高"的地位，林纾在
《〈译林〉叙》中也表达了同样的观点，他声称"吾谓欲开民智，必立学
堂，学堂功缓，不如立会演说，演说又不易举，终之唯有译书"③。正
是因为梁启超和林纾的提倡和身体力行之下，现代小说的翻译逐渐增
多，随之而来的是译文序跋和文论译介的大量出现。本部分在统计时基
于文体发生的考量，把遴选的时间段上推至 1898 年，这是晚清文学的

---

① 陈大悲. 爱美的戏剧[M]. 上海：上海书店出版社，2011：8-9.
② 梁启超. 梁启超全集 1[M]. 北京：北京出版社，1999：172.
③ 罗新璋. 翻译论集[M]. 北京：商务印书馆，1984：161.

现代转型阶段，随着"西学东渐"之风的日益盛行，小说翻译随之呈现出繁荣，下限还是依据中国现代文学的分期，把时间节点放在 1927 年，放在这一时期，主要是着眼于课题的研究重心，对内容进行研读，仅收录内容与小说文体思考相关的序跋、文论译介（翻译、批评和专著），剔除无关文体的序跋、文论译介。

表 5-3　小说文体相关译文序跋、文论译介统计表（1898—1927）

序号	原文	发表时间、刊物或出版社	原著作者/序跋者
1	《译印政治小说序》	1898 年《清议报》第 1 册	任公（梁启超）
2	《饮冰室自由书（一则）》	1898 年《清议报》第 26 册	任公
3	《〈译林〉叙》	1901 年《译林》第 1 期	林纾
4	《〈黑奴吁天录〉序》	1901 年武林魏氏木刻本	［美］斯土活/魏易
5	《〈黑奴吁天录〉例言、后序、跋》	1901 年武林魏氏木刻本	［美］斯土活/林纾
6	《〈佳人奇遇〉序》①	1901 年广智书局	［日］柴四郎/梁启超
7	《〈日本维新英雄儿女奇遇记〉自序》	1901 年爱国社	［日］长田偶得/赵必振
8	《〈日本维新英雄儿女奇遇记〉序》	1901 年爱国社	［日］长田偶得/罗古言月午氏②
9	《〈日本维新英雄儿女奇遇记〉凡例》	1901 年爱国社	［日］长田偶得/赵必振
10	《〈绝岛漂流记〉序》	1902 年上海开明书店	［英］狄福/高凤谦
11	《〈绝岛漂流记〉序》	1902 年上海开明书店	［英］狄福/沈祖芬
12	《〈泰西寓言〉序》	1902 年上海出版	［古希腊］伊索寓言/张学海

① 该序曾以《译印政治小说序》刊印于 1898 年 12 月 23 日的《清议报》。
② 资料不详。

续表

序号	原文	发表时间、刊物或出版社	原著作者/序跋者
13	《论小说与群治之关系》	1902 年《新小说》第 1 号	饮冰（梁启超）
14	《〈十五小豪杰〉译后语》	1902 年《新民丛报》第 2 号	少年中国之少年
15	《〈鲁宾孙漂流记〉译者识语》	1902 年《大陆报》第 1 卷第 1 号	未标注
16	《〈万国演义〉序》	1903 年作新社	不详/沈惟贤
17	《〈万国演义〉序》	1903 年作新社	不详/高尚缙
18	《〈万国演义〉凡例》	1903 年作新社	不详/徐辑
19	《〈政海波澜〉叙》	1903 年作新社	［日］广陵佐佐木龙/爱小说者
20	《〈瑞西独立警史〉序》	1903 年译书汇编社	不详/荣骥生
21	《〈十五小豪杰〉附记》	1903 年上海广智书局	［法］焦士威尔/梁启超
22	《〈伊索寓言〉序》	1903 年商务印书馆	［古希腊］伊索/林纾
23	《〈俄国情史〉绪言》	1903 年作新社	［俄］普希金/黄和南
24	《〈铁世界〉译余赘言》	1903 年上海文明书局	［法］迦尔威尼/包天笑
25	《〈侦探谈（一）〉序》	1904 年开明书店	不详/陈景韩
26	《〈空中飞艇〉弁言》	1903 年商务印书馆	［日］押用春浪/海天独啸子
27	《〈月界旅行〉辨言》	1903 年中国教育普及社	［法］凡尔纳/鲁迅
28	《〈海外天〉附记》	1903 年文明书局	［英］马斯他孟立特/徐念慈
29	《译校重订外国小说序言》	1904 年文宝书局《（重译）昕夕闲谈》	［英］李顿/郭长海

续表

序号	原文	发表时间、刊物或出版社	原著作者/序跋者
30	《〈千年后之世界〉弁言》	1904 年中新书局	［日］押用春浪/包天笑
31	《〈迦因小传〉小引》	1905 年商务印书馆	［英］哈葛德/林纾
32	《〈埃及金塔剖尸记〉译余剩语》	1905 年商务印书馆	［英］哈葛德/林纾
33	《〈母夜叉〉闲评八则》	1905 年《小说林》	［法］伯格贝/小说林社
34	《〈侠女奴〉序》	1905 年《女子世界》	［阿］民家故事/周作人
35	《〈玉虫缘〉绪言、例言》	1905 年《小说林》	［美］安介坡/周作人
36	《〈电术奇谈〉总评》	1905 年横滨新民社	［日］菊池幽芳/周桂笙
37	《〈英孝子火山报仇录〉序》	1905 年商务印书馆	［英］哈葛德/林纾
38	《〈影之花〉叙例》	1904 年新社印刷局	［法］嘉禄博兰仪/曾朴
39	《〈鬼山狼侠传〉序》	1905 年商务印书馆	［英］哈葛德/林纾
40	《〈白云塔〉投书一》	1905 年上海时报馆	［日］押用春浪/江阴礼延学舍静观
41	《〈白云塔〉投书二》	1905 年上海时报馆	［日］押用春浪/扬州汉精
42	《〈白云塔〉投书三》	1905 年上海时报馆	［日］押用春浪/松江杜任子
43	《〈神女缘〉译语》	1905 年上海时报馆	［荷］麦巴士/吴竟
44	《〈说部腋〉叙》	1905 年新小说社	［法］佛林玛利安/新民丛报社社员
45	《〈世界末日记〉附记》	1905 年新小说社《说部腋》	［法］佛林玛利安/梁启超

续表

序号	原文	发表时间、刊物或出版社	原著作者/序跋者
46	《〈斐洲烟水愁城录〉序》	1906 年商务印书馆	[英]哈葛德/林纾
47	《〈红礁画桨录〉译余剩语》	1906 年商务印书馆	[英]哈葛德/林纾
48	《〈绝岛英雄〉序》	1906 年广益书局	[英]Frederick Marryat/从訸
49	《〈新恋情〉闲评》	1906 年《小说林》	[英]赫德/金为
50	《〈毒蛇圈〉[序]》	1906 年广智书局	[法]鲍福/周桂笙
51	《〈拊掌录〉欧文本传》	1907 年商务印书馆	[美]华盛顿·欧文/不详
52	《〈黑衣教士〉[附记]》	1907 年商务印书馆	[俄]溪崖霍夫①/吴梼
53	《〈旅行述异〉序》	1907 年商务印书馆	[美]华盛顿·欧文/林纾
54	《〈滑稽外史〉短评数则》	1907 年商务印书馆	[英]迭更司/林纾
55	《〈托尔斯泰小说集〉序》	1907 年香港礼贤会	[俄]托尔斯泰/叶道胜
56	《〈托尔斯泰小说集〉序》	1907 年香港礼贤会	[俄]托尔斯泰/王炳堃
57	《〈孝女序耐儿传〉序》	1908 年商务印书馆	[英]迭更司/林纾
58	《〈块肉余生述〉序》	1908 年商务印书馆	[英]迭更司/林纾
59	《〈块肉余生述〉[附记]》	1908 年商务印书馆	[英]迭更司/林纾

————————

① 后译为契诃夫。

续表

序号	原文	发表时间、刊物或出版社	原著作者/序跋者
60	《〈贼史〉序》	1908 年商务印书馆	[英]迭更司/林纾
61	《〈歇洛克奇案开场〉[序]》	1908 年商务印书馆	[英]柯南达利/陈熙绩
62	《〈傀儡美人〉序言》	1908 年商务印书馆	[法]格斯达夫/鲜民
63	《〈匈奴奇士录〉小引》	1908 年商务印书馆	[匈]育珂摩耳/周作人
64	《〈钟乳骷髅〉小序》	1908 年商务印书馆	[英]哈葛德/林纾
65	《〈不如归〉[序]》	1908 年商务印书馆	[日]德富健次郎/林纾
66	《〈模范町村〉小序》	1908 年商务印书馆	[日]横井时敬/徐凤书
67	《〈海底仇〉序》	1908 年安雅书局	不详/石光琦
68	《〈域外小说集〉序言、杂识》	1909 年神田印刷所	[英]王尔德等/周树人
69	《〈域外小说集〉（1921 本）序》	1921 年上海群益书社	[英]王尔德等/周树人
70	《〈冰雪姻缘〉序》	1909 年商务印书馆	[英]迭更司/林纾
71	《〈红泪影〉序》	1909 年广智书局	[英]巴尔扎克/罗普
72	《〈伊朔译评〉序》	1909 年通问报馆	[古希腊]伊索/陈金镛
73	《〈一百十三案〉序、弁言》	1909 年广智书局	[法]嘉宝耳/陈鸿璧
74	《〈一百十三案〉[附件]》	1909 年广智书局	[法]嘉宝耳/觉我、陈鸿璧
75	《〈绝岛日记〉绪言》	1901 年群益书社	[英]笛福/周砥
76	《〈义狗传〉[序]》	1910 年商务印书馆	[美]Sarah Jane Eddy/孙毓修
77	《〈三千年艳尸记〉跋》	1910 年商务印书馆	[英]哈葛德/林纾

序号	原文	发表时间、刊物或出版社	原著作者/序跋者
78	《〈荒唐言〉[跋]》	1912 年商务印书馆	[英]伊门斯宾赛儿/林纾
79	《〈西方搜神记〉序》	1912 年上海广学会	[英]金司勒/莫安仁
80	《〈二王子〉童话例言》	1913 年中华书局	不详/徐傅霖
81	《〈九十三年〉译者评语》	1913 年上海有正书局	[法]嚣俄/曾朴
82	《〈炭画〉小引》	1914 年上海文明书局	[波兰]显克微支/周作人
83	《〈红粉劫〉序四》	1914 年上海国华书局初版	[英]司达渥/顾靖夷
84	《〈红粉劫〉鬘红女史评语》	1914 年上海国华书局初版	[英]司达渥/鬘红女史
85	《〈辣女儿〉序、总评》	1914 年上海国华书局	[英]格多士/李定夷
86	《〈顽童日记〉译序》	1914 年 6 月《中华小说界》第 1 卷第 6 期	不详/刘半农
87	《〈洋迷小影〉译序》	1914 年 7 月《中华小说界》第 1 卷第 7 期	[丹]安徒生/刘半农
88	《托尔斯泰〈此何故耶?〉译余赘言》	1914 年 11 月《中华小说界》第 1 卷第 11 期	[俄]列夫·托尔斯泰/刘半农
89	《〈烛影当窗〉译序》	1915 年 5 月《中华小说界》第 2 卷第 5 期	[英]柯南道尔/刘半农
90	《〈悯彼孤子〉译后记》	1915 年 5 月《中华小说界》第 2 卷第 5 期	[日]德富芦花/刘半农
91	《〈英王查理一世喋血记〉译序》	1915 年 8 月《中华小说界》第 2 卷第 8 期	[法]Guizot/刘半农

序号	原文	发表时间、刊物或出版社	原著作者/序跋者
92	《杜瑾讷夫之名著译序》	1915 年 7 月《中华小说界》第 2 卷第 7 期	[俄]屠格涅夫/刘半农
93	《〈希腊拟曲·盗杠〉译序》	1915 年 10 月《中华小说界》第 2 卷第 10 期	[希腊]珞珞披端/刘半农
94	《〈苦儿流浪记〉序》	1915 年上海商务印书馆	[法]爱克脱麦罗/包天笑
95	《演义丛书序》	1915 年上海商务印书馆《伊索寓言演义》	[古希腊]伊索/孙毓修
96	《〈福尔摩斯侦探案全集〉跋》	1916 年上海中华书局	[英]柯南道尔/刘半农
97	《〈乾隆英使觐见记〉译序》	1916 年上海中华书局	[英]马戛尔尼/刘半农
98	《文学改良刍议》	1917 年 1 月《新青年》第 2 卷第 5 号	胡适
99	《文学革命论》	1917 年 1 月《新青年》第 2 卷第 6 号	陈独秀
100	《诗与小说精神之革新》	1917 年 7 月 1 日《新青年》第 3 卷第 5 号	刘半农
101	《周瘦鹃译〈欧美名家短篇小说丛刻〉评语》	1917 年 11 月 30 日《教育公报》第 4 卷第 15 期	周树人、周作人
102	《陀思妥夫斯奇之小说》	1918 年 1 月 15 日《新青年》第 4 卷第 1 号	[英]W. B. Trites/周作人
103	《论短篇小说》	1918 年 5 月 15 日《新青年》第 4 卷第 5 号	胡适
104	《读武者小路君所作〈一个青年的梦〉》	1918 年 5 月 15 日《新青年》第 4 卷第 5 号	周作人

续表

序号	原文	发表时间、刊物或出版社	原著作者/序跋者
105	《日本近三十年小说之发达》	1918 年 7 月 15 日《新青年》第 5 卷第 1 号	周作人
106	《通俗小说之积极教训与消极教训》	1918 年 7 月《太平洋》月刊第 1 卷第 10 号	刘半农
107	《〈杜宾侦探集〉序》	1918 年上海中华书局	[美]爱伦浦/常觉、觉迷 天虚我生
108	《〈桑狄克侦探案〉序》	1918 年上海中华书局	[美]奥司登/天虚我生
109	《〈帐中说法〉序》	1918 年上海中华书局	[英]唐格腊斯/刘半农
110	《人的文学》	1918 年 12 月《新青年》第 5 卷第 6 号	周作人
111	《译者自序》	1919 年亚东图书馆《短篇小说第一集》	[英]都德等/胡适
112	《小说之概念》	1919 年 1 月《东方杂志》第 16 卷第 1 号	君实
113	《短篇小说的性质》	1919 年 3 月 20 日《时事新报》副刊《学灯》	[不详]Fittenger/ 柏香(朱自清)
114	《小说新潮栏宣言》	1920 年 1 月 25 日《小说月报》第 11 卷第 1 期	沈雁冰
115	《〈晚间的来客〉译后附记》	1920 年 4 月《新青年》第 7 卷第 5 号	周作人
116	《〈俄罗斯名家短篇小说〉序一》	1920 年新中国杂志社	[俄]众多作家/瞿秋白
117	《〈俄罗斯名家短篇小说〉序二》	1920 年新中国杂志社	[俄]众多作家/郑振铎
118	《〈驿站监察吏〉序》	1920 年 7 月《新中国》杂志	[俄]普希金/瞿秋白

序号	原文	发表时间、刊物或出版社	原著作者/序跋者
119	《〈点滴〉序言》	1920 年北京大学出版部	[俄]托尔斯泰等/周作人
120	《近代俄罗斯小说》	1920 年《曙光》第 1 卷第 6 号	[不详]Living age/翟世英
121	《〈酋长〉附记》	1920 年北京大学出版部	[俄]托尔斯泰等/周作人
122	《〈幸福〉译后记》	1920 年 12 月《新青年》第 8 卷第 4 号	鲁迅
123	《短篇小说泛论》	1921 年 1 月 9 日《申报·自由谈》	张舍我
124	《〈忍心〉译者附记》	1921 年 1 月《小说月报》第 12 卷第 1 号	王统照
125	《短篇小说作法》	1921 年 4 月清华小说研究社初版	梁实秋等
126	《〈甲必丹之女〉叙一》	1921 年上海商务印书馆	[俄]普希金/耿济之
127	《〈甲必丹之女〉叙二》	1921 年上海商务印书馆	[俄]普希金/郑振铎
128	《附录——托尔斯泰主义》	1921 年上海泰东书局《托尔斯泰小说集》	[俄]托尔斯泰/王靖
129	《〈托尔斯泰短篇〉译序》	1921 年上海公民书局	[俄]托尔斯泰/刘灵华
130	《〈托尔斯泰短篇小说集〉序》	1921 年上海商务印书馆	[俄]托尔斯泰/耿济之
131	《〈茵梦湖〉的序引》	1921 年上海泰东书局	[德]施笃谟/郁达夫
132	《〈前夜〉序》	1921 年上海商务印书馆	[俄]屠格涅夫/耿济之
133	《俄国的童话文学》	1921 年 9 月《小说月报》第 12 卷号外"俄国文学研究"	[日]西川勉/夏丏尊
134	《小说作法》	1921 年 10 月 11 日《文学旬刊》第 16 期	六逸

续表

序号	原文	发表时间、刊物或出版社	原著作者/序跋者
135	《小说作法(续)》	1921 年 10 月 21 日《文学旬刊》第 17 期	六逸
136	《短篇小说作法》	1921 年 12 月上海新文学研究会初版	闻野鹤
137	《评莫泊桑的小说》	1922 年 1 月 1 日《少年中国》第 3 卷第 6 期	李璜
138	《西洋小说发达史(一) 一、绪言》	1922 年 1 月 10 日《小说月报》第 13 卷第 1 号	谢六逸
139	《西洋小说发达史(二) 二、小说发达之经过》	1922 年 2 月 10 日《小说月报》第 13 卷第 2 号	谢六逸
140	《西洋小说发达史(三) 三、罗曼主义时代》	1922 年 3 月 10 日《小说月报》第 13 卷第 3 号	谢六逸
141	《〈少年维特之烦恼〉序引》	1922 年 3 月 15 日《创造》季刊第 1 卷第 1 期	郭沫若
142	《西洋小说发达史(四) 四、自然主义(上)》	1922 年 5 月 10 日《小说月报》第 13 卷第 5 号	谢六逸
143	《西洋小说发达史(五)五、自然主义时代(中)》	1922 年 6 月 10 日《小说月报》第 13 卷第 6 号	谢六逸
144	《西洋小说发达史(六)六、自然主义时代(下)》	1922 年 7 月 10 日《小说月报》第 13 卷第 7 号	谢六逸
145	《小说的研究(上、中、下)》	1922 年 7 月 10 日《小说月报》第 13 卷第 7 号—1922 年 9 月 10 日第 13 卷第 9 号	瞿世英

续表

序号	原文	发表时间、刊物或出版社	原著作者/序跋者
146	《小说的"做"的问题》	1922 年 7 月 1 日《文学旬刊》第 42 期	宓汝卓
147	《小说的"做"的问题（续）》	1922 年 7 月 11 日《文学旬刊》第 43 期	宓汝卓
148	《自然主义与中国现代小说》	1922 年 7 月 10 日《小说月报》第 13 卷第 7 号	沈雁冰
149	《读〈工人绥惠略夫〉》	1922 年 10 月 10 日《文学旬刊》第 52 期	仲持
150	《论写实小说之流弊》	1922 年 10 月 22 日《中华新报》	吴宓
151	《写实小说之流弊?》	1922 年 11 月 1 日《文学旬刊》第 54 期	冰
152	《西洋小说的发达史（七）七、自然主义以后》	1922 年 11 月 10 日《小说月报》第 13 卷第 11 号	谢六逸
153	《〈阿丽思漫游奇境记〉译者序》	1922 年上海商务印书馆	[美]路易斯·卡罗尔/赵元任
154	《〈父与子〉叙言》	1922 年上海商务印书馆	[俄]屠格涅夫/郑振铎
155	《〈王尔德童话〉小说序》	1922 年上海泰东书局	[英]王尔德/穆木天
156	《〈意门湖〉序》	1922 年上海商务印书馆	[德]斯托尔姆/唐性天
157	《斯托尔姆(德国北部的小说家兼诗家)》	1922 年上海商务印书馆《意门湖》	[德]斯托尔姆/唐性天
158	《〈少年维特之烦恼〉序引》	1922 年上海泰东书局	[德]歌德/郭沫若
159	《译了〈工人绥惠略夫〉之后》	1922 年上海商务印书馆	[俄]阿志跋绥夫/鲁迅

序号	原文	发表时间、刊物或出版社	原著作者/序跋者
160	《〈现代小说译丛（第一集）〉序言》	1922 年上海商务印书馆	［俄］安特莱夫等/周作人
161	《〈暗淡的烟霭里〉［附记］》	1922 年上海商务印书馆	［俄］安特莱夫等/鲁迅
162	《〈书籍〉［附记］》	1922 年上海商务印书馆	［俄］安特莱夫等/鲁迅
163	《〈连翘〉［附记］》	1922 年上海商务印书馆	［俄］安特莱夫等/鲁迅
164	《〈幸福〉［附记］》	1922 年上海商务印书馆	［俄］安特莱夫等/鲁迅
165	《〈医生〉［附记］》	1922 年上海商务印书馆	［俄］安特莱夫等/鲁迅
166	《〈波尼克拉的琴师〉［附记］》	1922 年上海商务印书馆	［俄］安特莱夫等/周作人
167	《〈二草原〉［附记］》	1922 年上海商务印书馆	［俄］安特莱夫等/周作人
168	《〈愿你有福了〉［附记］》	1922 年上海商务印书馆	［俄］安特莱夫等/周作人
169	《〈世界之霉〉［附记］》	1922 年上海商务印书馆	［俄］安特莱夫等/周作人
170	《〈燕子与蝴蝶〉［附记］》	1922 年上海商务印书馆	［俄］安特莱夫等/周作人
171	《〈我的姑母〉［附记］》	1922 年上海商务印书馆	［俄］安特莱夫等/周作人
172	《〈犹太人〉［附记］》	1922 年上海商务印书馆	［俄］安特莱夫等/周作人
173	《〈战争中的威尔珂〉（一件实事）［附记］》	1922 年上海商务印书馆	［俄］安特莱夫等/鲁迅
174	《〈乞丐〉［附记］》	1922 年上海商务印书馆	［俄］安特莱夫等/周作人
175	《〈意大利的利益〉［附记］》	1922 年上海商务印书馆	［俄］安特莱夫等/周作人
176	《〈神父所孚罗纽斯〉［附记］》	1922 年上海商务印书馆	［俄］安特莱夫等/周作人

续表

序号	原文	发表时间、刊物或出版社	原著作者/序跋者
177	《〈父亲拿洋灯回来的时候〉[附记]》	1922 年上海商务印书馆	[俄]安特莱夫等/周作人
178	《〈疯姑娘〉[附记]》	1922 年上海商务印书馆	[俄]安特莱夫等/鲁迅
179	《〈父亲在亚美利加〉[附记]》	1922 年上海商务印书馆	[俄]安特莱夫等/鲁迅
180	《〈一滴的牛乳〉[附记]》	1922 年上海商务印书馆	[俄]安特莱夫等/周作人
181	《〈爱罗先珂童话集〉序》	1922 年上海商务印书馆	[俄]爱罗先珂/鲁迅
182	《〈小人物的忏悔〉序》	1922 年上海商务印书馆	[俄]安特立夫/瞿世英
183	《关于〈小说世界〉的话》	1923 年 1 月 21 日《文学旬刊》第 62 期	华秉丞
184	《小说通义：总论》	1932 年 3 月《文史哲》第三期	陈钧
185	《最近之产出(二)西洋小说的发达史》	1923 年 7 月 12 日《文学旬刊》第 79 期	化鲁
186	《小说创作与作者》	1923 年《小说月报》第 14 卷第 10 号	孙俍工
187	《郑译〈灰色马〉序》	1923 年 11 月 5 日《文学旬刊》第 95 期	沈雁冰
188	《〈莫柏霜短篇〉序》	1923 年灵生印刷公司	[法]莫柏霜/谢直君
189	《〈涡堤孩〉引子》	1923 年上海商务印书馆	[德]福沟/徐志摩
190	《小说学讲义》	1923 年上海大新书局	董巽
191	《〈现代日本小说集〉附录》	1923 年上海商务印书馆	[日]夏目漱石等/周作人
192	《〈梦〉序》	1923 年北京阳光社	[南非]须莱纳尔/周作人

续表

序号	原文	发表时间、刊物或出版社	原著作者/序跋者
193	《〈梦〉译者自序》	1923 年北京阳光社	[南非]须莱纳尔/张近芬
194	《〈近代俄国小说集（一）〉作家传略》	1923 年上海商务印书馆	[俄]布雪金等/不详
195	《〈近代俄国小说集（二）〉作家传略》	1923 年上海商务印书馆	[俄]托尔斯泰等/不详
196	《〈近代俄国小说集（三）〉作家传略》	1923 年上海商务印书馆	[俄]乞呵甫/不详
197	《〈近代俄国小说集（四）〉作家传略》	1923 年上海商务印书馆	[俄]高尔基等/不详
198	《〈莫泊桑短篇小说集（一）〉杨序》	1923 年上海商务印书馆	[法]莫泊桑/杨树达
199	《〈近代俄国小说集（五）〉作家传略》	1923 年上海商务印书馆	[俄]库普林/不详
200	《〈近代法国小说集（上）〉作家传略》	1923 年上海商务印书馆	[法]杜德等/不详
201	《〈近代法国小说集（下）〉作家传略》	1923 年上海商务印书馆	[法]莫泊三等/不详
202	《小说作法讲义》	1923 年 12 月上海中华书局初版	孙俍工
203	《郑译〈灰色马〉序》	1924 年上海商务印书馆	[俄]路卜洵/瞿秋白
204	《〈灰色马〉序》	1924 年上海商务印书馆	[俄]路卜洵/沈雁冰
205	《〈灰色马〉译者引言》	1924 年上海商务印书馆	[俄]路卜洵/郑振铎
206	《跋〈灰色马〉译本》	1924 年上海商务印书馆	[俄]路卜洵/俞平伯
207	《〈盲音乐家〉科路伦科评传》	1924 年上海中华书局	[俄]科路伦科/张闻天

续表

序号	原文	发表时间、刊物或出版社	原著作者/序跋者
208	《附录——作家传略》	1924 年上海商务印书馆《欧洲大陆小说集（上）》	［意］邓南遮等/不详
209	《附录——作家传略》	1924 年上海商务印书馆《欧洲大陆小说集（下）》	［波兰］卜鲁斯等/不详
210	《附录——作家传略》	1924 年上海商务印书馆《近代英美小说集》	［英］王尔德等/不详
211	《附录——作家传略》	1924 年上海商务印书馆《近代日本小说集》	［日］国木田独步等/不详
212	《大仲马评传》	1924 年上海商务印书馆《侠隐记》	［法］大仲马/沈德鸿
213	《〈俄国童话集〉序》	1924 年上海商务印书馆	［俄］不详/潘麟昌
214	《〈纺轮的故事〉译者序》	1924 年北新书局	［法］孟代/张近芬
215	《〈安徒生童话集〉短序》	1924 年新文化书社	［丹麦］安徒生/赵景深
216	《安徒生的人生观》	1924 年新文化书社《安徒生童话集》	［丹麦］安徒生/赵景深
217	《〈琪瑰康陶〉译者序言》	1924 年上海中华书局	［意］丹农雪乌/张闻天
218	《曼殊斐儿》	1924 年上海商务印书馆《曼殊斐儿》	［英］曼殊斐儿/徐志摩
219	《译后补记》	1924 年上海商务印书馆《太阳与月亮》	［英］曼殊斐儿/陈西滢
220	《曼殊斐儿略传（附录）》	1924 年上海商务印书馆	［英］曼殊斐儿/沈雁冰

续表

序号	原文	发表时间、刊物或出版社	原著作者/序跋者
221	《普希金传略》	1924 年上海亚东图书馆《普希金小说集》	[俄]普希金/赵诚之
222	《〈天方夜谭〉（1924 年本）序》	1924 年商务印书馆	[阿]民间故事/叶圣陶
223	《小说法程》	1924 年 11 月上海商务印书馆初版	[美]哈米顿/华林一
224	《读法兰西氏的小说〈达旖丝〉》	1924 年 12 月 29 日《语丝》第 7 期	江绍原
225	《小说的研究》	1925 年 1 月上海商务印书馆初版	[美]培里/汤澄波
226	《论小说的浏览和选择（上）》	1925 年 10 月 19 日《语丝》第 49 期、1925 年 10 月 26 日第 50 期	[德]开培尔/鲁迅
227	《再谈谈波兰小说家莱芒忒的作品》	1925 年 1 月 5 日《文学旬刊》第 155 期	化鲁
228	《人物的研究》	1925 年 3 月 10 日《小说月报》第 16 卷第 3 号	沈雁冰
229	《小说通论》①	1925 年 6 月上海梁溪图书馆初版	沈苏约编
230	《安徒生童话里的思想》	1925 年 8 月 16 日《文学周报》第 186 期	赵景深
231	《安徒生的处女作》	1925 年 8 月 16 日《文学周报》第 186 期	徐调孚

---

① 收录 9 篇小说研究的文章，包括《论小说与群治之关系》（梁启超）、《研究小说的正法》（吕天石）、《论短篇小说》（胡适）、《五十年来中国之白话小说》（胡适）、《童话小说在儿童用书中之位置》（饶上达）、《通俗小说之积极教训与消极教训》（刘半农）、《自然主义与中国现代小说》（沈雁冰）、《今日中国所需要的小说》（胡怀琛）、《中国之下等小说》（刘半农）。

续表

序号	原文	发表时间、刊物或出版社	原著作者/序跋者
232	《文艺的新生命——布兰特斯〈安徒生论〉第一节大意》	1925 年 8 月 16 日《文学周报》第 186 期	［丹麦］布兰特斯/沈雁冰
233	《小说的创作》	1925 年 9 月 29 日《文学周报》第 192 期	鲍罗耶
234	《小说的创作（续）》	1925 年 10 月 4 日《文学周报》第 192 期	鲍罗耶
235	《〈邻人之爱〉译后记》	1925 年上海商务印书馆《邻人之爱》	［俄］安特列夫/沈泽民
236	《附录——安特列夫略传》	1925 年上海商务印书馆《邻人之爱》	［俄］安特列夫/沈雁冰
237	《〈天鹅〉序一》	1925 年上海商务印书馆	［丹麦］安徒生/郑振铎
238	《〈天鹅〉序二》	1925 年上海商务印书馆	［丹麦］安徒生/叶圣陶
239	《〈缝针〉附记》	1925 年上海商务印书馆	［丹麦］安徒生/郑振铎
240	《〈印第安墨水画〉［附记]》	1925 年上海商务印书馆《北欧文学一脔》	［瑞典］苏特尔褒格/茅盾
241	《〈父亲拿洋灯回来的时候〉［附记]》	1925 年上海商务印书馆《芬兰文学一脔》	［芬兰］约翰尼哀禾/周作人
242	《〈某夫妇〉译后［附记]》	1925 年上海商务印书馆《武者小路实笃集》	［日］武者小路实笃/周作人
243	《梅脱灵略（附录）》	1925 年上海商务印书馆《娜拉亭与巴罗米德》	［比］梅脱灵/沈雁冰
244	《〈美尼〉［附记]》	1925 年上海商务印书馆《宾斯奇集》	［俄］宾斯奇/茅盾
245	《〈波兰〉［附记]》	1925 年上海商务印书馆《宾斯奇集》	［俄］宾斯奇/茅盾

序号	原文	发表时间、刊物或出版社	原著作者/序跋者
246	《〈拉比阿契巴的诱惑〉[附记]》	1925 年上海商务印书馆《宾斯奇集》	[俄]宾斯奇/茅盾
247	《〈我的姑母〉[附记]》	1925 年上海商务印书馆《波兰文学一脔(上)》	[波]科诺布涅支加/周作人
248	《〈农夫〉[小序]》	1925 年上海商务印书馆《波兰文学一脔(上)》	[波]戈木列支奇等/王统照
249	《〈二草原〉[附记]》	1925 年上海商务印书馆《波兰文学一脔(下)》	[波]显克微支等/周作人
250	《〈哑妻〉[附记]》	1925 年上海商务印书馆《法朗士集》	[法]法朗士/沈性仁
251	《〈红蛋〉[附记]》	1925 年上海商务印书馆《法朗士集》	[法]法朗士/高六珈
252	《〈乡愁〉[附记]》	1925 年上海商务印书馆《日本小说集》	[日]加藤武雄等/周作人
253	《〈到网走去〉[附记]》	1925 年上海商务印书馆《日本小说集》	[日]志贺直哉等/周作人
254	《〈女难〉[附记]》	1925 年上海商务印书馆《日本小说集》	[日]国木田独步等/夏丏尊
255	《〈汤原通信〉[附记]》	1925 年上海商务印书馆《日本小说集》	[日]国木田独步等/顾其城
256	《〈坦白〉佛罗贝尔(附录)》	1925 年上海商务印书馆	[法]佛罗贝尔/沈雁冰
257	《〈禁食节〉[附记]》	1925 年上海商务印书馆《新犹太小说集》	[犹太]列弘潘莱士/沈雁冰
258	《〈贝诺思亥尔思来的人〉[附记]》	1925 年上海商务印书馆《新犹太小说集》	[犹太]拉比诺维奇/沈雁冰

序号	原文	发表时间、刊物或出版社	原著作者/序跋者
259	《〈冬〉[附记]》	1925 年上海商务印书馆《新犹太小说集》	[犹太]阿胥等/沈雁冰
260	《〈两条腿〉序》	1925 年北新书局	[丹麦]爱华耳特/周作人
261	《格氏兄弟小史》	1925 年河南教育厅编译处《格尔木童话集》	[德]格尔木兄弟/王少明
262	《〈莱森寓言〉序》	1925 年上海商务印书馆	[德]莱森/郑振铎
263	《〈印度寓言〉序》	1925 年上海商务印书馆	[印度]不详/郑振铎
264	《俄罗斯名著（第一集)》	1925 年上海亚东图书馆	[俄]不详/李秉之
265	《小说论》	1926 年 1 月上海光华书局初版	郁达夫
266	《童话的印度来源说》	1926 年 1 月 17 日《文学周报》第 208 期	赵景深
267	《历史的小说论》	1926 年 4 月 16 日《创造月刊》第 1 卷第 2 期	郁达夫
268	《小说通论》	1926 年 7 月武昌时中合作书社初版	傅岩
269	《小说论》	1926 年 10 月 2 日《北新》第 1 卷第 7 期	[法]莫泊桑/旅翁
270	《〈盲音乐师〉耿序》	1926 年上海商务印书馆	[法]克罗连科/耿济之
271	《〈一生〉序》	1926 年上海商务印书馆	[法]莫泊三/茅盾
272	《重新排版〈她的一生〉弁言》	1926 年上海商务印书馆	[法]莫泊三/徐蔚南
273	《〈爱的教育〉作者传略》	1926 年上海开明书店	[法]亚米契斯/夏丏尊
274	《〈项圈〉小序》	1926 年上海开明书店《短篇小说集》	[法]莫泊三等/崔雁冰

续表

序号	原文	发表时间、刊物或出版社	原著作者/序跋者
275	《〈雪莱诗选〉小序》	1926 年上海泰东书局	[英]雪莱/郭沫若
276	《〈列那狐的历史〉译序》	1926 年上海开明书店	郑振铎
277	《〈穷人〉小引》	1926 年开明书店	[俄]陀思妥耶夫斯基/鲁迅
278	《〈欧尔拉〉译者引言》	1926 年北京海音书店	[法]莫泊桑/张秀中
279	《〈外套〉序》	1926 年未名社	[俄]果戈里/韦素园
280	《〈嘉尔曼〉序》	1926 年上海商务印书馆	[法]梅礼美/樊仲云
281	《〈法国名家小说集〉弁言》	1926 年上海开明书店	[法]小仲马等/徐蔚南
282	《〈犹太小说集〉序》	1926 年上海开明书店	[犹太]夏虏姆阿来汉姆等/鲁彦
283	《〈友人之书〉法朗士传》	1926 年北京北新书局	[法]法朗士/金满成
284	《〈友人之书〉绪言》	1926 年北京北新书局	[法]法朗士/金满成
285	《〈三年〉译者序言》	1926 年北京北新书局	[俄]契诃夫/张友松
286	《夏芝的民间故事分类法》	1926 年 8 月 8 日《文学周报》第 237 期	赵景深
287	《童话和想象》	1927 年 1 月 23 日《文学周报》第 259 期	均正
288	《童话的起源》	1927 年 1 月 30 日《文学周报》第 2609 期	均正
289	《民间故事的讨论》	1927 年 2 月 6 日《文学周报》第 261 期	[不详]威国麦苟劳歌者/赵景深
290	《小说学》	1927 年 6 月上海泰东图书局再版	陈景新编著

续表

序号	原文	发表时间、刊物或出版社	原著作者/序跋者
291	《骆驼草——莫泊桑的作风和态度》	1927 年 7 月 23 日《语丝》第141 期	祖正
292	《关于国木田独步——国木田独步小说集代序》	1927 年 8 月 21 日《文学周报》第 278 期	夏丏尊
293	《短篇小说的结构——在新华艺术大学讲演》	1927 年 9 月 25 日《文学周报》第 238 期	赵景深
294	《〈冥土旅行〉苦雨斋小书序》	1927 年北京北新书局	[法]法布尔等/周作人
295	《〈冥土旅行〉[附记]》	1927 年北京北新书局	[叙利亚]路吉亚诺斯等/周作人
296	《〈爱昆虫的小孩〉[附记]》	1927 年北京北新书局《冥土旅行》	[法]法布尔等/周作人
297	《〈育婴刍记〉[附记]》	1927 年北京北新书局《冥土旅行》	[英]斯威夫德等/周作人
298	《〈玛加尔的梦〉[附记]》	1927 年北京北新书局	[俄]科罗连珂/周作人
299	《译者的序》	1927 年北京北新书局《契诃夫短篇小说集》	[俄]契诃夫/张友松
300	《〈牧师与魔鬼〉自序》	1927 年香港受匡出版部	[俄]杜斯托爱斯基/袁振英
301	《俄国小说与布尔塞维克主义》	1927 年香港受匡出版部《牧师与魔鬼》	[俄]杜斯托爱斯基/袁振英
302	《莫白霜传略》	1927 年香港受匡出版部《牧师与魔鬼》	[俄]杜斯托爱斯基/袁振英

续表

序号	原文	发表时间、刊物或出版社	原著作者/序跋者
303	《短篇小说论》	1927 年香港受匡出版部《牧师与魔鬼》	［俄］杜斯托爱斯基/袁振英
304	《〈青年胜利〉[附记]》	1927 年香港受匡出版部《牧师与魔鬼》	［俄］杜斯托爱斯基/袁振英
305	《〈乞丐〉[小序]》	1927 年香港受匡出版部《牧师与魔鬼》	［俄］杜斯托爱斯基/袁振英
306	《关于国木田独步》	1927 年上海开明书店《国木田独步集》	［日］国木田独步/夏丏尊
307	《〈东方寓言集〉序》	1927 年上海开明书店	［俄］陀罗雪维支/胡愈之
308	《译者序》	1927 年上海新月书店《少年歌德之创造》	［法］莫洛怀/陈西滢
309	《〈新生〉解说》	1927 年北京北新书局	［日］岛崎藤村/徐祖正
310	《短篇小说作法研究》	1927 年 6 月上海商务印书馆初版	［美］威廉/张志澄
311	《小说研究 ABC》①	1928 年上海世界书局	玄珠
312	《小说学大纲》	1928 年天一书院	金慧莲
313	《小说原理》	1931 年上海中华书局	陈穆如
314	《现代小说研究》	1931 年亚细亚书局	李菊休
315	《小说作法纲要》	1931 年上海神州国光社	詹奇
316	《小说概论》	1932 年北平文化学社	李何林
317	《小说作法》	1932 年上海世界书局	汪佩之
318	《小说原理》	1933 年商务印书馆	赵景深

---

① 此处把 20 世纪 30 年代初期的几本重要小说理论著作也一并列出，参照《附录：二三十年代中国小说理论书目》（陈平原《书里书外》，生活·读书·新知三联书店，2019 年，第 123 页）。

续表

序号	原文	发表时间、刊物或出版社	原著作者/序跋者
319	《小说的研究》	1933 年上海光华书局	贺玉波
320	《小说作法讲话》	1934 年上海光明书局	石苇

从上述表格的统计可以看出"五四"新文学发生期在小说译介方面着力最多，他们不仅撰写了大量的译文序跋对外国小说文体进行阐释，也着手翻译外国小说理论著作，如华林一翻译的美国著名文艺理论家哈米顿的《小说法程》和汤澄波翻译的美国作家培里的《小说的研究》，这两本著作对于"五四"小说文体的影响是非常大的，下文会具体讨论。也有很多作家直接采用类似于"译述"的方式（多数论文未作标注）借鉴外国小说理论，这些研究论文有的会标注参考书籍，有的什么都未标注。孙俍工的《小说作法讲义》、胡适的《论短篇小说》、郁达夫的《小说论》等都带有明显的借鉴痕迹。孙俍工在《小说作法讲义》序言中说"这书里所引的例子，都是国外小说名作底翻译"①，郁达夫的《小说论》在每一章后面都会标明参考的外文书籍。从上述的表格梳理中我们还可以发现，通俗小说译文序跋、短篇小说理论、童话理论的探讨较多，如刘半农的通俗小说译文序跋、清华小说研究社的《短篇小说作法》、胡适的《论短篇小说》、张舍我的《短篇小说泛论》、张志澄翻译的美国作家威廉的《短篇小说作法》、顾均正的《童话与想象》《童话的起源》、赵景深的《童话的印度来源说》等，由于在第三章中已经对通俗小说、短篇小说和童话的发生进行了专门的探讨，因此下文在研究中就不作讨论，小说的理论研究专著在 20 世纪 20 年代末和 30年代初的几年中出现较多，代表性的著作有茅盾的《小说研究 ABC》（1928年）、金慧莲的《小说大纲》（1928 年）、陈穆如的《小说原理》（1931 年）、李菊休的《现代小说研究》（1931 年）、詹奇的《小说作法纲要》（1931 年）、李何林的《小说概论》（1932 年）、汪佩之的《小说作法》（1932 年）、赵景深的《小说原理》（1933 年）、贺玉波的《小说的研究》（1933 年）、石苇的《小说作法讲话》（1934 年），这些小说理论著作对于外国小说理论都有所借鉴，可见现代作家在小说文体理论建构方面的努力，另一方面也足见新文学第二个十年小说文体的理论自觉。

正如严家炎所说，"20 世纪是中国文学在东西方文化交汇、撞击下发

---

① 　俍工. 小说作法讲义 全 1 册［M］. 上海：中华书局，1933：3.

生大变革、走向现代化的时期，也是中国小说接受西方思潮影响，建立崭新意识和崭新体式，并使外来影响和民族传统逐步交融，使现代化和民族化相互结合的时期(《〈二十世纪小说理论资料〉总序》)"①。正是在这种深受西方影响的小说理论现代化过程中，现代作家在翻译和创作小说之余，也会翻译一些小说理论文章、撰写一些基于外国小说和小说理论启发的理论批评文章，这些小说文论译介中会涉及现代小说的文体理论阐发，它们对现代小说文体的发生产生了较大作用。由于体量较大，本书在考查时更多关注"五四"时期的小说文论译介对现代小说文体发生的讨论，其中重点关注《小说法程》《小说的研究》两个译本，关于这两本书的影响，陈平原认为"可以毫不夸张地说，二三十年代中国谈小说理论的，几乎没有人不受这两本美国小说理论著作的影响"。但"并非《小说法程》和《小说的研究》所论述的每个问题，都对中国学术界产生影响……真正影响中国小说理论发展的，是小说三分法、小说视角理论以及短篇小说特点这三者"②。因此，下文在系统梳理《小说法程》《小说的研究》两个译本的基础上，重点探讨"小说三分法"对现代小说理论建构的影响。

二、《小说法程》与《小说的研究》：小说三元素理论

"五四"时期对中国现代小说文体发生影响最大的两部小说理论译著是《小说法程》(英文原著名为 *Materials and Methods of Fiction*，作者 Clayton Hamilton，华林一译，商务印书馆 1924 年 11 月初版)和《小说的研究》(*A Study of Prose Fiction*，作者 Bliss Perry，汤澄波译，商务印书馆 1925 年 1 月初版)。"五四"现代小说理论中的"小说三元素理论的诞生离不开《小说法程》和《小说的研究》两部小说理论著作的影响，它们成为当时中国小说理论的摹本依据。以' 人物、情节、环境'为小说三元素的西方小说学理论对中国性格小说的发展起到了重要的作用，从根本上打破了传统故事情节小说的旧格局"③。

《小说法程》是美国作家哈米顿的小说理论专著，该书是用文言文翻译而成，吴宓为该书作序，吴宓的《哈米顿〈小说法程〉中译本序》(1924年)指出本书"简明精当理论实用"，在美国很"通行"，是哈佛大学的文科教材，自己在东南大学也用此书作为教材，一共十二章，前面有吴宓的译

---

①　陈平原，夏晓虹. 二十世纪中国小说理论资料 第 1 卷 1897—1916[M]. 北京：北京大学出版社，1989：1.

②　陈平原. 陈平原小说史论集 下[M]. 石家庄：河北人民出版社，1997：216-217.

③　计红芳. 中国现代小说理论经典[M]. 苏州：苏州大学出版社，2008：5.

本序、译例和马太斯原序，其中比较重要的是第三章到第六章的内容。在第三章"叙事文之性质"中，哈米顿认为小说有四种写法：辩论法、解说法、描写法和叙事法，依据性质，小说分为"重动作之叙事文"和"重人物之叙事文"两类。在这一章中，哈米顿提出了小说的三要素说：动作、人物、环境。第四章是"结构"，哈米顿强调小说为"提炼之人生"，"结构之精善者，常能引起阅者之兴味"，但哈米顿也指出"徒有结构而不能示阅者以真正之人物，则必无大成"。第五章是"人物"，哈米顿在这一章论述了小说人物塑造的方法，认为"人物须有使阅者识知之价值"，不同读者因"个人程度性质之不同"对人物认知不同，指出"描写过实之人物之弊病"，论述了直接与间接表现人物的方法。第六章是"布局"，哈米顿分析了影响小说环境的因素以及环境对人物的影响，认为"完善之环境""不能与动作、人物分离"。《小说的研究》一共十三章，内容为"小说的研究、小说与诗、小说与戏剧、小说与科学、人物、布局、处景、小说作家、唯实主义、浪漫主义、形式问题、短篇小说、现代美国小说之趋势"，书的前面有一个"原序"，说明本书是研究小说的艺术，初版于 1902 年。本书第五章"人物"、第六章"布局"、第七章"处景"三章论述的是小说的构成要素及功能。

　　清华小说研究社出版的《短篇小说作法》、郁达夫的《小说论》、孙俍工的《小说作法讲义》、茅盾的《小说研究 ABC》等小说研究文章都或多或少接受了上述两本书中关于"小说三分法"的研究框架，虽然 20 世纪 20 年代中国现代小说文体的发生更多得益于外国小说而不是外国小说理论，但现代小说文体的发生"跟汉密尔顿的论述以及中国小说理论家的引申发挥不无关系"①。瞿世英的《小说的研究》最初刊载于 1922 年 7 月 10 日到 9 月 10 日的《小说月报》第 13 卷第 7 号到第 9 号上，全文包括上、中、下三篇。是"五四"时期较早专门探讨小说理论的文章，旨在提倡新的小说观念。瞿世英的《小说的研究》②也可以算作翻译文论，中间虽有作者瞿世英个人对其时文坛小说状况的很多描述，但主要观点是编译的。《小说的研究》是"五四"时期理论色彩较强的小说专论，文章开门见山交代了此文的结构分为上、中、下三篇。《小说的研究》中篇尤为重要，尤其是西方小说的"三分法"理论介绍。在中篇中，瞿世英介绍了"小说的本身与组织"，"要想将小说的几种重要元素解释明白"。在瞿世英看来，"一篇小说，无

---

① 陈平原. 陈平原小说史论集 下［M］. 石家庄：河北人民出版社，1997：219.
② 这篇文章基本上是根据佩里的《小说的研究》前几章编译而成。

论是长篇短篇，有三种元素是必备的。这三种元素便是人物，布局和安置。换言之，就是小说家是要说明某某人（或许多人）在某某环境下做的什么事，说的什么话或者想些什么。若没有人物，没有事情，没有背景的文字，还能算小说么？"①瞿世英认为人物是三要素中最重要的，指出"布局这个字，在英文是'plot'，译布局实在不甚妥，但是大家既是这样译法，又想不出别的译名来，只好仍用他。所谓布局者，就是'小说中人物的遇合'"。对于第三个要素"安置"，瞿世英认为"什么是'安置（setting）'这是很难解释的。译名译做'安置'也不甚佳。所谓'安置'者，就是境遇，亦可说是人物活动的所在，动作的环境。有时像戏剧的布景一般，是小说中人背景"。由此可见，瞿世英所谓的小说三要素——"人物""布局"和"安置"就是西方小说三要素"人物""情节"和"环境"。这也是本书把瞿世英的这篇《小说的研究》放在文论译介部分讨论的原因。

　　"五四"时期随着现代小说创作和小说翻译的渐趋增多，小说理论方面的著作也渐次出现，代表性的有 1921 年清华小说研究社的《短篇小说作法》、1923 年孙俍工的《小说作法讲义》（中华书局）、1926 年郁达夫的《小说论》（上海光华书局）、1928 年茅盾的《小说研究 ABC》（世界书局）、1931 年陈穆如的《小说原理》（中华书局）、1933 年赵景深的《小说原理》（商务印书馆），这些小说理论深受西方小说理论影响，我们很容易在这些小说理论著作开设的参考书中找到 Clayton Hamilton 的 *Materials and Methods of Fiction* 和 Bliss Perry 的 *A Study of Prose Fiction* 两本参考书，我们也很容易在这些理论中发现"小说三分法"的理论框架影响。

　　1923 年孙俍工的《小说作法讲义》由中华书局出版，在书前的《序言》中，孙俍工坦言"这书里所引的例子，都是国外小说翻译底名作"。在"第三章　方法"中，孙俍工论述了小说的人物、环境和结构三要素，在讲到小说的结构时，文中提到参照了日本厨川白村的研究专著《近代文学十讲》的第七讲，而《近代文学十讲》的第七讲基本来自《小说艺术指南》②（Clayton Hamilton 的 *Materials and Methods of Fiction*，也就是后来国内翻译的《小说法程》这本书）。1926 年，郁达夫的《小说论》由上海光华书局出版，全书分为六章，郁达夫更多也是着眼于西方小说理论来展开阐释，这一点从每一章节后面所列的参考书也可以看出。《小说论》的第四章是"小

　　① 陈春生，等. 20 世纪中国文学史文论精华：小说卷[M]. 石家庄：河北教育出版社，2000：77.
　　② 陈平原. 陈平原小说史论集 下[M]. 石家庄：河北人民出版社，1997：216.

说的结构"，第五章是"小说的人物"，第六章是"小说的背景"，在这三章中郁达夫参照西方的小说美学对小说的形式进行解剖，他指出"一般的小说技巧论里，都把小说的要素，分成一、结构（Plot），二、人物（Characters），三、背景（Setting）的三部"。在"小说的结构"一章中，郁达夫引用司替芬生对他的传记作者罢尔福（Graham Balfour）的话，指出写小说有三种方法，"第一，或者你先把结构定了，再去找人物。第二，或者你先有了人物，然后去找于这人物的性格开展上必要的事件和局面来。第三，或者你先有了定的雾围气，然后再去找出可以表现或实现这雾围气的行为和人物来"。从这些行文中的论述和后面三章所列出的参考书籍（这三章列出的参考书是一样的，一共两本，Clayton Hamilton 的 *A Manual of the Art of Fiction* 和 Bliss Perry 的 *A Study of Prose Fiction*）可以看出，郁达夫这种小说结构的三分法和相关论述都是源自上述两本外国小说理论著作。茅盾的《小说研究 ABC》1928 年由世界书局出版，本书一共分八章，后三章为"理论的探讨"，着眼于小说的三要素——"人物""结构""环境"，这种小说三要素的说法很显然也是源自 Bliss Perry 的 *A Study of Prose Fiction*，因为这本书也列在本书的"参考用书表"中。陈穆如的《小说原理》1931 年由中华书局出版，在本书前的"谢序"中，谢六逸指出这本书是陈穆如"根据 Perry 和 Hamilton 等的著作"写成，在书后的"参考书举例"中，陈穆如列出了两类著作，甲类关于小说原理者，包含 18 本英文原版著作，其中 Bliss Perry 的 *A Study of Prose Fiction* 和 Clayton Hamilton 的 *A Manual of the Art of Fiction* 就列在其中，乙类关于小说史者包含了 9 本英文文学史著作，丙类是作品，陈穆如认为此类不能列举，可在 *Modern Library* 和 *Every maus Library* 两类书中选阅，由此可见本书的理论来源和研究范本都是来源于外国文学。

1933 年，赵景深的《小说原理》由商务印书馆出版，此书包括"小说的制作""小说的结构""小说的人物""小说的环境"和"小说的观察点"五章，从标题我们可以看到赵景深对西方小说人物、结构、环境三要素的接受，书后列出的参考书同样包括 Clayton Hamilton 的 *A Manual of the Art of Fiction* 和 Bliss Perry 的 *A Study of Prose Fiction*。在第二章"小说的结构"中，赵景深指出"所谓［结构］，在英文称为 plot，意即情节，也就是故事里的事实，不过另外还有这事实是如何经过有机组织这一层意思，所以便译作结构"。赵景深指出小说有四种结构，第一种是"逆溯的结构"，"利用追叙和回想使得几十年的事情能在极短的时间内表现出来"，莫泊桑的短篇小说用得最多，柴霍甫用得极少；第二种"互交的结构"，莫泊桑的小说《礼物》就是这种结构；第三种是"循环的结构"，这种结构极少见，柴霍甫的《一件美术品》就用的这个结构；第四种是"潜藏的结构"，这种结构最有趣，作者故意留一个"未知点"（The Unknown Point），莫泊桑的《首饰》就是这一结构。在第三章"小说的人物"中，赵景深对短篇小说中人物性格的变化与否引用了两个外国文论家的观点，一种是以 Stewart Beach 的《短篇小说的技巧》（*Short Story Technique*，1929）为代表的观点，即"长篇小说人物的性格前后可以不同和改变，但短篇小说人物的性格前后总是一致的"。另一种代表性观点是 Evelyn May Albright 的《短篇小说》（*The Short Story*）的观点，即"短篇小说人物的性格前后也可以不同或改变"。在第四章"小说的环境"一章中，赵景深对于"环境"的释义也是引用外国小说理论的概念，"所谓的［环境］，在英文称为［setting］，直译译为［安放］，意思是说这篇小说安放在什么地方，什么时候。其实是和［Environment］差不多的意思"。在论述小说环境中的"地方色彩"时，赵景深更多的是基于外国小说家如马克·吐温、哈特、帕克尔、哈里斯等来展开，由此也进一步证明赵景深小说理论对外国文学的借鉴。

三、周作人："抒情诗的小说"文体的发生

在现代小说译文序跋中，周作人关于"抒情诗的小说"概念及文体特征的描述具有文体发生的触媒作用。"五四"时期，周作人作为"为人生"派文学的提倡者，尤其推崇俄国作家库普林（A. Kuprin）的作品。1920年，他翻译了库普林的小说《晚间的来客》，原载《新青年》第 7 卷第 5 号（1920 年 4 月 1 日）。1920 年 8 月收入北京新潮社的"新潮丛书第 3 种"的《点滴》一书，1928 年 11 月，又被收入上海开明书店的《空大鼓》一书。在《〈晚间的来客〉译后附记》（1920 年）中周作人提出了"抒情诗的小说"的概念，这是现代最早提及这一小说概念的文章，是周作人基于外国小说翻译而提出的一种小说文体。周作人在文中首先指出自己翻译这篇小说的初衷，"我译这一篇，除却介绍 Kuprin 的思想之外，还有别的一种意思，一就是要表明在现代文学里，有这一种形式的短篇小说"。这段话表明，周作人想借这篇小说翻译来介绍一种短篇小说文体。在周作人看来：

> 小说不仅是叙事写景，还可以抒情；因为文学的特质，是在感情的传染，便是那纯自然派所描写，如 Zola 说，也仍然是"通过了著者的性情的自然"，所以这抒情诗的小说，虽然形式有点特别，但如果具备了文学的特质，也就是真实的小说。内容上必要有悲欢离合，结

构上必要有葛藤，极点与收场，才得谓之小说……①

周作人此处"抒情诗的小说"最显著的文体特征是"抒情"，库普林的这篇《晚间的来客》仅仅是因敲门声引发的"许多感想"，没有传统小说内容上的"悲欢离合"和结构上的"葛藤"以及"极点与收场"。周作人随后在《〈玛加尔的梦〉译者后记》（原载《新青年》1920 年 10 月 1 日第 8 卷第 2号）一文中对此类小说特点也有提及，《玛加尔的梦》是俄国作家科罗连珂的一篇小说。周作人认为这篇小说有"诗一般的自然描写"，"他的小俄罗斯的温暖的滑稽与波兰的华丽的想象，合成他小说的特色"，"这篇里写自然的美与自然的残酷，人性的罪恶与人性的高贵，两面都到，是写实主义后的理想派文学的一篇代表作品，在这里面，悲剧喜剧已经分不清界限，便是诗与小说也几乎合而为一了"。② 这一译文序跋进一步明晰了此类小说是"诗与小说"的结合，"诗一般的自然描写"是这一小说最突出的文体特征。周作人在《明治文学之追忆》一文中也提及了类似于"抒情诗的小说"的思想：

> 老实说，我是不大爱小说的，或者因为是不懂所以不爱，也未可知。我读小说大抵是当作文章去看。所以有些不大象小说的，随笔风的小说。我倒颇觉得有意思，其有结构有波澜的，仿佛是依照着美国版的《小说作法》而做出来的东西，反有点不耐烦看，似乎是安排下好的西洋景来等我们去做呆鸟，看了欢喜得出神。③

从这段文字明显可以看出，周作人不喜欢"有结构有波澜"的依照《小说作法》做出来的小说，喜欢"随笔风的小说"，此处"随笔风的小说"类似于"抒情诗的小说"的文体特征。"五四"时期受周作人这一小说文体观念的影响，在"五四"小说家中，冯文炳是"抒情诗的小说"创作的代表人物，他的《竹林的故事》《桃园》《枣》《桥》等都带有"抒情诗的小说"的文体特征。周作人对冯文炳小说创作中的"文章之美"和"简练的文章所独有的意境"推崇有加。在《〈枣〉和〈桥〉的序》中，周作人说：

---

① 付建舟. 清末民初小说版本经眼录·俄国小说卷[M]. 北京：中国致公出版社，2015：214.

② 付建舟. 清末民初小说版本经眼录·俄国小说卷[M]. 北京：中国致公出版社，2015：260.

③ 钟叔河. 周作人文选 1937—1944[M]. 广州：广州出版社，1995：607.

　　我读过废名君这些小说所未忘记的是这里边的文章。如有人批评我说是买椟还珠，我也可以承认，聊以息事宁人，但是容我诚实地说，我觉得废名君的著作在现代小说界有他独特的价值者，其第一的原因是其文章之美。关于文章之美，我前在《桃园》跋里已曾说及，现在的意思却略有不同。废名君用了他简炼的文章写所独有的意境，固然是很可喜，再从近来文体的变迁上着眼看去，更觉得有意义。①

　　此处周作人所说的冯文炳小说的"文章之美"实质上就是他译文序跋中"抒情诗的小说"的文体特征。关于冯文炳小说文体风格所受周作人的影响，沈从文在《论冯文炳》一文中有较为详细的论文。沈从文认为"冯文炳君的作品，所显现的趣味，是周先生的趣味"，"对周先生的嗜好，有所影响，成为冯文炳君的作品成立的原素，近于武断的估计或不至于十分错位的。用同样的眼，同样的心，周先生在一切纤细处生出惊讶的爱，冯文炳君也是在那爱悦情形下，却用自己一支笔，把这境界纤细的画出，成为创作了"②。

第四节　译文序跋、文论译介与散文文体发生

　　较之"五四"时期其他文体的繁荣，现代散文文体相对较弱。难怪傅斯年说"散文在文学上，没甚高的地位，不比小说、诗歌、戏剧"③。但现代散文从开始就表现出文体溯源的努力，现代散文文体的发生除受中国传统散文的影响之外，也依赖于外国散文文体的启示。新文学的先驱钱玄同在《寄陈独秀》的通信中提及梁启超对现代散文文体的贡献时说"梁任公实为创造新文学之一人"，称他的"政论诸作""输入日本新体文学，以新名词及俗语入文，视戏曲小说与论记之文平等，此皆其识力过人处"④。由这段论述我们可以看出梁启超的"文界革命"在借鉴外国散文文体资源和促进现代散文文体独立方面的努力。朱自清也认为"现代散文所受的直接

①　陈振国. 冯文炳的研究资料［M］. 福州：海峡文艺出版社，1991：186.
②　陈振国. 冯文炳的研究资料［M］. 福州：海峡文艺出版社，1991：198.
③　傅斯年. 国民人文读本：中国人的德行［M］. 北京：中国工人出版社，2016：193.
④　陈寿立. 中国现代文学运动史料摘编 上［M］. 北京：北京出版社，1985：12.

的影响，还是外国的影响"①，可见，现代散文的发生离不开外国散文理论资源的译介和借鉴。

一、译介情况梳理

本部分在统计时仍然把遴选的时间段放置在"五四"时期，时间上延至晚清，着眼于现代散文文体的发生期译介情况，对内容进行遴选，仅收录与文体思考相关的序跋和文论译介。由于第四章对小品散文、报告文学和传记文学三种散文文体的发生(主要产生于 20 世纪 30 年代)已经作了系统的探讨，因此在时间上不再后延，以免重复，但对于"五四"时期涉及的关于小品散文和现代传记相关的译文序跋和文论(没有关于报告文学的)也一并收入，以便在下文对"五四"时期现代"散文"概念的溯源进行一个整体的观照。

表 5-4　散文文体相关译文序跋、文论译介统计表(1897—1927)

序号	原文	发表时间、刊物或出版社	原著作者/序跋者
1	《〈华盛顿泰西史略〉序》	1897 年新学会校印	[美]耳汾·华盛顿/黎汝谦
2	《〈华盛顿泰西史略〉凡例》	1897 年新学会校印	[美]耳汾·华盛顿/黎汝谦
3	《〈意大利兴国侠士传〉序》	1898 年上海大同译书局	[日]松井广吉/梁启超
4	《〈戈登将军〉序》	1903 年中西书局	[日]赤松紫川/赵必振
5	《〈拿破仑〉序》	1903 年作新社印刷局	[日]土井林吉/赵必振
6	《〈克莱武传〉序》	1903 年上海商务印书馆	[英]麦克利/杨瑜统
7	《〈克莱武传〉凡例》	1903 年上海商务印书馆	[英]麦克利/杨瑜统
8	《〈克莱武传〉跋》	1903 年上海商务印书馆	[英]麦克利/杨瑜统
9	《〈哲学十大家〉序》	1903 年文化编译会社	[日]东京文学社/编译者识

---

① 朱自清. 朱自清序跋集[M]. 苏州：古吴轩出版社，2018：5.

序号	原文	发表时间、刊物或出版社	原著作者/序跋者
10	《〈世界十女杰〉序》	1903 年上海译书局	未标注/未标注
11	《〈孙逸仙〉序》	1903 年"荡房丛书"第一种	[日]宫崎滔天/黄中黄（章士钊）
12	《〈孙逸仙〉序》	1903 年"荡房丛书"第一种	[日]宫崎滔天/巩黄（秦力山）
13	《〈孙逸仙〉孙君原序》	1903 年"荡房丛书"第一种	[日]宫崎滔天/孙文
14	《〈孙逸仙〉凡例》	1903 年"荡房丛书"第一种	[日]宫崎滔天/黄中黄（章士钊）
15	《〈孙逸仙〉跋》	1903 年"荡房丛书"第一种	[日]宫崎滔天/光汉（刘师培）
16	《〈松阴文钞〉叙》	1906 年广智书局	[日]吉田寅次/梁启超
17	《〈世界名人传略〉序》	1908 年商务印书馆初版	[英]张伯尔/许家惺
18	《〈美国大政治家哈密尔登传〉序》	1912 年上海广学会	[美]亨利客白陆珠/[美]卜航济
19	《〈袁世凯〉序》	1914 年广益书局初版	[日]内藤顺太郎/张振秋
20	《〈美国开始大总统华盛顿纪事本末〉缘起》	1914 年上海广学会初版	[美]励德厚/徐翰臣
21	《〈丁格尔步行中国游记〉[序]》	1915 年商务印书馆初版	[英]丁格尔/陈曾谷
22	《〈乾隆英使觐见记〉序》	1916 年中华书局初版	[英]马戛尔尼/刘半农
23	《文学革命论》	1917 年 2 月 1 日《新青年》第 2 卷第 6 号	陈独秀
24	《我之文学改良观》	1917 年 5 月 1 日《新青年》第 3 卷第 3 号	刘半农

续表

序号	原文	发表时间、刊物或出版社	原著作者/序跋者
25	《建设的文学革命论》	1918 年 4 月 15 日《新青年》第 4 卷第 4 号	胡适
26	《〈泰西名小说家略传〉序》	1917 年通俗教育研究会	不详/魏易
27	《泰西名小说家沿革简说》	1917 年通俗教育研究会	不详/魏易
28	《人的文学》	1918 年 12 月 15 日《新青年》第 5 卷第 6 号	周作人
29	《〈拿破仑外纪〉序》	1919 年上海广文书局初版	[法]莱翁梅尼爱尔/井居士
30	《〈拿破仑外纪〉自序》	1919 年上海广文书局初版	[法]莱翁梅尼爱尔/陆翔
31	《〈拿破仑外纪〉例言》	1919 年上海广文书局初版	[法]莱翁梅尼爱尔/陆翔
32	《怎样做白话文》	1919 年 2 月 1 日《新潮》第 1 卷第 2 号	傅斯年
33	《〈一九一九旅俄六周见闻录〉叙言一》	1920 年晨报社初版	[英]兰姆塞/陶孟和
34	《〈一九一九旅俄六周见闻录〉叙言二》	1920 年晨报社初版	[英]兰姆塞/黄凌霜
35	《美文》	1921 年 6 月 8 日《晨报副刊》	周作人
36	《创作底三宝及鉴赏底四依》	1921 年 7 月 10 日《小说月报》第 12 卷第 7 期	许地山
37	《致张闻天兄书——序他和江馥泉君译的王尔德的〈狱中记〉》	1922 年上海商务印书馆	[英]王尔德/田汉
38	《〈狱中记〉王尔德介绍——为介绍〈狱中记〉而作》	1922 年上海商务印书馆	[英]王尔德/张闻天　江馥泉

续表

序号	原文	发表时间、刊物或出版社	原著作者/序跋者
39	《纯散文》	1923 年 6 月 21 日《晨报副刊·文学旬报》	王统照
40	《五十年来中国之文学》	1924 年《五十年来中国之文学》申报版	胡适
41	《散文的分类》	1924 年 2 月 21 日、3 月 1 日《晨报副刊·文学旬报》第 26 期、27 期	王统照
42	《赤都心史·序》	1924 年 6 月《赤都心史》，上海商务印书馆	瞿秋白
43	《出了象牙之塔》	1925 年 12 月新潮社初版	[日]厨川白村/鲁迅
44	《克鲁泡特金的〈柴霍甫论〉》	1926 年 10 月 10 日《小说月报》第 17 卷第 10 号	[俄]克鲁泡特金/陈著
45	《絮语散文》	1926 年 3 月 10 日《小说月报》第 17 卷第 3 期	胡梦华
46	《小品文》	1926 年 8 月《文章作法》，开明书店	夏丏尊、刘熏宇
47	《〈冥土旅行〉苦雨斋小书序》	1927 年北京北新书局	[法]法布尔等/周作人
48	《〈冥士旅行〉[附记]》	1927 年北京北新书局	[叙利亚]路吉亚诺斯等/周作人
49	《〈爱昆虫的小孩〉[附记]》	1927 年北京北新书局《冥士旅行》	[法]法布尔等/周作人
50	《〈育婴刍记〉[附记]》	1927 年北京北新书局《冥士旅行》	[英]斯威夫德/周作人
51	《〈生命之节律〉译序》	1927 年朴社	[荷兰]亨利包立尔/董秋斯

从上述表格对"五四"发生期散文译文序跋和相关文论的梳理发现，较之小说、戏剧、诗歌这三个文体而言，散文的译文序跋和文论译介从总量而言是最少的，从种类而言，主要是译文序跋，而译文序跋又多集中于传记文学，个中原因在于，其一是相对于其他文体而言，散文所受到的外国文学影响较弱，其二是根据本书第四章对现代散文文体发生中对外国文学的借鉴可以发现，受外国散文影响较大的小品散文、报告文学和传记文学的发生都集中于新文学的第二个十年，而上述统计基于文体发生的考量把时间放在第一个十年，这也影响到统计结果。

在这一时期的散文译文序跋和文论译介中，人物传记的序跋最多，从1897年黎汝谦的《〈华盛顿泰西史略〉序》到1919年陆翔的《〈拿破仑外纪〉自序》，共计27篇。最早的散文译文序跋是黎汝谦为他和蔡国照合译的美国耳汾·华盛顿的传记文学作品《华盛顿泰西史略》所作的《序》和《凡例》，在《〈华盛顿泰西史略〉序》中，黎汝谦称这本传记文学"详实简洁，西人多称之"。同样，在《〈华盛顿泰西史略〉凡例》中，黎汝谦指出，西方华盛顿传的版本很多，有的"卷帙繁重"，有的简略得"仅具梗概"，只有这本书"详略得中"，"西人咸称为善本"，"虽华盛顿一生事，而美利坚全国开创事实，与夫用兵、征饷、制度、人物之大致，无不备具"。因此，黎汝谦认为这本书亦可谓之"美国开国史略"。此处对于传记文学文体的评论虽然只是只言片语，但其中也不无文体特征的概述，其一是传记文学在写作时要"详略得中"，这是对传记文学材料处理的要求，其二是关于人物生平事迹的描写与历史背景的处理。黎汝谦称这本书是西方研究者称赞的"善本"，因为耳汾·华盛顿在为美国开国元勋华盛顿作传的同时，把个人与国家、社会融为一体，堪称"美国开国史略"，这些评述是译者对于现代传记文学这一文体的思考，在现代传记文学的发生期具有启示意义。现代散文的文论译介相对较少，鲁迅1925年翻译的《出了象牙之塔》最具代表性，这是日本作家厨川白村的文艺论著，其中涉及"essay"这一文体特征的论述，这一论著对于现代散文文体特征和随后的小品散文文体的发生影响是非常巨大的。这一时期对于西方散文文体观念的借鉴多出现在一些理论探讨文章中，代表性的有陈独秀的《文学革命论》、刘半农的《我之文学改良观》、胡适的《建设的文学革命论》《五十年来中国之文学》、周作人的《人的文学》《美文》、傅斯年的《怎样做白话文》、许地山的《创作底三宝及鉴赏底四依》、王统照的《纯散文》《散文的分类》、胡梦华的《絮语散文》、夏丏尊和刘熏宇的《小品文》等，这些文章在借鉴西方中不断建构"现代散文"的文体观念，尤其是周作人"美文"理论的引入打破了"美文不能用白话"的迷信，"现代散文"的文体特征也在新文学作家的论述中不断明晰。

二、现代"散文"文体观念的发生："西方文化东渐后的产品"

现代"散文"这一文体观念的发生，得益于外国散文理论的借鉴，外国散文译文序跋和文论译介起到了不小的作用，只不过现代散文理论的借鉴多通过一些评论性文章呈现出来。在《〈中国新文学大系·散文二集〉导言》中，郁达夫对于"散文"概念的来源提出了自己的推断：

> 正因为说到文章，就指散文，所以中国向来没有"散文"这一个名字，若我的臆断不错的话，则我们现在所用的"散文"两字，还是西方文化东渐后的产品，或者简直是翻译也说不定。①

在此，我们不去辨析郁达夫这一"臆断"是否正确，至少现代意义的"散文"概念是有外国文学渊源的。"五四"时期关于"散文"的概念是模糊的，出现了"文学散文"（刘半农）、"美文"（周作人）、"絮语散文"（胡梦华）、纯散文（王统照）、"Essay"（鲁迅）等指称，作为散文范畴的外延较为芜杂，但这并不妨碍现代散文概念的外来渊源。

刘半农 1917 年在《我之文学改良观》一文中提出了"文学散文"的概念，认为"所谓散文，亦文学的散文，而非文字的散文"。刘半农在这篇文章中首先指出"欲定文学之界说，当取法西文"，"文学散文"指的就是西学中"文学"（literature）的一种，刘半农在此没有对散文概念进行进一步的界定。1918 年胡适在《建设的文学革命论》一文中谈及创造新文学的方法时，提出要多多翻译西洋文学名著作模范，胡适认为，"西洋的文学方法，比我们的文学，实在完备得多，高明得多，不可不取例"，接着胡适以散文为例，提出"我们的古文家至多比得上英国的倍根（Bacon）和法国的孟太恩（Montaigne）"，而像"柏托冈（Plato）的'主客体'""赫胥黎（Huxley）等的科学文字""包十威尔（Boswell）和莫烈（Morley）等的长篇传记""弥儿（Mill）、弗林克令（Franklin）、吉朋（Gibbon）等的《自传》""太恩（Taine）和白克儿（Buckle）等的史论"，都是"中国从不曾梦见过的体裁"②，上述论述涉及了具体的散文体裁，并为这些体裁的创作指出了"范

---

① 蔡元培，等.《中国新文学大系》导言集［M］. 贵阳：贵州教育出版社，2014：181.
② 夏晓虹. 胡适论文学［M］. 合肥：安徽教育出版社，2010：26.

本"。1919 年，傅斯年在《新潮》上发表的《怎样做白话文》一文中也指出，"无韵文里面，再以杂体为限，仅当英文的 Essay 一流"①，"白话散文的凭借——一、留心说话。二、直用西洋词法"②，其中也提到现代散文对外国文学资源的借鉴。

正如孙席珍在《论现代中国散文》中所言，"讲到现代中国的散文，周作人先生是第一个不能忘记的人物，我们首先不能不感谢他的提倡的功绩"③。周作人是最早从西方引入了"美文"概念的现代作家，1921 年 6 月，周作人发表了《美文》④一文，这篇文章不长，但全文简明扼要地指出了"美文"的概念，周作人认为，"外国文学里有一种所谓论文，其中大约可以分作两类。一、批评的，是学术性的。二、记述的，是艺术性的，又称作美文。这里面又可以分出叙事与抒情，但也很多两者夹杂的"。这段文字基于外国文学的层面，把"美文"作为一种文学性散文的文体特征界定出来，"记述的""艺术性的"这两个特征与"五四"初期兴起的议论杂感式的散文区别开来，进一步明晰了"美文"作为"文学性散文"的文体特征。接着周作人指出"这种美文似乎在英语国民里最为发达，如中国人熟悉的爱迭生，阑姆，欧文，霍桑诸人都做有很好的美文，近时高尔斯威西，吉欣，契斯透顿也是美文的好手"，这种"美文"在外国更为盛行，他认为中国也有，"中国散文里的序、记与说等，也可以说是美文的一类"。周作人认为"读好的论文，如读散文诗，因为他实在是诗与散文中间的桥"，美文"同一切文学作品一样，只是真实简明便好"，其中的"真实简明"是美文的文体特征。同样在这篇文章中，周作人指出"美文"这一文体当时的创作状况，他认为"在现在的国语文学里，还不曾见有这类文章，治新文学的人为什么不去试试呢?"这句话指出了"美文"这一文体是"还不曾见有"，是一种出现的文体，对于如何做"美文"，周作人认为"我们可以看了外国的模范做去，但是须用自己的文句和思想，不可去模仿他们"。周作人不仅从理论上提倡美文，还身体力行地践行美文创作，他的这种闲适小品文形成的"闲话风"影响到之后的俞平伯、废名等的创作。胡适在《五十年来中国之文学》一文中认为:

　　白话散文很进步了……这几年来，散文方面最可注意的发展，乃

　　① 周红莉. 中国现代散文理论经典[M]. 苏州：苏州大学出版社，2008：38.
　　② 傅斯年. 国民人文读本：中国人的德行[M]. 北京：中国工人出版社，2016：191.
　　③ 佘树森. 现代作家谈散文[M]. 天津：百花文艺出版社，1986：218.
　　④ 周红莉. 中国现代散文理论经典[M]. 苏州：苏州大学出版社，2008：52.

是周作人等提倡的"小品散文"。这一类的小品，用平淡的谈话，包藏着深刻的意味；有时很象笨拙，其实却是滑稽。这一类作品的成功，就可彻底打破那"美文不能用白话"的迷信了。①

　　这段文字对周作人的"小品散文"文体特征做了概括，"平淡的谈话""深刻的意味""笨拙下的滑稽"，这就是我们在第四章的"小品散文"中论述到的"闲话风""幽默滑稽"和"意蕴深刻"等特点。1923 年王统照的《纯散文》中提出的"纯散文"（pure prose）概念可以说是对刘半农"文学散文"和周作人"美文"的呼应。王统照认为"纯散文""没有诗歌那样的神趣，没有短篇小说那样的风格与事实，又缺少戏剧的结构"，并指出西洋文学家那些散文"其写景写事实，以及语句的构造，布局的清显，使人阅之自生美感"，认为威廉·詹姆斯（William James）、斯宾塞耳（Herbert Spencer）、柏格森（Bergson）、麦考莱（Macaulay）等人的文章是"最有名且使人爱读的"，都是"纯散文"。②

　　现代"散文"的外来理论渊源和概念最突出的是 1925 年鲁迅所翻译的厨川白村的文艺论著《出了象牙之塔》中关于"Essay"的界定。厨川白村在最前面的"一、自己表现""二、Essay"和"三、Essay 与新闻杂志"三个部分中论述了"essay"这一文体，指出 essay 是和小说、戏曲、诗歌一样的文艺作品之一体，对于这种文体的创作风格和特征，厨川白村在"二、Essay"中做了详细论述，认为"essay"是"随随便便，和好友任心闲话，将这些话照样的移在纸上的东西"，这种谈话风散文的题目"想到什么就纵谈什么"，"essay"最紧要的要件就是"作者将自己的个人底人格的色采，浓厚地表现出来"，"其兴味全在于人格底调子（personal note）"，这一文体"是将诗歌中的抒情诗，行以散文的东西，倘没有作者这人的神情浮动者，就无聊。作为自己告白的文学，用这体裁是最为便当的"③。这一段话对散文这一文体作为一种抒情性文体的特征、散文的真实性、作家在散文中的自我表现等方面都有所涉及，正是现代散文追求的品格，对于现代意义散文的发生起到了促进作用。1926 年胡梦华在《絮语散文》一文中提出了"絮语散文"的概念，这是英文"Familiar Essay"的翻译。他指出"这种散文不是长篇阔论的逻辑的或理解的文章，乃如家常絮语，用清逸冷隽的

---

①　朱自清. 朱自清序跋集[M]. 苏州：古吴轩出版社，2018：1.

②　周红莉. 中国现代散文理论经典[M]. 苏州：苏州大学出版社，2008：58-59.

③　李新宇，周海婴. 鲁迅大全集 13 译文编 1924—1927[M]. 武汉：长江文艺出版社，2011：123-124.

笔法所写出来的零碎感想文章"，认为"个人经历、情感、家常掌故、社会琐事""确是它最得意的题材"，写法是"只是散漫地零碎地写着"，胡梦华强调"这种散文的特质是个人的（Personal）、非正式的（Informal）"，对照上述厨川白村关于"essay"的论述，"絮语散文"和"essay"的概念可谓异曲同工。

　　通过上述梳理可以发现，现代"散文"概念的厘清离不开外国文学译文序跋和文论译介的借鉴，尽管"五四"时期出现了多种名称，不同概念之间多有交叉，但正是在外国散文理论资源的不断译介和借鉴中，中国现代散文概念不断明晰，在"模仿"外国散文名篇佳作中形成了创作上的丰收，形成了鲁迅所谓的"散文小品的成功，几乎在小说戏剧和诗歌之上"①的创作繁荣。周作人在《〈杂拌儿〉题记（代跋）》一文中声称"现代的散文好象是一条湮没在沙土下的河水，多少年后又在下流被掘了出来；这是一条古河，却又是新的"②。此处周作人既承认现代散文的源流在传统散文，这是一条"古河"，"与明代的有些相象"，但周作人也指出这条河流"却又是新的"，这个"新"表现在"因时代的关系在文字上很有欧化的地方，思想上也自然要比四百年前有了明显的改变"。朱自清也认为周作人散文"所受的'外国的影响'比中国的多"，并指出"其余的作家，外国的影响有时还要多些，象鲁迅先生、徐志摩先生"。③ 可见，现代作家诸如周作人、鲁迅、徐志摩等人的散文多为"中西合璧"的产物，至于其中到底是外国文学的影响多一些，还是传统散文的因素多一些，不仅因人而异，同一个作家不同时期的作品也呈现出截然不同的风貌，但他们都或多或少受到了"外国的影响"，这是不争的事实。

---

① 鲁迅. 小品文的危机[A]. 鲁迅文集 杂文集 下[M]. 武汉：华中科技大学出版社，2014：50.
② 周红莉. 中国现代散文理论经典[M]. 苏州：苏州大学出版社，2008：96.
③ 朱自清. 朱自清序跋集[M]. 苏州：古吴轩出版社，2018：5.

结语 "西学东渐"中的现代文体发生

　　中国现代文学的诗歌、戏剧、小说、散文等文体的发生，是在新文化运动兴起和外国文学传入的大背景下完成的，是"西学东渐"的成果。从现代文学新文体的发生与确立看，外国文学的译介起到了"触媒"作用，是这些文体发生的重要导引。因此我们可以说，外国文学译介是现代文体发生的外来动因，置身于其中的现代作家、翻译家就带有了双重身份，他们的译介是沟通中外文学的重要媒介，他们的创作又是新兴文体实践，译介者和创作实践者的身份交融，这在现代文体发生中是一个极为普遍的存在。在这些译介者和创作实践者中，既有直接结缘外国文学的留学生群体，也有因新式教育、期刊、文学社团活动等而接触外国文学的群体，他们在借鉴和模仿中共同完成了现代文体的发生和建构。本书在研究中把时间聚焦于"五四"文学发生期，立足"文体发生"和"文学译介"两个基点，将现代诗歌、戏剧、小说、散文四种文体放置到它们发生的原始历史文化语境中，通过原始资料的系统爬梳，深入探究这些新生的文体是如何借助翻译文学进行自身建构的，并设专章从宏观层面探讨译文序跋和文论译介对四种文体发生的影响，以期更为全面系统地把握外国文学译介对现代文体发生的影响。在具体的行文过程中，本书在"深入与细化"上做文章，根据外国文学译介的影响程度，将四种文体细化为更具体层面的某一类小文体进行"细究"。在每一类小文体的探讨中，亦把"细究"做到实处，将宏观层面的理论溯源、译介分析和作家的个案探究相结合，深入探讨外国文学译介与文体发生之间的内在机制，将"外国文学译介与现代文体发生"这个学术命题推向深入和细化，把单向度、单线条的研究推向立体交叉，系统揭示外国文学译介对现代文体的形塑。

　　"西学东渐"中的现代新诗体可以说是"中文写的外国诗"。中国是一个"诗的国度"，传统诗歌非常发达，"唐诗宋词"更是一代文学之代表。现代新诗文体要想挣脱古典诗歌的束缚，"白话作诗"可谓困难重重，"诗体的大解放"更是在"五四"众多作家对外国诗歌资源的借鉴中不断推进，最终得以实现,《诗之研究》(A Study of Poetry)和《诗的原理》(The Poetic Principle)两部译著对于"五四"新诗的理论建构不可小觑。把新诗从传统诗歌中解脱出来的催化剂是译诗,胡适的白话诗创作成功就是一个最贴切的例子,正是因为译诗的"触媒"和"模仿",自由诗体、散文诗体、小诗体和十四行诗体才得以从语体、形式以及内容层面完成全面建构。现代作家胡适、郭沫若、闻一多、徐志摩、刘半农、冰心、宗白华等在诗歌创作和译介方面成就都非常突出。在自由诗体的建构中,胡适的自由体诗歌的翻译、提倡和创作以及郭沫若深受外国浪漫主义诗风影响的自由体诗创作成为两极,"胡适之体"和郭沫若的《女神》共同完成了"五四"自由体诗歌的发生。作为一个更为西化的诗体,散文诗体的发生更多得益于刘半农对屠格涅夫散文诗的"误译"和创作尝试。"小诗体"的发生更是离不开周作人的日本俳句翻译、郑振铎的泰戈尔诗歌译介、宗白华的"流云"和冰心的"春水体"小诗创作,这些作家的合力共同完成了这一诗体的发生。"十四行诗体"也是因为胡适、闻一多、孙大雨等对英美等国十四行诗体的借鉴。现代作家的诗歌创作与译介相互交融,形成了良好的互文性,共同促进了现代新诗文体发生。从文体形式而言,正是译诗催生了新诗各类新文体的发生,引发了新诗语体的创新,为新诗注入了不同的语言表达和丰富的外来词汇,并为新诗带来了新的艺术手法,最终使得自由诗体、散文诗体、小诗体、十四行诗体等迥异于传统诗歌的新诗体诞生。

戏剧是一种"舶来"文体,与中国传统戏曲不同,因此也才有了钱玄同所言,"如其要中国有真戏,这真戏自然是西洋派的戏,绝不是那'脸谱'派的戏"①。钱玄同此处所言的"脸谱"派的戏就是传统戏曲,而"西洋派"的戏剧自不必言,是随着"西风东渐"之风进入国内文坛的翻译戏剧。正是因为"舶来",现代戏剧的文体概念也是在"借鉴西方"中不断厘清,最终戏剧作为一种综合性的舞台艺术的文体特征得以确立,其中"五四"时期的"小剧场"和"爱美的戏剧"等戏剧运动理论的译介对此起到很大作用。"五四"戏剧对于外国戏剧思潮可谓兼收并蓄,现实主义、浪漫主义、"新浪漫主义"戏剧思潮几乎同时通过译介对现代戏剧产生影响并"落地开花结果"。"易卜生戏剧"因与"五四"新文学主题的契合而被胡适等人大力提倡,由此催生了"五四"问题剧的诞生,胡适的《终身大事》明显是对易卜生的《娜拉》《国民公敌》等社会剧的模仿之作。作为一个浪漫主义诗人,

---

① 《中国近代文学大系》总编辑委员会. 中国近代文学大系 1840—1919 卷 2 文学理论集 2 [M]. 上海:上海书店出版社,2012:625.

郭沫若的早期历史剧深受歌德、席勒、惠特曼等西方浪漫主义思潮的影响，他的浪漫主义历史剧《三个叛逆的女性》带有歌德《浮士德》式的浪漫抒情色彩，是"五四"时期浪漫主义戏剧的代表。除现实主义和浪漫主义戏剧思潮之外，"新浪漫主义思潮"对"五四"戏剧的发生影响非常庞杂，王尔德的戏剧《莎乐美》的唯美倾向影响了田汉和陶晶孙的早期戏剧创作，奥尼尔的《琼斯皇》的表现主义影响了洪深早期的戏剧《赵阎王》，宋春舫的《盲肠炎》是模仿西方未来派戏剧的最初"尝试"。现代幽默喜剧亦是"五四"时期"西学东渐"的结果，丁西林、王文显、杨绛的创作带有英国幽默喜剧的色彩，他们的戏剧译介和创作对于现代喜剧文体的建构可谓功不可没。

对于现代小说文体而言，可以说发生了"脱胎换骨的变化"，从创作和翻译的影响、体量而言，都是当然的第一。从小说理论的译介和影响而言，华林一 1924 年的译著《小说法程》(*Materials and Methods of Fiction*，Clayton Hamilton)和汤澄波 1925 年的译著《小说的研究》(*A Study of Prose Fiction*，Bliss Perry)影响最大，尤其是其中的"小说三分法"理论。从外国文学译介的影响程度而言，现代短篇小说、现代浪漫抒情小说、现代童话、现代通俗小说这四种小说文体最为明显。现代短篇小说文体的发生离不开胡适、鲁迅和陈衡哲等人的努力，胡适的短篇小说理论提倡、鲁迅的短篇小说翻译和创作、陈衡哲的短篇小说文体融入都促进了现代短篇小说的文体发生，使得这一文体在鲁迅笔下开始并在鲁迅笔下成熟。现代浪漫抒情小说的发生离不开新文学社团——创造社作家的努力，这一文学社团是由一群留日学生组成，代表作家有郁达夫、徐祖正、陶晶孙。他们受日本"私小说"和其他"新浪漫主义"小说思潮的影响，采用书信体、日记体，专注于自我抒情，将心理分析和意识流等现代小说手法融入创作，在语言和技巧层面对现代浪漫抒情小说文体进行建构。中国的传统童话多为民间童话，而现代童话是"文人童话"，叶圣陶的童话是西方"文学童话"的"移植"，是真正意义上的现代"文学童话"，也正因为如此，鲁迅才在《〈表〉译者的话》中高度赞扬叶圣陶的童话《稻草人》，称叶圣陶"给中国的童话开了一条自己创作的路"①。在现代童话的文体发生中，孙毓修的"童话"丛书对外国童话的编译，周作人、赵景深的童话译介同样是其中不可忽略的一环，他们和叶圣陶一起完成了外国文学童话的中国化建构。现代通俗小说创作离不开外国小说的译介和"模仿"，包天笑、周瘦鹃和程小青的

---

① 鲁迅. 鲁迅讲古籍序跋[M]. 南京：河海大学出版社，2019：217.

翻译和创作共同促进了现代通俗小说的发生。

　　对于现代散文文体的发生而言，可以说是"外援"与"内应"两重的姻缘。较之上述诗歌、戏剧和小说三种文体的发生而言，"五四"时期的散文文体在对外国散文理论资源的借鉴中不断明晰自身的内涵和文体特征。现代小品散文、现代报告文学和现代传记文学这三种散文体式深受外国文学译介的影响，但从文体发生时间而言却溢出了"五四"，一直延续到 20世纪 30 年代和 40 年代。现代小品散文是晚明小品与英国随笔的中西"合体"，文体的自由和语言的开放打破了传统散文的桎梏，使散文杂糅各种文体特征成为一种"综合的艺术"。报告文学的发生更是先有了瞿秋白的拓荒，在 20 世纪 30 年代"左联"对于外国报告文学理论和作品译介的大力提倡下，才有了夏衍和周立波的创作实践。现代传记文学更是借助西方传记文学的理论和作品译介，才得以从历史中剥离，成为一个文学的文体——传记文学，胡适、郁达夫和朱东润的现代传记文学在理论和创作方面都得益于外国传记文学。正是因为这些作家的"西学东渐"，现代散文文体才得以在对外国散文的吸收和借鉴中不断丰富体式，逐渐走向成熟。

参 考 文 献

阿英. 翻译史话[M]. 上海：上海古籍出版社，1981.

北京图书馆. 民国时期总书目 1911—1949 外国文学[M]. 北京：书目文献出版社，1987.

北京图书馆. 民国时期总书目 1911—1949 文学理论·世界文学·中国文学(上、下)[M]. 北京：书目文献出版社，1992.

北京鲁迅博物馆. 鲁迅译文全集(8 卷)[M]. 福州：福建教育出版社，2008.

鲍晶. 刘半农研究资料[M]. 天津：天津人民出版社，1985.

包天笑. 钏影楼回忆录[M]. 上海：生活·读书·新知三联书店，2014.

蔡元培，等.《中国新文学大系》导言集[M]. 贵阳：贵州教育出版社，2014.

陈平原. 陈平原小说史论集(上、中、下)[M]. 石家庄：河北人民出版社，1997.

陈平原，夏晓虹. 二十世纪中国小说理论资料 第 1 卷 1897—1916[M]. 北京：北京大学出版社，1997.

陈思和. 建构中国现代文学多元共生体系的新思考[M]. 上海：复旦大学出版社，2012.

陈万雄. 五四新文化的源流[M]. 北京：生活·读书·新知三联书店，1997.

陈子展，徐志啸. 中国近代文学之变迁 最近三十年中国文学史[M]. 上海：上海古籍出版社，2000.

陈白尘，董健. 中国现代戏剧史稿：1899—1949[M]. 北京：中国戏剧出版社，2008.

陈方竞. 多重对话：中国新文学的发生[M]. 北京：人民文学出版社，2003.

陈玉刚. 中国翻译文学史稿[M]. 北京：中国对外翻译出版公司，1989.

陈建功，等. 中国现代翻译文学初版本图典（上、下）[M]. 南昌：百花洲文艺出版社，2015.

陈福康. 中国译学理论史稿[M]. 上海：上海外语教育出版社，2000.

陈子善. 刘半农书话[M]. 杭州：浙江人民出版社，1998.

陈金淦. 胡适研究资料[M]. 北京：北京十月文艺出版社，1989.

陈颂声，等. 创造社资料[M]. 福州：福建人民出版社，1985.

曹顺庆. 比较文学史[M]. 成都：四川人民出版社，2010.

陈惇，刘洪涛. 现实主义批判——易卜生在中国[M]. 南昌：江西高校出版社，2009.

陈春生，刘成友. 20 世纪中国文学史文论精华：小说卷[M]. 石家庄：河北教育出版社，2000.

陈伯吹. 儿童文学简论[M]. 武汉：长江文艺出版社，1959.

陈光虞. 小品文作法[M]. 上海：启智书局，1934.

陈寿立. 中国现代文学运动史料摘编（上、下）[M]. 北京：北京出版社，1985.

陈兰村. 中国传记文学发展史[M]. 北京：语文出版社，2012.

东方杂志社. 写实主义与浪漫主义[M]. 上海：商务印书馆，1923.

范伯群. 1898——1949 中外文学比较史（上、下卷）[M]. 南京：江苏教育出版社，2009.

范伯群，奕梅健. 现代通俗文学的无冕之王——包天笑[M]. 南京：南京出版社，1994.

方璧（茅盾）. 西洋文学通论[M]. 上海：世界书局，1931.

傅勇林，等. 郭沫若翻译研究[M]. 成都：四川文艺出版社，2009.

付建舟. 清末民初小说版本经眼录　俄国小说卷[M]. 北京：中国致公出版社，2015.

冯三昧. 小品文研究[M]. 上海：世界书局，1933.

郭沫若著作编辑委员会. 郭沫若全集文学编　第 11 卷　沫若自传　第 1 卷　少年时代[M]. 北京：人民文学出版社，1992.

郭延礼. 中国近代翻译文学概论[M]. 武汉：湖北教育出版社，1998.

顾正祥. 歌德汉译与研究总目 1878—2008[M]. 北京：中央编译出版社，2009.

计红芳. 中国现代小说理论经典[M]. 苏州：苏州大学出版社，2008.

辜也平. 中国现代传记文学史论[M]. 北京：人民文学出版社，2018.

郭久麟. 中国二十世纪传记文学史[M]. 太原：山西人民出版社，2009.

胡适. 胡适传记作品全编(4 卷)[M]. 上海：东方出版中心，1999.

胡适. 中国新文学大系·建设理论集[M]. 上海：上海良友图书印刷公司，1935.

胡星亮. 中国现代戏剧论集[M]. 北京：中国戏剧出版社，2010.

胡星亮. 胡星亮讲现当代戏剧[M]. 长沙：湖南教育出版社，2011.

洪汛涛. 洪汛涛童话论著·童话学[M]. 武汉：长江文艺出版社，2018.

黄永健. 中外散文诗比较研究[M]. 北京：光明日报出版社，2013.

黄爱华. 20 世纪中外戏剧比较论稿[M]. 杭州：浙江大学出版社，2006.

洪深. 洪深文集(4 卷)[M]. 北京：中国戏剧出版社，1957.

贺玉波. 现代中国作家论[M]. 上海：大光书局，1936.

贾植芳，等. 中国现代文学总书目·翻译文学卷[M]. 北京：知识产权出版社，2010.

贾植芳，陈思和. 中外文学关系史资料汇编 1898—1937（上、下）[M]. 桂林：广西师范大学出版社，2004.

蒋登科. 散文诗文体论[M]. 北京：中国文联出版社，2002.

蒋风. 中国儿童文学大系理论 1[M]. 太原：希望出版社，1988.

金宏宇. 文本周边——中国现代文学副文本研究[M]. 武汉：武汉大学出版社，2014.

计红芳. 中国现代小说理论经典[M]. 苏州：苏州大学出版社，2008.

季玢. 中国现代戏剧理论经典[M]. 苏州：苏州大学出版社，2008.

柯灵. 中国现代文学序跋丛书 1919—1949 小说卷[M]. 海口：海南人民出版社，1988.

柯灵. 中国现代文学序跋丛书 1919—1949 散文卷[M]. 海口：海南人民出版社，1988.

李今，罗文军. 汉译文学序跋集 第 1 卷 1894—1910[M]. 上海：上海人民出版社，2017.

李今，罗文军. 汉译文学序跋集 第 2 卷 1911—1921[M]. 上海：上海人民出版社，2017.

李今，罗文军. 汉译文学序跋集 第 3 卷 1922—1924[M]. 上海：上海人民出版社，2017.

李今，罗文军. 汉译文学序跋集 第 4 卷 1925—1927[M]. 上海：上海人民出版社，2017.

李健. 中国现代传记文学研究[M]. 北京：新华出版社，2010.

李素伯. 小品文研究[M]. 上海：新中国书局，1932.

李玉珍，等. 文学研究会资料　上　中国文学史资料全编　现代卷［M］. 北京：知识产权出版社，2010.

刘永文. 民国小说目录 1912—1920［M］. 上海：上海古籍出版社，2011.

刘增人，冯光廉. 叶圣陶研究资料(上、下)［M］. 北京：知识产权出版社，2010.

刘祥安. 中国侦探小说宗匠——程小青［M］. 南京：南京出版社，1994.

刘匡汉，刘福春. 中国现代诗论(上编)［M］. 广州：花城出版社，1985.

陆国飞. 清末民初翻译小说目录 1840—1919［M］. 上海：上海交通大学出版社，2018.

林煌天. 中国翻译词典［Z］. 武汉：湖北教育出版社，2005.

黎跃进. 湖南 20 世纪文学对外国文学的接受与超越［M］. 长沙：湖南文艺出版社，2006.

吕周聚，等. 中国现代诗歌文体多维透视［M］. 济南：山东人民出版社，2009.

吕进. 现代诗歌文体论［M］. 桂林：广西师范大学出版社，2003.

李标晶，等. 中国现代作家文体论［M］. 哈尔滨：黑龙江人民出版社，2005.

［美］韩南. 中国近代小说的兴起［M］. 徐侠，译. 上海：上海教育出版社，2004.

［美］哈米顿. 小说法程［M］. 华林一，译. 上海：商务印书馆，1927.

［美］培里(B. Perry). 小说的研究［M］. 汤澄波，译. 上海：商务印书馆，1935.

［美］威廉. 短篇小说作法研究［M］. 张志澄，译. 上海：商务印书馆，1927.

孟长勇. 从东方到西方——20 世纪中国文学与世界文学［M］. 上海：复旦大学出版社，2007.

马祖毅. 中国翻译简史(五四以前部分)［M］. 北京：中国对外翻译出版公司，1998.

孟昭毅，李载道. 中国翻译文学史［M］. 北京：北京大学出版社，2005.

钱光培. 中国十四行诗选 1920—1987［M］. 北京：中国文联出版公司，1990.

任淑坤. 五四时期外国文学翻译研究[M]. 北京：人民出版社，2009.

施蛰存. 中国近代文学大系 1840—1919 第 11 集 第 26 卷 翻译文学集 1[M]. 上海：上海书店出版社，1991.

施蛰存. 中国近代文学大系 1840—1919 第 11 集 第 27 卷 翻译文学集 2[M]. 上海：上海书店出版社，1991.

施蛰存. 中国近代文学大系 1840—1919 第 11 集 第 28 卷 翻译文学集 3[M]. 上海：上海书店出版社，1991.

上海图书馆. 中国近代期刊篇目汇录 第 1 卷[M]. 上海：上海人民出版社，1980.

上海图书馆. 中国近代期刊篇目汇录 第 2 卷 上[M]. 上海：上海人民出版社，1979.

上海图书馆. 中国近代期刊篇目汇录 第 2 卷 中[M]. 上海：上海人民出版社，1981.

上海图书馆. 中国近代期刊篇目汇录 第 2 卷 下[M]. 上海：上海人民出版社，1982.

上海图书馆. 中国近代期刊篇目汇录 第 3 卷 下[M]. 上海：上海人民出版社，1984.

沈素琴. 中国现代文学期刊中的外国文论译介及其影响：1915—1949[M]. 北京：北京语言大学，2015.

沈福伟. 中西文化交流史[M]. 上海：上海人民出版社，2014.

孙宜学. 诗人的精神：泰戈尔在中国[M]. 南昌：江西高校出版社，2009.

孙俍工. 小说作法[M]. 北京：中华书局，1926.

宋春舫. 宋春舫论剧(第一集)[M]. 上海：中华书局，1923.

少年儿童出版社. 1913—1949 儿童文学论文选集[M]. 上海：少年儿童出版社，1962.

石苇. 小品文讲话[M]. 上海：光明书局，1929.

宋炳辉. 文学史视野中的中国现代翻译文学——以作家翻译为中心[M]. 上海：复旦大学出版社，2013.

唐沅，韩之友，封世辉. 中国现代文学期刊目录汇编(7 卷)[M]. 北京：知识产权出版社，2010.

童庆炳. 文体与文体的创造[M]. 昆明：云南人民出版社，1994.

田本相. 中国现代比较戏剧史[M]. 北京：文化艺术出版社，1993.

田本相. 中国近现代戏剧史[M]. 南京：江苏教育出版社，2008.

唐世贵. 中国现代文学关系史[M]. 北京：花城出版社，1998.

唐东元. 日本近现代翻译文学研究[M]. 上海：上海交通大学出版社，2009.

吴俊，等. 中国现代文学期刊目录新编(上、中、下)[M]. 上海：上海人民出版社，2010.

文珊. 五四时期西诗汉译流派之诗学批评研究——以英诗汉译为个案[M]. 广州：暨南大学出版社，2019.

王钟陵，庄浩然，倪宗武. 二十世纪中国文学史文论精华 戏剧卷[M]. 石家庄：河北教育出版社，2000.

汪文顶. 现代散文史论[M]. 福州：福建教育出版社，1994.

王泉根. 中国现代儿童文学文论选[M]. 南宁：广西人民出版社，1989.

王蒙，王元化. 中国新文学大系 1976—2000 第 30 集 史料·索引卷 2[M]. 上海：上海文艺出版社，2009.

王建开. 五四以来我国英美文学译介史[M]. 上海：外语教育出版社，2003.

王秉钦，王颉. 20 世纪中国翻译思想史[M]. 天津：南开大学出版社，2009.

王锦厚. 五四新文学与外国文学[M]. 成都：四川大学出版社，1989.

王坷. 百年新诗诗体建设研究[M]. 上海：上海三联书店，2004.

王克菲. 翻译文化史论[M]. 上海：上海外语教育出版社，1997.

王荣纲. 报告文学研究资料选编[M]. 济南：山东人民出版社，1983.

谢天振，查明建. 中国现代翻译文学史 1898—1949[M]. 上海：上海外语教育出版社，2004.

谢天振. 译介学[M]. 上海：上海外语教育出版社，1999.

许霆. 中国现代诗歌理论经典[M]. 苏州：苏州大学出版社，2008.

夏志清. 新文学的传统[M]. 北京：新星出版社，2005.

夏德勇. 中国现代小说文体与文化论[M]. 北京：中国广播电视出版社，2005.

徐荣街，徐瑞岳. 中国现代文学辞典[Z]. 徐州：中国矿业大学出版社，1988.

徐志啸. 20 世纪中国比较文学简史[M]. 上海：复旦大学出版社，2016.

许家庆. 西洋演剧史[M]. 上海：商务印书馆，1916.

肖霞. 浪漫主义：日本之桥与"五四"文学[M]. 济南：山东大学出版社，2003.

玄珠. 小说研究 ABC[M]. 上海：世界书局，1928.

熊辉. 外国诗歌的翻译与中国现代新诗的文体建构[M]. 北京：中央编译出版社，2013.

熊辉. 两支笔的恋语——中国现代诗人的译与作[M]. 重庆：西南师范大学出版社，2011.

杨义，连燕堂. 二十世纪中国翻译文学史 近代卷[M]. 天津：百花文艺出版社，2009.

杨义，秦弓. 二十世纪中国翻译文学史 五四时期卷[M]. 天津：百花文艺出版社，2009.

杨义，李今. 二十世纪中国翻译文学史 三四十年代·俄苏卷[M]. 天津：百花文艺出版社，2009.

杨义，李宪瑜. 二十世纪中国翻译文学史 三四十年代·英法美卷[M]. 天津：百花文艺出版社，2009.

杨义. 中国现代小说史（第一卷）[M]. 北京：人民文学出版社，2005.

杨义，陈圣生. 中国比较文学批评史纲[M]. 福州：福建教育出版社，2002.

杨匡汉，刘福春. 中国现代诗论（上编）[M]. 广州：花城出版社，1985.

杨如鹏. 中国报告文学论[M]. 广州：广州文化出版社，1988.

杨宏峰. 新青年简体典藏全本 第4卷 第1—6号[M]. 银川：宁夏人民出版社，2011.

杨扬. 文路沧桑：中国著名作家自述[M]. 杭州：浙江大学出版社，2008.

郁达夫. 郁达夫日记集[M]. 长春：吉林出版集团股份有限公司，2017.

易卜生. 易卜生集 2[M]. 潘家洵，译. 北京：商务印书馆，1923.

余上沅. 戏剧论集[M]. 上海：北新书局，1927.

岳凯华. 外籍汉译与中国现代文学的发生[M]. 长沙：湖南师范大学出版社，2016.

俞樟华，陈含英. 中国现代传记文学编年史（上、下）[M]. 杭州：浙江大学出版社，2019.

袁荻涌. 二十世纪初期中外文学关系研究[M]. 北京：中国文史出版社，2002.

袁联波. 西方现代戏剧的文体突围[M]. 成都：巴蜀书社，2008.

严家炎. 二十世纪中国小说理论资料　第 2 卷 1917—1927[M]. 北京：北京大学出版社，1997.

查明建，谢天振. 中国 20 世纪外国文学翻译史（上、下）[M]. 武汉：湖北教育出版社，2007.

中国话剧运动五十年史料集编辑委员会. 中国话剧运动五十年史料集》（第一辑）[M]. 北京：中国戏剧出版社，1958.

中国作家协会诗刊社. 中国新诗百年志理论卷（上、下）[M]. 北京：中国工人出版社，2017.

朱寿桐. 汉语新文学通论[M]. 北京：生活·读书·新知三联书店，2018.

张泽贤. 中国现代文学翻译版本闻见录 1905—1933[M]. 上海：上海远东出版社，2008.

张泽贤. 中国现代文学翻译版本闻见录续集 1901—1949[M]. 上海：上海远东出版社，2014.

张景华. 翻译伦理：韦努蒂翻译思想研究[M]. 上海：上海交通大学出版社，2009.

张和龙. 英国文学研究在中国：英国作家研究（上、下）[M]. 上海：上海外语教育出版社，2015.

赵稀方. 翻译现代性：晚清到五四的翻译研究[M]. 天津：南开大学出版社，2012.

赵景深. 小说原理[M]. 上海：商务印书馆，1933.

赵景深. 童话评论[M]. 上海：开明书店，1924.

赵景深. 童话论集[M]. 上海：开明书店，1927.

周国华，陈进波. 报告文学论集[M]. 北京：新华出版社，1985.

周红莉. 中国现代散文理论经典[M]. 苏州：苏州大学出版社，2008.

邹红，王翠艳，黎萌. 百年中国戏剧史 1900—2000[M]. 长沙：湖南美术出版社，2014.